BASTEI
LÜBBE
TASCHENBUCH

Weitere Titel des Autors:

Tante Poldi und die sizilianischen Löwen
Tante Poldi und die Früchte des Herrn
Tante Poldi und der schöne Antonio

Apocalypsis
Apocalypsis II
Apocalypsis III

Wir waren Papst. Das Apocalypsis-Interview

Cotton Reloaded – 01

Titel auch als Hörbuch erhältlich

Über den Autor:

Mario Giordano, geboren 1963 in München, schreibt Romane (u. a. Apocalypsis-Trilogie), Jugendbücher und Drehbücher (u. a. *Tatort, Schimanski, Polizeiruf 110, Das Experiment*). Giordano lebt in Berlin.

MARIO GIORDANO

Tante Poldi und die sizilianischen Löwen

und die Früchte des Herrn

Zwei Kriminalromane
in einem Band

BASTEI LÜBBE
TASCHENBUCH

BASTEI LÜBBE TASCHENBUCH
Band 17882

Dieser Titel ist auch als Hörbuch und E-Book erschienen

Gekürzte Taschenbuchausgabe
nach den bei Lübbe Audio erschienenen Hörbuchfassungen

Lektorat: Daniela Jarzynka
Gekürzte Textfassung *Tante Poldi und die sizilianischen Löwen*:
Larissa S. Schieweg, Wortstoff
Gekürzte Textfassung *Tante Poldi und die Früchte des Herrn*:
Bernadette Joos
Umschlaggestaltung: Guter Punkt, München | www.guter-punkt.de
unter Verwendung eines Motivs von © Chris Andrews
Satz: Greiner & Reichel, Köln
Gesetzt aus der Scala Pro
Druck und Verarbeitung: CPI books GmbH, Leck – Germany
ISBN 978-3-404-17882-7

2 4 5 3 1

Sie finden uns im Internet unter www.luebbe.de
Bitte beachten Sie auch: www.lesejury.de

Tante Poldi und die sizilianischen Löwen

1. Kapitel

An ihrem sechzigsten Geburtstag zog meine Tante Poldi nach Sizilien, um sich dort gepflegt zu Tode zu saufen und dabei aufs Meer zu schauen. Das jedenfalls befürchteten wir alle, aber Sizilien ist kompliziert, nicht mal sterben kann man einfach so, *immer* kommt einem was dazwischen. Und dann geht nachher alles ganz schnell, und jemand ist ermordet worden, und niemand will irgendwas gesehen oder gewusst haben. Ganz klar, dass meine Tante Poldi, stur und bayerisch wie sie war, die Dinge selbst in die Hand nehmen und für Ordnung sorgen musste. Und damit fingen die Schwierigkeiten an.

Meine Tante Poldi. Eine glamouröse Erscheinung, immer für einen dramatischen Auftritt gut. In den letzten Jahren hatte sie etwas an Gewicht zugelegt und, zugegeben, Alkohol und Schwermut hatten ein paar Furchen in ihre äußere Erscheinung gepflügt, aber sie war immer noch eine attraktive Frau und kopfmäßig eh voll auf der Höhe, meistens zumindest. Modisch sowieso. Als damals *Music* von Madonna erschien, trug die Poldi als Erste in der Westermühlstraße einen weißen Cowboyhut. In einer meiner ältesten Erinnerungen sehe ich sie noch zusammen mit meinem Onkel Peppe in einem leuchtend orangefarbenen Hosenanzug auf der Terrasse meiner Eltern in Neufahrn, in der einen Hand ein Bier, in der anderen eine Roth-Händle, und die ganze Welt bebte unter ihrem Lachen mit, das sie mit ihrem ganzen Körper zu bilden schien und das unerschöpflich in Schüben aus ihr herausbrach. Nur unterbrochen von den Zoten und Flüchen, deren Wiederholung mich am nächsten Tag zum Star des Schulhofs machte.

Isolde und Giuseppe hatten sich in München beim Fernsehen kennengelernt, wo die Poldi Kostümbildnerin und mein Onkel Peppe Schneider war, ein Beruf, den er aus Mangel an anderen Talenten und Visionen von seinem tyrannischen und hypochondrischen Vater übernommen hatte, meinem Großvater, dem es ansonsten ebenfalls an Talenten und Visionen gemangelt hatte, ganz im Gegensatz wiederum zu *seinem* Vater, also meinem Urgroßvater Barnaba, der ohne ein einziges Wort Deutsch zu sprechen in den Zwanzigerjahren nach München emigriert war, um dort einen lukrativen Südfrüchtegroßhandel aufzuziehen und reich zu werden. Aber ich komme ins Plaudern.

Es war die ganz große Liebe zwischen der Poldi und meinem Onkel Peppe. Leider sind dann ein paar Dinge gründlich schiefgelaufen. Zwei Fehlgeburten, der Alkohol, die Frauengeschichten meines Onkels, die Scheidung von meinem Onkel, die Krankheit meines Onkels, der Tod meines Onkels, die Sache mit dem Grundstück in Tansania und einige andere unerfreuliche Wendungen, Verwerfungen und Erdrutsche des Lebens haben der Tante die Schwermut beschert. Und dennoch hat sie weiterhin viel gelacht, geliebt, gesoffen, und die Dinge einfach nicht auf sich beruhen lassen können, wenn ihr irgendwas gegen den Strich ging. Also im Grunde immer.

Die Poldi hatte ihren Beruf als Kostümbildnerin geliebt. Aber in den letzten Jahren hatte sie immer öfter Aufträge an jüngere Kolleginnen verloren. Es lief schlechter beim Fernsehen, die See war rauer geworden, und mit der Zeit hatte die Poldi dann auch die Lust am Berufsleben verloren. Blöderweise hatte die unselige Angelegenheit in Tansania damals sie fast um ihr ganzes Sparbuch gebracht. Aber dann waren ihre Eltern kurz hintereinander verstorben und hatten ihr das kleine Häuschen am Stadtrand von Augsburg hinterlassen. Und weil meine Tante Poldi das Haus und alles, was damit zusammenhing, eh gehasst hatte – was also lag da näher, als sich zusammen mit ihren restlichen Ersparnissen und ihrer kleinen Rente einen Herzenswunsch zu erfüllen: sterben mit Meerblick. Und Familie.

Wenn ich jetzt Familie sage, dann meine ich vor allem meine drei Tanten Teresa, Caterina und Luisa und meinen Onkel Martino, Teresas Mann. Tante Teresa, denn die hat bei uns das Sagen, versuchte, die Poldi zu überzeugen, zu ihnen nach Catania zu ziehen, schon der sozialen Kontrolle wegen.

Aber keine Chance. Meerblick lautete Poldis interne Zielvereinbarung mit ihrer Schwermut, und Meerblick bekam sie, zusammen mit einem atemberaubenden Panorama von der Dachterrasse. Vorne das Meer, und – bitte einmal umdrehen – hinten der Ätna. Was will man mehr? Blöd nur, dass die Poldi es mit ihrem schlimmen Knie kaum noch die Stufen zum Dach hinauf schaffte.

Torre Archirafi ist ein verschnarchtes, freundliches Nest an der Ostküste Siziliens zwischen Catania und Taormina, und wegen der kilometerlangen Uferlinie aus scharfkantigen, massiven Lavafelsen praktisch ungeeignet für jegliche

Art touristischer Ausbeutung, Gentrifizierung und Verschandelung. Sollte man jedenfalls meinen. Tatsächlich hält das die Bewohner nicht davon ab, jeglichen Müll am Ufer zu entsorgen und im Sommer klotzige Holzplattformen und Imbissbuden zwischen die Uferfelsen zu rammen, wo sich dann am Wochenende Familien und junge Leute aus Catania zum Sonnenbaden, Essen, Zeitunglesen, Streiten und Flirten drängeln, und das alles nonstop beschallt von unidentifizierbarem Bassgewummere und betäubt von einem Dunst aus Kokosöl, Frittierfett und Fatalismus. Und mittendrin: meine Tante Poldi. Ich habe es nie verstanden, aber sie liebte es.

Dagegen der Winter in Torre: klamm, feucht, ein Meer aus Blei und Härte, das gegen die vorgelagerten Wellenbrecher anfaucht, als ob es sich den ganzen Ort holen wolle, und mit seinem Atem aus Salzdunst Schwarzschimmelblumen an jede Zimmerdecke kleckst. Die Winter in Torre sind kein Spaß, aber dafür sind sie immerhin kurz.

Geschlagene vier Wochen hatte mein Onkel Martino, der sich in Sizilien auskennt wie kein Zweiter, die Poldi kreuz und quer zwischen Siracusa und Taormina auf der Suche nach einem geeigneten Haus herumgefahren. Aber kein Haus erfüllte Poldis Wünsche, immer hatte sie etwas zu mäkeln, zu bekritteln oder zu bespotten. Dabei gab es im Grunde nur ein einziges, ziemlich esoterisches Kriterium.

»Weißt«, raunte mir die Poldi einmal zu, »es ist ganz einfach, und ich spür's immer gleich. Es gibt gute Orte mit guten Schwingungen und schlechte Orte mit schlechten Schwingungen. Dazwischen, weißt, gibt's nix, des ist sozusagen digital, die Binärstruktur des Glücks. I spür's sofort. Die Energie. Des Karma. Ob des Eis trägt, verstehst? I spür des einfach.«

Bloß eben bei keinem Haus, das die Tanten für sie aussuchten.

Ich weiß nicht, ob meine Tante Poldi letztendlich zu viel für das Haus in der Via Baronessa bezahlt hat, und es ist mir auch herzlich egal. Großzügige Menschen kann man nicht übers Ohr hauen, und die Poldi ist der großzügigste Mensch, den ich kenne. Sie hat sich nie etwas schenken lassen oder noch billiger haben wollen. Sie hat jeden gut bezahlt, der ihr geholfen hat, die Handwerker, den *Spazzino* und Valentino und im Restaurant immer ein ordentliches Trinkgeld gelassen. Nicht, dass sie mit dem Geld nur so um sich geworfen hätte, so dicke hatte sie es nun auch nicht, aber es war ihr eben auch nicht besonders wichtig.

Tatsache jedenfalls, dass sie mit dem Haus einen Volltreffer gelandet hatte. Das bestätigte auch mein Cousin Ciro, der Architekt ist und es wissen muss. Gemäß den Wünschen und den bescheidenen finanziellen Mitteln der Poldi restaurierte er im Laufe des nächsten Jahres das Haus in der Via Baronessa und stattete es genau so aus, wie die Poldi es wünschte. Es war wirklich ein schönes, schlankes Haus. In zweiter Reihe am Meer gelegen, nicht zu klein, nicht zu groß, dreistöckig mit einem barocken Balkon, einem kleinen *Cortile* und eben jener Dachterrasse mit diesem spektakulären Ausblick auf Meer und Vulkan. Eingeklemmt in eine schattige Gasse hinter der Uferpromenade, leuchtete es in Veilchenblau und Sonnengelb, mit grünen Fensterläden und einem klotzigen Messingschild, das jedem schon von Weitem verkündete, wer dort in der Via Baronessa 29 wohnte: Isolde Oberreiter. Meine Tante Poldi. Und alle paar Wochen oben unterm Dach auch ihr Neffe aus Deutschland. Irgendwie gehörte ich von Anfang an zur Einrichtung wie die afrikanischen Ebenholzgötzen und die beiden lebensgroßen Porzellanpudel.

Als das Haus dann im Jahr darauf bezugsfertig war, die Münchner Wohnung leer bis auf die Gespenster der Erinnerung, der Möbelwagen unterwegs Richtung Alpen, Apennin und Ätna – wartete Poldis alter Alfa Romeo vollgepackt und vollgetankt in der Westermühlstraße auf seine letzte große Tour. Und auf mich eben auch. Denn da meine Tante Poldi eine Heidenflugangst hatte und ihr eine so lange Autofahrt alleine und im nüchternen Zustand nicht zuzumuten war, hatten mich die Tanten gedrängt, die Poldi von München bis Torre Archirafi zu chauffieren.

»Du kannst dir deine Zeit doch einteilen und bist ungebunden«, erklärte meine Tante Caterina, die Stimme der Vernunft in unserer Familie, mir am Telefon. »Und schreiben kannst du genauso gut bei uns, vielleicht sogar besser.«

Womit sie meinte: Da du ja ohnehin arbeitslos und arbeitsscheu bist und noch nicht einmal ein Freundin hast, obwohl andere Männer in deinem Alter längst Familie haben, kannst du genauso gut auch bei uns herumgammeln, vielleicht ist es ja noch zu etwas gut.

Und das war es dann ja auch schließlich.

Zwischen München und Torre Archirafi stand mir jedoch noch eine vierunddreißigstündige Autofahrt in Isoldes übermotorisiertem Achtzigerjahre-Alfa mit den Überrollbügeln bevor, den sie nur selten bewegte, da man dazu ja amtlich nüchtern sein musste.

»Wir könnten doch bis Genua fahren und dann gemütlich die Fähre bis Palermo nehmen«, schlug ich zaghaft vor, aber die Poldi sah mich nur mitleidig an.

Mein Fehler. Hätte ich wissen müssen. Wenn sie ein Wort wirklich von Herzen verachtete, dann *gemütlich*.

»Mei, wenn dir des jetzt zu viel ist mit mir …«

»Passt schon«, ächzte ich, und wir zuckelten los, nie über Hundert, schlichen unterm Brenner durch, perlten den ganzen Stiefel hinab, krochen an Mailand, Florenz, Rom und Neapel vorbei, immer *Autostrada* bis Reggio Calabria, verschlangen die ersten *Arancini di riso* morgens auf der Fähre zwischen Scilla und Charybdis, verfuhren uns in Messina, und ab da bestand die Poldi darauf, das letzte Stück bis Torre selbst zu fahren. Sie ließ den asthmatischen Alfa aufröhren und gab Stoff.

Als wir in Torre ankamen, küsste ich den Boden und dankte der Muttergottes für meine Rettung und Wiedergeburt.

»Herzlichen Glückwunsch zum Geburtstag«, ächzte ich.

Denn das war genau der Tag, an dem meine Tante Poldi sechzig wurde.

Alle paar Tage kamen Onkel Martino und die Tanten in Torre vorbei, um nach der Poldi zu sehen. Meine Tanten hatten nämlich auch ein Projekt: die Poldi am Leben zu halten, so lange wie möglich, ihr zumindest zu mehr Lebensmut verhelfen. Und für Sizilianer ruht die Lebensfreude auf zwei Säulen: gut zu essen und über gutes Essen zu reden beziehungsweise zu streiten. Mein Onkel Martino zum Beispiel ging jeden Tag in seinen Tempel, den Fischmarkt von Catania. Nicht wirklich ein heiterer Ort, sondern mehr eine Art Börse, wo Männer angespannt und hoch konzentriert herumlungern, um die Fischstände auf die Qualität des Angebots und den Preis abzuchecken, auf das Bauchstück vom Thunfisch spekulieren oder darauf, dass ein Fischer verspätet noch mit einem Schwertfisch ankommt, wenn alle anderen sich schon eingedeckt haben, und man ihn dann günstiger und noch frischer als frisch bekommt. Das geht über Stunden so, auch kein Spaß. Oder der Onkel ging mit meiner Tante Teresa am Ätna Pilze suchen. Um Brot zu kaufen, fuhr er einmal um den Ätna herum und für Eier in eine Autowerkstatt bei Lentini, wo mutierte Hühner Eier mit zwei Dottern legten. *Granita* aß man nur bei *Cipriani* in Acireale, *Cannoli alla crema di ricotta* nur von *Savia* auf der Via Etnea in Catania. Von den Mandarinen schmeckten nur die aus Siracusa und von den Feigen nur die von dem Straßenhändler in San Gregorio, von wo auch immer die herkamen. Wenn man überhaupt irgendwo außerhalb der eigenen vier Wände Fisch essen konnte, dann nur bei *Don Carmelo* in Santa Maria la Scala. Dort übrigens bekam man auch die beste *Pasta al nero di seppia*.

Das Leben war kompliziert, das Land steckte fest im Würgegriff der Krise und der Korruption, Männer lebten noch immer bis Mitte vierzig oder bis zur Heirat bei ihren Eltern, weil sie keine Arbeit fanden – aber kulinarisch machte man keine Kompromisse. Was der Poldi, sinnenfroh und neugierig, wie sie war, schon immer an Sizilien gefallen hatte. Nur den Weingeschmack meines Onkels fand sie miserabel, denn weder er noch die Tanten tranken gerne.

Überhaupt wird in Sizilien wenig getrunken, allerhöchstens ein Schlückchen zum Essen, das war's. Anfänglich ein Problem für die Poldi, bis sie die Weinabteilung im *IperSimply* entdeckte und später Gaetano Torrisi mit seinem Weinberg in Zafferana kennenlernte. Aber ich greife vor.

In den ersten Wochen nach dem Umzug schien für die Poldi noch alles nach Plan zu laufen. Sie hatte sich mit ihren alten Möbeln, den Bauernschränken, der antiquarischen Waffensammlung ihres Vaters, den afrikanischen Ebenholzgötzen und dem Porzellannippes eingerichtet und prostete nun abwechselnd dem Meer und dem Vulkan zu. Wenn sie sich dem Ätna zuwandte, zündete sie sich aus Respekt vor dem großen Raucher immer eine MS an, eine *Morto sicuro*, wie man in Italien sagt, und trank Brandy dazu.

Die Hitze schien an ihr abzuperlen wie Tau an einem Lotusblatt, obwohl ihr der Schweiß nur so unter der Perücke herabtroff.

Überhaupt die Perücke.

Seit ich denken kann, trug sie die. Ein gewaltiges schwarzes Monstrum, das sich je nach Mode in unterschiedlichen Frisuren über ihrem Kopf zusammenballte wie eine Gewitterwolke. Was sich darunter verbarg, hatte der Familienlegende nach noch nie jemand zu sehen bekommen. Selbst mein Onkel Peppe hatte sich diesbezüglich nur vage geäußert. Allerdings vermute ich, dass es Vito Montana später vergönnt war, einen Blick unter das Allerheiligste zu werfen. Aber auch der bewahrte diesbezüglich diskretes Stillschweigen.

»Sag einmal, wie kommst denn du eigentlich zurück nach Deutschland?«, fragte mich meine Tante Poldi unvermittelt.

Ich zuckte mit den Schultern. »Kann mir ja demnächst mal einen Flug buchen.«

Die Poldi schüttelte den Kopf, als habe ich etwas sehr Dummes gesagt.

»G'fällt's dir nicht da oben im Gästezimmer?«

»Äh, doch, klar.«

»Schreibst?«

»Geht so.«

»Kann man vielleicht mal was lesen?«

Genau die Frage, die ich hasste.

»Weißt du, Poldi, im Augenblick eher nicht, ist alles noch mehr so im Fluss. *Work in progress.*«

Leichtsinnigerweise hatte ich ihr auf der Fahrt von meinem ähnlich selbstzerstörerischen Projekt erzählt – eine große, epische deutsch-sizilianische Familiensaga über drei Generationen zu schreiben. So einen richtig fetten Roman, prall, saftig, brillant erzählt, voller Wendungen, geistreichen Bildern, schrägen Typen, stoppelbärtigen Schurken, ätherischen Schönheiten, viel Haut, Verwicklungen der Liebe, Schelmenstücken, glühenden Tagen und samtigen Nächten, berstend von historischen Parallelsträngen. Der ganz große Wurf eben, mein Ticket zum Welterfolg. Blöd nur, dass ich kein Stück vorankam. Totale Blockade, der reine Krampf, Sisyphos schon auf den ersten Metern.

All das hatte ich meiner Tante Poldi schon zwischen Brenner und Messina gestanden, und sie hatte nur genickt, denn vom Scheitern verstand sie was.

»Mei, i hab nur gerade 'dacht, wenn's dir da oben g'fällt, dann kannst ja bleiben. Respektive öfter kommen, ich meine, regelmäßig. Zum Schreiben und Recherchieren. Und deinem Italienisch tät's auch guttun.

Ich stöhnte. »Ja, danke, noch mehr Druck.«

»Und falls sich amoremäßig was ergibt, kannst du sie jederzeit mitbringen.«

Auch das noch. Aber klar, dass meine Tanten natürlich sofort begeistert auf den Zug aufsprangen, denn damit hätten sie jemanden aus der Familie vor Ort, der ein Auge auf die Poldi haben konnte.

Und als mich Tante Teresa am nächsten Sonntag zum Mittagessen einbestellte, wusste ich, dass jeder Widerstand zwecklos war. Immerhin, dachte ich, kannst du beim Scheitern aufs Meer schauen, ist doch was. Und so flog ich auf Kosten der Tanten einmal im Monat aus Deutschland ein, wohnte in der Via Baronessa 29 unterm Dach, haderte tagsüber mit meiner Mittelmäßigkeit und hörte mir abends, wenn meine Tante Poldi angeschickert genug war, staunend den Stand ihrer Ermittlungen im Mordfall Valentino an.

2. Kapitel

Valentino war ein stiller, schmächtiger Junge von knapp zwanzig Jahren. Einer jener sizilianischen Typen, in denen das arabisch-normannische Erbe Siziliens durchbricht. Schwarze Locken, Oliventeint, breite Nase, breiter Mund, blaue Augen.

»Ein schöner Bursche«, fand die Poldi. »Genau so ein Spuchti wie der Peppe früher. Könnt man glatt schwach werden, nachert.«

Denn ob man es glaubt oder nicht – trotz ihrer Sechzig und der Fülle war die Poldi immer noch schwer angesagt, jedenfalls den Blicken der Männer im Ort nach zu urteilen. Die Poldi war seit jeher ein Feger gewesen, kein Kind von Traurigkeit und den Männern an sich, zumal in einer feschen Polizeiuniform, herzlich zugetan. Das wurde mir klar, als sie mir einmal die Fotoalben mit ihrer Polizistenkollektion zeigte. Die Poldi hatte nämlich ein Hobby: gut aussehende Verkehrspolizisten aus aller Welt zu fotografieren. Und da sie viel herumgekommen war, hatte sie in den vergangenen dreißig Jahren fünf dicke Alben mit uniformierter, dampfgebügelter Männlichkeit angefüllt, von Alaska bis Australien, von Belgrad bis Buenos Aires.

Eine stolze Parade der Zackigkeit, der Bügelfalten und

Schnauzbärte. Am liebsten aber fotografierte meine Tante *Vigili urbani*. Italienische Verkehrspolizisten mit ihren weißen Handschuhen und manchmal auch den weißen Tropenhelmen machten bestimmt die Hälfte der Aufnahmen aus.

»Die schönsten, musst wissen, gibt's in Rom. Mit weitem Abstand. Da sitzt jede Handbewegung und die Uniform eh. Und musst nicht glauben, dass einer von denen jemals lächeln würde, so weit kommt's noch. G'lächelt wird erst nach Dienstschluss, i weiß, wovon i red. Aber hier, schau, vorgestern in Taormina, da hab i auch schon ein Prachtexemplar g'sichtet.«

Immer mittwochs besuchte die Tante in Taormina nämlich die Sprachschule von Michele, einem Freund meines Cousins Ciro. Zwar sprach die Poldi ein ganz ordentliches Italienisch für den Alltagsgebrauch, doch das reichte ihr nicht.

Aber zurück zu Valentino. Wie viele junge Sizilianer lebte er noch bei seinen Eltern, schlug sich mit Gelegenheitsjobs durch und trug sich mit dem Gedanken, nach Deutschland auszuwandern. Für Jahrzehnte zu emigrieren ist für Sizilianer ein Klacks. Koffer packen, *bacio, addio* – und los.

Valentino konnte Lampen anschließen, Bilder andübeln, die Klimaanlage auswechseln und Einkäufe im *IperSimply* erledigen. Ein Junge mit vielen Talenten. Die Poldi hatte ihn schnell in ihr Herz geschlossen, und da war ja bekanntlich viel Platz. Sie paukte sogar Deutschvokabeln mit ihm. Wobei er mit der Aussprache, die er da lernte, nördlich von Aschaffenburg bereits Probleme bekommen hätte. Aber aus Deutschland wurde ja ohnehin nichts, denn Anfang August verschwand Valentino plötzlich spurlos.

Die Poldi wartete einen ganzen Tag auf Valentino, der versprochen hatte, sich um einen verstopften Abfluss zu kümmern. Meine Tante Poldi nahm es nicht krumm, wenn man sie einmal versetzte. Aber als sie auch am nächsten und übernächsten Tag nichts von Valentino hörte und er auch nicht ans Handy ging, wunderte sie sich zunächst, ärgerte sich dann und machte sich schließlich Sorgen. Denn erst jetzt wurde ihr klar, wie wenig sie im Grunde über Valentino wusste. Dass sie gerade mal seinen Nachnamen kannte. Candela. Dass sie aber keine Ahnung hatte, wo er eigentlich wohnte.

»Also gehst wo am besten hin, wenn'st was wissen willst?«, fragte die Poldi mich später ab und gab auch gleich die Antwort. »Zur Wasserstelle gehst. Weil, alle Tiere treffen sich immer an der Wasserstelle, die kleinen wie die großen. Den Räuber wie die Beute – alle zieht's zum Wasser, da ist der Mensch nicht anders. Und was, frag ich dich, ist die Wasserstelle von Torre Archirafi?«

»Äh, die Bar?«

»*Cento punti*!«, rief meine Tante Poldi aus und nahm einen Schluck.

In der *Bar Gelateria Cocuzza* war die Poldi natürlich längst bekannt, weil sie da jeden Nachmittag eine Maulbeergranita mit Sahne oben und unten und einen Brioche nahm. Duftend, im weißen Kaftan, mit dramatischem Lidstrich, tüchtig Rouge und goldenen Riemchensandalen legte sie in der Bar an wie ein Kreuzfahrtschiff in einer Provinzmarina. Immer um fünf, wenn sich nach dem langen glühenden Mittag die Häuser wieder öffneten und der ganze Ort zur *Passeg-*

giata aufbrach. Die ging so: Da es ohnehin keine Geschäfte zum Bummeln gab, drehte man eine kurze Runde am *Lungomare,* dann aber knickte die Spur der Flaneure schon zum klimatisierten Himmelreich der Bar ab, wie die Flugbahn von Kometen, die der Sonne zu nahe kommen.

Kein Wunder aber auch, denn aus der Bar wehte von morgens bis abends – außer an Dienstagen – von zwei Ventilatoren herausgeschaufelt eine wunderbare Brise aus Nordpol und dem Versprechen von Vanille, Mandelmilch, Kaffee und naturidentischen Aromastoffen, die jeden, der kein Stein war, bis ins Mark vor Wonne erschütterte. Draußen auf dem Platz flirrte der sizilianische Sommernachmittag, aber drinnen vibrierte die Arktis unter dem Surren der Ventilatoren und der Klimaanlage, die die Augusthitze für die Dauer eines *Gelato* vergessen ließen. Acht Sorten leuchteten da in cremigen, glänzenden Gebirgen in der Auslage, in unmittelbarer Nachbarschaft zu frischen Cremetörtchen voller Walderdbeeren, Mandelgebäck, *Cornetti*, Brioches und Marzipanfrüchten. Und ganz am Ende der Theke dufteten Blätterteigtaschen, goldene *Arancini*-Zipfel, *Pizzette* und *Tramezzini.* Hinter der Theke, tief unter Aluminiumdeckeln verborgen, schlummerten *Granita* und Flaschen voller eiskalter Mandelmilch. Kurz gesagt: die Verheißung, dass es einen gütigen Gott gibt.

Dieser Eindruck verflüchtigte sich jedoch, sobald man die Bar betrat und in das Gesicht von Signora Cocuzza blickte, die mit einem Ausdruck so voller Traurigkeit hinter ihrer Kasse saß, dass es einem das Herz brechen konnte. Wie alt war sie? Niemand wusste es genau. Fünfzig? Sechzig? Hundert? Vielleicht war sie ein Gespenst, so klapprig und dürr, umweht von diesem schwachen Geruch von Mottenkugeln und Ewigkeit. Die Poldi hatte nur in Erfahrung bringen können, dass ihr Mann vor zehn Jahren verstorben war.

Signora Cocuzza lächelte nie und sprach auch fast nie. Sie kassierte nur, reichte einem den Bon, rang sich ein dürres Lächeln ab und starrte dann wieder ins Leere, als koste sie jeder Akt des Kassierens einen letzten Lebensfunken. So etwas musste einen ja neugierig machen, und deswegen hat es die Poldi auch gar nicht so sehr wegen der leckeren *Granita* in die Bar gezogen. Signora Cocuzza, das sah die Poldi gleich, musste einmal eine sehr schöne Frau gewesen sein. Aber sie sah eben auch, dass in der klapprigen Gestalt ein großer Schmerz tobte, denn davon, wie gesagt, verstand die Poldi was.

»Verzeihen Sie, Signora, haben Sie Valentino in den letzten Tagen vielleicht gesehen oder was von ihm gehört?«

Die Frage schien nur langsam in das Bewusstsein von Signora Cocuzza einzusickern. Immer noch hielt sie der Poldi den Bon für die *Granita* entgegen.

»Valentino Candela, den kennen Sie doch?!«, fuhr die Poldi unbeirrt fort und nahm ihren Bon entgegen. »Seit drei Tagen ist der Bengel wie vom Erdboden verschluckt. Vielleicht ist er in der Zwischenzeit ja mal hier aufgetaucht. Ich meine, nicht, dass ich mir Sorgen mache, aber man macht sich halt Gedanken.«

Signora Cocuzza schüttelte kaum wahrnehmbar den Kopf, als koste sie das allein schon furchtbare Anstrengung.

»Tut mir leid«, flüsterte sie.

Und schwieg wieder.

Um sie nicht weiter zu bedrängen, wollte Poldi schon mit ihrem Bon zur Theke gehen.

Aber Signora Cocuzza war noch nicht fertig.

»Donna Poldina …«

Kaum zu verstehen, ein Hauch von Seufzer nur.

Überrascht von der unerwarteten persönlichen Ansprache, stand die Poldi sofort wieder vor der Kasse.

»Spätestens da«, erklärte mir meine Tante Poldi später, »bei diesem Seufzer, hab i g'wusst, dass der Valentino wirklich in irgendein Riesenschlamassel verwickelt ist. Weil, von Schlamassel und solchen Seufzern versteh i was. Alarmstufe Rot, du weißt schon. Und da ist dann so ein Programm bei mir angesprungen, weißt. Dass i ihn jetzt finden muss, den Valentino.«

»Er hat manchmal für Russo gearbeitet«, flüsterte Signora Cocuzza. »Der *Vivaio*, wissen Sie?«

»Sie meinen die große Baumschule an der *Provinciale*?«

Signora Cocuzza nickte. »Ja. Bei Femminamorta.«

Femminamorta.

Da löste sich so ein kleiner Erinnerungsplack bei der Poldi. Ein ganz kleiner, schon halb zersetzt vom Vergessen, wirbelte auf, trudelte matt herum und fiel dann geräuschlos wie eine Schneeflocke zu den Bildern von dem Tag, als Valentino zum letzten Mal bei ihr gewesen war. Bilder von einem nervösen Valentino, der einen halb vollen Zementsack die Treppe zum Dach hinauf wuchtete, um dort eine undichte Stelle auszubessern. Ein irgendwie bedrückter Valentino, das fiel ihr jetzt auf, der zu viel rauchte und davon sprach, dass er abends noch wohin müsse. Nach Femminamorta.

»Können Sie mir sagen, wo das liegt?«

Jedenfalls nicht leicht zu finden, denn Femminamorta war nur der inoffizielle Name eines Landguts an der *Pro-*

vinciale, gleich neben der Großgärtnerei Russo. Da die Lavasteinmauern entlang der Straße jedoch keinen Blick auf die Grundstücke dahinter gestatteten, da es kein Schild gab und die Poldi niemanden sah, den sie fragen konnte, musste sie einige Male hin und her gurken, bis sie die kleine Zufahrt endlich bemerkte. Ein schier unpassierbarer Feldweg durchschnitt das Gelände der Großgärtnerei einige Hundert Meter. Hinter den Steinmauern surrten Berieselungsanlagen und röhrten Bagger, die ausgewachsene Palmen hin und her bewegten.

Der Beschreibung folgend, quälte Poldi den Alfa über Hunderte von Schlaglöchern bis zu einem alten, von Bougainville umwucherten Torbogen mit zwei Säulen. Auf der einen thronte ein mürrischer steinerner Löwe, in den Pranken ein Wappen mit Lilien. Der Löwe auf der anderen Säule fehlte.

Und hinter dem Torbogen dann – ein kleines Paradies: Femminamorta.

Eine etwas heruntergekommene sizilianische Landvilla aus dem achtzehnten Jahrhundert, erbaut aus Lavatuff, rosa getüncht und übergetüncht, von Bougainville und Jasmin fast völlig umrankt, mitten in einem subtropischen Garten gelegen, mit Palmen, Oleanderbüschen, Hibiskus, Avocado-, Aprikosen- und Zitronenbäumen. Und gar nicht fern im Hintergrund, mit ausgebreiteten Schwingen wie ein dunkler Schutzengel – der Ätna.

Kein Mensch zu sehen, alle Fensterläden dicht, aber neben einer verblassten Sonnenuhr im oberen Stockwerk der Villa stand ein Fenster offen.

Die Poldi parkte den Alfa und machte sich bemerkbar. »*Permesso?*«

Keine Antwort.

Also lauter.

»*PERMESSO*? ... Hallo?«

Nichts.

Auch gut, drehte die Poldi eben eine kleine Runde durch den verwunschenen Garten. Der Wind raschelte leise in den Palmen, glitzerndes Sonnenlicht fiel auf das Haus und den Garten. Sonst war nichts zu sehen oder zu hören, als ob dieser Ort erst erweckt werden müsste. Durch ein Lachen vielleicht, denn vom ersten Moment an war der Poldi klar, dass dies ein guter Ort war. Dass das Eis hier trug.

Auf der Rückseite des Hauses hing Wäsche. Die Poldi wollte gerade wieder rufen, als sie wie aus dem Nichts von einem sehr wütenden, sehr großen Gänserich attackiert wurde. Fauchend und mit aufgestellten Schwingen schoss er unter der aufgehängten Wäsche hindurch und griff die Poldi an, die den Ganter in Ermangelung eines Stocks nur mit bayerischen Schimpfwörtern auf Abstand hielt.

»Gehst weg, bleds, hundsgreislig's Viech du. Verschwind bloß, scheißklumpverreckt's Drack! Ja, fauch du nur! Wannst denkst, dass i da eine Angst vor dir hab, dann hast dich aber g'schnitten, krummhaxades Trumm du mit deiner arschkramperten Machonummer. Hast mi?«

Gänsefauchen, Tantenflüche. Angriff, Rückzug, Fauchen, Flüche.

»*Mon dieu!* Wer ist da?«, rief jetzt eine Frauenstimme auf Italienisch mit französischem Akzent aus dem oberen Stock.

»*Moi!*«, rief die Poldi hinauf.

Und der Gänserich beruhigte sich augenblicklich.

Eine zarte, junge Frau erschien auf der oberen Terrasse. Blasser Teint, Jeans, verschlissener Rollkragenpullover mit hochgekrempelten Ärmeln, Sonnenbrille, die kurzen dunklen Haare zerzaust, als käme sie gerade aus dem Bett.

»Der Traum eines jeden kettenrauchenden französischen Filmregisseurs«, erklärte mir die Poldi später. »Wenn'st verstehst, was i meine. Das reine Klischee, pures Destillat der nervösen, wahnsinnig kapriziösen, unerträglich einsamen, hammererotischen und Sartre lesenden französischen Schönheit.«

»Nee, schon klar«, sagte ich. »Also nichts für mich, meinst du damit.«

»Mei, was bist du immer empfindlich!«

»Hast du wirklich ›*Moi*‹ gerufen?«

»Ja, freilich. Des hab i doch spontan g'schnallt mit dem Akzent, da hab i gar nicht nachdenken müssen.«

»*Ah! Êtes-vous français?*«, rief die junge Frau begeistert von der Terrasse.

»Nein!«, rief die Poldi auf Italienisch mit einem Blick auf den nun friedlichen Ganter zurück. »Aber sagen Sie's nicht der Macho-Gans!«

Die Frau oben lachte hell auf und kam herunter. Der Gänserich verzog sich wieder auf seinen Wachposten.

»*Mon dieu*, er ist furchteinflößend, nicht wahr? Ich glaube, er kassiert sogar Schutzgeld von den Hunden.«

Sie sprach fließendes Italienisch, aber mit wirklich sehr starkem französischem Akzent, betrachtete die Poldi einen Moment, lachte wieder, als sei die kurze Prüfung sehr zu ihrer Befriedigung ausgefallen, und streckte ihr die Hand entgegen.

»Valérie Raisi di Belfiore. Einfach Valérie.«

»Isolde Oberreiter. Einfach Poldi.«

»Was war das für eine lustige Sprache, die Sie da eben gesprochen haben?«

»Bairisch.«

»Ah, Sie sind Deutsche!«

»Etwas komplizierter ist es dann schon.«

»Hört man Ihrem Italienisch gar nicht an. Aber, *mon dieu*, ich bin die Letzte, die das beurteilen könnte. Seit ich zwanzig bin, lebe ich hier, aber jeder sagt mir ständig: ›Seien Sie unbesorgt, Signorina, in ein paar Monaten ist Ihr Italienisch schon viel besser.‹«

Sie lachte wieder. Sie lachte überhaupt ebenso so oft, wie sie *»mon dieu«* sagte, und fasste die Poldi nun impulsiv am Arm wie eine gute Bekannte.

»*Alors*. Was stehen wir hier herum?! Wollen Sie einen Kaffee? Und dann erzählen Sie mir, welche freundlichen Gezeiten Sie an diesen Strand gespült haben.«

Valérie führte die Poldi ins Haus, wo es kühl war und schattig und nach Staub, Büchern, Mottenkugeln und dem Jasmin roch, den Valérie in üppigen Sträußen auf zahlreiche Vasen verteilt hatte. Die Zeit schien plötzlich langsamer zu vergehen, als müsse sie sich hier drinnen durch ein duftendes Öl weiterbewegen. Irgendwo bellte ein Hund, sonst war nichts mehr zu hören von der Welt da draußen.

Der Boden war gefliest mit hellem Terrakotta und schwarzem Basalt. An einigen Stellen blitzten bunte Mosaiken unter den abgewetzten Teppichen hervor. An den Decken flirrten Blumenornamente, tanzten verblichene Nymphen mit faunischen Geliebten durch tropische Landschaften, schlugen Pfaue ihr Rad, zogen Kraniche über nebelverhangene Landschaften und Schimmelflecken hinweg. Große Kraken,

Delfine und schillernde Rotbarben durchkreuzten einen mythischen Ozean, bevölkert von Nixen und Sirenen, und ein lüsterner Zyklop plierte hinter dem Ätna auf meine sprachlose Tante herab.

»Kreuzbirnbaumundhollerstaudn! Leckmiramarsch!«, rief die Poldi aus. Und auf Italienisch: »Dieses Haus ist ein magischer Ort!«

Denn von magischen und verfluchten Orten verstand sie ja auch etwas.

Im ganzen Haus hingen düstere Ölschinken mit Porträts der ehemaligen Besitzer. Schwermütige junge Männer, Greise mit tückischen Augen und gepuderte orientalische Schönheiten, eingeschnürt in Korsette und Seidenkleider.

»*Voilà,* meine Vorfahren väterlicherseits, die Raisi di Belfiore!«, erklärte Valérie. »Bourbonen, Feiglinge, Mütter und Hurenböcke, Visionäre, Helden und Poeten, Heilige und Gespenster – alles dabei. Bis Garibaldi sie 1861 enteignet und stichprobenartig füsiliert hat.«

Die Poldi nickte. Schließlich hatte sie den *Leopard* mit Claudia Cardinale und Alain Delon bestimmt so an die zwanzig Mal gesehen.

»›Alles muss sich verändern, damit alles so bleibt, wie es ist‹«, zitierte sie aus dem Film.

Die Veränderung hatte für die überlebenden Belfiores allerdings darin bestanden, von Generation zu Generation zu verarmen und, um den Gravitationskräften des Ruins entgegenzuwirken, nach und nach Land zu verkaufen und – *mon dieu!* – bürgerliche Berufe zu ergreifen.

»Bestimmt spuken einige noch immer hier herum«, stellte die Poldi mit Blick auf das Porträt eines besonders unglücklich dreinblickenden Urahns fest.

»*Mon dieu* und ob!«, bestätigte Valérie. »Ursprünglich war das alles hier Weinanbaugebiet. Ende des neunzehnten Jahrhunderts gab es ein Erdbeben, und die halbe Decke kam herunter. Mein Ururgroßvater hat das Haus sofort fluchtartig verlassen, aus Angst, es werde einstürzen, und es auch nie wieder betreten. *Mon dieu,* hundert Jahre lang hat niemand das Haus mehr betreten. Bis mein Vater es dann in den Siebzigern untersucht und festgestellt hat, dass es völlig intakt ist. Das Erdbeben hatte damals nur am Putz gerüttelt, mehr nicht.«

Die Poldi erfuhr, dass Valérie das kleine Anwesen von ihrem Vater geerbt hatte, der ihre Mutter kurz nach Valéries Geburt verlassen hatte.

»Sie haben sich geliebt und gehasst. Ein solches Feuer der Leidenschaft verzehrt jede Beziehung.«

»Eine *Amour fou*«, befand die Poldi, denn davon verstand sie ebenfalls etwas, und dachte an meinen Onkel Peppe.

»Ich habe meinen Vater kaum gekannt, aber als ich dann von dem Erbe erfuhr, dachte ich, es wird Zeit, ihn kennenzulernen. Also habe ich Italienisch gelernt und bin hierhergezogen. Aber, *mon dieu,* wir wollten doch einen Kaffee trinken!«

Valérie servierte pappige Kekse zu einem scheußlichen Espresso, den die Poldi zur Geschmacksverbesserung mit dem Inhalt ihres Flachmanns etwas streckte. Valérie nahm fünf Löffel Zucker. Die Poldi mochte sie immer mehr.

Femminamorta, so erfuhr sie weiter, war alles, was den Raisi di Belfiores von ihrem immensen Besitz geblieben war. Um das Haus zu halten und über die Runden zu kommen, vermietete Valérie die unbenutzten Zimmer an Feriengäste.

»Inzwischen gehört das meiste Land ringsum ohnehin Russo.«

Die Poldi horchte auf.

»Kennen Sie ihn?«

»*Mon dieu*, allerdings. Schließlich versucht er seit Jahren, mir Femminamorta abzuschwatzen und mich rumzukriegen.«

»Ist er denn nicht verheiratet?«

»Geschieden. Er hat eine erwachsene Tochter, die demnächst heiratet.« Sie lachte. »Wir haben eigentlich ein ganz stabiles Verhältnis. In letzter Zeit schreckt er allerdings auch vor dramatischen Maßnahmen nicht mehr zurück. Haben Sie den Torlöwen am Eingang gesehen?«

»Ja. Aber sein Zwillingsbruder fehlt.«

»Allerdings fehlt er, *mon dieu!* Russo leugnet es zwar, aber natürlich ist mir klar, dass er dahintersteckt. Eine unmissverständliche Warnung, dass es mit seiner Geduld bald aus ist.« Sie sprang unvermittelt auf. »Aber was jammere ich Ihnen hier die Ohren voll. Wollen Sie noch ein anderes Zimmer sehen, bevor Sie sich entscheiden? Sie können so lange bleiben, wie Sie wollen, über den Preis werden wir uns schon einig.«

Da fiel der Poldi wieder ein, aus welchem Grund sie ursprünglich gekommen war und dass hier ein Missverständnis vorlag.

»Eigentlich suche ich nach Valentino. Valentino Candela, sagt Ihnen der Name was?«

Valérie sah die Poldi einen Augenblick an, als müsse sie die Schärfe nachstellen, um sich ein neues Bild von ihrem Gast zu machen.

»Natürlich«, sagte sie vorsichtig. »Valentino. Hübscher

Kerl. Der arbeitet für Russo, aber manchmal hilft er mir auch im Haus und im Garten.«

»Er ist seit drei Tagen verschwunden.«

Valérie reagierte bestürzt.

»*Mon dieu*. Jetzt, wo Sie es sagen, ich hab ihn auch schon länger nicht mehr gesehen.«

»Mir hat er am Montag gesagt, dass er abends hier auf Femminamorta zu tun hätte.«

Valérie dachte nach, schüttelte dann aber entschieden den Kopf. »Nein, da bin ich ganz sicher.«

Aber belebt durch Kaffee, Brandy und die vielen positiven Energien sagte die Poldi: »Dann werde ich diesen Signor Russo mal fragen.«

»Ich bezweifle, dass er Sie empfängt.« Valérie lächelte plötzlich wieder. »Aber ich kann Ihnen eine Abkürzung zum Verwaltungsgebäude zeigen.«

Ein kleiner Pfad führte von Valéries Garten leicht ansteigend durch ein Mandelgärtchen und an einem Bolzplatz und einem Gemüsegarten vorbei. Die Poldi konnte das trutzige, sandfarbene Hauptgebäude mit Russos Logo bereits gut erkennen, dahinter Palmen stramm in Reih und Glied, und weiter dahinter der Ätna, hinter dem sich inzwischen langsam die Sonne verzog und seine Rauchfahne rosa und violett einfärbte. Trotzdem war es immer noch heiß.

Im Foyer wurde die Poldi von Russos Palmenimperium natürlich sofort von zwei Security-Typen in schwarzen Trainingshosen und Poloshirts abgefangen und vom Grundstück komplimentiert. »Tut uns sehr leid, Signora, Sie brauchen einen Termin, nein, ohne Termin lässt sich da nichts machen, Signor Russo ist sehr beschäftigt, nein, ohne Termin geht es *wirklich* nicht, nein, auch nicht, wenn Sie extra aus Deutschland gekommen sind, machen Sie telefonisch einen Termin mit einem unserer Gartenberater aus, der kommt gerne unverbindlich bei Ihnen vorbei und macht Ihnen ein Angebot, Sie können aber auch ganz bequem online bestellen, einen schönen Abend noch, Signora.«

Grantig und durstig plumpste die Poldi in ihren Alfa. Sie brauchte nun dringend ein Bier, um den Frust und den Brand zu löschen, die in ihr um die Wette loderten.

Valérie trat ans Seitenfenster.

»Glauben Sie wirklich, Valentino ist etwas zugestoßen?«

»Ich weiß es nicht«, presste die Poldi erschöpft hervor. »Ich will ihn nur finden, bevor es vielleicht zu spät ist, verstehen Sie?«

Valérie nickte.

»Russo hat über hundert Mitarbeiter. Warum sollte ausgerechnet er wissen, wo eine seiner Teilzeit-Aushilfen steckt?«

Die Poldi dachte über Valéries Frage nach.

»Kennen Sie das, wenn Sie morgens aufwachen, und irgendetwas beunruhigt Sie? Eine kaum merkliche Veränderung der Temperatur, der Wind hat gedreht, das Licht hat einen Schatten mehr, etwas schleicht sich an, das Eis, auf dem Sie stehen, knistert leise. Vielleicht hatten Sie einen schlimmen Traum, der Sie warnen wollte, aber Sie erinnern sich schon nicht mehr. Da ist nur noch dieses Unbehagen, das Sie den ganzen Tag begleitet und Ihnen undeutliche Dinge zuraunt.«

Valérie sah die Poldi an.

»Was ich damit sagen will, Valérie ...«

Die junge Frau winkte ab.

»Ich glaube, ich habe schon verstanden. Würden Sie mich heute Abend zu einer kleinen zwanglosen *Serata* begleiten, Poldi? Ein Cousin meines Vaters hat eingeladen, ein schrecklicher Langweiler. Aber Carmela, seine Frau, ist eine fantastische Köchin. Außerdem … ist Russo ebenfalls eingeladen.«

Die Poldi strahlte.

Als ganz so zwanglos entwickelte sich die *Serata* dann allerdings doch nicht, denn der Gastgeber, Domenico Pastorella di Belfiore, genannt Mimì, war ein großer Bewunderer Hölderlins.

3. Kapitel

Als Valérie die Poldi um kurz vor neun Uhr in Torre abholte, um sie nach Acireale zu chauffieren, trug die Französin ein eng anliegendes, schulterfreies schwarzes Kleid und Sneaker dazu.

Die Poldi, frisch geduscht, aufgetufft und dezent eingeduftet, hatte sich für eine wallende rote Seidenfantasie mit goldenen Drachen und tüchtig Ausschnitt entschieden, die durch einen emaillierten Ying-und-Yang-Anhänger noch ein geschmackvolles Ausrufezeichen erhielt. Überflüssigerweise, muss man anfügen, aber egal, schließlich war sie Kostümbildnerin gewesen und musste es wissen.

»Oberste Regel des Erfolgs im Business für Frauen«, erklärte sie mir später, »wenn's ernst wird, immer Rock, immer Ausschnitt!«

Valérie fuhr ihren Fiat Panda wie einen Formel-1-Boliden. Mit aufgeblendetem Fernlicht heizte sie über die gewundene *Provinciale,* hupte pro forma vor jeder Kurve und schien Bremsen für Nervenschwäche zu halten.

»Der Pastorella-Zweig der Belfiores ist der einzige, der nach 1861 nicht verarmt ist«, erklärte Valérie gut gelaunt.

»Onkel Mimì hat noch keinen Tag im Leben einer geregelten Arbeit nachgehen müssen. Dafür schreibt er seit dreißig Jahren an einem Buch über Hölderlin.«

»Na, prost Mahlzeit«, ächzte die Poldi.

Valérie bezeichnete ihren Onkel als *Leone di cancello*, als »Torlöwen«, also jemanden, den man in Deutschland einen »Papiertiger« nennen würde.

Die Poldi, einigermaßen damit beschäftigt, nicht ohnmächtig zu werden, verstand nur so viel, dass Mimìs Urgroßvater irgendeinen Kuhhandel mit Garibaldi hatte herausschlagen können, der die Pastorellas bloß um die Hälfte ihrer Güter gebracht hatte. Was um den Dreh der Fläche des Landkreises Freising entsprach mit sämtlichen Schlössern darauf. Seitdem zehrten die Pastorella di Belfiores allein vom Verkauf ihrer Immobilien. Hier ein Stückchen Land, dort ein Weinberg, hier eine Villa, dort ein Häuschen, hier ein Hektarchen, dort ein Hektarchen. War ja genug da.

Nach Valéries Berechnungen reichte die schiere Masse an Grundbesitz und Villen noch für eine weitere Generation, dann allerdings *finito l'amore*. Da Mimì und Carmela jedoch keine Kinder hatten, mussten sie sich über solche Fragen der Endlichkeit natürlicher Ressourcen keine Gedanken machen. Viel lieber dachte Mimì an Hölderlin. Und noch viel lieber schwadronierte er über Hölderlin. Und am allerliebsten mit unverhofften deutschen Gästen. Aber das wusste die Poldi zu diesem Zeitpunkt noch nicht.

Die Fahrt endete im Zentrum von Acireale, gleich hinter dem Dom, an einer unscheinbaren hohen Mauer mit einem schmucklosen Eisentor. Eine enge Einbahnstraße mit Kopfsteinpflaster aus Lavabasalt, kaum breit genug für ein Auto und nur funzelig beleuchtet von vereinzelten Natriumlampen. Kein Ort, an dem die Poldi barocke Pracht vermutet hätte.

Valérie aber klingelte an dem Eisentor, das sich sofort automatisch öffnete. Und was dahinterlag, verschlug selbst der Poldi kurz den Atem.

Gleich hinter dem Tor erstreckte sich ein kleiner Park mit ordentlich manikürten Hecken und Blumenbeeten, einem illuminierten Wasserspiel.

»Mimì erzählt gerne, dass Goethe auf seiner italienischen Reise hier einmal übernachtet und ein Gedicht geschrieben hat. Fragen Sie mich nicht, welches. Aber Mimì verrät es Ihnen bestimmt.«

Eine mit LED-Strahlern angestrahlte Allee sorgfältig verkrüppelter Bitterorangen führte auf eine u-förmige Barockvilla zu, die ebenfalls von Bodenstrahlern bläulich beleuchtet wurde. Und als ob das nicht genug sei, brannten links und rechts des Eingangs auch noch große Fackeln. Die Poldi staunte nicht schlecht, wie versteckt dieser Palast lag. Allerdings versprühte dieser Ort im Gegensatz zu Femminamorta etwa so viel Charme wie der Parkplatz vor dem *IperSimply*. Die Poldi glaubte auch nicht, dass Goethe hier wirklich einst Station gemacht und ein Gedicht geschrieben hatte.

Aber Goethe war ohnehin nicht der herrschende Geist im Hause Pastorella, sondern Hölderlin. Und dem begegnete die Poldi auch sogleich beim Eintreten. Sie sah den Schatten nur aus dem Augenwinkel, der da seitlich und fast geräuschlos aus dem Halbdunkel auf sie zuschoss.

Meine Tante liebte Hunde. Mit einer Ausnahme: gepfeilte Schnauze, Schlitzaugen, Fledermausohren, glänzend schwarze Muskelpakete auf hohen Beinen. Für die Poldi der Inbegriff der Heimtücke.

Wie aus dem Nichts stand der Dobermann plötzlich vor ihr. Ein ausgewachsener Rüde mit riesigen Eiern, der der Poldi fast bis zur Brust reichte und sie bösartig anknurrte. Eine Drohung, so markerschütternd unmissverständlich, dass der Poldi der Schrei im Halse stecken blieb. Im nächsten Moment hatte sie sich allerdings schon wieder gefangen und schrie den Dobermann an.

»Du Mistvieh! Kschsch, kschsch! Verpiss dich!«

Fiel dem Dobermann überhaupt nicht ein. Im Gegenteil: Er fletschte seine makellosen Zähne nur drohender und spannte die Muskeln zum Sprung Richtung Kehle. Für die Poldi klare Sache, dass sie jetzt fällig sei. Und für einen kurzen Augenblick fand sie das dann doch eine beschissene Vorstellung.

»Aber Leberzirrhose geht schon, oder was?«, platzte ich heraus, als sie mir später alles erzählte.

»Mei, was weißt denn du. Jetzt red'st schon wie die Teresa. Aber vom Schmerz weißt rein gar nichts.«

»Nur zu. Ich höre.«

»Nein, tust du nicht, du quatschtst immer nur oberschlau dazwischen, so warst schon als Bub. Weißt du, was dein Vater einmal zu mir g'sagt hat? Ein Glück, hat er g'meint, dass du nicht besser Italienisch sprichst, sonst würdest du uns noch alle in Grund und Boden quatschen.«

»Und warum, bitte schön, sitzen wir dann hier?«

»Weil, die Hoffnung stirbt zuletzt«, erklärte meine Tante Poldi.

Womit wir wieder beim Thema waren. Sterben. Hoffnung. Hölderlin.

»Hölderlin! Sitz!«

Die Rettung nahte in Gestalt eines weißhaarigen Gentlemans im Dreiteiler, mit zarten Händen, gezierten Bewegungen und einer Flüsterstimme. Auf Deutsch.

»Seid gegrüßt, ihr zufluchtsvolle Schatten, / Ihr Fluren, die ihr einsam um mich ruht; / Du stiller Mond, du hörst, nicht wie Verleumder lauren, / Mein Herz, entzückt von deinem Perlenglanz.«

»Ja, des hab i auch gerade gedacht«, ätzte die Poldi stinksauer.

Hölderlin jedoch reagierte auf die Verse wie auf Jupiters Donnerstimme, regelte sein Knurren von Stufe zehn auf drei herunter, knickte seine Fledermausohren ein und hockte sich brav auf seine Rieseneier.

»Bitte verzeiht, Kinder«, flüsterte der Hausherr und tätschelte dem Dobermann den Kopf. »Hölderlin ist gerade in seiner Sturm-und-Drang-Zeit! Dabei hat er so eine zarte Seele.«

Mimì küsste Valérie flüchtig auf beide Wangen und wandte seine ganze Aufmerksamkeit dann der Poldi zu. Beziehungsweise ihrem Dekolleté.

»Sie müssen Donna Isolde sein«, begrüßte er sie auf Deutsch und mit Handkuss. »Ich bin hocherfreut.«

»Poldi. Einfach Poldi«, erklärte meine Tante, die so langsam zu alter Fassung zurückfand.

»Aber wie profan das klingt für eine so …«, Mimì musste schlucken, »… beeindruckende Schönheit wie Sie, Signora. Wo kommen Sie her?«

»Torre Archirafi. Via München.«

»Ah! München liegt nicht weit von Tübingen weg, nicht wahr?«

»Quasi ums Eck.«

Mimì strahlte sie an und reichte ihr seinen Arm.

»Lieben Sie Hölderlin?«

Die Poldi schielte auf den Dobermann, der gerade blasiert wegtrabte.

»Mei, bislang hatten wir eher ein schwieriges Verhältnis.«

»Vertrauen Sie mir, Donna Isolde, ich werde Ihnen einen neuen Kosmos eröffnen.«

Ohne sich weiter um Valérie zu kümmern, führte Mimì meine Tante Poldi ins Haus und stellte ihr seine Frau vor.

Carmela war gut dreißig Jahre jünger, aber ganz sicher war sich die Poldi da nicht, denn Carmela hatte offenkundig das eine oder andere »machen lassen«, denn die Stupsnase, die leicht geschwollenen Lippen und die Grübchen wollten nicht recht zu dem ansonsten klassisch-griechischen Gesicht passen. Sie spreizte den kleinen Finger bei jeder Geste, wie es sich gehörte, und dazu klingelte ein ganzes Orchester von Armreifen, Ketten und Ohrringen. Eine Köchin in Aktion hatte sich die Poldi irgendwie anders vorgestellt.

Was für ein Tag!, dachte sie und entdeckte erleichtert einen jungen Marokkaner in roter Livree, der mit einem Tablett mit bunten *Aperitivi* herumschlich, als ob er sie beschützen müsse. Die Poldi gleich hin, exte die ersten beiden hintereinander, nahm sich einen dritten in Reserve und fühlte sich nun erfrischt und gestärkt genug für den weiteren Verlauf des Abends.

Entzückt über seinen unverhofften deutschen Gast mit dem Wahnsinnsbusen, führte Mimì sie herum, tätschelte ihr die Hand, plierte in ihr Dekolleté und stellte sie wispernd dem knappen Dutzend Gäste vor, das sich bereits im

Salon um den Tisch versammelten hatte. Die meisten von ihnen waren schon jenseits der achtzig, gebeugte Herren in grauen Anzügen und winzige, elegant gekleidete ältere Damen. Die Poldi musste an getrocknete Feigen und kandierte Früchte denken. Ihre ganze Aufmerksamkeit jedoch galt dem Mann ihr direkt gegenüber, der Valérie nicht aus den Augen ließ.

Meine Tante Poldi hatte sich Italo Russo ganz anders vorgestellt. Mehr so als typischer schmieriger Mafioso aus Film und TV, mit Schmähbauch, Schnauzbart und geölten Haaren, Hemdsärmeln und Hosenträgern. Onkel Martino hatte ihr erklärt, dass die schlampige Kleidung zum typischen Mafia-Look gehörte und dass die Bosse der *Cosa Nostra* Wert darauf legten, ihr Äußeres bis zum Extrem zu vernachlässigen. Aber ich glaube, das ist so ein Mythos aus Nachkriegszeiten.

Tatsächlich stand die Poldi einem gut aussehenden, braun gebrannten Mittfünfziger in Jeans und orangenfarbenem Polohemd gegenüber, fast ohne Bauch, dafür mit rasiertem Schädel und flinken hellen Eidechsenaugen, denen nichts entging und die ein gelassenes Selbstbewusstsein verströmten. Als ob Russo die Villa und alles hier gehören würde. Oder schon bald. Die Poldi konnte gar nicht anders, als ihn sich in einer Polizeiuniform vorzustellen. Die anderen Gäste und auch Mimì behandelten ihn mit ausgesuchtem Respekt.

Einer allerdings übertrieb es damit: ein Mann Mitte vierzig, der schon eher Poldis Mafia-Klischee entsprach – dunkel, schlecht rasiert, gedrungen, Schuppen auf dem Hemdkragen. Er mampfte die ganze Zeit Grissini und Nüsschen vom Tisch, pulte sich mit dem Fingernagel zwischen den Zähnen und folgte Russo wie ein Hündchen.

»Wer ist eigentlich dieser Schmierlappen?«, raunte die Poldi Valérie zu.

»Corrado Patanè. Ein Bauunternehmer aus Riposto.«

»Und warum kriecht er Russo so in den Arsch?«

Valérie zuckte mit den Schultern. »Wahrscheinlich verspricht er sich einen Auftrag, falls Russo weiter expandiert. Schmierig, aber harmlos.«

Was die Poldi nicht wirklich überzeugte. Instinktsache. Sie drängte sich dennoch zwischen die beiden und reichte Russo die Hand.

»Nein, was für ein Zufall, dass wir uns hier kennenlernen! Da hätte ich mich von Ihren Gorillas heute Nachmittag gar nicht so rüde rausschmeißen lassen müssen, um Sie zu sprechen!«

Russo hielt ihre Hand fest und sah ihr prüfend in die Augen.

»Es tut mir leid, wenn Sie Unannehmlichkeiten hatten. Aber wir haben strenge Sicherheitsvorschriften.«

»Damit keiner mal eben eine Palme mitgehen lässt?«

Russo lächelte.

»In welcher Angelegenheit wollten Sie mich denn sprechen?«

»Nur wissen, wo Valentino ist. Valentino Candela, der arbeitet doch manchmal für Sie?!«

»Sie sind die deutsche Signora, für die Valentino manchmal einkauft, nicht wahr? Freut mich, Sie persönlich kennenzulernen. Valentino bewundert Sie sehr.«

»Ach, das hat er Ihnen erzählt? Dann wissen Sie bestimmt auch, wo er abgeblieben ist.«

Russo blieb ganz ruhig. Nicht ein Wimpernschlag verriet, ob er nervös wurde.

»Ich muss Sie enttäuschen. Valentino ist seit drei Tagen nicht zur Arbeit erschienen. Der Vorarbeiter hat bei seinen Eltern nachgefragt, aber die wussten auch nicht, wo er steckt. Aber okay, wenn er nicht arbeiten will – seine Entscheidung, niemand zwingt ihn.«

»Das klingt dann aber schon ein bisschen beleidigt«, erwiderte die Poldi.

Russo lächelte wieder.

»Valentino ist ein Junge mit viel Potenzial. Wenn er nur ein wenig zuverlässiger wäre.«

Damit schien das Gespräch für ihn beendet zu sein, denn er wandte sich wieder Patanè zu, der neben der Poldi stand und sie nervös beobachtete.

Die Poldi hätte sich gerne noch weiter mit Russo unterhalten, aber in den nächsten beiden Stunden erhielt sie keine Gelegenheit mehr für weitere Nachforschungen. Denn nun wurde aufgetischt.

Unermüdlich schleppten inzwischen zwei livrierte Marokkaner Tabletts, Terrinen und Teller heran, als ob sie irgendwo aus einem unterirdischen, nie versiegenden Strom der Köstlichkeiten schöpfen konnten.

Die Poldi bewunderte Carmela, die all dies gekocht hatte und dennoch so frisch wirkte wie eine Orangenblüte am Morgen.

Wie gesagt, zwölf Gäste, aber Essen für dreißig. Wein allerdings wieder nur für vier, was eine gewisse Missstimmung bei meiner Tante Poldi aufkommen ließ. Vergnüglich fand sie dagegen, dass der vierbeinige Hölderlin Russo die Schnauze in den Schritt drückte und sich nicht mehr vom Fleck rührte. Russo auch nicht.

»Seit fünfzig Jahren habe ich Dobermänner«, flüsterte

Mimì der Poldi zu, »und jeden von ihnen habe ich Hölderlin genannt.«

»Auch eine Form der Unsterblichkeit«, rutschte es der Poldi heraus.

Valérie verschluckte sich fast.

Mimì klatschte in die Hände.

»Bravo, Donna Isolde! Endlich eine Seele, die mich durch und durch erkennt.«

Damit waren hölderlinmäßig sämtliche Dämme der Bescheidenheit und der vornehmen Zurückhaltung gebrochen. *Forza* Hölderlin. Hölderlin *rules the waves*. Zur Poldi geneigt wie eine Dschunke mit Schlagseite, schwärmte Mimì meiner Tante während des ganzen Abends von seinem Tübinger Idol vor, rezitierte Hymnen, vaterländische Verse und den *Hyperion*, ließ sich über den – seiner Überzeugung nach angeblichen – Wahnsinn des Dichters, die Jahre im Tübinger Turmzimmer und die – ebenfalls seiner Überzeugung nach – dahinter steckende Freimaurerverschwörung aus.

»Ich kann beweisen, Donna Isolde, dass Hölderlin in seinen Gedichten uraltes Geheimwissen offenbart. Codiert natürlich. Hölderlin war nicht nur der größte deutsche Dichter, sondern auch ein kryptologisches Genie. Ich stehe kurz vor der Entschlüsselung des Codes und damit vor der Enthüllung einer Wahrheit, die die Welt erschüttern wird.«

»Gibt's eigentlich irgendwo noch Wein?«, rief die Poldi verzweifelt und fragte sich, was, zum Henker, sie eigentlich hier machte.

Mimì quasselte ohne Unterbrechung. Die anderen Gäste wirkten erleichtert, dass sie sich ganz aufs Essen konzentrieren konnten. Valérie neben ihr pickte nur pro forma in ihrem Essen herum und bemühte sich, Russo zu ignorieren, der sie wiederum die ganze Zeit über von der anderen Tischseite beobachtete. Und da machte sich die Poldi natürlich so ihre Gedanken, was da zwischen den beiden vorgefallen sein mochte.

Patanè dagegen ließ Russo keine Sekunde aus den Augen, wirkte angespannt, wie auf dem Sprung. Er mampfte, seufzte, völlte und rülpste eigentlich den ganzen Abend ohne Pause, sprach sonst mit niemandem und gab sich auch nicht die geringste Mühe, höfliches Interesse für die anderen Gäste zu simulieren.

Da sich aufgrund fehlenden Weins ein richtiger Rausch einfach nicht einstellen wollte, wurde meine Tante Poldi erst sentimental und dann schwermütig. Ein vertrauter Schatten legte sich auf ihr Gemüt wie ein schwerer, samtener Vorhang, unter dem man einschlafen oder ersticken konnte. Am liebsten beides. Die Poldi dachte an ihren Peppe, an John, an das Haus in Tansania, an all die Menschen, Dinge und Hoffnungen, die sie verloren hatte. Sie dachte an Valentino, der höchstwahrscheinlich gerade bei irgendeinem Mädchen lag. Und sie fand, dass dieser Tag nichts als eine einzige, scheißklumpverreckte Zeitverschwendung gewesen war.

Sie hörte Mimìs Stimme neben sich, der sich erhoben hatte und ein Hölderlingedicht zum Besten gab.

Erst auf Deutsch und dann in seiner italienischen Übersetzung: »Das Angenehme dieser Welt hab' ich genossen, / Die Jugendstunden sind, wie lang! wie lang! verflossen, / April und Mai und Julius sind ferne, / Ich bin nichts mehr, ich lebe nicht mehr gerne!«

Und das ging der Poldi dann durch und durch. Treffer, versenkt. Sie spürte Valéries Hand auf ihrem Arm.

»Poldi? Alles in Ordnung mit Ihnen?«

»Ja. Klar. Was soll schon sein.«

»Sie weinen.«

»Nein, tu ich nicht.«

»Und ob! Sie zittern ja richtig.«

Jetzt erst merkte die Poldi, dass alle sie anstarrten. Dass Valérie ihr ein Taschentuch reichte.

»Danke«, schniefte die Poldi, schnäuzte sich geräuschvoll und fühlte sich gleich ein Quentchen besser. Sie wandte sich an Valérie. »Würden Sie mich bitte nach Hause fahren?«

So weit dieser Abend.

Um ihn gründlich abzuhaken, verbrachte die Poldi den ganzen folgenden Tag im Bett, zusammen mit einer Flasche Wodka, in ihrem abgedunkelten Schlafzimmer zur Via Baronessa hin, trank und bemitleidete sich. Hörte Kinder toben und Nachbarn plaudern, hörte Lachen und Streit, Vespa-Geknatter und Quizshow-Geplärr, hörte das Meer und wie der Tag in einem langen matten Seufzer verstrich. Sie ging nicht raus, ging nicht an die Tür, nicht ans Telefon. Sie trank nur und hoffte, dass Leber und Herz demnächst aufgeben und den Laden endlich dichtmachen würden.

Machten sie aber nicht. Sie machten einfach weiter.

Sie wussten es eben besser.

Nachdem sie einen Tag und eine Nacht ziemlich gesumpft hatte, wurde meine Tante Poldi in der darauffolgenden Nacht prompt von Schlaflosigkeit geplagt. Denn die Leber arbeitet ja auf Hochtouren, schiebt gewissermaßen Sonderschichten, um den ganzen Alkohol wieder abzubauen. Hinzu kommt die volle Blase, und pünktlich zwischen drei und vier Uhr morgens kehrt dann der Durst zurück wie ein zorniger, vernachlässigter Geliebter. Unruhig wälzte sie sich in ihrem Bett, trank aber nur Wasser und nahm zwei Aspirin. Zitternd kochte sie Kaffee, aß zwei Scheiben Toast, goss die Pflanzen im Hof, aß noch zwei Scheiben Toast. Das Zittern verließ sie nur langsam. Um fünf Uhr, mit dem ersten fahlen Tageslicht, hielt sie es nicht mehr aus, zog sich an und fuhr nach Praiola, um einen schönen Stein für den Peppe ins Meer zu werfen und vielleicht ein wenig im Sonnenaufgang zu schwimmen.

Daraus wurde dann nichts.

Sie sah die Gestalt schon, als sie den Wagen parkte. Ein Schatten im Zwielicht, hingegossen auf die rund geschliffenen Lavasteine. Ein Fleck nur, wie vom Meer vergessen, wie Strandgut. Kein Geräusch zu hören, nur das Summen der Fliegen und das träge Plätschern am Ufer, als sei das Meer selbst noch nicht richtig erwacht. Und irgendwie ahnte die Poldi da schon, was sie gleich sehen würde.

Vorsichtig, aber entschlossen balancierte sie über die großen runden Steine und näherte sich der Gestalt am Strand, als wollte sie den jungen Mann dort nicht wecken. »Valentino?«

Ihre Stimme klang kratzig, wie das Krächzen einer jungen Katze.

Valentino lag auf dem Rücken ausgestreckt, die Poldi erkannte ihn sofort an der tätowierten *Trinacria* auf dem linken Unterarm, dem dreibeinigen Medusenkopf, dem Symbol Siziliens. An seinem schönen arabisch-normannischen Gesicht hätte sie ihn jedenfalls nicht mehr erkennen können, denn das hatte ihm jemand mit einer Lupara aus kurzer Distanz weggeschossen. Als die Poldi näher trat, flog eine Wolke von Fliegen von seinem Kopf auf.

Ächzend sank die Poldi neben Valentino in die Knie. Hockte einfach nur neben der Leiche und wimmerte leise, als könnte sie ihn mit diesem uralten Lied der Trauer wieder zum Leben erwecken. Die großen Kiesel schmerzten, aber das spürte sie kaum. Sie ergriff seine linke Hand, die so kalt und hart und trocken war wie die Steine am Strand.

»Mei, Valentino. Warum hast nicht einen Ton g'sagt?«

Sie tätschelte seine kalte Hand und starrte aufs Meer und auf die aufgehende Sonne, nur um Valentino nicht ansehen zu müssen. Es war nicht ihre erste Leiche, und meine Tante Poldi warf so schnell nichts um, aber der Anblick des zerfetzten Gesichts setzte ihr verständlicherweise zu.

Valentinos Gesicht sah wirklich übel aus. Augen, Nase und Mund kaum noch zu erkennen, ein blutiges Gemansche aus Fleischfetzen und Knochenstücken. Aber die Poldi sah es sich jetzt ganz genau an, trotz der Fliegen und trotz der aufkommenden Übelkeit. Das Blut war bereits verkrustet. Die Poldi hob Valentinos Kopf vorsichtig ein wenig an und legte ihn dann sanft wieder ab. Sie zögerte einen Augenblick, musste sich überwinden, atmete durch – und griff beherzt in seine Hosentaschen. In der linken nur rötlichgelbe Sandkörner. In der rechten jedoch fand sie ein wenig Kleingeld und dazwischen ... ein kleines Mosaiksteinchen. Eine centgroße kobaltblau glasierte Tonscherbe. Sie überlegte nicht lange, behielt die winzige Tonscherbe. Tut man nicht, so was, aber es war auch mehr so ein Impuls, der sie da leitete. Eine Art genetisches Programm, wie sie mir erklärte. Denn was man über meine Tante Poldi auch noch wissen muss: Ihr Vater war Hauptkommissar bei der Kripo Augsburg gewesen. Mordkommission. Da war sie einfach vorgeprägt.

Die Poldi wusste deshalb auch, dass es Zeit wurde, die Polizei zu rufen, aber erst, als die Sonne es schon fast über den Horizont geschafft hatte, ging sie mit zitternden Beinen zum Wagen zurück, wo ihr Handy lag, und wählte die 112.

Was bedeutet, dass sie sich in ihrem aufgewühlten Zustand verwählte, denn statt der *Polizia di Stato*, die die 113 hat und bei Mord zuständig ist, rief sie die *Carabinieri*, die in solchen Fällen nur mehr oder weniger zuständig sind.

Der italienische Staat unterhält eine babylonische Vielfalt von Polizeistrukturen. *Polizia di Stato, Carabinieri, Guardia di Finanzia, Polizia Penitenziaria, Corpo Forestale dello Stato, Guardia Costiera, Polizia Municipale* (Poldis geliebte *Vigili urbani*), die *Corazzieri* des Staatspräsidenten, *Polizia Provinciale* und *Polizia Locale*. Plus verschiedene Spezialeinheiten zur Terrorbekämpfung, Mafiabekämpfung und zum Staatsschutz. Fast jede untersteht einem anderen Ministerium. Man blickt kaum durch, außer natürlich die Poldi mit ihrer lebenslangen Expertise in Sachen uniformierter Männlichkeit.

Die *Carabinieri*, die italienische Gendarmerie, sind mehr in ländlichen Regionen zuständig und stehen in Italien in dem Ruf, ein Abklingbecken für Dorfdeppen und Vollhonks zu sein. Liegt vielleicht an ihrer operettenartigen Gala-Uniform mit den silbernen Epauletten, den scharlachroten Rockaufschlägen und dem monströsen Dreispitz, der *Lucerna*. Wen sonst keiner nimmt, den nehmen immer noch die *Carabinieri*. Heißt es.

Zehn Minuten später raste ein Alfa Romeo der *Carabinieri* heran, und zwei Beamte in dunkelblauen Uniformen mit dem schicken roten Streifen an der Hosennaht sprangen heraus. Der eine schon etwas älter mit knittrigem, kummervollem Gesicht, der andere so blutjung wie frisch vom Baum gepflückt, mit gestutzten Augenbrauen und einem perfekten Strich von Bärtchen an der Kieferkante entlang.

Die Poldi hatte sich in ihren Wagen zurückgezogen und winkte ihnen matt zu.

»Haben *Sie* angerufen?«, bellte sie der Ältere an.

»Ja.« Die Poldi deutete zum Strand. »Sein Name ist Valentino Candela.«

Sie sah zu, wie der Jüngere über die Steine stakste.

»Ihr Kollege soll aufpassen, dass er da keine Spuren zertrampelt.«

Sie sah, wie der junge Polizist sich über die Leiche beugte und erschrocken zurückzuckte. Und dann sah die Poldi, wie der junge Polizist die Hände vors Gesicht schlug und sich abwandte.

»Oh, mein Gott! Madonna, das ist ja grauenhaft!«

Der Ältere blickte abwechselnd zu seinem schockierten Kollegen und zu der Frau mit der Perücke in diesem alten Alfa und griff sich dann ans Pistolenholster.

»Würden Sie bitte aussteigen, Signora. Aber ganz langsam.«

»Wie bitte?«

»Sie haben mich schon verstanden.«

»Ja, glauben Sie denn etwa ...«

»Ich sage es nicht noch mal!« Und dann sagte er es doch. »Aussteigen!«

Seufzend raffte sich die Poldi auf. Mit erhobenen Händen, ihren Personalausweis in der Linken, blieb sie neben dem Wagen stehen.

»Treten Sie vom Wagen weg, Signora ... Gut, das reicht.«

»Ich hab ihn genau so gefunden, wie er da liegt.«

»Name?«

»Ich sagte doch, Valentino Candela.«

»Nein, *Ihr* Name!«

»Isolde Oberreiter.«

»Deutsche?«

Der Jüngere wankte über den Strand zurück zu seinem Kollegen. Die Poldi sah, dass er weinte. Er tat ihr leid.

»Ja, Deutsche«, seufzte sie. »Aber wohnhaft in Torre Archirafi.«

Der jüngere *Carabiniere* starrte sie an, während der Ältere einen Blick in Poldis Alfa warf.

»Wann haben Sie den Toten gefunden?«

»Vor einer halben Stunde.«

»Was wollten Sie denn so früh allein am Strand?«

»Schwimmen.«

»Was, so früh am Morgen?«

»Ich bin Deutsche. Wir machen das so.«

Das schien den beiden *Carabinieri* einzuleuchten. Sie überprüften Poldis Ausweis, notierten sich den Namen Buchstabe für Buchstabe und auch das Kennzeichen. Als die Poldi gerade gereizt anmerken wollte, ob es nicht langsam an der Zeit wäre, die Spurentechnik, den Gerichtsmediziner und vor allem die Kriminalpolizei zu verständigen, raste ein Fiat der *Polizia di Stato* heran, und das Spiel ging von vorne los.

Zwei Beamte stiegen aus, der eine jung, der andere älter. Der Jüngere schlurfte zum Strand, sah sich die Leiche an, reagierte schockiert, kehrte weinend zurück. Der Ältere zoffte sich derweil mit seinem *Carabinieri*-Kollegen. »Franco! Was, zum Teufel, macht *ihr* Komiker denn hier?«

»Das Gleiche könnte ich dich fragen, Pippo.«

»Wir wurden gerufen.«

»Wir auch.«

»Haben Sie uns gerufen, Signora?«

»Ja.«

»Siehst du. Ihr könnt wieder abzischen, ihr Pfeifen. Das ist unser Fall.«

»Welche Nummer haben Sie gewählt, Signora? Die 112 oder die 113?«

»Beide.«

»BEIDE???«

Bestürztes Schweigen.

»Schöne Scheiße.«

»Und jetzt?«

Die vier Polizisten starrten unbehaglich auf Valentinos verstümmelte Leiche.

»Kein Problem«, sagte der ältere Staatspolizist. »Ihr seid zuerst da gewesen, wir ziehen wieder ab.«

»Eh, nicht so schnell, Pippo! Ihr könnt den Fall haben.«

»Das könnte euch so passen, ihr Nieten. Marco, Abflug!«

Der ältere Staatspolizist winkte seinem jüngeren Kollegen und wandte sich zum Gehen.

»Sie kennt das Mordopfer!«, rief der ältere *Carabiniere* und deutete auf meine Tante.

Der Staatspolizist drehte auf dem Absatz um und fasste die Poldi scharf ins Auge, als wolle er dem *Carabinieri* mal vorführen, wie man einen anständigen ersten Angriff durchzieht.

»Haben *Sie* ihn erschossen, Signora?«

»Nein.«

»Und woher wissen Sie dann, wer er ist?«

»Wegen der Tätowierung am Arm.«

»Aha. Und woher kannten Sie das Opfer?«

»Valentino. Er heißt Valentino Candela. Er hat mir gelegentlich im Haus geholfen. Er war seit vier Tagen verschwunden.«

»Haben Sie irgendwas angefasst, Signora?«

»Ich hab seine Hand gehalten.«

»Sie haben *was?*«

»Seine Hand gehalten.«

»Warum, zum Teufel, haben Sie seine Hand gehalten?«

»Weil ... weil er mir leidtat.«

Das schien Pippo und Franco sogar einzuleuchten. Von den beiden Jüngeren kam kein Mucks. Sie standen immer noch unter Schock und rauchten. Die beiden Älteren berieten sich.

»Wir müssen die Spurentechnik und die Kriminalabteilung rufen.«

»Eure oder unsere?«

»Beide.«

Unentschlossen blickten die beiden aufs Meer hinaus, über Valentinos Leiche hinweg.

»So eine verdammte Sauerei.«

Die Poldi vermutete, dass sie vorläufig nicht mehr gebraucht wurde. Etwas zittrig und mit leichtem Kopfschmerz ging sie zurück zu ihrem Wagen. Sie brauchte dringend was zu trinken.

»Ist Ihnen klar, dass Sie einen Haufen Spuren verwischt haben könnten, Signora?«

»Das ist ohnehin nicht der Tatort«, erklärte die Poldi gereizt. »Wie Ihnen bestimmt aufgefallen ist.«

»Das ist Täterwissen!«, rief jetzt der junge Staatspolizist dazwischen, und sofort griffen die beiden Alten reflexhaft an ihre Pistolenholster.

»Stehen bleiben!«

»Keine Bewegung, Signora!«

»Geh, Burschi, jetzt blas di nicht so auf, nachert!«, stöhnte die Poldi auf Deutsch und fügte auf Italienisch hinzu: »Ich fahr jetzt nach Hause, mir reicht es. Ihr habt ja meine Adresse und alles.«

»Sie fahren nirgendwohin!«

»Sie stehen unter Mordverdacht.«

»Wie so ein Echo, die beiden«, erzählte meine Tante Poldi mir später. »Wie so zwei verheiratete ewige Grantler. Manchmal, weißt, bin i sogar irgendwo froh, dass der Peppe und i nicht zusammen alt g'worden sind. Wenn i mir manche Paare so anschau. Da würd' i mich lieber gleich abschalten lassen.«

Sie langte nach dem Whiskey, aber ich zog die Flasche außer Reichweite.

»Also Mordverdacht«, sagte ich, um sie abzulenken. »Und was dann?«

»Ja, mei, festg'halten haben's mich halt, die Deppen, bis zum Eintreffen der Kripo. Was sich im Nachhinein aber praktisch als Vorteil herausg'stellt hat.«

»Weil du auf diese Weise Montana kennengelernt hast.«

»Mei, was bist immer so ungeduldig! Wenn du immer so mit Karacho durch deine G'schichten durchbretterst, musst dich nicht wundern nachhert, wenn der Leser sich gestresst abwendet. In der Ruhe liegt die Kraft. Beim Sex wie in der Kunst.«

»›Alle Kunst ist erlaubt, nur nicht die langweilige‹«, dozierte ich zurück. »Voltaire.«

Die Poldi trank einen Schluck und sah mich lange an.

»Du glaubst mir nicht, gell? Du denkst, i lüg. Dass i mir des alles fei nur ausdenk, denkst.«

Nein, das dachte ich nicht. Und selbst wenn.

»Mordverdacht, also«, sagte ich.

4. Kapitel

Es wurde rasch warm am Strand von Praiola. Die Poldi saß in ihrem Wagen, gefangen in einer Blase aus Hitze, Dämlichkeit und Flatterbändern, und schwitzte. Sie sah zu, wie Männer in Papieroveralls den Strand absperrten, Markierungen auf die Felsen sprühten, Fähnchen steckten und Fotos machten. Alles ging so langsam vonstatten, als fände all dies auf einem Gipfel des Himalaja statt. Die Poldi seufzte.

Von Kindesbeinen an mit den Abläufen polizeilicher Ermittlungen vertraut, wartete sie ergeben auf das Erscheinen der Mordkommission, um das Missverständnis endlich klären und nach Hause fahren zu können. Aber die Mordkommission ließ sich Zeit. Stattdessen trafen weitere *Carabinieri* und Staatspolizisten ein, um die ersten Schaulustigen auf Abstand zu halten oder einfach nur, um miteinander zu quatschen und meiner Tante misstrauische Blicke zuzuwerfen. Die ganze Zufahrt zum Strand war zugeparkt mit Einsatzfahrzeugen.

Ein Schatten fiel auf ihr Gesicht.

»Signora Oberreiter?«

Ein Mann in einem hellgrauen Anzug stand vor ihr. Bisschen zu klein für Poldis Geschmack und mit dem mürrischen Ausdruck von jemandem, der dabei war, das Rauchen aufzugeben. Kleiner Bauchansatz, aber ansonsten alles schön durchtrainiert, nicht zu kurz geschnittene schwarze Haare, scharfe Nase. Ein Gesicht wie ein griechischer Gott, wie aus Bronze gegossen, mit leicht meliertem Vollbart. Ein Gesicht ohne Müdigkeit. Eine kleine Zornesfalte zwischen den Augenbrauen und Lachfältchen um die Augen herum. Hände wie ein Pianist, feingliedrig und kräftig, mit weit zurückgebogenen Daumen, was Willensstärke verhieß. Davon verstand die Poldi was.

»Mein Name ist Vito Montana, ich leite die Ermittlungen.«

Der Mann hielt ihr einen Dienstausweis hin.

Die Poldi erkannte ein älteres Passfoto darauf und die Worte »*Commissario Capo*«. Ein Hauptkommissar.

»Ich würde Ihnen gerne ein paar Fragen stellen.«

»Ich hab Valentino nicht umgebracht.«

Montana nickte, als sei das längst kein Thema mehr.

»Eine Ahnung, wer es gewesen sein könnte?«

Die Poldi schüttelte den Kopf und betrachtete Montanas Hände.

»Ring?«, fragte meine Tante Teresa abends, pragmatisch wie immer, als die Poldi ihren Schwägerinnen alles haarklein berichtete.

»Null Komma Null. Und seine Augen erst!«, seufzte die Poldi. »Hellgrün und ständig in Bewegung, aufmerksam, offen, ihr wisst schon. Interessiert.«

Teresa, Caterina und Luisa nickten, denn von schönen Augen verstanden sie was.

Aber aus diesen Augen des *Commissarios* las die Poldi eben auch sofort einen großen Kummer heraus, trotz der Lachfältchen, die sein mürrisches Auftreten Lügen straften. Die Poldi schätzte ihn auf Ende fünfzig, also keinesfalls zu jung. Und obwohl er leider keine Uniform trug, war sofort klar: Der Mann gefiel ihr. Das war auch der Augenblick, in dem sich eine Art Hunger, ein schmerzhaftes Rumoren in der Körpermitte, rasch in der Poldi ausbreitete und alles lichterloh in Brand setzte.

»Sie kommen aus München.«

»Äh, ja. Ursprünglich. Aber ich wohne in Torre Archirafi. Via Baronessa 29. Muss den Wagen mal ummelden.«

Möglichst unauffällig richtete sie ihre Perücke, schielte in den Rückspiegel und verfluchte sich dafür, kein Make-up aufgelegt zu haben.

»Was hat Sie nach Sizilien verschlagen?«

»Die Liebe«, entfuhr es meiner Tante Poldi, und Montana lächelte.

Er zog einen kleinen Notizblock hervor und blätterte eine Seite zurück. Die Poldi bedauerte, dass sie seine Augen jetzt nicht mehr richtig sehen konnte.

»Sie kannten Valentino Candela?«

»Er hat manchmal Besorgungen für mich erledigt.«

»Und Sie kommen hier jeden Tag zum Schwimmen her.«

»Der Figur wegen. Man ist ja auch keine zwanzig mehr. … Ich meine, nein, nicht jeden Tag.«

»Aber heute.«

Die Poldi seufzte.

Montana machte sich eine Notiz mit seinen schönen, willensstarken Händen.

»Warum glauben Sie, dass dies nicht der Tatort ist?«

»Himmel, das wirst du … ich meine, *Sie* doch auch schon bemerkt haben!«

»Was?«

»Na, dass da kaum Blut unter seinem Kopf ist. Und ringsum ist auch nirgendwo Blut. Dabei müsste bei so einer Sauerei überall Blut sein.«

Montana sah von seinem Block auf. Er lächelte jetzt nicht mehr, was die Poldi außerordentlich bedauerte.

»Haben Sie irgendwas an sich genommen, was das Opfer bei sich trug oder was in der Nähe lag?«

Die Poldi starrte auf das kobaltblaue Mosaiksteinchen, das die ganze Zeit deutlich sichtbar auf dem staubigen Armaturenbrett lag wie ein kleines Juwel. Nur mit größter Selbstbeherrschung konnte die Poldi dem Impuls widerstehen, nach der Tonscherbe zu greifen.

»Nein.«

Montana sah hinaus zum Strand und dachte nach.

»Vielleicht wurde Valentino ja in der Nähe des Wassers getötet und später weiter oben abgelegt. Dann hätte die Flut alles Blut weggeschwemmt.«

»Unwahrscheinlich«, erklärte die Poldi. »Hier gibt es kaum Gezeiten, und an Valentinos Kleidung finden sich keine Salzränder vom Meerwasser.«

Montana atmete durch.

»Sie kommen heute früh zum Schwimmen her, finden eine grässlich verstümmelte Leiche, erkennen den jungen Mann an seinem Tattoo, halten seine Hand und untersuchen danach die Leiche auf Spuren.«

Die Poldi sagte nichts.

Montana warf wieder einen Blick in seine Notizen.

»Valentino war seit drei Tagen verschwunden?«

»Vier mit gestern. Seit Montag.«

Montana schrieb »Montag« und kringelte das Wort ein.

»Und Sie haben sich Sorgen gemacht.«

»Ja.«

»Warum?«

»Weil man sich halt Sorgen macht, wenn einer, der sonst zuverlässig ist, auf einmal nicht mehr auftaucht und auch nicht mehr ans Telefon geht.«

»Was war denn vorgefallen zwischen Ihnen beiden?«

Schöne Augen hin oder her – so langsam reichte es der Poldi mit der Fragerei.

»Gar nichts!«, grantelte sie nun los. »Ich bin eben ein Mensch, der sich sorgt, liegt in meiner Natur.«

»So wie Mordopfer zu untersuchen?«

»Madonna, was wollen Sie eigentlich von mir, *Commissario*?«

Der *Commissario* sah sie wieder an. Einen Augenblick. Und noch einen. Und noch einen. Ein Blick, der der Poldi durch und durch ging. Dann reichte Montana ihr die Autoschlüssel zurück.

»Danke, Signora Oberreiter. Das war's vorläufig. Ich hab ja Ihre Adresse in Torre.«

Für einen Moment berührten sich ihre Hände bei der Schlüsselübergabe. Die Poldi zuckte zusammen.

»Via Baronessa 29«, schnurrte sie. »Ganz leicht zu finden.«

»Ich hoffe, Sie planen in nächster Zeit keine Auslandsreise.«

Er sah sie wieder an mit seinen hellen Kummeraugen mit den Lachfältchen.

Die Poldi lächelte ihn an und startete den Wagen.

»Das wäre doch außerordentlich töricht von mir, *Commissario.*«

»Du hast ihn angemacht!«, rief ich fassungslos, als sie es mir später erzählte. »Du findest eine Leiche und flirtest mit dem Kommissar! Du bist einfach …«

»Schamlos?«

»Nein, arschcool.«

Die Poldi lächelte geschmeichelt.

»Mei! Eine kleine Duftspur hab i schon legen müssen. Und auf nix springt ein Kriminalbeamter so an wie auf einen Mix aus Halbwahrheiten und subtiler Erotik.«

»Und wieso warst du dir so sicher, dass Montana schon bald wieder bei dir auftaucht?«

»Mei, i hab doch gleich g'schnallt, dass des ein Vollprofi ist. Einen Tag, höchstens, hab i mir 'dacht, und er wird wissen, dass i nach dem Valentino g'sucht hab. Und des bedeutet was?«

Ich hatte keinen blassen Schimmer.

»Dass i vielleicht mehr weiß als er.«

Eine Rechnung, die aufging.

Innerhalb weniger Stunden braute sich über Torre Archirafi ein Dunst aus Gerüchten zusammen. Ein giftiges Aerosol aus Mutmaßungen, hastig abgebrochenen Sätzen, Halbwissen, geraunten Namen, andeutungsvollen Blicken und vielsagendem Schweigen. Der Name meiner Tante tauchte in diesem Gerüchtenebel allerdings nicht auf, was die Poldi dem Einfluss des gut aussehenden *Commissarios* zuschrieb, der den gesamten Polizeiapparat offenbar zum Stillschweigen verdonnert hatte. Die Poldi machte sich jedoch keine

Illusionen, dass nicht früher oder später doch etwas durchsickern würde. Aber bis dahin konnte sie unter der Tarnkappe ergriffener Ahnungslosigkeit vielleicht ein bisschen was aufschnappen.

Ein klares Bild ergaben die Gerüchte zwar nicht, aber jeder im Ort schien Valentinos Tod irgendwie mit seiner Tätigkeit für Russo in Verbindung zu bringen.

»Weg-ge-blasen!«, raunte ihr Signor Bussacca zu, als sie sich am nächsten Morgen Zigarettennachschub und die *La Sicilia* holte, die den Mord groß auf der Titelseite brachte. »Der ganze Kopf. Eine Riesensauerei. Überall war Blut, ein Meer aus Blut.«

Die Poldi hatte herzlich wenig Lust auf Klatsch an diesem Morgen. Sie war dünnhäutig und reizbar.

»Haben Sie's denn etwa gesehen?«, fragte sie mit gespieltem Entsetzen zurück.

»Nicht persönlich«, musste Signor Bussacca zurückrudern, »aber ich habe einen guten Bekannten bei den *Carabinieri*.«

»Furchtbar! Einfach grauenhaft!« Die Poldi wischte sich den Schweiß von der Stirn. »Er war so ein lieber Junge. Wer macht so etwas bloß?«

Signor Bussacca warf einen raschen Blick nach draußen und beugte sich dann vor.

»Mein guter Bekannter bei den *Carabinieri* darf eigentlich nicht darüber reden, aber …«

Er räusperte sich und zögerte, als müsse er sich erst noch der Verschwiegenheit meiner Tante versichern.

»Kein Sterbenswörtchen«, raunte die Poldi zurück.

»Offiziell gehen die Ermittlungen natürlich in alle Richtungen. De facto hat mein Kumpel bei der Task Force aber durchblicken lassen, dass es konkrete Hinweise gibt.« Bussacca lehnte sich zurück, als habe er schon zu viel gesagt.

»Was für Hinweise denn?«

Bussacca hob die Hände.

»Na, die Tatwaffe, Donna Poldina! Eine Lupara. Das sagt doch wohl genug.«

»Sie meinen, Valentino wurde von der *Cosa Nostra* ermordet?«

Bussacca zuckte unmerklich zusammen, wie nach einem Mückenstich.

»Donna Poldina, die Mafia – das ist nur eine Erfindung der Faschisten aus dem Norden.«

Die Poldi nickte und dachte kurz nach.

»Nur mal angenommen, also rein theoretisch, eine relativ unbedeutende kriminelle Organisation, die sich Verrätern und Konkurrenten traditionell mit einer abgesägten Schrotflinte entledigt, hätte Valentino umgebracht. Warum hätte sie das wohl tun sollen? Valentino war so ein netter Kerl.«

»*Boh!*«, rief Bussacca, was die italienische Kurzfassung von »Ich-habe-absolut-keinen-blassen-Schimmer« ist, und breitete die Hände in der Geste allergrößter Ahnungslosigkeit aus. »Vielleicht wusste er zu viel.«

»Über Russo, meinen Sie?«

Bussacca zuckte wieder mit den Schultern.

»Ich meine gar nichts. Ich beteilige mich auch nicht an Gerüchten.«

Auf einmal war der Tod in ihr Leben getreten, wieder einmal. Hatte sich von hinten angeschlichen, dieser Springteufel, der launische Dschinn, dessen Umarmung sie so sehnsüchtig herbeigesehnt hatte. Damit er nur endlich den Vorhang fallen ließ über diese Schmierenkomödie von Scheißleben. Das Publikum wird gebeten, auf Applaus zu verzichten und das Theater zügig zu verlassen. Das war schließlich der Plan gewesen. Die ganze verfahrene Angelegenheit selbst in die Hand zu nehmen und sich wohlig beduselt zu Meeresrauschen und *Gloria* hinüberbegleiten zu lassen auf die andere Seite, wo vielleicht mein Onkel Peppe noch auf sie wartete.

Aber auf einmal war er da, der Tod, und lachte sie aus.

»Des ist nicht fair!«, schrie die Poldi ihn an.

Aber der Tod winkte nur ab.

»Ich bitte dich, Poldi. Hast du wirklich gedacht, du könntest mich austricksen? Mich einfach rechts überholen? Ich dachte, das hätten wir geklärt.«

»Aber warum der Valentino? Was für eine Verschwendung von Jugend und Lebensfreude!«

»Tja!« Der Tod zuckte nur mit den Schultern und warf einen Blick in seine To-do-Liste. »Alles korrekt abgelaufen.«

Aber so konnte man meiner Tante Poldi natürlich nicht kommen, nicht einmal der Tod.

»Am Arsch lecken kannst mich!«, schnauzte sie ihn an. »Kreuzweise mit Senf und Blasmusik. Wenn'st du dich nicht an deine Abmachungen hältst, nachert, halt i mich auch nicht an meine. Hast mi?«

Und um die Aussetzung ihres Vertragsverhältnisses mit dem Tod auf unbestimmte Zeit von höherer Stelle beglaubigen zu lassen, tat die Poldi etwas, das sie nur sehr selten tat: Sie betete.

Sonntags ging sie zwar immer in die Kirche *S. Maria del Rosario*. Aber nicht, weil sie etwa gläubig war, im Gegenteil, sondern weil sie den kettenrauchenden *Padre* Paolo mochte und weil die Madonnenfigur neben dem Altar so herzzerreißend traurig aussah. Ganz der Schmerz. Außerdem schnupperte meine Tante Poldi gerne am Weihrauch und sang auch gerne herzlich mit. Zumal sie sich in Italien weniger über die idiotischen Liedtexte aufregen musste. Und außerdem gehörte der sonntägliche Kirchgang einfach zum Sozialleben in Torre dazu. Danach schmeckte auch die *Granita* irgendwie besser. Und außerdem, Atheismus hin oder her, fand die Poldi, gebot es einfach der Respekt, an diesem Sonntag ein Gebet für Valentino zu sprechen, der ja immer eine Kette mit Kreuz um den Hals getragen hatte.

So saß meine Tante Poldi am Sonntag also in der vordersten Kirchenbank, ganz in Schwarz und mit einem Spitzenschleier über der Perücke wie eine Mafiawitwe aus einem B-Movie, und bat den Herrgott, sich Valentinos Seele anzunehmen, und Onkel Peppe, noch ein wenig auf sie zu warten.

Noch am selben Nachmittag bekam sie wie erwartet Besuch. Die Poldi hatte gerade ein Foto von Valentino aus der *La Sicilia* ausgeschnitten und an die Wand im Schlafzimmer geheftet, als es klingelte.

Montana trug immer noch denselben Anzug, aber Kommissar und Anzug wirkten ziemlich zerknittert, als hätten beide die letzten dreißig Stunden durchgemacht. Die Poldi dagegen trug immer noch Schwarz, gab sich überrascht und bat den *Commissario* herein.

»Einen Kaffee, Commissario?

Kurzes Zögern. Dann: »Gerne.«

Während die Poldi in der Küche den Kaffee aufsetzte, sah Montana sich im Haus um. Er bemerkte die halb volle Brandyflasche, warf einen flüchtigen Blick ins Schlafzimmer und betrachtete die afrikanischen Ebenholzfiguren im Wohnzimmer, die verzierten Speere und grob geschnitzten Masken.

»Waren Sie oft in Afrika?«

»Nein«, log die Poldi, denn das war ein Kapitel im Roman ihres Lebens, das sie lieber übersprang.

Montana wandte seinen Blick der antiken Waffensammlung zu.

»Ganz schönes Arsenal.«

»Von meinem Vater«, rief die Poldi aus der Küche. »Eine Lupara ist nicht dabei.«

»Sind die schussbereit?«

»Was? Natürlich nicht! Die sind alle amtlich blockiert.«

»Können Sie schießen?«

»Mehr schlecht als recht. Aber Valentinos Mörder musste sowieso kein Scharfschütze sein.«

Seufzend ließ Montana sich auf dem Sofa nieder und entdeckte die *La Sicilia* mit dem ausgeschnittenen Foto.

»Darf ich hier rauchen?«

»Sie können hier alles tun, was Sie wollen, *Commissario*.«

Die Poldi hörte, wie Montana im Wohnzimmer an einer Zigarette zog und wieder ausatmete, und spürte förmlich, wie er sie die ganze Zeit über beim Kaffeekochen beobachtete. Unauffällig straffte sie sich, drehte ihre vorteilhaftesten Körperteile gleichmäßig in den Radarstrahl seiner Blicke und stellte sich vor, es wären seine Hände.

»Sind Sie verheiratet, Signora?«

»Nein!« Noch eine Lüge. »Mein Mann starb schon vor vielen Jahren.«

»Oh, entschuldigen Sie, ich wollte nicht …«

»Haben Sie nicht. Was ist mit Ihnen?«

»Es ist kompliziert.«

Ja, davon verstand die Poldi auch etwas. Sie kam mit dem Kaffee und kleinen, leuchtenden Marzipanfrüchten, die sie vorsorglich in der Bar besorgt hatte, aus der Küche.

Montana räusperte sich.

»Wann sind Sie hergezogen, Signora?«

»Poldi. Einfach Poldi. Vor einem guten Monat.«

»Und schon scheint Sie jeder in der Gegend zu kennen. Wohin ich auch komme – Sie waren schon da.«

»Ich bin eben der kommunikative Typ.«

»Ihr Italienisch ist ziemlich gut.«

»Bis auf den Akzent, meinen Sie? Aber danke, ich komme zurecht.«

»Wann haben Sie das gelernt?«

»Ach, über die Jahre. Mein Mann war Sizilianer.«

»Hier aus der Gegend?«

Die Poldi setzte sich neben Montana aufs Sofa, musste sich aber zwingen, ihm nicht zu nah auf die Pelle zu rücken.

»Wie man's nimmt. Er ist in München geboren und sprach nur Bairisch und Sizilianisch. Wir waren oft im Sommer hier bei seinen Schwestern, und ich hatte manchmal beruflich in Italien zu tun.«

Montana rauchte seine Zigarette, ganz die Ruhe selbst. Was der Poldi gefiel und auch wieder nicht gefiel. Ein bisschen Nervosität in ihrer Gegenwart hätte sie sich schon von ihm gewünscht. Da war sie anderes gewöhnt.

»Sie haben ein ganz schönes Durcheinander angerichtet, Signora, wissen Sie das? Sie haben die *Carabinieri und* die Staatspolizei angerufen, und jetzt haben wir ein schönes Hickhack um die Zuständigkeit.«

»Ich denke, *Sie* leiten die Ermittlungen?«

»Aber ich muss jetzt ständig bei den Idioten antanzen und berichten. Egal, nicht Ihr Problem.« Montana drückte seine halb gerauchte Zigarette aus und biss in eine dunkelrote Marzipankirsche, so prall und naturgetreu modelliert wie aus dem echten Leben. »Mmh! Ganz frisch, die *Pasta reale*!«

»Freut mich, dass es Ihnen schmeckt. In diesem Haus ist zwar manches nicht mehr ganz taufrisch, aber süß allemal.«

Meine Tante Poldi war eben eine Meisterin der subtilen Erotik. Und sie kam gern schnell zur Sache.

»Also! Haben Sie schon neue Erkenntnisse, *Commissario*?«

Montana ließ sich Zeit. Aß den Rest der Kirsche und süßte seinen Kaffee.

»Warum haben Sie mir nicht erzählt, dass Sie Nachforschungen wegen Valentino angestellt haben?«

»Ach! Weil ich ohnehin nichts herausgefunden habe. Bestimmt jedenfalls nicht mehr als Sie seit gestern.«

»Woher wollen Sie das wissen?«

»Nehmen Sie's einfach als Kompliment. Sie waren doch bestimmt inzwischen bei Valentinos Eltern und bei Russo, nicht wahr? Wissen Sie schon, wo Valentino umgebracht wurde? Gab es Spuren an der Leiche?«

Montana schwenkte die Kaffeetasse kurz und kippte den Espresso auf ex.

Er trug sein Hemd offen, und die Poldi konnte eine gut gebräunte Brust erkennen, dicht, aber nicht zu dicht bewachsen von schwarzen und einigen weißen Brusthaaren, die der Poldi köstliche Verheißungen zuraunten. Die Poldi stellte sich vor, wie sie Montana das Hemd aufknöpfte und erste zarte Ermittlungen an Ort und Stelle vornahm, riss sich dann aber doch zusammen.

»Was ist mit dem roten Sand in Valentinos Hosentasche? Der stammt von Russos Grundstück, stimmt's?«

»Also haben Sie *doch* in Valentinos Taschen gekramt!«

»Nur gesehen. Als ich seine Hand gehalten habe. Also?«

Montana schüttelte den Kopf und sah die Poldi misstrauisch an.

»Russo verschweigt doch etwas, finden Sie nicht?«, fuhr meine Tante unbeeindruckt fort. »Hat er überhaupt ein Alibi für die Tatzeit?«

»Ich glaube, *Sie* verschweigen mir etwas, Signora Oberreiter.«

»Poldi. Einfach Poldi.«

Sie saß so nah neben Montana, dass sie seine Hand hätte ergreifen können, diese schöne, kräftige Hand, und war drauf und dran, ihm die glasierte Tonscherbe zu beichten. Aber dann fand sie, dass sie sich damit nur weiter in Schwierigkeiten bringen würde. Nicht, dass meine Tante Poldi Schwierigkeiten je aus dem Weg gegangen wäre, aber da war noch etwas anderes, das sie zurückhielt. Ein Instinkt in Form einer in der Familie Oberreiter von Generation zu Generation dominant vererbten Unruhe, die den ganzen Körper ergriff und sich hartnäckig immer dann einstellte, wenn der Wind drehte, wenn die Ordnung der Welt in Schieflage geraten war und nach Zurechtrückung und Aufklärung verlangte. Meine Tante Poldi verspürte dann so ein Ziehen im Magen, eine unangenehme Spannung der Haut wie nach einem Sonnenbrand, eine Veränderung des allgemeinen Wohlbefindens. Fast eine Art Fernweh, kann man sagen, eine uralte Sehnsucht, die nur durch unmittelbaren Aufbruch ins Ungewisse geheilt werden konnte und die sich verschlimmerte, je länger dieser Aufbruch sich hinauszögerte.

Der Jagdinstinkt.

Vielleicht hatte Montana das bemerkt. Dieses Fieber in den Augen meiner Tante, das er von sich und bestimmten Kollegen kannte, diese besondere Form des Hungers.

»Sie haben mir also nichts weiter zu sagen?«, hakte Montana nach.

Die Poldi beugte sich vor und verfluchte sich, dass sie immer noch das hochgeschlossene Kleid trug.

»Nein«, hauchte sie.

Sie konnte Montanas Aftershave riechen. Ein Hauch von Sandelholz, Vetiver und Tabak und ein bisschen würzig nach seinem Schweiß. Eine Mischung, die meiner Tante Poldi unmenschliche Selbstbeherrschung abverlangte.

Montana räusperte sich, rückte aber nicht ab. Er griff nach der Zeitung und tippte auf die Stelle, wo Valentinos Foto fehlte.

»Ich möchte etwas klarstellen, Signora.«

»Poldi.«

»Halten Sie sich da raus. Ich hab schon genug Scherereien.«

»Sie meinen«, rief die Poldi elektrisiert, »ich habe zufällig in ein Wespennest gestochen, und nun macht man Ihnen Druck, dass Sie irgendwas unter den Teppich kehren sollen. Wer ist es? Russo?«

»Wissen Sie«, seufzte Montana, »ich hasse es, wenn man meine Arbeit behindert. Also halten Sie sich raus. Ich meine es ganz freundlich, verstehen Sie?«

Die Poldi sah Montana an und nickte.

»Verstehe.«

»Keine Miss-Marple-Spielchen, sind wir uns einig?«

»Dabei würden wir uns bestimmt so gut ergänzen.«

»Ob wir uns einig sind. Sonst muss ich wiederkommen.«

Das nahm meine Tante Poldi dann allerdings als Einladung und als deutlichen Hinweis, dass da in Montanas schöner behaarter Brust ein furchtbarer Kampf tobte. Zwischen dem Dämon des unbeirrbaren, einsamen Verbrecherjägers nämlich und dem Dämon der Leidenschaft. Und von Dämonen und Leidenschaft verstand die Poldi etwas.

»Ich habe verstanden«, sagte sie lächelnd und legte ihre Hand auf seine. »Aber nur, wenn Sie mir wenigstens eine Frage beantworten. Wer hat Valentino zuletzt lebend gesehen?«

Montana entzog ihr seine Hand.

»Bislang sind das immer noch Sie, Signora.« Er sah auf die Uhr, erhob sich steif und reichte der Poldi seine Karte. »Falls Ihnen doch noch was einfällt.« In der Tür wandte er sich aber noch einmal um und sah die Poldi an, mit einem Blick, der ihr wieder durch und durch ging. »Danke für den Kaffee. Und ... willkommen in Sizilien.«

»Und das war's?«, fragte Tante Luisa am Abend. »Du hast ihn einfach gehen lassen?«

»Ja mei, hätt ich ihn vielleicht da anbinden sollen, den Herrn Adonis, oder was? Aber keine Sorge, der hat angebissen. Für so was hab ich einen Instinkt.«

»Du solltest dich wirklich aus der Sache heraushalten«, fand Tante Teresa.

»Du handelst dir nur Schwierigkeiten ein«, warnte Tante Caterina.

»Schmarrn«, rief Tante Luisa. »*Forza* Poldi!«

Meine Tanten sind Geschöpfe des Frühlings. Ewig schön, ewig in Blüte, ein bisschen empfindlich und verschlossen, solange ein kalter Wind weht, aber berstend vor Lachen und Zuversicht beim kleinsten Anzeichen von Tauwetter. Stets bereit, Hilfe zu leisten, Trost zu spenden, Freude zu schenken, Katzen zu füttern, zu lieben, zu genießen, Geschenke zu machen, Versprechen zu halten, Enkel zu erziehen, Schwägerinnen vor sich selbst zu bewahren oder dem Neffen einen Teller Spaghetti zu kochen. Teresa, Caterina und Luisa sind in München aufgewachsen, aber in den Siebzigerjahren haben sie dann ihre Männer in den Ferien in Sizilien kennengelernt und sind mit meinen Großeltern kurz darauf zurück in die Heimat. Nur mein Vater und mein Onkel Peppe sind damals in Deutschland geblieben, aber die leben ja nicht mehr. Väterlicherseits gibt es nur noch meine Tanten.

Sie sind alle drei sehr klein, diese drei Frühlingsgeschöpfe, geboren im Sternzeichen Stier, also zufriedene, langmütige Wesen. Sinnenfreudige Pragmatiker, die gutes Essen schätzen, einen schönen Duft, Harmonie und gediegenen Wohlstand. Sie lieben das Leben. Was sie dagegen hassen: Veränderung, Unrast, Unzuverlässigkeit. Wenn man sie zu sehr herumschubst, sie verlässt, vor der Zeit geht, sich hängen lässt oder sie mit Hirngespinsten nervt, können sie richtig fuchsig werden. Dann ist Schluss mit lustig.

»Wie auch immer«, erklärte Tante Teresa resolut, »für Mordermittlungen ist auch in Italien immer noch die Polizei zuständig.«

»Aber zumindest kann i ein Auge darauf haben, dass er keinen Mist baut, der Herr *Commissario*.«

»Apropos Mist bauen«, sagte Caterina und deutete anklagend auf eine große Holzkiste im Hof, in der sich leere Bier-, Wein- und Schnapsflaschen stapelten. »Hast du die alle in der letzten Woche ausgetrunken?«

Die Poldi seufzte, denn jetzt musste sie öffentlich Farbe bekennen. Jetzt wurde es ernst.

»Mei, ein bisserl vorgestern noch, aber des meiste hab i weg'kippt«, erklärte sie bemüht lässig, allerdings mit einem leichten Beben in der Stimme. »Weil …« Räuspern. Durchatmen. Zusammenreißen. Aussprechen. »I trink nix mehr.«

Luisa, Caterina und Teresa starrten die Poldi ungläubig an.

»Vorläufig!«, stellte die Poldi rasch klar. »I brauch halt im Moment einen klaren Kopf und einen frischen Atem.«

Begeisterung auf breiter Front, die Tanten strahlten.

Tante Teresa straffte sich ein bisschen.

»Wie können wir dir helfen?«

Begeisterte Zustimmung bei ihren Schwestern, denn die drei sind, muss man wissen, leidenschaftliche Krimifans und lassen, dank Satellitenempfang, sonntags keinen *Tatort* aus.

»Und was ist mit ›Für Mordermittlungen ist auch in Italien immer noch die Polizei zuständig‹?«, fragte die Poldi überrascht.

Teresa wischte den Einwand mit einer unwirschen Geste vom Tisch und spreizte den kleinen Finger beim Reden ab, wie immer, wenn es wichtig wurde.

»Wenn du schon Valentinos Leben nicht retten konntest«, erklärte sie entschlossen, »dann können wir auf diese Weise wenigstens *dein* Leben retten.«

Nicht, dass die Poldi darum gebeten hätte, gerettet zu werden. Aber der Vorschlag rührte sie, und außerdem konnte sie tatsächlich Hilfe gebrauchen. Also legte sie die glasierte Tonscherbe, die sie bei Valentino gefunden hatte, auf den Tisch.

»Wo könnten die herstammen?«

Die Tanten warfen einen Blick auf die Scherbe, hatten aber keinen Schimmer.

»Amore!«, rief Tante Teresa nach draußen.

Etwas verschwitzt, mit rußigen Händen und einer Zigarette im Mundwinkel, schlurfte Onkel Martino herein und fummelte sich eine der drei Lesebrillen, die an einer Kette um seinen Hals hingen, auf die Nase. Mit dem Ausdruck eines Juweliers, dem man irgendwelchen Flohmarkttinnef zum Kauf angeboten hatte, untersuchte er die Tonscherbe, wog sie in der Hand, drehte sie ins Licht, sah sie sich von allen Seiten genau an.

»Das ist ein Splitter von einer alten Kachel«, nuschelte er schließlich. »Ziemlich alt, würde ich sagen. Solche Glasuren kriegt heute keiner mehr hin. Diese Leuchtkraft! Dieses Blau! Ich schätze, die war Teil eines Fußbodens oder einer Wand. Oder eines Mosaiks.«

»Das kannst du erkennen?«, rief die Poldi verblüfft.

Der Onkel nickte. »Hm.«

»Hast du so etwas denn schon mal gesehen?«

»Hm.«

»Und *wo*?«

Onkel Martino zuckte mit den Schultern.

»In alten Palästen und Villen. Einfache Leute konnten sich so was nicht leisten. Sie kosten heute noch ein Vermögen.«

»Ich denke, die kriegt niemand mehr so hin.«

»Die alten Originale natürlich! Wer es sich leisten kann, lässt sich in seinem neuen Haus einen alten Kachelboden legen. Die müssen vorher natürlich vorsichtig aus einem alten Palast rausgeschlagen werden.«

Die Poldi verstand nicht gleich.

»Das heißt, es gibt Leute, die ihre kostbaren alten Fußböden verkaufen?«

Onkel Martino sah seine Schwägerin an.

»Verkaufen? Den meisten werden sie geklaut, wenn die Villa leer steht. Das sind professionelle Banden, die schaffen ein ganzes Stockwerk pro Nacht.«

In dieser Angelegenheit besuchte meine Tante Poldi ihre neue Freundin Valérie am nächsten Morgen auf Femminamorta.

»Ich habe mir schon Sorgen um Sie gemacht!«, rief Valérie erleichtert, als die Poldi aus dem Wagen stieg. »Wo haben Sie bloß gesteckt? Ich habe Sie hundertmal angerufen.«

»Ich war in keiner guten Verfassung«, entschuldigte sich die Poldi.

»*Mon dieu*, das kann ich mir vorstellen. Es ist wirklich furchtbar! Stimmt es, dass *Sie* Valentino am Strand gefunden haben?«

Es war also inzwischen durchgesickert.

»Woher wissen Sie das?«

»Turi, einer von Russos Arbeitern. Sein Neffe Alfio ist bei den *Carabinieri* und war als Erster am Tatort. Ich meine … *mon dieu*, nach Ihnen.«

»War ein *Commissario* Montana schon bei Ihnen?«

»So ein gut aussehender, älterer Typ? Ja, gestern, warum?«

»Na ja, so alt ist er nun auch wieder nicht. Aber wie auch immer. Hat er sich nach mir erkundigt?«

»Allerdings. Er wollte ganz genau wissen, wie wir uns

kennengelernt haben. Aber ich glaube nicht, dass er Sie verdächtigt. Er wirkte eher ... interessiert, wenn Sie verstehen, was ich meine.«

»Und was ist mit Ihnen?«

Die junge Frau lachte.

»Ich glaube nicht, dass er mich verdächtigt.«

»Ich meine, ob Sie glauben, dass ich Valentino getötet habe?«

»*Mon dieu*, nein!«

»Sie kennen mich doch gar nicht.«

Valérie sah die Poldi an.

»Donna Poldina, glauben Sie mir, ich würde Ihnen alles Mögliche zutrauen. Aber einen Mord – niemals.«

Die Poldi atmete ein. Ein leichter Wind raschelte in der Bougainville, die über die halbe Seite der Villa rankte, und trug einen schwachen Duft von Rosmarin und Hibiskus heran. Die Poldi wandte sich ein wenig zur Seite und sah weiter unten das Meer glitzern.

Valentino war tot, aber hier, in diesem Augenblick, war alles voller Anfang und Leben, alles auf einmal und von allem zu viel, kaum auszuhalten. Sizilien.

»Poldi? *Mon dieu*, weinen Sie etwa schon wieder?«

Meine Tante Poldi schüttelte den Kopf.

»Nein. Ich dachte nur gerade, wir sollten endlich ›Du‹ sagen.«

Valérie lächelte.

»Wie wär's mit einem Kaffee?«

Der wieder scheußlich schmeckte, verbrannt und nach Gummidichtung. Die Poldi hätte ihn gerne mit etwas Brandy gestreckt, hatte sich aber fest vorgenommen, während ihrer Ermittlungen vollkommen nüchtern zu bleiben. Also machte sie es ihrer neuen Freundin nach und süßte ihren Kaffee mit fünf Löffeln Zucker.

Mal abgesehen von Valéries unbestritten miserablem Kaffee geht es in Italien ohnehin nicht um Kaffeegenuss wie in der deutschen Fernsehwerbung. Es geht nicht um den Kaffee als *Getränk*. Es geht nur um den Zucker. Der Kaffee ist bloß als koffeinhaltiger heißer Aromaträger zum Auflösen des Zuckers gedacht, daher braucht man auch nicht viel davon. Lieber weniger, dafür stärker. Hauptsache süß. In manchen Bars vermischt der Barista daher Kaffee und Zucker schon im Siebträger. Nichts finden Sizilianer bizarrer, als Espresso ohne Zucker zu trinken. Na gut, wahrscheinlich gelten ein Cappuccino nach dem Mittagessen und Fahrradfahren auf der *Provinciale* als noch bizarrer.

Valérie sah meine Tante aufmerksam und abwartend über ihre Espressotasse hinweg an.

Die Poldi zeigte ihr die glasierte Tonscherbe.

»Dir fehlt nicht zufällig der dazugehörende Fußboden?«

Valérie schüttelte den Kopf, schien aber zu verstehen.

»Aber mir fehlt ein Torlöwe.«

»Seit wann eigentlich genau?«

Valérie dachte nach.

»Am Mittwoch habe ich es bemerkt. Wieso interessiert dich das?«

»Vermutest du immer noch, dass das eine Drohung von Russo war?«

Valérie zuckte mit den Schultern.

Die Poldi hakte nach: »Anders herum: Was wäre so ein Torlöwe denn wert, auf dem freien Markt?«

»*Mon dieu,* ich habe keine Ahnung. Ein paar Tausend Euro, vielleicht? Erklärst du mir endlich, was das soll?«

Die Poldi spürte ein vertrautes Jucken unter der Perücke und atmete durch.

»Vielleicht habe ich einen Verdacht, warum Valentino sterben musste.«

5. Kapitel

»Warum ausgerechnet Russo?«, fragte Valérie unbehaglich.

»Das liegt doch auf der Hand«, erklärte die Poldi. »Erstens: Valentino war vermutlich Teil einer Bande, die Villen und Paläste plündert. Zweitens: Valentino hat für Russo gearbeitet. Drittens: Russo will dich unter Druck setzen und hat deswegen den Torlöwen stehlen lassen.«

»Das ist doch bloß eine Vermutung! Ich kann nichts beweisen.«

»Aber mal angenommen, es war so. Dann brauchte Russo dafür vertrauenswürdige Fachleute. Valentino!«

»Aber warum, *mon dieu*, sollte er Valentino ermordet haben?«

Die Frage nach dem Mordmotiv traf die Poldi zugegebenermaßen an einem empfindlichen Nerv.

»Na ja …«, wich sie aus wie ein Polizeipressesprecher, »im Augenblick stehen wir noch ganz am Anfang unserer Ermittlungen.«

»Wir???«

»*Commissario* Montana und ich. Hat Russo eigentlich außer der Tochter noch einen Sohn?«

»Nein.«

»Ha! Ich wusste es.«

»Ich verstehe nicht, Poldi …«

»Schau, an dem Abend bei deinem Onkel Mimì, da hat er so eine Bemerkung gemacht. Dass Valentino viel Potenzial habe. Russo hat regelrecht verletzt gewirkt, als ob Valentino ihn enttäuscht hätte. Ich glaube, er mochte ihn. Vielleicht hat er in ihm so etwas wie einen Sohn gesehen. Und als sein Ziehsohn ihn wegen irgendwas schwer enttäuscht hat, ist er durchgedreht.«

»Ich fürchte, du verrennst dich da in etwas, Poldi.«

»Abwarten.«

Widerspruch zwecklos.

Entschlossen marschierte die Poldi zum zweiten Mal durch Valéries Garten auf das Gelände des anliegenden Pflanzenimperiums, um sich bei Russos Arbeitern umzuhören. In gehobener kriminalistischer Laune schlenderte sie, wie zufällig von einer launigen Böe hierhergeweht, durch die preußisch korrekten Reihen der Palmen, Oliven, Zitronen, Bougainvilles, Oleanderbüsche und Strelitzien, grüßte leutselig und wurde um ein Haar von einem Pflanzbagger überfahren.

»*Mizzica!*«, schimpfte der Fahrer auf Sizilianisch. »*L'occhi su fatti pi taliari!*«

Was die Poldi weder verstand noch im Geringsten beeindruckte.

»Guten Morgen! Herrlicher Tag, nicht wahr? Und so ein schöner Bagger, den Sie da fahren, Sie sind bestimmt der Vorarbeiter hier. Sagen Sie, kannten Sie eigentlich Valentino?«

Ohne ein Wort legte der Baggerfahrer wütend den Gang ein und gab wieder Gas.

Eine Staubwolke hüllte die Poldi ein, als der Bagger an ihr vorbeibretterte.

»Ach, nun warten Sie doch!«

Nächster Versuch: zwei junge Arbeiter beim Umtopfen von Palmenschößlingen.

»Guten Morgen! Sie sind aber geschickt. Wie flott das geht – sehr beeindruckend. Arbeiten Sie schon lange hier?«

Die beiden Arbeiter starrten die Poldi nur wortlos an.

Meine Tante fuhr unbeeindruckt fort.

»Kannten Sie Valentino?«

»Der mit der tätowierten *Trinacria* auf dem Arm?«

»Ja, genau. Valentino Candela. Entsetzlich, was? Was hatte Valentino denn für ein Verhältnis zum Chef?«

Ein kurzer Blick, dann wandten sich die beiden Arbeiter wie auf Kommando ab, ließen die Poldi stehen und schlurften einfach weg.

»Hallo? Signori! Nun, laufen Sie doch nicht weg!«

Nächster Versuch: ein älterer Arbeiter beim Beschneiden von jungen Olivenbäumen. Die Poldi bemerkte, dass ihm der kleine linke Finger fehlte.

»Guten Morgen, entschuldigen Sie bitte, ich glaube, ich habe mich verlaufen.«

»Wohin möchten Sie denn?«

»Zu Signor Russo.«

»Den Chef finden Sie bestimmt drüben im Hauptgebäude. Aber da werden Sie einen Termin brauchen, Signora.«

»Danke, das ist sehr freundlich. Sagen Sie, ist das nicht grauenhaft mit Valentino? Er soll ja wie ein Sohn für Signor Russo gewesen sein.«

Weiter kam sie nicht.

»Signora?«

Die Poldi drehte sich um und sah sich den beiden Security-Leuten gegenüber, die sie schon von ihrem letzten Besuch kannte. Sie trugen jetzt beide auch noch identische Sonnenbrillen. Die schmale Sorte, die sich ein wenig ums Gesicht herum krümmt und an Reptilienaugen erinnert.

»Würden Sie bitte mitkommen?«

»Und wohin, wenn ich fragen darf?«

»Hinaus.«

»Ist es etwa verboten, einen kleinen Plausch zu halten? Das wäre ja lächerlich.«

»Sie befinden sich auf Privatgelände, Signora. Machen Sie bitte keinen Ärger.«

»Wer macht denn hier Ärger? Doch wohl nur ihr beiden Komiker.«

Die beiden sahen aus wie Zwillinge. Sie schienen sich nicht besonders wohlzufühlen, aber Job war Job. Einer der beiden trat einen Schritt vor und berührte die Poldi am Arm, um sie zu bewegen, endlich mitzukommen.

»Signora, bitte.«

Aber nicht mit meiner Tante Poldi! Da griffen nun alte Reflexe. Sie riss sich vehement los und brüllte die beiden Sonnenbrillen an.

»LOSLASSEN! WAS FÄLLT EUCH EIN? DAS IST FREIHEITSBERAUBUNG ... HILFE! ... HIIIIILFE!«

Da sprach eben die geballte Demo-Erfahrung aus ihr. Ab 1968, mit zarten sechzehn, hatte die Poldi kaum noch eine Demo ausgelassen, war überall mitgezogen gegen Willkürstaat, Schah, Notstandsgesetze und Aufrüstung, hatte für Frauenrechte, sexuelle Befreiung und Bildungsgleichheit skandiert und mit Revoluzzern, Rockstars, biederen Biologiestudenten und späteren Terroristen und Ministern gepennt. Noch bis Mitte der Achtziger hatte sie regelmäßig an Friedensmärschen und Sitzblockaden gegen Doppelbeschluss, Pershings und Atommüllendlager teilgenommen, hatte sich an Schienen gekettet und Torten auf Politiker geworfen. Wenn es sich ergab. Meine Tante Poldi hatte also ein wenig Erfahrung im Umgang mit Ordnungskräften, kann man sagen.

Sie tobte und schrie abwechselnd auf Bairisch und Italienisch herum wie ein Derwisch auf Qat oder Rumpelstilzchen auf *doppio caffè ristretto*. Und ihr Auftritt verfehlte nicht seine Wirkung auf die beiden Security-Leute, die wie versteinert innehielten und die schreiende, wild um sich rudernde Poldi entgeistert anstarrten und ihre wütenden Schläge nur matt abwehrten.

Alles sehr zur Erheiterung von Russos Arbeitern, die sich rasch am Ort des Geschehens versammelten, um nichts zu verpassen.

Relativ bald jedoch, die Poldi war schließlich keine sechzehn mehr, sondern, ich erinnere, sechzig, kam sie aus der Puste und musste mit dem Remmidemmi aufhören. Und da verwandelte sie sich eben automatisch von einer Furie zurück in eine ältere Frau, schwitzend und mit leichter Atemnot. Das wusste die Poldi natürlich, aber bevor sie sich widerstandslos von den beiden Sicherheitsleuten abführen ließ, deutete sie vor den Arbeitern um sie herum noch einen kleinen koketten Knicks an. Meine Tante Poldi wusste eben, wie man eine Bühne verlässt. Unter Applaus nämlich.

»*Mon dieu*, was war denn da drüben los?«, rief Valérie, als die Poldi, erschöpft, aber durchaus nicht unzufrieden nach Femminamorta zurückkehrte. »Ich habe dich schreien gehört. Und dann – Applaus?«

Die Poldi richtete sich die Perücke und sah Valérie an.

»Das, meine Liebe, war erst der Anfang. Das werde ich

jetzt jeden Tag durchziehen, so lange, bis irgendjemand verdammt noch mal mit mir redet.«

»War Russo da?«

»Leider nein. Aber was nicht ist, kann ja noch werden. Sag, hättest du ein Glas Wasser für mich? Oder vielleicht lieber einen kleinen Proseccino für die Nerven?«

»Ich denke, du wolltest nichts mehr trinken!«, rief ich, als meine Tante es mir später erzählte.

»Mei, *ein* Prosecco, des ist doch kein Alkohol!«

»Äh, nicht?«

»Naa! Des musst du dir vorstellen wie bei den Rolling Stones. Der Mick und der Keith haben gesoffen und gekifft, was des Zeug hält, aber inzwischen sind's alle clean und trocken, essen brav ihr Müsli und trinken keinen Alkohol mehr. Nur noch Champagner.«

Wie angedroht, kam meine Tante Poldi am nächsten Tag wieder, und die Prozedur wiederholte sich. Erst schlenderte sie ein wenig über Russos Gelände, dann quatschte sie ein paar seiner Arbeiter an, die waren auch eher auf der wortkargen Seite, dann kamen die Security-Typen, die Poldi zog ihre kleine Nummer ab und ließ sich anschließend brav vom Grundstück entfernen. Alles wie am Vortag – bis auf einen kleinen Unterschied. Russos Arbeiter erkannten meine Tante Poldi inzwischen von Weitem, winkten ihr zu, warteten gespannt auf ihren Auftritt und verabschiedeten sie danach mit viel Beifall und Gejohle. Die Poldi winkte huldvoll und warf Kusshändchen in alle Richtungen. Nur Russo zeigte sich nicht.

Am darauffolgenden Tag, einem Mittwoch, musste sie ihre Ermittlungen unterbrechen, denn da hatte sie wie immer Sprachunterricht bei Michele in Taormina. Mit Mitte dreißig war Michele zwar deutlich zu jung für Poldis Geschmack, aber seinen Anblick mochte sie sich auf keinen Fall entgehen lassen.

Die Mittagspause nutzte sie für einen kleinen Gang durch die Altstadt von Taormina, auf der Suche nach dem Verkehrspolizisten, den sie kürzlich fotografiert hatte und den sie noch näher kennenlernen wollte. Den *Vigile* entdeckte sie nicht.

Dafür aber Italo Russo und Corrado Patanè. Die beiden saßen an einem kleinen Tisch vor der *Wunderbar* am Corso Umberto, ganz ins Gespräch vertieft, und blätterten in einer Klarsichtmappe mit irgendwelchen Abbildungen.

Die Poldi musste gar nicht lange nachdenken, was sie tun sollte. Das übernahmen einfach die oberreiterschen Instinkte. Geschmeidig wuselte sie sich am Rande des Corso durch das Gemenge der Touristen zur Bar vor, schlich sich von hinten herum an den Tisch der beiden heran und setzte sich etwas seitlich hinter sie, sodass sie einen guten Blick auf den Tisch hatte und Russo sie bei einer kleinen Drehung nicht direkt sehen konnte.

Die Bilder in der Klarsichtmappe konnte die Poldi von ihrem Platz aus nicht erkennen. Dennoch versuchte sie mit ihrer kleinen Digitalkamera unauffällig ein paar Fotos zu knipsen, in der Hoffnung, dass eine spätere Bearbeitung am Computer mehr zeigen würde. Im Fernsehen funktionierte das immer super. Dazu musste sie sich jedoch wieder erheben. Und das wiederum signalisierte einem deutschen Paar in praktischer Funktionsbekleidung, dass dieser Tisch gerade frei werde. Sie stürzten sofort los und rempelten sich mit einem Kielstrudel von Unruhe, Stuhlgerücke und Entschuldigungen an Russo und Patanè vorbei. Der Rucksack des Mannes verhakte sich in Patanès Stuhl und riss ihn um ein Haar um. Die Poldi sah, wie Patanè aufsprang und dabei seinen Kaffee über die Klarsichtmappe verschüttete. Patanè fluchte, der deutsche Urlauber entschuldigte sich nuschelnd. Blöderweise entdeckte Patanè dabei meine Tante Poldi. Und erkannte sie prompt wieder. Einen Moment lang starrte er sie an, dann stieß er Russo an und deutete in Poldis Richtung.

Außer einem kurzen Moment der Überraschung konnte die Poldi keinerlei Regung bei Russo erkennen. Er sah sie einfach an und kam an ihren Tisch.

»Unsere Wege scheinen sich in letzter Zeit oft zu kreuzen, Signora.«

»Und leider doch viel zu selten«, flötete die Poldi.

»Dabei geben Sie sich solche Mühe, mich zu beeindrucken, nicht wahr?«

»Habe ich das denn? Sie beeindruckt?«

Russo wechselte abrupt die Tonart.

»Was wollen Sie von mir, Signora?«

»Nur ein paar Antworten, was Valentino betrifft.«

»Ich muss Sie enttäuschen, Signora. Und ich muss Sie bitten, Ihre Vorstellungen auf meinem Gelände zu unterlassen. Sonst ...«

»Sonst?«

Russo atmete aus.

»Der August ist heiß, Signora. Und das Eis ist dünn.«

»Häh?«, rief ich, als meine Tante es mir später erzählte. »Was, bitte, sollte das heißen?«

»Mei, ist dir des nicht klar? Des war doch eine klare Morddrohung!«

»Nee, is klar. Mehr so zweimal hintenrum durch die Blume.«

»Da fehlt dir einfach das Gespür fürs Kriminelle. I hab des aber natürlich gleich g'schnallt, dass des eine knallharte Morddrohung war. Und wie sich kurz darauf herausgestellt hat, hab i ja auch richtig gelegen.«

Von ihrem Vater, Hauptkommissar Georg Oberreiter, wusste die Poldi, dass der Erfolg einer jeden kriminalistischen Ermittlung auf zwei Säulen ruht: Notizen und Pinnwand.

Zuerst legte sie ein Notizbuch an, in dem sie alles festhielt, jeden Hinweis, jede Spur, jeden Namen, jede Telefonnummer, jeden Pups, einfach alles. Die wichtigsten Hinweise übertrug sie ordentlich auf Karteikärtchen und pinnte sie zusammen mit Fotos, Zeitungsartikeln und einer Karte von Sizilien an die freie Wand im Schlafzimmer. Alles, was ihrer Überzeugung nach nur irgendwie zusammengehörte, verband sie mit farbigen Wollfäden. So wucherte an der Schlafzimmerwand nach und nach ein Geflecht aus unklaren Fährten, Aussagen, Vermutungen und Beziehungen, rankte über die Wand wie eine sonderbare Art Flechte, ein eigenständiges Wesen, das der Poldi beim Zubettgehen und beim Aufwachen unverständliche Dinge zuraunte. Bis dieses Wesen da an ihrer Schlafzimmerwand, davon war die Poldi überzeugt, ihr eines Tages im besten hochdeutschen Klartext verraten würde, wer Valentino ermordet hatte. Bis dahin musste man das Pinnwandwesen nur tüchtig füttern, nachforschen, Fragen stellen, die Ohren offenhalten, rumnerven, Staub aufwirbeln. Von Letzterem vor allem verstand meine Tante Poldi eine ganze Menge.

Onkel Martino durchforstete das Internet und die Archive der umliegenden Lokalzeitungen nach Meldungen über Kunst- und Baudiebstähle und schleppte haufenweise Material an, das die Poldi gewissenhaft zur Pinnwand hinzufügte. Wenn sie dann abends auf die Schlafzimmerwand starrte, blickte meine Tante in einen Abgrund aus Plünderungen von Villen und Palästen im ganz großen Stil, der halb Sizilien zu verschlingen drohte. Auch wenn sie das heikle M-Wort inzwischen tunlichst vermied, ergab das für die Poldi nur einen einzigen Schluss: dass dahinter nämlich eine gut geölte kriminelle Maschinerie stecken musste. Mit Russo an der Spitze.

Das Problem war, den Inhalt der Klarsichtmappe in diese Hypothese einzupassen, denn aus dem Foto, das sie gemacht hatte, wurde die Poldi einfach nicht schlau. Mein Cousin Samuele, Sohn meiner Tante Luisa und Computerverkäufer, hatte lässig den Zauberstab kommerzieller Bildbearbeitungssoftware über dem Foto geschwungen. Vergrößern, schärfen, hier ein wenig Kontrast, dort ein wenig die Schatten aufgehellt. Und – *pling!* – konnte man so halbwegs erkennen, was Russo und Patané so interessiert betrachtet hatten. So halbwegs. Denn das Bild blieb leider immer noch stark verpixelt, wie die Aufnahme einer Galaxie am Rande des Universums, und bedurfte einiger Vorstellungskraft. Beim besten Willen ließen sich allerdings keine Torlöwen, Mosaiken, Villen oder antike Kunstschätze darauf erkennen, so sehr die Poldi das Foto auch betrachtete, drehte und wendete.

»Lecktsmidochalleamarsch«, brummte die Poldi enttäuscht und pinnte das Foto an die Schlafzimmerwand. Aber weil sie nicht undankbar gegenüber der Mechanik des Zufalls sein wollte, fügte sie hinzu: »*Namaste*, Fotoapparat.«

Denn sämtliche Dinge in der Welt, davon war meine Tante Poldi überzeugt, besaßen eine Seele. Für die Poldi gab es keine toten Dinge, nur stumme. Besser also, man behandelte sie respektvoll, dann konnten sie sich mitunter als erstaunlich großmütig erweisen.

Verschwurbelte Drohungen hatten meine Tante Poldi noch nie im Leben von irgendwas abgehalten. Ergo kreuzte sie gleich am nächsten Tag wieder auf Russos Gelände auf und sprach seine Arbeiter an. Wann sie Valentino zum letzten Mal gesehen hatten, welches Verhältnis er zum Chef hatte und ob der eine wie der andere sich in letzter Zeit irgendwie auffällig verhalten hätten. Wie schon an den beiden Tagen zuvor mit sehr bescheidenem Erfolg.

»Schauen Sie, Signora«, erklärte ihr der alte Turi, der mit dem fehlenden kleinen Finger, gequält und in möglichst dialektbereinigtem Italienisch, »wir dürfen nicht mit Ihnen reden. Der Chef hat es ausdrücklich verboten. Wir wissen auch gar nichts. Keiner von uns. Der arme Valentino war ein guter Junge, und so wollen wir ihn alle im Gedächtnis behalten. Also bitte, Signora, lassen Sie uns unsere Arbeit machen, gehen Sie nach Hause, das wäre wirklich das Beste für uns alle.«

Da wollte die Poldi natürlich gleich nachhaken. Aber ehe sie dem armen Turi weiter zusetzen konnte, sah sie seine panische Reaktion. Erstaunlich behände trotz ihrer Fülle wirbelte sie herum und sah Russo auf sie zukommen.

»So sieht man sich wieder, Signora.«

Er wirkte so gelassen wie ein Mautkassierer an der Autobahn, fast gelangweilt.

»Ich hatte mich gestern wohl nicht klar genug ausgedrückt«, begann Russo wieder.

»Ziehen Sie vor der Polizei auch so eine Show ab?«, presste sie hervor.

»Gut, dass Sie mich daran erinnern. Ich muss dringend bei den *Carabinieri* anrufen und unbefugtes Eindringen auf mein Grundstück melden. Sollte mich nicht wundern, wenn etwas beschädigt oder gestohlen wurde.«

»Und jetzt glaubst, i scheiß mir in die Hosen, du G'schwollschädel?«, fuhr sie ihn auf Bairisch an.

»Einen schönen Tag noch, Signora.«

Russo wandte sich ab.

Die Poldi rang um Würde und Fassung und ahnte, dass sie sich einen Feind gemacht hatte.

Scheiß der Hund drauf.

Noch am selben Nachmittag kreuzte Montana bei ihr auf.

»Verraten Sie mir, was das bitte sollte?«

Er wirkte grantig, regelrecht wütend. Die Poldi fand, dass ihm das viel besser stand als dieser zerknirschte Blick. Ohnehin passender zu seinem dunkelblauen Anzug mit dem dunkelblauen Hemd, der Aviator-Sonnenbrille und den polierten Budapestern. Kein bisschen zerknittert mehr, dafür umso aufgeladener mit Ärger und *Italianità*. Nicht einmal die Hitze schien ihm etwas anhaben zu können. Er hat sich schick gemacht, war Poldis erster Gedanke, als sie die Tür öffnete. Und ihr zweiter Gedanke war schon nicht mehr jugendfrei.

»Sie sollen sich da raushalten, hab ich doch gesagt!«, polterte Montana ungebremst weiter. »Für Mordermittlungen ist auch bei uns in Sizilien immer noch die Polizei zuständig und sonst niemand!«

Die Poldi schenkte ihm einen tiefen, bedeutungsvollen Blick.

»Sind Sie fertig?«

Montana atmete durch.

»Nein, noch lange nicht!«

»Dann sollten Sie reinkommen, Sie stehen ja in der prallen Sonne. Kaffee?«

»Ich meine es ernst, Donna Poldi!«, rief Montana, während er ihr ins Haus folgte. »Sie machen mir nur Ärger, Sie behindern die Ermittlungen.«

»Inwiefern?«

»Verstehen Sie nicht? Wenn Russo sich beschwert, dann beschwert er sich natürlich ganz oben. Weil der *Colonnello* La Rosa von den *Carabinieri* ein guter Freund von ihm ist.«

»Aber Sie sind doch *Polizia di Stato*!«

»Das ist es ja! Der *Colonnello* ruft natürlich umgehend bei meinem Polizeidirektor an und macht ihm die Hölle heiß, von wegen, was das denn für ein Chaos sei, dass da eine Deutsche private Ermittlungen im Candela-Fall anstellt und auch noch ehrenwerte Mitbürger belästigt und Gesetze bricht. Mein Polizeidirektor und der *Colonnello* können sich auf den Tod nicht ausstehen, da ist jede Gelegenheit willkommen, dem anderen einen reinzuwürgen. Mein Chef, natürlich sauer über den Einlauf, ruft mich an, staucht mich zusammen und droht, mich von dem Fall abzuziehen, wenn ich das nicht in den Griff kriege.«

Die Poldi reichte Montana einen Kaffee und hielt ihm die Whiskyflasche hin.

»Kleinen Schuss?«

»*Dai!*«, knurrte Montana.

Zufrieden über den Imperativ in der zweiten Person Singular, füllte die Poldi die Espressotasse auf und gönnte sich selbst auch einen Kleinen.

Montana kippte den Espresso diesmal auf ex.

»Ich verstehe«, sagte die Poldi. »Sie haben Angst, dass man Sie feuert. Oder von dem Fall abzieht.«

Montana lachte kurz auf.

»Quatsch. Ich habe keine Angst! Mich feuert keiner. Mich zieht auch keiner von dem Fall ab. Schön wär's! Den Fall will eh keiner. Aber ich will nicht wie ein Idiot, dem man nach Belieben auf der Nase rumtanzen kann, vor meinen Kollegen dastehen.«

Montana hielt ihr die Kaffeetasse hin, und die Poldi schenkte ihm sofort Whisky nach.

»Ah, jetzt verstehe ich! Sie wollen keine schlechte Figur abgeben!«

Montana kippte auch diese Tasse auf ex.

»Ganz genau.«

Denn das ist das Schlimmste, was Italienern, zumal Sizilianern, passieren kann. Wirtschaftskrisen, Vulkanausbrüche, korrupte Politiker, Emigration, Mafia, Müll und Überfischung des Mittelmeers – alles lässt sich mit Fatalismus und *Bella figura* wegstecken. Hauptsache niemals eine *Brutta figura,* niemals eine *Figuraccia* abgeben. *Bella figura* ist das Credo Italiens. Zur Basisausstattung gehören eine gepflegte, dezent modische Erscheinung, ein guter Schuh und die richtige Sonnenbrille. Vor allem aber bedeutet *Bella figura,* immer gut rüberzukommen und niemals dumm dazustehen. Das ist für Italiener keine Option – sondern ein Muss. Ungeduld geht gar nicht, direkte Konfrontationen – verpönt. Man teilt sich unter Freunden die Restaurantrechnung, man tritt nicht in Fettnäpfchen, man stellt keine intimen Fragen, man redet Menschen mit Hochschulbildung mit *Dottore* an, man bringt den Nachtisch mit, wenn man zum Essen eingeladen ist, und man isst alles schön auf, bis man platzt. Man vertraut der Kraft der Schönheit und der Verhältnismäßigkeit und versucht die Welt so zu einem besseren Ort zu machen. Manchmal gelingt das sogar.

Meine Tante Poldi und der *Commissario* standen dicht voreinander, ihre Kaffeetassen in der Hand wie kleine Sicherheitsschranken. Die Poldi sagte nichts, sah Montana nur abwartend an, und der *Commissario* verstand. Dass er jetzt nämlich erst liefern musste.

»Wir haben verschiedene Spuren an Valentinos Leiche sichergestellt, mehr kann ich nicht sagen.«

Die Poldi verzog missbilligend das Gesicht.

»Erde unter seinen Schuhsohlen und Spuren von Ginsterpollen«, ergänzte Montana. »Aber Ginster gibt es überall in Sizilien. Wir überprüfen noch, woher die Erde stammt.«

»Eine Vermutung?«

Montana zuckte mit den Schultern.

»Sizilien ist groß.«

»Was ist mit dem Obduktionsbericht?«

Montana schüttelte den Kopf.

»Einen Kampf hat es nicht gegeben. Valentino wurde einfach aus nächster Nähe erschossen.«

»Und sein Handy?«

Montana schüttelte erneut den Kopf.

Die Poldi dachte nach und nickte dann.

»Okay. Ich verspreche Ihnen, dass ich Russo nicht mehr belästigen werde.«

»Dass Sie sich aus dem Fall raushalten, sollen Sie mir versprechen!«

Die Poldi ging nicht darauf ein.

»Kommen Sie mal mit, ich will Ihnen was zeigen.«

Sie führte Montana ins Schlafzimmer vor ihre Pinnwand. Und logisch verband sie damit auch eine subtile Anspielung, die sich durch den dezenten Rosenduft vermittelte, mit dem die Poldi zuvor ihr Bett präpariert hatte.

Montana hielt die leere Espressotasse immer noch wie einen Schutztalisman in der Hand und stöhnte, als er die Wand mit den Fotos, Zeitungsartikeln und Wollfäden erblickte.

»Das muss aufhören, Signora!«

Die Poldi tippte auf die Fotos von Valentino und Russo, die ein dicker roter Wollfaden verband.

»Ich bin sicher, dass Valentino irgendeine Drecksarbeit für Russo erledigt hat. Unter anderem ...«, sie fuhr mit dem Finger einen grünen Wollfaden entlang, der zu einem anderen Foto führte, »... den Diebstahl eines Torlöwen von Femminamorta. Vielleicht bekam Valentino dann ein schlechtes Gewissen oder wollte aussteigen. Das machte ihn zu einem Risiko, also musste er sterben.«

»Das ist doch völlig an den Haaren herbeigezogen!«, rief Montana entnervt.

»Abwarten!«, rief die Poldi und deutete auf das verpixelte Foto von der Klarsichthülle. »Gestern habe ich zufällig gesehen, wie Russo und dieser Patané in Taormina die Köpfe zusammensteckten. Dabei ging es um das hier! Für was halten Sie das?«

Montana sah sich das Foto an. Erst genervt, aber dann löste er es eigenmächtig aus dem großen Spurenensemble an der Wand heraus und betrachtete es genauer.

»Ein Ausschnitt aus einer topografischen Karte, würde ich sagen.«

Wäre die Poldi tatsächlich nie drauf gekommen.

»Genau!«, rief sie. »Und von welcher Gegend?«

»Was weiß ich. Was sollte das auch beweisen? Haben Sie davon noch einen Ausdruck?«

»Behalten Sie den«, erklärte die Poldi großzügig.

Montana steckte das Foto ein wie die Visitenkarte eines nervigen Vertreters.

»Hören Sie, Italo Russo genießt einen tadellosen Ruf. Er ist einer der Hauptarbeitgeber hier in der Gegend. Und überhaupt ein großzügiger Sponsor etlicher sozialer Einrichtungen und Projekte.«

»Typisch Mafioso«, sagte die Poldi nur.

Seufzend stellte Montana seine Kaffeetasse ab.

»Ich muss los. Sie haben mir was versprochen.«

»Keine Sorge, *Commissario.* Ich habe ein lebhaftes Interesse an Ihrer *Bella figura.*«

In der Hoffnung, dass Montana mit einem neuen Hinweis oder unter einem fadenscheinigen Vorwand wieder bei ihr aufkreuzen würde, wartete die Poldi die darauffolgenden Tage einfach ab. Aber Montana kam weder am Samstag noch am Sonntag noch am Montag und rief auch nicht an. Es waren schwierige Tage. Nie war ihr der Durst größer, die Hitze unerträglicher, das Leben komplizierter, der nächste Schritt mühsamer erschienen. Aber die Poldi hatte sich im Griff. Sie trank nicht, obwohl ihr das titanische Selbstbeherrschung abverlangte.

In jenen Tagen wäre sie gerne auf ihre Dachterrasse gestiegen, um von dort aufs Meer zu schauen und eine mit dem Ätna zu rauchen. Aber leider muckte ihr rechtes Knie wieder und machte das Treppensteigen zur Qual. Also pappte die Poldi einen Zettel an ihre Haustür »SONO AL BAR«, pflanzte sich vor die Bar Cocuzza, trank eiskalte Mandelmilch und quarzte eine MS nach der anderen weg.

»*Namaste,* Leben«, seufzte sie mit Blick aufs Meer und nickte der traurigen Signora freundlich zu. »Lecktsmialleamarsch.«

Ansonsten wartete sie nur sehnsüchtig auf den Abend, auf Montana, auf ein Zeichen, eine Eingebung, irgendwas. Immerhin wartete sie nicht mehr auf den Tod, das war schon mal ein Anfang.

6. Kapitel

Erst am Dienstag, auf Valentinos Beerdigung, sah sie Montana wieder. Meine Tante Poldi hatte zwar keine Einladung erhalten, aber zum Glück war Signora Anzalone von nebenan beerdigungsmäßig immer auf dem Laufenden.

Der kleine Friedhof lag in einem Vorort von Acireale, nahe der Autobahn, zwischen Zitronengärten, Brachflächen und wilden Müllkippen. Vereinzelte Zypressen und Palmen reckten sich hinter den Trockensteinmauern auf, die mit alten Werbezetteln bepflastert waren.

Als die Poldi den Parkplatz vor dem Friedhof erreichte, hatte sich die kleine Trauergesellschaft bereits vor dem Eingang versammelt, der aussah wie ein kleiner, ein bisschen zu protzig geratener Provinzbahnhof. Das fand die Poldi irgendwie passend. Montana war nicht unter den Trauergästen, wie die Poldi enttäuscht feststellte. Auch Russo nicht. Aber die Poldi entdeckte ein Paar, das mit dem *Padre* neben dem Sarg aufgeregt auf einen alten Mann einredete, der hartnäckig mit dem Kopf schüttelte. Offenbar gab es irgendein Problem.

Die Poldi trug wieder ihr schwarzes Kleid mit dem Schleier zur besseren Tarnung und hatte sich eigentlich vorgenommen, sich unauffällig im Hintergrund zu halten und alles mit detektivischer Professionalität zu observieren. Aber die zunehmend hitziger werdende Diskussion, in die sich immer mehr Trauergäste lautstark einmischten, erregte dann doch ihre Neugier. So viel die Poldi verstand, als sie sich etwas näher herangepirscht hatte, waren es Valentinos Eltern und es ging um eine fehlende *Marca da bollo* auf der Beerdigungsgenehmigung.

Das Prinzip ist so simpel wie effektiv. Entrichtete Verwaltungsgebühren werden in Italien durch kleine amtliche Briefmarken oder Sticker nachgewiesen, die man auf das entsprechende amtliche Dokument pappt. Diese *Marche da bollo* kriegt man im *Tabacchi,* dem italienischen Pendant zum deutschen Büdchen mit dem traditionellen Schild mit dem »T«, wo es außer Zigaretten auch Lottoscheine, Sammelbildchen, Nahverkehrstickets, Zeitungen, Schreibwaren, Kaugummis, Klatsch und nützliche Informationen über die Nachbarschaft gibt.

Eine solche Verwaltungsmarke zierte auch das Dokument, mit dem Valentinos Vater vor dem alten Mann herumwedelte. Allerdings die falsche, denn statt der erforderlichen dreiundzwanzig Euro fünfzig waren nur sechzehn Euro entrichtet worden. Und wegen fehlender sieben Euro fünfzig verweigerte der Friedhofsverwalter den Candelas nun den Zutritt zum Friedhof. Nichts zu machen, der Alte schüttelte nur stur den Kopf und verwies auf die Vorschriften. Natürlich hatte sich bereits jemand aufgemacht, die fehlende Verwaltungsmarke im nächsten *Tabacchi* zu besorgen, galt aber seitdem als verschollen.

Es wurde schnell warm, die Diskussion mit dem Friedhofsverwalter wurde hitziger, und umso hitziger sie wurde, desto mehr schaltete der Alte auf stur. Warum eigentlich, blieb sein dunkles Geheimnis. Unüberwindbar wie eine trojanische Torwache blockierte er den Zugang zum Friedhof. Die Candelas waren noch keine fünfzig und wirkten dennoch uralt.

Logisch, dass meine Tante Poldi da nicht seelenruhig danebenstehen konnte.

»Guter Mann«, mischte sich meine Tante, an den Friedhofsverwalter gewandt, ein. »Irgendwie wird sich doch wohl eine vernünftige Lösung finden lassen.«

Der Alte starrte meine Tante an, als sei sie der Zyklop Polyphem und er die umworbene Nymphe Galatea. Aber vielleicht hatte ihn auch nur ihr deutscher Akzent verwirrt.

»Ich muss mich an die Vorschriften halten!«, wiederholte er gereizt. »Tut mir leid.«

Er wollte sich abwenden, doch die Poldi hielt ihn einfach fest. Inzwischen hatte die Trauergemeinde aber ohnehin einen Kreis um den Mann gebildet. Entkommen praktisch unmöglich.

»Sehen Sie, Signor«, fuhr die Poldi fort. »Ich kann Sie ja verstehen. Ich komme aus Deutschland, da wäre Ihnen absolute Wertschätzung gewiss. Sie machen hier einen großartigen Job. Vorschrift ist schließlich Vorschrift! Aber sehen Sie – Deutschland ist auch ein kühles Land. Da kommt es bei Beerdigungen unter Umständen nicht auf einen Tag an. Aber hier in Sizilien brennt die Sonne unbarmherzig auf uns alle herab, daher hat Friedrich II. von Staufen die Sizilianer ja auch als die Erfinder der Mitmenschlichkeit gepriesen. Davon können wir in Deutschland nur träumen. Uns allen ist heiß. Mir ist heiß, Ihnen ist heiß, Valentinos armen Eltern ist heiß – und Valentino, der dort in seinem Sarg darauf wartet, endlich seine letzte Ruhe zu finden, dem ist auch heiß. Ich möchte mir gar nicht vorstellen, was für ein Fest die Fäulnisbakterien in seinem starren Körper gerade feiern. Wollen wir uns denn wirklich hier so lange herumstreiten, bis uns allen das Hirn wegbrutzelt und Faulgase Valentinos Sarg sprengen? Oder wollen wir nicht endlich eine pragmatische Lösung der Menschlichkeit und der Güte finden, auf die man in Deutschland neidisch wäre?«

Für einen Moment herrschte Stille. Alle starrten die Poldi an. Vereinzelt wurden Köpfe genickt, Stirnen getupft und Stimmen hörbar, die »Ecco!« sagten oder »Bravo!«.

Der Friedhofsverwalter wirkte irritiert über Poldis Ansprache, aber schließlich siegte doch wieder die Laus, die ihm an diesem Tag über die Leber gelaufen war.

»Nein«, sagte er. »Sie müssen eben warten, bis jemand mit der fehlenden Marke kommt. Und *basta*.«

Die Antwort war ein empörter Aufschrei der Trauergemeinde. Schien den Alten aber gar nicht zu kratzen, er drängelte sich barsch durch die Menge hindurch. Und da platzte der Poldi der Kragen. Hastig fummelte sie einen Fünfzig-Euro-Schein aus der Handtasche und schnappte sich den Friedhofswärter erneut.

»Jetzt hörst mir mal zu, Bürscherl!«, zischte sie ihn auf Bairisch an und drückte ihm den Schein in die Hand. »I weiß genau, was'd willst, du g'scherter Hammel. Hier, des nimmst jetzt und eine Ruh ist. Hast mi?«

Eigentlich eine todsichere Kombi: Bairisch plus Bestechung. Aber der Schuss ging voll nach hinten los. Der sture Friedhofsverwalter schrie empört auf, warf den Geldschein zu Boden, trat mit dem Schuh darauf und deckte die Poldi mit einer Tirade auf Sizilianisch ein. Brüskiert, verletzt, gekränkt, in tiefster Seele beschmutzt und erniedrigt wandte er sich schließlich von ihr ab und bahnte sich seinen Weg zu seinem Häuschen. Der Ofen war aus, alle Diplomatie am Ende. Selbst der geballte Volkszorn und die angedrohte Stürmung des Friedhofs vermochten ihn nicht mehr umzustimmen. Er verriegelte einfach das Friedhofstor und verschwand in seinem Häuschen.

Da war es schon fast Mittag, der Himmel wie aus poliertem Stahl, über dem Parkplatz flirrte die Luft. Die Poldi ächzte unter ihrem Schleier und erwartete, dass das Fass nun überlaufen, ein Aufstand losbrechen, der Friedhofsverwalter gelyncht werden würde. Stattdessen aber legte sich nur bedrückte Schicksalsergebenheit über die Trauernden. Valentinos Mutter wirkte versteinert, der *Padre* wischte sich den Schweiß ab, die letzten wütenden Stimmen verstummten. Vielleicht war es einfach zu heiß. Der sizilianische Mittag presste Zorn zu Fatalismus. Nach kurzer Beratung beschloss man, den Sarg und die Blumengestecke in den Schatten eines Gummibaums am Eingang des Friedhofs zu bringen und auf den Verwandten mit dem fehlenden amtlichen Sticker zu warten.

Die Poldi ahnte, dass sie zu weit gegangen war. Dass sie es womöglich versaut hatte. Sie wollte dem Alten hinterhereilen. Doch eine kräftige Hand hielt sie zurück.

»Das reicht jetzt, Signora Poldi.«

Montana. Wie aus dem Nichts stand er vor ihr, diesmal wieder in seinem grauen, zerknitterten Ermittleranzug und mit seiner Aviator-Sonnenbrille. Die Poldi war so perplex von seinem Erscheinen und so elektrisiert von seiner Berührung, dass es ihr kurz die Sprache verschlug.

»Ich regle das.«

Die Poldi sah, wie Montana durch das Fenster des Pförtnerhäuschens mit dem Alten sprach. Zunächst schüttelte der Alte wieder nur stur den Kopf. Bis Montana ihm seinen Dienstausweis zeigte und ihn etwas fragte. Da knickte der Friedhofsverwalter sichtbar ein. Er brummte etwas, Montana notierte sich etwas. Mit einer Geste bitterer Resignation öffnete der Alte schließlich das Tor. Unter dem Applaus der Trauergemeinde sprach Montana kurz mit Valentinos Eltern und dem *Padre,* und Valentino konnte endlich zu seiner letzten Ruhestätte getragen werden.

»Wie ein Held in schimmernder Rüstung«, sagte die Poldi, als sie Montana auf dem Friedhof eingeholt hatte.

Er grinste sie an und sah sich kurz um, ob man sie hören konnte.

Und dann, wie beiläufig: »Wir haben Geld in Valentinos Zimmer gefunden.«

»Was?«

»Knapp zehntausend Euro. In einer Plastiktüte hinter dem Schrank.«

Die Poldi starrte ihn ungläubig an.

»Seine Eltern wussten angeblich nichts davon. Das glaube ich sogar, denn sonst wäre das Geld bestimmt nicht mehr da gewesen.«

»Valentino hat vielleicht gespart.«

»So könnte man es auch sagen. Alles neue Scheine in vier durchnummerierten Tranchen, keine kleiner als zweitausend Euro.«

»Jaleckmiamarsch.«

»Was?«

»Herzlichen Glückwunsch, mein Lieber. Alles nur, weil ich Ihnen so zugesetzt habe. Und was sagt man da?«

Gar nichts. Jedenfalls Montana nicht.

Die Poldi stieß ihn an.

»Na los, jetzt sagen Sie es schon! Das kleine Zauberwort. *Dai!* Ist gar nicht schwer.«

Montana seufzte ergeben.

»Danke.«

Die Poldi strahlte.

»Ich hab was gut bei Ihnen.« Sie senkte ihre Stimme zu einem Flüstern. »Und jetzt wollen Sie sich umsehen, ob Valentinos Auftraggeber zu seiner Beerdigung erscheint. Oder der, dem er dieses Geld noch schuldete. Wer weiß. Schon jemanden in Verdacht hier?«

Montana sah sie durch seine Sonnenbrille an. Dann ließ er meine Tante Poldi stehen und bog ab, um die Trauergesellschaft besser im Blick zu haben.

Valentinos letzte Reise endete an einer Mauer mit dreistöckigen Reihen von Grabnischen. In der obersten Reihe gähnte ein quadratisches Loch, das der Maurer mit einer Steinplatte versiegeln würde, sobald Valentinos Sarg für immer in der Nische verschwunden war. Die ganze Zeremonie lief der Poldi zu rasch ab, viel zu wenig feierlich, als ob man Valentino nicht schnell genug einmauern und vergessen könne. Zwar wusste die Poldi, dass das nicht stimmte, dennoch deprimierte es sie plötzlich, und sie ließ ihren Tränen freien Lauf. Sie weinte um Valentino, der etwas Besseres verdient hatte als einen solchen Tod und eine solche Beerdigung. Sie weinte um meinen Onkel Peppe und all die Menschen in ihrem Leben, die sie viel zu früh und unverdient verlassen hatten. Und ein bisschen weinte sie auch um sich selbst.

Als sie sich wieder gefangen und sich tüchtig geschnäuzt

hatte, bemerkte die Poldi, wie ein groß gewachsener rothaariger Mann, der ihr zuvor nicht aufgefallen war, einen kleinen Blumenstrauß zu den Gestecken legte und sich dann eilig wieder zurückzog und zum Ausgang strebte. Er hatte einen Sonnenbrand und trug eine Sonnenbrille. Kein Sizilianer, vermutete die Poldi. Sie schätzte ihn auf Ende vierzig und hätte gerne ein Foto von ihm gemacht, aber das erschien ihr pietätlos. Immerhin sah sie, dass Montana dem Rothaarigen folgte.

Die Poldi überlegte kurz und folgte dann Montana zum Ausgang. Als sie auf den Parkplatz trat, stand der *Commissario* an seinem Auto und zündete sich eine Zigarette an.

»Wer war denn das?«

»Keine Ahnung«, knurrte Montana.

»Haben Sie sein Kennzeichen?«

Montana schüttelte den Kopf.

»Er ist mit einem Taxi weggefahren.«

»Einem Taxi?«

»Ob Sie's glauben oder nicht, bei uns gibt es neuerdings sogar Taxis. Vielleicht kriegen wir ja irgendwann sogar mal elektrisches Licht.«

Er wirkte gereizt. Trat die halb gerauchte Zigarette aus, verabschiedete sich knapp, stieg in seinen Wagen und ließ die Poldi stehen.

»Depp!«, rief ihm die Poldi nach, mit einem Gewicht im Herzen, so schwer wie der Ätna.

Ein Gedanke hatte sie kurz gestreift, wie eine Sternschnuppe den Nachthimmel, war aufgeblitzt und wieder verloschen und hatte nur eine feine Kratzspur in ihrer Erinnerung hinterlassen. Die Poldi verstand auf einmal, dass sie etwas übersehen hatte. Möglicherweise etwas Wichtiges. Sie kam nur beim besten Willen nicht darauf, was. Sie nestelte ihr Notizbuch heraus, fahndete in ihren Aufzeichnungen nach einem verborgenen Hinweis. Aber nichts. Nichts außer der dürftigen Schleifspur einer kurzen Eingebung, die sich vielleicht nie wiederholen würde. Und das beunruhigte die Poldi nun über alle Maßen, so sehr, dass sie nur noch zurück nach Hause wollte, um sich zu konzentrieren.

Doch da bemerkte sie ein paar Meter voraus zwei junge Eichen, die dicht zusammenstanden und sich mit ihren Ästen zu umarmen schienen. Von diesem Bild einer verholzten ewigen Liebe wollte sie ein Foto machen. Und als sie ihren kleinen Fotoapparat aus der Tasche fummelte, kam der verlorene Gedanke zurück: Foto.

»Foto?«, fragte ich, als sie es mir später erzählte. »Und weiter?«

»Nichts weiter. Nur Foto.«

»Aber du hast gleich gewusst, welches.«

»Ja, mei, der Stephen Hawking bin i auch nicht. Hab i dir eigentlich schon erzählt, wie dein Onkel Peppe und i den Stephen Hawking kenneng'lernt haben? Des war so ein netter Abend, mei, was haben wir g'lacht.«

»Nicht ablenken, Poldi! Foto!«

»Keinen Schimmer hab i g'habt. Aber doch wenigstens die Richtung, verstehst? Also hab i mir auf dem Display von der Kamera gleich mal angeschaut, was i in der letzten Zeit alles so fotografiert hatte. Und da hab i's dann entdeckt.«

»Das Foto.«

»Genau.«

»Mann, welches denn jetzt?«

»Des mit dem *Vigile* aus Taormina, natürlich. Des hatte

sich quasi in mein Unterbewusstsein eingeritzt. Freud lässt grüßen.«

Sie zeigte mir das Foto. Und jetzt sah ich es auch.

»Hammer!«, rief ich elektrisiert.

Kein Zweifel: Im Hintergrund war Valentino zu erkennen.

Die Poldi konnte es selbst nicht fassen, wie sie Valentino die ganze Zeit hatte übersehen können. Überhaupt, warum sie ihn an jenem Tag in Taormina nicht einmal erkannt hatte. Einzige Erklärung: Die Strahlkraft des stattlichen Verkehrspolizisten musste in jenem Moment zu einer Art Tunnelblick geführt haben, einer Schärfung der Wahrnehmung auf einen einzelnen Punkt, wie sie sonst nur Löwinnen in der Serengeti auf der Jagd erleben.

Valentino dagegen hatte die Poldi offenbar bemerkt, denn er sah direkt in die Kamera. Leider reichte die Tiefenschärfe nicht für mehr Details, aber die Poldi war sicher, dass der Junge bestürzt und ertappt wirkte. Angespannt. Was vielleicht an seiner Begleitung lag. Denn Valentino war nicht allein. Er saß mit einem deutlich älteren Mann am Tisch vor einem Café an der Porta Messina. Rote Haare, Sonnenbrand, Sonnenbrille, weißes Polo. Mitteleuropäer. Mehr konnte sie nicht erkennen, aber die Poldi hatte keinen Zweifel, dass es sich um denselben Mann handelte, den sie auf Valentinos Beerdigung gesehen hatte. »Mr. X«, wie sie ihn gleich taufte, schien Valentinos Kopfbewegung gefolgt zu sein und sah ebenfalls in ihre Richtung. Die Poldi versuchte, sich an jenen Moment zu erinnern. Das war am Mittwoch gewesen, zwei Tage nach Valentinos Verschwinden. Da hatte sie schon erste Nachforschungen angestellt, was die Poldi umso mehr erschreckte, denn sie hatte Valentino übersehen, während sie bereits nach ihm suchte! Alles nur wegen des schönen Polizisten. Oder vielleicht, dachte sie niedergeschlagen, weil sie an jenem Nachmittag so schnell wie möglich nach Hause gewollt hatte, die Füße hochlegen und mit einem XL-Martini auf den Abend warten. Die Poldi erinnerte sich an die hupenden und drängelnden Autos, die sich vor der Porta Messina in Richtung Castelmola stauten. Da hatte sie den *Vigile* mitten im Getümmel entdeckt, mit seiner Trillerpfeife und den weißen Handschuhen, hatte ihre Kamera aus der Tasche gerissen und gleich abgedrückt. Alles ein bisschen in Hektik, der reine Reflex. Und anstatt wie sonst den schönen Polizisten noch eine Weile bei seiner Choreografie zu bewundern, war sie gleich weiter zum Busparkplatz geeilt. Alles nur wegen Signor Martini on Ice, der sie zu Hause erwartete.

Valentino und Mr. X waren auf dem Bild nur in einer Lücke zwischen zwei Autos zu erkennen. Auf dem kleinen Cafétisch lag etwas, aber auch durch die Lupe konnte die Poldi beim besten Willen nicht erkennen, was. Selbst Samuele, den die Poldi am Montagmorgen gleich auf das digitale Original des Fotos ansetzte, konnte da nicht mehr rausholen.

Je mehr sie Valentino auf dem Foto betrachtete, desto sicherer war die Poldi, dass Valentino regelrecht erschrocken wirkte. Aber der Blick von Mr. X erst! Er schien die Poldi zu fixieren wie ein Raubvogel eine Feldmaus, schien ihr unheimlicherweise sogar zu folgen, wenn sie sich über dem Foto hin und her bewegte. Das Foto magnetisierte die Poldi, sie konnte gar nicht mehr wegschauen. Bis spät in die Nacht saß sie mit ihrer Lupe auf dem Sofa, scannte jeden Millimeter der Aufnahme ab, bis ihre Augen brannten und sie sich mit der verstörenden Ahnung ins Bett legte, dass sie womöglich zufällig Valentinos Mörder fotografiert hatte. Was bedeutete, dass sie womöglich in Gefahr war.

Die Poldi bekam es mit der Angst. Sie überlegte, ob Mr. X sie auf der Beerdigung erkannt haben konnte. Sie hatte ja den Schleier getragen und sich dicht bei Valentinos Familie gehalten. Auf der anderen Seite wiederum hatte sie sich ziemlich exponiert bei der Sache mit dem Friedhofsverwalter. Aber schließlich war meine Tante auch kein Mensch, der sich so leicht in Bockshorn jagen ließ, da hatte sie in Tansania ganz andere Schoten erlebt. Also tat die Poldi etwas, das sie immer tat, wenn sie es mit der Angst bekam: Sie wurde sauer. Stocksauer. Und wenn sie sich derart in den Ärger hineinsteigerte, packte sie die Probleme lieber gleich bei den Hörnern. Das bedeutete in diesem Fall, dass sie Mr. X finden musste, bevor er sie fand. Dazu brauchte sie allerdings Unterstützung. Also sprang die Poldi über ihren Schatten und lud kurzentschlossen Montana per SMS zum Candlelight-Dinner ein. Wobei sie das Wort »Candlelight« natürlich vermied.

Ich hab etwas für Sie. Dinner um 21 Uhr?

Eine geschlagene Stunde starrte sie auf das Handydisplay und wartete auf eine Antwort. Dann ...

OK.

Die Poldi fand, dass Montana schon ein wenig enthusiastischer hätte reagieren können, dennoch bereitete sie sich generalstabsmäßig auf den Abend vor, denn einen weiteren Fehler, fand die Poldi, konnte sie sich in dieser Angelegenheit nicht mehr leisten.

Sich den *Commissario* zum Abendessen einzubestellen und dabei volle Breitseite Dekolleté zu geben stand natürlich im Dienste der Ermittlung und war selbstverständlich total professionell. Genauso wie das schulterfreie rote Kleid, in dem die Poldi Montana am Abend empfing.

»Weil, hör gut zu«, erklärte sie mir später, »alte Faustregel für Karriere, Freizeit und Camping …«

»Ich weiß«, unterbrach ich sie, »wenn's ernst wird, Haut zeigen.«

Als ob er es geahnt hätte, erschien er pünktlich ganz in schneidigem Schwarz. Slipper ohne Socken, lässige asiatische Leinenhose und tailliertes Hemd bis über den Hosenbund, das nur ein kleines bisschen über seinem Bauchansatz spannte, ansonsten aber eine muskulöse Brust durchblicken ließ. Kragen natürlich großzügig offen und die Ärmel akkurat bis zu den Ellbogen hochgekrempelt, sodass die Poldi einen ungehinderten Blick auf sein Brusthaar und den seidigen Pelz auf seinen einwandfreien Unterarmen hatte. Mit seinem Oliventeint und dem Bart sah er aus wie Odysseus auf Stippvisite bei Kirke im einundzwanzigsten Jahrhundert. Fand die Poldi, und sie brauchte ihre ganze Selbstbeherrschung, um sich nicht schon an der Haustür auf ihn zu stürzen und ihn zu vernaschen. Stattdessen beugte sie sich nur ein wenig vor und hielt ihm die linke Wange zu den obligatorischen Begrüßungsküsschen unter Freunden hin.

Zu ihrer Enttäuschung ging Montana jedoch nicht auf das Angebot ein, sondern hielt ihr nur ein kleines geschenkartig geschnürtes Päckchen mit Goldschleife entgegen.

»*Gelato* zum Nachtisch. Von *Cipriani.*«

»Wie lieb!«, rief die Poldi säuerlich.

»Ach, und … das hier.«

Er hielt einen kleinen Strauß aus weißen Rosen und Olivenzweigen in der Hand. Als hätte er auf den tiefsten Seelengrund meiner Tante geblickt. Denn einen Strauß aus weißen Rosen aus dem Nymphenburger Schlossgarten und Olivenzweigen, muss man wissen, hatte die Poldi seinerzeit im Standesamt in der Ruppertstraße in der Hand gehalten, als sie meinem Onkel Peppe das Jawort gegeben hatte. Seitdem war diese schlichte florale Verbindung aus Bayern und Sizilien Poldis liebster Blumenschmuck geblieben, der sie an den Peppe erinnerte, an die Liebe, die Lust, das Leben und sie in dunklen Stunden aufheiterte.

»Woher wussten Sie das?«, hauchte sie beklommen, als sie das Sträußchen entgegennahm.

»*Boh!*«, sagte Montana leicht verlegen, und der Abend nahm seinen Lauf.

7. Kapitel

Der *Commissario* hatte die Einladung nur zögernd und mit leichter Beunruhigung angenommen, wie mir die Poldi Anfang September dann erzählte.

»Nicht wegen mir«, erklärte sie, »sondern wegen dem Essen, natürlich. Da ist er halt Sizilianer durch und durch. Deutsches Bier mag ja noch angehen, aber deutsches Essen? Madonna bewahre!«

Zu Montanas größter Erleichterung verzichtete die Poldi an diesem Abend jedoch auf bayerische Schmankerl, Obatzter, Kraut & Co. und tischte stattdessen einen sizilianischen Klassiker auf: *Pasta alla Norma*. Mit dem eingemachten Tomatensugo von Tante Teresa, frittierten Auberginen aus dem Garten von Signora Anzalone und der *Ricotta salata*, die der Onkel aus Noto mitgebracht hatte. Denn, muss man wissen, die *Ricotta salata* holt man aus Noto und nur aus Noto. Dazu ein schöner Nerello Mascalese vom Ätna und als Dessert das *Gelato*, das Montana besorgt hatte. Alle Voraussetzungen für einen perfekten Abend also erfüllt.

Optimistisch gestimmt durch die mitgebrachten Blumen, ging die Poldi nicht gleich aufs Ganze, denn der Abend war ja noch lang und teilte sich in drei Phasen. Phase eins:

vertrauensbildende Maßnahmen. Phase zwei: Austausch von Informationen. Phase drei: gemütlicher Teil und weiterer Austausch.

»Würden Sie schon mal den Wein öffnen, Vito?«

Wieder eine Gelegenheit, beim Entkorken der Flasche seine schönen Unterarme zu bewundern. Während die Poldi noch im Sugo rührte, füllte Montana zwei Gläser.

»Worauf wollen wir trinken?«, fragte die Poldi.

»Auf die Wahrheit.«

»Auf die Wahrheit!«

Sie stießen an. Die Poldi nippte nur am Wein, denn der Abend war ja noch jung. Auch Montana trank nur einen kleinen Schluck und sah ihr dann beim Kochen zu. Offenbar hatte auch Montana keine Eile zu erfahren, welche Art von Informationen die Poldi für ihn hatte. Phase eins konnte nicht besser laufen.

»Erzählen Sie mir was über sich. Und ich darf daran erinnern – wir haben auf die Wahrheit angestoßen.«

Montana seufzte.

»Na los, fragen Sie schon.«

»Sind Sie verheiratet?«

Eine überflüssige Frage, mehr so als Einstieg gedacht.

»Seit vier Jahren geschieden. Meine Ex-Frau lebt in Mailand. Sie ist Anwältin. Wir haben zwei Kinder. Marta und Diego. Die Kleine studiert Medizin in Rom, der Große Maschinenbau in Mailand.«

Die Poldi merkte sich die Namen der Kinder.

»Dann sind Sie ja ganz allein hier in Sizilien!«

Montana seufzte.

»Es ist kompliziert.«

»Ach ja, stimmt. Das war's.«

Die Poldi lachte ihr kehliges Lachen und setzte die *Penne rigate* auf, denn *Pasta alla Norma* isst man mit Penne.

»Was hat *Sie* denn nach Sizilien verschlagen?«

Der *Commissario* seufzte wieder, aber diesmal war es ein Seufzer, der von ganz tief unten kam und wieder den mürrischen Ausdruck in sein Gesicht schaufelte.

»Ich wurde vor einem Jahr strafversetzt.«

Die Poldi wandte sich überrascht zu ihm um. Aber sie brauchte gar nicht weiter nachzuhaken, denn Montana zuckte nur wieder mit den Schultern und fuhr fort.

»Ich stamme ursprünglich hier aus der Gegend. Aus Giarre, um genau zu sein. Aber nach dem Militärdienst bin ich gleich nach Mailand auf die Polizeischule gegangen. Als Sizilianer hat man es in Mailand nicht leicht. Schon wegen des Dialekts. Da ist man immer der Afrikaner. Der Idiot vom Dienst, der Dieb, der Mauschler, der Schmarotzer. Aber ich hab mich durchgebissen, hab richtiges Italienisch gelernt und mir meinen Dialekt abtrainiert. Hören Sie, ich will Sie nicht mit meiner Lebensgeschichte langweilen …«

»Lieber Vito, glauben Sie mir, Sie merken schon, wenn Sie mich langweilen. Für den Augenblick können Sie die Pasta zum Tisch tragen und die Kerzen anzünden.«

Sie drückte ihm die Teller in die Hand und beobachtete ihn dabei, wie er die Kerzen anzündete. Wie alles, was er tat, mit ganzer Konzentration und Aufmerksamkeit, und die Poldi stellte sich gleich vor, was er wohl sonst noch so aufmerksam und konzentriert mit seinen Händen anstellen konnte. Erneut musste sie sich zusammenreißen, um ganz im Hier und Jetzt zu bleiben.

»Ausgezeichnet!«, schwärmte Montana nach dem ersten Bissen.

Das gefiel ihr. Aber für den Moment beließ sie es dabei und erhob wieder ihr Glas.

»Auf Sizilien und die Sizilianer.«

Montana schüttete den Kopf.

»Nein, auf Sizilien ohne die Sizilianer.«

Bei diesem Schluck sah die Poldi Montana die ganze Zeit über an, und der *Commissario* blinzelte nicht einmal verlegen.

»Ich habe eine ganz ordentliche Karriere bei der Staatspolizei hingelegt«, fuhr er wieder fort. »In den Achtzigern war ich eine Zeit lang bei einer Anti-Mafia-Sondereinheit in Rom. Dann wieder zurück in Mailand bei der Mordkommission.«

»Das klingt doch ausgezeichnet. Was ist passiert?«

»Ich bin in einem Mord im Rotlichtmilieu etwas zu hartnäckig gegen einen Politiker vorgegangen. Einen Senator aus einer sehr alteingesessenen lombardischen Unternehmerdynastie mit Verbindungen bis in die römische Kurie. Und schwuppdiwupp, fünf Jahre vor der Pensionierung, war ich plötzlich wieder der unverschämte Sizilianerbengel. Ich wurde anonym von verschiedenen Seiten denunziert, angeschwärzt, schlechtgemacht und gemobbt, bis ich in der Dienststelle völlig isoliert war.«

»Hatten die denn irgendwas Konkretes gegen Sie in der Hand?«

Montana legte die Finger beider Hände zu Krönchen zusammen und machte eine uralte italienische Geste der Ohnmacht.

»Ach, wissen Sie, ich will mich nicht rechtfertigen, aber das Problem, das besagter Senator mit mir hatte, war, dass ich nicht bestechlich bin. Tja, und wenn man einmal isoliert ist, geht alles ganz schnell. Er hat ein paar Strippen gezogen, der Herr Senator, und ehe ich michs versah, wurde ich nach Sizilien versetzt, nach Acireale. Am Arsch der Welt kaltgestellt. Nicht nur, dass ich meine Kinder kaum noch sehe. Nicht nur, dass sie mich zurückgefaltet haben in diesen provinziellen Mief, dem ich vor vier Jahrzehnten glücklich entronnen bin. Nein, schlimmer. Ich bin wieder der Fremde. Der Außenseiter aus dem Norden. Der Sizilianer, der sich für etwas Besseres gehalten hat – und gescheitert ist. Nichts Halbes und nichts Ganzes. Der Abgeschobene. Der Loser. Einer, dem man misstraut. Einer auf verlorenem Posten. Die Kollegen schneiden mich, Unterstützung kann ich kaum erwarten, und bei den Ermittlungen in Valentinos Fall komme ich auch so gut wie nicht voran. Bei sämtlichen Zeugenvernehmungen stoße ich auf eine Mauer des Schweigens. Nicht, dass es mich groß wundert, ich bin Sizilianer, ich weiß doch, was los ist. Aber es nervt. Es macht mich wütend und schier wahnsinnig.«

Das alles erzählte er meiner Tante Poldi ganz freimütig und tapfer bemüht, ihr dabei in die Augen und nicht ständig ins Dekolleté zu schauen.

Die Poldi räumte die Teller ab und brachte das *Gelato*. Pistazie und Schokolade. Hört sich unverdächtig an, ist aber eine typisch sizilianische Kombination, ebenso barock und prächtig wie die gesamte Küche Siziliens. Eine Küche wie das ganze Land, eine Überfülle an Aromen, Wundern, Sensationen. Süß, salzig, bitter, scharf – die sizilianische Küche greift ins Volle und bedient in einem einzigen Gericht lustvoll sämtliche Sinne. Genau so muss auch ein *Gelato* sein. Süß wie ein gewispertes Versprechen, das Pistazieneis salzig wie Seeluft, das Schokoladeneis zartbitter und ein wenig scharf wie der Abschied von dem Geliebten am nächsten Morgen.

Genau das Richtige für meine Tante Poldi also. Und während sie sich eine geballte Ladung Sizilien auf der Zunge zergehen ließ, stellte sie sich auch Montana als ein solches barockes Gericht vor. Süß, salzig, bitter, scharf – kühl und schmelzend.

»Und dann funkt mir noch eine Deutsche in die Ermittlungen und lässt mich dumm dastehen«, begann Montana wieder. »Am liebsten würde ich den Fall hinschmeißen. Sollen die Idioten von den *Carabinieri* sich daran die Zähne ausbeißen. Aber so was mache ich eben nicht, einfach so hinschmeißen. Altes Leiden. Also sitze ich wieder mal zwischen allen Stühlen. Und jetzt ...«, seufzte er, »... sitze ich bei Ihnen.«

Die Poldi nickte mitfühlend. Montana gefiel ihr immer mehr. Auf eine Weise, die sie schon lange nicht mehr für möglich gehalten hatte. Und auch wenn ich natürlich nur das wiedergeben kann, was meine Tante mir genau so berichtet hat, bin ich doch sicher, dass sie in Flammen stand.

»Ich verstehe Sie, Vito«, sagte die Poldi mit rauer Stimme schließlich und legte Montana eine Hand auf den Arm. »Denn vom Zwischen-den-Stühlen-Sitzen verstehe ich was.«

Montana zog seine Zigaretten heraus.

»Darf ich?«

»Ich bitte Sie, Vito!«

Die Poldi sah zu, wie Montana seine Zigarette anzündete, mit der gleichen Konzentration wie immer, wie er schweigend die ersten Züge rauchte und sie dabei prüfend ansah. Die Poldi verstand, dass er sie immer noch als Teil seines Falls betrachtete. Höchste Zeit, Phase zwei einzuleiten.

»Haben Sie herausfinden können, wer der rothaarige Mann auf der Beerdigung war?«

Montana schüttelte den Kopf.

»Der Taxifahrer war keine große Hilfe. Der Rothaarige ist in Acireale am Dom zugestiegen und hat sich auch wieder dorthin fahren lassen. Der Fahrer war sicher, dass er Ausländer war. Er hat auf Amerikaner getippt, weil er gutes Trinkgeld gegeben hat. Aber es gibt Neuigkeiten aus dem Labor.«

Elektrisiert richtete sich die Poldi auf.

»Aha?«

»Offenbar ist Valentino vor seinem Tod betäubt worden.«

»Nein!«

Montana blieb ganz ruhig.

»Der Nachweis ist nicht ganz eindeutig, aber das Labor in Messina hat Spuren von Flunitrazepam in Valentinos Urin gefunden. Das ist ein starkes Betäubungsmittel.«

»K.-o.-Tropfen!«, flüsterte die Poldi. »Also hat der Täter Valentino erst betäubt und dann erschossen?«

Montana drückte seine Zigarette aus. Der Poldi fiel auf, dass er sie immer nur halb rauchte.

»Jetzt sagen Sie schon, was Sie für mich haben, Poldi.«

»Madonna, wollen wir nicht endlich ›Du‹ sagen? Vito?«

Ein knappes Lächeln.

»Also, was hast du für mich, Poldi?«

Die Poldi hatte sich gut vorbereitet. Sie griff in die Schublade unter dem Tisch, zog das Foto heraus und legte es vor Montana auf den Tisch.

Dieser starrte das Foto an, ohne es zu berühren.

»Von wann ist die Aufnahme?«

Seine Stimme war plötzlich spröde wie splitternder Schiefer.

»Vom Mittwoch, bevor Valentino starb.«

»Und die ganze Zeit hast du mir nichts gesagt?«

»Herrgott, Vito, es ist mir gestern erst aufgefallen, dass die beiden auf dem Bild drauf sind!«

Montana sah die Poldi irritiert an.

»Aber du hast sie doch fotografiert!«

Die Poldi rollte mit den Augen.

»Mein Gott, ich hab den *Vigile* fotografiert! Dass Valentino und Mr. X auch mit drauf sind, hab ich erst gestern bemerkt.«

»Den *Vigile*? Warum das denn?«

»Ach, Vito, das ist eine lange Geschichte. Und überhaupt kein Grund zur Eifersucht. Also, was sagst du?«

Er sagte nichts, der *Commissario*. Er nahm das Foto nur in die Hand, mit spitzen Fingern geradezu, und sah es sich genau an.

»Das ist die Wahrheit, Vito!«, beteuerte die Poldi. »Ich hab die beiden in dem Moment nicht bemerkt. Aber schau dir nur an, wie erschrocken die mich da ansehen. Was, wenn ich da zufällig Valentinos Mörder fotografiert habe?«

Montana blickte auf und sah meine Tante an.

»Was dann?«

»Dann bin ich vielleicht in Gefahr.«

»Hast du mich deswegen eingeladen?«

Salzig, bitter, scharf – alles lag plötzlich in seinem Tonfall, und das schmeckte meiner Tante Poldi gar nicht.

»Ich könnte mich als Köder anbieten.«

Es sollte wie ein Scherz klingen. Klang es aber nicht. Es klang verzweifelt.

Montana dachte einen Augenblick nach. Dann erhob er sich und steckte das Foto ein.

»Danke für das Abendessen. Ich ruf dich an.«

Das war es dann mit Phase drei. So schnell, wie der *Commissario* zur Tür eilte, kam die Poldi gar nicht vom Stuhl hoch. Mit Knien wie aus Mozzarella folgte sie Montana und erwischte ihn gerade noch an der Tür.

»Vito! Jetzt warte mal! Das ist doch lächerlich!«

Er sah sie an.

»Lächerlich, sagst du?«

»Nein. Ja, doch. Ich meine, mit ...«

Aber weiter kam sie nicht mehr. Denn Montana, schon halb draußen auf der Straße, wo es nach Jasmin und Katzenpisse duftete, beugte sich plötzlich vor, zog meine Tante Poldi an sich und küsste sie. Er küsste sie so verzweifelt und gierig wie ein Ertrinkender und so sanft wie ein Sommerregen. Fand die Poldi. Er küsste sie lange, und sie zögerte nicht, seinen Kuss zu erwidern mit allem, was sie hatte. Sie konnte ihn riechen, konnte seinen Atem spüren, seine Hände in ihrem Nacken und auf ihrer Hüfte, seine Brust an ihrer – und mehr.

Süß. Definitiv süß, fand die Poldi, und zum ersten Mal seit langer Zeit fühlte sie sich wieder vollständig, ganz bei sich, angekommen, lebendig. Aber als sie Montana dann zurück ins Haus ziehen wollte, machte er sich sanft los.

»Gute Nacht«, sagte er leise und rau.

Und ging.

Meine Tante Poldi war außer sich.

»Vielleicht war er nur ... also, schüchtern«, wandte ich vorsichtig ein, als sie es mir bei meinem nächsten Besuch im September erzählte.

»Schüchtern? Montana? Spinnst du?«

»Oder vielleicht war er einfach noch nicht so weit.«

»Gell, was soll des jetzt heißen?«

»Beziehungsmäßig, meine ich. Da wäre er nicht der Erste. Vielleicht ging ihm das einfach zu schnell. Ich meine, vielleicht hat er sich von dir … irgendwie …«

»Nur heraus damit.«

»… überrollt gefühlt. Emotional.«

Meine Tante Poldi starrte mich fassungslos an. »Dir ist fei schon selbst klar, warum du keine Freundin hast, gell? Von den Gefühlen einer Frau verstehst nämlich nix. Zero. Was du da für einen Schmarrn zusammenredst – überrollt! Er hat *mich* doch g'schnappt! Überwältigt von seiner eigenen Leidenschaft. Des hab i doch g'spürt, des Feuer, des aufsteigende Magma seines Vulkans, davon versteh i was. Aber dass er mich dann einfach so kalt abserviert, des war eine ganz kalkulierte Aktion. Weil er doch eifersüchtig war wegen dem Foto von dem *Vigile*.«

»Leidenschaft und kalkuliert?«, wagte ich mich wieder aus der Deckung. »Wie soll das denn zusammengehen?«

»Mei, Ying und Yang. Es und Über-Ich, verstehst? Rückenmark und Großhirn. Der Mann ist Kriminalkommissar. Und der Kriminalkommissar, merk dir des, ist die höchste Erscheinungsform des Menschen. Die perfekte Synthese aus Gefühl und Verstand.«

»Aha.«

»Da brauchst gar nicht so oberschlau ›Aha‹ sagen, des weiß i genau, davon versteh i was. Leckmiamarsch. Eine Wut hab i g'habt, des kannst du dir nicht vorstellen. Lässt der mich einfach in der Tür stehen, der Eisblock, der herzlose. Auf eine magische Reise voller erotischer Wunder und Abenteuer hätt i ihn mitg'nommen in dieser Nacht.«

Das war irgendwie mehr, als ich wissen wollte. Ich hustete verlegen.

»Und des ist dir jetzt wieder peinlich, gell? Genau deshalb bist auch so blockiert mit deinem Roman, weil du immer wegschaust, wenn's weh tut. Weil du Angst vor Gefühlen hast.«

»Tja ... Ist spät geworden. Ich geh dann mal nach oben. Gute Nacht, Poldi.«

»Bleib schön da. Schau mich an. Was siehst du?«

Ich seufzte.

»Dich, Poldi.«

»Mei, *unter* der Oberfläche!«

Ich sah sie an, meine Tante Poldi, in ihrem Ethnokaftan, der etwas verrutschten Perücke und dem Make-up einer ägyptischen Schlagersängerin. Sie hielt ein fast leeres Whiskeyglas in der Hand, trank aber nicht mehr.

»Enttäuschung?«

Sie schüttelte den Kopf.

»Tiefer.«

Und ich sagte: »Schmerz. Liebe. Sehnsucht.«

»Und der Grund dafür?«

Ich atmete durch.

»Auf Platz zwei: Montana.«

Sie runzelte die Stirn.

»Aha. Und auf Platz eins?«

»Sizilien. Der Schmerz, warum Sizilien deine Liebe weniger enthusiastisch erwidert, als du gedacht hast. Und die Sehnsucht, endlich anzukommen. Weil, davon verstehe *ich* etwas.«

Meine Tante Poldi trank den letzten Schluck und sah mich weiter unverwandt an. Mit so einem Blick, bilde ich mir ein, als ob bei mir Hopfen und Malz doch nicht ganz verloren wären.

»Schlaf gut.«

Dann holte sie kurz Schwung, hievte sich aus dem Sofa und wankte in Richtung Schlafzimmer.

Völlig klar, meine Tante Poldi war verletzt, auch kein Wunder. Zumal der *Commissario* sich auch am Tag danach nicht meldete.

Montana meldete sich auch in den nächsten Tagen nicht, und die Poldi hatte ihren Stolz. Sie wollte jetzt diesen Mord aufklären, wenn auch nur, um es Montana so richtig zu zeigen. Ihn dumm dastehen zu lassen, eine einzige *Figuraccia*.

Blass und immer noch ein wenig durch den Wind zeigte sie ihr Handy mit dem Foto im Ort herum. Bei Bussacca im *Tabacchi*, in der Bar, bei den Nachbarn. Aber niemand schien den Rothaarigen zu kennen.

»Bei *Gesichter des Verbrechens* auf Canale Cinque war mal dieser Polizeipsychologe«, flüsterte Signora Anzalone ihr im Verschwörerton zu. »Der hat gesagt, Mörder kommen immer an den Tatort zurück. Sie können gar nicht anders. Schuldgefühle, Neugier und Überheblichkeit treiben sie dahin.«

Pfeilgrad, dachte die Poldi, fassungslos, dass ihr dieser Gedanke nicht längst selbst gekommen war. Dass Mr. X jedoch am Strand von Praiola auftauchen würde, hielt die Poldi für unwahrscheinlich. Wahrscheinlicher schon, zumal er Menschenansammlungen nicht gerade zu meiden schien, dass man ihn in Taormina antraf. Vielleicht lebte er sogar dort. Die Poldi rief sofort Teresa an. Denn meine Tante Poldi wusste natürlich, dass man eine ordentliche Observierung, sei es Objekt oder Person, immer zu zweit durchzieht. Vier Augen sehen mehr als zwei, einer kann immer mal abschalten, und außerdem konnte die Sache sonst ätzend langweilig werden. Und die Langeweile hatte erfahrungsgemäß den Alkohol im Handgepäck.

»Ganz Taormina überwachen? Wie stellst du dir das vor?«

»Hauptsächlich den Corso. Aber auch andere, i sag jetzt mal, Hotspots.«

»Rund um die Uhr?«

»Natürlich nicht. I teil euch in drei Schichten zu vier Stunden ein. Macht zwölf Stunden. Mehr schaffen wir nicht.«

Die Poldi konnte ihre Schwägerin schlucken hören, während sie sich alles noch mal genau durch den Kopf gehen ließ.

»Perfekt.«

Es war gar nicht mehr nötig, ihre beiden Schwestern zu fragen, denn, wie gesagt, Tante Teresa hat das Sagen und, wie gesagt, die Tanten sind Krimifans.

Malerisch etwas oberhalb am Meer gelegen, ist Taormina eines der beliebtesten Touristenziele Siziliens. Goethe war dort, Oscar Wilde und Thomas Mann, später dann Filmstars wie Greta Garbo, Marlene Dietrich und Elisabeth Taylor. Mitten im Ort liegt ein römisches Amphitheater, das irreführenderweise *Teatro Greco* heißt und in dem im Sommer hochkarätige Filmfestivals, Konzerte und Balletts abgehalten werden. Immer mit dem Risiko, dass der Ätna einem Weltstar on stage schon mal die Show mit einem Ausbruch stiehlt, denn der *Mongibello* ist prächtig durch eine Lücke in der Bühnenmitte zu sehen.

Gleich am nächsten Vormittag saß die Poldi bereits mit Caterina, die die Frühschicht übernommen hatte, vor der

Mocambobar. Schön im Schatten, schön mit Sonnenbrille, mit einem guten Überblick über die Piazza und den Corso.

In der ersten Stunde war die Poldi noch ein wenig angespannt, trank einen Kaffee nach dem anderen, um wirklich keinen Mann zu übersehen, der an der Bar vorbeikam. Nach einer Stunde war sie fix und fertig und hatte Nackenverspannungen. Und stellte überrascht fest, dass Caterina hingegen ganz entspannt auf ihrem Stuhl saß, schicke Sonnenbrille, die Beine anmutig übereinandergeschlagen. Sie drehte ihren Kopf ruhig und fließend wie eine Radarantenne hin und her, ganz ohne Hast, scheinbar völlig ohne Interesse. Und dennoch entging ihr niemand.

»Zwei-Uhr-Position, der mit dem Rucksack.«

»Zu klein.«

»Elf Uhr. Kommt gerade aus dem Laden.«

»Zu jung ...«

Nach einer Weile hatte selbst die Poldi den Bogen raus, verschmolz praktisch mit ihrer Umgebung und ahmte den Radarblick von Caterina nach. Blöd nur, dass Mr. X nicht auftauchte in diesem nie versiegenden Strom von Gesichtern, Stimmen und Fotoposen, der sich vor den Augen der beiden Tanten über den Corso wälzte.

Zwischendurch, fast stündlich, piepte Poldis Handy mit Textnachrichten von Montana. *Ruf mich an. Wo bist du? Können wir reden? Bitte melde dich*. Die Art Nachrichten, die einem das Herz zerschneiden und die der Poldi unmissverständlich vor Augen führen, was Sache ist. Dass es aus war, bevor es überhaupt angefangen hatte.

Mit einem bitteren Geschmack im Mund blockierte die Poldi Montanas Nummer. Danach ging es ihr tatsächlich ein wenig besser.

Gegen Mittag wurde Caterina von Teresa abgelöst, am späten Nachmittag übernahm Luisa die Abendschicht. Die Schatten wechselten die Straßenseite. Die Poldi und ihre aufgeräumten Assistentinnen wechselten die Cafés, um nicht zu sehr aufzufallen. Sie trieben im Strom mit über den Corso, nahmen hier ein Eis, dort ein *Panino*, einen Orangensaft, einen Eistee, einen *caffè*, ein Törtchen. Alles, nur keinen Alkohol. Nicht einmal einen kleinen *Proseccino* oder einen winzigen *Limoncello* als Sundowner. Ein echter Kampf, aber die Poldi blieb tapfer. Keinen Alkohol und Mr. X finden, lautete der Plan.

Nur dass Mr. X irgendwie nicht mitspielte.

Die Poldi wusste natürlich, dass der Erfolg einer Observierung auf zwei Säulen ruht: Geduld und Ausdauer. Dass man zur Eidechse werden musste, die gut getarnt stundenlang starr und unbeweglich auf einem Stein verharren kann, um irgendwann, unvermittelt, auf ihre Beute zuzuschießen.

Aber nach drei Tagen Schichtdienst in Taormina ging den Tanten so langsam die Puste aus, und sogar die Poldi fühlte sich ein wenig mürbe.

Viele Gedanken wirbelten ihr durch den Kopf, wenn sie spätabends nach Hause kam und kraftlos aufs Sofa sank. Gedanken an einen gewissen *Commissario*, an Valentino, an die topografische Karte, an Mr. X, an Valérie und Russo, sogar an ihre Eltern. Sentimentale Gedanken über verpasste Chancen, vergeudete Lebenszeit und verkorkste Abschiede. In diesem Zustand erreichte sie ein Brief aus Tansania, den sie ungeöffnet im Aschenbecher verbrannte.

Am Tag darauf zeigte sich Mr. X zwar immer noch nicht, dafür wurde die Poldi abends von ihrer Vergangenheit in

Gestalt eines alten Bekannten eingeholt: schwarzer Lederanzug, Sonnenbrille, Ringe an sämtlichen Fingern. Er war allein, niemand hatte ihn erkannt, niemand behelligte ihn wegen Autogrammen, er spazierte einfach den Corso entlang, entdeckte meine Tante Poldi und setzte sich erfreut zu ihr und Tante Luisa an den Tisch.

»Mei, Ringo!«, rief die Poldi gerührt, als sie ihn erkannte, und fiel ihm in die Arme.

»Moment!«, grätschte ich misstrauisch dazwischen, als sie mir bei meinem nächsten Besuch im September alles haarklein berichtete. »Welcher Ringo?«

»Mei, der Ringo Starr halt.«

»Du meinst jetzt nicht *den* Ringo Starr.«

»I hab mich ja selbst g'wundert, dass er mich gleich erkannt hat nach all den Jahren. Aber er ist gleich auf mich zug'schossen, als ob des gestern g'wesen wäre, als der Peppe und ich mit ihm und seiner Barbara Hendl essen waren. So liebe, herzensgute Menschen, die beiden.«

Ich starrte meine Tante an.

»Das glaube ich dir nicht.«

»Dann glaub's halt nicht.«

»Und was wollte Ringo Starr?«

»Nix. Bisserl ratschen halt. Wie's mir so geht, wie es dem Peppe geht. Weil, des hat er ja noch gar nicht g'wusst, dass der Peppe nimmer unter uns ist. Mei, wir hatten uns doch völlig aus den Augen verloren. Ja, und was i da jetzt in Sizilien mach, wollt' er wissen. Er hat auch gleich ang'fangen, mit der Luisa zu flirten, mein lieber Schwan. Und dann hat er uns beide zu seinem Open-Air-Konzert am nächsten Abend im *Teatro Greco* eingeladen. Backstage, natürlich.«

»Natürlich.«

»Und dann hat er g'sagt, dass wir ihm jederzeit in seinem Haus in Surrey willkommen wären, wenn wir die Schnauze voll vom Paradies hätten, sie hätten da so herrlich trostlose und feuchtkalte Winter. *Wonderful*, Spatzl, hab i g'sagt, *we will let it go through our heads*. Und was, glaubst, hab i dann g'macht?«

»Du hast ihm das Foto von Mr. X gezeigt.«

»*Cento punti!* Und stell dir vor – der Ringo hat ihn erkannt.«

8. Kapitel

Einer der erfolgreichsten Ermittler der gesamten Kriminalgeschichte seit Ödipus, das wusste die Poldi, war Kommissar Zufall. Kein Fall kam ohne ihn aus, irgendwann brauchte man ihn immer. Die Poldi stellte sich Kommissar Zufall gerne als schlecht rasierten Schluffi vor, dem Mutti immer noch die Wäsche machte. Turnschuhe, alte Jeans, verwaschener Kapuzenpullover, Nerdbrille, nie so richtig erwachsen geworden. Ein unzuverlässiger Kollege ohne besonderen Ehrgeiz, außer, was seine Work-Life-Balance betraf. Er schob eher weniger als mehr Dienst nach Vorschrift in seinem Kabuff am hinterletzten Ende irgendeines Korridors, wo es nach Putzmittel und abgestandenem Kaffee roch, wo man Gerümpel und Akten zwischenlagerte und ihn manchmal einfach dort vergaß.

Kommissar Zufall war alles recht, solange ihn niemand nervte und er seinen Dienst so halbe Lunge runterschlunzen konnte. Nur selten ließ er sich bei Lage- oder Einsatzbesprechungen blicken, bei den fälligen Schießübungen oder kam gar mit zum Außendienst. Er hatte es lieber warm und behaglich. Bloß keinen Stress. Wenn man ihn drängelte, machte er einfach dicht.

Namaste, Kommissar Zufall. *Namaste*, Ringo.

Der Ringo hatte sich nämlich schon seit einer Woche in Taormina aufgehalten, wegen des Konzerts und eines Videodrehs. Ganz standesgemäß war *der Ringo* im *Timeo* untergebracht, dem besten Haus am Platz. Und dort in der Lobby des Luxushotels hatte *der Ringo* eben Mr. X gesehen, ganz ins Gespräch mit jemandem vertieft. *Der Ringo* hatte zunächst nur diesen Jemand erkannt, um den er lieber einen Bogen machte, nachdem dieser Jemand ihn am Tag zuvor angequatscht und ihm seine Visitenkarte aufgedrängt hatte. Deswegen erinnerte sich *der Ringo* eben an Mr. X. Und weil er die Visitenkarte von dem Jemand, anstatt sie sofort wegzuschmeißen, achtlos eingesteckt und dann vergessen hatte, konnte *der Ringo* sie dann meiner Tante Poldi überlassen. Die Visitenkarte von Corrado Patanè.

»Hallihallo!«, rief ich beeindruckt, als sie es mir erzählte.

»Gell, da staunst. Aber im Lotto g'winnst halt nur, wenn'st dir auch ein Los kaufst.«

»Und du natürlich gleich rüber ins *Timeo* und nachgefragt.«

»Mei, logisch. Aber des hab i mir dann schon denken können, dass die mir da keine Auskunft über ihre Gäste geben, die Schnösel. Nicht einmal, ob Mr. X überhaupt ein Hotelgast war, wollten die mir sagen.«

Jetzt konnte sie natürlich das Risiko eingehen, sich alleine in die Höhle des Löwen begeben und im *Timeo* auf Mr. X warten. Aber die Poldi war noch nie ein Mensch gewesen, dem der Stolz und die Eitelkeit unverrückbar im Weg standen, wenn es wichtig wurde. Die Lösung des Falles hatte höchste Priorität. Selbst wenn sie dafür über ihren Schatten springen musste. Und vom Über-den-eigenen-Schatten-Springen verstand die Poldi was. Seufzend entblockierte sie Montanas Nummer in ihrem Handy und schickte ihm eine Nachricht.

Kannst du ins Timeo kommen? Es ist wichtig.

Pling-plong-pling, kam umgehend die Antwort:

Jetzt?

Und die Poldi:

Bitte!

Dann schickte sie Tante Luisa nach Hause und wartete auf Montana.

Eine knappe Stunde später sah sie von einer gemütlichen hinteren Sitzgruppe aus, wie er die Lobby des Luxushotels betrat und sich kurz orientierte. Sie genoss den Anblick einen Moment, bevor sie ihm winkte, und spürte dabei ein altvertrautes Ziehen im ganzen Körper. So eine Spannung der Haut wie kurz vor einem Sonnenbrand. Die Vorahnung jenes besonderen Schmerzes, den man herbeisehnt in einsamen Nächten.

»Hast du eigentlich ein Gelübde abgelegt oder so?«, fragte sie ihn, als er sich zu ihr setzte.

»Wieso?«

»Na, dass du diesen scheußlichen grauen Anzug so lange im Dienst tragen wirst, bis er dir in Fetzen vom Leib hängt.«

Montana verzog das Gesicht zu einem säuerlichen Lächeln.

»Hast du mich deswegen hierherzitiert?«

»Nein.«

Die Poldi straffte sich ein wenig und berichtete so kurz und bündig es ging von ihrem Ermittlungsstand. Montana unterbrach sie kein einziges Mal, runzelte nur einmal kurz die Stirn, als die Poldi vom *Ringo* berichtete. Dann erhob er sich kommentarlos und trat an die Rezeption. Die Poldi konnte sehen, wie er dem gegelten Schnösel am Empfang seinen Dienstausweis zeigte, wie der Schnösel abwehrend die Hände hob und bedauernd den Kopf schüttelte, wie Montana noch etwas hinzufügte, was dem Schnösel offenbar gar nicht zu behagen schien, wie ein Manager hinzugezogen wurde, wie Finger über eine Tastatur flogen und wie dann, ganz magisch und unbürokratisch, ein Ausdruck aus dem Drucker gefischt und mit indigniertem Gesicht diskret dem *Commissario* ausgehändigt wurde.

Montana gab der Poldi ein Zeichen, dass er noch einen Augenblick beschäftigt sei, und führte ein Telefonat. Dabei lief er die ganze Zeit in der Lobby auf und ab. Die Poldi beobachtete ihn und stellte fest, dass sie ihm gerne beim Auf- und Ablaufen zusah, selbst in diesem ewig zerknitterten Anzug. Nach einer Weile bedankte sich Montana bei seinem Gesprächspartner und kam zur Poldi zurück.

»Es gibt eine gute und eine schlechte Nachricht. Die gute ist – wir wissen, wer der Mann ist. Ein Dr. Frank Tannenberger. Lebt in München.«

München. Ausgerechnet. Der Poldi entfuhr ein überraschter Seufzer.

»Er ist vorgestern zurückgeflogen«, erklärte Montana weiter.

»Und die schlechte Nachricht?«

Montana verzog gequält das Gesicht.

»Eine schöne Scheiße. Der Mann ist ein leitender Beamter der ...«, er warf einen Blick auf den Ausdruck der Hotelanmeldung, »... Bayerischen Staatskanzlei. Was ist das?«

»Eine Art Behörde der bayerischen Staatsregierung.«

»Wieso Staat? Ich denke, Bayern ist eine Region?«

»Spinnst du? Wir sind ein Freistaat. Wenn wir wollten, könnten wir jederzeit aus dem Verbund der Bundesrepublik ausscheren und unser eigenes Ding machen. Der Freistaat Bayern ist – föderalistisch gesehen und westernmäßig gesprochen – ein entsicherter Colt an der Brust der Bundesrepublik Deutschland.«

»Aha. Jedenfalls ist dieser Dr. Tannenberger regelmäßig dienstlich in Taormina und steigt immer im *Timeo* ab. Ein Stammgast auf Staatskosten, wie es aussieht.«

»Und was daran ist jetzt bitte die schöne Scheiße?«

»Verstehst du nicht? Wenn ich den befragen will, muss ich erst ein Amtshilfegesuch stellen. Und einen Reisekostenantrag. Hast du eine Ahnung, was das an Papierkram bedeutet? Das kann Wochen dauern. Und alles nur auf einen vagen Hinweis eines Ex-Beatles und einer Deutschen, die kurz tatverdächtig war und seitdem die Ermittlungen behindert, hin. Madonna, die lachen mich doch aus in der Präfektur. Außerdem ist das ein Regierungsbeamter, da steche ich gleich wieder in ein Wespennest. Und das bei meiner Vorgeschichte mit dem Senator. Ja, vielen Dank!«

Die Poldi sah Montana an.

»Der Mann hat vielleicht Valentino umgebracht.«

Montana atmete durch.

»Ich spreche morgen mit den deutschen Behörden. Die werden diesen Dr. Tannenberger dann vernehmen.«

Die Poldi schüttelte missbilligend den Kopf.

»Und wenn du nach München fliegst, um dem Herrn Tannenberger ein paar Fragen zu stellen?«

Montana schüttelte entschieden den Kopf.

»Geht nicht. Ein italienischer Polizist kann nicht einfach so in Deutschland herumermitteln. Schon gar nicht, wenn es um deutsche Regierungsbeamte geht.«

»Als Privatperson? Wer sollte dich daran hindern?«

»Das wäre Wahnsinn. Nichts von dem, was ich herausfinde, würde vor Gericht verwendbar sein. Im Gegenteil, wenn dieser Tannenberger anschließend behauptet, ich hätte ihn bedroht, könnte der ganze Fall den Bach runtergehen. Und ich gleich mit. Eine schöne Scheiße wäre das.«

»Also, was willst du unternehmen, Vito?«

Montana kreuzte ohnmächtig die Hände, um zu verdeutlichen, dass diese ihm von höheren Mächten gebunden seien.

»Mir bleibt nur der Dienstweg.«

Die Poldi dachte kurz nach.

»Nun«, sagte sie schließlich und erhob sich. »Wahrscheinlich hast du recht. Warten wir halt ab.« Sie beugte sich vor und hauchte Montana zwei Küsse auf die Wange. »Gute Nacht.«

Aber Vito hielt sie noch fest und sah sie misstrauisch an.

»Poldi? Was ist los?«

»Nichts. Du, ich bin müde. Würdest du mich jetzt bitte loslassen?«

Noch im Wagen rief die Poldi Luisa an, die ja im Reisebüro arbeitet.

»Für morgen Vormittag?«, rief Luisa perplex. »Weißt du eigentlich, wie spät es ist?«

»Kannst du es bitte versuchen, Luisa?«

»Und was ist mit deiner …«

»Hilft ja nichts. Ich muss da durch.«

Tante Luisa ist kein Mensch, den man lange um einen Gefallen bitten muss, ganz egal, wie spät es ist.

»Ich ruf dich gleich zurück. Fahr schön vorsichtig.«

Und als die Poldi in Torre Archirafi ankam, hatte Luisa tatsächlich sämtliche Buchungen online erledigen können. Alles nicht wirklich zum Schnäppchenpreis, muss man sagen. Die Poldi schluckte beklommen, als Luisa ihr den Flugpreis durchgab. Ihre kleine Rente reichte gerade so für den Lebensunterhalt, und ihre wenigen Ersparnisse hatte die Poldi eigentlich nur bei dringenden Reparaturen am Haus und im Notfall anrühren wollen. Auf der anderen Seite, fand sie, handelte es sich schließlich auch um eine Art Notfall. Was soll's, würde sie sich diesen Sommer eben keine neuen Riemchensandalen mehr leisten, der Fall ging vor.

Der Flug ging um neun. Da war der Flughafen von Catania längst wach, duftete nach Kerosin, Kaffee und *Cornetti* und summte sein Lied von Fernweh und Heimat.

Habe ich schon erzählt, dass meine Tante Poldi eine Heidenflugangst hatte? Hatte sie nämlich. Sie misstraute den Gesetzen der Aerodynamik, der komplizierten Technik und vor allem den jungen Männern im Cockpit mit ihren salbungsvollen, scheißzuversichtlichen Durchsagen. Sie fürchtete das Rumpeln und Wackeln der Maschinen im Flug, das sonore Röhren der Turbinen, die »Luftlöcher« und die Landemanöver. Sie hasste es, eingezwängt mit neunhundert Stundenkilometern in zehn Kilometern Höhe durch die Luft zu rasen, mit nichts als ein bisschen Aluminium zwischen sich und dem freien Fall. Oder dem Erstickungstod. Blieb nur zu hoffen, dass sich ein freundlicher Sitznachbar erbarmen und ihre Hand halten würde.

Die Poldi trug, dem Anlass angemessen, einen Jumpsuit in gedecktem Dunkelblau und Pumps. Dazu einen passenden Uniform-Blazer, denn schließlich hatte sie es ja mit Uniformen. Mit ihrer riesigen Sonnenbrille sah sie aus wie ein ehemaliger Filmstar, der hofft, dass ihn doch noch irgendwer erkennen und hinter ihrem Rücken ihren Namen tuscheln möge. Sie war ein bisschen aufgeregt. Wegen des bevorstehenden Fluges, natürlich, aber auch wegen der Begegnung mit Valentinos mutmaßlichem Mörder und wegen München.

Sie fragte sich, ob das nicht vielleicht ein Zeichen sei, dass sie schon nach drei Monaten wieder in die alten Jagdgründe zurückkehrte, allein und mit nichts in der Hand. Wie damals, als sie aus Tansania zurückgekommen war, aufgelöst und mit einem Abgrund im Konto und im Herzen. Aber da wir von Zeichen sprechen: Als sie sich mit ihrer Bordkarte vom Check-in-Schalter abwandte, stand Montana vor ihr. Die Poldi starrte ihn an wie eine Erscheinung des Erzengels Michael. Denn auch ohne Feuerschwert bot Montana an diesem Morgen einen Respekt einflößenden Anblick. Auch er trug Dunkelblau, weißes Hemd und Krawatte. Dazu dunkle Budapester und wie immer die Pilotenbrille. Er sah aus wie ein Cop, der einen Kronzeugen zum Prozess des Jahrhunderts eskortiert: mies gelaunt und zum Äußersten entschlossen. Mit einem Wort: scharf wie Luzi. Fand meine Tante Poldi.

»Mei!«, entfuhr es ihr.

»Hast du wirklich gedacht, ich lasse dich alleine auf einen Zeugen in *meinem* Fall los?«

»Woher hast du gewusst, dass ich …«

Montana zog die perplexe Tante am Arm aus der Schlange vor dem Check-in-Schalter.

»An deinem Blick und wie du ›Warten wir ab‹ gesagt hast.«

Das gefiel der Poldi.

»Und was ist jetzt mit dem Dienstweg, dem Reisekostenantrag und überhaupt den ganzen Scherereien?«

»Scheiß der Hund drauf. Ich bin schließlich bereits strafversetzt.«

Das gefiel der Poldi auch. Überhaupt gefiel ihr der Gedanke, dass sie während des Fluges Montanas Hand halten würde. »*Forza* Montana!«, rief die Poldi entzückt, aber Montana war nicht zu Scherzen aufgelegt.

»Hör zu, das ist der Deal: *Ich* werde mit Tannenberger sprechen, nur ich, du wirst ein bisschen dolmetschen und ansonsten die Klappe halten.«

Die Poldi sah Montana an wie ein Lehrer einen Schülersprecher, der im Februar hitzefrei gefordert hatte, und schüttelte den Kopf.

»Blödsinn«, sagte sie und schritt zügig auf die Sicherheitskontrolle zu. »Kommst du, Vito?«

An Bord sorgte die Poldi dann erst mal dafür, dass sie zusammensitzen konnten, und ergriff sofort Montanas Hand.

»Ich habe Flugangst«, erklärte sie. »Und du wirst in den nächsten drei Stunden dafür sorgen, dass ich nicht durchdrehe.«

Und genau das tat Montana auch. Er hielt ihre schweißnasse Hand, ganz fest, den ganzen Flug über und erklärte ihr jede Lebensäußerung des Flugzeuggeräts.

»Jetzt werden die Triebwerke angelassen. … Wenn es ruckelt, heben wir ab. … Die Bahn ist lang genug. … Das Fahrwerk fährt ein. … Der Pilot fährt die Vorflügel und die Klappen ein. … Schau mal da, der Ätna! Und da liegt Torre! … Wir haben die Reiseflughöhe erreicht, deswegen nimmt er den Schub weg. … Luftlöcher gibt es nicht. … Der Flügel ist nicht kaputt, das sind die Querruder.«

»Woher weißt du das alles?«

»Ich habe einen Flugschein.«

Die Poldi starrte Montana an, als habe er ihr eröffnet, Agent des MI6 zu sein.

»Du. Hast. Einen. Flugschein.«

»Ich nehme dich gerne mal mit.«

»Ja, das kannst du gleich vergessen, Signor Vollergeheimnisse.« Fassungslos schüttelte sie den Kopf. »Flugschein!«

Und apropos Geheimnisse.

»Wegen neulich Abend …«, begann Montana unvermittelt.

»Ich will's nicht wissen«, unterbrach ihn die Poldi sofort. »Du hast ja gesagt, es ist kompliziert, also belassen wir's dabei.«

»Bist du sauer?«

»Nein, warum? Wir sind doch erwachsen.«

»Du bist gar nicht neugierig?«

»Ich? Kein bisschen.«

Vom Münchner Flughafen nahmen sie die S-Bahn zum Hauptbahnhof und dann die U-Bahn zum Odeonsplatz. Zeit genug für die Poldi, sich von dem Flug zu erholen und stresspegelmäßig wieder in den grünen Bereich zu kommen.

Es war ein warmer Tag mit einem weißblau getupften Himmel zum Durchpausen und Ausmalen.

Montana staunte über die vielen Menschen in den Straßencafés und Biergärten.

»Wie kriegt ihr Deutschen das bloß hin mit eurer Wirtschaft, wenn hier keiner arbeitet?«

»Gefällt dir München?«

»Mhm. Wie lange hast du hier gelebt?«

»Fast mein ganzes Leben. Zwei Leben. Oder drei. Ich hab irgendwann aufgehört zu zählen.«

»Wie eine Katze, was? Zeigst du mir nachher noch, wo du gewohnt hast?«

»Nein.«

Aber der Poldi gefiel dennoch, auf welche Weise Montana sich für München interessierte. Nicht als Veranstaltungsort des Oktoberfestes oder als mondänes Shoppingparadies, sondern als ihr ehemaliger Lebensmittelpunkt. Das machte sie ein bisschen stolz und stimmte sie versöhnlich, denn schließlich hatte die Stadt sie nicht vertrieben, war ihr nur zu eng geworden. Das, nahm die Poldi sich vor, würde sie Montana vielleicht irgendwann erzählen.

Und ruckzuck standen sie vor dem lang gestreckten Gebäude der Bayerischen Staatskanzlei.

»Das ist sie?«

»In ihrer ganzen Pracht und Herrlichkeit.«

»Dann wollen wir unser Glück mal versuchen.«

Entschlossen schritt Montana auf den Haupteingang zu. Die Poldi hielt ihn zurück.

»Nicht so eilig. Haben wir eine Handynummer von dem Mann?«

Montana reichte ihr den Ausdruck aus dem *Timeo*. Die Poldi wählte die Mobilnummer, die in dem Anmeldeformular eingetragen war.

»Ja?«, meldete sich eine ungehaltene Stimme nach dem dritten Klingeln.

»Herr Tannenberger?«

»Wer ist denn da?«

Eine gereizte Stimme, wie unter Druck.

»Mein Name ist Oberreiter. I komm grad aus Sizilien. Im *Timeo* hab i Sie ja leider verpasst.«

»Wo haben Sie meine Nummer her? Um was geht es überhaupt?«

»Um Valentino. Gell, Sie wissen schon, Sie waren ja auf seiner Beerdigung. Im Zusammenhang mit Valentinos Tod sind ein paar Fragen aufgetaucht, die i gern mit Ihnen klären tät.«

Einen Atemzug lang herrschte Schweigen auf der anderen Seite.

»Was für Fragen?«

»Darüber tät i lieber mit Ihnen persönlich reden. Und es wäre hilfreich, wenn Sie es jetzt gleich einrichten könnten.«

»Das geht nicht. Ich habe keine Zeit.«

»In fünf Minuten vor dem Haupteingang, ja? Weil, wenn Sie nicht kommen, nachert müsst i dann doch gleich mit der Polizei sprechen.«

»Wo sind Sie?«

»Vor der Staatskanzlei. Praktisch, gell?«

»Kommt er?«, fragte Montana, als die Poldi auflegte.

»Fünf Minuten.«

»Was hast du gesagt?«

Die Poldi strahlte Montana an.

»Simsalabim.«

Keine fünf Minuten später erschien der Rothaarige aus dem Gebäude. Die Poldi erkannte ihn sofort wieder und winkte ihm zu, als handele es sich um eine Mittagsverabredung unter Kollegen. Tannenberger trug einen dunklen

Businessanzug und wirkte irgendwie größer auf die Poldi als auf der Beerdigung. Er stutzte, als er Montana sah, doch bevor er wieder ins Gebäude entwischen konnte, eilte die Poldi auf ihn zu.

»Grüß Gott, Herr Dr. Tannenberger!«, empfing sie ihn gut gelaunt. »Schön, dass Sie es einrichten konnten. I bin die Frau Oberreiter, wir hatten gerade das Vergnügen. Und des ist *Commissario* Montana von der *Polizia di Stato* in Acireale. Er leitet die Untersuchungen im Fall Valentino.«

»Ich denke, wir wollten ohne Polizei reden.«

»Aber des tun wir auch. *Commissario* Montana ist ganz privat hier. Denn wenn er des nicht wäre, dann wüsste es inzwischen auch Ihre Amtsleitung. Also, des liegt jetzt ganz bei Ihnen.«

Tannenberger schüttelte zögernd die Hand des *Commissarios*, blieb aber die ganze Zeit wie auf dem Sprung. Die Poldi bemerkte, dass er keinen Ring trug, aber am Handgelenk eine protzige Officine Panerai. Nicht gerade eine typische Beamtenuhr, so für schlappe zehntausend Euro.

»Und wer sind jetzt *Sie*?«, wandte Tannenberger sich wieder an die Poldi.

»Sagen wir, eine Art Dolmetscherin für *Commissario* Montana.«

»Was soll das heißen, ›eine Art‹?«

»She was a friend of Valentino«, ging Montana jetzt dazwischen, um auch einmal zu Wort zu kommen.

»Mei, besser hätt' i des nicht auf den Punkt bringen können!«, rief die Poldi. »I hab Sie kurz vor Valentinos Tod zusammen fotografiert, erinnern Sie sich? In dem Café in Taormina.«

Tannenberger warf einen Blick zurück zur Staatskanzlei

wie auf einen Ozeandampfer, der gleich ablegen würde, um ohne ihn auf große Fahrt zu gehen. Dann warf er einen Blick auf seine Panerai.

»Ich habe eine halbe Stunde. Lassen Sie uns in den Hofgarten gehen.«

Er sagte kein Wort mehr, bis sie eine freie Bank im Schatten einer alten Kastanie gefunden hatten. Dort begann er dann sofort zu erzählen, und die Poldi übersetzte.

»Um vorweg eines klarzustellen: Ich habe Valentino nicht umgebracht. Am Tag seines Todes war ich in München, das können Sie ohne große Umstände nachprüfen. Ich habe sogar Zeugen für den Abend. Ich würde Sie nur bitten, diskret vorzugehen, das ist alles. Ich lebe in einer festen Partnerschaft.« Er wartete, bis Poldi Montana diese Erklärung übersetzt hatte, und fuhr, zur Poldi gewandt, fort. »Ich erinnere mich, dass Sie das Foto gemacht haben. Valentino war ein wenig bestürzt, als er Sie bemerkte. Er wollte Ihnen nachlaufen, aber ich habe ihn zurückgehalten.« Er hielt kurz inne, als koste ihn diese Erklärung viel Kraft, und wartete, bis Poldi wieder übersetzt hatte. »Sie können sich nicht vorstellen, wie sehr mich Valentinos Tod erschüttert. Es ist, als habe man mir das Herz herausgerissen. Und dennoch darf ich nicht um ihn trauern.«

Er zitterte auf einmal, riss sich aber schnell wieder zusammen. Und die Poldi ahnte schon, was sie gleich hören würde.

»Ich habe Valentino vor etwa einem halben Jahr kennengelernt, als ich zum ersten Mal in Taormina zu tun hatte. Er half als Kellner bei einem Empfang aus. Es war Liebe auf den ersten Blick. Für mich jedenfalls.« Er hielt wieder inne und sah Montana an. »Ich habe von seinem Tod erst erfahren, als ich nach Sizilien zurückkam. Das war am Tag vor seiner Beerdigung.«

»Von wem haben Sie das erfahren?«

»Von Herrn Patanè.«

»In welcher Beziehung stehen Sie zu Signor Patanè?«

»Er bewirbt sich um eine Ausschreibung der Europäischen Union für den Bau eines internationalen Kulturzentrums in Taormina, das der Freistaat Bayern Kofinanzieren wird.«

»Und in welcher Beziehung standen Herr Patanè und Valentino?«

»Soweit ich verstanden habe, arbeitete Valentino gelegentlich für Herrn Patanè. Er hat uns jedenfalls vorgestellt. Ein sehr unangenehmer und lästiger Mensch. Er hat keine Chance auf den Zuschlag, aber er hat mich ständig mit irgendwelchen Einladungen und ›Sonderkonditionen‹ für Haus- oder Grundstückskäufe in bester Lage genervt. Aber so läuft das bei mir nicht.«

»In welcher Funktion arbeitete Valentino für Patanè?«

»Das weiß ich nicht. Valentino hatte viele Jobs. Dabei hatte er was drauf. Er wollte nach Deutschland und sich hier etwas aufbauen.«

Ja, daran erinnerte sich die Poldi. An ihre Deutschstunden mit Valentino, seinen Ehrgeiz, seinen Optimismus.

»Hat Sie das erschreckt?«, fragte sie. »I mein, weil Sie doch in einer festen Partnerschaft leben.«

»Ich habe mir nichts mehr gewünscht. Das ist die Wahrheit. Ich war verrückt nach Valentino. Ich hätte das mit meinem Partner geklärt.«

Montana nickte, als die Poldi es ihm übersetzt hatte. Er schien Tannenberger zu glauben.

»Bei Ihrem letzten Treffen«, begann er wieder, »hat Valentino irgendwie verändert auf Sie gewirkt?«

»Ja. Er war irgendwie nervös. Aber er wollte partout nicht sagen, was los ist. Nur, dass er noch ein paar Dinge erledigen müsse, bevor er nach Deutschland kommen könne.«

»Was für Dinge?«

»Ich habe nicht die leiseste Ahnung.«

»Hat er über alte Mosaiken gesprochen?«, fragte die Poldi.

Tannenberger schüttelte den Kopf.

»Nicht, dass ich mich erinnere.«

»Hatten Sie den Eindruck, dass er in etwas verwickelt sein könnte? I mein, in etwas Kriminelles.«

»Irgendwie schon. Wie gesagt, er wollte nicht darüber sprechen ...«

»Aber?«, hakte die Poldi nach.

»Einmal hat er so eine Bemerkung fallen lassen. Dass er etwas gefunden habe. Und dass jemand für sein Schweigen viel Geld bezahlen werde.«

»Da schau her. Was hatte Valentino denn gefunden? Wer sollte denn viel Geld bezahlen?«

»Wollte er nicht sagen. Valentino sagte nur, dass ich mir keine Sorgen machen müsse.«

»Und des haben Sie dann ja auch nicht.«

»Mein Gott, was wollen Sie? Ich habe Valentino geliebt! Natürlich habe ich mir Sorgen gemacht. Aber was sollte ich denn tun?!«

»Sie hätten zur Polizei gehen können, als Sie von seinem Tod hörten«, sagte Montana.

Tannenberger schwieg. Sein Handy piepte. Er warf einen Blick auf das Display und drückte den Anruf dann weg.

»Ich muss los. Haben Sie noch Fragen?«

»Es könnte sein, dass ich Sie doch noch mal offiziell befragen muss«, erklärte Montana. »Beziehungsweise meine deutschen Kollegen. Falls Ihnen in nächster Zeit noch etwas einfällt ...« Er reichte Tannenberger seine Karte. »Egal was. Vielleicht eine Bemerkung, die Valentino gemacht hat. Eine Belanglosigkeit. Irgendwas. Dann rufen Sie mich an.«

»Alles klar.«

Tannenberger steckte die Visitenkarte ein und erhob sich. Er hatte es eilig, drückte der Poldi und Montana kurz die Hand und wollte offenbar nur noch weg, zurück ins sichere Biotop der Staatskanzlei.

Aber dann fiel der Poldi eben doch noch etwas ein.

»Eine Sache noch!«, rief sie Tannenberger nach. »Haben Sie Valentinos Handynummer noch?«

»Ja, natürlich. Aber seit unserem letzten Treffen habe ich ihn auf keiner der beiden Nummer mehr erreicht.«

Die Poldi konnte spüren, wie Montana sich neben ihr anspannte, als hätte man ihn unter Strom gesetzt.

»Gell, wenn Sie so freundlich wären, mir beide Nummern zu geben.«

Weitere fünf Minuten später saß der unglückliche Herr Tannenberger wieder in seinem Büro, und die Poldi und Montana saßen immer noch auf der Parkbank, und es war immer noch ein schöner Tag, vielleicht sogar viel schöner als noch einige Minuten zuvor. Während die Poldi sich im Triumph ihres Ermittlungserfolges sonnte, telefonierte Montana mit der Präfektur in Acireale. Als er auflegte, grinste er die Poldi an.

»Hat sich der kleine Ausflug vielleicht doch gelohnt.«

»Nein, was du gerade wirklich sagen wolltest, Vito, war:

Wie gut, dass du mitgekommen bist, Poldi. Vielen Dank, ohne dich wäre ich jetzt keinen großen Schritt weiter.«

Montana zündete sich eine Zigarette an, ließ Rauchzeichen in den Münchner Sommerhimmel aufsteigen und sah die Poldi dann wieder an.

»Und was machen wir jetzt mit dem angebrochenen Nachmittag?«

Was nicht ganz die Antwort war, die die Poldi gerne gehört hätte. Dennoch hörte sie da einen gewissen vielversprechenden Subtext heraus, der sie, zusammen mit ihrem kleinen Triumph und dem schönen weißblauen Himmel, in eine gehobene Stimmung versetzte und ihr Appetit auf Schweinsbraten und auf Leben machte.

»Süß oder salzig?«, fragte die Poldi.

»Beides.«

Die Poldi fand, dass die Nachtigall, die hier gerade antrapste, mindestens Nagelschuhe Größe sechsundvierzig trug.

Einen Schweinsbraten, eine Dampfnudel und zwei Helle später mussten sie dann aber doch schon wieder zum Flughafen aufbrechen. Zu Poldis Freude wirkte Montana viel gelöster, fast ein wenig aufgekratzt, erzählte Schoten und Dönekes aus dem Polizeialltag und fragte die Poldi nach ihren verschiedenen Münchner Leben aus. Und auch wenn der Poldi sein Interesse an ihrer Vergangenheit kein bisschen gespielt vorkam, verstand sie doch, dass Montana damit einen unsichtbaren Vorhang aus Charme und Heiterkeit um sich herum aufzog. Ein angenehmes Gespinst aus Leichtigkeit und Andeutungen, zart und doch undurchdringbar. Er berührte sie kein einziges Mal, nicht einmal flüchtig oder wie aus Versehen. Er hielt sie auf Abstand, er warf sich selbst einen Schatten, so groß und tief wie ein See in der Nacht, zu furchtgebietend, um ihn mit einem Satz zu überspringen. *Oder einem Kuss.* Dachte die Poldi, und das stimmte sie dann wieder schwermütig.

An Bord jedoch kam Montana umgehend wieder seiner ritterlichen Pflicht nach, hielt die Hand meiner Tante und erklärte ihr die Flugphysik, die Meteorologie und das Landeverfahren.

Als sie kurz nach neun wieder in Catania landeten, kam es der Poldi vor, als sei sie eine Ewigkeit fort gewesen. Und seltsamer noch – sie freute sich, wieder nach Hause zu kommen.

Nach Hause. Stichwort.

»Soll ich dich nach Hause fahren?«, fragte Montana, als sie aus dem Flughafengebäude traten wie zwei ratlose Touristen, deren Gepäck nicht mitgekommen war.

»Ich bin selbst mit dem Wagen da.«

»Na dann.«

»Na dann.«

»Ich steh da hinten.«

»Ich nicht.«

»Ein schöner Tag war das.«

Die Poldi hielt seine distanzierte Höflichkeit kaum noch aus.

Bacio links, *Bacio* rechts, Montana wollte weg, offensichtlicher ging gar nicht. Die Poldi sah ihm noch nach, wie er zum Parkhaus eilte. Nein, nicht eilte, sondern floh. Dann suchte die Poldi ihren Alfa auf dem anderen Parkplatz und fuhr zurück nach Torre. Sie war müde, sie wollte nur noch nach Hause, sie wollte ein Bier. Oder zwei. Was für ein Tag.

Was für ein wunderschöner, scheißklumpverkorkster Tag. Und als sei das alles noch nicht genug, verfuhr sie sich auch noch zweimal bei der Ausfahrt aus dem Flughafen, fand die *Tangenziale* nicht, musste quer durch das verstopfte Catania gurken und die lange gewundene *Provinciale* nehmen.

Als sie dann endlich in die Via Baronessa einbog und den Hausschlüssel aus der Tasche nestelte, sah sie jemanden vor ihrer Haustür stehen.

»Du schon wieder«, sagte die Poldi, als sie vor ihrem Haus angekommen war.

Montana schien zu zittern, als tobe da irgendwo in ihm ein Kampf, der ihn zu zerreißen drohe.

»Danke, dass du heute mitgekommen bist«, presste er heraus. »Danke, dass du …«

Weiter kam er nicht. Denn jetzt reichte es der Poldi, die es ja schließlich auch fast zerriss vor Leidenschaft und Durst und Schwermut und den Nachwirkungen der Flugangst. Sie packte Montanas Kopf mit beiden Händen und küsste ihn. Leidenschaftlich und hungrig nach Leben und Lust, so ganz im Hier und Jetzt. Erleichtert spürte sie, dass Montana weder zurückwich noch zögerte. Ein Schauer lief durch seinen Körper, und dann schmeckte sie seine rauchige Zunge in ihrem Mund, spürte seine großen Hände an ihrer Brust und etwas tiefer seine ungeheure, geballte, fiebrige, zyklopische, mit keinem Adjektiv ausreichend zu würdigende *sicilianità*. Keuchend schloss sie die Tür auf, zog den *Commissario* ins Haus, zog ihn noch an Ort und Stelle aus und dann weiter in ihr Schlafzimmer. Und dort endlich, stelle ich mir vor, unter Seufzern, Knurren und den kleinen atemlosen Lauten der Lust, legte das Schiff ihrer Leidenschaft unter vollen Segeln ab, verließ der Zug der Triebe den Bahnhof, sprang Montana über seinen Schatten und die Poldi über Montana. Gemeinsam, stelle ich mir vor, angetrieben von den tellurischen Strömen ihrer aufgeladenen, wenngleich nicht mehr ganz so jugendlichen Körper, gingen sie in dieser Nacht auf eine erotische Odyssee. Entdeckten verborgene Kontinente, nebelverhangene Gebirge, amazonische Flüsse, Kluften, Höhlen, Vulkane und Savannen. Überquerten sturmgepeitschte Ozeane, kreuzten vor dem Passat, legten in sandigen Buchten an und wieder ab. Gelangten an den Rand der Welt und wieder zurück. Stelle ich mir jedenfalls vor.

9. Kapitel

Anfang September kehrte ich wie mit der Tante verabredet nach Torre zurück, um weiter an meinem Familienepos zu schreiben. Beziehungsweise daran zu zerschellen wie ein Schiffbrüchiger mit seinem Rettungsboot an sturmumtosten Klippen. Besonders weit war ich bislang nicht gekommen, immer noch erstes Kapitel. Mein Urgroßvater Barnaba war gerade von einem Esel getreten worden, woraufhin er eine Vision hatte, in der der Teufel ihm befahl, nach München zu gehen und dort einen schwunghaften Südfrüchtegroßhandel aufzuziehen. Man schrieb das Jahr 1919, ein historisches Datum, das ich durch intensive Recherchen und verblüffend präzise Alltagsschilderungen rauschend auferstehen lassen wollte. Blöderweise war die Netzabdeckung in Torre immer sehr schlecht. Wie hatte man früher eigentlich Romane ohne Google und Wikipedia geschrieben? Jedenfalls sollte in meiner Familiensaga noch so einiges passieren, bevor Barnaba ohne ein einziges Wort Deutsch in die Emigration aufbrechen konnte. Er musste erst noch seine geliebte, unfassbar schöne und geheimnisvolle Eleonora mit seinem Ruderboot entführen, schwängern und heiraten. In dieser Reihenfolge. Eleonoras Eltern mussten noch grausam zu Tode kommen wegen der, wie ich in einem Schreibworkshop gelernt hatte, unverzichtbaren *backstory-wound*. Es sollte Frösche vom Himmel regnen, und außerdem musste Barnaba noch der überirdisch schönen Zyklopin Ilaria verfallen. Was so ein magisch-fantastisches Element war, das ich unbedingt einbauen wollte, weil Ilarias Urenkelin fast ein Jahrhundert später den gut aussehenden, aber schüchternen, genügsamen, Jazz liebenden und ansonsten einigermaßen farblosen Helden und Urenkel von Barnaba verführen sollte, woraufhin besagter Protagonist ein mythisches Paralleluniversum betreten konnte. So in dem Stil.

Mit einer Handvoll loser Handlungsfäden kam ich in Torre an, zupfte sie nervös auseinander, breitete sie vor mir aus, sortierte sie nach Farben und Längen – und hatte keinen blassen Dunst, wie ich sie zu einer lebendigen Erzählung verhäkeln sollte. Nicht einmal anständig verfilzen ließen sie sich, denn sie bestanden aus reiner Kunstfaser. Kein Wunder also, dass ich verzweifelt den Abend herbeisehnte, wenn meine Tante Poldi endlich den Whiskey freigab, mich auf den neuesten Stand im Fall Valentino brachte und mir auch pikante Details ihres Verhältnisses zu Montana nicht ersparte. Wobei sie selbst praktisch nur an ihrem Drink nippte.

An meinem letzten Abend in Torre kam sie dann zu ihrer Liebesnacht mit Montana.

»Die Details kannst du dir gerne sparen«, ächzte ich.

»Mei, was bist du verklemmt!«, rief sie. »Gar nichts werd i dir ersparen. Du musst dich gar nicht so winden, i erzähl dir des alles schließlich nicht in deiner Funktion als Neffe, sondern als Autor. Also im Grunde wie einem Arzt. Oder einem Priester, verstehst?« Sie zupfte sich ihre Perücke ein wenig zurecht. »Der Vito, der hat genau g'wusst, was er mit seinen Händen machen muss. Zart waren's, seine Hände, haben mich g'streichelt bis zur Ekstase. Und dann haben's wieder zupackt, dass i aufg'schrien hab. Vor Wonne und Lust, mein i. Die pure Raserei. Da hat man g'merkt, dass er eine gewisse Erfahrung hatte in Bezug auf den weiblichen Körper. Wo er mich auch berührt hat, hab i gleich gebrannt. Und nicht nur mit den Händen war er g'schickt. I sag's ja immer, der Kriminalkommissar ist die höchste Erscheinungsform des Menschen, auch sexuell. Mei, in dieser Nacht, da hatte i eine Bestie in meinem Bett, ein wildes Tier, eine mythologische Urgewalt. Er aber umgekehrt fei auch, gell. I hab schon g'wusst, welche Knöpferl i drücken musste. Unersättlich waren wir. Und er war – und des muss man schon anerkennend festhalten – äußerst standfest für einen Mann in seinem Alter. Da merkt man gleich die gesunde mediterrane Kost. Eine halbe Stunde Pause, ein Kuss der Zauberfee, und sein *Pesciolino* verwandelte sich gleich wieder in einen stattlichen Schwertfisch. Mei, was für ein herrlicher Anblick, wie er da so ausgestreckt vor mir lag wie ein gestrandeter Odysseus. Nackt und wehrlos bis auf diesen Speer der Liebe, der …«

»Das reicht mir wirklich, Poldi. Echt jetzt.«

Ein prüfender Blick.

»Weil i alt bin oder weil i deine Tante bin?«

»Weil … du abschweifst. Lass uns bitte zum Fall zurückkommen.«

Eine Sache interessierte mich dann allerdings doch.

»Hast du eigentlich die Perücke dabei aufgehabt?«

»Und was soll jetzt diese bescheuerte Frage?«

»Hast du, oder hast du nicht?«

»Wer schweift jetzt hier wohl ab? Also, willst nun hören, wie es weiterging im Fall, oder nicht?«

Ich stelle mir die Poldi und Montana wie Partikel in einem Teilchenbeschleuniger des Schicksals vor. Erst rasen sie im Kreis, auf genau festgelegten Bahnen, immer schneller und schneller, und dann – *kawumm!* Urknall. Schwarzes Loch. Gottesteilchen. Dimensionsverschiebung.

Vielleicht herrschte deshalb am Morgen nach dieser denkwürdigen Nacht eine eigentümliche Ruhe über Torre Archirafi. Als habe sich irgendeine x-te Dimension verkeilt, als habe die nächtliche Eruption von Lust und Libido in der Via Baronessa den gesamten Ort erschüttert und ausgelaugt.

Vielleicht sprachen sie deshalb nicht viel an diesem Morgen, meine Tante Poldi und Montana. Vielleicht war es nur die Verlegenheit, sich auf einmal nackt im Tageslicht zu begegnen. Vielleicht aber stand auch immer noch etwas zwischen ihnen, unausgesprochen und drohend. Montana duschte, zog sich an, trank einen Kaffee und musste dann los in die Präfektur, um Valentinos Handy zu finden.

Als die Poldi wieder allein war, in ihrem Haus, das ihr auf einmal viel stiller erschien als sonst, hörte sie es rauschen. Draußen das Meer und drinnen ihr Blut. Sie konnte hören, wie es durch die Adern pulsierte, konnte spüren, wie ihr Herz Leben und Lust durch ihren Körper pumpte, überall hin, unermüdlich, konnte Montana immer noch riechen, konnte ihn immer noch spüren, in ihr und überall auf ihrer Haut. Ein schönes Gefühl.

Und mit diesem schönen Gefühl, so ganz bei sich selbst, überlegte die Poldi, wie sie in ihrem Fall weiter vorgehen sollte.

Natürlich konnte sie auf Montanas Ergebnisse wegen Valentinos Handy warten. Wollte sie aber nicht. Sie wollte ihm einen Schritt voraus sein. Und schließlich, fand sie, hatte ihr das Schicksal gewiss nicht ohne Grund die Visitenkarte von Corrado Patanè in die Hände gespielt. Einem Bauunternehmer. Da lag es für die Poldi praktisch auf der Hand, dass Patanè Valentinos unmittelbarer Auftraggeber gewesen sein *musste*. Man musste es ihm nur nachweisen. Und wie? Durch eine verdeckte Operation zum Beispiel, den fingierten Ankauf eines Fußbodenmosaiks. Oder eines Torlöwen.

Jetzt war der Poldi natürlich klar, dass sie Patanè nach ihren letzten, etwas verunglückten Begegnungen nicht einfach anrufen und ihn um ein Angebot zur Sizilianisierung ihres Hauses bitten konnte. Da musste man schon raffinierter vorgehen. Die Sache geschickt einfädeln. Patanès Vertrauen gewinnen. Den geeigneten *Agent provocateur* finden. Fragte sich bloß …

In diesem Moment rief Tante Luisa an, japsend vor Neugier, um zu erfahren, wie es in München gelaufen sei. Wobei »München« eher als verschämte Metapher gemeint war.

»Nein, das glaub ich jetzt nicht!«, rief sie begeistert, als die Poldi ihr von der Nacht mit Montana berichtete. »Ich will alles wissen.«

»Kommt halt alle heute Nachmittag vorbei. Aber nicht, dass ihr mir neidisch werdet, nachert!« Und dann kam ihr noch die zündende Idee. »Und, gell, dass die Caterina in jedem Fall mitkommt!«

Meine Tante Caterina, die mittlere der drei Schwestern meines Vaters, ist eine Klasse für sich. Sie ist zwar die kleinste der drei, aber niemand würde sie je übersehen. Sie muss dazu nicht die Stimme erheben, muss keine hohen Schuhe tragen, muss nicht durch elegante Kleidung auffallen. Sie ist ohnehin eher der praktische Typ. Was sie so unübersehbar macht, ist ihre Haltung. Meine Tante Caterina hat ein Rückgrat aus rostfreiem Edelstahl. Sie ist immer noch eine Schönheit, und was sie will, das kriegt sie. Immer. Onkel Bernardo, zum Beispiel, ihre große Liebe. Der war ein einfacher, schweigsamer Mann, ein Tischler, den mein cholerischer Großvater als Schwiegersohn naserümpfend ablehnte. Tante Caterina hat ihn trotzdem geheiratet und mit Bernardo zusammen eine kleine Möbelfabrik aufgebaut: *Mancuso Mobili*. Elegante, hochwertige, manchmal ein bisschen protzige Stilmöbel für den sizilianischen Geschmack, aber über viele Jahren auch im Export erfolgreich. Seit Onkel Bernardos Tod führt mein Cousin Ciro die Geschäfte, aber keine wichtige Entscheidung im Unternehmen wird je ohne Tante Caterina getroffen. Sie war der ideale *Agent provocateur* in Poldis Plan.

»Kommt nicht infrage!«, erklärte Caterina, als die Poldi ihr am Nachmittag den Plan unterbreitete.

Die Poldi und die drei Tanten saßen bei einem kleinen antialkoholischen *Crodino* in Poldis Innenhof zusammen, wo es schattig war, gerade richtig, um Poldis erotische Erfolge zu feiern. Aus diesem Grund musste Onkel Martino diesmal auch zu Hause bleiben.

»Gell, jetzt wart halt ab, bist alle Details kennst.«

Caterina seufzte, nahm noch ein Schlückchen, und dann: »Also gut, erklär's mir noch mal, Poldi.«

»Es gibt praktisch kein Risiko«, begann die Poldi sofort wieder. »Du rufst Patanè an, stellst dich vor und sagst, dass du seine Nummer von Herrn Dr. Tannenberger hast und dass du dein Haus gerne mit alten Kacheln und antiken Elementen verschönern würdest.«

»*Mein* Haus?«

»Mei, meins natürlich! Der Patanè weiß ja nicht, dass i

hier eigentlich wohne. Wenn er anbeißt, dann empfängst du ihn hier, lässt dir zeigen, was er so anzubieten hat, und lässt dir ein Angebot machen. Du sagst, dass du auch gerne so einen schönen alten Torlöwen hättest. Und wenn er dir einen Preis nennt, dann verhandelst ein bisserl, weil, sonst schöpft er ja Verdacht.«

»Und dann?«

»Nix dann. Nachert warten wir ab. Wenn Patanè liefern kann und wenn Valérie anschließend auch der zweite Torlöwe fehlt, ist er überführt. Den Rest erledigt Vito, dann klicken sofort die Handschellen.«

»Aber damit mache ich mich doch auch strafbar.«

»Mei, wieso denn? Du fragst ihn natürlich vorher, wo all die Schätze herkommen. Da wird Patanè natürlich eine Erklärung parat haben, dass des alles seine Ordnung hat. Und damit bist aus dem Schneider.«

»Meinst?«

»Freilich.«

»Und wo bist du die ganze Zeit?«

»In der *Bar Cocuzza*. Falls du Hilfe brauchst, bin i gleich zur Stelle.«

Caterina wirkte nicht überzeugt.

»Wir warten alle in der Bar«, fügte Tante Teresa hinzu. »Martino auch. Und Totti bleibt bei dir im Haus.«

Totti war Teresas Hund, ein gut gelaunter Mischlingsrüde, gelb mit schwarzer Schnauze, Riesenohren, Riesenpfoten und einem Herz aus Gold.

»Und das soll mich jetzt beruhigen, oder was? Absoluter Schmarrn. Völlig hirnrissig.«

Die Poldi nickte.

»Vollkommen bescheuert, i weiß.«

»Also, wann soll ich ihn anrufen?«

Schneller, als mal hinsehen konnte, hatte die Poldi ein Telefon in der Hand und reichte es Caterina, zusammen mit Patanès Visitenkarte.

»Am besten gleich.«

Unter den Augen ihrer Schwestern und ihrer Schwägerin nahm Caterina das Telefon entgegen, richtete sich ein wenig auf, atmete durch und wählte die Nummer. Die Poldi konnte es im Hörer tuten hören und dann ein gereiztes »*Pronto?*«.

»Guten Tag, hier ist Caterina Mancuso von *Mancuso Mobili*. Spreche ich mit Signor Patanè? ... Sehr gut. Signor Patanè, ich habe Ihre Nummer von einem lieben Freund und Geschäftspartner, Herrn Dr. Tannenberger aus München. ... Ja, genau der. Er hat Sie mir in dieser Angelegenheit ans Herz gelegt. Wenn mir einer helfen könne, dann Sie. Er hat ja auch angedeutet, ganz im Vertrauen natürlich, dass Sie bei der Vergabe des Auftrags für das Kulturzentrum in Taormina auf der Shortlist stehen.«

Die Poldi machte Caterina ein Zeichen, den Ball etwas flacher zu halten. Aber Caterina beachtete sie gar nicht mehr und fuhr ungerührt fort.

»*Mancuso Mobili* hat kürzlich ein Haus in Torre Archirafi erworben, das wir künftig als Showroom nutzen wollen. Dazu muss es aber erst umgebaut werden, und ich stelle mir vor, es mit alten Fußböden und einigen barocken Dekorationselementen wie einen kleinen Palazzo zu gestalten, um unsere Möbelkollektion stilvoll zu präsentieren. Interessiert Sie das?«

Offenbar ja. Die Poldi verstand zwar nicht, was Patanè sagte, aber sein Tonfall im Hörer troff nur so vor Gier und Öligkeit.

»Das freut mich«, sagte Tante Caterina ruhig und beherrscht. »Dann sagen wir doch gleich morgen Vormittag elf Uhr?«

Die Poldi lächelte Caterina an und hob ihr Glas.

»Du warst großartig. Und jetzt haben wir ihn am Arsch. Prosit!«

Und am nächsten Morgen, Schlag elf, saßen die Poldi, Teresa, Luisa und Martino in der *Bar Cocuzza*, kämpften mit Kaffee, *Cornetti* und *Granita* tapfer gegen die Nervosität an, starrten auf Poldis Handy auf dem Tisch und werteten Caterinas vereinzelte Textnachrichten aus der Via Baronessa aus.

Noch nicht da.

Immer noch nicht.

Wo bleibt der denn?

Es klingelt!

Operation »Fallgrube« lief an. Das Klingelschild hatte die Poldi wohlweislich abgeschraubt und trug es in ihrer Handtasche mit sich. Auch sonst hatte sie ihr Haus für Patanès Besuch einigermaßen präpariert, sämtliche Kleidung in den Schränken verstaut, herumfliegende Briefe und Dokumente versteckt, verräterische Fotos und vor allem die Pinnwand im Schlafzimmer abgehängt und jedweden Hinweis auf die wahre Bewohnerin der Via Baronessa 29 verwischt. Es konnte eigentlich nichts schiefgehen.

Eigentlich.

Es wurde zwölf, es wurde eins, die Anspannung stieg, die Poldi prüfte jede Minute ihr Handy, aber Caterina meldete sich nicht mehr. Als sie es um halb zwei nicht mehr aushielt und gerade zum Haus zurückkehren wollte, rief Caterina endlich an, einen beunruhigenden Unterton in der Stimme.

»Er ist weg, ihr könnt kommen.«

Zahlen, Aufbruch, nichts wie zurück. An der Haustür wurden sie schwanzwedelnd von einem gut gelaunten Totti angesprungen und abgeleckt. Auch Caterina wirkte noch völlig intakt, ohne Knacks und Schrammen. Die Poldi sah sich misstrauisch nach Spuren eines Kampfes um. Aber nichts. »Also, wie ist es gelaufen?«

»Er hat angebissen«, berichtete Caterina. »Aber dann ist etwas Merkwürdiges passiert.«

Aber der Reihe nach, denn das ist jetzt ein bisschen wie *Stille Post*. Ich weiß es ja nur von der Poldi und die nur von Caterina.

Demnach erschien Patanè mit einer dreiviertelstündigen Verspätung und einer herbwürzigen Aura aus Schweißgeruch und kaltem Zigarettenrauch.

Caterina empfing ihn dennoch formvollendet, ohne sich ihren unmittelbaren Widerwillen anmerken zu lassen, führte ihn ins Haus und ließ zu, dass Patanè sich neugierig und misstrauisch im Erdgeschoss umsah. Tante Caterina zufolge verflüchtigte sich Patanès Misstrauen nur langsam. Wie ein zäher Herbstnebel, den die Novembersonne nur mühsam wegheizen kann. Er wollte wissen, seit wann Caterina dieses Haus besitze, und Caterina band ihm wie verabredet den Bären auf, dass *Mancuso Mobili* das Haus vor Kurzem von einer verwirrten Deutschen erworben habe, die das sizilianische Klima nicht gut vertragen habe und überstürzt nach Deutschland zurückgekehrt sei, daher noch die ganze Einrichtung, die natürlich bald komplett rauskäme. Hatte sich die Poldi so ausgedacht.

Patanè schluckte die Legende offenbar, aber erst, als Caterina ihm ausführlich von den angeblichen Expansionsplänen von *Mancuso Mobili* berichtete und dabei mehrfach ihren angeblichen Geschäftspartner und guten Freund Dr. Tannenberger erwähnte, taute er wirklich auf.

Umständlich und mit dem Gestus eines Zaubermeisters breitete er eine Mappe mit Fotos vor Caterina aus, die verschiedene Fußbodenkacheln, Mosaiken, Steinfiguren, Stuckarbeiten und ganze Treppenhäuser zeigten, die Patanè besorgen konnte. Alles natürlich vollkommen legal erworben. Die Stücke stammten angeblich aus baufälligen Villen und Palazzi. Ruinen geradezu, die, wie Patanè beteuerte, demnächst leider abgerissen werden müssten. Da sei es ihm ein Herzensanliegen, wenigstens einen Bruchteil der großartigen sizilianischen Handwerkskunst des ausgehenden achtzehnten und neunzehnten Jahrhunderts zu retten und an Orte zu verpflanzen, wo sie weiterleben würden. Eine Art Organspende hirntoter Immobilien im Grunde.

Das Ganze habe natürlich seinen Preis, das wollte Patanè gar nicht verschweigen, aber konkret über Summen wollte er auch nicht sprechen. Vorerst. Caterina sollte sich erst in aller Ruhe die Mappe ansehen, derweil er einen kleinen Rundgang durchs Haus mache, um die Räume auf sich wirken zu lassen und die entscheidende Inspiration zu bekommen. Denn, O-Ton Patanè: »Das Haus muss zu mir sprechen und mir zuflüstern, was es braucht.«

Während Patanè durchs Haus stromerte wie ein Drogenhund bei der Zollkontrolle, hatte Tante Caterina genug Zeit, sich sämtliche Fotos genau anzusehen und einige sogar mit ihrem Handy abzufotografieren. Ein Torlöwe war allerdings nicht dabei. Caterina konnte hören, wie Patané auf die Terrasse hinaufstieg. Kurz darauf kam er aber schon wieder hastig herunter. Caterina hatte gerade noch Zeit, das Handy wegzustecken. Patané wirkte auf einmal nervös, geradezu erschrocken, schnappte sich seine Mappe, verabschiedete sich hastig und verließ geradezu fluchtartig das Haus.

»Merkwürdig, gell?«, schloss Tante Caterina ihren Bericht. »Und dann habe ich euch gleich angerufen.«

»Hat er gar nichts mehr gesagt?«, hakte die Poldi nach.

Caterina schüttelte den Kopf.

»Dass er einen dringenden Zahnarzttermin habe und sich noch mal melden werde, halt. Und weg war er.«

Die Poldi sah zur Treppe hinüber, die zur Dachterrasse führte. Wegen ihres Knies war sie schon länger nicht mehr dort oben gewesen. »Außerdem ist des jetzt *dein* Reich!«, hatte sie mir bei meinem letzten Besuch großzügig erklärt. »Da muss i deine Privatsphäre schon respektieren.«

Aber nun war sie doch neugierig, was Patanè dort oben solche Zahnschmerzen bereitet haben mochte.

»Lasst uns nachsehen«, erklärte sie und mühte sich, Teresa, Caterina, Luisa, Martino und Totti im Gefolge, die Stufen hinauf.

Und entdeckte den Torlöwen.

Die Poldi hat mir nachher ziemlich den Kopf gewaschen, von wegen, warum, Herrschaftszeiten, ich die ganze Zeit nichts gesagt hätte. Aber irgendwie habe ich den Torlöwen auf dem Dach nie mit dem fehlenden Löwen von Femminamorta in Verbindung gebracht. Ich schwöre! Er ist mir ja auch im Prinzip gar nicht aufgefallen. Als ich im August zum ersten Mal nach Poldis Umzug für eine Woche nach Torre kam, war ich viel zu sehr mit meinem Roman beschäftigt, sprich mit Hadern, Scheitern und Nägelkauen. Außerdem war ich nur selten auf der Terrasse, weil es mir tagsüber da oben zu heiß war und weil ich abends lieber unten der Poldi zugehört habe. Und außerdem hielt ich den Torlöwen hinter dem Treppenaufgang für eine Verzierung, die schon immer Teil des ganzen Hauses gewesen war. Zumal das Ding ja auf der Terrassenmauer festzementiert war.

»Aber doch nicht an dieser Stelle!«, rief die Poldi fassungslos aus, als sie mir später die Standpauke hielt. »Herrgott, des muss dir doch aufg'fallen sein, dass des eine total depperte Stelle für einen Torlöwen ist. Weil, erstens ist da kein Tor, und zweitens sieht ihn da doch niemand!«

Was sollte ich sagen? Recht hatte sie. Ich zuckte verlegen mit den Schultern.

»Weißt was?«, seufzte die Poldi. »Bevor du eine einzige weitere Zeile schreibst, sperrst erst einmal deine Augen und Ohren und sämtliche Sinne auf und lässt ein bisserl Leben hineinwehen.«

Und damit goss sie mir einen Whisky nach. Meine Tante Poldi.

Auf der Terrassenmauer, ein bisschen versteckt hinter dem Treppenaufgang, stand also festzementiert der fehlende Torlöwe von Femminamorta und blickte die Poldi mürrisch und ein bisschen vorwurfsvoll an. Im Gegensatz zu mir erkannte sie ihn sofort.

Die Poldi erinnerte sich jetzt wieder, dass sie Valentino an jenem letzten Tag den ganzen Vormittag über alleine im

Haus gelassen hatte, damit er sich um das undichte Dach kümmern konnte. Sie erinnerte sich auch wieder an den halb vollen Zementsack, den er mitgebracht hatte.

»Dann muss er den Löwen wohl hier einzementiert haben.«

»Und warum hat er nichts gesagt?«, fragte Tante Teresa.

Auch dafür gab es Poldis Überzeugung nach nur eine einzige plausible Erklärung.

»Mei, weil er den Löwen hier oben verstecken wollte. Er hat ja g'wusst, dass ich kaum noch die Stufen hochkomm. Und die Valérie hab i zu dem Zeitpunkt ja auch noch nicht gekannt. Und außerdem hat der Valentino bestimmt nicht gedacht, dass er bald darauf umgebracht würde. I vermute, er hat den Löwen hier nur kurz zwischenparken wollen.«

»Warum?«, fragte Tante Teresa.

»Mei, um ihn zu verkaufen, natürlich!«

Denn für die Poldi stand nun fest wie einzementiert, dass Valentino den Torlöwen gestohlen hatte. Die Frage war nur, in wessen Auftrag.

»Ist doch klar, Patanè!«, fand Tante Caterina.

Aber die Poldi hatte auf einmal ihre Zweifel, da der Steinlöwe in Patanès kleinem Katalog gar nicht auftauchte. Und damit kam ihr ein Verdacht, den sie aber vorerst für sich behielt.

»Was machen wir jetzt mit dem Löwen?«, fragte Tante Luisa.

»Gar nichts«, erklärte die Poldi. »Er bleibt einstweilen, wo er ist. Kein Wort zu niemand.«

»Und was ist mit Montana?«

Gute Frage.

Die Poldi beschloss, auch Montana vorerst nichts von

dem Torlöwen zu erzählen. Das widerstrebte ihr zwar, da sie zu Männern, mit denen sie schlief, immer ehrlich sein wollte, aber auf der anderen Seite war sie Montana damit vielleicht wirklich einen Schritt voraus. Und außerdem – was machte es schon für einen Unterschied, ob er es einen Tag früher oder später erfuhr? Allerdings nahm sie sich vor, Valérie am nächsten Tag zu informieren. Ohnehin, fand sie, hatte sie ihre Freundin in der letzten Zeit ein wenig vernachlässigt. Valérie würde sich bestimmt über die Heimkehr des Löwen freuen.

Wie verabredet erschien der *Commissario* am Abend in der Via Baronessa, ohne *Gelato*, dafür diesmal mit roten Rosen. Er kam offensichtlich nicht direkt vom Dienst, denn er roch nach Duschgel und trug statt seines grauen Anzugs diesmal schwarze Chinos und ein schwarzes Polohemd. Also eine Art Freizeitlook, auf den die Poldi zwar eher nicht so stand, den sie Italienern und zumal in Schwarz aber gerade noch durchgehen ließ. Sie schnitt die Rosen an, setzte sie in die Vase und zog Montana anschließend erst ins Schlafzimmer und dann aus.

»Hast du Hunger?«, fragte sie ihn, als sie sich einige lustvolle Seufzer später im Bett eine Zigarette teilten.

Montana schüttelte den Kopf.

»Lass nur.«

Er räusperte sich.

Die Poldi verstand langsam.

»Du musst noch weg?«

»Leider. Vorhin kam noch ein Anruf aus der Präfektur.«

»Aha. Aber für ein Schäferstündchen ist immer Zeit.«

»Sei bitte nicht sauer.«

»Wer ist denn hier sauer? Dienst ist Dienst, und Schnaps ist Schnaps.«

Montana stöhnte und richtete sich im Bett auf.

»Ich verstehe«, sagte die Poldi. »Jetzt klinge ich wie deine Frau.«

»Ex-Frau. Poldi, hör mal, ich ...«

»Um Himmels willen bloß keine Beziehungsgespräche!«, wehrte meine Tante Poldi ab. »Es ist alles in Ordnung, Vito. Wirklich. Habt ihr Valentinos Handy gefunden?«

»Leider nicht«, erklärte Montana, erleichtert, das Thema wechseln zu können. »Wahrscheinlich liegt es irgendwo auf dem Meeresgrund. Aber wir haben die Verbindungsdaten. Valentino war kurz vor seinem Tod ziemlich viel unterwegs. Ist kreuz und quer herumgefahren. Wir können die Route grob anhand der Funkzellen nachverfolgen, in denen sich sein Handy eingeloggt hat.«

»Und wo war es zuletzt eingeloggt?«

»Hier. In der Funkzelle um Torre herum.«

»Am Strand von Praiola also?«

»Anzunehmen.«

»Also hat sein Mörder Valentinos Handy erst dort entdeckt und es ins Meer geworfen.«

»Das vermute ich.«

Die Poldi dachte nach.

»Mit wem hat Valentino vor seinem Tod telefoniert?«

»Ich darf dir das nicht sagen, Poldi!«

Die Poldi sah Montana an.

»Ach, Vito!«

»Jaja, schon gut. ... Jedenfalls nicht mit Russo. Und auch nicht mit Tannenberger. Ich habe übrigens sein Alibi überprüfen lassen. Er war wirklich in München.«

»Also hat Valentino mit Patanè telefoniert.«

Aber Montana schüttelte wieder den Kopf.

»Nein.«

Was die Poldi ziemlich überraschte.

»Nicht? Mit wem dann?«

Montana zögerte, und als die Poldi seinen Gesichtsausdruck sah, spürte sie plötzlich einen bitteren Geschmack im Mund, wie am Morgen nach einem mordsmäßigen Absturz.

»Vito?«

Montana seufzte und gab sich einen Ruck.

»Mit deiner Freundin Valérie Belfiore.«

10. Kapitel

Ich stelle mir Valentinos Handy vor, wie es auf dem Grund des Meeres liegt, irgendwo im weiten, warmen Golf von Catania. Wie es in einer sanften Tiefenströmung hin und her dümpelt, von Oktopussen neugierig befummelt, die es für eine Art Krebs halten, den man nur mal knacken müsste. Ich stelle mir vor, wie das Handy mit der Zeit Algen und kleine Schnecken ansetzt, vielleicht gar von Korallen erobert wird. Ich stelle mir vor, dass es irgendwann in ferner Zukunft Teil eines ganzen, wunderschönen Korallenriffs sein wird. Aber dann wird kaum noch etwas von dem Plastik und der Elektronik übrig sein.

Ich stelle mir vor, wie sich all das im Meerwasser auflöst, mit all den Fingerabdrücken und DNA-Spuren, wie auch mit allen Informationen im Speicher, all den Selfies, letzten Schnappschüssen und Textnachrichten. Alles aufgelöst und verteilt in salziger Unendlichkeit, homöopathischer geht es gar nicht. Ich stelle mir vor, wie die Wahrheit sich auflöst, ganz langsam, aber unaufhaltsam.

Und ich stelle mir die Poldi vor, die in jener Nacht keinen Schlaf fand, aus unterschiedlichen Gründen, die jedoch alle mit der Wahrheit zusammenhingen. Valentinos Wahrheit, Montanas Wahrheit, Valéries Wahrheit. Die Wahrheit, stellte sich die Poldi vor, war wie ein Knopf, der ein kostbares Kleid an einem einzigen Punkt zusammenhält. Halt blöd, wenn man ihn nicht aufbekam. Zum Auswachsen. Unerträglich. Nicht hinzunehmen. Schlicht inakzeptabel. Fand die Poldi.

Daher fuhr sie am nächsten Tag nach Femminamorta, mit einem Kloß im Herzen und vielen Fragen unter den Nägeln. Natürlich konnte sie Valérie nicht einfach nach dem Telefonat fragen, denn das hätte Montana ihr ja gar nicht verraten dürfen. Also musste sie geschickter vorgehen. Und davon verstand meine Tante Poldi, ehrlich gesagt, leider nun nicht ganz so viel.

Am Tor mit dem einsamen Löwen wurde sie von einem jungen Mann in einem eleganten Anzug und gegelten Haaren gestoppt.

»Tut mir leid, Signora, Sie können da im Augenblick nicht durchfahren.«

»Und warum nicht, bitte schön?«

»Filmaufnahmen.«

Ganz was Neues. Aber da die Poldi schließlich vom Fach war, hatte sie Verständnis und diskutierte nicht lange.

»Aber wenn ich den Wagen hier stehen lasse, darf ich schon rein, oder?«

»Natürlich, Signora.«

Im Innenhof des alten Landhauses stand quer ein nagelneuer Lamborghini Aventador, leuchtend orange wie eine überreife Mandarine im Abendrot. Ein gedrungener, kantiger Albtraum mit siebenhundert PS, den sein Hersteller selbst mit dem Adjektiv »erbarmungslos« bewarb.

Valérie war nirgendwo zu sehen.

Auf dem gemieteten Lamborghini räkelte sich eine junge Frau in einem schulterfreien Brautkleid und ließ sich von zwei jungen Männern fotografieren und filmen. In Italien wird geheiratet, was das Zeug hält. Ein ganzer Industriezweig hat sich auf die Ausstattung von Hochzeiten verlegt. Und ohne pompöse Foto- und Videodokumentation mit tüchtig Photoshop obendrauf geht gar nichts. Dazu werden Braut und Bräutigam an malerische Kulissen gekarrt, müssen stundenlang posieren, den Strand auf- und abschreiten, sich in die Augen schauen, sich küssen und dann wieder den Strand abschreiten. Sportwagen oder fette Motorräder im Bild sind Standard, und Hochzeitsfotograf ist ein krisenfester Beruf ohne lähmende Ausbildungszeiten.

Der Fotograf umkreiste den Lamborghini wie eine Hyäne ein Rudel Löwen beim Picknick, schwenkte und senkte die Kamera, dass der Poldi schwindelig wurde. Die junge Frau war kein Model, das erkannte die Poldi gleich an der verzweifelten Art und Weise, wie sie die erotischen Posen von Pin-ups in Autokalendern nachahmte. Das Kleid schien in Kaskaden aus ihrem Oberkörper herauszufließen und auf dem orangenen Lack des Lamborghinis zu zerschmelzen wie Mandeleis. Ihre Beine verschwanden ganz in dem Kleid, daher wirkte die Braut wie eine Meerjungfrau, die ein glücklicher Fischer aus dem Golf von Catania gezogen hatte und nun aller Welt präsentierte.

Der glückliche Fischer stand mit seinen Trauzeugen, einigen Kumpels und Verwandten etwas abseits und wirkte verlegen und stolz zugleich.

Dann musste auch er ran, musste sich zu seiner Braut auf die Kühlerhaube setzen und ein cooles Gesicht machen, was ihm glücklicherweise gründlich misslang.

»*Mon dieu!*«

Die Poldi hörte Valéries Stimme aus dem Garten und dann ihr Lachen.

Die Poldi verzog sich hinters Haus, wo sie Valérie unbeschwert mit Russo und Mimì Pastorella plaudernd antraf. Russo trug einen hellblauen Anzug mit einem Blümchen im Knopfloch, gehörte also offensichtlich zur Hochzeitsgesellschaft. Mimì trug trotz der Wärme einen uralten dunklen Dreiteiler, den ein Schneider vor hundert Jahren aus einem kompakten Stoffballen gefräst zu haben schien. Hölderlin hatte sich zu Füßen seines Gebieters eingerollt, kaute an einem kleinen Plastiklöwen herum und zuckte nur hin und wieder nervös mit dem Schwanz. Alles in allem kein Anblick, der meiner Tante Poldi besonders behagte. Sie hätte lieber mit Valérie allein gesprochen. Als die drei sie bemerkten, verstummte das Gespräch.

»Donna Isolde!«, rief Mimì erfreut.

»Poldi! *Mon dieu,* ich habe gerade von dir gesprochen.«

»Um was ging's denn?«

»Mimì und Signor Russo haben sich nach dir erkundigt. Aber was sollte ich sagen – *mon dieu,* ich hab ja seit Tagen nichts von dir gehört.«

»Nun, jetzt bin ich ja wieder da.«

Was Mimì gleich wieder zum Anlass nahm, Poldis Hand zu ergreifen und flüsternd Hölderlin zu zitieren. Der Dobermann zu seinen Füßen spitzte gleich die Ohren.

»So lieb wie Schwabens Mägdelein / Gibts keine weit und breit, / Die Engel in dem Himmel freun / Sich ihrer Herzlichkeit.«

Was die Poldi, samt dem Handkuss, den Mimì noch draufsetzte, wiederum unkommentiert so stehen ließ. Sie wandte sich an Russo.

»Wer heiratet denn da?«

»Meine älteste Tochter.«

»Oh!« Da hatte meine Tante Poldi Russo doch tatsächlich für jünger geschätzt, als er war. »Ich meine, wie wunderbar. Sie sind bestimmt sehr stolz.«

Russo lächelte unverbindlich.

»Der Typ ist ein Idiot. Ein Zahnarzt aus Florenz. Und wie alle Toscani hasst er uns Sizilianer. Aber was soll's, Stella liebt ihn.«

»Heute Abend wird groß gefeiert«, erklärte Valérie, zur Poldi gewandt. »Willst du mitkommen?«

Die Poldi sah, wie Russo sich auf seinem Stuhl versteifte.

»Nein, danke«, wehrte sie ab. »Das ist doch eine Familienangelegenheit.«

Valérie warf Russo einen eindringlichen Blick zu.

»Ganz so familiär wird es gar nicht«, erklärte Russo. »Ich würde mich freuen, wenn Sie es einrichten könnten, Signora Poldi. Sie sind herzlich eingeladen.«

Valérie strahlte die Poldi an.

»Bitte komm mit!«

»Es wäre auch eine gute Gelegenheit, unsere unerfreulichen ersten Begegnungen ein für alle Mal zu vergessen«, legte Russo noch nach.

»Dann komme ich gerne«, erklärte die Poldi huldvoll.

Russo erhielt einen Wink von dem Fotografen, dass man fertig sei, und verabschiedete sich mit freundschaftlichen Küsschen von Valérie.

Die Poldi erwartete, dass auch Mimì sich empfehlen würde, aber das schien ihm gar nicht in den Sinn zu kommen.

Ohne die Sache mit dem Anruf zu klären, mochte die

Poldi allerdings nicht wieder gehen. Und wie immer ging sie die Sache so subtil wie möglich an.

»Sag mal, Valérie, wo warst *du* eigentlich an dem Abend, bevor Valentino starb?«

Mimì tätschelte Hölderlin geistesabwesend.

Valérie zuckte nicht einmal. Sie seufzte nur kurz auf.

»*Mon dieu*, Poldi, was soll das? Ich habe es dem *Commissario* gestern schon gesagt: Ich habe nicht mit Valentino telefoniert.«

»Das stimmt, Donna Isolde«, mischte sich Mimì jetzt doch ein. »Ich war den ganzen Nachmittag hier.«

»Es war der Tag nach dem Abendessen bei Mimì«, fügte Valérie hinzu. »Ich wollte dich noch einladen dazuzukommen, hab dich aber nicht erreicht.«

»Ja, da war ich nicht ganz auf der Höhe«, murmelte die Poldi in Erinnerung an ihren Absturz nach dem grauenhaften Hölderlin-Abend. »Wer war denn sonst noch hier?«

»Russo hat kurz vorbeigeschaut mit Patanè im Schlepptau, um mir ein Angebot zu machen.«

»Was für ein Angebot?«

Valérie wechselte einen kurzen Blick mit Mimì.

»Für das Haus und das Grundstück natürlich wieder mal. Russo hat mir eine Million geboten.«

»Ja, da schau an.«

Valérie lachte und machte eine wegwerfende Handbewegung. »Und wenn er mir zehn Millionen bietet. Aber die beiden sind früh wieder abgezogen. Auch das habe ich dem *Commissario* alles schon erzählt. *Mon dieu*, glaubst du im Ernst, *ich* habe Valentino umgebracht?«

»Was weiß ich, vielleicht warst du eifersüchtig auf Tannenberger.«

»Wer ist jetzt das? Und wieso überhaupt eifersüchtig?«

»Oder Valentino wollte dir deinen Torlöwen zurückverkaufen, aber du wollest nichts bezahlen.«

»Aha. Und natürlich hab ich meine Lupara mitgenommen, ihn kaltblütig abgeknallt und dann zum Strand geschafft. Allein. Wegen einer Steinfigur. *Mon dieu!*«

Mimì sagte nichts mehr. Er tätschelte nur weiter seinen Dobermann und beobachtete die Poldi in ihrer Ratlosigkeit wie einen putzigen nassen Köter am Straßenrand, dem man nicht helfen kann. Oder will.

Von Montana wusste die Poldi, dass es nur ein kurzes Telefonat gewesen war, kaum zwei Minuten. Die Poldi kannte Valéries Telefon. Ein uralter mobiler Knochen mit großen Tasten, den sie ständig irgendwo im Haus verlegte, mit einem asthmatischen Akku, der keine drei Minuten mehr durchhielt. Was Valérie nicht störte, da sie ohnehin meist mit ihrem Handy telefonierte.

Gut möglich also, dass irgendjemand im Haus unbemerkt mit Valentino gesprochen hatte, zumal die Türen meist offen standen.

»Trotzdem«, erläuterte sie mir einige Wochen später ihre Gedankengänge, »hab i mich g'fragt: Warum sollte jemand Valéries Telefon benutzen? Erklärung A: weil sie oder er nicht mit seinem Handy telefonieren wollte, weil sie oder er nämlich schon vorhatte, den Valentino umzubringen. Erklärung B: weil sie oder er gar kein Handy besitzt. Kommst mit?«

»Messerscharf«, sagte ich. »Also fiel Valérie ja schon mal weg.«

»Mei! Positive Energien hin oder her – wenn dich des Misstrauen erst einmal am Wickel hat, schüttelst es nicht so leicht ab. Als Ermittler darfst nie ausschließen, dass es da auch noch eine Erklärung C gibt, des ist ja gerade des Vertrackte.«

Meiner Tante Poldi schwante, dass sie die ganze Zeit über tüchtig verschaukelt worden war. Und davon verstand sie aus leidvoller Erfahrung auch etwas. Auf der anderen Seite wollte sie nicht noch eine Freundin verlieren. Sie wollte überhaupt keinen Menschen mehr verlieren, den sie in ihr Herz geschlossen hatte.

»Erinnerst du dich, wo das Telefon an dem Nachmittag lag?«

»Als ich ins Bett ging, lag es jedenfalls auf einer Kommode im Flur. Aber der Akku war wieder leer.«

»Das weißt du noch?«

Valérie zuckte mit den Schultern.

»Er ist doch immer leer.«

Die Poldi dachte nach.

»Nimmst du mich trotzdem noch zur Hochzeitsfeier mit?«

»*Mon dieu,* was redest du denn da?«

»Ich meine, weil ich dich doch gerade verdächtigt habe.«

»Aber das ist doch dein Job.«

»Mein Job?«

»Ich meine, *mon dieu,* du bist jetzt eine Detektivin, Poldi. Du kannst niemanden ausschließen. Das ist zwar hart für deine Freunde, aber du folgst unbeirrbar dem Ruf der Gerechtigkeit. Wie klingt das?«

So hatte es die Poldi bislang noch gar nicht betrachtet.

»Beschissen. Aber ich find's gut.«

Wer bei der Vorstellung einer sizilianischen Hochzeit jetzt versonnen aufseufzt und sich Dolce & Gabbana-Models allen Alters an einer langen Tafel im Olivenhain vorstellt, die bei Pasta und Wein fröhlich Mandoline spielen und singen, während das frisch vermählte Paar eine leidenschaftliche Tarantella hinlegt – der war noch nie auf einer.

Die Poldi allerdings auch nicht, und so traf sie die Wirklichkeit wie der Keulenhieb eines Zyklopen. Eine sizilianische Hochzeit geht nämlich so: zig-hundert Gäste versammeln sich in einer *Sala di ricevimento*, in der Regel irgendeine geflieste Multifunktionsbaracke, auf Plastikstühlen, um stundenlang maßlos zu essen. Zu trinken gibt es dabei eine Flasche Wein pro Tisch, das reicht auch, denn, wie gesagt, der Sizilianer trinkt ja nicht. Er hat es eben mehr so mit dem Essen, und zu essen gibt es stundenlang ohne Pause. Das junge Hochzeitspaar sitzt die ganze Zeit über allein vorne an einem Katzentisch mit Blick auf das ganze Elend, und spätestens um halb zwölf ist Kehraus. Musik? Höchstens vom Band. Tanzen? Von wegen. Rauschende Party? Vergiss es. Eine sizilianische Hochzeit ist etwa so lustig wie Nachsitzen. Es geht eben nur darum, sämtliche Verwandten und vor allem die Geschäftsfreunde der Brauteltern zu beeindrucken, indem man sie bis zum Anschlag mit Essen abfüllt. Erst wenn sie nicht mehr »Puh« sagen können, ist die Mission erfüllt. Auch hier gilt wieder das *Bella-figura*-Prinzip. Bloß nicht so aussehen, als ob man klamm wäre, als ob die Geschäfte schlecht liefen, als ob die Zukunft etwas anderes als rosig wäre, auch wenn die allgemeine Wirtschaftslage eigentlich dagegen spricht. Gradmesser für den Wohlstand der Brauteltern sind dabei die *Bomboniere*, die das Hochzeitspaar an jeden Gast verschenkt. Kleine Porzellan-,

Glas- oder sogar Silberdöschen, die von einer eigenen Industrie in allen Preisklassen angeboten werden, gefüllt mit weiß-glasierten Mandeln, den traditionellen Glücksbringern bei italienischen Hochzeiten. Nüchtern und protestantisch betrachtet natürlich schlimmster, überflüssigster Kitsch, zu nichts zu gebrauchen und zumeist scheußlich. Aber man muss orientalisch denken, denn die *Bomboniera* ist wie die Braut eine Süßigkeit in prachtvollem Gewand. Genau darum geht es – etwas vollkommen Nutzloses, je nach Betrachtungsweise Kitschiges, aber dennoch Süßes und Kostbares mit allen Gästen zu teilen. Die Liebe.

Das verstand die Poldi natürlich, dennoch änderte es nichts an ihrer gedrückten Stimmung an diesem Abend, während sie ihre edle silberne *Bomboniera* auf- und zuklappte und Russo beobachtete, der aufgeräumt irgendwelche Wichtigtuer knuffte, scherzte, Küsschen verteilte, Komplimente abwehrte und gleichzeitig die gesamte Hochzeitsgesellschaft von annähernd dreihundert Gästen im Blick behielt.

Hin und wieder kreuzten sich ihr Blicke mit dem des Brautvaters, und die Poldi verstand, dass Russo sie die ganze Zeit über beobachtete. Beziehungsweise Valérie neben ihr, die mit Mimì und Carmela über irgendwelche Familienangelegenheiten plauderte.

Für die Feier hatte Russo die Hallen der stillgelegten Mineralwasserfabrik in Torre Archirafi herrichten lassen und mit Bäumen aus seiner Gärtnerei in einen künstlichen Olivenhain verwandelt. Das hätte ganz stimmungsvoll werden können, wenn die Olivenbäume nicht in schwarzen Maurerkübeln gestanden hätten, wenn nicht wieder nur Plastikmobiliar zum Einsatz gekommen wäre oder wenn man zumindest auf das Neonlicht verzichtet hätte. Kein Wunder, dass die Poldi wieder von Erinnerungen und von der Schwermut gebeutelt wurde. Und zwar so arg, dass sie dann doch das ein oder andere Gläschen Wein mehr trank.

»Mei, i hab halt an die Hochzeit mit deinem Onkel Peppe denken müssen«, sagte meine Tante Poldi, als ich im September wieder mit ihr zusammensaß. »Da haben wir die Familie gar nicht erst eingeladen. Nur die besten hundert Freunde, und g'feiert haben wir in der Großmarkthalle am Stand vom Giovanni, dem Spezi vom Peppe. Des war Anfang der Achtziger, und des wird dir jetzt fei nichts sagen, aber damals haben wir Prince gehört und Police, und logisch waren der Prince und der Sting auch da. Die Spider Murphy Gang hat aufg'spielt, *Skandal im Sperrbezirk*, weißt schon, aber auch *Roxanne* und *Purple Rain*. Und g'soffen haben's alle und gekifft und g'lacht und g'sungen und getanzt, und auf dem Klo haben's gebumst, weißt, bis zum nächsten Mittag durch. Und am nächsten Abend haben wir dann wieder weitergemacht. So geht eine richtige Hochzeit, merk dir des. Des ist einfach eine Frage des Respekts gegenüber der Liebe.«

Aber zurück zur Hochzeit, wo nun der zweite Hauptgang serviert wurde. *Sarde a beccafico*, Sardinenröllchen aus dem Ofen, gefüllt mit einer Paste aus Semmelbröseln, Olivenöl, *Pecorino*, Petersilie und Pinienkernen. Sie sind köstlich, sehen klein und harmlos aus, aber nach dem dritten platzt man eigentlich. Dennoch schaufelten sich die Gäste munter Berge von Röllchen auf ihre Teller. Die Stimmung konnte nicht besser sein.

Außer bei Patanè. Der saß schlecht gelaunt mit einer

ebenso schlecht gelaunt wirkenden Frau an einem der hinteren Tische, also nicht gerade in der Poleposition der Rangordnung. Die Poldi sah, dass er immer wieder Anläufe unternahm, Russos Aufmerksamkeit zu gewinnen, die der Gastgeber aber hartnäckig ignorierte.

Die Poldi stocherte nur noch appetitlos in ihrem Essen, schenkte sich Wein nach, um Mimìs Erläuterungen zu Hölderlin besser an sich abperlen zu lassen, und gab sich düsteren Theorien über die Verbindung zwischen Russo, Valérie und Patanè hin. Um ihre Gedanken zu ordnen, nestelte sie in ihrer Handtasche nach einem Kuli. Für einen Moment war sie irritiert, die Tasche auf der linken statt der rechten Seite ihres Stuhls vorzufinden, aber sie hatte ja auch schon wieder ein paar Gläschen intus. Sie schnappte sich eine Serviette und machte eine aktuelle Liste sämtlicher verdächtiger Personen.

RUSSO
PATANÈ
TANNENBERGER
VALÉRIE
~~HÖLDERLIN~~ MIMÌ
TURI

»Du musst Listen machen im Leben«, riet mir meine Tante Poldi einige Wochen später. »Listen sind magisch. Denn sie entwickeln ein Eigenleben. Hast erst damit ang'fangen, wollen sie weitergeführt werden, immer weiter. Zwischendurch hakst ab, streichst durch, aber fertig bist fei nie. Eine Liste ist nie vollständig, merk dir des, eines kommt zum anderen, und – hoppala – stehen da Dinge, an die hast zuvor noch gar nicht gedacht. Und alles nur, weil du einmal ang'fangen hast mit Aufschreiben. Weil, des, pass auf, ist außerdem des Geheimnis des Schreibens: anfangen und aufschreiben. Allein, weil es da plötzlich Blau auf Weiß auf einem Blattl Papier steht oder einer Serviette, entfaltet des geschriebene Wort einen regelrechten Sog. Listen, musst wissen, sind die Mechaniker des Unterbewusstseins. Namenslisten zum Beispiel. Ein Name allein macht noch keine Liste, eh klar. Zwei Namen auch nicht. Drei Namen – zu wenig. Vier Namen passt schon, wirkt aber unentschlossen. Erst mit dem fünften Namen oder am besten mit dem sechsten Namen kannst es Liste nennen. Wobei, zu lang darf eine Liste auch nicht sein, sonst löst sie sich auf wie Heizungswärme an einem offenen Fenster im Januar, merk dir des.«

Die Poldi starrte auf die sechs Namen, die ihr da auf der Serviette entgegentraten wie bei einer Gegenüberstellung durch einen venezianischen Spiegel. Tannenberger konnte sie gleich wieder streichen, aber die anderen fünf kamen immerhin für das Telefonat mit Valentino infrage. Und alle waren sie an diesem Abend hier. Die Poldi entdeckte sogar den alten Turi an einem der hinteren Tische. Er trug einen uralten, viel zu großen Anzug und verdrückte konzentriert ein Sardinenröllchen nach dem anderen. Die Poldi wollte gerade aufstehen, um ihm etwas Gesellschaft zu leisten, als Valérie sie anstupste und auf die Liste deutete.

»Du glaubst mir nicht, nicht wahr? Du denkst immer noch, dass ich was mit Valentinos Tod zu tun habe.«

»Seltsam ist es schon, musst du zugeben, dass der letzte Anruf, den Valentino bekommen hat, ausgerechnet von deinem Anschluss geführt wurde.«

Die Poldi wollte sich wieder nachschenken, doch Valérie entzog ihr die Flasche und tippte auf die Serviette.

»Glaubst du wirklich, einer von uns ist Valentinos Mörder?«

Die Poldi zerknüllte die Serviette und stopfte sie in ihre Tasche.

»Hast du was mit Russo?«

»Was?«, rief Valérie perplex. »*Mon dieu,* wie kommst du denn darauf?«

»Na, wie er dich immer anschaut. Und heute Morgen die Küsschen. Und wie vertraut ihr da beisammengesessen seid. Ein konfliktgeladenes Verhältnis sieht für mich irgendwie anders aus.«

Die Poldi griff blitzschnell nach der fast leeren Flasche, füllte ihr Glas auf und kippte den Wein auf ex.

Valérie starrte sie an. Und schnappte sich dann ihre Handtasche.

»Ich fahr nach Hause, ich hab Kopfschmerzen. Viel Spaß noch.«

Ungewohnt brüsk erhob sie sich von ihrem Platz.

»Valérie!«

Aber nichts zu machen. Ohne sich von irgendwem zu verabschieden, verließ Valérie den Festsaal. Die Poldi überlegte, ob sie ihr hinterherlaufen und sich entschuldigen sollte. Aber irgendwie fühlte sie sich auf einmal schwer und alt. Ihr war heiß und ein bisschen schummrig. Wie viele Gläser hatte sie gehabt? Nicht mitgezählt. Wobei, so viele konnten es bei der miserablen Nachschenksituation auch nicht gewesen sein.

»Lecktsmialleamarsch«, murmelte die Poldi und scannte die Nachbartische nach einer vollen Weinflasche ab.

Dabei sah sie, dass es Patanè nun doch gelungen war, Russo anzusprechen. Seinen Gesten nach beteuerte er für irgendetwas seine Unschuld. Russo wirkte genervt und erwiderte etwas. Kurz darauf verzogen sich die beiden nach draußen. Klare Sache, dass die Poldi dem nachgehen musste, schließlich war sie nicht zum Vergnügen hier. Etwas wackelig auf den Beinen erhob sie sich von ihrem Platz und folgte den beiden.

Es dunkelte bereits, als die Poldi ins Freie trat, leicht benommen von Wein und Schwermut. Um den leichten Schwindel abzuschütteln, atmete sie erst einmal durch. Der Abend summte ihr eine Serenade aus Gelächter, Rufen und Mopedgeknatter zu, er roch nach Diesel, Rauch und Meer und ließ marode Hausfassaden im Licht der Natriumlampen malerisch erglühen. Ein schöner Abend, perfekt, um ein neues Leben zu beginnen. Oder ein altes zu beenden. Russo und Patanè waren nirgendwo zu sehen.

Unauffällig und total professionell stromerte die Poldi um die Halle herum und entdeckte Russo und Patanè schließlich etwas abseits an einer schlecht beleuchteten Stelle zwischen parkenden Autos. Sie gestikulierten heftig, schienen zu streiten. Vorsichtig, leicht geduckt, soweit es das Knie erlaubte, pirschte sich meine Tante Poldi näher heran bis hinter einen SUV, der sie besser verdeckte als der Cinquecento daneben. Obwohl sie die Stimmen der beiden Männer aus dieser Position deutlich hören konnte, verstand sie kein Wort, denn Russo und Patanè stritten sich auf Sizilianisch. Und das, muss man wissen, hat mit Italienisch etwa so viel zu tun wie Schwyzerdütsch mit Friesisch. Überhaupt sind die Kluften zwischen den Dialekten Italiens weit größer als in Deutschland. Dabei ist Sizilianisch mehr als ein Dialekt.

Ein gutturales, fast arabisch klingendes Gemisch, das phonetische Erbe all jener Völker, die die Insel je besetzt haben.

Wie auch immer: Die Poldi verstand kein Wort. Eindeutig dagegen die Körpersprache der beiden Männer. Russo war stinksauer auf Patanè, der sich wütend zu rechtfertigen schien. Russo packte Patané am Kragen und fauchte ihn an. Die Poldi verstand zwar nur »Afanculutischpackolafatscha!«, aber sie ahnte schon, dass es sich dabei um eine Verwünschung oder die Androhung von Gewalt handeln musste. Und richtig – als Patanè sich aus dem Griff befreien wollte, stieß Russo ihn hart zurück und schlug ihm mit der Faust ins Gesicht. Instinktiv duckte sich die Poldi tiefer hinter den Wagen, daher sah sie auch nicht, ob Patanè den Schlag erwiderte. Sie hörte nur noch das Keuchen der beiden, einen unterdrückten Fluch und kurz darauf eilige Schritte hinter dem SUV.

Etwas flog neben ihr zu Boden. Eine große weiß-rote Flocke. Lag da auf einmal vor ihr und rührte sich nicht mehr, schmolz nicht, wuchs nicht, lag da einfach nur herum. Die Poldi starrte die Flocke ratlos an, versuchte, sich einen Reim darauf zu machen, was dieses Ding wohl sein möge. Und dann des Rätsels Lösung: ein blutiges Taschentuch. Kein Zweifel. Blutiges Taschentuch. Klar, dass sich die Poldi so einen Träger von DNA nicht durch die Lappen gehen lassen konnte. Sie fummelte ein kleines Zippertütchen aus ihrer Handtasche, von denen sie seit Valentinos Tod immer ein paar mit sich führte, um das Taschentuch zu sichern. Blöderweise war es so weit weg. Kilometerweit. Am anderen Ende der Welt. Die Poldi wollte aufstehen, kam aber irgendwie nicht mehr hoch. Einfach keine Kraft mehr. Machte aber auch nichts. Not macht erfinderisch. Also einfach auf allen vieren zu dem Taschentuch hinkriechen, einen Ozean aus Dunkelheit und Schwindel durchschwimmen und das blutgetränkte Viskoseknäuel endlich packen und eintüten. Geschafft, fertig, durchatmen.

Die Poldi keuchte, gepackt vom Schwindel, und übergab sich. Sie verfluchte Russos miesen Wein, wollte sich aufrichten, wollte es wirklich. Schaffte es aber nicht, denn die Welt hatte beschlossen, sich zu drehen, immer schneller. Von irgendwo hörte die Poldi eine Stimme und sah Schuhe vor sich. Schöne, geputzte schwarze Herrenschuhe. Und das war dann auch das Letzte, was sie sah. Schwarz.

Kulturhistorisches Intermezzo

Als der Herrgott die Welt und alles erschaffen hatte, blieb ihm von jedem Kontinent noch ein kleines feines Batzerl übrig. Des knetete und knetete er, zufrieden mit sich und seinem Werk, gedankenlos zusammen, klatschte es dann schwungvoll auf seine neue Welt und erschuf – patsch! *– Sizilien.*

Ei, da schlurften hastig die Engel heran.

»Weia«, raunten sie und raschelten unbehaglich mit ihren Flügeln. »Mei, da hast ja was Schönes ang'richtet, o Herr! Ein Paradies hast g'schaffen! Von allen Kontinenten nur des Beste!«

»Ja, und?«, fragte der Herr stolz. »Ist doch wunderbar!«

»Mei«, raunten die Engel, »aber die anderen Erdteile werden halt neidisch sein. Einen Streit wird's geben, ein Mordstrara. Kein guter Anfang.«

Und der Herr verstand.

»Oje. Was soll i jetzt nachert tun?«

»Es braucht halt einen Ausgleich«, raunten die Engel.

Ja, und so erschuf der Herrgott halt die Sizilianer.

Beliebter sizilianischer Witz,
nacherzählt von meiner Tante Poldi

11. Kapitel

Mühsam richtete sich die Poldi auf und sah den Tod vor sich stehen. Er wirkte ein wenig ratlos und verlegen.

»Sodala«, sagte die Poldi gefasst. »Ist es also nun so weit.«

Der Tod setzte seine Lesebrille auf und warf einen Blick auf das Klemmbrett mit seiner Liste.

»Moment, nicht so eilig. Du stehst nicht auf der Liste für heute. Da muss …«, er räusperte sich nervös, »etwas schiefgelaufen sein.«

»Des kannst fei sagen«, grantelte die Poldi und richtete sich ihr Kleid. »I hätt mir meinen Abgang auch würdevoller vorg'stellt. Gell, schau dir mein Kleid an, weißt du, was des gekostet hat? Aber mei, machen wir halt des Beste draus.«

»Nicht auf der Liste«, wiederholte der Tod kleinlaut. »Tut mir leid.«

»Verdammte scheißklumpverreckte Dreckschlamperei!«, polterte die Poldi los. »I scheiß auf die Liste. I bin tot, und damit *basta*!«

»Nein, bist du nicht, Poldi.«

»Ja, und wo bin i dann, bittschön? Was ist des hier?«

Der Tod hustete verlegen.

»Äh … Nahtoderfahrung?«

»Machst du dich etwa über mich lustig, Bürscherl?«

Die Poldi packte den Tod am Schlafittchen und beutelte ihn ein wenig. Er war ganz leicht. Ziemlich windiger Geselle.

»Lass mich los!«, jammerte der Tod und wedelte mit seinem Klemmbrett.

Die Poldi ließ den Tod wieder los.

»Hör mal, Poldi, so läuft das nicht. Die K.-o.-Tropfen in deinem Wein sollten dich auch gar nicht killen.«

Die Poldi verstand.

»Schöne Sauerei.«

»Kann man wohl sagen«, gab der Tod zu.

Sein Bedauern wirkte grundehrlich.

»Tut mir echt leid. Tja ... man sieht sich.«

Er wandte sich ab.

»Wart halt!«, pfiff die Poldi ihn zurück.

Sie sah, dass der Tod irgendwie erschöpft wirkte. Aber auch kein Wunder. Seit Anbeginn aller Zeit nonstop im Einsatz, da steht der Burn-out irgendwann vor der Tür.

»Was denn noch?«

»Wann ... *bin* i denn dran? Also, i mein, nur so aus Interesse.«

»Willst du das wirklich wissen?«

»Mei! Wo wir gerade schon so nett miteinander ratschen.«

Der Tod zögerte.

»Weil du's bist, Poldi«, seufzte er schließlich, nahm sich wieder sein Klemmbrett vor und blätterte in seinen Unterlagen.

Blatt für Blatt.

Und dann ...

»Ah, da haben wir dich ja! Ganz offiziell, beglaubigt, gestempelt und abgezeichnet! Dein Todesdatum ist der ...«

Ja, und dann wachte die Poldi leider auf.

Im Nachhinein ist schwer zu sagen, wer meiner Tante Poldi die K.-o.-Tropfen ins Glas geträufelt hatte.

Ächzend, fluchend und mit einem Mörderbrummschädel kam die Poldi auf dem Boden neben dem SUV wieder zu sich. Ein wenig schwindelig war ihr auch immer noch, sie hatte Durst, einen metallischen Geschmack im Mund, und die Schleier des Vergessens hoben sich nur langsam. Aber sie lebte. Nun gut, ein bisschen ärgerlich war sie schon, dass sie ihr endgültiges Verfallsdatum nicht mehr erfahren hatte, aber im Augenblick gab es wichtigere Fragen. Zum Beispiel, was eigentlich passiert war.

Stöhnend erhob sie sich wie Polyphem, nachdem er von Odysseus geblendet worden war, atmete einige Male tief durch, bis das Hämmern in ihrem Kopf etwas nachließ, und sah sich um. Es war immer noch Nacht. Die Poldi erkannte das Gebäude der alten Mineralwasserfabrik, das aber nicht mehr beleuchtet war. Alles dunkel, kein Mensch mehr zu sehen, die Party war vorbei.

Und niemand hat dich vermisst oder gar nach dir gesucht, dachte die Poldi bitter. Sie sah auf die Uhr. Kurz nach halb vier. Wie lange hatte sie dort auf dem Boden gelegen? Keine Ahnung. Sie verstand nur, dass sie hier einfach hätte sterben können, ohne dass es irgendjemand geschert hätte. Verdammte Schweinerei.

Immer noch ziemlich wackelig auf den Beinen richtete die Poldi ihr Kleid, schnappte sich ihre Handtasche vom Boden und sah hinauf in den Nachthimmel. Da zwinkerten ihr die Sterne zu, und der Mond machte noch einen kleinen koketten Hüpfer für sie, bevor er hinter dem Horizont unterging.

»*Namaste*, Leben«, sagte die Poldi leise, irgendwie dann doch froh, heute noch nicht auf der Liste gestanden zu haben, und trat den Heimweg an.

Schön vorsichtig, Schritt für Schritt, eine Mordswut im Bauch und kreuzelend tapste sie am *Lungomare* entlang nach Hause, tastete sich an Hauswänden entlang und kam sich vor wie an einem fremden Ort. Sie begegnete keinem Menschen, in den Häusern brannte kein Licht, das Meer klatschte schwarz und träge gegen die Felsen. Der ganze Ort schien schuldbewusst wegzusehen, flackerte nur nervös mit den Straßenlaternen und tat so, als schliefe er.

»Lecktsmialleamarsch«, murmelte die Poldi.

Vor der Via Baronessa 29 angekommen, nestelte die Poldi in der Handtasche nach ihrem Schlüssel. Dabei fiel ihr der Zipperbeutel mit dem blutigen Taschentuch in die Hand. Die Poldi betrachtete die kleine Plastiktüte einen Augenblick und versuchte, sich einen Reim darauf zu machen, wo sie die herhatte. Kam aber nicht darauf. Ihren Hausschlüssel fand sie auch nicht. Auch nicht, als sie die Tasche vor der Tür auf dem Boden ausleerte. Der Schlüssel war weg.

Erst in diesem Moment hörte die Poldi die Geräusche. Eindeutig andere Geräusche als die in ihrem Kopf. Kurze rhythmische Schläge, gar nicht laut, aber auch nicht allzu fern, ein Kratzen und Scharren. *Plick, plick, plick* – rieselten sie von oben auf meine Tante herab wie bröseliger Putz, vermischt mit dem Schlurfen von Schritten und leisem Keuchen. Kein Zweifel, die Geräusche kamen von ihrer Dachterrasse.

Die Poldi überlegte, was sie tun sollte. Um Hilfe schreien, bis die ganze Gasse wach war? Sich wegschleichen und die Polizei rufen? Nein. Denn schließlich hatte sie immer noch diese Mordswut im Bauch, und außerdem wusste sie aus verlässlicher Quelle, dass sie heute noch nicht fällig war. Und wer immer da oben mit *ihrem* Schlüssel in *ihr* Haus eingedrungen war, dem würde sie nun gehörig den Marsch blasen.

Vorsichtig rüttelte sie an ihrer Haustür. Verschlossen. Aber das machte nichts, denn die Poldi, die öfter mal ihren Schlüssel verlegte, hatte Vorsorge getroffen und einen Ersatzschlüssel hinter ihren Briefkasten geklebt. Möglichst geräuschlos ruckelte sie den kleinen Metallkasten aus der Halterung, löste den Ersatzschlüssel ab und schloss leise die Tür auf.

Ohne Licht zu machen, tastete sie sich auf Zehenspitzen ins Wohnzimmer vor. Bis zur Wand mit den historischen Flinten und Büchsen ihres Vaters, die Montana bereits misstrauisch bewundert hatte. Die Poldi griff sich eine Bayerische Infanteriemuskete aus dem achtzehnten Jahrhundert. Abfeuern konnte man den Schießprügel längst nicht mehr, da der Lauf zugeschweißt und an der Mündung mit einem Stahlstift verschlossen worden war. Aber es gab ja noch das Bajonett.

Trotz der Dunkelheit, trotz ihrer Kopfschmerzen und trotz der Übelkeit gelang es der Poldi, das Bajonett auf den Lauf aufzupflanzen. Die Flinte lag jetzt schwer in der Hand, schien aus einem langen Traum zu erwachen und raunte der Poldi hässliche Dinge zu, die sie gerne einmal wieder tun würde.

Die Poldi hatte allerdings nicht vor, der Muskete irgendwelche hässlichen Mätzchen zu gestatten, sie wollte bloß ein wenig Eindruck schinden. Also schlich sie, den Vorderlader im Anschlag und immer noch eine Mordswut im Bauch, ganz Wittelsbacher Musketier, Stufe für Stufe zum Dach hinauf, von wo immer noch die kleinen Schläge zu ihr herunterperlten. *Plick, plick, plick.* Die Poldi ahnte inzwischen, was da oben los war. Es galt, den Überraschungseffekt zu nutzen. Daher hielt sie auf der letzten Treppenstufe noch einmal inne, atmete durch, zählte bis drei und stürmte dann mit Gebrüll aufs Dach.

»HÄNDEHOCHODERICHSCHIESSEKEINEBEWEGUNGAUFDENBODENABERZACKWIRDSBALD!«

Das Ganze natürlich auf Deutsch, um die Wirkung noch zu steigern.

Die Gestalt, die mit einem kleinen Meißel an dem festzementierten Torlöwen herummachte, schrie erschrocken auf und wirbelte herum. Der Mann trug schwarze Kleidung, Handschuhe und eine Kopfmaske, wie sie Motorradfahrer unter dem Helm tragen.

Die Poldi packte die Flinte fester und zielte mit dem Bajonett auf den Einbrecher.

»Keine Bewegung! Auf die Knie, oder i spieß dich auf!«

Auch wieder auf Deutsch, respektive Bairisch, denn in der Aufregung ging der Poldi das Italienische nicht mehr ganz so flüssig über die Lippen, und sie fand, dass Stammeln in ihrer Lage möglicherweise kontraproduktiv wäre.

Doch zur Sicherheit wiederholte die Poldi alles noch mal auf Italienisch.

»Auf die Knie, sag ich! Hände über den Kopf! Na los!«

Der Einbrecher ließ den Meißel fallen und hob die Hände. Dabei bemerkte die Poldi, dass ein Finger etwas schlapp herabhing. Was einem kriminalistischen Superhirn wie meiner Tante Poldi eben so auffällt in Bruchteilen von Sekunden. Aber ehe die Poldi noch etwas sagen konnte, wandte er sich um und kletterte über die Terrassenbrüstung. Vielmehr wälzte er sich über die kleine Mauer, denn er schien nicht der Sportlichste zu sein.

»Stehen bleiben, oder ich schieße!«, brüllte die Poldi aus Leibeskräften.

Aber da ließ sich der Einbrecher auch schon auf die benachbarte Terrasse herabplumpsen. Die Poldi hörte einen unterdrückten Schrei. Als sie sich über die Terrassenmauer beugte, sah sie, wie der Einbrecher sich ächzend aufrappelte, über die Nachbarterrasse humpelte und versuchte, auf der anderen Seite an einer Rankpflanze an der Mauer hinabzuklettern.

»Ich schieße!«, brüllte die Poldi. »Bei drei schieße ich. Eins. Zwei. Drei. ... Peng! ... Peng, peng, peng!«

»Hast du wirklich ›Peng‹ gerufen?«, fragte ich die Poldi fassungslos, als sie es mir bei meinem nächsten Aufenthalt in allen Details ausmalte, an die sie sich noch erinnern konnte.

»Freilich! Mei, was sollt' i denn machen? In diesem Moment war i praktisch eins mit der Waffe, verstehst? Da sind die niedersten Reflexe bei mir angesprungen, zu denen der Mensch fähig ist. Großhirn auf Stand-by, nur noch reinstes Rückenmark, wenn du verstehst. Weil, wie hat der Tschechow g'sagt? Wenn ein Gewehr im ersten Akt auftaucht, nachert muss es spätestens im vierten Akt auch schießen. Merk dir des, des war ein Rat an einen jungen Schriftsteller. Ist doch eh klar, die Waffe will schießen. Und des hat sie dann auch. Ein Segen, dass die alte Flinten nicht g'laden war, sonst hätt' i den Kerl nachert kaltblütig übern Haufen g'schossen. Weil, in dem Moment ist da bei mir was angesprungen, innerlich, mein i. Etwas Uraltes. Nämlich der ...«

»Jagdinstinkt. Schon klar.«

»Pfeilgrad. Und da brauchst jetzt nachert gar nicht mit den Augen rollen. Des war eine Grenzerfahrung. Davon versteh i was.«

Ich nickte. Immer das Beste in solchen Situationen mit der Poldi.

»Entwischt ist er dir dennoch.«

»Ja, für den Moment, *Professore Turbofurbo*. Nur für den Moment. Die Wahrheit ist, dass i ihn längst am Wickel hatte.«

Das wollte ich natürlich genauer wissen. Doch meine Tante Poldi gähnte nun und wollte schlafen gehen. Vielleicht war sie auch ein wenig vergrätzt über meine Skepsis, jedenfalls verschob sie die Fortsetzung ihrer nächtlichen Aventure auf den nächsten Abend.

Den ganzen nächsten Tag über arbeitete ich verbissen an meinem Roman weiter. Ich versuchte, ihn als eine Art Waffe zu begreifen, mit der ich nur eins werden musste, damit sie schießen konnte. Leichter gesagt als geschrieben. Mein Roman verhielt sich wie eine Flinte mit zugeschweißtem Lauf. Er wollte ja, er wollte wirklich schießen, wollte Herzen treffen, Nerven zerfetzen, unter die Haut und durch Mark und Bein gehen, das konnte ich spüren. Aber am Ende kam jedes Mal nur ein kraftloses »Peng« heraus. Immerhin baute ich einen Vorderlader ein, mit dem mein Urgroßvater Barnaba, rasend vor Wut, im ersten Kapitel den weißen Esel erschießen will, der ihn ja kurz zuvor getreten hatte. Barnaba schwört, dass er den weißen Esel noch aus den tiefsten Tiefen der Hölle verfolgen wollte. Immer noch hinkend stöbert er ihn in der Macchia von Acireale auf und legt auf ihn an, während der Esel ihn treuherzig und ahnungslos anpliert. Und dann die Wandlung! Barnaba hadert und hadert, legt an und hadert wieder und bringt es am Ende nicht übers Herz. Er bricht zusammen und bittet den Esel um Vergebung. Eine sehr emotionale, aufwühlende Szene zwischen Mensch und Kreatur, mit einem, wie ich in dem Schreibworkshop damals gelernt hatte, kraftvollen *Payoff*. Denn als Barnaba die Waffe gerade weinend in den Krater des Ätna werfen will wie Frodo den Ring, erkennt er, dass auf dem Lauf etwas eingraviert ist. Zu entziffern ist aber nur noch der Name einer Stadt: M. ü. n. c. h. e. n.

Insofern hat da die Waffe auch noch mal geschossen, danke, Tschechow! Ich ahnte zwar, dass ich den ganzen Schrott am nächsten Tag wieder löschen würde, aber erst mal ließ ich mich am Abend, erschöpft von meinem fragilen Tagwerk, aufs Sofa fallen, wo die Poldi bereits gemütlich an einem Gin Tonic nippte. »Wo war ich stehen geblieben?«

»Bei ›Peng‹.«

»Ah ja. Genau.«

Sie schien nachzudenken. Ich wollte ihr gerade auf die Sprünge helfen, als sie wieder begann.

»Inzwischen hatte der Radau natürlich den halben Ort geweckt. Aber da war der Einbrecher längst über alle Berge.«

Sie hielt wieder inne.

»Und dann?«

»Mei, dann hab i Montana angerufen.«

Montana hielt die Muskete in der Hand und strich mit dem Daumen prüfend über die Klinge des Bajonetts.

»Damit hättest du ihn umbringen können, Poldi.«

»Was soll das jetzt werden, ein Vorwurf? Ich musste mich doch verteidigen!«

Draußen dämmerte es bereits, der neue Tag sickerte in den Ort, fegte die Schatten in den Gassen zusammen und ritzte Konturen, Kanten und neue Fragen in die Welt. Von der Dachterrasse aus konnte man im Osten schon die Horizontlinie erkennen, hinter der sich gleich die Sonne aus dem Meer wölben würde wie eine goldene Blase aus großer Tiefe. Unten in der Via Baronessa flatterten Stimmen auf wie erschreckte Tauben.

Meine Tante Poldi ahnte schon, dass ganz Torre inzwischen Bescheid wusste. Sie saß in einem Korbstuhl, trank einen Espresso nach dem anderen und sah Montanas Kollegen von der Spurensicherung zu, die mit Pinseln voller Kolophonium an dem Torlöwen herumfuschelten. Der Einbrecher hatte ihm die halben Hinterpfoten und den halben Schwanz abgeschlagen beim Versuch, ihn von der Mauer zu lösen. *Was für ein Elend,* dachte die Poldi voller Mitgefühl für den tapferen Löwen.

In ihrer rechten Armbeuge pappte ein Pflaster, wo der Notarzt eine Blutprobe entnommen hatte. Die Poldi war zum Umfallen müde und sehnte sich nach Schlaf und Vergessen. Und nach einem Bier.

Montana lehnte die Muskete an die Brüstung und setzte sich zu ihr.

»Was ist das Letzte, an das du dich erinnerst?«

Die Poldi seufzte.

»Ich würde mich jetzt gerne hinlegen, Vito. Ich hatte keine besonders gute Nacht, weißt du?«

»Du hast großes Glück gehabt, Poldi. Wenn du dich nicht übergeben hättest, wärst du viel länger weg gewesen.«

»Um nicht zu sagen, ganz weg, meinst du?«

Montana räusperte sich, und die Poldi sah ihm an, dass er wirklich besorgt war. Das gefiel ihr.

»Wir werden sehen, was das Labor dazu sagt.«

»Vielleicht ist es ja das gleiche Zeug, das ihr bei Valentino gefunden habt.«

»Was nichts beweisen würde.«

»Ach, Vito.«

Die Leute von der Spurensicherung packten ein.

Montana erhob sich.

»Der Kollege Rizzoli bleibt heute bei dir, nur für alle Fälle.«

»Kannst *du* nicht bleiben?«

Montana checkte kurz, ob die Kollegen ihn sahen, und ergriff dann Poldis Hand.

»Ich werde inzwischen diesen Schweinhund finden. Wir sehen uns bald.«

Der Poldi war zum Heulen zumute. Wegen ihrem Zustand eh, aber die Sache war auch die: Immer, wenn jemand je »Wir sehen uns bald« zur Poldi gesagt hatte, hatte sie oder er im Grunde gemeint: »Wir sehen uns bald nicht mehr.« Für die Poldi gehörte dieser Satz ebenso in den Schredder wie »Da ist schon viel Schönes dabei« oder »Ich trinke wirklich nur ein Bier heute Abend«. Sie hatte eine ganze Liste mit solchen Schlagzeilen des Selbstbetrugs. »Wir sehen uns bald« rangierte auf Platz vier. Auf Platz eins lag uneinholbar »Ich hab mich von Grund auf geändert«.

Aber sie riss sich zusammen und rang sich sogar ein Lächeln ab. »Schnapp ihn dir, Tiger!«

Die Poldi schlief den ganzen Tag durch und auch die ganze folgende Nacht. Die Tanten lösten sich ab, der *Assistente* La Rosa löste den *Assistente* Rizzoli ab und der dann wieder den *Assistente* La Rosa. Onkel Martino brachte Totti zur Verstärkung mit, der sich vor Poldis Schlafzimmertür legte und von dort nicht mehr fortzubewegen war. Die Poldi bekam von alledem nichts mit und erschien erst am nächsten Tag wieder aus ihrem Schlafzimmer, nach fast dreißig Stunden Schlaf, leidlich erfrischt, geduscht, geschminkt und im weißen Kaftan wie eine auferstandene Heilige.

»Ein Rührei wär jetzt fei recht und eine große Kanne Kaffee.«

Bekam sie. Und danach das ernste Wörtchen.

»Du musst damit aufhören«, erklärte Tante Teresa. »Mit diesen Ermittlungen. Das wird zu gefährlich.«

»Eh klar. I bin ja vielleicht lebensmüde, aber nicht blöd. Und wenn einer mein Leben vor Ablauf der Frist beendet, dann bin des immer noch i und sonst niemand.« Sie atmete durch, als sei alles gesagt, und genoss die Überraschung der Tanten über ihr widerspruchsloses Einlenken. »Gell, und was machen wir jetzt mit dem angebrochenen Sonntag?«

»Wir fahren in den Lido!«, rief Tante Luisa begeistert.

Denn, muss man wissen, vor einigen Jahren hat meine Tante Luisa den Olymp der High Society von Catania erklommen. In Form einer Mitgliedschaft im exklusiven *Lido Galatea*. Eine Art mondäner Beachclub, nur ohne Beach, denn der ganze Lido wurde auf Lavafelsen ins Meer betoniert und ist im Grunde nur eine riesige, bessere Bretterbude.

Ein *Lido* ist in der Regel ein privater Strandabschnitt, wo man Liegen, Sonnenschirme und Kabinen mieten kann.

Meist gehört ein kleines Restaurant oder zumindest ein Kiosk dazu, und natürlich Toiletten und Duschen. Das ist alles meist nicht teuer und allemal bequemer, als auf einem Handtuch im Sand zu liegen. Außerdem bietet ein Lido außer Komfort noch ein deutliches Plus an *Bella figura*. Die meisten Italiener haben daher einen Lieblingslido an ihrem Lieblingsstrand, dem sie durch dick und dünn die Treue halten wie ihrem Fußballverein.

Und das Beste an der Mitgliedschaft war: Man durfte Gäste mitbringen.

Aufgeräumt und allerbester Dinge zeigte Tante Luisa am Eingang ihre Mitgliedskarte vor und sah zufrieden zu, wie der Poldi, Teresa und Caterina jeweils eine Gästekarte ausgehändigt wurde.

Die Poldi sah sich missmutig um. Sie hatte nichts dagegen, sich ein bisschen zu sonnen, die Füße ins Meer zu halten, einen Prosecco in der Hand, und es sich gut gehen zu lassen. Aber nun hegte sie eben auch eine gründliche Abneigung gegen jede Art von Schickeria. Luisa zu Gefallen verkniff sie sich Kommentare über stinkreiche Zyklopen und Nymphen, machte es sich in einer Liege in der prallen Sonne bequem und marinierte sich mit Kokosöl. Wenn schon, denn schon.

Aber niemand kann aus seiner Haut, die Poldi schon gar nicht. Mit zunehmender Sonneneinwirkung kehrten ihre Lebenskräfte zurück, und je verzweifelter sie versuchte, sich an die Ereignisse vor dem Filmriss zu erinnern, desto mehr stieg ihr Schwermutpegel wieder gefährlich an, wie der Ladezustand eines Akkus am Strom. Von ihrer Liege aus sah die Poldi dem entkleideten, eingeölten Treiben zu, nuckelte an einer Orangenlimo und mokierte sich über geschmacklose Designer-Bikinis, Männer in Tangas und lärmende Kinder. Und als Poldis Schwermutspegel den kritischen Schwellenwert überschritten hatte, bemerkte sie Russo unter einem der Sonnenschirme. Denn trotz seiner Exklusivität ist der *Lido Galatea* nicht gerade klein.

Russo schien allein zu sein, telefonierte mit wechselnden Gesprächspartnern und grüßte nebenbei leutselig in alle Richtungen. Ein Anblick, der die Poldi so sehr auf die Palme brachte, dass sich der Vorhang des Vergessens doch ein wenig hob und einen kurzen Blick auf die Bühne ihrer Erinnerung freigab. Die Poldi sah Russo und Patanè vor sich, die sich zwischen den parkenden Autos stritten. Entschlossen, ihren verschütteten Erinnerungen durch ein reinigendes Interview mit Russo auf die Sprünge zu helfen, wuchtete sich die Poldi aus der Liege. Aber auf halbem Weg zu Russo machte sie noch eine weitere Entdeckung. Russo hatte sein Telefonat beendet und grüßte nach links. Der Gegrüßte auf der anderen Liege hob die Hand, man wechselte ein paar freundliche Worte, nickte sich zu. Zwei Männer, die sich gegenseitigen Respekt zollen. Immer ein schöner Anblick. Bloß, dass er die Poldi völlig aus der Bahn warf. Denn der andere Mann war Montana.

Mit einer Frau. Gute zwanzig Jahre jünger, athletischer gebräunter Körper, schwarzer Bikini, Löwenmähne. Die Frau wirkte selbstbewusst und heiter. Wie jemand, der mitten im Leben steht und bereits einige Stürme des Schicksals durchsegelt hatte, leicht zerzaust und mit ein paar Schrammen und Dellen zwar, aber dennoch immer erfolgreich, immer schön. Eine Frau, die bekam, was sie wollte. Womöglich klug noch dazu. Witzig gar. Alles in allem also ein schlimmer Anblick für die Poldi.

Die Frau rekelte sich neben Montana auf einer Liege, zeigte, was sie hatte, lachte herzlich, wenn Montana etwas sagte, und legte ihm dabei die Hand auf die Oberschenkel. Zwischendurch gab es obendrauf noch ein Küsschen, und zwar die Art von Küsschen, die jede Hoffnung zerstäubten, dass die Frau bloß seine Schwester oder eine gute alte Freundin sein könnte.

Meiner Tante Poldi wurde übel.

Die beiden Turteltäubchen bemerkten die Poldi erst, als sie vor ihnen stand.

»Hallo Vito.«

Montana starrte die Poldi entgeistert an, blieb aber wie vom Schreck angeleimt auf seiner Liege.

»Poldi! Was machst du denn hier?«

»Gut, das könnte ich dich jetzt auch fragen, aber keine Sorge, ich bin eh gleich wieder weg. Magst du mir deine Freundin nicht vorstellen?«

Die Frau nahm ihre Sonnenbrille nicht mal ab.

»Das ist Alessia. Alessia, Poldi.«

»Guten Tag«, sagte Alessia, zögernd, wie eine Frage.

Sie reichte der Poldi auch nicht die Hand. Ihr schien zu dämmern, was los war.

»Ich will nicht stören«, sagte die Poldi, ein Wunder an Selbstbeherrschung und Haltung. »Einen schönen Tag noch.«

Aber ehe sie würdevoll beidrehen und hart am Wind davonsegeln konnte, sprang Montana auf und hielt sie zurück.

»Lass mich das erklären, Poldi.«

»Aber wozu denn, Vito? Du bist mir keine Erklärung schuldig. Wir sind doch erwachsen.«

»Ich wollte schon die ganze Zeit mit dir über Alessia sprechen.«

»Ja, das wäre bestimmt sehr lustig gewesen«, presste die Poldi nur heraus. »Vielleicht bei einem gemütlichen Abend zu dritt, hast du das gemeint? So, und jetzt musst du mich loslassen, denn sonst lege ich dir gleich hier auf der Stelle eine Szene hin, die sich gewaschen hat, und dann musst du Alessia sehr viel erklären. Und dann wäre der schöne Sonntag im Arsch. Andererseits ist er das ja schon, also was soll's.«

Montana ließ den Arm meiner Tante los und sah sie ernst an.

»Ich ruf dich an. Aber gib mir etwas Zeit, okay?«

Wieder so ein Ausdruck des Selbstbetrugs. Platz drei auf Poldis Liste. »Ich brauche noch etwas Zeit.« Die Poldi wollte nur noch weg von hier, irgendwohin, wo sie ungestört weinen und saufen konnte. Und am liebsten, dachte meine Tante Poldi in diesem Augenblick, dabei einfach so aus der Welt hinaussickern und verdunsten.

Sie eilte zurück zu Luisa, Caterina und Teresa, die die unerfreuliche Begegnung aus einiger Entfernung beobachtet hatten. Die Poldi musste ihnen gar nicht mehr viel erklären. Tante Luisa reichte ihr wortlos den Kaftan, Teresa stopfte sämtliche Sachen in die Strandtasche, und Caterina bugsierte die Poldi aus dem Lido hinaus. Erst im Auto hielten es die drei nicht mehr aus und verlangten nach Details.

Der Poldi war jedoch nicht nach Reden zumute. Noch nicht einmal mehr nach Weinen. Ihr war einfach nach gar nichts mehr zumute. Sie wollte nur noch heim.

»Sagt mal, was heißt ›Dienstaufsichtsbeschwerde‹ auf Italienisch?«, fragte sie, als Luisa den Wagen vor der Via Baronessa parkte.

»*Denuncia disciplinare*. Warum?«

»Ach, nur so.«

Aber die Tanten waren ja nicht blöd.

»Was hast du vor, Poldi?«

»Mei. Ein bisserl jammern, mir die Decke über den Kopf ziehen, den Scheißkerl zur Hölle wünschen, und morgen ist dann wieder ein neuer Tag.«

Die Tanten ahnten schon, dass die Poldi wieder kurz vor einem Absturz und das Projekt »Lebensfreude« auf der Kippe stand. Daher schärften sie dem *Assistente* Rizzoli, der wie eine zugelaufene Katze in der Via Baronessa wartete, ein, die Poldi unbedingt am Saufen zu hindern.

Eine Mission, die natürlich von vorneherein zum Scheitern verurteilt war, denn die Poldi hatte auf der Fahrt zurück nach Hause bereits einen Plan gefasst.

Kaum, dass die Tanten sie widerstrebend mit Rizzoli allein gelassen hatten, schickte die Poldi Montana eine nicht besonders freundliche Nachricht, in der »*Denuncia disciplinare*« vorkam, und wartete ab.

Kurz darauf klingelte das Handy des jungen Polizisten. Er hörte zu, sagte »Hm.« und »Aber ...« und »Zu Befehl.« und legte dann irritiert auf.

»Ich muss leider gehen, Signora. Befehl von *Commissario* Montana.«

»Kein Problem«, verkündete die Poldi zufrieden. »Ich komme schon klar. Danke für alles und einen schönen Sonntag noch.«

Als sie dann endlich allein war, fuhr die Poldi noch rasch in den *IperSimply* und deckte sich mit ein paar Vorräten für die nächsten Tage ein.

Ich weiß nicht, ob meine Tante Poldi an diesem Abend oder in der folgenden Nacht überhaupt geweint hat. Sie hat es mir nicht erzählt. Aber manchmal sitzt der Kummer einfach zu tief, krallt sich fest wie ein trotziges Kind und blockiert alle Ausgänge. *Rien ne va plus.* Ich stelle mir vor, dass die Poldi an jenem Abend noch lange volle Lautstärke *Gloria* hörte. »*Chiesa di campagna, Gloria! Acqua nel deserto, Gloria!*« Dass sie viel zu viel rauchte, vielleicht ein bisschen mit den Schnapsflaschen randalierte, dass sie unflätige Verwünschungen auf Montana, das Leben und die Sizilianer ausstieß und dass sie irgendwann erschöpft auf dem Sofa einschlief.

12. Kapitel

In der Via Baronessa war es am nächsten Morgen stiller als sonst, ganz und gar still. Kein Moped knatterte, kein Radio plärrte, kein Mensch war zu sehen oder zu hören.

Als Erstes betrachtete die Poldi wieder einmal ihre Pinnwand und ging ihre Notizen durch. Was wusste sie? Wo stand sie? Wen konnte sie ausschließen?

Sie machte eine Liste. Wieder einmal.

UNGEKLÄRT
- rot-gelber Sand
- topografische Karte
- Geld bei Valentino
- K.-o.-Tropfen
- Femminamorta
- Valéries Telefon
- Mordmotiv!
- ~~Montana (privat)~~

GEKLÄRT
- Tannenberger (Mr. X)
- Montana (privat)

Eindeutiges Missverhältnis. Die Poldi kramte in ihrer Handtasche und fand die Serviette mit der Namensliste wieder.

RUSSO
PATANÈ
TANNENBERGER
VALÉRIE
~~HÖLDERLIN~~ MIMÌ
TURI

Einer der fünf hatte Valentino von Valérie angerufen. Alle fünf waren auf der Hochzeit gewesen. Einer von ihnen musste ihr die K.-o.-Tropfen in den Wein gemischt haben. Einer von ihnen war bei ihr eingebrochen, und einer von ihnen hatte Valentino getötet.

Bloß warum?

Die Poldi trat einen Schritt von ihrer Pinnwand zurück, um einen besseren Überblick zu bekommen, aber das reichte nicht. Also stieg sie aufs Dach hinauf, zum Meer, zum Ätna und zu dem Torlöwen. Und da stellte sich die Poldi nun eine andere Frage. Warum der Einbrecher einen solch riskanten Aufwand getrieben hatte, nur wegen eines Steinlöwen, der vielleicht um die tausend Euro bringen würde. Klar, dass dem Löwen persönlich diese Frage nicht schmeckte, er blickte gleich ein Quentchen mürrischer drein, aber die Poldi ließ sich nicht beirren. Und die einzige Erklärung, die sie fand war, dass es dem Einbrecher um mehr als nur den Löwen gegangen sein musste.

Schwuppdiwupp hatte sie einen Hammer und einen Meißel in der Hand und machte sich daran, fortzusetzen, was der Einbrecher begonnen hatte. Eine elende Plackerei. Valentino musste den härtesten Zement Italiens verwendet haben. Nach wenigen Schlägen troff der Poldi der Schweiß nur so unter der Perücke herunter. Aber sie machte weiter, Schlag für Schlag. Bis sie den Zement rings um den Sockel des Torlöwen so weit abgeschlagen hatte, dass sie die ganze Steinfigur mit beherztem Ruckeln vollständig von der Mauer lösen konnte. Ächzend wuchtete die Poldi den Löwen von der Mauer auf den Terrassenboden. *Klonk, klonk, klonk* kullerte dabei etwas zu Boden. Eine kleine Metallkapsel, die in einer Vertiefung im Sockel des steinernen Torwächters geklemmt hatte. Ein altes Tee-Ei aus zwei verschraubbaren Hälften. Und darin wiederum ein eng zusammengerollter Papierstreifen. Eine Art Inventarliste mit Preisen nach Datum sortiert. Mit einem Wort: das Mordmotiv.

»In dem Moment ist mir auch wieder eing'fallen, was der Tannenberger in München g'sagt hat«, erklärte mir die Poldi später. »Von wegen, dass der Valentino etwas g'funden hatte und dass jemand sehr viel Geld für sein Schweigen bezahlen werde. Und natürlich ist mir sofort klar geworden, dass es sich bei diesem Etwas nur um diese Liste handeln konnte.«

»Und wen hat Valentino damit erpresst?«

»Mei, was bist wieder ungeduldig. So schnell schießen die Preußen nicht. Immer schön eins nach dem anderen.«

Obwohl die Poldi natürlich einen konkreten Verdacht hatte. Aber beweisen musste sie es halt noch, bevor sie es Montana unter die Nase reiben konnte. Und dafür musste sie erst noch eine Menge Staub aufwirbeln. Roten Staub.

Aber immer eins nach dem anderen. Zunächst wurde gerechnet. Die Poldi addierte die Einzelsummen in der Liste und kam auf über zwei Millionen Euro. Der teuerste Posten war ein komplettes Wandfresko aus dem siebzehnten Jahrhundert für eine halbe Million. Mehr Mordmotiv ging eigentlich gar nicht.

Das letzte Stück in der Liste trug ein Datum von vor über einem Jahr. Die Poldi verglich dieses Datum mit den Zeitungsmeldungen über Einbrüche in alte Landhäuser auf ihrer Pinnwand und stieß auf eine Übereinstimmung. Einen Tag später hatte es die erste Meldung über einen solchen Einbruch gegeben. Auch die folgenden Datierungen lagen meist ein oder zwei Tage vor einer Zeitungsmeldung. Im nächsten Schritt markierte die Poldi sämtliche Datierungen aus der Liste in einem Kalender und stellte überrascht fest, dass die Diebstähle ausnahmslos auf Samstage fielen.

»Und was sagt uns des?«, prüfte die Poldi mich später ab.

»Keinen Schimmer.«

»Denk nach. Warum Samstag, was meinst?«

»Na los, sag's mir schon.«

»Kleiner Tipp: weil der Sonntag der Tag des Herrn ist und man da ausschlafen kann.«

»Was spielt das denn bei Einbrüchen für eine Rolle?«

»Mei, keine. Normalerweise. Es sei denn, der Dieb hat einen anstrengenden Fulltime-Job und muss sich ausruhen, wenn er die ganze Nacht Landhäuser geplündert hat.«

»Steile These«, wagte ich einzuwenden.

»Du darfst fei nicht vergessen, dass i den Einbrecher ja erkannt hatte. Und da hab i nur eins und eins zusammenzählen müssen.«

Die Poldi erlebte an diesem Punkt ihrer Ermittlungen einen *Flow*. Sie war »in der Zone«. Pure Intuition. Sie blickte einfach voll durch. Sie griff zum Telefon und rief Valérie an.

»Du, ich hab nur eine kurze Frage. Ich bräuchte eine Adresse von dir.«

Und am Abend klingelte sie dann an einem kleinen Häuschen, in einer Kurve direkt an der *Provinciale* gelegen, kurz vor Riposto. Nicht die allerbeste Lage, muss man sagen, und es war auch ein wirklich kleines Häuschen, schlecht verputzt und uralt. Dahinter jedoch konnte die Poldi ein Mandelgärtchen erkennen. Und wer ein Häuschen mit einem Mandelgärtchen besitzt, der ist kein ganz armer Schlucker mehr. Die Fenster des Häuschens waren wie meistens in Sizilien mit Fensterläden verrammelt. Von drinnen war nichts zu hören.

Erst nach dem zweiten Klingeln hörte die Poldi eine misstrauische Stimme aus dem Haus.

»Wer ist da?«

»Donna Poldina!«

Die Poldi hörte Füße scharren. Gehuste. Die Tür wurde einen Spalt weit geöffnet, und ein Schwall Argwohn und Nervosität schwappte aus dem muffigen Inneren hinaus auf die Straße. »Was wollen Sie?«

»Guten Abend, Turi. Ich glaube, wir müssen uns mal unterhalten.«

Der alte Landarbeiter sah sich misstrauisch draußen um.

»Ich bin allein, Turi. Von mir aus kann das auch so bleiben, wenn Sie mich jetzt reinlassen.«

»Ich habe keine Ahnung, was Sie von mir wollen, Donna Poldina.«

Die Poldi sagte nichts.

Turi zögerte noch einen Moment, seufzte dann und ließ

meine Tante eintreten. Im Haus war es dunkel und stickig von der Hitze des Tages, von Schweiß und dem Mief des Alters und der Einsamkeit. Zwei gut genährte weiße Katzen tollten über abgewetzte Polstermöbel und einen Flachbildfernseher. Draußen donnerte ein Lastwagen vorbei und ließ das ganze Haus erzittern.

»Lassen Sie uns in den Garten gehen«, sagte Turi, »da ist es ruhiger. Möchten Sie einen Eistee?«

»Gerne«, sagte die Poldi. Sie sah, dass der alte Mann humpelte. »Wie geht's Ihrem Bein?«

Turi drehte sich zu ihr um und sah sie bekümmert an.

»Ach, Donna Poldina! Um ein Haar hätten Sie mich abgestochen.«

»Sie hätten da nicht runterspringen sollen.«

»Sie haben auf mich geschossen!«

»Hab ich nicht! Ich habe nur ›Peng‹ gerufen.«

»Sie haben *was* gerufen?«

»Peng.«

»Sie haben nicht geschossen?«

»Bestimmt nicht.«

»Aber ich habe doch gehört, wie die Kugel an mir vorbeigezischt ist!«

»Reine Einbildung. Die alte Muskete kann gar nicht mehr schießen.«

Turi schüttelte fassungslos den Kopf.

»Ich werde langsam zu alt für solche Sachen.«

»Wie alt sind Sie, Turi?«

»Zweiundsiebzig.«

»Sie sollten sich wirklich zur Ruhe setzen.«

»Was soll ich machen, Donna Poldina?! Von meiner Rente könnte ich nicht leben.«

Er spülte zwei Gläser ab, holte eine alte Mineralwasserflasche mit goldenem Eistee darin aus dem Kühlschrank und schenkte ein.

»Ein schöner Garten«, sagte die Poldi.

»Viel Arbeit.«

Die Poldi nippte von ihrem Eistee, der süß war und bitter, und wartete ab.

»Woran haben Sie mich erkannt?«, fragte Turi.

»Als Sie auf dem Dach die Hände gehoben haben, hing ein Finger des linken Handschuhs schlaff herab.«

Turi hielt ihr seine linke Hand mit dem fehlenden kleinen Finger hin.

»Madonna, das haben Sie in der Dunkelheit erkannt?«

»Ehrlich gesagt, ist es mir heute Morgen erst wieder eingefallen.«

»Ich habe Valentino nicht getötet.«

»Aber wer dann?«

»Wenn ich es wüsste, wäre ich schon längst zur Polizei gegangen, das können Sie mir glauben. Valentino war ein guter Junge.«

»Haben Sie keinen Verdacht?«

Turi schüttelte wieder den Kopf. Diesmal wirkte es eindeutig. Schweigend starrte er auf seine Mandeln.

»Wen hat Valentino erpresst?«, fragte die Poldi in die Stille hinein. »Russo oder Patanè?«

»Ich weiß es nicht, Donna Poldina. Ich hab geahnt, dass Valentino in irgendwelchen Schwierigkeiten steckte, aber er hat mit mir nicht darüber gesprochen.«

Der alte Mann streichelte eine der Katzen, die ihm auf den Schoß gesprungen war.

»Also werden Sie zur Polizei gehen?«

Schwierige Frage. Die Poldi seufzte. Dabei war es so ein schöner Abend. Über den Mandelbäumen ging der Mond auf, begrüßt von tausend Grillen im Unterholz.

»Sie sind immer noch ein Dieb und Einbrecher, Turi.«

»Der Einbruch bei Ihnen tut mir wirklich leid, darauf hätte ich mich nicht einlassen dürfen. Aber ich bin kein Dieb.«

»Nicht? Und was ist mit all den Landhäusern?«

»Aber Donna Poldina! Das waren doch keine Diebstähle.«

Und dann fing er an zu erzählen.

Als die Poldi an diesem Abend spät und allerbester Dinge, mit einem Klotz hausgemachter *Pasta di mandorle* und einem Korb frischer Tomaten nach Hause zurückkehrte, strich sie als Erstes Turi von der Liste der Verdächtigen.

Nur noch vier Namen. Einen davon konnte sie nach Turis Bericht eigentlich gleich mit streichen. Aber meine Tante Poldi wollte nichts überstürzen. Immer schön eins nach dem anderen. Montana wollte sie auch nicht anrufen, einmal wegen der Lidogeschichte, aber auch, weil sie Turi etwas versprochen hatte. Und außerdem fehlte immer noch ein wesentliches Teil in dem Puzzle. Der Tatort. Aber auch diesbezüglich war die Poldi inzwischen einen Schritt weiter.

Trotz der späten Uhrzeit rief sie Teresa an.

»Du, hör mal, i könnt' eure Hilfe brauchen. Vielmehr die vom Martino. Könnt ihr morgen früh bei mir vorbeischauen?«

Tante Teresa natürlich gleich misstrauisch.

»Um was geht es denn?«

Und die Poldi so unschuldig wie möglich: »Mei, um den Fall halt.«

Kurze Pause in der Leitung.

»Ich denke, du wolltest endlich loslassen?«

»Mei, schon. Aber jetzt hat's eben heute doch kurz im Getriebe g'schnackelt. Wenn wir der Karre jetzt noch einen kleinen Stups geben, springt sie vielleicht an, und der Fall ist g'löst.«

Tante Teresa bekam wieder ihren resoluten Tonfall.

»Sag das alles Montana. Du bist raus aus dem Fall, Poldi.«

»Mei, und eine Schwermut hab i, des kannst du dir nicht vorstellen.«

Meine Tante Poldi war eben eine Meisterin der subtilen Hinweise, der verblümten Drohungen und der zarten Andeutungen.

»Willst du mir drohen, Poldi?«

»Naa! I bin halt bloß so labil, weißt.«

Teresa stieß einen missbilligenden Laut aus.

»Was für eine Art Hilfe?«

»Mei, topografischer Natur halt. Und vielleicht könnte sich daraus ein kleiner Ausflug ergeben.«

»Ausflug.«

»Nicht weit. Bitte, Teresa!«

Sie hörte, wie ihre Schwägerin etwas zu Martino sagte, was die Poldi aber nicht verstand. Sie verstand nur »Amore«. Kurz darauf hörte sie Totti bellen und wusste, dass die Sache geritzt war.

Am nächsten Morgen, Schlag neun, standen Onkel, Tante und Totti bei der Poldi auf der Matte. Die Poldi trug ihr khakifarbenes Leinenensemble mit der Uniformjacke und hatte schon alles vorbereitet. Auf dem Tisch im Innenhof stand ein Krug eiskalter Mandelmilch aus Turis Mandelpaste, daneben lag das Foto mit der topografischen Karte, der zusammengerollte Papierstreifen aus dem Torlöwen und eine Karte Siziliens mit den markierten Diebstählen der letzten Monate. Die Poldi zitterte vor Aufregung. Totti ebenfalls, und der Onkel hatte sich gerade noch so im Griff. Nur Tante Teresa blieb völlig cool, weil sie der Poldi die kleine Erpressung immer noch übelnahm. In aller Seelenruhe ließ sie sich die Mandelmilch schmecken.

»Vorzüglich! Wie hast du die gemacht?«

»Mit der *Pasta di mandorle* von meinem Informanten.«

Teresa ignorierte das Stichwort.

»Wirklich köstlich.«

Die Poldi verstand.

»Bitte entschuldige, Teresa. Des ist mir nur so raus-g'rutscht mit der Schwermut.«

Teresa stellte ihr Glas ab.

»Und wer ist nun dieser Informant?«

»Mein Informant hat g'standen, dass er zusammen mit Valentino an den Diebstählen beteiligt war. Aber des waren gar keine richtigen Diebstähle, weil, sie sind samt und sonders unter stillschweigender Billigung des Besitzers dieser Landhäuser erfolgt. Wobei besagter Eigentümer natürlich sein Scherflein mitverdient hat.«

»Warum sollte er so etwas bloß tun?«, fragte Teresa, nicht wirklich überzeugt.

»Weil er pleite ist.«

»Dann hätte er die Häuser doch einfach verkaufen können.«

»Mei, aber nur samt Grundstück und allem. Und des Land hat er schon behalten wollen, der feine Herr.«

»Wer?«, fragte Teresa dazwischen.

»Mimì Pastorella di Belfiore natürlich. Sämtliche geplünderte Landhäuser gehören ihm. Das heißt, bei einigen Immobilien sind die Besitzverhältnisse unklar. Wahrscheinlich hat er nicht mit der Verwandtschaft teilen wollen.«

»Dann bleibt es Diebstahl«, stellte Tante Teresa fest.

»Im Prinzip ja«, gestand die Poldi. »Damit hat Valentino eben auch Patanè erpresst.«

»Bist du sicher?«

»Mei, des liegt doch auf der Hand!«

»Das heißt, Patanè ist Valentinos Mörder?«, mischte sich jetzt Onkel Martino ein.

»Davon bin i überzeugt. Patanè hat meinen Informanten gedrängt, bei mir einzubrechen und den Torlöwen zu stehlen. Wahrscheinlich hat mir Patanè deswegen auch die K.-o.-Tropfen in den Wein g'mischt. Genau wie bei Valentino. Also ist er der Mörder.«

»Dann musst du sofort mit Montana sprechen.«

Die Poldi schüttelte den Kopf.

»Beweisen muss i des erst. Und dazu müssen wir den Tatort finden.«

»Wir?«

»Mei ... Weil, es ist nämlich so. Der Valentino hat vor seinem Tod doch g'sagt, dass er noch etwas Wichtiges in Femminamorta zu erledigen habe. Also hab i ang'nommen, dass Valérie etwas damit zu tun hat. Schon wegen dem Torlöwen und wegen Russo und so. Aber gestern hat mir mein Informant so nebenbei g'steckt, dass des nicht unbedingt sein muss. Weil, jetzt haltet euch fest, es nämlich nicht nur ein Femminamorta in Sizilien gibt, sondern einen ganzen Haufen.«

Teresa und Martino sahen sich an.

»Ja und?«, fragte Onkel Martino.

Einen Moment lang verschlug es der Poldi die Sprache.

»Des habt ihr g'wusst?«

»Freilich«, sagte Tante Teresa achselzuckend. »Femminamorta ist in Italien ein gar nicht so seltener Ortsname für kleine Weiler. Genauso wie Donnafugata.«

»Oder Donnadolce«, ergänzte der Onkel. »Oder Occhiobello, Campodimiele, Buonvicino, Fiumelatte, Bastardo und sogar Baciaculo. Die gibt's überall.«

Vertriebene Frau, süße Frau, Schönauge, Honigfeld, Guter Nachbar, Milchfluss, Bastard oder Arschkuss – manche Orte trugen kleine Geschichten und Schicksale aus rauen Zeiten wie Stempel im Namen. Und manche Schicksale wiederholten sich eben auf die eine oder andere Weise. Allein in Sizilien gab es, Onkel Martinos Schätzung nach, mindestens ein halbes Dutzend Femminamortas.

Die Poldi fasste es nicht.

»Aber Herrschaftszeiten, warum habt ihr denn nie was g'sagt?«

Betretenes Achselzucken.

»Du hast nicht gefragt.«

Auch wieder wahr. Da half nur Pragmatismus. Meine Tante Poldi war ohnehin kein Mensch, der sich lange über Fehler, Fettnäpfchen oder verpasste Chancen grämte. Denn vom Scheitern, Stolpern, Sich-zum-Narren-Machen und Sich-eine-blutige-Nase-Einfangen verstand sie was, genauso wie vom Neu-Anfangen, Aufrappeln, Über-sich-selbst-Lachen und Sich-nichts-gefallen-Lassen. Nur vom Loslassen, denke ich manchmal, hat sie nie viel verstanden.

»Jalecktsmiamarsch«, machte sie ihrem Herzen kurz Luft und breitete dann eine Straßenkarte von Sizilien auf dem Tisch aus. »Also, Martino, wo sind jetzt all diese Femminamortas?«

Der Onkel tippte vage auf verschiedene Stellen im Osten und im Zentrum der Insel.

»Geht's auch etwas genauer?«

Onkel Martino kratzte sich unbehaglich am Kopf.

»Ist schon eine Weile her.«

»Amore!«, sagte meine Tante Teresa streng. »Konzentrier dich und lass uns nicht hängen.«

Uns. Die Poldi strahlte.

Eine halbe Packung MS später hatte Onkel Martino fünf rote Kringel in die Karte gemalt, verteilt über die ganze Insel, sämtlich abseits von Ortschaften.

»Mehr sind es nicht?«, fragte die Poldi.

Der Onkel hob abwehrend die Hände.

»Das sind die, an die ich mich erinnere. Und es sind, wie gesagt, eher inoffizielle Ortsnamen. Gutshöfe, Weiler, manchmal nur eine alte Brücke, die von den Bauern der Umgebung so bezeichnet werden.«

Die Poldi betrachtete die Karte missmutig.

»Sie liegen viel zu weit auseinander, um sie alle abzuklappern.«

Beherzt strich sie zwei rote Kringel im Süden und im Norden der Insel.

»Zu weit entfernt.«

Onkel Martino und Tante Teresa wechselten einen Blick. Die Tante schüttelte leicht den Kopf, hoffte wohl, dass sich die Angelegenheit schließlich doch von selbst erledigen und Poldis Jagdfieber allmählich erkalten würde.

Aber von wegen.

Die Poldi holte sich die Leselupe ihres Vaters aus der

Wohnzimmerkommode und studierte damit jetzt die drei verbliebenen Kringel, fuhr Landstraßen mit dem Finger ab, entzifferte Ortsnamen, entdeckte Kirchen, Klöster, archäologische Fundstätten und Ruinen, schätzte Entfernungen, seufzte, murmelte, verkniff sich ein Bier. Halb verdeckt von roter Tinte entdeckte sie am Rand des Kringels, den Martino bei Piazza Armerina in der Nähe von Enna eingezeichnet hatte, schließlich ein Kartensymbol. Ein auf dem Kopf stehendes Bergmanngezähe, gekreuzte Schlägel und Eisen.

»Was bedeutet das?«

»Stillgelegtes Bergwerk.«

Die Poldi dachte nach. Ein Gedanke bildete sich, ein Gedankenkrümel nur, löste sich irgendwo aus der Tiefe ihres Unterbewusstseins, trieb auf dem Magma der geschmolzenen Erinnerungen träge weiter nach oben Richtung Bewusstsein, klemmte auf halber Strecke fest, kam nicht mehr weiter.

»Was für ein Bergwerk?«

Onkel Martino warf einen Blick auf die Karte.

»Eine alte Schwefelmine, schätze ich.«

Triumphierend faltete die Poldi die Karte zusammen.

»Dann lasst uns fahren.«

13. Kapitel

»Die Geschichte des Schwefelabbaus in Sizilien ist eine Ballade von Überfluss, Reichtum, Gier und Leid«, erklärte mir Onkel Martino einmal.

Der sizilianische Schwefel bildete sich im Messinischen Plateau, als vor über fünf Millionen Jahren das Wasser des Mittelmeeres verdunstete und dabei mächtige schwefelhaltige Gipsablagerungen hinterließ. Schon den Griechen und Römern waren die immensen Schwefelvorkommen bekannt, sie bauten das gelbe Element in zahlreichen Gruben bei Agrigent und im Dreieck Enna-Sciacca-Gela ab. Seit Jahrhunderten wühlen sich Menschen durch die Berge der Gegend, deren Inneres durchlöchert ist wie ein Schwamm.

Im neunzehnten Jahrhundert dann der Boom. Die jungen Industriestaaten brauchten Schwefelsäure – und Sizilien konnte liefern. Sizilien war in dieser Zeit der wichtigste Schwefellieferant der Welt mit einem Weltmarktanteil von achtzig Prozent und hatte damit das Weltmonopol der Schwefelproduktion. Aber die Arbeitsbedingungen in den Minen waren mörderisch. Die Hauer arbeiteten wegen der Hitze in den Gruben nackt, verätzten sich die Lungen mit Schwefelstaub und dem giftigen Qualm, der beim Ausschmelzen und »Rösten« des Schwefelerzes entstand. Tausende von Kindern, die *Carusi,* mussten den Schwefelkies in Säcken und Körben auf steilsten Wegen aus den Stollen zu den Öfen schaffen. Jeden Tag, zwölf Stunden. Die meisten überlebten nicht einmal ihre Pubertät. Zehntausende von Bergleuten verreckten in den Minen, starben an den Öfen oder verhungerten zu Hause. Das Elend muss unvorstellbar gewesen sein. Denn natürlich zahlten die Grubenbesitzer aus dem bourbonischen Adel, reich und reicher geworden durch das Monopol, nur Hungerlöhne und scherten sich einen Dreck um das Elend ihrer Bergleute. Im Gegenteil, die Gier trieb sie an, einfach so weiterzumachen. Die »sizilianische Krankheit«, wie Onkel Martino immer sagt. Bis der Boom eben abrupt zu Ende ging. Und warum? Weil die Amerikaner bald ein billigeres Verfahren zur Schwefelgewinnung erfunden hatten. Denn der fiel nun in rauen Mengen als Nebenprodukt der Erdölverarbeitung an. Anfang des zwanzigsten Jahrhunderts wurde eine Mine nach der anderen aufgegeben. Heute gibt es keine einzige aktive Schwefelmine mehr in Sizilien.

Ich stelle mir vor, wie Onkel Martino das alles erzählte, auf der Fahrt zu der Schwefelmine bei Piazza Armerina. Ich stelle mir die Poldi auf dem Rücksitz vor, Tottis schweren Kopf im Schoß, den sie nachdenklich streichelte. Nachdenklich und voller dunkler Vorahnungen.

Hinter Catania bog Onkel Martino auf die A19 Richtung Palermo ab, eine Autobahn, die quer durch das Herz Siziliens verläuft, an Hügeln voller Weizenfelder vorbei, durch Hitze und verschüttete Vergangenheit, vorbei an Brückenruinen, die ins Nichts führen, entlang wilder Müllkippen, durch Ödnis und magische Lichtwechsel.

Die verlassene Mine von Femminamorta lag hinter einem kleinen Hügel und einem Pinienwäldchen. Ein verrosteter Schlagbaum mit einem Verbotsschild versperrte die Zufahrt. Sie mussten den Wagen stehen lassen. Totti, der lange Autofahrten mit dem Onkel ebenso wenig schätzte wie ich, sprang erleichtert aus dem Auto und verschwand in dem Pinienwäldchen. Ein ausgefahrener sandiger Weg führte durch die Pinien. Es duftete nach Harz und Kräutern und Schwefel.

Hinter dem Wäldchen fiel ein steiler Hang voll Abraumschutt zum Minengelände hin ab. Die Poldi erkannte unten die Ruine eines Förderturms, verfallene Häuser aus Trockensteinmauern, die eingestürzten, bogenförmigen Zugänge zu den Stollen im gegenüberliegenden Berg und die von Gras und Ginster überwucherten alten Schmelzöfen, die sie an Hügelgräber erinnerten. Alles war überzogen von einem Film aus Staub, Schmutz und oxidierten Schwefelverbindungen. Die Poldi sah, dass der Sand stellenweise eine rötliche Färbung hatte. Man konnte den Schwefel immer noch riechen, scharf und übelriechend schnitt er der Poldi jetzt durch die Nase, reizte die Schleimhäute und schien ihr zuzuschreien, dass sie gefälligst verschwinden solle. Die Poldi hatte etwas anderes erwartet. So weit sie auch blickte, konnte sie keine Villa erkennen, nicht einmal ein Wohnhaus. Wenn Valéries Femminamorta ein kleines Paradies war, dann war dieses Femminamorta der Vorhof zur Hölle. Zumindest einst gewesen.

»Was für ein unheimlicher Ort«, sagte Tante Teresa beklommen.

»Und so vollkommen einsam«, bemerkte die Poldi. »Man hört gar nichts mehr. Keine Autos, nicht mal Vögel.«

Der Schwefelgestank schien der beste Schutz vor ungebetenen Besuchern zu sein, fiel ihr auf. Doch umkehren kam nicht infrage.

»Und wo liegt jetzt Femminamorta?«, rief sie Martino zu.

»Das *ist* Femminamorta!«, erwiderte der Onkel, ohne sich umzudrehen. »Die Mine heißt so.«

»Ach, das weißt du plötzlich?!«

Martino tippte sich an die Stirn.

»Alles hier drin. Alles gespeichert. Dauert zwar manchmal etwas, aber irgendwann kommt alles zurück. Ein Filialleiter der örtlichen *Banco di Sicilia*, dem ich mal aus einer misslichen Lage geholfen habe, hat mir die Mine damals gezeigt. Muss über zwanzig Jahre her sein. Er hatte die Idee, eine Art Sportanlage für die Jugendlichen daraus zu machen. Ist aber am Widerstand des Besitzers gescheitert.«

»Wer war denn der Besitzer?«

»Ein Conte Pastorella di Belfiore.«

Die Poldi war nicht einmal überrascht. Als sie das Minengelände erreicht hatten, sah sie sich um. Das Gelände bildete ein lang gestrecktes »L« zwischen bewaldeten Hügeln und alten Abraumhalden voller Macchiabewuchs. Ein Ort ohne Schatten, wie aus der Welt herausgerissen, abgestorben und vergessen, gleißend hell im Nachmittagslicht. Die Luft aufgeladen mit Hitze, Staub und der Erinnerung an tausendfaches Leid.

»Wonach suchen wir?«, fragte Teresa, die sich sichtlich unwohl fühlte.

Die Poldi hatte nicht die geringste Ahnung.

»Ich suche nicht, ich finde!«, erklärte sie und stapfte tapfer los durch Staub und Schwefelgeruch.

»Weil«, erklärte sie mir dann später im September, »des hat der Picasso so g'sagt. Weil er so gearbeitet hat, einfach drauflos, und dann mal schauen, wohin die Reise geht. Und des kannst dir fei merken für deinen Roman. Finden musst, nicht Suchen. Offen bleiben musst. Durchlässig musst sein. Auf alles vorbereitet, verstehst. Die Dinge nehmen, wie sie kommen, die Feste feiern, wie sie ...«

»Danke, ich hab's ja verstanden!«, unterbrach ich sie ein wenig gereizt. »Vielleicht erklärst du mir dann auch, wie das geht mit dem Finden?«

»Freilich erklär i dir des. Des ist pupieinfach, des kriegst sogar du hin mit a bisserl Übung.«

Ganz wichtig dabei: das rastlose Auge. Wie ein Buschmann in der Kalahari ließ die Poldi ihren Blick über das Minengelände streifen, hin und her, auf und ab. Denn wenn man sich zu sehr auf einzelne Dinge im Blickfeld konzentriert, entgeht einem der Rest. Poldis Blick bestrich das Gelände gleichmäßig wie ein Radarstrahl. Ein Schritt vor – Radarstrahl. Ein Schritt zur Seite – Radarstrahl. Teresa und Martino machten es genauso. Ein Schritt vor den anderen, vorsichtig wie auf dünnem Eis.

Kein guter Ort, das stand fest. Sie sah Ruinen, verrostete Maschinenteile, verwitterten Sperrmüll am Rand des Hangs, eine abgedeckte Zisterne, davor buntes Plastikspielzeug. Und jede Menge Reifenspuren. Zwei Autos mussten hier seit dem letzten Regen, also innerhalb der letzten zwei Monate, hin und her gefahren sein. Breite Reifen mit grobem Profil und schmalere Reifen. Überall auch Fußspuren, aber die Poldi konnte nicht mehr auseinanderhalten, wie viele Menschen hier herumgelaufen waren. Musste auch alles nichts bedeuten, denn das Gelände schien unbewacht. Jeder konnte hierherkommen. Nur glaubte die Poldi das nicht. Je länger sie sich an diesem Ort umsah, desto überzeugter war sie, dass niemand freiwillig hierherkam.

Ihre Gedanken schweiften ab, gaben dem Fluchtimpuls eher nach als die Beine. Aber die Beine folgten, gingen heimlich rückwärts. Als die Poldi es merkte, als sie sich selbst streng zur Ordnung rief und ihren Radarstrahl wieder zu Boden richtete, sah sie die kleine Tonscherbe. Sie lag unter einem Ginsterbusch, und da hätte sie auch für alle Zeiten liegen bleiben können, ein einzelner Partikel in der Unendlichkeit aller Dinge, klein, blau und unbedeutend. Aber offenbar war Kommissar Zufall gerade zum Dienst erschienen, hatte sich einen kurzen Überblick über den Ermittlungsstand verschafft, sich geräuspert, kurz zu Wort gemeldet und die Besprechung dann wieder verlassen, um sich einen Kaffee zu holen.

Die Poldi machte nicht den Fehler, die Scherbe aufzuheben oder auch nur zu berühren. Sie hatte das glasierte blaue Stück, das ihr da in der Nachmittagssonne zuzwinkerte, längst erkannt. Sie machte nur ein Foto und merkte sich die Stelle.

»Valentino war hier!«, rief sie Teresa und Martino zu.

»Hast du was gefunden?«

»Eine glasierte Tonscherbe. Wahrscheinlich ist sie ihm aus der Tasche gefallen.«

»Dann rufen wir jetzt die Polizei, ja?«

Tante Teresa wollte nur noch weg von diesem Ort.

»Nein, wir sind noch nicht fertig.«

Denn die Poldi war sich nun ganz sicher. Keine Spur von Fluchtimpuls mehr, im Gegenteil. Sie pfiff durch die Finger nach Totti, weil sie nun die Unterstützung seiner Spürnase brauchte.

Totti spitzte die Ohren und kam schnurstracks angelaufen, offenbar erleichtert, dass man wohl doch nicht vorhatte, ihn hier auszusetzen. Er hatte etwas im Maul, das er der Poldi stolz präsentierte. Ein gelbes Hundespielzeug aus weichem Plastik, ziemlich zerkaut und ramponiert.

»Geh, pfui, was hast du denn da?«

Nur zögernd gab Totti seinen Schatz frei, wedelte mit dem Schwanz, bereit, den Schatz umgehend zu apportieren, wenn die nette Frau mit der tiefen Stimme ihn doch nur bittebitte endlich werfen würde. Tat sie aber nicht. Sie warf seinen Schatz achtlos weg und hielt ihn am Halsband fest, als er losstürmen und es wieder holen wollte.

»Gell, sei ein braver Hundi. Mein Liebling, i weiß, des ist jetzt eine überhundische Herausforderung, aber du musst dich jetzt nachert konzentrieren, hörst?« Meine Tante Poldi zerrte den unglücklichen und verwirrten Totti zu der Stelle, wo die Tonscherbe lag, und drückte seine Schnauze sanft zu Boden. »Da. Riechst was? Riechst den Valentino? Mei, jetzt riech halt!«

Totti schielte ein letztes Mal zu seinem Schatz, dann gab er auf und schnüffelte und nieste pflichtschuldig an dem Ginsterbusch herum. Als die Poldi ihn endlich gnädig losließ, plierte er die Poldi einen Moment unschlüssig an.

»Na los! Such!«

Die Poldi machte sich wenig Hoffnung. Umso erfreuter war sie, als Totti schließlich lostrottete, mal hier, mal dort herumschnüffelte und sich zumindest den Anschein eines Fährtenlesers gab, der weiß, was er tut.

Da die Poldi wusste, dass man Künstler und Ermittler bei

der Arbeit nicht stören darf, folgte sie Totti mit Onkel Martino in gemessenem Abstand und ermutigte den Hund mit Zurufen. Tante Teresa dagegen hatte sich im Schatten des Förderturms niedergelassen.

Trotz seines professionellen Gebarens schien es Totti jedoch schwerzufallen, irgendeine Witterung von Valentino aufzunehmen. Je länger sie dem Hund kreuz und quer über das Gelände folgten, desto klarer wurde der Poldi, dass dies eine ausgemachte Schnapsidee gewesen war. Die Poldi sah zu Tante Teresa hinüber, die ihr matt zuwinkte, und zückte ihr Handy.

»Schluss jetzt. I ruf Montana an. Bei dem Schwefelgestank gibt es hier selbst für den trainiertesten Spürhund nichts mehr zu erschnüffeln.«

Aber Totti schnüffelte unbeirrt weiter und scharrte an der Einfassung der alten Zisterne herum.

»Was macht er da?«

»*Bella figura*«, sagte Onkel Martino schulterzuckend. »Er ist doch Sizilianer.«

Die Poldi pfiff erneut durch die Finger.

»Lass gut sein, Totti! Feierabend!«

Aber Totti scharrte weiter an der Zisterne und schlug an. Sah zur Poldi und dem Onkel hinüber, wedelte mit dem Schwanz und bellte laut herüber.

Die Poldi sah den Onkel an.

»Und das jetzt?«

»Klingt nach Steinpilz.«

Die Poldi rannte los. Totti kriegte sich gar nicht mehr ein, scharrte wie verrückt an dem Zisternenzugang herum und bellte die Poldi aufgeregt an. Die kreisrunde Einfassung aus groben Steinen war einst verputzt gewesen. Sie reichte der

Poldi bis an die Hüfte. Eine rostige Eisenplatte, mit einem Vorhängeschloss gesichert, verschloss den alten Wasserspeicher. Auf der Eisenplatte und an der Stelle der Einfassung, an der Totti scharrte, erkannte die Poldi rotbraune Spritzer. Viele Spritzer. Sie brauchte keinen Laborbericht mehr, um sicher zu sein. Sie küsste und knuffte Totti und rief Montana an.

»Vito, ich bin's. Kannst du nach Piazza Armerina kommen? Ich hab was für dich. ... Den Tatort.«

Es dämmerte bereits, als Montana endlich eintraf. Rote Schleierwolken glühten am Himmel wie eine monströse Projektion von Valentinos Blutspritzern. Vielleicht eine Mahnung von ganz oben, dass sein Tod nicht vergessen, nicht ungesühnt bleiben würde. *Namaste*, Schleierwolken.

Die *Polizia di Stato* hatte das Gelände rund um die Zisterne bereits abgesperrt. Die Beamten von der kriminaltechnischen Untersuchung in ihren Papieroveralls fuschelten mit Pinseln und Tesafilm an der Zisterne herum, kratzten Blutproben ab, schossen Fotos, solange das Licht noch reichte, machten Gipsabdrücke von den Reifenspuren, steckten Fähnchen.

Die Poldi und Tante Teresa sahen schweigend vom Rand aus zu. Onkel Martino kam mit Panini und Mineralwasser aus dem Ort zurück. Sie aßen schweigend, bedrückt von ihrem Fund, der Mine, ihrer eigenen Ohnmacht und dem Anblick der Polizeibeamten in ihrer gleichgültigen Professionalität.

»Warum fahrt ihr nicht nach Hause?«, schlug die Poldi vor. »Montana nimmt mich bestimmt mit zurück.«

»Kommt nicht infrage«, sagte Tante Teresa.

Als Montana kam, wie immer in seinem zerknitterten Dienstanzug, erhob sich meine Tante Poldi, richtete sich die Perücke und klopfte sich den Staub von der Leinenhose.

»*Salve.*«

Montana begrüßte Teresa und Martino mit Handschlag, die Poldi mit zwei flüchtigen Wangenküssen.

»Hallo, Vito.«

Montana sah sich um.

»Wie bist du auf die Mine gekommen, Poldi?«

»Ich habe nur eins und eins zusammengezählt.«

»Geht's auch etwas konkreter?«

»Valentino hatte von Femminamorta gesprochen, du erinnerst dich?«

»Und?«

Die Poldi breitete die Arme in Richtung Mine aus.

»Darf ich vorstellen: Femminamorta!«

»Es gibt *zwei*?«

»Mindestens sechs«, mischte sich Onkel Martino ein.

Montana stöhnte: »Madonna! Ich Idiot.«

»Mach dir nichts draus, ich bin auch nicht von alleine drauf gekommen.«

»Der gelbliche Sand in Valentinos Hosentasche, Schwefel, Mine, Femminamorta. Die Mine heißt so. War einen Versuch wert.« Die Poldi fummelte in ihrer Handtasche und reichte Montana dann das Tee-Ei mit Valentinos Inventarliste. »Das hab ich gestern in dem Torlöwen gefunden. Es beweist, dass Patanè hinter den Diebstählen steckt.«

Montana öffnete das Tee-Ei, warf einen kurzen Blick auf den Papierstreifen, rollte ihn wieder zusammen und steckte ihn zusammen mit dem Tee-Ei in eine Zippertüte.

Die Poldi erwartete eine Rüge, weil sie sich wegen der Liste nicht schon eher gemeldet hatte, aber Montana sah nur hinüber zu den Beamten am Tatort.

»Sonst noch was, das ich wissen sollte?«

Die Poldi schüttelte den Kopf.

»Okay, ich bin gleich wieder bei euch.«

Entspannt ging Montana hinüber zu dem uniformierten *Ispettore,* der den Einsatz leitete.

Die Poldi sah, wie Montana sich auswies, wie der *Ispettore* ihm einen kurzen Überblick gab und wie sie dann gemeinsam zum Tatort gingen. Alles ohne Eile, in der gleichen professionellen Gelassenheit und Arroganz, die meiner Tante Poldi zunehmend gegen den Strich ging.

»Lasst uns fahren«, sagte sie zu Teresa und Martino. »Wir werden hier nicht mehr gebraucht.«

Es brach Totti schier das Herz, dass er den Ort seines kriminalistischen Triumphes so unbeklatscht und auf leisen Pfoten verlassen sollte. Er ließ sich ziehen.

»Poldi!«

Montana winkte ihr von der Zisterne aus zu.

Missmutig und widerwillig kehrte die Poldi zu der Stelle zurück, an der Valentino gestorben war.

»Was ist denn noch?«

»Was ist das?«, fragte Montana.

»Eine alte Zisterne, denke ich.«

»Ich meine das da.«

Montana deutete auf den rostigen Eisendeckel.

»Eine Abdeckung, damit niemand hineinfällt?«

»Hast du dir mal das Vorhängeschloss angesehen?«

Die Sonne war bereits hinter den Hügel verschwunden. Schatten hatten die Mine geflutet und schwemmten alles

Licht und alle Farbe aus der Senke. Die Poldi musste sich herunterbeugen, um zu erkennen, was Montana meinte.

»Sieht neu aus.«

»Nagelneu, würde ich sagen. Ein nagelneues Vorhängeschloss an einem uralten Eisendeckel.«

Die Poldi starrte Montana an.

Montana wandte sich an den *Ispettore*: »Ich brauche einen Bolzenschneider, sofort.«

Als Montana kurz darauf den Eisendeckel anhob, schlug ihnen modriger Geruch aus dem Dunkel des alten Wasserspeichers entgegen. Montana leuchtete mit einer Taschenlampe hinein. Die Poldi erkannte zunächst nur wenig. Die Zisterne war tief, bestimmt drei Meter, ein längliches, zementiertes Becken von unbestimmbaren Ausmaßen, das kein Wasser mehr führte, der Boden war bedeckt mit Staub und Erde. Der Strahl der Taschenlampe fingerte hin und her, bis die Poldi etwas erkannte, das wie Kleidungsstücke aussah. Verrottete, farblose Kleidungsstücke, ebenfalls von Staub überzogen. Und als der Lichtstrahl auf diesen Kleidungsstücken zur Ruhe kam, erkannte meine Tante Poldi dazwischen noch etwas anderes.

»Oh, mein Gott! Sind das …?«

»Sieht ganz so aus«, sagte Montana rau.

Auf dem Grund der ausgetrockneten Zisterne, zwischen Kleidungsstücken und Erde, lag ein menschliches Skelett.

Zwei Tage lang hörte die Poldi nichts mehr von Montana, dann hatte sie die Faxen dicke. An Schlaf war ohnehin nicht zu denken, denn seit dem frühen Morgen erzitterte die Luft über Torre Archirafi alle halbe Stunde unter monströsen Feuerwerksböllern, die vom nahen Kirchplatz abgefeuert wurden und – *Kawum!* – knapp über den Hausdächern explodierten. Kannte die Poldi schon. Irgendein lokaler Schutzpatron hatte wahrscheinlich Namenstag und musste – *Kawum!* – den ganzen Tag über gebührend beböllert werden. Vermutlich würde es am Abend ein Abschlussfeuerwerk und ein kleines Straßenfest auf dem Kirchplatz geben. Bis dahin – *Kawum!* – alle halbe Stunde Salut, dass die Wände nur so wackelten und der Poldi bald der Kopf dröhnte. Also nix wie raus aus dem Ort.

Die Poldi fuhr nach Acireale, parkte den Alfa auf dem Corso Umberto im Halteverbot und schritt entschlossen auf das dunkle neobarocke Gebäude der Präfektur zu. Vor der Hofdurchfahrt lungerten geschniegelte Polizeibeamte mit Sonnenbrillen und Kaffeebechern herum, als sollten sie eine Szene vor einem Polizeirevier in Manhattan-Süd nachstellen. Staatspolizisten und *Carabinieri* traut vereint in lässiger Wichtigtuerei. Die Poldi widerstand dem Impuls, ein Foto zu machen, und schritt grußlos an den uniformierten Bengeln vorbei.

Im Innenhof der Präfektur herrschte angenehme Kühle. Ein Marmorbrunnen aus Delfinen und Nymphen, ringsum zugeparkt von Einsatzfahrzeugen, plätscherte sein Lied von der Schönheit im Verborgenen, an jeder Ecke des Hofes stand ein Orangenbäumchen stramm, und von den Außenwänden herab duftete der Jasmin mit den Autoabgasen um die Wette. Die Poldi hatte schon viele Polizeistationen auf der Welt gesehen, aber noch keine wie diese. Die Präfektur von Acireale war eine einzige Entschuldigung ihrer selbst.

In einem verglasten Pförtnerhäuschen am Eingang saß ein blasser, junger Beamter mit traurigen Augen und einem sehr großen Adamsapfel in einem sehr dünnen Hals.

»*Commissario* Montana«, sagte die Poldi.

»Haben Sie einen Termin, Signora?«

»Nein, habe ich nicht. Das macht aber auch nichts. Der *Commissario* wird mich schon empfangen.«

Ein langer Blick aus traurigen Augen. Der blasse Pförtner telefonierte, verdeckte Mund und Sprechmuschel dabei mit der Hand.

»Der *Commissario* kommt gleich.«

»Keine Umstände, sagen Sie mir nur, wo ich sein Büro finde.«

Der Adamsapfel legte eine Tarantella hin.

»Sie warten bitte hier, Signora!«

Nach wenigen Minuten erschien Montana. Er wirkte erschöpft, Ringe unter den Augen, und ein wenig nervös. Montana nickte dem traurigen Pförtner zu, fasste die Poldi am Arm und führte sie zum Ausgang. Kein Kuss.

»Lass uns einen Kaffee trinken. Um die Ecke ist eine Bar.«

»Wir können doch in dein Büro gehen.«

»Nein, können wir nicht, Poldi.«

»Weil deine hübsche junge Kollegin da ist oder weil noch Umschläge mit dem ganzen Bestechungsgeld auf deinem Schreibtisch rumliegen?«

Montana presste die Lippen zusammen und führte meine Tante Poldi sanft, aber bestimmt an den Kollegen vorbei aus der Präfektur hinaus.

»Ich hätte dich heute Abend ohnehin angerufen.«

»Ach ja?«

»Ja!«

Montana wirkte gereizt.

In der Bar an der nächsten Ecke bestellte er zwei Kaffee

und eine Marzipanmandarine und zog die Poldi ans Ende der Theke.

»Ich habe eine gute und eine schlechte Nachricht. Welche willst du zuerst hören?«

»Die gute natürlich.«

»Die gute Nachricht ist, dass du noch mit mir sprichst.«

»Scherzkeks.«

Die Poldi versuchte, ein säuerliches Gesicht aufzusetzen, was ihr aber gründlich misslang, weil ihr in dem Moment die Freude heiß aus der Brust in die Glieder schoss.

Montana grinste.

»Patanè hat die Diebstähle gestanden.«

»Das ist alles?«

»Natürlich nicht. Eins nach dem anderen.«

»Mein Reden.«

»Willst du mich immer unterbrechen, oder willst du den Ermittlungsstand erfahren? Entscheide dich, ich muss gleich wieder zurück.«

»Reg dich ab, Vito. Also?«

Montana schwenkte seinen Espresso, anstatt ihn mit dem Löffel umzurühren, und kippte ihn runter.

»Patanè sitzt seit heute Vormittag oben bei mir in einem Vernehmungsraum. Erst war er noch ein wenig verstockt, aber seit wir ihn mit den Beweisen konfrontiert haben, redet er wie ein Wasserfall.«

»Welche Beweise?«

»Die Leichenspuren in seinem Wagen.«

»Halleluja!«, rief die Poldi entzückt.

»Die Reifenspuren an der Mine passen zu seinem Wagen«, fasste Montana den Stand der Ermittlungen zusammen. »Also haben wir seinen Wagen untersucht und Leichenspuren im Kofferraum gefunden. Auch Blutspuren von Valentino, die identisch sind mit denen am Tatort.«

»Hat er gestanden?«

»Bislang nur die Diebstähle. Von denen er aber behauptet, dass es gar keine richtigen Diebstähle waren. Angeblich sei alles mit dem Besitzer der Villen abgesprochen gewesen.«

»Mimì Pastorella di Belfiore. Habt ihr ihn dazu befragt?«

»Was denkst du denn?! Der adlige Signore hat es auch gar nicht bestritten. Ehrlich gesagt, wirkt er ziemlich neben der Spur. Er redet immer nur von einem deutschen Dichter …«

»Hölderlin.«

»Ist der bekannt?«

»Ein verrückt gewordenes Genie aus Tübingen. Hat Mimì sonst noch was zu dem Fall gesagt?«

»Nein. Was die Diebstähle betrifft, wird es eine gesonderte Untersuchung geben, um zu klären, ob da überhaupt eine Straftat vorliegt. Meiner Meinung nach ist Mimì Pastorella einfach nur vertrottelt.«

»Hat aber gut an dem Deal verdient.«

»Er kann mit seinem Eigentum machen, was er will. Mehr als Steuerhinterziehung wird nicht dabei herauskommen. In jedem Fall hat Valentino für Patanè gearbeitet. Er bestreitet aber, dass Valentino ihn erpresst hat.«

Die Poldi dachte nach.

»Warum war er dann so scharf auf den Torlöwen?«

»Kurzschlussreaktion, behauptet er. Genauso wie die K.-o.-Tropfen in deinem Wein. Er will sich übrigens noch bei dir entschuldigen.«

»Was für ein Aal! Hat er gesagt, um was es bei dem Streit mit Russo auf dem Parkplatz ging?«

»Um ausstehende Rechnungen für einen Anbau bei Russo. Russo hat das bestätigt.«

»Soso. Hat er das. Wie auch immer, er war's.«

Montana löffelte sorgfälltig den restlichen Zucker aus seiner Espressotasse.

»Er bestreitet vehement, Valentino ermordet zu haben.«

»Soll er. Die Beweislast ist erdrückend.«

Montana brauchte offenbar Zucker. Er biss von seiner Marzipanmandarine ab.

»Köstlich. Ganz frisch. Probier mal.«

»Die Beweislast *ist* doch erdrückend, Vito, oder?«

»Mehr oder weniger. Wir müssen den DNA-Abgleich mit den Spuren vom Tatort abwarten. Die Tatwaffe fehlt übrigens auch noch. Patanè behauptet außerdem, dass er Valentino den Wagen am Tag vor seinem Tod geliehen habe. Am nächsten Morgen habe der Wagen wieder vor seinem Haus gestanden, also sei für ihn alles in Ordnung gewesen.«

»Und hat die ganze Zeit nichts davon erzählt? Ich bitte dich, Vito! Hat er ein Alibi?«

»Nein.«

»Was ist mit dem Skelett in der Zisterne?«

»Tja, das ist die nächste Sache. Offenbar eine junge Frau, aber wir haben ihre Identität noch nicht klären können. Der Gerichtsmediziner schätzt, dass sie seit dreißig bis fünfzig Jahren da unten liegen könnte. Wir gehen gerade sämtliche Vermisstenfälle durch, aber ohne DNA-Abgleich wird das nicht einfach.«

»Ein *Cold Case*!«, rief die Poldi begeistert aus.

»Nach so langer Zeit dürfte es schwierig werden, jemandem den Mord nachzuweisen. Aber wir haben vertrocknete Reste von Blumen bei dem Skelett gefunden.«

»Blumen?«

»Rosen.«

»Also, du meinst, jemand hat gewusst, dass die Frau da liegt und hat auch noch Rosen hinabgeworfen.«

»Und zwar noch innerhalb der letzten Jahre. Einige der Rosen waren noch relativ gut erhalten. Romantisch, was?«

»Was sagt denn Mimì dazu? Ihm gehört die Mine ja schließlich.«

»Er ist aus allen Wolken gefallen. Aber er behauptet, dass er sich nie um die Mine gekümmert habe. Er sei nur als Kind mit seinem Vater einmal dort gewesen. Ich glaube irgendwie nicht, dass es da einen Zusammenhang zum Mord an Valentino gibt.«

»Und das neue Vorhängeschloss? Hältst du das etwa für Zufall, Vito?«

Montana seufzte.

»Wir arbeiten dran, okay?«

Die Poldi biss von der Marzipanfrucht ab, ließ die feste, süße Mandelpaste im Mund langsam schmelzen und dachte nach, beunruhigt von einer Kleinigkeit, so wenig greifbar wie der Marzipan in ihrem Mund. Eine Kleinigkeit. Wie ein fernes, nervendes Klackern, das man nicht lokalisieren kann, um es abzustellen. Und das bedeutete, dass sie etwas übersehen hatte. Eine Kleinigkeit nur. Das entscheidende Teil im ganzen Puzzle.

Montana sah auf seine Uhr.

»Ich muss wieder los.«

»Was war denn nun die schlechte Nachricht?«, fragte die Poldi.

»Ach ja, die schlechte Nachricht ...« Montana holte Luft. »Ich glaube ihm. Patanè.«

Die Poldi versuchte, sich nicht anmerken zu lassen, dass sie das irgendwie nicht überraschte.

»Warum?«

Montana wirkte auf einmal noch müder.

»Kann ich dir nicht sagen. Nenn es Instinkt. Die Beweise reichen allemal für eine Anklage, auch ohne Geständnis. Valentinos Leiche wurde in seinem Wagen transportiert, Valentino hat ihn erpresst, Patanè ist ein Dieb, er hat dich betäubt und ist in dein Haus eingebrochen. Der Präfekt will den Fall so schnell wie möglich abschließen.«

»Aber du denkst, dass Patanè kein Mörder ist.«

»Nur so ein Gefühl, wie gesagt.«

»Wie lange machst du diesen Job jetzt schon, Vito?«

»Sechsunddreißig Jahre.«

»Hat dich dein Gefühl jemals getrogen?«

»Eine Million Mal.«

Er wischte sich fahrig mit der Hand übers Gesicht und den Bart, als wollte er einen lästigen Film abstreifen. Seine hellgrünen Augen wirkten trüb, fast grau. Die kleine Zornesfalte war nun eine richtige Furche. Die Poldi sah, dass er in den letzten zwei Tagen vermutlich nicht geschlafen hatte.

»Ich muss jetzt wirklich los, Poldi.«

»Und ich würde dich jetzt gerne küssen.«

In die hellgrünen Augen kehrte etwas Farbe zurück. Aber sein Lächeln blieb gequält. Für die Poldi ein glasklares Zeichen innerer Zerrissenheit, denn davon verstand sie was.

»Lass uns reden, wenn der Fall geklärt ist, Poldi, ja?«

»Ach Vito!«

Er wollte gehen. Wollte offenbar nur noch weg, zurück in die Präfektur, hinauf in sein Büro, in seine gewohnte Welt der Ermittlungen und Lügen, wo vielleicht, so stellte meine

Tante Poldi sich vor, die schöne Kollegin bereits ungeduldig und mit etwas Glück auch eifersüchtig wartete.

Aber bevor er ging, zog er die Poldi noch einmal an sich und küsste sie.

»Ja, was heißt jetzt ›küssen‹?«, hakte ich im September an dieser Stelle ein, bevor die Poldi weitererzählen konnte. »Details, bitte.«

»Sag bloß, des interessiert dich jetzt? Sonst bist doch immer so gschamig, wenn's zur Sache geht.«

»Und du sonst präziser. Also, wie hat er dich nun geküsst? Mit Zunge oder ohne? Hat er dir den Atem weggesaugt? War er gierig, verzweifelt, durstig wie ein Ertrinkender? War es eine Explosion der Sinnlichkeit, ein raffiniertes Vorspiel oder eher ein flüchtiges Bussi? Waren seine Lippen trocken oder feucht? Hat sein Bart gekratzt? Hat der Kuss eine gefühlte Ewigkeit gedauert, oder war es eher peinlich kurz? Hat sein Atem frisch geschmeckt oder einfach nur schal? Ich meine, hat es gefunkt?«

Meine Tante Poldi sah mich aufmerksam an, wie man ein putziges Nagetier im Käfig ansieht, das unversehens einen neuen Trick kann.

»Erstens«, sagte sie, »hast du offenbar keinen blassen Schimmer vom Küssen, sonst würdest nicht so depperte Fragen stellen. Zweitens: Der Mann ist Kriminalkommissar und Sizilianer, also eine sexuelle Naturgewalt. Drittens …« Die Poldi schloss die Augen. Und öffnete sie wieder. »Drittens hat er nach Sizilien g'schmeckt. Bitter vom Kaffee, süß vom Marzipan, sauer von den Zigaretten und salzig von der Schwermut, von den Lügen, die er jeden Tag schlucken muss, von der unterdrückten Leidenschaft und dem

Schmerz, wieder einmal zwischen allen Stühlen zu sitzen. Sein Bart hat gekratzt, aber auf eine Weise, die mir durch und durch gegangen ist. Wie wenn du im Sommer durch ein Kornfeld gehst und spürst, dass du lebst. Verschwitzt hat er g'rochen, wie ein Mann eben riecht, der hart arbeitet. Nach warmer Haut und einem Rest Eau de Toilette, nach Sehnsucht und nach Erleichterung, weil er jetzt wieder angekommen ist bei dir und endlich wieder der sein kann, der er ist. Des war so ein Kuss, der dir klipp und klar sagt: ›Ich will dich, und ich geb einen Scheiß auf die anderen.‹ Und gleichzeitig, mei, ist des halt ein Abschiedskuss g'wesen, so einer, der sich plötzlich losreißt von deinen Lippen, bevor deine Zunge noch ›Komm!‹ sagen kann, der alle Taue kappt und dir des Herz gleich mit ausreißt. So ein Kuss war des. Reicht dir des?«

Wenn je ein Mensch etwas von der Liebe, Sizilien und Abschieden verstanden hat, dann meine Tante Poldi. Auf der anderen Seite hatte sie nicht vor, diesen Abschiedskuss bloß verständnisvoll zur Kenntnis zu nehmen, *piacere, grazie e buona giornata*, ihr Herz zu den Akten zu legen und den *Commissario* einfach so aufzugeben. Genauso wenig wie den Fall. Meine Tante Poldi hatte nämlich das Gefühl, so langsam in Sizilien anzukommen.

Wieder zu Hause setzte sie sich aufrecht aufs Sofa, sammelte sich einen Moment, schloss die Augen, versuchte, nicht mehr an den Kuss zu denken und stattdessen auf die Kleinigkeit zu kommen, die sie im Café so beunruhigt hatte. Nicht so einfach, denn vom Kirchplatz wurden immer noch Böller abgefeuert. *Kawum!* Zunehmend gereizt pulte und prokelte die Poldi in ihren Erinnerungen herum. Aber nichts zu machen. Also machte sie es so, wie sie es damals im Ashram beim Meditieren gelernt hatte: Sie packte die ungeklärte Kleinigkeit in der Nackenfalte wie einen jungen Hund, der »Platz« lernen muss, und setzte sie zurück aufs Ruhedeckchen.

»Und da bleibst jetzt so lange, bis du dich von selbst beantwortest!«

Kawum! Die ungeklärte Kleinigkeit zuckte beim nächsten Böller zusammen, winselte leise, blickte die Poldi treuherzig an und machte Anstalten, das Deckchen zu verlassen. Die Poldi atmete durch, packte sie erneut am Kragen und setzte sie geduldig und sanft zurück.

»Vielleicht kannst du mir ja sagen, warum mich Vitos schlechte Nachricht nicht überrascht hat. I mein, Patanè ist ein Dieb, ein Hehler, und er hätte mich um ein Haar mit K.-o.-Tropfen gekillt. Er hat ein Motiv, und es gibt haufenweise Spuren und Indizien. Also warum glaub i dann auf einmal nicht mehr, dass er Valentino umgebracht hat?«

Die ungeklärte Kleinigkeit blickte die Poldi aufmerksam an.

»Also ang'nommen, Patanè war's doch nicht. Was bedeutet des? Des bedeutet, dass i mit dem Mordmotiv falsch gelegen bin. Richtig?«

Die ungeklärte Kleinigkeit wedelte mit dem Schwanz.

»Aha. Und außerdem bedeutet des, dass nur noch Valérie und Mimì infrage kommen. Oder doch Russo. Richtig?«

Die ungeklärte Kleinigkeit legte erschöpft die Schnauze auf die Pfoten und schloss die Augen. Die Poldi wusste nicht genau, was sie davon halten sollte.

Sie schlug die Augen auf, da klingelte es an der Tür. Die Poldi öffnete.

Die traurige Signora Cocuzza aus der Bar. Sie trug immer noch ihre weiße Kittelschürze und darunter einen grauen Rock und ein rosafarbenes T-Shirt mit Mehlstaub. Sie wirkte kleiner und zarter als sonst hinter ihrer Kasse, fast durchscheinend, aber kerzengerade. Die Poldi hatte sie noch nie in voller Größe wahrgenommen. Jetzt fiel ihr auf, dass die Signora Cocuzza trotz der eingefurchten Trauer in ihrem Gesicht zu leuchten schien. Als brenne da irgendwo tief in ihrem Innern ein Licht, das durch alle Schatten auf ihrem Herzen hindurchflackerte. Aber vielleicht war es auch nur das Mittagslicht in der Via Baronessa. Signora Cocuzza hielt der Poldi ein kleines, köstlich nach Frittiertem duftendes Päckchen mit Schleife aus der Bar entgegen.

»Ich will nicht stören, Donna Poldina.«

»Sie stören überhaupt nicht.«

»Mögen Sie *Arancini*?«

Die Poldi verstand.

»Ich würde meinen Neffen verkaufen für ein paar Ihrer *Arancini*, Signora.«

Ein Anflug von einer Andeutung von einem Ansatz eines Lächelns.

»Sie sind noch warm. Zwei mit Ragout und zwei mit Mozzarella. Aber sie halten sich auch bis morgen.«

Die Poldi nahm das Päckchen entgegen und trat von der Tür weg.

»Kommen Sie doch herein.«

Die Poldi hatte eine schüchterne Absage erwartet, aber die traurige Signora trat ohne Zögern ein.

»Ich möchte aber nicht stören.«

»Blödsinn. Wir essen die *Arancini* zusammen und trinken ein kühles Bier dazu, was meinen Sie?«

Als die Poldi die Haustür geschlossen hatte, drehte sich Signora Cocuzza zu ihr um.

»Suchen Sie immer noch Valentinos Mörder?«

Irgendwo auf einem Deckchen in Poldis Hinterkopf seufzte die ungeklärte Kleinigkeit in unruhigen Träumen.

»Allerdings.«

Die traurige Signora nickte.

»Gut. Denn ich habe vielleicht etwas für Sie.« Sie sah die Poldi fest an. »Ich weiß, wer das Mädchen in der Zisterne war.«

14. Kapitel

Die Geschichte, die die Signora Cocuzza der Poldi erzählte, war, kann man sagen, eine sizilianische Moritat von Schönheit und Tod. Und sie ging so: In dem kleinen Ort Carruba an den östlichen Gestaden Siziliens, an den Hängen des Ätna, lebte vor langer, langer Zeit ein wunderschönes Mädchen mit Namen Marisa Puglisi. Sie war das einzige Kind ihrer Eltern, einfachen Zitronenbauern, deren ganzes Leben nur aus elender Plackerei für den greisen Landgrafen bestand. Aber trotz ihrer Armut waren Marisas Eltern sehr glücklich, denn Marisas Schönheit und ihr fröhliches und zugewandtes Wesen waren ihr ganzer Reichtum, ihr ganzes Glück. Wenn sie lachte, ging die Sonne auf, öffneten sich Knospen, weiteten sich Herzen. Ein jeder mochte sie gut leiden.

Marisa war früh erblüht, schon mit zwölf hatte sie die Rundungen einer erwachsenen Frau und weckte allerorts Neid und Begierde. Wenn die kleine Marisa in ihrem weißen Kleidchen und ihrer geliebten Monchichi-Tasche sonntags zur Messe erschien, drehten sich alle Köpfe nach ihr um, und schon bald verbreitete sich die Kunde im ganzen Land, dass dort in Carruba ein Kind heranwachse, dessen wilde Schönheit Zyklopen blenden und Männer in den Wahnsinn treiben könne.

Und so kam es auch. Mit sechzehn war Marisas Name überall im Land zu sehen, eingeritzt in Baumrinden und Kirchenbänke und gesprüht auf Hauswände. *Marisa ti amo, Marisa ti voglio, Marisa – vita mia*. Ihre Haut schimmerte hell wie Ricotta mit Honig und weich wie die Pfirsiche aus Santa Venerina. Das schwarze Haar fiel Marisa in dichten Locken bis auf die Schultern wie uralte Lavaströme, und ihre Augen waren so türkis und groß und geheimnisvoll wie die Lagunen von Tindari, mit Goldsprenkeln darin wie das Glitzern der Morgensonne auf dem Meer. Und ach, ihr Busen! Ein Ufer der Sehnsucht, eine stille Bucht zwischen zwei wundervollen Hügeln, ein Ort, an dem ein verlorener Fischer getrost ankern und seinen Kummer verdämmern konnte.

Alle Schönheit jedoch braucht zu wahrer Vollkommenheit immer noch den kleinen Makel, der die Perfektion erst sichtbar und uns unsere eigene Mittelmäßigkeit erträglich macht. Bei Marisa waren das kleine unbedeutende Hautunreinheiten, die ein wenig zu großen Füße und ein gewisser Hang zu derben Flüchen. Aber vor allem leider auch: ihr Verstand. Bei aller Schönheit war Marisa Puglisi, muss man leider sagen, eine ziemlich dumme Nuss. Sie begann, sich einiges auf ihre Schönheit einzubilden. Sie kokettierte und gab mit ihrer Wirkung auf Jungs und Männer an. Dennoch hatte sie sich fest vorgenommen, das Geschenk ihrer Schönheit nicht zu verschleudern, sondern als Fahrkarte ins Glück zu nutzen. Und Glück, das bedeutete für Marisa: ein Haus mit Einbauküche und Putzhilfe, ein Pelzmantel und eine Dauerkarte für den schicksten *Lido* von Catania. Kurz gesagt: Marisa Puglisi war fest entschlossen, reich zu heiraten. Unter einem *Dottore* oder *Avvocato* kam niemand infrage. Und offenbar gab es bald auch einen Kandidaten.

An diesem Punkt der Moritat kam die Signora Cocuzza, damals ebenfalls noch ein junges Mädchen, schüchtern und kränklich, ins Spiel, der sich Marisa gelegentlich anvertraute. Marisa gestand ihrer Freundin, dass es da einen jungen Mann aus bestem Haus gebe, der sie nicht nur leidenschaftlich verehre, nein, geradezu anbete, sondern ihr auch glühende Liebesbriefe schreibe. Was keinem der anderen Bengel je eingefallen wäre. Marisa gefiel das. Auch, dass sie alles total geheim halten müsse und sich auch nur heimlich mit diesem Verehrer treffen könne, da sein strenger Vater gegen die Verbindung sei. Aber schon bald werde es kein Zurück mehr geben, dann werde sie der Freundin alles eröffnen, und sie natürlich zur Brautjungfer machen.

Zwei Wochen darauf verschwand Marisa Puglisi spurlos, irgendwo auf der *Provinciale* von Carruba nach Acireale, und wurde nie wieder gesehen, bis zu dem Tag, an dem Vito Montana die Zisterne einer alten Schwefelmine öffnete, die passenderweise den Namen »Femminamorta« trug.

Die Poldi hörte sich die ganze Moritat schweigend an, nippte nur am Bier, so lange es noch kühl war, und unterbrach die Signora Cocuzza kein einziges Mal.

»Den Eltern hat es natürlich das Herz gebrochen«, berichtete die traurige Signora. »Und mir auch. Ich habe Marisa nie vergessen können. Als ich gestern hörte, dass die Polizei in Femminamorta bei Piazza Armerina das Skelett einer Frau gefunden hat, wurde mir klar, dass das nur Marisa sein konnte.«

»Stimmt. Aber woher wissen *Sie* das schon mit dem Fund?«

Die Signora Cocuzza winkte müde ab.

»Was man eben so aufschnappt.«

»Gab es denn damals keine Ermittlungen?«

»Oh, doch, natürlich. Die Polizei suchte wochenlang die ganze Gegend ab. Ohne Erfolg.«

»Hat man herausgefunden, wer Marisas heimlicher Verehrer war?«

»Tja …« Die Signora seufzte. »Ich denke, dass die Polizei irgendwann Erfolge vorweisen musste. Der einzige Hinweis, den sie hatten, war etwas, das Marisa mir am Tag ihres Verschwindens anvertraut hatte. Dass sie sich am nächsten Abend mit ihrem Verehrer in Femminamorta treffen würde, um sich von ihm zu trennen.«

»Ich denke, sie wollte ihn heiraten?«

»Nun ja. Er war nicht ihr einziger Verehrer, und Marisa fand ihn doch irgendwie … eigenartig. Irgendwie zu verschroben. Die Liebesbriefe fingen an, ihr auf die Nerven zu gehen, schon weil sie die Handschrift kaum entziffern konnte. Außerdem hatte sie sich zu diesem Zeitpunkt Hals über Kopf in einen Innenverteidiger von *Calcio Catania* verliebt. Und außerdem … nun ja … war sie schwanger.«

»Von dem Fußballer?«

Die traurige Signora nickte.

»Zweiter Monat.«

»Also«, fasste die Poldi zusammen, »wollte Marisa mit ihrem geheimnisvollen Verehrer an jenem Abend in Femminamorta Schluss machen.«

»Und wer war nun dieser geheimnisvolle Verehrer?«

»Tja … Der Hinweis auf Femminamorta führte zum Vater Ihrer Freundin Valérie. Er geriet in Verdacht und wurde tagelang vernommen. Ohne Erfolg, man konnte ihm nichts nachweisen. Aber jeder hier in der Gegend, mich eingeschlossen, hat ihn danach für einen Mörder gehalten, denn natürlich war uns irgendwann klar, dass Marisa tot sein musste. Signor Raisi hat sich zeitlebens bemüht, den Verdacht zu entkräften, hat tapfer unter uns gelebt, hat sich nie weggeduckt, aber irgendwann war es dann wohl doch zu viel.«

»Was meinen Sie?«

»Er hat sich umgebracht. Wussten Sie das nicht? Da waren wir alle am Ende natürlich überzeugt, dass er Marisa doch ermordet hatte.«

Die Poldi atmete durch.

»Und Marisas Eltern?«

»Sind an ihrem Unglück zerbrochen. Zwei Jahre später haben sie sich getrennt. Marisas Mutter ist im letzten Jahr gestorben. Wo der Vater heute lebt, weiß ich nicht.« Die Signora Cocuzza wirkte jetzt noch viel trauriger als sonst.

»Das sollten Sie alles noch einmal der Polizei erzählen«, sagte meine Tante Poldi.

Signora Cocuzza schüttelte den Kopf.

»Was sollte das bringen, nach all den Jahren! Außerdem hat sich die Polizei damals wirklich nicht mit Ruhm bekleckert. Ich hatte immer den Eindruck, dass sie gar nicht so scharf drauf waren, den Fall aufzuklären.«

»Sie meinen, da hatte jemand seine Hand drauf?«

»Beweisen lässt sich das natürlich nicht.«

»Russo?«

Signora Cocuzza zuckte mit den Schultern.

»Russo war damals neunzehn. Natürlich war auch er hinter Marisa her, vielleicht hatten sie sogar was miteinander. Aber Russo war nicht blöd, er wusste, dass er für Marisa nicht infrage kam, noch nicht. Und er sah ja selbst umwerfend gut aus, müssen Sie wissen, er hatte genügend Auswahl. Außerdem hatte er genug mit seinen ersten Geschäften um die Ohren.«

»Was für Geschäfte?«

»Er buddelte große Palmen auf Brachgrundstücken aus und verkaufte sie an die Amerikaner in Sigonella. Muss ein gutes Geschäft gewesen sein, denn kurz darauf kaufte er sein erstes Grundstück und gründete *Piante Russo*. Danach ging es steil bergauf mit ihm.«

»Sie meinen, seine Karriere begann direkt nach Marisas Verschwinden?«

»Ich meine gar nichts, Donna Poldina. Ich kann nur nicht vergessen, das ist alles. Und ich dachte, es interessiert Sie vielleicht.«

Die Poldi sah die Signora Cocuzza an.

»Was hat das alles mit Valentinos Tod zu tun?«

Schulterzucken.

»Wie ich gehört habe, wurde Valentino dort umgebracht, wo man Marisas Leiche fand. Also hat ihr Mörder auch Valentino umgebracht. Ist doch logisch.«

So hatte es die Poldi zwar noch gar nicht betrachtet, und die Schlussfolgerung war auch nicht besonderes kriminalistisch, aber einmal ausgesprochen, einmal locker in die Welt getupft, erschien sie der Poldi in ihrer Einfachheit so was von logisch, dass sie nur verblüfft den Kopf schütteln konnte.

»Meine liebe Signora Cocuzza, wissen Sie was? Sie sind ein Genie!«

Draußen gingen die Salutböller für den Lokalheiligen wieder los. Die ungeklärte Kleinigkeit stand auch wieder putzmunter auf ihrem Deckchen, wedelte aufgeregt mit dem Schwanz und kläffte die Poldi an. Sie hatte plötzlich etwas im Maul. Ein kleines, buntes Spielzeug.

»Und in diesem Moment«, erklärte mir meine Tante Poldi später, nicht ohne eine gewisse Selbstzufriedenheit, »ist mir schlagartig alles klar g'wesen. Wer den Valentino umgebracht hat und warum und auch wie i des möglicherweise beweisen könnt'.«

»Nur immer raus damit.«

»Hast schon eine Vermutung?«

»Soll das jetzt eine kleine Zwischenprüfung in induktiver Logik werden, oder was?«, wich ich aus.

»Mei, sag halt.«

Aber darauf ließ ich mich nicht ein. Ich hasse Prüfungen. Ich habe Prüfungen schon immer gehasst. Mich bringt schon ins Schwitzen, wenn man mich in meiner eigenen Stadt nach dem Weg fragt. Ich bin auch nicht Sherlock Holmes und auch kein Pointenverderber.

»Es ist *deine* Geschichte«, erklärte ich fest. »Also erzähl du sie auch zu Ende!«

Poldis Gedankengang war folgender: Valentino hatte seinen Mörder mit dem Wissen um den Mord an Marisa erpresst. Wahrscheinlich hatte er die Leiche in der Zisterne entdeckt. Aber er musste noch weitere Beweise gehabt haben. Vermutlich hatte es an der Zisterne zu einem Austausch von Beweismitteln gegen Cash kommen sollen. Aber irgendwas war dann schiefgegangen, gründlich schief. Da Valentinos Mörder, so schloss meine Tante Poldi messerscharf, sie an ihren Ermittlungen hindern wollte, konnte das nur bedeuten, dass diese Beweise immer noch irgendwo existierten. Valentino hatte sie wahrscheinlich versteckt, genauso wie die Inventarliste in dem Torlöwen. Bloß wo? In seinem Zimmer bei seinen Eltern? Unwahrscheinlich. Montanas Leute hatten alles durchsucht. Bei ihr, so wie den Torlöwen? Das erschien der Poldi auch nicht sehr wahrscheinlich, denn das wäre doch sehr riskant gewesen. Also wo dann? Beziehungsweise, um was für Beweise handelte es sich überhaupt? Die Poldi warf einen Blick auf die ungeklärte Kleinigkeit und hatte auf einmal eine Vermutung.

»Wie hat Marisa damals diese Liebesbriefe eigentlich erhalten? Per Post?«

»Natürlich nicht, das hätten die Eltern doch mitbekommen. Die beiden hatten einen toten Briefkasten, wo ihr Verehrer die Briefe hinterlegte und wo Marisa sie dann heimlich abholen konnte.«

Poldis Vermutung erhärtete sich.

»Wissen Sie denn, wo dieser tote Briefkasten war?«

»Natürlich. Ich musste die Briefe doch immer für Marisa abholen.«

»Und warum überrascht mich das jetzt nicht, Signora Cocuzza?«

»Ich habe das damals natürlich alles auch der Polizei erzählt. Aber die Briefe waren verschwunden. Wollen Sie ihn sehen?«

»Den toten Briefkasten? Existiert der etwa noch?«

Wo hinterlegt man in Bayern und in Sizilien immer noch gerne Zweitschlüssel, Fürbitten, Lottoscheine und geheime Botschaften? Bei der Jungfrau Maria natürlich. Eine kleine Statuette der *Vergine* gehört in Bayern wie in Sizilien in jeden anständigen Haushalt, in alten Häusern gibt es dafür sogar eine kleine Wandnische. Aber auch außerhalb der eigenen vier Wände trifft man auf Bildstöcke der Heiligen Madonna, an Wegkreuzungen, Fischerhäfen, Schenken und an besonders schutzbedürftigen Orten wie zum Beispiel einer

Mineralwasserquelle. Die Schutzheilige von Torre Archirafi ist die *Madonna del Rosario,* eine Rosenkranzmadonna in blauer Robe und mit einem Rosenkranz in der Hand. Die große Madonnenfigur, die so herzzerreißend aussieht, steht in der Kirche neben dem Altar. Eine kleinere Kopie steht an der Seitenwand der *Acque-di-Torre*-Mineralwasserfabrik, gleich neben den öffentlichen Abfüllhähnen in einem alten Bildstock aus Lavasteinen und glasierten Kacheln.

»Die Familie Belfiore hat ihn im neunzehnten Jahrhundert gespendet«, erklärte Signora Cocuzza, als sie die Poldi dort hinführte.

Er war auf der Rückseite mit der Mauer der Fabrik verbunden und hatte die Form eines gedrungenen Tabernakels. Hinter einem gusseisernen Gitter auf einem kleinen Marmorsockel stand eine Madonnenfigur aus bemaltem Gips, behängt mit kleinen Rosenkränzen aus Plastik zwischen Votivkerzen und Kunstblumen.

»*Ecco!*«, sagte Signora Cocuzza. »Marisa hatte damals einen Schlüssel für das Vorhängeschloss von ihrem Verehrer bekommen. Aber jetzt fragen Sie sich natürlich, wo die Briefe lagen, nicht wahr?«

Die Poldi sah sich den Bildstock ganz genau an. Der Sockel aus Lavasteinen wirkte massiv, und in dem Häuschen neben der Madonna war zu wenig Platz, um unbemerkt ein Briefchen zu deponieren, geschweige denn ein ganzes Bündel.

»Sie müssen genau hinsehen!«

Und dann sah die Poldi es.

»*Madonna mia*! Jaleckmiamarsch.«

Ein feiner, viereckiger Spalt in dem Marmorsockel, auf dem die Madonna stand, kaum zu erkennen. Eine kleine

Vase verdeckte einen winzigen Knauf der passgenau eingesetzten Steinschublade.

»Darin hat die Familie Belfiore früher exklusiv ihre Fürbitten deponiert«, erklärte Signora Cocuzza. »Nur sie hatten den Schlüssel zu dem Gitter.«

Die Poldi sah sich das Vorhängeschloss an. Es sah ebenfalls einigermaßen neu aus. Keine Rostspuren zu erkennen.

»Und wer hat den Schlüssel heute?«

»*Padre* Paolo. Und er war so freundlich ...«

Die Signora Cocuzza zog einen kleinen Schlüssel aus ihrer Rocktasche und hielt ihn der Poldi vor die Nase. Kein Grinsen, nicht einmal ein Lächeln. Die traurige Signora war ganz Pokerface. Meine Tante Poldi mochte sie immer mehr.

Während die Signora Schmiere stand, öffnete die Poldi das Gitter, schob die Plastikblumen ein wenig zur Seite und ruckelte die kleine Marmorschublade unter der *Vergine* heraus. Vorsichtig, aber ohne Zögern nahm sie den Inhalt an sich, schob die Schublade zurück, arrangierte die Kunstblumen neu und schloss das Gitter wieder.

»Was haben Sie jetzt damit vor?«, fragte die traurige Signora.

»Zur Polizei gehen.«

Aber das war dann doch nur die halbe Wahrheit. Erst mal ging die Poldi nämlich zurück nach Hause, breitete ihren Fund auf dem Tisch im Innenhof aus und sah sich alles genau an. Alles, was Valentino vermutlich gerade noch in der kleinen Schublade hatte unterbringen können, lag vor ihr: vier kleine blassblaue Briefumschläge, in manierierter Schnörkelschrift an eine gewisse Diotima adressiert. Und eine schwarze Haarlocke, durch eine Schleife aus billigem Geschenkband zusammengehalten. Die konnte nur von Marisa Puglisi stammen. Allerdings irritierte die Poldi der Name »Diotima« auf den Briefumschlägen. Sie breitete die vier Briefe nebeneinander aus. Kleine Blätter, aus sehr dünnem Papier, akkurat gefaltet und mit derselben kaum lesbaren Schnörkelschrift beschrieben. Die Briefe waren datiert, allerdings lagen die Datierungen etliche Wochen auseinander. Die Poldi vermutete daher, dass Valentino sie wahllos aus einem größeren Stapel gefischt und unter der *Vergine* versteckt hatte. Sozusagen als eiserne Reserve. Dem Schriftbild nach handelte es sich um Gedichte mit einem persönlichen Zusatz am Ende. Und dann schnackelte es diotimamäßig bei der Poldi. Sie brauchte praktisch keine Übersetzung mehr, sondern fand das Original mit zwei Klicks im Internet. Allerdings hatte der Verfasser der Briefe ziemlich rüde in Hölderlins berühmter *Ode an Diotima* herumgepfuscht und das Gedicht eigenmächtig an seine libidösen Bedürfnisse angepasst. Was dann rückübersetzt so aussah:

Dann umfängt dein himmlisch Busen
Süß im Liebesspiele mich,
Und in deinem Schoße lösen
Freudig meine Knöpfe sich.

Für Diotima, meine Göttin im Tempel der Lust.
Triff mich heute Nacht um elf an der Mole.
D.

»›D‹?«, fragte ich einigermaßen ratlos, als meine Tante Poldi mir die ganze Aufklärung des Falls enthüllte.

»Ja, freilich. ›D‹ für Domenico. Domenico Pastorella di Belfiore, genannt Mimì, Hölderlinverhunzer und Doppelmörder. Mei, i bin ja nicht gerade ein Hölderlin-Fan, aber des war eine einzige g'schmacklose Schmierfinkerei.«

»Bist du da nicht zu streng?«, fragte ich zurück. »Schließlich war der Mann damals verliebt, da macht man sich schon mal zum Affen.«

»Gell, was weißt denn du davon! Aber natürlich hat mir des G'schmier einiges über den Geisteszustand vom Mimì verraten. Jedenfalls war mir nun klar, dass der Mimì sowohl die Marisa als auch den Valentino getötet haben musste. Marisa ganz klar aus Eifersucht und gekränkter Eitelkeit, Valentino betreffs Erpressung.«

»Aha. Und woher diese Erleuchtung?«

»Mei, wegen dem Löwen! Dem Löwen, verstehst?«

»Dem Löwen.«

»Dem Plastiklöwen halt. Des Hundespielzeug, das i dem Totti an der Mine abg'nommen und wegg'schmissen hab. Des war genau des gleiche Spielzeug, auf dem Mimìs Dobermann immer rumgekaut hat.«

»Na und? Gibt es doch hundertfach, diese Dinger.«

»Haben wir etwa heute Morgen einen *Professore* gefrühstückt? Himmelherrgott, du musst doch zugeben, dass des kein Zufall sein konnte. Der kleine Plastiklöwe bei der Mine war ganz neu, den hatte Totti bei der Zisterne gefunden. Zisterne, Plastiklöwe, Hölderlin, Valentino, Mimì, *Peng*. Verstehst? Kristallklar.«

»Dann hättest du Montana anrufen müssen.«

»Herrschaftszeiten! Mit hätte, müssen, sollen – triffst niemals in die Vollen! Hat mein Vater immer g'sagt, und da muss i ihm ausnahmsweise recht geben. I hab den Fall halt alleine aufklären wollen. Und i hatte doch immer noch keine handfesten Beweise.«

»Eine Haarlocke von Marisa und vielleicht noch DNA an den Briefen, zum Beispiel?«

»Ja, des ist jetzt wieder ganz oberschlau, gratuliere. *Cento punti*. Aber in dem Moment hat's mich halt g'ritten.«

»Der Jagdinstinkt.«

»Gell, jetzt verstehen wir uns.«

Meine Tante Poldi ist einer der furchtlosesten Menschen, die ich kenne. Sie wollte ein Geständnis, ganz klar. Und dazu musste sie Mimì Pastorella eine kleine Falle stellen.

Entschlossen rief sie ihn an und erklärte ihm freundlich, aber klipp und klar, dass sie ihn überführt habe. Und es auch beweisen könne. Dass sie jedoch – gegebenenfalls – bereit wäre, zu schweigen und ihm die Beweise vollständig auszuhändigen. Falls Mimì sich zu einer angemessenen Gegenleistung in Höhe von fünfzigtausend Euro entschließen könne, die sie zur Sanierung ihres Dachs benötige.

Meine Tante Poldi ließ dem perplexen Mimì keine Zeit für Erwiderungen oder Ausflüchte. Sie bot an, die Angelegenheit noch am selben Abend in der Via Baronessa zu erledigen, ansonsten werde sie mit ihren Beweisen zur Polizei gehen, und legte auf. Die fünfzigtausend Euro für das undichte Dach hatte sie sich so ausgedacht. Eine verschmerzbare, aber realistische Summe, fand sie, für die sich ein dritter Mord nicht lohnen würde. Poldis Kalkül: Wenn Mimì auf den Deal einging, wäre das praktisch ein Geständnis. Natürlich bereitete sie ganz professionell eine lückenlose Dokumentation des Abends vor, indem sie ein Diktiergerät mit Gewebeband unter dem Couchtisch festklebte, das alles aufzeichnen würde. Außerdem lud sie die Bayerische Infanteriemuskete und legte sie gut sichtbar aufs Sofa.

Nur für den Fall, dass Mimì mit seiner Lupara erscheinen sollte.

»Moment, halt, stop!«, unterbrach ich sie an diesem Punkt ihres Berichts erneut. »Ich dachte, der alte Schießprügel sei unbrauchbar. Amtlich blockiert und so.«

Die Poldi seufzte.

»Mei. Natürlich nicht. Mein Vater hat doch keine unbrauchbaren Waffen g'sammelt.«

Mit einem mulmigen Gefühl sah ich zu der Wand mit den aufgehängten Flinten, Pistolen und Degen hinüber.

»Du meinst, die sind alle … äh … schussbereit?«

»Sagen wir mal so: mehr oder weniger gut in Schuss. Also gut, i geb zu, da war ein gewisses Risiko schon dabei. Weil des ja auch ein Vorderlader ist, und die sind nicht leicht zu laden, da musst schon aufpassen. Aber erstens hat mein alter Herr mir des alles einmal g'zeigt, und zweitens hab i gar keine Kugel geladen, sondern nur eine kleine Pulverladung mit einem Papierpfropfen drauf, verstehst?«

»Du wolltest einfach mal so richtig *Peng* machen, stimmt's?«

»Pfeilgrad, *Dottore*. Auf alle Eventualitäten vorbereitet wollt' i sein. Nix dem Zufall überlassen. Des war alles superprofessionell geplant.«

Aber wie das immer so ist bei Plänen, die nichts dem Zufall überlassen: Es wurde dann doch noch eng für meine Tante Poldi.

Denn, was sie nicht bedacht, man könnte auch sagen, sträflich vernachlässigt hatte, war, dass genau an diesem Abend das Fest zu Ehren der *Madonna del Rosario,* der

Schutzheiligen von Torre Archirafi, stattfand. Und das bedeutete nicht nur Salutböller den ganzen Tag, sondern auch ein großes Feuerwerk am Abend, Gottesdienst mit anschließender Prozession durch den Ort und danach Party der Dorfjugend mit einer Band aus Riposto. Das Übliche eben, wenn es um den Schutzheiligen des Ortes geht. Da lässt man sich nicht lumpen, zumal wenn man am Meer lebt und von Stürmen und Fluten lieber verschont bleiben möchte. Ganz Torre Archirafi war auf den Beinen. Von Glockengebimmel und Böllern gerufen, strömte alles in die Kirche. Und das bedeutete blöderweise: keine Nachbarn mehr in Rufweite.

Mimì erschien pünktlich, wie immer tadellos gekleidet im Dreiteiler. Und in Begleitung von Hölderlin. Auch daran hatte die Poldi irgendwie nicht gedacht. Leider auch kein Wunder, muss man sagen, denn als Mimì eintraf, war sie bereits ein wenig *tipsy*. Entgegen aller guten Vorsätze hatte sie der Nervosität wegen bereits einen Doppelten intus. Nicht gerade optimal für eine so entscheidende Begegnung, aber nun ja, meine Tante Poldi eben. Immerhin schien Mimì unbewaffnet zu sein, eine Lupara hatte er jedenfalls nicht dabei.

Die Poldi zögerte zunächst, den alten Herrn und seinen Dobermann ins Haus zu bitten. Tatsächlich überlegte sie in diesem Moment, ob sie einfach die Haustür wieder zuknallen und Montana anrufen sollte. Hätte sie vielleicht auch besser getan. Aber dann riss sie sich zusammen, trat zur Seite und bat Hölderlin und Herrchen ins Haus. Mimì sah sich um. Hölderlin machte sich selbstständig und stromerte und schnüffelte überall herum wie ein Cop mit Durchsuchungsbeschluss. Oder ein Profikiller.

»Ein schönes Haus haben Sie. Aber schon mit einem Dachschaden. Das würde es in Deutschland bestimmt nicht geben. Vielleicht wären Sie besser in Deutschland geblieben, Donna Isolde.«

Die Poldi ging nicht darauf ein.

»Einen kleinen Wein, Don Mimì?«

»Sehr freundlich, Donna Isolde, aber nein, danke.«

»Eine Cola, ein Wasser?«

»Nur keine Umstände.«

»Aber Sie haben doch nichts dagegen, wenn ich mir ein Gläschen einschenke?«

»Ich bitte Sie, Donna Isolde!«

Mimì gab ganz den honorigen Signore. Ehrenwert vom gichtgeplagten Zeh bis in die paar verbliebenen Haarwurzeln, seine Stimme dünn und leise. Er wirkte etwas gebeugter als sonst und auch bekümmerter. *Kein Wunder*, dachte die Poldi, *wenn man eine solche Sauerei angerichtet hat, seit Jahrzehnten eine solche Schuld mit sich herumschleppt, und nun droht alles aufzufliegen*. Auf der anderen Seite, fand meine Tante Poldi, wirkte Mimì dafür wiederum erstaunlich gelassen.

»Ein Erbstück Ihres Vaters, wie ich gehört habe«, sagte Mimì mit seiner Flüsterstimme und deutete auf die Muskete auf dem Sofa.

»Äh, ja. Sie musste ... gereinigt werden. Bitte!«

Die Poldi deutete nervös auf einen Sessel.

Ohne den Blick von meiner Tante abzuwenden, ließ sich Mimì vorsichtig auf das Polster hinabsinken. Er schnippte einmal mit den Fingern, und sofort kam Hölderlin angetrabt und setzte sich brav an seine Seite.

Mit einem gewissen Unbehagen registrierte die Poldi,

dass auch der Dobermann sie nicht aus den Augen ließ. Sie setzte sich auf die Sofakante, schob die Flinte ein wenig beiseite und schenkte sich einen Whiskey ein. Ihre Hand zitterte, und sie hoffte, dass das Diktiergerät unter dem Tisch zwischen ihr und Mimì jetzt alles aufzeichnete.

Mimì tätschelte Hölderlins Kopf. Er räusperte sich.

»Nun ... was Ihre ungeheuerlichen Anschuldigungen betrifft ...«

»Die ich beweisen kann, Don Mimì. Sie haben Valentino getötet. Und vor vierzig Jahren auch Marisa Puglisi.«

»Würden Sie mir diese angeblichen Beweise meiner angeblichen Schuld dann wohl freundlicherweise zeigen?«

»Haben Sie denn auch etwas für mich?«

Wieder ein Seufzen. Mimì griff in seine Jacketttasche und zog ein Bündel Tausend-Euro-Scheine heraus, das er auf dem Tisch auffächerte.

»Wollen Sie nachzählen?«

»Das wird nicht nötig sein.«

Die Poldi zog einen wattierten Umschlag unter den Sofakissen hervor, holte die vier Briefe und die Haarlocke heraus und legte sie zu dem Geld.

Mimì nickte.

»Ah, die Haarlocke! Ich wusste, dass Valentino die Haarlocke noch hatte. Wenn Sie sie nicht dazugelegt hätten, hätte ich Ihnen nicht vertraut.«

»Das sind alle Briefe, die ich gefunden habe. Ich glaube, mehr hatte Valentino nicht mehr.«

»Nein, die anderen habe ich leider verbrennen müssen.«

»Bevor oder nachdem Sie ihn erschossen hatten?«

Das war jetzt genau der Augenblick, an dem die Poldi mit ihrem knallharten Verhör beginnen wollte. Doch leider nahmen die Ereignisse an diesem Punkt eine andere Wendung. So ganz und gar nicht von A nach B.

Denn erstens setzte sich drüben vom Kirchplatz unter infernalischem Böllergetöse, Glockengeläut und Tschingdarassabumm die Prozession mit der Rosenkranzmadonna in Bewegung. Und zweitens ließ Mimì die Maske des vertrottelten Romantikers fallen und den Hund los. Er zuckte zusammen, schien aus einem schönen Traum in die böse Realität zu purzeln und sah die Poldi einen Moment lang an, als erkenne er erst jetzt, wen er da vor sich hatte. Blitzschnell, flinker, als die Poldi es ihm zugetraut hätte und reagieren konnte, grapschte er nach den Briefen und der Haarlocke.

Und dann: »Hölderlin, fass!«

Auf Deutsch, wohlgemerkt.

Was Hölderlin sich dann auch nicht zweimal sagen ließ. Er schien nur darauf gewartet zu haben. Muss man sich auch mal vorstellen, ein Leben lang nur Kaschmirpullover, Frotteetücher und Plastiklöwen totschütteln zu dürfen. Nicht mal Valentino hatte er anrühren dürfen, denn das hätte ja verräterische Spuren hinterlassen. Verständlich also, dass sich in Hölderlins Dobermannpsyche ein gewisser Druck angestaut hatte, eine Blutrauschfantasie, ein Schlachtruf der Wildnis, dem er nun mit Hurra folgte.

Auf das Kommando und ohne überflüssiges Bellen oder Knurren stürzte er sich auf meine Tante Poldi. Es war nichts Persönliches, Hölderlin war Profi.

Meine Tante Poldi dagegen war ja etwas kurzatmig und nicht mehr die Schnellste auf den Beinen. Außerdem, wie gesagt, nicht mehr ganz nüchtern. Aber in solchen Situationen wundert man sich immer wieder. Denn meine Tante Poldi reagierte mit ungeahnter Geschmeidigkeit, wie in

Matrix, als ob die Zeit nun sehr viel langsamer für sie ablief.

In solchen Momenten übernehmen die Reflexe die Regie. Die Poldi wirbelte herum, packte die Flinte und briet Hölderlin noch im Sprung damit eins über. Der Dobermann jaulte auf und landete krachend auf dem Couchtisch. Und krachend ging gleichzeitig auch die alte Muskete los. Mit tüchtig Rauch und Feuerstoß donnerte die Pulverladung aus dem Lauf, riss ein Loch in den Deckenputz und der Poldi per Rückstoß das Gewehr aus der Hand. Von beiden Ereignissen – Sturz und Knall – zutiefst erschrocken, zuckte Mimì zusammen und starrte die Poldi an. Der Schlag hatte zwar nicht gereicht, um Hölderlin ganz aus dem Verkehr zu ziehen, verschaffte der Poldi aber zumindest etwas Zeit. Immer noch ungewohnt behände, sprang sie auf, hechtete rückwärts über das Sofa und rannte die Treppe hinauf zum Dach.

»Hilfe!!! … HIIIIILFFFEEE!«

Aber das hörte eben niemand, dann ganz Torre war ja drüben mit der Prozession unterwegs. Der Lärm der Böller, der Blaskapelle und der inbrünstigen Gesänge schmetterte durch die Gassen und wehte mit dem Schein der Kerzen und Fackeln hinauf in den Abendhimmel über Torre Archirafi.

»HIIIIILFFFEEE!«

Keine Chance. Die Poldi zog kurz in Erwägung, wie Turi auf das Dach von *Dottore* Branciforti zu flüchten, traute sich das aber dann doch nicht zu.

Und so stand meine Tante Poldi allein auf ihrer großen Dachterrasse und bekam es jetzt doch ziemlich mit der Angst. Denn kurz darauf stürmte der immer noch leicht benommene und überreizte Hölderlin aufs Dach und drängte die Poldi nachtragend und unmissverständlich an die Brüstung zur Straße. Hinter ihm mühte sich Mimì die Treppe hinauf und ließ, endlich auf dem Dach angekommen, keinen Zweifel am weiteren Ablauf des Abends.

»Deutschland ist so ein schönes Land. Warum sind Sie nicht in Deutschland geblieben, Donna Isolde? Warum mussten Sie Ihre Nase in Dinge stecken, die Sie nichts angehen?«

»Altes Leiden«, ächzte die Poldi, Hölderlins geiferndes Maul dicht vor ihrem Gesicht, der sich mit den Vorderpfoten gegen ihre Brust stemmte, als wolle er sie vom Dach stürzen.

Ganz daneben lag die Poldi mit dieser Vermutung wohl nicht.

»Wie ist Valentino eigentlich an die Briefe und die Haarlocke gekommen?«, rief sie Mimì zu, mehr um Zeit zu schinden als der Vollständigkeit halber.

»Ein blöder Zufall. Ich hatte eine Vereinbarung mit Patanè bezüglich der ... ›Nutzung‹ meiner verschiedenen Anwesen. Dabei muss Valentino auf die Briefe gestoßen sein. In meinem letzten Brief an Marisa hatte ich Femminamorta erwähnt. Dann hat Valentino eins und eins zusammengezählt und sich auf dem Minengelände umgesehen. Er hat mich beobachtet, als ich am Jahrestag von Marisas Tod eine Rose in die Zisterne warf.«

»Wie romantisch.«

»Ich habe Marisa nicht umgebracht!«, fuhr Mimì meine Tante an. »Es war ein Unfall. Marisa wollte sich von mir trennen. Wegen dieses ... Fußballers! Noch nicht einmal meine Briefe wollte sie behalten, die blöde Kuh.«

»Irgendwie wundert's mich nicht.«

»Halten Sie den Mund! Ich habe Marisa vergöttert! Es war ein Unfall! Hölderlin I. hatte sie offenbar so verängstigt, dass sie nach hinten stolperte und unglücklich gegen die Kante der Zisterne fiel.«

»Das hätten Sie der Polizei doch alles erklären können.«

»Die Polizei war mein geringstes Problem. Aber der Skandal! Sie kannten meinen Vater nicht, er hätte mich in der Luft zerrissen und enterbt.«

»Hätte er mal besser.«

»Also habe ich meine Göttin, meine Diotima, mit blutendem Herzen in der Zisterne begraben, um unsere Liebe und unser Geheimnis für alle Zeit zu bewahren.«

»Sie haben sie einfach da runtergeworfen wie Müll!«

Mimì beruhigte sich etwas. Er warf einen prüfenden Blick über die Brüstung und trat dann, wieder die Ruhe selbst, einen Schritt zurück.

»Alle im Ort werden Ihren Tod bedauern, Donna Isolde, glauben Sie mir. Ich werde einen Kranz stiften und einige Gedichte des Meisters bei Ihrer Trauerfeier vorlesen. Es wird ergreifend werden.«

»Nur keine Umstände«, ächzte die Poldi.

»Niemand wird sich wundern, Donna Isolde. Die Trinkerei, die Schwermut, das fremde Land – kein Wunder, wird man denken, dass Sie den Tod herbeisehnten wie einen fernen, unerreichbaren Geliebten.«

Da sprach eben der Romantiker aus ihm. Aber dann wurde er doch noch prosaisch konkret.

»Und nun, Donna Isolde, haben Sie die Wahl: Entweder Sie springen freiwillig, oder Hölderlin hilft nach und zerfleischt Sie.«

»Ich nehme den Telefonjoker«, ächzte die Poldi tapfer.

»Na los!«, herrschte Mimì sie jetzt ungehalten an. »Spring schon! Hölderlin!«

Hölderlin schnappte nach Poldis Hals, und meine Tante wich noch weiter nach hinten über die Brüstung zurück. Viel weiter ging aber nicht mehr. Die Poldi stellte sich den Tod mit seinem komischen Klemmbrettchen vor, wie er gerade den Stift zückte, um ihren Namen gleich von der Liste abzuhaken. Hinter ihr schepperte immer noch die Prozession mit der Rosenkranzmadonna durch den Ort. Die Poldi schätzte, dass sie bei diesem Schneckentempo bestimmt noch zwanzig Minuten bis zur Via Baronessa brauchen würde. Leider zu lange.

»Und deswegen musste Valentino sterben?«

»Er wollte zweihunderttausend Euro!«

»Mein Gott, Mimì! Warum haben Sie sie ihm nicht einfach gegeben? Valentino wollte doch nur weg aus Sizilien. Sie hätten nie wieder etwas von ihm gehört.«

»Weil das Schwein mir bei unserem ersten Treffen nicht sämtliche Briefe und auch nicht die Haarlocke übergeben hat! Er hätte mich immer weiter erpresst.«

Daher habe er Valentino von Valéries Telefon aus noch mal angerufen und ihn nach Femminamorta zitiert für eine letzte Geldübergabe. Bei ihrer zweiten Begegnung hatte er nicht lange gefackelt und Hölderlin auf ihn losgelassen, wie einst schon Hölderlins Vorgänger auf Marisa und auch jetzt auf meine Tante Poldi. Und dann hatte er Valentino eben mit kühlem Herzen eine Ladung Schrot ins Gesicht verpasst, ihn im Kofferraum von Patanès Wagen zurück Torre gefahren und am Strand von Praiola abgelegt.

»Warum haben Sie ihn nicht einfach in die Zisterne geworfen?«

»Damit er dann bei Marisa liegt? Nein! Niemand sollte bei Marisa liegen.«

»Vielleicht der entscheidende Fehler.«

»Genug jetzt! Spring endlich, oder Hölderlin macht dich kalt!«

Hölderlin kam noch näher. Er stank aus dem Maul, nach Fleischresten und Zahnstein. Die Poldi wich noch weiter zurück. Hinter ihr nur noch die acht Meter bis auf die schlecht gepflasterte Via Baronessa. Nicht weit entfernt schepperte die Prozessionskapelle einen getragenen Marsch. Endstation.

Und dann – brach der Ätna aus.

Der Ätna gilt ja als gutmütiger Vulkan mit einer gasarmen, wenig explosiven Lava, der regelmäßig Druck ablässt. Gut, alle Jubeljahre walzt ein Lavastrom schon mal ein Dorf platt, und im siebzehnten Jahrhundert war halb Catania fällig. Aber immer alles schön langsam und gemütlich, sodass genug Zeit bleibt, den *Salotto* auszuräumen, den Kindern die Schnürsenkel zu binden, noch einen *caffè* zu trinken und dem Desaster dann aus sicherer Entfernung zuzusehen. Meistens ergießt sich die Lava ohnehin nur ins menschenleere *Valle del Bove*, auf das man von Poldis Terrasse aus einen guten Blick hat.

Aber gutmütig hin oder her – *wenn* der Ätna ausbricht, geht es einem durch und durch. Dann wird aus dem Berg mit seiner malerischen Rauchfahne ein gigantisches Lebewesen, das unvermittelt laut aufstöhnt wie ein wütender alter Mann, den man zu früh aus seinem Mittagsschlaf geweckt hat. Sizilianer leben seit Jahrhunderten mit ihrem Vulkan und gehen gelassen mit den Ausbrüchen des *Mongibello* und dem lästigen Ascheregen um. Aber wenn der Ätna sich meldet, bleibt niemand ungerührt. Da dreht sich jeder um.

Auch Mimì.

Sogar Hölderlin.

Die Poldi sah eine gewaltige Lavafontäne vom Berg aufsteigen, ein wunderschöner Anblick, ein letzter Gruß. Wie das manchmal so kommt, so unverhofft, so unmittelbar, so unmissverständlich. Auf einmal ist alles klar. Mit diesem Gruß des Vulkans, den Tod vor Augen, ging ein Schauer unbändiger Lebensfreude und Lebenslust durch meine Tante Poldi. In diesem kurzen Moment erkannte sie, wie schön ihr Leben war, hier zwischen Meer und Vulkan, mit den Tanten, den Pilzen, Valérie, der traurigen Signora, mit Montana und allem und dass sie dieses Leben gerne noch eine Weile weiterleben wollte, nicht nur noch diesen einen letzten Augenblick.

Den zweiten Schnaufer des Ätna bekam sie schon gar nicht mehr richtig mit, denn dann ging alles ziemlich schnell.

Hölderlin ließ von meiner Tante Poldi ab und wirbelte verstört herum.

Montana stürmte mit gezogener Waffe aufs Dach.

»Hölderlin, fass!«, schrie Mimì noch.

Aber ehe sein Dobermann sich noch auf die veränderten Umstände einstellen und Montana an die Kehle gehen konnte, schoss der *Commissario*, und Hölderlin brach röchelnd zusammen. Mimì Pastorella, erschüttert durch den Vulkanausbruch und Hölderlins jähes Ableben, fasste sich ans Herz, ächzte und brach ebenfalls zusammen. Herzinfarkt. Exitus. Nichts mehr zu machen.

15. Kapitel

Aufgewühlt und inspiriert vom Bericht meiner Tante Poldi schrieb ich am nächsten Tag, meinem vorläufig letzten Tag in der Via Baronessa, mein erstes Kapitel erneut um. Urgroßvater Barnaba sollte vor seiner Emigration nach München noch einen Mordfall aufklären. Der adelige Großgrundbesitzer Calogero Macaluso hatte Jahrzehnte zuvor ein unschuldiges Bauernmädchen, das sich ihm verweigert hatte, durch seinen Hund brutal zu Tode hetzen lassen. Seitdem treibt der Legende nach das Gespenst eines monströsen Hundes in der Gegend sein Unwesen. Als der letzte Enkel jenes Macaluso zerfleischt im Orangenhain meines Urgroßvaters aufgefunden wird, muss Barnaba den Mörder finden, um seine Unschuld nachzuweisen. Das gelingt ihm durch brillante induktive Logik und mit Unterstützung der schönen Eleonora. Barnaba stellt dem Rivalen des toten Enkels, einem Nachfahren jenes zu Tode gehetzten Bauernmädchens, eine Falle im unwirtlichen *Valle del Bove*, erschießt den abgerichteten Dobermann und führt den Mörder seiner gerechten Strafe zu. Am Schluss des Kapitels lieben sich Barnaba und Eleonora unter freiem Himmel, während über ihnen bedeutungsvoll der Ätna ausbricht. Ich schrieb wie im Rausch.

Abends musste ich es dann der Poldi vorlesen. Sie hörte aufmerksam zu, unterbrach mich nicht, zuckte nicht einmal oder rollte mit den Augen. Aber als ich fertig war und sie nervös ansah, schüttelte sie mit dem Kopf.

»Mei, schmeiß weg, den Klump.«

»Irgendwelche *konkreten* dramaturgischen oder stilistischen Anmerkungen?«

Sie goss sich einen Whiskey ein.

»Nein. Aber des kannst fei besser. Alles eine Sache der Übung.«

Denn vom Erzählen verstand sie was.

Aber zurück zu Poldis Showdown.

Im Hintergrund immer noch Vulkanausbruch und Rummtatata von der Prozession, die soeben in die Via Baronessa einbog. Im Vordergrund in Großaufnahme: meine Tante Poldi. Blass, die Perücke schief, aber ansonsten wohlauf. Schockiert starrte sie auf die beiden Leichen auf ihrer Terrasse, Mimì und Hölderlin, und auf Montana, der Mimì am Hals den Puls fühlte und dann den Kopf schüttelte. Er steckte die Waffe ein, erhob sich und kam langsam auf die Poldi zu, wobei er ihr den Blick auf die Leichen bewusst versperrte.

»Bist du in Ordnung?«

»Kannst ...«

»Was kann ich, Poldi?«

»Kannst du mich bitte in den Arm nehmen?«

Kein Thema. Montana nahm meine Tante in den Arm, ganz fest und ließ sie nicht mehr los. Er hielt sie, schweigend und stark und ein bisschen verschwitzt, bis der Schock sich endlich löste und sie weinen konnte. Und er hielt sie noch weiter im Arm, als wollte er sie nie wieder loslassen, bis das Zittern allmählich nachließ.

»Besser?«

Die Poldi nickte und schniefte.

»Ich muss jetzt die Kollegen rufen, okay?«

Die Poldi nickte, hielt Montana aber weiter fest.

Der *Commissario* löste sich sanft von ihr und sah ihr in die Augen.

»Willst du dich setzen?«

Die Poldi schüttelte den Kopf.

»Wie bist du eigentlich reingekommen?«

Montana hielt ihr einen der Ersatzschlüssel hin.

»Den hatte der *Assistente* Rizzoli doch von deiner Schwägerin bekommen. Ich wollte ihn dir längst vorbeigebracht haben.«

»Schön, dass du dir damit Zeit gelassen hast.«

Die Prozession zog durch die Via Baronessa, die *Madonna del Rosario* schwebte in einer Sänfte unter dem Dach vorbei, königlich und milde, getragen von acht jungen Männern in Valentinos Alter. Die Poldi erkannte nicht, was für ein Marsch das war, den die Blaskapelle da unten schräg und schleppend intonierte, vermischt mit dem Gesang der Einwohner von Torre Archirafi mit ihren Kerzen, aber das war ihr auch egal. Es klang wundervoll. Himmlisch.

»*Namaste*, Leben.«

Von dem ganzen erkennungsdienstlichen Tamtam, das dann wieder einmal einsetzte, bekam die Poldi kaum etwas mit. Abwesend nickte sie dem *Assistente* Rizzoli zu, der wieder mit von der Partie war, beantwortete Fragen, die sie im nächsten Moment wieder vergessen hatte, und sah Montana telefonieren. Als der Zinksarg mit Mimìs Leiche und der

Plastiksack mit Hölderlin darin an ihr vorbeigetragen wurden, zuckte sie zusammen und musste wieder weinen. Aber so allmählich und nach zwei doppelten *Grappa* fing sie sich wieder. Dennoch brauchte sie immer noch eine ganze Weile, bis sie vollständig begriff, was passiert war. Montana musste es mehrfach wiederholen.

Er hatte ohnehin am Abend mit ihr sprechen wollen, also in einer privaten Angelegenheit. Ihr Gespräch am Vormittag in der Bar neben der Präfektur war ihm nämlich noch den ganzen Tag nachgegangen wie ein hartnäckiger Verkäufer einem unentschlossenen Kunden. Eine seltsame Art von Nervosität, eine unbestimmte Gereiztheit hatte von ihm Besitz ergriffen, raubte ihm die Konzentration und schlug ihm auf den Magen. Meteorologisch gesprochen alles Anzeichen eines aufziehenden Sturmtiefs. Montana verachtete Unentschlossenheit, am meisten an sich selbst. Er hasste unerledigte Dinge ebenso wie ungeklärte Fälle. Zwischen den Stühlen zu sitzen, nicht zu wissen, wohin mit sich, trieb ihn zur Raserei, machte ihn unleidlich gegenüber den Kollegen und vermischte sich mit seinem Instinkt, dass Patanè nicht Valentinos Mörder sein konnte, zu einem üblen Cocktail aus schlechter Laune und Herzschmerz.

»Hast du Herzschmerz gesagt?«, hakte meine Tante Poldi zwischendurch ein.

»Lass mich bitte ausreden, ja?«

»*Forza* Vito!«

Außerdem war er nicht ganz ehrlich zu meiner Tante Poldi gewesen, denn natürlich hatte ihr Instinkt sie nicht getrogen, natürlich war Alessia eine Kollegin, wenn auch aus der Verwaltung. Und Montana hasste Lügen. Lügen waren das Schlimmste, Lügen waren der Feind, Lügen waren das

Gift, das er jeden Tag schlucken musste und an dem man zugrunde gehen konnte, wenn man nicht aufpasste. Daher hatte er die Poldi nach Dienstschluss aufsuchen und ein paar Dinge klarstellen wollen. Er hatte schon im Wagen gesessen, als dieser anonyme Anruf kam. Unterdrückte Nummer, unbekannte Stimme, kurz angebunden. Dass die deutsche Signora möglicherweise in Lebensgefahr sei und er sich gefälligst beeilen möge.

»Anruf von wem?«, fragte meine Tante Poldi dazwischen.

»Ich sage doch: anonym. Irgendwer wusste offenbar, was Mimì vorhatte.«

»Eine weibliche Stimme?«

»Nein, männlich.«

»Und woher hatte er deine Nummer?«

»Madonna, Poldi, ich weiß es nicht! Jedenfalls habe ich sofort das Blaulicht aufs Dach geknallt und Vollgas gegeben.«

Natürlich brannte die Poldi darauf, zu erfahren, was Montana denn ursprünglich mit ihr hatte klären wollen. Beziehungsweise auf welcher Seite der Waagschale sie dabei landen würde. Aber Montana winkte ab. Er war müde, hungrig, verschwitzt, er hatte einen Hund erschossen und einen Herzinfarkt nicht verhindern können, er hatte meiner Tante das Leben gerettet und einen Mordfall aufgeklärt.

»Für heute reicht's mir«, erklärte er.

Und dabei blieb es auch.

Der Vulkanausbruch schien einen Wetterwechsel gebracht zu haben. Über dem Ätna türmte sich unter fernem Grollen eine tausend Meter hohe Säule aus Rauch und Feuer. Aber es war nicht mehr so heiß. Schleierwolken rüschten den

Himmel von Westen nach Osten auf, brachten ein mildes, milchiges Licht, glätteten die Kanten und Konturen der Welt und wischten die Trägheit des Sommers aus den Köpfen. Ein schöner Tag. Meine Tante Poldi war im Leben schon oft an Orten gewesen, die sie eigentlich nie wieder hatte verlassen wollen und dann schließlich doch hatte verlassen müssen. An diesem Morgen jedoch fand sie, dass sie nun wirklich endlich zu Hause angekommen war.

Punkt neun erschien sie aufgeräumt, nüchtern und nach Frühling duftend in der Präfektur in Acireale, um ihre Aussage aufnehmen zu lassen, in einem pistazienfarbenen Bleistiftrock und einer cremefarbenen, tief ausgeschnittenen Seidenbluse. Lippenstift sinnlich dunkel, Sonnenbrille und Nofretete-Lidstrich für die nötige Prise Drama und unter einem Kopftuch mit Zitronenmotiven, sozusagen als Verbeugung vor dem Ätna: ihre extra hochgetuffte schwarze Sonntagsperücke. Jeder drehte sich nach ihr um. In der Präfektur begrüßte die Poldi den Pförtner mit dem großen Adamsapfel wie einen alten Freund, zwinkerte den jungen Polizisten zu, die an ihren Dienstwagen lehnten, und ließ die Hüften schwingen wie ein Filmstar aus den Sechzigern, bereit, auf die nächstbeste Vespa zu steigen oder in den nächsten Marmorbrunnen. Der *Assistente* Rizzoli hatte Mühe, sich auf seinen PC zu konzentrieren, als sie ihre Aussage machte.

Als sie das Protokoll unterschrieben hatte, erschien, angelockt vom Klicken des Kugelschreibers wie eine Katze vom Geräusch des Dosenöffners, Montana in der Tür. Er trug einen schwarzen Anzug mit schwarzem T-Shirt und sah aus wie eine Mischung aus russischem Oligarchen und Mailänder Star-Architekten. Nach Poldis Maßstäben also: heiß. Er führte sie in sein Büro am Ende des Flurs und schloss die Tür.

»Willst du mich jetzt vernaschen?«

»Sei nicht albern, Poldi!«

Die Poldi verstand. Dass sie nämlich auf der falschen Waagschale gelandet war.

»Schade. Darf ich mich setzen?«

»Natürlich, bitte. Willst du was trinken?«

»Ein Wasser.«

Montana verschwand, und die Poldi hatte Gelegenheit, sich ein wenig in seinem Büro umzusehen. Es sah aus, wie sie es erwartet hatte: zu klein, zu voll, zu alt, zu muffig, zu deprimierend. Ein Stahlschreibtisch, ein wackeliger Bürostuhl mit Schmetterlingsmuster, ein prähistorischer PC, Klappstühle für die Besucher, ein Aktenschrank, Aktenberge auf dem Boden, an der Wand ein Kreuz, eine Sizilienkarte und ein Urlaubsplaner ohne Einträge. Genau so hatte sie sich immer das Büro von Kommissar Zufall vorgestellt, irgendwo am Ende eines Flurs. Ein Wunder, dass man nicht auch noch die Putzmittel in Montanas Büro lagerte. Das einzig Persönliche waren die beiden Fotos seiner Kinder auf dem Schreibtisch.

»Verstehst du jetzt, was ich meine?«, fragte Montana in der Tür.

Die Poldi drehte sich zu ihm um.

»Es ist eine Schande. Ein Skandal.«

»Sind ja nur noch drei Jahre.« Er setzte sich neben sie auf einen der beiden Klappstühle und reichte ihr das Wasser. »Wir haben die Tatwaffe in seiner Villa in Acireale gefunden. Zusammen mit der Aufnahme deines Diktiergeräts gibt es keinen Zweifel mehr: Domenico Pastorella hat Valentino erschossen. Und höchstwahrscheinlich hat er damals auch Marisa Puglisi umgebracht. Er war übrigens so gut wie pleite, deswegen auch der Deal mit Patanè.«

»Ich frage mich nur, wer den Deal eingefädelt hat«, sagte die Poldi.

»Was meinst du?«

»Patanè ist ein Schmierlappen und Idiot. Ohne Protektion wäre er nie an Mimì herangekommen.«

»Du meinst Russo?«

»Reine Spekulation, vergiss es. Was sagt Mimìs Frau Carmela?«

»Sie wirkte gefasst. Fast ...«

»Erleichtert?«

Montana nickte.

»Sie streitet es natürlich ab, aber ich glaube, sie hat alles die ganze Zeit gewusst. Wir werden es ihr aber vermutlich nicht nachweisen können. Ich könnte kotzen.«

»Ach, Vito!«

»Was du getan hast, war töricht und gefährlich, Poldi. Von Behinderung der Ermittlungen will ich gar nicht erst anfangen. Du hättest mich viel früher informieren müssen.«

»*Du* hast doch ständig Informationen zurückgehalten.«

»Ich bin die Polizei!«

»Und ich bin ich. Beim nächsten Mal ...«

»Es wird kein nächstes Mal geben, Poldi.«

Die Poldi schwieg.

»Immerhin, der Präfekt hat mir vorhin gratuliert.«

»Du hast mir gestern das Leben gerettet. Habe ich mich eigentlich schon bedankt?«

Er grinste sie an.

»Keine Ursache.«

»Wenn du weiter so grinst, komme ich nur auf schmutzige Gedanken. Also, das wäre jetzt eine gute Gelegenheit, mir das zu sagen, was du mir eigentlich gestern Abend sagen wolltest.«

Montana wand sich. Aber dann riss er sich doch zusammen und erklärte umständlich und wortreich, dass er seit drei Monaten mit dieser Kollegin zusammen sei. Alessia, wie gesagt. Also mehr oder weniger zusammen sei, denn auch da sei alles etwas kompliziert, aber nun habe er Alessia kürzlich seinen Kindern vorgestellt und es sei wirklich harmonisch gewesen und alles. Und dass ihn das mit meiner Tante aber dann wie ein Blitz aus heiterem Himmel getroffen habe. Weil er nun mal ein Mann sei. Und ja, dass er immer an sie denken müsse. Aber dass er eben auch ein Mann mit Prinzipien sei. Und dass er habe lernen müssen, seine Gefühle zu kontrollieren. Und dass er deshalb, gewissermaßen, eine Notoperation am offenen Herzen vorgenommen habe. Und dass er sich ... nun ja, für Alessia entschieden habe. Als er fertig war, wirkte er wie ein Marathonläufer im Ziel.

Die Poldi schwieg. Sie hätte den Monolog mitsprechen können, so vertraut kam er ihr vor.

»Poldi? Sag doch was.«

Die Poldi atmete durch.

»Was für ein Quatsch«, sagte sie schließlich und erhob sich. »Wenn du glaubst, Vito, das war's jetzt mit uns, dann hast du dich geschnitten. Das war es noch lange nicht. Und warum? Weil du mich brauchst. Jetzt denkst du vielleicht, was redet die da? Aber ich weiß, dass ich recht habe. Ich weiß es, denn davon versteh ich was. Du brauchst mich, Vito Montana, so oder so.«

Und dabei hatte der Tag doch so gut begonnen. Aber, schwuppdiwupp, stand die Poldi wieder vor der Präfektur mit einem Knoten im Herzen aus Kummer und Enttäuschung. Den Kummer ignorierte sie tapfer, denn sie wollte sich diesen schönen Tag nicht vermiesen lassen. Aber die Enttäuschung! Die Enttäuschung nämlich, dass in dem ganzen Fall tatsächlich kein Mafiazusammenhang zutage getreten war, wie sie die ganze Zeit vermutet hatte. Die Enttäuschung, dass sie Russo nichts hatte nachweisen können. Zwar hatte sie das Versprechen eingelöst, das sie dem toten Valentino am Strand von Praiola gegeben hatte, dennoch fühlte es sich nicht wie ein gelöster Fall an. Und das nervte. Und deswegen brauchte sie Teresas und Martinos Hilfe.

Wie verabredet warteten die Tante und der Onkel in der *Bar Cipriani* und löffelten *Granita*. Onkel Martino plauderte mit einem der Kellner und schwadronierte über den Unfug, abends *Granita* zu essen. Denn mit *Granita*, muss man wissen, verhält es sich wie mit Weißwürsten, die isst man traditionell nur vormittags, am besten zum Frühstück mit einem Brioche, weil das lockere Sorbet in Martinos Jugend eben mit der Zeit im Eisfach der Bar verklumpte und dann nicht mehr genießbar war.

»Du siehst gut aus, Poldi«, fand Teresa.

»I fühl mich auch gut«, log die Poldi und bestellte sich erst noch eine *Granita mandorla caffè* zur Stärkung.

»Und ihr meint, die legen uns alles offen, einfach so?«

»Martino kennt einen der Sachbearbeiter, ein alter Freund, dem er mal die besten Pilzplätze am Ätna gezeigt hat. Das sollte also kein Problem sein. Schließlich sind das auch keine geheimen Dokumente, und wir sind auch nicht die NSA.«

»Wahr gesprochen. Mei, dann auf!«

Das Katasteramt der *Commune di Acireale* lag nur wenige Schritte entfernt an der Piazza Duomo, in einem prächtigen Barockpalast, der ebenso gut auch ein Luxushotel oder der Sitz der Spanischen Inquisition hätte sein können. Aber nein, die Gemeindeverwaltung. Das Bürgeramt. Ein nicht mehr ganz so junger Mann, blass, schlecht rasiert und mit hervorquellenden Augen empfing sie, küsste Teresa die Hand und begrüßte Martino herzlich, wie ein Schüler seinen Mentor, von dem er alles gelernt hat.

»Das ist meine Schwägerin Isolde Oberreiter«, stellte Martino die Poldi vor.

»Sehr erfreut, Signora.«

»Ich hoffe, wir machen keine Umstände.«

»Aber ich bitte Sie, Signora! Ich freue mich, dass ich meinem lieben Freund Martino einen Gefallen tun kann. Kommen Sie mit, ich zeige Ihnen das Archiv.«

Zwei Stunden später trat die Poldi mit Teresa und Martino wieder aus dem Palast, mit einigen Fotokopien in der Hand und der Zuversicht, dem Fall Valentino doch noch gewissermaßen eine Zuckerkirsche aufsetzen zu können.

»Sollen wir dich begleiten?«, fragte Teresa.

»Nicht nötig, das schaffe ich schon.«

Als die Poldi sich wenig später dem Torbogen von Femminamorta näherte, sah sie, dass der zweite Torlöwe seinen angestammten Platz wieder eingenommen hatte. Er schien noch mürrischer als sonst dreinzuschauen.

»*Namaste,* Löwe«, begrüßte ihn die Poldi und hupte zweimal.

Ein Mal für den Löwen und ein Mal für Valérie.

Die Nachricht von Mimìs Schuld und Tod hatte sich offenbar wie ein Lauffeuer verbreitet und auch Femminamorta längst erreicht.

»*Mon dieu*, dann stimmt es also wirklich?«, rief Valérie bestürzt, als die Poldi ihr eine erste Zusammenfassung der Ereignisse gegeben hatte.

»Kein Zweifel«, sagte die Poldi. »Und ich muss mich entschuldigen, dass ich dich verdächtigt habe. Ich weiß auch erst seit gestern, was dein Vater damals durchmachen musste. Ist das der Grund, warum du Frankreich verlassen und Femminamorta übernommen hast?«

Valérie rührte nachdenklich in ihrem aufgewärmten Kaffee vom Vortag.

»Ich weiß nicht. Vielleicht. Ich habe ihn ja kaum gekannt. Du musst dich nicht entschuldigen.«

Eine Weile sagten sie nichts. In den Palmwipfeln ringsum raschelte und knispelte es, wenn die Mäuse sich um die reifen Datteln balgten.

Valérie sah sie an.

»Ich weiß nicht genau, warum ich nach Femminamorta gekommen bin. Vielleicht hast du recht. Aber ich weiß, warum ich bleibe. Femminamorta ist ein guter Ort. Ein Ort, der seine Bewohner beschützt. Er hat auch meinen Vater sehr lange beschützt. Und es ist ein Ort, der Gutes anzieht. So wie dich, Poldi. Und so lange du mich besuchen kommst, werde ich mich hier zuhause fühlen, verstehst du?«

Meine Tante Poldi nickte. Denn von guten Orten, von Freundschaft und den Dingen, die uns halten, verstand sie was.

»Vielleicht«, sagte Valérie, »stellst du mir ja auch mal deinen deutschen Neffen vor, über den du ständig sprichst.«

»Hallo?«, hakte ich an dieser Stelle sofort ein, als sie es mir an meinem letzten Abend im September erzählte. »Du sprichst ständig über mich?«

»Mei, nicht *ständig*. Mehr nur so gelegentlich. Beiläufig, eher.«

»Und *was* erzählst du da so über mich?«

»Gell, was man halt so über seinen Neffen erzählt, wenn der Abend lang ist.«

»Und Valérie würde mich also gerne mal kennenlernen.«

»Des schlägst dir schön aus dem Kopf, gell! Des passt nicht mit euch, davon versteh i was.«

Und um schnell das Thema zu wechseln, erzählte sie mir dann noch, was sie mit Russo zu bereden hatte. Denn wegen Russo war sie ja eigentlich nach Femminamorta gekommen.

Sie musste auch gar nicht erst das Grundstück wechseln und sich im Hauptgebäude anmelden, denn als ob ihn eine Ahnung gerufen hätte, erschien Russo im Garten. Er trug Jeans und T-Shirt und eine Sonnenbrille. Meine Tante Poldi verstand jetzt auch, was die traurige Signora mit Russos gutem Aussehen früher gemeint hatte.

»Ich habe gerade von Turi gehört, dass Sie da sind«, erklärte Russo und setzte sich ungezwungen zu Valérie und Poldi an den Tisch. »Ich freue mich, dass Sie wohlauf sind, Signora Poldi.«

Er setzte die Sonnenbrille nicht ab.

Die Poldi sah ihn an.

»Und das verdanke ich Ihnen, Signor Russo, nicht wahr?«

»Ich verstehe nicht.«

»Sie waren der anonyme Anrufer, der *Commissario* Montana gestern Abend informiert hat, dass ich in Gefahr bin.«

»*Mon dieu!*«, rief Valérie.

»Ich habe leider keine Ahnung, wovon Sie reden, Donna Poldina.«

Die Poldi winkte ab.

»Sie haben alles gewusst. Das mit dem Mord an Marisa Puglisi und vielleicht auch mit Valentino.«

Die Poldi machte eine kurze Pause und ließ Russo nicht aus den Augen.

Der *Vivaio* lehnte sich zurück.

»Dünnes Eis, Donna Poldina. Aber sprechen Sie ruhig weiter.«

»Gerne. Das mit Valentino werde ich nicht beweisen können. Aber eines weiß ich sicher: Valentino war nicht der Erste, der Mimì erpresst hat. Der Erste waren Sie.«

»Aha.«

»*Mon dieu!*«

Die Poldi breitete die Fotokopien, die sie im Katasteramt in Acireale gemacht hatte, auf dem Tisch aus.

»Vor neununddreißig Jahren, kurz nach Marisas Verschwinden, haben Sie Ihr erstes Grundstück gekauft und Ihre Gärtnerei gegründet.«

»Na und?«

»Ich habe mich gefragt, wie Sie mit dem Verkauf von ein paar wilden Palmen so viel Geld zusammenbringen konnten. Aber viel Geld haben Sie damals auch gar nicht gebraucht, denn Mimì Pastorella hat Ihnen das Grundstück damals für einen Apfel und ein Ei verkauft.«

»Er brauchte Geld.«

»Nein, er brauchte Ihr Schweigen.« Die Poldi tippte auf die Fotokopien. »Das sind nur einige Auszüge aus dem Grundbuchamt. Sie haben in den vergangenen vierzig Jahren immer wieder Grundstücke von Mimì Pastorella zu Spottpreisen gekauft. Sie haben Mimì erpresst. Sie haben den Deal zwischen Patanè und Mimì arrangiert. Sie haben Ihr Palmenimperium auf Ihrem Wissen um einen Mord aufgebaut, Signor Russo. Auf dem Mord an dem Mädchen, das Sie vermutlich einst geliebt haben.«

Valérie sagte nichts mehr.

Russo rührte die Fotokopien nicht an, warf nur aus der Distanz einen Blick darauf.

»Und warum hätte ich *Commissario* Montana dann gestern Abend warnen sollen?«

»Weil Sie wussten, dass Mimì am Ende war. Es war nur noch eine Frage der Zeit, bis alles herauskommen würde, und Sie wollten nicht, dass er noch mehr Chaos anrichtet. Chaos, das womöglich auch Sie treffen könnte.«

Russo seufzte.

»Ich mag Sie, Donna Poldina, ehrlich. Ich mag Sie wirklich. Aber bei allem Respekt, Sie haben sich da in etwas verrannt. Beweise sind das jedenfalls nicht. Schauen Sie, ich bin nur ein hart arbeitender Mensch, der sein Land und die Menschen liebt. Ich habe immer gearbeitet, hart gearbeitet. Ich komme aus sehr kleinen Verhältnissen. Meine Eltern hatten nichts. Aber *ich* habe mit viel Arbeit und ein bisschen Glück etwas aus meinem Leben gemacht, und nun bin ich glücklich, vielen Menschen Arbeit geben zu können. Das ist alles. Mit Erpressung oder anderen krummen Geschäften hatte ich nie was am Hut.« Er erhob sich. »Wenn Sie mich nun entschuldigen, ich muss mich wieder um meine Geschäfte kümmern.«

»Eine Sache noch«, hielt ihn die Poldi zurück.

Sie zog das Foto mit der topografischen Karte aus der Tasche, das sie in Taormina gemacht hatte und das sie nie hatte zuordnen können.

»Verraten Sie mir, was das ist?«

Russo warf einen Blick auf das Foto, drehte es einmal.

»Ein Grundstück, das ich kürzlich erworben habe, oben in Trecastagni. Ein Weinberg.«

»Ah, Sie gehen unter die Winzer?«

Russo reichte ihr das Foto zurück.

»Ich hoffe, wir sehen uns bald wieder, Donna Poldina.«

»Davon, Signor Russo, bin ich absolut überzeugt.«

Unmissverständliche Ansage.

Meine Tante Poldi fuhr nach Hause und löste die Pinnwand im Schlafzimmer auf. Als sie abends dann wieder allein vor der Grappaflasche saß, klingelte es an der Tür.

Montana.

Er sah nicht gut aus. Fertig mit den Nerven. Ein Wrack. Die Poldi sah ihm gleich an, was los war, denn von diesem Zustand verstand sie was.

»Poldi, ich …«

»Nichts sagen, Vito«, sagte sie, legte ihm einen Finger auf die Lippen und zog ihn ins Haus. »Nichts sagen.«

Als ich einige Tage später mit meiner Tante Luisa telefonierte, um mich für Mitte September anzukündigen, berichtete sie mir, wie erleichtert alle wären, dass unsere konspiratives Projekt »Lebensfreude« so gut angelaufen sei. Die Poldi wirke bereits viel ausgeglichener, zeige überraschendes Interesse für Pilze und den Fischmarkt, treffe sich fast täglich mit Valérie, tuschele hin und wieder mit der traurigen Signora, habe offenbar sogar regelmäßigen Herrenbesuch und interessiere sich neuerdings sehr für den Weinbau.

»Du, was heißt eigentlich ›*Namaste*‹?«, fragte mich meine Tante.

»Eine indische Grußformel, glaube ich.«

Tante Luisa kicherte.

»Gell, weißt, was die Poldi neuerdings jeden Morgen macht? Sie steigt splitterfasernackert zur Terrasse hinauf, faltet die Hände und ruft laut ›*Namaste*, Sicilia!‹ Und dann noch: ›Lecktsmialleamarsch!‹«

Gute Nachrichten. Meine Tante Poldi!

Aber mit der Lebensfreude verhält es sich für manche Menschen eben wie mit Vulkanausbrüchen. Die können so heftig und gewaltig sein, wie sie wollen – irgendwann herrscht wieder Ruhe, und die Schwermut kehrt zurück. Daher waren meine Tanten und ich dann doch erleichtert, als meiner Tante Poldi bald darauf der nächste Mordfall dazwischenkam.

Tante Poldi und die Früchte des Herrn

1. Kapitel

Irgendjemand hatte der gesamten Via Baronessa das Wasser abgedreht, und irgendjemand hatte Lady vergiftet. Durst und Mord – sprich: alles, was meine Tante Poldi hasste und ihr inneres Gleichgewicht mehr erschütterte als der Anblick eines stattlichen, tadellos uniformierten *Vigile*.

Lady war eine von Valéries freundlichen Tölen gewesen. Eine kurzbeinige Promenadenmischung, eine struppige Kläfferin mit Unterbiss, die mit ihrem Zwillingsbruder Oscar auf Femminamorta die Ratten verjagt und die Gäste begrüßt hatte. Jeder, einfach jeder, der sie kannte, hatte »Läddi« geliebt, denn sie hatte ihr kleines Herz freigiebig und großzügig an alle verschenkt.

Bei jedem Besuch war sie schier verrückt geworden vor Kennenlern- oder Wiedersehensfreude und hatte selbst Valéries misanthropische französische Verwandte im Schwanzwedelstreich geknackt. Den ganzen Tag über hatte man Valéries Arbeiter in der Palmenplantage »Läddi! Läddi!« rufen hören und kurz darauf Läddis heisere, begeisterte Antwort. Bis man ihren kleinen struppigen Körper dann eines Morgens steif und schmutzig im Hof fand. Ein Giftköder, wie der Tierarzt diagnostizierte.

Ganz klar also, dass meine Tante Poldi, stur und bayerisch, das Gleichgewicht wiederherstellen musste. Die Dinge ins Lot ruckeln. Das Wasser wieder zum Fließen bringen. Ladys Mörder finden. Gerechtigkeit schaffen.

Zumal meine Tante Poldi, darf man nicht vergessen, ohnehin auf einem schmalen Grat zwischen Lebenslust und Schwermut balancierte. Da wollte sie wenigstens um sich herum Ordnung schaffen, denn Ordnung zu schaffen half der Poldi immer ein wenig über die Schwermutsattacken hinweg.

Der Mord an Valentino, die Begegnung mit Vito Montana, ihre Freundschaft mit Valérie und der traurigen Signora Cocuzza, die Bemühungen meiner Tanten und nicht zuletzt der Jagdinstinkt hatten der Poldi zwar einstweilen einen Strich durch die Rechnung mit dem Tod gemacht, aber man weiß ja, wie so was geht. Für den Augenblick ist Ruhe, alle atmen auf, der Drops scheint gelutscht, die Sonne bricht durch die Wolken, der Blick richtet sich erneut in die Ferne, die Zigarette schmeckt auf einmal wieder, die Luft summt nur so vor Leben, die ganze Welt ist ein heimeliger Ort, der dir aus allen Ecken nur so Versprechen und Verheißung zuraunt. Einfach herrlich, wer kennt das nicht.

Doch dann – wie aus dem Nichts, *zack!*, keiner hat's kommen sehen – dreht der Wind, und das Schicksal schüttet einen Kübel Unrat über dir aus und kichert sich eins dabei. Und du denkst nur: »Boah, jetzt brauch ich erst mal einen Drink.« Und der ganze Mist geht wieder von vorne los.

Kein Wunder also, dass meine Tanten ein wenig alarmiert reagierten, als die Poldi nach zwei Wochen immer noch kein fließendes Wasser hatte und dann auch noch Lady vergiftet worden war. Keine Frage, der Wind hatte gedreht, das Eis wurde wieder dünner.

»Du musst kommen!«, sagte mir meine Patentante Luisa am Telefon. »Sofort.«

»Geht nicht«, versuchte ich, mich herauszuwinden. »Ich arbeite gerade an einem super dringenden Pitch fürs Fernsehen. Vorabendserie. Krimi light. Zwar nicht ganz mein Genre, aber könnte eventuell eine große Sache werden, verstehst du?«

»Ich reich dich mal rüber.«

Die Patentante seufzte und gab den Hörer ihrer Schwester Teresa, die bei uns in der Familie der Boss ist. Klar, was das bedeutete: Ende der Diskussion nämlich.

Durch die Leitung hörte ich Luisa etwas auf Italienisch flüstern und dann die weiche, immer noch jugendliche Stimme meiner Tante Teresa.

»Wie geht es dir, *Tesoro*? Kommst du mit deinem Roman voran?«

Ich hatte es geahnt.

»Geht so«, druckste ich herum. »Fühlt sich eigentlich alles ganz gut an. Erstes Kapitel so gut wie fertig. Mir fehlt nur gerade ein bisschen …«

»Weil du dich verzettelst«, erklärte mir Tante Teresa sanft. »Was du brauchst, ist Konzentration aufs Wesentliche.«

Wo sie recht hatte …

»Und nebenbei könntest du ein Auge auf die Poldi haben.«

Ich schwieg, und Tante Teresa wechselte ins Italienische, was immer ein Zeichen dafür ist, dass der Luftdruck fällt.

»Sie mag dich.«

»Was?«

»Irgendwie. Wir sprechen jedenfalls oft über dich.«

»Äh, was denn?«, fragte ich misstrauisch.

Tante Teresa ging nicht darauf ein.

»Diese Fernsehsache – liegt dir die am Herzen?«

Treffer, versenkt.

Am nächsten Mittag landete ich in Catania, wurde von Tante Teresa mit *Spaghetti al Nero di Seppie* bekocht, beantwortete brav alle Fragen nach dem Befinden der Familie in Deutschland und saß abends bereits wieder bei meiner Tante Poldi in Torre Archirafi auf dem Sofa. Und das Seltsamste daran war: Ich fühlte mich wie nach Hause zurückgekehrt und meinem verkorksten Familienroman so nah wie lange nicht mehr.

»Du hast ein Bäuchlein bekommen«, stellte die Poldi fest, als sie mir die Tür öffnete.

»Hab ich nicht! Aber danke, ich freu mich auch, wieder hier zu sein.«

Sie ließ mich eintreten und ging zurück ins Haus.

»I sag ja nur. Ein kleines Bäuchlein, des steht jedem Mann. Kompakt muss es halt sein. In der Kunst und der Erotik ist alles nur eine Frage der Proportion, merk dir des für deinen Roman.«

Ich ignorierte den Kommentar und sah mich um. Eines beruhigte mich: Das Projekt Totsaufen mit Meerblick schien vorerst immer noch *on the rocks* zu liegen. Ich entdeckte nirgendwo Nester mit leeren Schnapsflaschen, das Haus wirkte frisch geputzt und aufgeräumt, die Kübelpflanzen auf der Terrasse ausreichend gewässert, der Kühlschrank voller Gemüse. Kein Anzeichen von Verwahrlosung. Aber wie gesagt, schmaler Grat, ein somnambuler Tanz auf dem Vulkan. Nicht mal die Tanten erwarteten ernsthaft, dass die Poldi von einem auf den anderen Tag stocknüchtern bleiben würde, aber tatsächlich trank die Poldi nicht mehr als eine

Flasche Prosecco am Tag, das halbe Weizen zum *Pranzo* und der kleine *Corretto* am Nachmittag mal nicht mitgerechnet. Die Poldi wirkte frisch und wie neu erblüht. Aufgetufft und duftend, im wallenden Seidenkaftan mit tüchtig Ausschnitt, die Perücke kunstvoll toupiert, flanierte sie täglich zur *Passeggiata* den *Lungomare* auf und ab.

Montags ging sie zum Strand, dienstags begleitete sie Onkel Martino zum Fischmarkt in Catania, mittwochs Tante Luisa in den Lido dei Ciclopi. Donnerstags Tee mit Valérie, freitags legte die Poldi *Commissario* Montana flach, samstags dann Rommé mit Signora Cocuzza und *Padre* Paolo, sonntags ging sie manchmal mit Teresa und Martino in die Pilze und genoss im Übrigen ihre neue lokale Prominenz, nachdem sie den Candela-Fall auf so spektakuläre Weise aufgeklärt hatte. Was sage ich, lokal! Sogar der *Augsburger Heimatkurier* hatte sie dazu interviewt.

Mit einem Wort: Meine Tante Poldi hatte einen Flow. Sie war der Star von Torre Archirafi. Sie wurde allenthalben um Selfies gebeten. Sie erhielt Hochzeitseinladungen. Sie ging sogar regelmäßig sonntags zur Messe bei *Padre* Paolo, weil das mehr oder weniger ihrer neuen sozialen Stellung in Torre Archirafi entsprach. Sie hatte sich eine Vespa zugelegt. Und zwar nicht irgendeine, sondern ein restauriertes 125er PX-Modell, von meinem Cousin Marco, der ein Händchen für so was hat, bemalt wie ein *Caretto siciliano*. Das traditionelle Design sizilianischer Eselskarren also, gegen das selbst indische Tuk-Tuks langweilig abstinken. Mit knallbunten Ornamenten, viel Schnickschnack und kleinen Moritatenbildern von Ritter Rinaldo und der schönen Angelica und in diesem speziellen Fall auch kunstvollen Airbrush-Episoden der Poldi im Candela-Fall.

»Weiß schon«, sagte ich ein bisschen neidisch, als sie mir die Vespa präsentierte. »Dezenz ist Schwäche.«

»Mei, nicht, dass du denkst, i wär jetzt vollkommen überg'schnappt. I hab's halt gern bunt. Mit Eitelkeit hat des fei gar nix zu tun. Des ist einfach ein Bekenntnis zu unseren Traditionen.«

»Unseren.«

»Sizilianer sein, des ist keine Frage der Gene, sondern des Herzens, merk dir des. Und von Herzensfragen versteh i was. I hab des immer g'wusst, dass i in einem früheren Leben eine Sizilianerin war. Massai und Sizilianerin, weißt. I spür des einfach. Des hat mir damals in Los Angeles auch die Käschrin g'sagt.«

»Äh, welche Käschrin jetzt?«

»Na, die Käschrin Hepburn, natürlich. Die hatte die Gabe, des weiß fast keiner. Tolle Frau. Überg'schnappt, aber herzensgut. Du, vielleicht geh i demnächst einmal zu einer Wahrsagerin und mach eine Rückführung, was meinst?«

Meine Tante Poldi war kein Mensch, der die Dinge gerne auf die lange Bank schob. Oder eben Durst und unaufgeklärte Mordfälle gut ertragen konnte.

Und damit fingen die Schwierigkeiten immer an.

Der Oktober ist ja einer der schönsten Monate in Sizilien.

Wenn der Sommer seine Faust wieder öffnet und ein wenig Wind ins Haus und dich wieder zu Atem kommen lässt. Wenn das Licht so weich wird wie der *Limoncello* meiner Tante Caterina und du jetzt abends wieder einen Pullover mitnimmst, nur für alle Fälle. Wenn die Bretterbuden und Holzplattformen am *Lungomare* von Torre Archirafi verpufft sind wie der wirbelnde Spuk aus Kindergeschrei,

Lachen, Geflirte, kleinen Dramen und heimlichen Blicken auf sonnengebräunte Haut. Wenn die Kellner in den Bars wieder gesprächig werden und oben am Ätna der allererste Schnee fällt. Wenn etwas weiter unten zwischen Trecastagni und Zafferana die Weinernte anläuft und wenn dich nun morgens die bange Frage in die Bar weht, ob es noch *Granita di gelsi* gibt, Maulbeersorbet. Also, ich mag den Oktober. Aber dieser Oktober war anders. Nämlich immer noch knallheiß, eine Blase aus geschmolzenem Glas, die trotzig auf das ganze Land drückte, entschlossen, auch noch das letzte Fitzelchen Grün zu verdörren. Von Nordafrika fauchte ein Schirokko die halbe Sahara übers Meer, um Autolacke und Kehlen stumpf zu schmirgeln, und überall im Land loderten Migränen und Buschbrände. Der *Mongibello,* der Berg der Berge, ächzte und schnaufte im Minutentakt. Jeden Tag. Jede Nacht. Ein uralter, dumpfer Gruß aus den Eingeweiden der Erde, der an den Nerven rüttelte und jedem durch und durch ging.

Verschärfend hinzu kam die ungebrochene Aktivität des Ätna. Seit Wochen stand eine über tausend Meter hohe Rauchsäule über dem Hauptkrater, und jede Nacht konnte man spektakuläre Eruptionen und Lavaströme bewundern.

Wenn der Schirokko eine Pause einlegte, übernahm der Ätna, ließ Bimssteinbröckchen und Vulkanasche über Torre Archirafi schneien, die sich zentimeterhoch in die Straßen und auf die Dachterrassen legten, bis man ihnen nur noch mit dem Schneeschieber Herr wurde. Sizilien machte es meiner Tante Poldi mal wieder nicht leicht. Hinzu kam, dass eine alte Krone links oben sie in letzter Zeit mit einem hartnäckigen Pulsieren an den längst überfälligen Zahnarztbesuch erinnerte. Ein lästiges Zipperlein, nicht mehr. Aber seit die Poldi sich suffmäßig wieder besser im Griff hatte, ließ sich dieses Zipperlein leider nicht mehr mal eben in einigen strammen Martinis auflösen, sondern nur noch durch stures Ignorieren und eine halbe Ibuprofen. Für einen sizilianischen Zahnarzt war die Poldi bei aller Liebe noch nicht bereit.

Und als wäre das alles nicht genug, versiegten in der gesamten Via Baronessa dann eines Morgens mit einem trockenen Husten sämtliche Wasserhähne. Normalerweise kein Grund zur Panik. Mal liegt es an den alten Leitungen, mal einfach an der Dürre. Meist dauert so ein Wasserausfall nicht mehr als ein, maximal zwei Tage, und zur Überbrückung hast du schließlich die blaue Plastikzisterne auf dem Dach. Blöd nur, wenn der Wasserausfall länger anhält.

Vielleicht gar eine Woche. Oder zwei. Oder, wie in diesem Fall, bereits drei. Noch blöder, wenn die Ursache nicht gefunden werden kann und wenn es auch nur eine bestimmte Straße betrifft. Nämlich deine. Damit ist für einen Sizilianer der Fall meist klar: Die *Cosa Nostra* setzt gerade einen deiner Nachbarn unter Druck.

Die Gründe dafür können vielfältig sein. Vielleicht soll der Nachbar zum Abschluss eines für ihn eher unvorteilhaften Dienstleistungsvertrages motiviert werden. Vielleicht ist er bei einem bereits bestehenden Vertrag mit den Zahlungen in Verzug geraten, und der Wasserausfall ist Stufe eins des zweistufigen Mahnverfahrens. Erste Stufe: die kaum verhüllte Warnung. Zweite Stufe: Gewalt gegen dich und deine Familie. Vielleicht will man deinem Nachbarn auch einfach nur eine Nachricht schicken, um ihm nahezulegen, in einem laufenden Verfahren besser die Klappe zu halten. Man weiß es nicht genau, aber die ganze Straße leidet in jedem Fall mit. Soll sie auch, denn das erhöht den Druck. Wasserentzug ist seit jeher eines der wirkungsvollsten Druckmittel der *Cosa Nostra*. Damit demonstriert sie, dass sie alles Leben vollkommen in ihrer Gewalt hat. Wer über das Wasser herrscht, herrscht über Sizilien.

Seit drei Wochen musste sich die Poldi ihr Wasser wie alle in der Via Baronessa in Kanistern von der öffentlichen Zapfstelle der alten Mineralwasserfabrik holen.

»Einen Durst hab i, des kannst du dir nicht vorstellen«, schnaufte die Poldi und tupfte sich die Stirn.

Den Gefallen, kurz die Perücke abzunehmen, tat sie mir allerdings nicht.

»Jetzt sagst natürlich gleich, des ist bloß psychologisch, und gell, des weiß i fei selbst. Hilft aber nix, verstehst, einen Mordsdurst hab i trotzdem. Magst vielleicht noch ein Bier?«

»Nein, danke«, log ich. »Und wer ist es, deiner Meinung nach?«

»Wer ist was?«

»Der Nachbar, den die Mafia unter Druck setzen will.«

Die Poldi starrte mich fassungslos an.

»Gell, was soll jetzt diese bescheuerte Frage? *I* bin des natürlich, was denkst denn du? Des ist doch sonnenklar, dass i da jetzt ins Fadenkreuz der Mafia g'raten bin, nachdem i den Mord an Valentino aufgeklärt hab.«

»Ich dachte, die Mafia hätte nichts mit Valentinos Tod zu tun gehabt.«

»Nicht direkt halt. Aber indirekt steckt natürlich der Russo dahinter. Und der ist, des sag i dir«, raunte sie, »ein *Capomafioso*, Boss der Bosse.«

»Was du inzwischen beweisen kannst.«

Die Poldi sah mich mitleidig an.

»Mei, i steh da freilich noch ganz am Anfang der Ermittlungen. Aber für Mafiosi, erzkapitalistische Blutsauger und Hundemörder hab i einen Instinkt, davon versteh i was.«

Die Poldi war nicht davon abzubringen, dass Ladys Tod und die Sabotage an der Wasserleitung nur den einen Zweck verfolgten: sie einzuschüchtern.

»Der Valérie hat's fast des Herz gebrochen. Und der arme kleine Oscar ist total down. Jault den ganzen Tag vor Sehnsucht.«

»Aber warum wurde nur Lady vergiftet und nicht auch Oscar?«, fragte ich.

»Pfeilgrad des hab i mich auch g'fragt. Weil, die waren ja praktisch unzertrennlich, die beiden. Ständig haben's um jedes Leckerli g'rauft. Also ist die einzig schlüssige Antwort welche?«

»Äh …«

»Dass die Lady gezielt ermordet wurde, natürlich. Und warum hat er die Lady herg'nommen und nicht den Oscar? Weil sie weiblich war, natürlich. Weil des eine Botschaft an mich sein sollte, verstehst?«

»Ist das nicht ein bisschen weit herge…«

Unwirsche Handbewegung.

»Und wenn i den Scheißkerl nicht bald erwisch, nachert ist auch der arme Oscar seines Lebens nicht mehr sicher, des sag i dir. Jedenfalls hab i bereits erste Ermittlungen aufg'nommen.«

Und da schwante mir endlich was.

»Der Jagdinstinkt, was?«

»Mei, so langsam verstehen wir uns. So langsam kommst an. *Benvenuto in Sicilia.*«

Klare Sache, die Poldi hatte Blut geleckt, hatte den Ruf des Schicksals und ihrer Oberreiterschen Gene vernommen und war bereit, den ihr vorbestimmten Weg der Kriminalistik und der Gerechtigkeit zu gehen. Ärgerlich nur, dass es keinen neuen Mordfall in der Nachbarschaft gab. Was in Verbindung mit dem Wassermangel und der Hitze zu heftigem Durst, Zahnweh, schlimmen Schwermutsattacken und zu einer Art kriminalistischem *Cold Turkey* führte, einem besonderen Entzugssymptom, unter dem, meiner Tante Poldi zufolge, vor allem pensionierte und suspendierte Kriminalbeamte leiden. Man stelle sich ein Superhirn in voller Fahrt vor, und irgendwer tritt plötzlich voll auf die Bremse. Kann echt nicht gut sein.

»I mein, so ein Hochleistungssportler, der kann ja auch nicht so von einem auf den anderen Tag aufhören zu trainieren. Des macht des Herz gar nicht mit. Und dann, zack, Exitus. Siehst, und genau so geht's dem Gehirn eines Ermittlers, wenn es nix zum Ermitteln hat. Wie einem Hund, der nix zum Jagen und Totschütteln hat. Der nimmt dann halt irgendwann deinen Pullover her. Oder einen Kinderarm im schlimmsten Fall. Und was bleibt mir?«

Wie sich herausstellte, hatte die Poldi daher, quasi als Gesundheitsvorsorge, die vergangenen Wochen seit meinem letzten Besuch damit zugebracht, Russo eine Verbindung zur Mafia nachzuweisen. Vergeblich bislang, aber auch kein Wunder, da ihr einziger Anhaltspunkt das Foto einer topografischen Karte war, über die Russo mit Patanè diskutiert hatte. Die Poldi hatte das betreffende Gelände zwar immer noch nicht gefunden, dennoch war sie überzeugt, dass Russo bereits kalte Füße bekommen hatte und ihr durch das Abdrehen des Wasserhahns und den Mord an Läddi unmissverständlich bedeutete, die Ermittlungen unverzüglich einzustellen. Andernfalls, so die Logik meiner Tante: *Morto sicuro.*

»Aber gell, da hat er sich fei g'schnitten, der feine Herr. Seh i etwa so aus, als ob i mir in die Hosen scheiß, wenn so ein herg'laufener G'schwollschädel mir droht? I hab dem Tod schon ins Auge geblickt, des sag i dir. I weiß fei schon, dass i kurz vorm Verfallsdatum bin. Aber so lange, Burschi, lass ich's fei noch krachen, verstehst. Amoremäßig, kriminalistisch und überhaupt. Und wenn's dann so weit ist, nachert weiß i auch, wie man eine Bühne verlässt. Unter Applaus, nämlich.«

Denn von *Amore*, Kriminalistik und Tod verstand meine Tante Poldi was. Daher ging sie ihre Ermittlungen im Fall Läddi auch total professionell an. Heißt: Jeder war verdächtig.

Und so rauschte die Poldi nun in ihrem dunkelblauen Hosenanzug, der hie und da schon etwas zwackte, in Femminamorta ein, wie so eine reinigende Riesenwelle, die an einem verschmutzten, verkommenen Gestade bricht. Stelle ich mir vor.

»*Mon dieu!*«

Valérie schlug die Hand vor den Mund, als die Poldi sich schwitzend und schnaufend auf einen der Plastikstühle im Garten fallen ließ, dass die Nähte des alten Hosenanzugs nur so ächzten.

»Du meinst, jeder ist verdächtig? Ich auch?«

»Du natürlich nicht, Valérie!«

Die Poldi seufzte und klappte schwungvoll ihren Notizblock auf, den Onkel Martino ihr kürzlich geschenkt hatte.

So einen, wie die FBI-Typen im Fernsehen ihn immer dabeihaben, obwohl dem Onkel schon klar war, dass Matula aus seiner Lieblingsserie *Un caso per due* natürlich niemals einen Notizblock brauchte, um sich irgendwas zu merken. Aber Matula war eben auch ein detektivisches Genie, und was meine Tante Poldi betraf, war sich Onkel Martino nicht so sicher, zumal wegen der Trinkerei.

Valérie hatte den kleinen Hundekörper in ein Seidentuch gewickelt und neben der Weinpresse in der stillgelegten alten Kelterei aufgebahrt. Dort war es kühl und dunkel und still. Ein guter Ort für die kleine Läddi, die am Ende ihres viel zu kurzen Lebens noch so viel Agonie hatte ertragen müssen, denn dem Vernehmen des Tierarztes nach war Läddi qualvoll erstickt. Den Eintritt des Todes schätzte der *Veterinario* auf etwa drei Uhr morgens. An der Stelle im Hof, wo man Läddi wenige Stunden später gefunden hatte, gab es keine Spuren des Giftköders.

Die Poldi glaubte daher nicht, dass Läddi den Köder im Hof gefressen hatte, sondern dass Läddi später demonstrativ dort abgelegt worden war. Und genau das sprach, in Poldis Logik, für den Tötungsvorsatz. Auf der anderen Seite wusste die Poldi genau, dass den Erfolg kriminalistischer Ermittlungen nichts so sehr gefährdet wie vorschnelle Hypothesen. Daher wollte sie keine Variante ausschließen, in sämtliche Richtungen ermitteln und zunächst streng objektiv und professionell nur Fakten sammeln.

»Hatte Lady irgendwelche Feinde?«

»*Pardon?*«

»Ich meine, gab es jemanden, der sie nicht mochte? Den sie mal im Schreck gezwickt oder angeknurrt hat? Vielleicht jemanden, der Hunde eh nicht mag?«

»*Mon dieu*, nein!«

Die Poldi machte sich eine Notiz.

»Ist gestern irgendwas vorgefallen? Irgendwas Ungewöhnliches?«

»Nein, wieso?«

»Denk genau nach. Jedes Detail kann wichtig sein.«

»*Mon dieu*, nein!«

Nächste Notiz. Profi am Werk.

»Wann hast du Lady zuletzt gesehen?«

»Das war so gegen neun Uhr, gestern Abend. Ich habe die beiden Hunde im Hof gefüttert, danach hab ich sie noch eine Weile gehört, weil sie sich um so ein Gummispielzeug gezankt haben, das ständig quietschte.«

Noch eine Notiz.

»Und danach?«

Valérie schüttelte den Kopf.

Die Poldi klappte ihr Notizbuch zu.

»Dann würde ich jetzt gerne deine Gäste befragen.«

»*Mon dieu*, ist das wirklich nötig?«

Valérie führte nicht ganz offiziell ein kleines *Bed & Breakfast* und vermietete die zahlreichen leer stehenden Zimmer des Hauses an Gäste, denen sie ein eigenwilliges Frühstück aus Milchkaffee, getoastetem Brot, Keksen, frischen Avocados und quietschsüßen französischen Marmeladen und Familiengeschichten servierte.

»Erzähl mir was über deine Gäste«, sagte die Poldi.

»Es sind Deutsche«, antwortete Valérie. »Aber, *mon dieu*, absolut *delizioso*!«

Für Valérie, ähnlich wie für die Poldi, besaß das Glück eine einfache binäre Struktur, spannte sich alle menschliche Existenz zwischen zwei mehr oder weniger weit entfernten

Polen auf. Zwischen Himmel und Abgrund, zwischen Liebe und Ignoranz, Verantwortung und Ballast, Pracht und Krempel, Wesen und Gedöns. Und in diesem dualen kosmischen Gefüge existierten eben nur zwei Sorten von Menschen: die *Deliziosi* und die *Spaventosi*, die Reizenden und die Schrecklichen. Einfache Regel: Hausgäste, Freunde und Tölen immer *Deliziosi*, der Rest *Spaventosi*. Jedenfalls bis zum Nachweis des Gegenteils.

Die *Deliziosi* hatten jedoch angeblich nichts gehört oder gesehen, und auch weder Turi noch Mario, die sich auf Femminamorta um die Palmenschößlinge kümmerten, konnten mehr als ihr Bedauern über Ladys Tod zur Aufklärung beitragen.

»Des isch arg«, stellte die ältere Dame, die sich der Poldi als Doris vorgestellt hatte, nüchtern fest. »Aber jetzt müsset wir weiter, wir machet doch heute die Gipfeltour zum Ätna.«

Doris war die graue Eminenz einer fünfköpfigen Gruppe schwäbischer *Deliziosi*. Ehemalige Realschullehrerinnen aus Bad Cannstatt auf Studienreise, geführt von einem pensionierten Oberstudienrat aus Filderstadt. Aber wie gesagt, das Wort führte meist Doris, eine sportliche Endsechzigerin in praktischer Funktionskleidung, Wanderschuhen, mit wachsamen Augen und klarer Weltordnung. Und ein toter Hund war nichts, was diese Ordnung groß erschütterte. Die anderen vier *Deliziosi* wirkten zwar weniger sportlich, trugen aber ebenfalls Funktionskleidung und Rucksäcke, als ginge es ins Herz der Finsternis. Die kleine Reisegruppe und ihr Tourguide belegten seit drei Tagen sämtliche freien Zimmer in Femminamorta und hatten sich auf Valéries Bitte im Garten eingefunden, damit die Poldi sie befragen konnte.

Der Poldi war sofort klar, dass diese *Deliziosi* eine echte Herausforderung an ihre kriminalistische Neutralität und Herzensgüte darstellten.

»Weil sie Windjacken-Spießer waren?«, plapperte ich dazwischen, als sie mich am Abend meiner Ankunft auf den Stand der Dinge brachte.

Die Poldi sah mich nur tadelnd an, wie einen jungen Hund, der die einfachste »Platz«-Übung immer noch nicht geschnallt hat.

»Geh Schmarrn!«, rief sie fassungslos. »Wer andere Spießer nennt, ist bloß selbst einer, merk dir des. I mein, es geht doch nicht um Mode oder G'schmack oder Lebensentwürfe!«

»Sondern?«

»Um die Schatten der Vergangenheit! Weil, des hab i doch sofort g'schnallt, dass diese Doris genau die Sorte Besserwisser und Pessimist war, die mich mein Leben lang verfolgt und g'schurigelt hat.«

Da war man baff.

»Aber, äh ...« Ich suchte nach Worten. »Das kann dir doch völlig egal sein! Ich meine, du bist doch ...«

»Jetzt redest schon wie die Teresa.« Sie stöhnte. »Ja freilich kann mir des Wurst sein. Ist es blöderweise aber eben nicht, schnallst des nicht? Weil, des nennt man eine *Backstory Wound*! Merk dir des für deinen Roman. Ohne eine krachlederne *Backstory Wound* sind deine Figuren bloß Kasperletheater. An jedem von uns, im Leben wie im Roman, pappt halt immer ein Schatten dran, der flüstert dir dauernd zu: ›Werd so wie ich, dann geht's dir gleich besser!‹ Dagegen kannst nix machen, und aussuchen kannst dir deinen Schatten schon lange nicht. Und an mir …« Die Poldi schnappte sich meine halb volle Flasche Bier. »… pappt halt schon mein ganzes Leben lang eine Doris. Prost, *Namaste*, lecktsmialleamarsch.«

Kriminalistisch trat die Poldi also praktisch auf der Stelle, und das setzte ihr ziemlich zu.

»Und sonst so?«, fragte ich, um das Thema zu wechseln. »Wie läuft's mit Montana?«

»Meinst jetzt im Bett oder ganz allgemein?«

»Allgemein reicht mir fürs Erste.«

»Mei. Kompliziert halt.« Sie räusperte sich. »Er ist eifersüchtig.«

»Äh … Auf wen jetzt?«

»Auf meine kriminalistischen Erfolge natürlich. Und …« Sie druckste herum. »… na ja, auf den Achille halt.«

Meine Tante Poldi. Ich fasste es nicht.

»Welchen Achille denn jetzt?«

»Magst noch ein Bier? Oder ein *Panino* vielleicht?«

»Jetzt lenk bloß nicht ab!«

»Und du, gell, hetz mich nicht. I bin eine alte Schachtel mit einem Sprung in der Schüssel und außerdem fei immer noch deine Tante. Also quasi Respektsperson, gell!«

Kurzes Schweigen, dann wuchtete sie sich ächzend aus dem Sofa heraus, schlurfte ohne weiteren Kommentar in die Küche und kam mit einer Flasche Rotwein zurück, die sie vor mir auf den Tisch knallte.

»Danke, lass mal.«

»Die sollst auch nicht trinken, sondern anschauen. Fällt dir nix auf?«

Ich sah mir die Flasche an. Ein Nerello Mascalese vom Ätna namens Polifemo von einem Weingut namens Avola.

Sagte mir beides nichts, aber ich bin auch eher nicht so der Weinexperte. Ich drehte die Flasche ratlos hin und her. Das Etikett zeigte eine Art topografische Karte des Weinbergs, der Schriftzug und die ganze Typo sollten wohl klassisch wirken, sahen aber tatsächlich aus wie von einem Schülerpraktikanten einer Provinzwerbeagentur kurz vor der Mittagspause hingehudelt. Nun ja.

»Hübsches Etikett.«

»Gell!« Die Poldi strahlte. »Des hat der Vito auch g'sagt. Na ja, und dann hab i den Achille kenneng'lernt, und alles ist ein bisserl kompliziert g'worden.«

2. Kapitel

Bis vor einigen Wochen hatte Vito Montana noch mürrisch und einigermaßen verbittert dem Ende seines Berufslebens als Kriminalkommissar für Tötungsdelikte bei der *Polizia di Stato* in Acireale entgegengesehen. Mürrisch, weil das eben seine Natur war, verbittert, weil ein römischer Senator, dem er im Zuge einer Mordermittlung ein wenig auf die Füße getreten war, seine Versetzung von Mailand nach Sizilien erwirkt hatte, um den hartnäckigen *Commissario* auf Stumm zu schalten. Und obwohl Vito Montana aus Giarre stammte, hasste er Sizilien mit der Inbrunst eines Großinquisitors. Dann hatte er meine Tante Poldi kennengelernt. Und auf eine seltsame, rührende Art und Weise wirkten die beiden wie füreinander bestimmt. Zwei etwas angestoßene Ladenhüter vom Trödelmarkt des Lebens, mit Gebrauchskratzern und Sprüngen, die ein übermütiges Schicksal zum Ausverkauf noch einmal zusammen in die erste Reihe gestellt hatte.

Letzte Gelegenheit, bitte einmal genau hinsehen! Hier der untersetzte, aber nach Poldis Maßstäben kompakt proportionierte Endfünfziger Montana mit dem grau melierten Vollbart, den zerknitterten Anzügen und der ewigen Zornesfalte zwischen den grünen Augen. Seines Zeichens hartnäckiger Ermittler und, meiner Tante Poldi zufolge, sexuelle Naturgewalt. Und dort, *eccola,* gleich neben ihm und unübersehbar: meine Tante selbst. Nur wenig älter, eine glamouröse, barocke Erscheinung mit ihrer Perücke und dem Nofretete-Make-up und trotz Suff und Schwermut immer noch lodernd vor Lebenslust und einer kerngesunden bayrischen Wut. Ein dramatisches, unbequemes Paar, diese beiden. Kompliziert gar kein Ausdruck. Zwei aufgeladene Elementarteilchen, vom Ringbeschleuniger des Schicksals mit Lichtgeschwindigkeit aufeinandergeschossen.

Jedenfalls reagierte Montana ein kleines bisschen gereizt auf Poldis Ermittlungen im Fall Läddi.

»Natürlich ist das furchtbar mit der kleinen Lady. Aber, *Madonna,* in diesem Land werden jeden Tag Hunde vergiftet. Seit der Antike legen die Bauern Giftköder aus, um Streuner von ihrem Land fernzuhalten. Wir haben eben nicht so ein sentimentales Verhältnis zu Tieren wie ihr.«

Sie lagen nebeneinander in Poldis großem Bett in ihrem abgedunkelten Schlafzimmer. Freitagabend. Die Klimaanlage schaufelte Schwüle hinaus und Kühle hinein. In der Ferne ächzte der Ätna, Palmen knisterten im Ascheregen.

Die Poldi hörte auf, mit dem Finger kleine Löckchen in Montanas Brusthaar zu zwirbeln, raffte sich die Bettdecke vor die Brust und richtete sich ein wenig auf.

»Und damit willst du mir jetzt *was* sagen, Vito?«

Montana sagte gar nichts, rollte sich nur ein wenig zur Seite und zündete sich umständlich eine Zigarette an.

Erschöpft und milde gestimmt nach Eruptionen der Leidenschaft und der Verschmelzung zweier Magmaströme reifer Libido, betrachtete die Poldi Montanas behaarten Rücken und überlegte, ob sie diese Unterhaltung, die eine unerfreuliche Wendung zu nehmen schien, nicht besser durch eine sanfte Massage im Keim ersticken sollte. Aber dann war sie erstens doch neugierig und zweitens außerdem auf Krawall gebürstet.

»Was?!«

»Dass du wieder dabei bist, dich in etwas zu verrennen«, knurrte Montana schließlich. »Du wirst dir nur einen Haufen Ärger einhandeln.«

»Und den größeren Zusammenhang, die Intrige siehst du nicht?«

Montana rauchte und zögerte mit der Antwort.

»Was für eine Intrige? Sieh dich doch um. Alle lieben dich.«

Die Poldi sah ihn prüfend an.

»Alle?«

»Ich meine, warum genießt du es nicht? Du hast einen Mord aufgeklärt. Mit meiner Unterstützung, natürlich. Das ist immer ein Kick, ich weiß, wovon ich rede. Und nachher fällt man dann in ein Loch.«

»Was für ein Loch? Wovon redest du da überhaupt, Vito?«

»Versteh mich nicht falsch, Poldi, ich kenne das. Man will sofort weitermachen, will gleich den nächsten Kick.«

Die Poldi drehte sich zufrieden auf den Rücken.

»Vielleicht mache ich ja eine kleine Detektei auf. Ich werde schon überall deswegen angesprochen. *Agenzia Investigativa Oberreiter*, wie klingt das?«

Montana zerquetschte die Zigarette, die er sich eben erst angesteckt hatte, in Poldis schwerem Glasaschenbecher, als ob ihm irgendetwas die Lust aufs Rauchen vermiest hätte, und sah meine Tante an.

»Es wird keinen weiteren Mordfall geben. Es wird überhaupt keinen Fall mehr geben, Poldi. Sieh der Realität ins Auge. Du bist nicht die Polizei. Und im Grunde weißt du das auch, also versucht dein Unterbewusstsein, einen Mord zu konstruieren.«

»Ach, tut es das?!«

»Und es wäre besser für dich, damit aufzuhören.«

»Du glaubst also, ich leide an Realitätsverlust? Dass ich verrückt bin? Dass ich überall Verschwörung wittere?«

Montana schnalzte mit der Zunge und ruckte kurz mit dem Kopf. Der sizilianische Urlaut für ein lässiges Nein oder auch ein weniger lässiges: »Blödsinn, so habe ich das nicht gemeint!« Er streckte eine Hand unter der Decke nach ihr aus.

»Du bist eben ein Mensch mit viel Fantasie, Poldi.«

Womit er zwar recht, aber definitiv nicht den richtigen Ton getroffen hatte.

Die Poldi schob diese geliebte schöne, warme Hand brüsk beiseite und richtete sich ganz im Bett auf.

»Ja, leckmiamarsch, du g'scherter Hammel, was bildest du dir eigentlich ein?«

»Könntest du bitte Italienisch mit mir sprechen, Poldi? Ich versteh gar nicht, warum du jetzt so sauer reagierst.«

»Ich bin nicht sauer. Ich finde nur, du solltest jetzt gehen, Vito.«

Ganz ruhig, geradezu hanseatische Selbstbeherrschung.

»Ach, komm, Poldi! Du weißt genau, wie ich das ...«

Noch ehe er den Satz noch zu Ende gebracht hatte, flogen ihm sein Anzug und sein Hemd entgegen.

»Und zwar sofort. So kannst du vielleicht mit deiner Alessia reden, aber nicht mit mir.«

Das war zwar jetzt ein bisschen hässlich nachgetreten von der Poldi, aber emotional völlig verständlich. Jede Beziehung, auch die aufgeklärteste und längste, die ruhige wie die stürmische, führt schließlich ein Sediment aus unausgesprochenen Erwartungen, kleinen Verletzungen, kleinlichen Ängsten und unbeantworteten Fragen mit sich. Alles gut, solange alles fließt. Bis sich dieses Sediment irgendwann zu einer Sandbank anstaut, den Fluss zerteilt, gefährliche Strudel bildet, den Strom im schlimmsten Fall ganz zum Erliegen bringt. Alessia war die Sandbank im Strom von Poldis Liebe zu Vito Montana. Alessia war die Kollegin aus der Verwaltung. Alessia war Montanas Freundin, Alessia war fünfundzwanzig Jahre jünger, Alessia war schön und klug und temperamentvoll und hundert andere Dinge, mit denen sich die Poldi herumquälte, wenn sie wieder mal alleine gegen den Durst, die Schwermut und das Verlangen nach einem zünftigen Vollrausch ankämpfte. Alessia war Montanas bequemer Notausgang, aber meine Tante Poldi blieb tolerant. Ich habe mich oft gefragt, warum sie vor Eifersucht nicht einfach durchdrehte.

Obschon Sizilianer, also schnell beleidigt, nahm Montana den Rausschmiss sportlich. Textnachrichten – aufgebrachte, beschwichtigende, verletzte, besänftigende, genervte, schmutzige und zärtliche – wogten wenig später und in den nächsten Tagen hin und her wie Gezeiten an die entgegengesetzten Gestade eines stürmischen Ozeans, und am Freitag darauf landeten die beiden wieder in der Kiste wie zwei Teenies.

Montana und die Poldi fallen also übereinander her wie die Tiere, alles läuft wieder rund, eine Feuersbrunst der Lust, kennt man ja, kleine Verschnaufpause, Montana raucht eine, die Poldi füttert ihn mit Mortadella-Häppchen, sie teilen sich ein Bier, und die Poldi quetscht Montana nach seinem aktuellen Fall aus.

»Ich darf eigentlich nicht darüber reden.«

Die Poldi nickte ernst.

»Natürlich nicht.« Sie sah Montana an. »*Madonna*, jetzt erzähl schon. *Dai!*«

Eine Staatsanwältin aus Catania war tot in ihrer Zweitwohnung in Acireale aufgefunden worden. Von hinten erschlagen, mit einer vollen Weinflasche. Die Poldi sofort elektrisiert. Wein und Mord – praktisch ihr Thema.

»Hast du Fotos?«

Montana zögerte.

»Kein schöner Anblick.«

»Sieh mich an, Vito. Seh ich so aus, als ob mich noch irgendwas aus der Bahn werfen könnte?«

Montana seufzte.

»Nicht hier, nicht im Bett.«

Sie zogen sich rasch etwas über. Montana breitete einige Abzüge der Tatortfotos auf dem Küchentisch aus und holte sich ein Bier. Die Poldi sammelte sich kurz und sah sich dann die Bilder an.

Das erste Foto vom Tatort zeigte die Leiche der Staatsanwältin in einem eingetrockneten See aus Blut und Rotwein und Glasscherben. Ihr Name war Elisa Puglisi, alleinstehend, kein Mann, kein Ex-Mann, keine Kinder, Eltern bereits verstorben. Eine Single-Frau Mitte vierzig, die ihre Karriere offenbar über alles gestellt hat. Die Putzfrau hatte sie erst einen Tag nach ihrer Ermordung gefunden.

»Dabei war sie hübsch!«, rief die Poldi aus, als Montana ihr ein Foto von Elisa aus besseren Tagen zeigte.

Eine zierliche Frau mit einem schmalen, blassen Gesicht. Sie sah direkt in die Kamera, und alles an ihr – ihre leicht vorgebeugte Haltung, das blaue Kostüm, die Art, wie sie ihre Aktentasche hielt, der abgespreizte kleine Finger, der strichförmige Mund – drückte Entschlossenheit und Missbilligung aus. Alles, bis auf die schwarzen Locken, die Elisa Puglisi dicht und voll und ungebändigt bis über die Schultern fielen.

Die Poldi drehte das Foto im Licht ihrer Küchenlampe hin und her, als könne sie auf diese Weise hinter Elisas Maske blicken. Einen Blick auf ihre *Backstory Wound* erhaschen. Auf ihren Mörder.

Aber die strenge Elisa auf dem Foto gab ihr Geheimnis nicht preis. Tatzeugen gab es keine, niemand hatte irgendwas gehört oder gesehen. Der Täter hatte mehrmals mit der Flasche von hinten zugeschlagen, bis die Flasche zerbrochen war. Aber zu diesem Zeitpunkt war Elisa Puglisi bereits tot gewesen.

Die *Polizia Scientifica* hatte weder Fingerabdrücke noch DNA-Spuren an der Flasche gefunden. Auch an der Leiche und in der Wohnung gab es kaum Spuren.

»Ein Profi«, vermutete Montana.

Die Poldi runzelte die Stirn und breitete die Tatortfotos auf dem Tisch aus. »Welcher Profikiller tötet mit einer Weinflasche?«

»Vielleicht *sollte* es nach einer Beziehungstat aussehen.«

Die Poldi war nicht überzeugt, zumal sie Montanas Unbehagen spürte.

»Sie hat ein paar Stunden vorher noch Sex gehabt«, sagte er.

»Mit wem?«

»Wir arbeiten dran.«

Die Poldi dachte nach.

»Staatsanwältin, ja? Da macht man sich ja leicht mal Feinde. Hast du ihre Fälle überprüft?«

»Wir sind dran.«

»Geht's vielleicht auch ein bisschen konkreter?«

Montana stöhnte.

»Ich darf dir das nicht sagen, Poldi.«

Die Poldi sah ihn an.

»Aber?«

Montana trank sein Bier, bevor er antwortete.

»Elisa Puglisi leitete die DDA der Provinz Catania.«

»Die was?«

»*Direzione Distrettuale Antimafia,* die Anti-Mafia-Staatsanwaltschaft.«

»Leckmiamarsch!«, rief die Poldi begeistert aus. Und auf Italienisch weiter: »Dann ist doch alles klar.«

»Nichts ist klar, solange nichts klar ist«, knurrte Montana. »Wir ermitteln einstweilen in alle Richtungen. Aber gut möglich, dass mir demnächst ein paar schneidige Jungs aus Rom von der *Direzione Investigativa Antimafia* den Fall abnehmen.«

»Schöne Scheiße.«

»Du sagst es.«

»Du brauchst meine Hilfe, Vito.«

»Vergiss es, Poldi.«

»Ich meine, ich könnte doch ...«

»Ich sagte, vergiss es!«

Er wollte die Fotos wieder an sich nehmen, aber die Poldi war noch nicht ganz fertig. Irgendetwas an den Bildern hatte sie irritiert. Und zwar nicht der Anblick der Leiche, sondern ein Detail, das ihr kurz ins Auge, aber noch nicht ganz ins

Bewusstsein gesprungen war. Gründlich betrachtete sie ein Foto nach dem anderen.

Bis sie es entdeckte.

Sie drehte das Foto einmal um neunzig Grad und zeigte es dann Montana. »Was sagst du dazu?«

»Was meinst du?«

»Die Weinflasche. Hast du dir die mal genau angesehen?«

Montana nahm das Foto in die Hand und betrachtete es genauer.

»Ein Etna Rosso«, sagte er schulterzuckend. »Hübsches Etikett. Was ist dir daran aufgefallen?«

Die Poldi überlegte kurz, ob sie es ihm sagen sollte. Aber dann fand sie, dass sein Ton vorhin ihr dann doch ganz und gar nicht gefallen habe.

»Ach, vergiss es«, flötete sie. »Ein sehr hübsches Etikett, finde ich eben auch. Und so eine originelle Idee mit der topografischen Karte des Weinbergs. Kennst du dieses Weingut Avola?«

Montana sah die Poldi misstrauisch an.

»Was soll diese Frage, Poldi?«

Aber da war die Poldi bereits aufgestanden, ließ ihren Seidenkimono fallen und ging zurück ins Schlafzimmer. »Genug ermittelt, Vito. *Namaste*, das Leben ruft!«

»Erklärst du's wenigstens mir?«, fragte ich, als sie mir die Episode später dann erzählte.

»Hast du's fei immer noch nicht g'schnallt!«, rief sie fassungslos. »Mei, des liegt doch so was von auf der Hand!«

»Dann bitte einmal für die Unterbelichteten zum Mitschreiben.«

Die Poldi ging kurz ins Schlafzimmer und kam dann mit einem Foto zurück, das sie vor die Weinflasche legte. Das Foto zeigte eine topografische Karte, die mir entfernt bekannt vorkam. Und dann verstand auch ich es endlich.

Das Etikett der Weinflasche zeigte die gleiche topografische Karte, über die Russo und der inzwischen verhaftete Patanè damals gesprochen hatten, als die Poldi die beiden im Fall Valentino observiert hatte.

»*Forza* Poldi!«, flüsterte ich beeindruckt.

»Des ist gar kein schlechter Wein, dieser Polifemo«, sagte sie triumphierend. »Ein echter Etna Rosso! Kräftig, dunkel und elegant, mit Halt und Wumms, einem spektakulären Abgang und einer zarten, geheimnisvollen Mandelnote. Flüssiger *Commissario*, sozusagen. Vierundneunzig Parker-Punkte, so einen Stoff kriegst nicht im Supermarkt. Eine Sauerei, so einen edlen Tropfen als Tatwaffe zu missbrauchen. Magst jetzt vielleicht doch einen Schluck probieren?«

»Lass mal«, winkte ich ab. »Ich trink halt nicht so gerne aus Mordwerkzeugen.«

»Sind wir heute im Karl-Valentin-Modus, oder was? Aber gell, du siehst schon, dass damit die Verbindung natürlich klar war? Staatsanwältin – Mafia – Russo – Mord.«

»Findest du das nicht ein bisschen ... ich meine, weit hergeholt?«

»Die Fantasielosigkeit ist die kleine Schwester des Kleinmuts. So wird des nie was mit deinem Roman.«

Wirklich, meine Tante Poldi meinte es nur gut mit mir.

»Und wie hängt das nun mit diesem Achille und Montanas Eifersucht zusammen?«

Die Poldi tippte auf das Weinetikett.

»Mei, der Achille, des ist halt der Winzer.«

Achille Avola hatte den Weinberg oberhalb von Trecastagni von seinem Vater geerbt.

Seit drei Generationen baute die Familie Avola dort an den Hängen des Ätna schon Wein an. Bis in die Neunzigerjahre noch eine ziemlich mittelmäßige Plörre, bis schließlich der neue Geist und die EU-Gelder auch die Avolas erreichten und Achille und sein Wein zu Hochform aufliefen.

Für die Poldi war es natürlich ein Klacks, das kleine Weingut ausfindig zu machen. Zwei Mausklicks, ein Anruf bei Onkel Martino, ein Blick auf die Straßenkarte – *ecco, pronto!*

Dem Ambiente entsprechend gekleidet – nämlich figurbetont im rot-weiß-grünen Dirndl mit tüchtig Ausschnitt und einem Seidenkopftuch mit Traubenornamenten – setzte sie sich gleich am Samstagmittag auf ihre Vespa und bretterte hinauf nach Trecastagni.

Trecastagni ist ein verträumter Ort, auf halber Höhe zwischen Himmel und Erde, von einem freundlichen Gott mit leichter Hand an die Ostseite des Ätna zwischen alte Nebenkrater getupft. Eines der an die zwanzig Ätnadörfer, die den Berg wie eine nachlässig geknüpfte Kette umgürten, weitgehend unverschandelt, wo die Sommer mild und die Winter klamm sind. Wo man aufs Meer in der Ferne blickt wie auf einen Gutschein für eine bessere Zukunft, den man nie einlösen wird. Wo man den Heiligen Sankt Alfio verehrt. Wo man als Mann reiferen Alters mit seinen Kumpels noch in Ruhe auf der Piazza chillen und über den Verfall der Sitten und der eigenen Männlichkeit klagen kann. Wo die Verkehrspolizisten schnurrbärtig, die Mädchen zugewandt und die Mobilfunkverbindungen launisch sind. Wo der Wein gedeiht und auch die Kirsche, die Maulbeere, die Feige, der Pfirsich und was nicht noch alles. Wo der Ginster geduldig über Jahrhunderte den Vulkanboden zerbröselt. Wo der Hauptkrater des Ätna hinterm Haus aufragt wie ein Dom. Wo keine Tigermücke sirrt und kein Mord geschieht.

Das jedenfalls war Poldis erster Eindruck, als sie an der Piazza von der Vespa stieg, dabei die Blicke der örtlichen Verkehrspolizisten genoss und sich dann erst mal einen *caffè* in der nächsten Bar gönnte. Einer der Senioren vom Platz beschrieb ihr den Weg zum Weingut Avola, und keine zehn Minuten später stand die Poldi vor einem großen Eisentor an der Provinzialstraße. Weit und breit nicht viel zu sehen, Lavasteinmauern zu beiden Seiten der Straße, dahinter Zypressen, und dahinter dann Spaliere von Weinstöcken, die sich einen alten, kleinen Nebenkrater hinaufzogen. Durch das Eisengitter konnte die Poldi geparkte Fahrzeuge unter den Zypressen sehen, darunter einen Kleinbus mit dem Aufdruck eines Reisebüros aus Acireale und einen alten Pick-up mit dem Logo von Vini Avola, beladen mit leeren roten Plastikkörben für die Weinlese. Menschen sah sie keine.

Die Poldi ließ den Zweitakter laufen und hupte. Einmal. Zweimal. *Pröööt-prööt!*

»Wenn italienische Ingenieure eines verstanden haben«, erklärte sie mir einmal, »dann die Bedeutung und Konstruktion der Hupe. Weil, die Hupe, des ist die Stimme und des Herz und die Seele des Fahrzeugs. Weil, auch das Fahrzeug will ja eine *Bella figura* machen, will gut klingen, nicht aufdringlich sein, niemanden dumm dastehen lassen. Eine deutsche Hupe, des ist immer eine Kriegserklärung, die Invasionstruppen quasi bereits an der Grenze. Eine italienische Hupe dagegen klingt wie ein freundliches Räuspern, wie ein geflötetes: ›*Permesso?*‹, oder wie ein sanftes: ›Ach, Signora, würden Sie wohl bitte anhalten, denn ich bin eh schon dabei, Ihnen die Vorfahrt zu nehmen, *grazie, molto gentile.*‹«

Prööööt-prööööt! Poldis Vespa räusperte sich und trötete ihr heiseres: »*Permesso?*«, aber niemand antwortete, niemand erschien.

Also Vespa aus, absteigen, mal am Tor rütteln, probehalber. Und siehe da – es ließ sich öffnen. Nun ist ja ein offenes Tor immer noch keine Einladung für unbefugtes Eindringen auf ein Privatgrundstück, selbst meine Tante Poldi weiß das. In Texas kann man dafür ungestraft über den Haufen geschossen werden. Aber erstens, fand die Poldi, war dies nicht Texas, und zweitens war sie in einer Mordermittlung tätig, also praktisch befugt. Drittens war sie nun schon mal da, und viertens – trug sie ein Dirndl. Also nicht wirklich die Tracht von Einbrechern und Autoknackern. Sie nahm ihr Kopftuch ab, weil es ohne den Fahrtwind doch wieder heiß wurde, tupfte sich die Stirn und dachte nach. Kurz.

Dann drückte sie entschlossen das Tor auf, zückte ihr Handy, warf einen scharfen Blick in jedes der geparkten Fahrzeuge und machte Fotos von allen Kennzeichen. Besonders der weiße Avola-Pick-up interessierte sie. Im Wageninnern lagerten volle Weinkartons mit dem gleichen Aufdruck wie das Etikett, Plastikschläuche, Werkzeug und nachlässig gehortete Papiere, die amtlich wirkten oder wie Kontoauszüge. In den roten Plastikkörben auf der Ladefläche trocknete verklebter Most und verbreitete einen säuerlichen Geruch. Die Poldi machte von allem Fotos, nur für alle Fälle.

»Weil, merke«, dozierte sie wieder mal ein bisschen, als sie mir von ihrem Besuch im Weinberg berichtete, »in der Kriminalistik wie in der Liebe gilt: Was man hat, des hat man. Des gilt vor allem für den Ersten Angriff.«

»*Erster Angriff?*«

»Gell, so nennen wir halt die ersten Untersuchungen, wenn du an einen frischen Tatort kommst und Spuren sicherst. Da ist alles wichtig, verstehst, ein Fitzerl kann entscheidend sein.«

»Was denn für ein Tatort?!«, rief ich fassungslos. »Ich meine, das ist doch nicht dein Ernst?!«

»Bildlich gesprochen«, ruderte sie zurück. »Aber mir war doch klar, dass i da auf einer heißen Spur war, und da hakt's halt aus bei mir. Da packt mich der Jagdinstinkt. Da bin ich *in the zone.*«

Daher bemerkte sie auch die Hunde nicht. Sie hörte eigentlich nur eine Art rachitisches Rasseln hinter sich, und als sie erschrocken herumwirbelte, waren sie schon im Anflug. Zwei Deutsche Schäferhunde, mit wehenden Lefzen, so braunschwarz und sortenrein und unterbelichtet und schäferhundig, wie sie nur ein polnischer Karikaturist hinkriegt. Die hätten meine Tante eigentlich zerfleischen müssen, bei ihrer genetischen Programmierung. Taten sie aber seltsamerweise nicht. Sie fielen meine Tante einfach nur an, fletschten, was sie hatten, und bellten sich ihre kleinkarierte Wachhundseele aus dem Leib.

Die Poldi schrie auf und knallte rückwärts gegen den Pick-up. Ihre Perücke allerdings nahm, den Gesetzen von Trägheit und Masse und des Impulserhaltungssatzes gehorchend, die andere Richtung und flog mit einem anmutigen Lupfer über die beiden Rüden hinweg zu Boden.

Die beiden Schäferhunde standen auf ihren Hinterpfoten

und pressten die Poldi gegen das Auto wie so zwei mies gelaunte Cops.

Meine Tante roch ihren üblen Feuchtfutteratem, starrte entsetzt auf Lefzen und Zahnstein und begriff dann, dass sie es hier mit Russos Schäferhunden Hans und Franz zu tun hatte. Das brach den Bann.

»DREEEEECKSVIECHER! SCHEISSKLUMPVERRECKTE ROTZRÜBEN!«

Und noch andere Preziosen aus dem Wörterbuch bajuwarischer Schimpfwörter. Voller Inbrunst brüllte die Poldi die beiden Hunde an, und – oh Wunder oder vielleicht auch nur wegen der Wirkung des deutschen O-Tons – Hans und Franz ließen von ihr ab und kläfften nur noch pflichtschuldig herum.

Außer sich vor Wut trat die Poldi nach den beiden.

»Saubande, gscherte! Haut bloß ab! Schleicht euch! Kschschsch! Ich zieh euch des Fell ab!«

Hans und Franz kuschten.

Die Poldi bückte sich, griff rasch nach ihrer Perücke und band sich auch rasch das Kopftuch wieder um. Rechtzeitig, muss man sagen, denn vom Weinberg her näherte sich ein Mann in Jeans und aufgekrempeltem karierten Hemd. Mitte fünfzig, große, schlaksige Gestalt mit vollem, wenn auch grauem Haar und buschigen Augenbrauen. Die Poldi registrierte jedes Detail, selbst auf die Entfernung.

»Weil, für Männer hab i einen Autofokus«, erklärte sie mir seufzend. »Und bei dem Apennin-Leptosom ... da war mir sofort alles klar. Die großen Hände. Der prächtige Adamsapfel wie eine zweite Nase oder ein zweiter ... na ja, egal, weißt schon. Der Stoppelbart, wo du schon ahnst, wie zerschunden du am anderen Morgen nachert ausschauen wirst. Die vollen Lippen, da muss i jetzt nix dazu sagen. Mei, und diese bekümmerten Augen, die du einfach nur trösten willst. Und halt diesen verwitterten, typisch sizilianischen Olivenholzteint eines starken Rauchers mit guten Genen. Da hab i mir gleich vorstellen müssen, wie der in einer Polizeiuniform ausschauen würde.«

Kurz gesagt: Der Mann, der ihr da entgegenkam und die Hunde zur Ruhe rief, sah aus, wie die Poldi sich manchmal meinen Onkel Peppe vorstellte, wenn er je so alt geworden wäre. Kein Wunder, dass meine Tante lichterloh in Flammen stand – trotz Hans und Franz, die sie immer noch in Schach hielten.

»Alles in Ordnung, Signora?«

Die Poldi zupfte sich ihre Perücke zurecht.

»Nein. Sieht das etwa so aus?«

Der Mann kam näher.

Und mit jedem Schritt wurden Poldis Knie weicher, und die Hitze wurde stärker. Was aber auch eine Nachwirkung des Schrecks sein mochte. Der Mann scheuchte die Hunde weg, die sich sofort beleidigt trollten.

»Sind das Ihre Hunde?«

»Nein. Aber mein Grundstück. Was machen Sie hier?«

»Das Tor war auf.«

Der Mann sah sie prüfend an.

»Sie sind nicht von hier, Signora, nicht wahr?«

»Aus München.«

»Und in Deutschland ist ein offenes Tor also eine Einladung, ein Privatgrundstück zu betreten?«

Sein Hemd war weit genug aufgeknöpft, dass die Poldi

graue Brusthaare sehen konnte, und obwohl er fast anorektisch schmächtig war, wirkten seine Arme kraftvoll. Seine Unterarme vor allem, und auf kaum etwas anderes stand die Poldi mehr als auf kräftige Unterarme. Seine schlaksigen, aber selbstsicheren Bewegungen, seine Art, den Kopf beim Sprechen ein wenig schräg zu legen, die Fältchen um seine Augen – alles erinnerte die Poldi so schmerzlich an ihren Peppe, dass ihr fast schlecht wurde.

»Ich habe gerufen«, verteidigte sie sich, ganz matt vor Schreck und Sehnsucht. »Ich ... bin Journalistin. *Wein und Weib*«, improvisierte die Poldi rasch drauflos weiter. »Wir sind ein neues Wein-Portal für Frauen, und ich arbeite an einer Strecke über sizilianische Weine und ihre Winzer.«

Das schien den Grauhaarigen zu amüsieren.

»Müssen die sich dazu ausziehen?«

»Hemd reicht«, entfuhr es der Poldi. »Ich meine ... nein, natürlich nicht.« Sie streckte dem Mann die Hand entgegen. »Isolde Oberreiter. Nennen Sie mich Poldi.«

Der Mann ergriff ihre Hand, dass es der Poldi einfach nur durch und durch ging, und sah ihr fest in die Augen.

»Achille Avola. Achille. Möchten Sie die Kellerei sehen?«

»Ich will Sie nicht aufhalten.«

»Ich bitte Sie!«

Er führte sie um den Hang herum durch Spaliere von abgeernteten Weinstöcken. Die beiden Schäferhunde liefen vor, um schon mal Bericht zu erstatten.

»Sie haben Glück«, sagte Avola. »Heute ist der letzte Tag der Weinlese.«

»Und? Wie wird der Jahrgang?«

»Wir sind optimistisch. Das Frühjahr war zu nass, aber der Sommer hat uns nicht im Stich gelassen.«

Er zog eine Packung Roth-Händle aus der Hemdtasche, klopfte eine Zigarette heraus und hielt sie der Poldi hin.

Dieselbe Marke, die gleiche traumwandlerisch lässige Bewegung wie der Peppe. Seine Hände waren verfärbt vom Most.

»Rauchen Sie?«

Die Poldi nickte. Sie hielten an und rauchten, ganz allein, so mitten zwischen den Reben, als gäbe es die Welt nicht mehr, nur noch sie beide. Eine schöne Vorstellung, fand die Poldi, und sah Avola beim Rauchen zu. Ein leichter Wind wehte den Rauch von seinen Lippen, er deutete den Hang hinauf.

»Wir stehen auf einem alten Krater. Die Geologen schätzen ihn auf um die zwanzigtausend Jahre. Schon die Griechen haben hier Wein angebaut. Das hier sind übrigens Carricante-Reben.«

Die Poldi schwieg nur. Auch ein seltener Zustand. Um Avola nicht weiter anzustarren, wandte sie sich ein wenig zur Seite und bemerkte, dass sie doch nicht allein waren. Ein drahtiger Mann mittleren Alters mit einer Basecap bewegte sich zwischen den Reben langsam auf sie zu. Er hielt eine Wünschelrute aus Metalldraht vor sich ausgestreckt und wirkte ganz auf sein Tun konzentriert. Der Poldi wurde plötzlich kalt.

»Was macht der da?«

Avola trat seine Zigarette aus.

»Ich habe nicht die leiseste Ahnung. Irgendwer hat ihn mitgebracht.«

Als der Rutengänger sie erreicht hatte, blickte er auf und strahlte sie an. Vielmehr bleckte er die Zähne. Ein Lachen, das nicht in seinen Augen ankam.

»*Oh, hi! How ya doin'?*«

Dem Tonfall, seinem blassen Teint und seiner Physiognomie mit der kleinen Nase und dem gespaltenen Kinn nach Amerikaner, vermutete die Poldi. Sportlicher Typ in Jeans, Poloshirt und einer New-York-Yankees-Basecap. Ex-Marine vielleicht. Sie schätzte ihn auf Mitte vierzig. Er wirkte ganz und gar unauffällig, bis auf eine spiralförmige Tätowierung auf seinem linken Unterarm.

Er wollte weitergehen, doch die Poldi hielt ihn zurück.

»Was, zum Henker, treiben Sie da?«

Der Amerikaner wandte sich wieder um und blickte sie einen Moment an. Als müsse er prüfen, ob die Poldi die Antwort auch verkraften könne.

»Ich suche positive Energien. Ich reise um die ganze Welt, um positive Energien zu finden. Mein Name ist Sean. Sean Torso aus Newton, Iowa.«

Er streckte seine Hand aus und schüttelte erst der Poldi und dann Avola die Hand.

Jetzt konnte die Poldi auch seine Tätowierung erkennen. Sie zeigte eine Triskele aus drei miteinander verbundenen Spiralen. Ein uraltes keltisches Symbol, ein Symbol der Dreifaltigkeit und auch das Symbol Siziliens.

»Und?«, wollte die Poldi wissen. »Fündig geworden?«

»Oh, absolut! Diese ganze Gegend ist ein Hotspot an positiver Energie. Ich bin überwältigt.«

Die Poldi glaubte dem Mann kein Wort.

»Und was machen Sie dann mit all der schönen positiven Energie? In Flaschen abfüllen und an Coca-Cola verkaufen?«

Der Amerikaner lachte. Es klang wie ein Bellen.

»*Oh no!* Ich bin dabei, eine Weltkarte der positiven Energien zu erstellen. Eine Karte aller positiven Erdströmungen, die die Welt wie ein großes Netz umfließen. Das letzte große Mysterium der Menschheit.«

Avola straffte sich.

»Dann wollen wir Sie nicht länger aufhalten, Signor …«

»Torso. Aber nennen Sie mich Sean.«

Er tippte sich an die Basecap und konzentrierte sich wieder auf seine Wünschelrute.

Die Poldi sah ihm nach, wie man einem Auto hinterhersieht, das einen gerade um ein Haar überfahren hätte. Und wie so ein Echo dieses miesen Gefühls pulsierte auch gleich wieder die alte Krone links oben mit.

Eine Berührung von Avola holte sie zurück. Eine leichte Berührung am Rücken nur, aber die Poldi stand gleich schon wieder lichterloh in Flammen, und die Kälte, die sie in der Gegenwart des Rutengängers ergriffen hatte, verdunstete im Nu. Als Avola sie um eine tückische Vertiefung im Boden herum lotste, hatte die Poldi sogar Gelegenheit, ein bisschen zu taumeln, um wie zufällig mit ihm zusammenzustoßen. Alter Trick.

Die Kellerei fand die Poldi dann jedoch enttäuschend. Die Anlagen für die Weinherstellung, die Pressen und Stahltanks befanden sich nämlich nicht in einem malerischen Kellergewölbe, sondern in einer großen halb offenen Remise mit Betonboden und Wellblechdach. Erntehelfer karrten gestapelte Kisten mit weißen Trauben heran, die in einer Abbeermaschine entstielt und zerdrückt wurden. Am einen Ende der Maschine flogen die Stiele in einen Korb, am anderen Ende gurgelte die Maische durch ein Rohr in einen Stahltank. Ein schäumender Brei aus Fruchtfleisch, Traubenkernen, Schalen und Saft.

Avola kontrollierte die Abbeermaschine und den Zustand

der Maische. Er gab Anweisungen, zerrte neue Kisten mit Trauben heran und fuhr die vollen Stahlbehälter mit einem Gabelstabler eigenhändig in den Schatten. Er wirkte zufrieden, als er zur Poldi zurückkehrte, die ihn die ganze Zeit über aus der Distanz bewundert hatte.

»Was halten Sie jetzt von einem Schluck und einer kräftigen *Salsiccia*, Signora Poldi?«

Er ging wieder vor, den Hang hinauf zu einem kleinen alten Landhaus aus Lavastein, ähnlich wie Femminamorta, nur kleiner.

Als sie das Landhaus erreichten, erkannte die Poldi, dass davor eine lange Tafel aufgebaut worden war, an der eine große Gesellschaft bei Wein und gegrillter *Salsiccia* beisammensaß. Und dass sie jetzt doch ein kleines Problem wegen ihrer Lüge vorhin bekommen würde.

Denn an dem einen Ende der Tafel, zwischen Avolas Erntehelfern, entdeckte die Poldi sofort Doris und die schwäbischen *Deliziosi*. Und am anderen Ende, eingerahmt von Hans und Franz: Italo Russo. Er lehnte sich verblüfft zurück, als er meine Tante Poldi erkannte, und sie hätte schwören können, dass er grinste.

3. Kapitel

All das erzählte sie mir gleich an meinem ersten Abend in Torre Archirafi. Es war spät geworden, die Poldi gähnte vernehmlich und erhob sich ächzend aus dem Sofa.

»Ist des wirklich schon so spät? Also, i leg mich hin. Nein, bleib ruhig sitzen und trink den Wein aus, i hab noch ein Flascherl.«

Sie ignorierte meine Proteste bezüglich Fortsetzung und was ihr denn einfiele, ausgerechnet jetzt zu unterbrechen, ließ mich einfach sitzen und zog sich zurück in ihr Schlafzimmer mit dem anliegenden Bad. Von nebenan hörte ich Wasser rauschen, hörte sie gurgeln und ihre elektrische Zahnbürste surren und kurz darauf bereits ihr Schnarchen.

Ich dagegen: hellwach.

Oder mehr oder weniger hellwach, denn das eine Glas Polifemo zeigte Wirkung. Jedenfalls zu wach, um zu schlafen. Also ging ich hoch in mein Kabuff unterm Dach und versuchte, mich durch die Überarbeitung meines Romans etwas zu ermüden. Eine ziemlich zuverlässige Methode. Ich weiß nicht, wie es anderen Schriftstellern geht, aber die Sache ist die: Immer, wenn ich meinen Laptop aufklappe und auf meinen verschwurbelten Text blicke, überfällt mich für gewöhnlich eine bleierne Schwere. Eine lähmende Müdigkeit, ein dräuendes Unwohlsein, als hätte ich soeben die Büchse der Pandora geöffnet und spürte bereits die ersten Symptome der Seuche. Wie bei einer Vollnarkose, wenn du noch denkst, mal schauen, was passiert, und dann wachst du schon auf, und der Blinddarm ist raus. Bloß dein Roman ist immer noch so unfertig und verquast wie zuvor.

Seit meinem letzten Aufenthalt in Sizilien hatte ich nichts mehr geschrieben, keine Zeile. Umso überraschter war ich, als nun mitten in der Nacht und mit dem zweiten Glas Zyklopenwein intus die Adjektive nur so aus mir heraussprudelten.

»Ja, und weiter?«, fragte mich meine Tante Poldi, der ich zum späten Frühstück einen Ausdruck des zweiten Kapitels auf den Tisch gelegt hatte.

»Das nennt man *Cliffhanger.*«

»Du meinst, dir ist nix mehr eing'fallen.« Sie sah mich besorgt an. »Und des hast alles heut Nacht g'schrieben?«

Ich machte: »Mmm«, zuckte mit den Schultern, stopfte mir ein *Cornetto* in den Mund und bemühte mich auch ansonsten um größtmögliche Coolness. Jetzt bloß nicht nachhaken, wie sie es findet, dachte ich.

»Und? Wie findest du es?«

Die Poldi legte das Manuskript zur Seite.

»Geht's dir gut? Du siehst blass aus. Hast vielleicht Fieber?«

»Mir geht's prima, danke. Jetzt sag schon.«

Die Poldi tippte auf eine der Markierungen im Text.

»Was bedeutet des?«

»So arbeite ich eben. Erst die Grobstruktur und dann ...«

»Geh, Schmarrn!«, unterbrach sie mich unwirsch und wedelte mit den paar Seiten herum. »Keine Ahnung von gar nix hast g'habt. Hing'rotzt hast des. Des ist doch der letzte Klump. Soll des fei alles sein, was du drauf hast?«

»Aber danke für das konstruktive Feedback.«

»Und dann auch noch beleidigt sein, des haben wir gern.«

Ärgerlich pfefferte sie mein unglückliches zweites Kapitel zurück auf den Tisch und erhob sich schnaufend.

»Des kannst fei besser. I fahr jetzt nach Praiola an den Strand, und du schläfst dich aus, und dann schreibst des alles noch mal neu, hast mich? Und heut Abend sehen wir uns wieder.«

Aber bevor sie das Haus verließ, drehte sie sich doch noch einmal um.

»Da gab's diesen einen Satz. Weißt, wo du beschreibst, wie einsam und klein sich Barnaba fühlt, da in seinem Ruderboot auf dem Meer, und trotzdem so ganz und gar eins mit sich und der Welt. So auf der Grenze zwischen Lebenslust und Schwermut. Des hat mir g'fallen.«

Ein einziger Satz! In einem ganzen Kapitel!

Nicht schlecht für den Anfang, fand ich.

Aber zurück zum Fall.

»Donna Poldina! Was für eine schöne Überraschung!«, rief Russo, als Avola ihr reihum seine Gäste vorstellte.

»Das kann ich ja nicht direkt behaupten«, erwiderte die Poldi kühl, »so, wie mich Ihre Killerrüden empfangen haben. Und Sie können meine Hand jetzt loslassen.«

»Schade eigentlich«, sagte Russo leise, hielt weiter ihre Hand und sah ihr dabei unverwandt in die Augen. »Schönes Kleid, das Sie da anhaben.«

Die Poldi hätte da gern Eiseskälte oder eine tödliche Drohung aus seinem Blick herausgelesen. Tatsächlich las sie etwas ganz anderes daraus, etwas, das sie etwa so sehr verstörte wie das Aftershave von Achille Avola.

»Oh, Sie kennen sich?«, rief Avola.

»Flüchtig. Von einem … äh … Interview. Signor Russo hetzt auch gern mal seine Hunde und Auftragskiller auf mich.«

Bevor Russo ihre kleine Notlüge mit dem Journalismus auffliegen lassen konnte, entzog die Poldi ihm rasch ihre Hand, hakte sich bei Avola unter und ließ sich zu einem freien Platz an der langen Tafel führen, weit genug weg von Doris und ihren schwäbischen *Deliziosi*, die der Poldi bereits hartnäckig zuwinkten. Die Poldi wandte sich augenrollend ab und hoffte, dass Doris sich nicht zu ihr setzen würde.

»Weiß oder rot?«

Avola war auf einmal dicht neben ihr, sein Mund fast an ihrem Ohr.

Der Poldi wurde heiß unter der Perücke und dem Kopftuch. Ein Zustand wie ein aufziehendes Fieber, das sie bald von innen heraus verbrennen würde. Etwa so, stellte sie sich vor, musste sich ein Vampir bei Sonnenaufgang fühlen. Gleichzeitig jedoch fühlte sie sich alles andere als krank. Im Gegenteil. Eher so begehrenswert und heiß wie zu ihren besten Zeiten, als sie ihren Peppe kennengelernt hatte.

»Rot«, hauchte sie. »Aber nur einen winzigen Schluck.«

Avola schenkte ein und langte nach der Schüssel mit der gerillten *Salsiccia*.

»Sie trinken einen Nerello Capuccio aus dem Vorjahr. Er ist noch ein bisschen zu jung. Ein pubertierender Teenie. Er braucht noch ein Jahr. Ich nenne ihn Bronte. Meine Rotweine haben alle Zyklopennamen, die Weißen Namen von Nymphen.«

»Wie sinnlich«, hauchte die Poldi, nippte ein bisschen an ihrem kleinen Zyklopen, rückte noch näher an Avola heran und hätte ihn am liebsten an Ort und Stelle vernascht.

Aber schließlich war sie ja gewissermaßen dienstlich hier, also versuchte sie, sich ein Bild von der versammelten Gesellschaft zu machen.

Bei der einen Hälfte handelte es sich offensichtlich um Erntehelfer aus der Umgebung.

Bei der anderen Hälfte handelte es sich um Gäste von Avola.

Doris und die *Deliziosi* waren offenbar von einem jungen Reiseleiter zur Weinprobe hierhergekarrt worden. Die Poldi erinnerte sich wieder an den Kleinbus mit dem Aufdruck des Reisebüros. Reine Koinzidenz also. Konnte man abhaken. Russo schien ein enger Freund von Avola zu sein, denn er kannte offenbar jeden Erntehelfer mit Namen, plauderte jovial mit allen und saß am Kopfende, als gehöre ihm das ganze Weingut. Die Poldi registrierte, dass er sie die ganze Zeit über im Blick behielt, und nahm sich vor, ihn nach dem Essen zu stellen, irgendwo alleine, sobald es wieder zurück in die Reben gehen würde.

Ein sehr nervöser junger Mann der Poldi gegenüber hatte den älteren Erntehelfer neben sich in eine hitzige Diskussion verwickelt. Die beiden sprachen starken sizilianischen Dialekt, daher verstand die Poldi nur, dass es um Politik gehen musste. Die meiste Zeit redete der junge Mann und flatterte beim Reden wild mit den Händen, als müsse er unsichtbare Dämonen aus der Luft greifen, abschütteln, abwehren, wegwedeln oder zerquetschen.

»Italien ist doch total im Arsch!«, wandte er sich unvermittelt an die Poldi.

Er glühte förmlich, offensichtlich vertrug er den Wein nicht.

»Dieser Staat ist nur ein Popanz der Mafia zur Tarnung. Ein Zombie. Italien ist am Ende, das ist die Wahrheit. Andreotti, Craxi, D'Alema, Berlusconi und jetzt auch Renzi – alle haben sie uns jahrzehntelang an die Mafia verschachert. Und die EU hat den Treibstoff geliefert. Den Treibstoff, verstehen Sie? Wussten Sie, dass die Gehälter von italienischen Politikern die höchsten der Welt sind? Eine Schande für das italienische Volk. Und jetzt noch das entwürdigende Theater mit den afrikanischen Flüchtlingen! Die gesamte politische Kaste, diese Bande von korrupten Banditen, hat uns verraten und verarscht. Und mit Verrätern werden wir keine Regierung bilden, nirgendwo! Weg mit allen!«

»Wer ist *wir*?«, erkundigte sich die Poldi mehr höflich als interessiert.

»Die Bewegung!«, verkündete der erregte junge Mann. »Die Fünf Sterne. Wir stehen für die Erneuerung Italiens.«

»Ah!«

Jetzt verstand die Poldi den Zusammenhang zu der Anti-Partei des Comedian Beppe Grillo, die ihren Repräsentanten untersagte, Regierungsbündnisse zu bilden oder auch, an Talkshows teilzunehmen. Nach den letzten Wahlen war das MoVimento 5 Stelle längst mehr als eine reine Protestpartei und Abklingbecken der Wütenden. Die Partei besetzte inzwischen ein Viertel der Sitze im italienischen Parlament und im Senat. Auch in den Regionalparlamenten sah es ähnlich aus. Wer in Italien regieren wollte, kam an den Fünf Sternen nicht mehr vorbei. Nur in Sizilien stockte die Bewegung. Noch.

Tatsächlich mochte meine Tante Poldi den Grantler Grillo irgendwie, seit er vor Jahren den »*Vaffanculo*«-Tag ausgerufen hatte, den »Leck-mich-am-Arsch«-Tag, an dem das italienische Volk seiner Regierung geschlossen den Stinkefinger zeigen sollte. Eine zutiefst bajuwarische Haltung, die die Poldi gut nachempfinden konnte.

»Für ein selbstbestimmtes Leben – den Herrschenden den Laufpass geben!«, skandierte sie mit gereckter linker Faust, als sie mir am nächsten Abend von der Weinbergepisode erzählte.

»Nee, is klar.«

»Des Blöde ist halt nur«, gab sie einschränkend zu, »dass selbst die beste Bewegung immer auch die letzten Deppen und notorischen Krawallschachteln anzieht.«

Und eben von jener Sorte schien dieser junge Mann zu sein.

»Ach, Sie sind Deutsche?«, lallte er. »Die italienische Politik hat dem deutschen Teufel ihre Seele verkauft! Der Teufel trägt Merkel.«

Die Poldi holte tief Luft, um zu einer Antwort anzusetzen, die sich gewaschen hatte. Aber Avola kam ihr zuvor.

»Enzo!«, rügte er den jungen Mann scharf. »Die Signora ist ein Gast!«

Der Gerügte verstummte augenblicklich, schien förmlich in sich zusammenzufallen und sprach danach kein Wort mehr.

»Nüchtern ist Enzo ganz nett«, entschuldigte sich Avola. »Und eine unserer großen Hoffnungen in der Partei.«

»Ja, herzlichen Glückwunsch!«

Und dann war da ja noch die allerauffälligste Erscheinung in der ganzen Runde. Sie saß der Poldi direkt gegenüber.

»Darf ich Ihnen Giuliana vorstellen!«, rief Avola und schenkte auch der Frau mit dem platinblonden Haar gleichzeitig ein Glas Rotwein nach, das die Frau auf ex runterkippte.

Die Poldi tat sich schwer, das Alter dieser Frau zu schätzen. Sie mochte vierzig sein. Oder auch sechzig oder siebzig. Oder hundertsiebzig? Sie wirkte wie eine jener alterslosen Schönheiten mit einem Willen aus rostfreiem Edelstahl, an denen sich Zeit und Vergänglichkeit die Zähne ausbeißen. Die Frau war schlank und trug schwarze Lackschuhe, eng anliegende schwarze Stretchhosen und trotz der Wärme einen schwarzen Rollkragenpullover mit einem silbernen Talisman an einer Kette darüber, den die Poldi gleich als Phönix identifizierte. Denn von Phönixen verstand sie was.

Die Poldi hätte die Frau vor ihr für eine typische Architektin gehalten, wenn sie nicht an beiden Handgelenken ganze Bündel silberner Armreifen und silberne Ringe an allen Fingern getragen hätte. Die platinblonde Frau in Schwarz schien nicht zu schwitzen. Sie wirkte überhaupt so, als perle aller Unbill des Lebens, alles Rauschen, alle Geschwätzigkeit, aller Zeitgeist, alle Banalität und jede Doris an ihr ab. Sie wirkte, fand die Poldi, im besten Sinne vornehm, trotz des nachlässigen Make-ups und den müden Augen und dem abgespreizten Finger beim Reden, der ja immer ein kleines bisschen ordinär wirkt. Und sie trug, das erkannte die Poldi mit einem Blick, eine Perücke.

Meine Tante mochte sie aus dem Stand.

»Giuliana ist eine berühmte Hellseherin und Kartenlegerin drüben in Santa Venerina. Bestimmt haben Sie schon mal ihre Werbeplakate gesehen, die an allen Hauswänden hängen.«

Natürlich hatte sie. Die Poldi war begeistert.

»Nein! *Sie* sind Madame Sahara?«

Die platinblonde Frau prostete ihr zu. »Giuliana.«

Die Poldi fasste es nicht. Madame Sahara. Jeder kannte sie und ihre Plakate in leuchtendem Kirschblütenrosa und Löwenzahngelb an Mauern, Stromkästen und Haltestellenhäuschen. Denn sie verhießen Erstaunliches.

MADAME SAHARA

Vergangenheit, Gegenwart, Zukunft

Handlesen
Astrologie
Tarot
Lebensberatung
Kontakte zur anderen Seite
Weiße Magie

Termine nach Vereinbarung

Keine Telefonnummer, keine Adresse. Jedermann wusste, wo Madame Sahara zu finden war. Ein alleinstehendes Haus oben in Santa Venerina, umrankt von Bougainville und Wein, etwas abseits der *Provinciale* und neugieriger Blicke. Von Oktober bis April stand das Haus leer, nur die Polizei und die Füchse kamen auf Streife regelmäßig dort vorbei. Aber mit der ersten lauen Aprilluft dann belebte sich das Haus wieder mit Summen und Gelächter.

Madame Sahara. Jeder, der sie kannte, lobte ihre Freundlichkeit, ihren Charme. Sie machte die richtigen Komplimente. Sie erinnerte sich an jeden Namen. Sie gehörte zur Gegend am Ätna wie der Ginster und die Lavafelder, wie die Nebenkrater und der Wein, der Geruch von Pinienharz, die Sommergewitter und die suppigen Herbstnebel, wie die Topfblumen und die Todesanzeigen an den Hauswänden. Wie der Fatalismus und die Schwermut. Sie war ein Gefäß für Wünsche und Sehnsüchte. Ein freundlicher Frühlingsspuk. Eine Sommerabendfantasie.

»Machen Sie auch Rückführungen?«, fragte die Poldi.

»Vergangenheit, Gegenwart, Zukunft, meine Liebe.«

»*Lecktsmiamarsch*! Ich meine, wie wunderbar!«

»Reichen Sie mir Ihre Hände, bitte.«

Die Poldi zögerte einen Moment, aber dann flogen Poldis Hände Madame Sahara entgegen, wie Kinder, die wissen, dass sie jetzt gehorchen müssen. Die berühmte Wahrsagerin drückte und knetete beide Hände, bog die Finger, prüfte Druck, Form und Hautbeschaffenheit und konzentrierte sich erst dann auf die Handlinien. Die Poldi wurde ein bisschen nervös.

»Sie haben einen starken Willen, aber Sie halten sich nicht gern mit Kleinigkeiten auf. Sie übernehmen gerne Verantwortung und sind neugierig.« Giuliana sah die Poldi an. »Sehr neugierig.«

»*Mah!*«, rief die Poldi auf Italienisch aus, so nach dem Motto: Was kann ich denn dafür?!

»Sie sind eine sehr alte Seele.«

Auch nichts Neues für die Poldi.

»Darum sind Sie auch gern allein.« Madame Sahara fuhr mit ihrem Fingernagel die Handlinien ab, wie die Nadel eines Plattenspielers. »Sie sollten auf Ihre Leber und Ihr Herz achten, da liegen Ihre Schwachpunkte.«

Immer noch nichts Neues.

»Viele Ortswechsel, viele Trennungen«, fuhr Giuliana konzentriert fort. »Die letzte erst etwa vor einem Jahr. An einem weit entfernten Ort ... in Afrika. Sie wurden betrogen. Das hat Ihnen das Herz gebrochen, aber Sie haben sich neu erfunden. Ich spüre ganz viel Phönix-Energie bei Ihnen. Sie sind stark. Sie haben starke Gefühle, nicht immer angenehm. Aber Sie behalten Ihre Gefühle lieber für sich, um Ihre Mitmenschen nicht zu belasten.«

Die Poldi fand, dass man es damit fürs Erste bewenden lassen sollte, und wollte ihre Hände zurückhaben. Aber Madame Sahara war noch nicht fertig.

»Sie hatten keine leichte Kindheit. Sie waren oft krank, ein Mal sogar schwer. Sie sind sehr spirituell und haben eine Verbindung zur anderen Seite. Hohe Ideale. Aber Sie sind auch Realistin genug, um zu wissen, dass das Leben viele Enttäuschungen bereithält.«

»Was für eine Überraschung!«

Madame Sahara beachtete den Einwand nicht.

»Sie sind wie ein Pendel, mit großen Ausschlägen zwischen Lebensmut und Schwermut. Das hätte sie vor Kurzem beinahe umgebracht. Nein ...«, korrigierte sich die Wahrsagerin und sah die Poldi dabei an. »Sie haben versucht, sich umzubringen.«

An diesem Punkt wollte die Poldi ihre Hände nun wirklich unbedingt zurückhaben. Aber Madame Sahara war immer noch nicht fertig.

»Wir wollen doch wenigstens noch einen kleinen Blick in die Zukunft werfen, nicht wahr?«

Sie konzentrierte sich wieder auf die Handlinien, verglich die linke mit der rechten Hand und erblasste. Die Poldi sah es genau, trotz Giulianas hellem Teint. Ein kurzes Zucken, ein Moment des Erschreckens, als habe sie eine Tür geöffnet und blicke unversehens auf einen Tatort.

»Was?«, fragte die Poldi beunruhigt.

Madame Sahara gab ihr ihre Hände zurück und lächelte bereits wieder.

»Viel Gutes. Ihnen stehen bald große Aufgaben bevor. Ein Ortswechsel. Sie müssen eine schwierige Entscheidung treffen. Aber dahinter wartet das Glück auf Sie.«

Das fand die Poldi zwar etwas zu larifari – aber irgendwie war es doch beunruhigend, wenn eine Wahrsagerin blass wurde vor Schreck.

»Weil, weißt«, erklärte sie mir später. »Ehrenkodex der Wahrsager, Hellseher und Scharlatane: Sprich immer nur über des Positive, wenn du in die Zukunft schaust. Für schlechte Nachrichten und miese Romane will niemand bezahlen.«

Aber erfahren wollte die Poldi sie nun schon, die schlechten Nachrichten bezüglich ihrer näheren und mittelfristigen Zukunft. Doch da klingelte Giulianas Handy. Reflexhaft, als ob sie den Anruf erwartet hatte, nahm Giuliana ab.

»*Pronto?*«

Der Zauber des Moments war hinüber, der Bann gebrochen, vom Machtwort einer Mobilfunkzelle zerstäubt. Wieder flog ein Schatten des Erschreckens über Giulianas Gesicht, die Poldi sah es genau. Vielleicht, vermutete meine Tante nun, eine Art professioneller Tick. Madame Sahara entschuldigte sich mit einem Lächeln und entfernte sich einige Schritte. Sie sprach leise und gepresst, gestikulierte dabei. Offenbar kein angenehmes Gespräch. Vielleicht etwas Geschäftliches, vermutete die Poldi.

»Gell, mir in unserem Alter müsset vorsichtig sein mit dem Blick in die Zukunft!«, raunte Doris der Poldi vertraulich von der Seite zu.

»Dankschön für den Hinweis«, ächzte die Poldi und spülte den üblen Geschmack im Mund mit Wein herunter.

»Möchtet Sie vielleicht mit uns fahre? Mir besuchet jetscht noch ein richtiges Weingut.«

»Viel Spaß.«

»Des koscht Sie nix. Die Evelyn hat Magen-Darm, der Platz isch frei.«

»Wie g'sagt.«

»Wie Sie möchtet.«

Etwas pikiert wandte Doris sich ab und scharte ihre *Deliziosi* und den Reiseleiter um sich.

Madame Sahara hatte ihr Telefonat inzwischen beendet und kam zum Tisch zurück. Sie wirkte etwas blasser als vorher, strahlte die Poldi jedoch an und reichte ihr eine Visitenkarte.

»Kommen Sie mich mal besuchen, meine Liebe, dann machen wir die Rückführung.« Im Stehen nahm Giuliana ihr halb ausgetrunkenes Glas in die Hand und prostete der Poldi zu. »Auf die Liebe und das Leben!«

»*Namaste*!«, murmelte die Poldi und tupfte sich die Stirn.

Madame Sahara hatte es eilig. Zwei Küsschen für Avola, ein flüchtiges Winken in die Runde, dann eilte sie den Hang hinab zu ihrem Wagen.

Wie auf ein geheimes Zauberwort löste die Tafel sich nun auf.

Die Erntehelfer griffen wieder zur ihren Körben und klebrigen Blumenscheren und schlurften den Hang hinauf, um die letzten Trauben des Jahres zu ernten. Doris und die *Deliziosi* eilten zu ihrer nächsten Weinprobe, Enzo wankte ins Haus, um sich zu übergeben, Russo verabschiedete sich von Avola. Die beiden Männer klopften sich kurz kumpelhaft ab. Irgendwie gezwungen, fand die Poldi. Sie sah, dass Russo ihr noch einen Blick zuwarf, den sie auf die Entfernung nicht deuten konnte. Dann pfiff er seine Rüden zum Aufbruch und schritt ebenfalls den Hang hinunter.

Avola erhielt einen Anruf. Er hörte kurz zu, sein Gesicht verhärtete sich, erkaltete und verkrustete wie abkühlende Lava.

»Okay, schon gut, ich kümmere mich darum.«

»Um was müssen Sie sich kümmern?«, fragte ihn die Poldi, als er aufgelegt hatte.

»Die Maischepumpe spinnt, und die Jungs haben nicht den passenden Schraubenschlüssel. Ich muss kurz nach Trecastagni fahren und ihn holen.«

»Ich könnte Sie begleiten.«

Er lächelte sie an.

»Es dauert nicht lang. Wenn es Ihnen nichts ausmacht, dann warten Sie doch einfach hier. Sobald ich zurück bin, habe ich alle Zeit der Welt für Sie, Poldi.«

Er berührte sie sanft am Arm, ganz und gar nicht mehr flüchtig oder zufällig. Dann ging auch er. Die Poldi setzte sich wieder. Und fühlte sich elend, bei dem ganzen Aufbruch und Gewese um sie herum. Und sie: alleingelassen und immer noch wie festgenagelt auf ihrem Plastikstuhl, unnütz wie ein falscher Schraubenschlüssel, mit einem Schatten aus Erinnerungen und Vorahnungen auf dem Herzen und dem zweiten Glas Wein in der Hand. Schwermut und Durst – immer eine gefährliche Mischung für meine Tante Poldi, die sich nun wieder an ihren ursprünglichen Lebensendeplan erinnerte. An ihre interne Zielvereinbarung mit dem Tod. Sie hatte wieder diesen Zustand erreicht, an dem die Dinge ihre Farbe verloren und sie selbst die Lust.

»Lecktsmialleamarsch!«

Sie kippte das zweite Glas runter und schenkte sich nach. Kurzer Check: die Flaschen auf dem Tisch sämtlich noch mindestens halb voll. Die Poldi trank ein drittes Glas und langte nach den Flaschen, um sie um sich zu scharen. Erst baute sie sie im Halbkreis auf wie ein Publikum. Aber das war ihr dann doch zu intim, also ließ sie die Flaschen lieber schön in einer Reihe vor sich antreten. Die Flaschen alle mal antreten lassen – schöner Gedanke. Darauf noch ein Glas.

Und noch eins.

Und irgendwann hörte sie auf zu zählen und schmeckte den zarten Mandelduft des Polifemo nicht mehr.

Irgendwann war es einfach nur noch Rotwein, in dem die Scham und die Kontraste und die Erinnerung und der Schatten auf ihrem Herzen sich zu etwas Schönerem auflösten. Irgendwann erhob sie sich und trat den Rückweg zu ihrer Vespa an, um diesen Tag gepflegt zu Hause bei geschlossenen Jalousien zu beenden und sich vollends abzuschießen.

Aber unten am Tor bei der Vespa sah sie dann Avola wieder, der sie mit seiner ganzen Haltung und jeder Geste so schmerzlich an ihren Peppe erinnerte und der so gut roch.

Er diskutierte lebhaft mit einem Mann, der ihm zum Verwechseln ähnlich sah. Die Poldi musste sich ziemlich konzentrieren, um die beiden auseinanderzuhalten. Als sie langsam nähertrat, bemerkte Avola sie. Er sagte noch etwas zu seinem Klon und scheuchte ihn dann mit einer ungehaltenen Geste fort. Der zweite Avola stieg, offensichtlich erregt, in einen alten Panda und knallte die Tür.

»Sie haben einen Zwillingsbruder«, stellte die Poldi fest, bemüht, sich gerade zu halten und nicht zu lallen.

»Äh, ja.« Avola schien sich sammeln zu müssen. »Sie wollen doch nicht etwa schon fahren, Poldi?«

»Es ist schon spät.«

»Kommt nicht infrage! Jetzt kümmere ich mich um Sie.«

Wer hört das nicht gerne! Also ließ die Poldi sich von Avola am Arm nehmen und zurück den Hang hinauf zum Haus begleiten. Und während Avola drüben in der Remise Wein machte, trank die Poldi vor dem Haus den letzten Jahrgang Polifemo aus. Und als der Abend sich milde wie ein Gute-Nacht-Kuss über die Hänge des Ätna senkte, war sie endlich mit Avola alleine und inzwischen auch ziemlich knülle. Sprich: hackedicht. Abgeschossen. Voll von der Rolle. Äußere Umlaufbahn. Avola erzählte ihr, wie man Wein macht, und er roch immer noch so gut, und irgendwann wollte Avola sie in ihrem Zustand nicht mehr auf der Vespa nach Hause fahren lassen.

»Es gibt ein Gästezimmer hier im Haus, das ist kein Problem.«

»Kein Problem?«, flüsterte die Poldi und küsste ihn.

»Waaas?«, unterbrach ich sie, als sie es mir erzählte. »Das glaub ich jetzt nicht.«

»Weil du halt so ein verklemmter Spießer und Kontrollfreak bist. Gell, was ist denn schon dabei?«

Ich rang um Worte.

»Was schon dabei ist? … Ich meine, das ist … total unprofessionell!«

Volltreffer.

Die Poldi druckste herum.

»I bin halt ein emotionaler Typ und außerdem ein bisserl schwach g'worden. Herrgott, als ob i mich jetzt da vor dir rechtfertigen müsste.«

»Und dann?«

»Mei, *Dings* halt. Weißt schon.«

»Keine Ahnung. Geht's nicht ein bisschen konkreter?«

»Des ist dir doch eh nur wieder peinlich.«

»Stört dich doch sonst nicht. Also was jetzt *Dings*?«

Die Poldi rutschte unbehaglich auf dem Sofa herum.

»I weiß es nimmer.«

»Nee, ist jetzt nicht wahr, oder? Ein Filmriss?«

Die Poldi nickte zerknirscht.

»Sauunprofessionell, i weiß. Aber was soll i machen, ist halt passiert. Des Nächste, an das i mich erinnere, ist, wie i neben dem Achille aufwache, und des erste Morgenrot scheint mir ins G'sicht.«

»Sauber. Und dann?«

»Dann hat des Schicksal mir ein Zeichen g'schickt.«

Die Poldi reichte mir eine kleine gewölbte Tonscherbe mit einer Inschrift auf der einen Seite. Eigentlich nur ein einziges Wort in griechischen Majuskeln vor langer Zeit in den frischen Ton einer handlichen Amphore geritzt: ΟΥΤΙΣ.

»Heißt?«

»Outis«, klärte mich die Poldi auf. »Altgriechisch für Niemand. Hat mir der Vito erklärt. Weil, der Homer hat doch dieses putzige Wortspiel mit dem Namen Odysseus gemacht. Du weißt schon: Polyphem fragt den Odysseus nach seinem Namen, und der, listig, wie er halt ist, sagt: Niemand. Also Outis, verstehst? Und als der geblendete Zyklop nachert ausrastet, nach dem Odysseus fahndet und seine Spezis zur Hilfe rufen will, brüllt er: ›Niemand hat mich geblendet!‹, ›Niemand flieht aus meiner Höhle!‹ und so weiter, weißt schon.«

»Alles klar«, log ich. »Und wie hängt die Scherbe nun mit deinem Filmriss zusammen?«

»Gell, was bist du wieder ungeduldig!«

Meine Tante Poldi, muss man sagen, hatte sich ziemlich erschrocken, wie sie so nackt und völlig unperückt neben dem schlafenden Achille aufgewacht war, ohne den geringsten Schimmer, wie es zu *Dings* gekommen war. Beziehungsweise, ob überhaupt. Jedenfalls musste sie erst einmal an die frische Luft. Respektive nix wie weg. Und zwar, bevor Avola erwachte.

Sie schlüpfte aus dem Bett, kramte hastig nach ihrer Perücke und ihren Siebensachen und schlich sich aus dem Zimmer, wie eine Katze, die etwas zerbrochen hat und weiß, dass es bald Ärger geben wird. Avola röchelte leise im Schlaf.

Die Poldi zog sich hastig in der Küche an und trat vors Haus. Unten in der Ferne das Meer wie poliertes Metall. Und hier, ringsum, nur Stille und klamme Feuchtigkeit.

Die Poldi überlegte kurz, was sie nun tun sollte. Sie fühlte sich noch etwas wackelig auf den Beinen, aber nach einigen Zügen von der frischen Morgenluft immerhin gestärkt genug, um zu ihrer Vespa hinunterzutorkeln und nach Hause zu fahren.

Immer noch ein wenig von der Rolle fand sie den Weg durch die Reben, die golden im Morgenlicht Spalier standen. Alles ziemlich ergreifend, fand die Poldi. Nach einigen Metern musste sie sich hinsetzen und verschnaufen. Und wie sie da so zwischen den Reben hockte, sah sie vor sich in der Lavaasche etwas im ersten Tageslicht blinken und hob es auf. Eine kleine Tonscherbe mit einer eingekratzten altgriechischen Inschrift auf der einen Seite. ΟΥΤΙΣ. Niemand. Aber das wusste die Poldi zu diesem Zeitpunkt noch nicht, sie fand die Scherbe einfach nur schön und hielt sie fest in der Hand. Ganz still war es hier zwischen den Weinbüschen. Bis auf den nicht mehr ganz so fernen Ätna, der weiterhin im Minutentakt rummste, dass die Morgenluft nur so zitterte. Zwischen den Stößen war es still genug, dass meine Tante Poldi ihren eigenen Atem hören konnte, rasselnd und flach. Und auch das Klopfen ihres großen, umschatteten und so unzählige Male ausgemusterten Herzens, das immer noch schlug.

Sie musste an das denken, was Doris zu ihr gesagt hatte, und an die Bestürzung von Madame Sahara beim Blick in die Zukunft, und da wurde ihr klar, dass es mit diesem seltsamen Leben wirklich jederzeit bald *finito* sein konnte, und das jagte ihr dann doch eine Heidenangst ein. Was sie prompt daran erinnerte, dass sie jetzt einen Schluck vertragen konnte. Was wiederum ein ganz anderes Gefühl auslöste, ein ziemlich unpassendes, wie die Poldi fand.

Sie musste mal.

Und zwar ziemlich dringend.

»Weia«, sagte ich, als sie es mir mit den entsprechenden dramatischen Pausen später erzählte. »Und was dann?«

Schulterzucken.

»Dann hab i des Dirndl g'lupft und eine kleine Isar

g'macht. Blöd halt, dass i nicht g'merkt hab, dass i da nimmer allein war.«

Wobei »nicht allein« eher relativ zu verstehen ist.

Als sich also im ersten Morgenlicht eine kleine Isar unter Poldis Dirndl ihren Weg durch lockere Vulkanasche bahnte und die Poldi sich gleich schon wieder ein wenig weniger sterblich fühlte, bemerkte sie diesen Schatten etwas unterhalb vor sich, auf den das glitzernde Bächlein lustig munter zumäanderte. Einen Schatten, wie ihn eine Gestalt im Morgengrauen wirft, die eine Person ist, die irgendwo zwischen Rebstöcken friedlich ihren Rausch ausschläft.

Die Poldi rührte sich nicht. Vielleicht dem Schreck geschuldet, vielleicht der unvorteilhaften Hockposition.

»Hallo?« Eher zaghaft. Aber dann schon etwas lauter auf Italienisch: »Hören Sie mich?«

Offenbar nicht. Und da hatte die Poldi, geimpft durch die Gene ihres Vaters Georg Oberreiter, Kriminalkommissar a. D. bei der Augsburger Polizei, man erinnert sich, bereits so eine Vorahnung.

Die Gestalt, die da eingekauert zwischen den Reben lag, rührte sich immer noch nicht, als meine Tante Poldi beklommen nähertrat. Eine Frau mit einer verrutschten platinblonden Perücke, in der sich Morgentau sammelte, und darunter sehr viel verkrustetes Blut. Selbst im morgendlichen Zwielicht und mit ihrem Mordshangover erkannte meine Tante die Wahrsagerin sofort, trotz des verzerrten Ausdrucks aus Schmerz und Grauen in dem schönen vornehmen Gesicht. Und da musste die Poldi an die gelben und rosafarbenen Plakate denken, die nun an Hauswänden und Stromkästen einfach so verwittern und ausbleichen würden, von niemandem mehr erneuert und schon bald überklebt. Und seltsamerweise stimmte diese Vorstellung meine Tante Poldi in diesem Augenblick viel trauriger als der Anblick von Madame Saharas Leiche. Obwohl, nein, ich korrigiere mich, es stimmte sie nicht traurig. Es brach meiner Tante Poldi das Herz.

4. Kapitel

Dem vielen Blut nach, das unter der Perücke in die Vulkanasche gesickert war, musste Giuliana an einem schweren Schädel-Hirn-Trauma verstorben sein. Eine Schusswunde konnte die Poldi nicht entdecken, kamen also nur Sturz oder Schlag infrage. Allerdings entdeckte die Poldi weit und breit auch keinen einzigen Stein im sandigen Boden, der groß genug gewesen wäre, nach einem unglücklichen Stolpern und einem wirklich unglücklichen Aufprall zum Tode zu führen. Überhaupt, wie sie so dalag, die tote Wahrsagerin, so eingekauert, so nachträglich in die Position einer Schlafenden gebracht. Beinahe zärtlich, dachte die Poldi ein bisschen gerührt von der Sorgfalt des Täters.

Nur den Schmerz und das Grauen hatte er nicht mehr wegwischen und zu einem milden Lächeln hinbiegen können. Der wie vor sprachlosem Entsetzen geöffnete Mund war dabei gar nicht das Schlimmste, denn die Poldi wusste schon, dass die allgemeine Erschlaffung der Muskulatur nach Eintritt des Todes zu solchen Grimassen führt. Das Schlimmste war dieses Grauen in Giulianas Augen, die Vergangenheit, Gegenwart und Zukunft gesehen und wenige Stunden zuvor auch in Poldis Zukunft geblickt hatte.

Die Poldi sah sich um und suchte nach Fußabdrücken

im Boden. Aber die weiche Vulkanerde war geradezu aufgewühlt von den Schuhen der Erntehelfer. Und ihren eigenen ja übrigens auch. Der Poldi dämmerte, dass sie schon sehr bald in Erklärungsnot einem gewissen *Commissario* gegenüber sein würde.

»So eine Scheiße, so eine klumpverreckte!«

Es war immer noch still, dort im Weinberg, so zwischen Himmel und Erde. Der Ätna seufzte eine lang gezogene Staubfahne übers Meer, die Sonne hatte es über den Horizont geschafft und drohte einen weiteren Hitzetag an.

Die Poldi wusste, dass sie sich beeilen musste. Trotz der elenden Knieschmerzen ging sie wieder in die Hocke und sah sich Giulianas Leiche genau an, um sich jedes Detail einzuprägen.

Madame Sahara hielt die Arme vor ihren Körper, als wollte sie sich schützen. Sie trug immer noch dieselbe schwarze Kleidung wie am Vortag. Wenig Schmutz, nur ein bisschen rötliche Vulkanerde an der Hose und ihrem Pullover. Ihre Armringe und Ringe schienen vollzählig zu sein. Fehlte sonst irgendetwas? Die Poldi hätte es nicht sagen können. Weitere Verletzungen, Schürfwunden oder Blutergüsse konnte sie auch nicht entdecken. Hatte es Streit gegeben? Hatte Giuliana geschrien? Hätte man sie hören können? Die Poldi versuchte, die Entfernung bis zum Haus abzuschätzen, und überlegte, ob sie zum Test laut nach Hilfe rufen sollte, ließ es aber, weil sie noch etwas Zeit haben wollte. Schließlich wusste die Poldi ja auch, dass bei ersten Ermittlungen nichts so gefährlich ist wie vorschnelle Hypothesen.

Also bemühte sich die Poldi, vor allem auf Details zu achten, die auf den ersten Blick weniger offensichtlich mit Streit und Totschlag zusammenhingen. Daher fiel ihr schließlich dieser silberne Kugelschreiber im Sand auf. Ein feminines sechskantiges Modell einer französischen Edelmarke. Die Mine noch herausgedrückt. Hatte Giuliana sich damit zu wehren versucht? Die Poldi wagte nicht, den Kugelschreiber anzufassen, aber soweit sie erkennen konnte, gab es keine Blutspuren an dem Stift.

Der Kugelschreiber ließ ihr keine Ruhe, sein Bild verklemmte sich in dem Puzzle von ersten Eindrücken und ließ sich nicht mehr herauslösen. Die Poldi wusste, dass es höchste Zeit wurde, Montana anzurufen, dennoch zögerte sie immer noch und versuchte, sich einen Reim auf diesen Stift zu machen. Als Waffe wirkte er zu klein und zart. Die Poldi richtete ihre ganze, immer noch bisschen beduselte Konzentration auf den Stift. Bis ihr auffiel, dass er mit der Spitze genau auf die Leiche zeigte.

Ich stelle mir vor, das sind so Momente der Welterkenntnis, die einem nur ein Hammerhangover beschert, in so einem Limbus zwischen Übelkeit und Bruchlandung in der Realität. Wenn die Welt wieder in ihre vertrauten Formen einrastet, wenn dein Gehirn aber noch Kleinigkeiten bedeutsam finden kann, die es sonst nachlässig ignoriert. Im Grunde ein Zustand der Erleuchtung.

Wie auch immer, die Poldi fand, dass die Spitze des Kulis genau auf Giuliana zeigte. Und wo sie diesen Einfall nun schon mal hatte, nahm die Poldi ihn auch ernst, kniete sich ächzend in den Sand, um über den Kuli hinwegzupeilen. Wobei sie natürlich einen Haufen möglicher Spuren am Boden zertrampelte. Kalkulierter Kollateralschaden sozusagen. Aber wie die Liebe und der öffentliche Nahverkehr lebt auch die Kriminalistik vom Kompromiss. Sag ich jetzt mal so.

Und obwohl die Poldi es im Leben nie mit Kompromissen hatte – von der Macht der Intuition verstand sie was.

Laut Peilung zeigte die Kulispitze auf Giulianas obere Körperhälfte. Und dabei fiel der Poldi nun auf, dass die tote Wahrsagerin ihre Hände zu Fäusten geballt hatte. Was der Poldi fast einen triumphierenden Juchzer entlockt hätte, aber da hatte sie sich noch gerade so im Griff. Vorsichtig versuchte sie, die Hände der Toten zu öffnen. Die Nacht war sehr kühl gewesen, und die Totenstarre war noch nicht in den Gelenken angekommen. Giulianas Fäuste ließen sich fast ohne Gewaltanwendung öffnen. Woraus die Poldi gleich mal messerscharf folgerte, dass Giuliana weniger als sechs Stunden zuvor umgebracht worden sein musste. Also etwa zu dem Zeitpunkt, als die Poldi selbst gerade mit dem Winzer auf eine erotische Entdeckungsreise gegangen war.

Etwa der Zeitpunkt ihres Filmrisses.

Die rechte Faust war leer. Aber in der linken Handfläche stand mit Kuli in immer noch gut lesbaren Großbuchstaben etwas geschrieben.

»Ja, was denn?«, fragte ich nach, weil die Poldi eine lange, bedeutungsschwangere Pause in ihren Bericht einbaute.

»Geh, reich mir mal deine Hand.«

»Äh, wozu?«

»Jetzt frag nicht. Und schau weg.«

Seufzend tat ich wie geheißen. Meine Tante kritzelte mit einem Kuli etwas in meine Handfläche. Kein wirklich angenehmes Gefühl, muss ich wirklich sagen.

»Mach eine Faust.«

Ich gehorchte.

»Und jetzt schau wieder hin.«

Ich blickte auf meine Faust.

»Ja und?«

»Mei, jetzt mach sie halt auf, die Faust.«

Und da sah ich, was die Poldi mir in die Handfläche gekritzelt und was sie auch bei Giuliana entdeckt hatte:

ETNAROSSO

Ich versuchte, die Tinte wegzuwischen, aber keine Chance, die Poldi, mit ihrem Sinn für Dramatik, hatte einen wasserfesten roten Marker verwendet. *Etna Rosso*. Kannte ich nur als Herkunftsbezeichnung sizilianischer Weine.

»Und das bedeutet jetzt was?«

»Du immer mit deinem zwanghaften Erklärungsdrang. Immer zackizacki überall gleich den Stempel draufknallen. Erklärt, erledigt, der Nächste bitte. So geht das aber fei nicht. Weder in der Kriminalistik noch in der Belletristik, merk dir des. Also, zu diesem Zeitpunkt waren mir nur zwei Dinge völlig klar: Erstens, dass uns die Giuliana in ihren letzten Minuten noch einen Hinweis auf ihren Mörder hinterlassen hatte. Und zweitens ...«

Sie räusperte sich ein wenig verlegen und trank einen kräftigen Schluck.

»Und zweitens ...«, half ich ihr zurück in den Steigbügel.

»Und zweitens«, seufzte sie, »dass i endlich den Vito anrufen musste.«

»Poldi! Ist irgendwas?«

Montana hatte den Anruf nach dem ersten Klingeln abgenommen und klang besorgt.

Nein, wollte die Poldi aus einem Impuls heraus sagen,

und wünschte sich nichts mehr, als dass sie ihm ehrlich und heiter beteuern könnte, dass alles in Ordnung sei. Dass sie nur seine warme und vor der ersten Zigarette des Tages noch kratzige Stimme hören wollte.

Aber das ging nun mal nicht.

»Könnte man so sagen.«

Im Nu verlor seine Stimme alle Kratzigkeit, wurde klar und ruhig und kühl wie ein Bergsee.

»Was ist passiert?«

Die Poldi sah zu Giuliana hinüber und zuckte entschuldigend mit den Schultern.

»Ein Mord?«

Sie hörte ihn atmen.

»Bist du nüchtern?«

»Was soll jetzt diese bescheuerte Frage? Natürlich bin ich …«

»Wer ist ermordet worden?«

»Giuliana. Ich meine, Madame Sahara. Sie … liegt hier vor mir.«

»Bist du allein?«

»Ja.«

»Wo bist du?«

Die Poldi beschrieb es ihm.

»Was, in Gottes Namen, machst du da?«

»Du, Vito, können wir das bitte später klären? Kannst du bitte kommen? Jetzt gleich?«

»Schon auf dem Weg. Hast du die Polizei verständigt?«

»Tu ich doch gerade.«

»Wähl die 113. Sofort. Die 113, nicht die 112, hörst du?«

»Ich habe nur eine Leiche gefunden, ich bin nicht dement geworden, Vito.«

»Und lass dein Handy an, ich brauche eine halbe Stunde. Ach, und Poldi …«

»Ja, Vito?«

»Fass nichts an!«

Meine Tante Poldi wollte etwas Spitzes erwidern. Bloß, dann fiel ihr eben ein, dass es in diesem Fall vielleicht ratsam wäre, die Klappe zu halten. So entstand eine kleine Verlegenheitspause, und ehe die Poldi noch leise Danke sagen konnte, legte Montana auf, und sie war wieder allein.

Und wählte die 112.

Gleicher Fehler wie beim letzten Mal. Aber die Poldi hatte es eben auch nicht so mit Zahlen, zumal in ihrem Zustand.

Zur Erklärung: Mit der 112 erreicht man in Italien den Notruf der *Carabinieri*, mit der 113 die *Polizia di Stato*. Was an sich keinen großen Unterschied macht, wenn man einen Mord melden will oder Hilfe braucht.

Bloß, dass *Carabinieri* und *Polizia di Stato* im Grunde konkurrierende Organisationen mit gleichem Auftrag sind, was traditionell der gegenseitigen Kontrolle der verschiedenen Polizeikräfte in Italien dienen soll, in der Praxis hingegen nur zu noch mehr Bürokratie und Zuständigkeitshickhack führt. Als *Commissario* der *Polizia di Stato* wollte Montana natürlich, dass *seine* Jungs den Tatort sicherten und nicht irgendwelche Dödel von den *Carabinieri*. Wobei wir wieder bei dem beliebten Vorurteil wären, dass die *Carabinieri* sämtlich intellektuelle Restposten mit einem IQ von minus drei Kartoffeln sind.

Die Poldi bemerkte ihren Fehler erst einige Minuten später unten am Tor, als sie den *Carabinieri*-Alfa die Straße heraufbrettern sah. Zwei junge Beamte in tadelloser dunkelblauer Uniform mit der schicken roten Hosennaht stiegen aus, die Hände locker über dem Holster wie so zwei Pistoleros aus einem B-Movie. Mit ihren militärisch kahl geschorenen Köpfen sahen sie aus wie eineiige Zwillinge und musterten die Poldi in ihrem Dirndl finster. Was der Poldi durchaus gefiel, denn von Polizisten verstand sie was. Genau die Sorte übel gelaunter, penibel rasierter Kernigkeit in Uniform, auf die meine Tante so stand und die ihr so manches Mal im Leben erinnerungswürdige Nächte beschert hatte.

»Haben *Sie* uns gerufen, Signora?«

»Ach, ist schon gut. Ich habe mich verwählt. Ein Versehen. Würden Sie bitte Ihre Kollegen von der *Polizia di Stato* verständigen? Danke, sehr freundlich.«

Die beiden Beamten wechselten einen Blick und näherten sich der Poldi von verschiedenen Seiten, wobei sie ihre Umgebung professionell abscannten.

»Sie haben einen Mord gemeldet.«

Die Poldi seufzte.

»Sie liegt da oben im Weinberg. Ihr Name ist Giuliana. Beziehungsweise Madame Sahara.«

Bei dem Namen Madame Sahara zuckten die beiden *Carabinieri* zusammen, als hätte meine Tante Poldi behauptet, der Staatspräsident oder Donatella Versace läge, da oben.

»Was?«

»Wer?«

Wie so ein Echo.

Die Poldi spürte ihre Krone wieder und ahnte, dass alles bald sehr kompliziert werden würde.

»Sie liegt da oben zwischen den Reben. Sie wurde ermordet. Durch einen Schlag auf den Kopf.«

Sie tippte bereits die 113 in ihr Handy, als der eine Beamte vorschoss und ihr das Telefon aus der Hand nahm.

»Lassen Sie das!«

»Ihren Ausweis!«

Die Poldi, erfahren im Umgang mit der Staatsmacht, blieb völlig cool und lächelte die Zwillinge deeskalierend an. Sie sah jetzt, dass der eine der beiden grüne, der andere blaue Augen hatte.

»Im Helmfach der Vespa. Darf ich?«

»Aber schön langsam.«

»Und ich will Ihre Hände sehen.«

Grünauge griff an seine Dienstwaffe.

»Entspannt euch, Jungs. Ich bin eine alte Schachtel mit einem Mordskater, die gerade eine Leiche gefunden hat. Solange ich keinen Lippenstift und ein bisschen Rouge in die Finger kriege, geht keinerlei Gefahr von mir aus.«

Sie öffnete das Helmfach, schön langsam, und reichte dem Grünäugigen ihren Personalausweis.

Der drehte die Plastikkarte irritiert hin und her und reichte sie an seinen Kollegen weiter.

»Sie ist Deutsche.«

Blauauge überprüfte das.

»Sie sind Deutsche?«

»Aus München. Aber wohnhaft in Torre Archirafi.«

Erneute Prüfung des Ausweises.

Die Poldi merkte, dass ihr die Knie weich wurden. Sie dachte an Madame Sahara, wie sie noch am Vorabend ausgesehen hatte, so lebendig und schön und stark, und dabei kamen ihr nun verschiedene Fragen. Ob sie sich gewehrt hatte. Ob sie ihren Mörder gekannt und wie lange sie wohl mit ihm gesprochen hatte. Und vor allem, warum Giuliana so etwas Kryptisches wie »Etna Rosso« und nicht gleich den Namen ihres Mörders in ihre Handfläche geschrieben hatte.

»Deine Hypothese?«, unterbrach die Poldi ihren Erzählfluss einige Wochen später im Ton eines Prüfungsausschussvorsitzenden und tippte mir mit dem Zeigefinger an die Brust.

Zwei Dinge, die ich hasse, zumal in dieser Kombination.

»Eine professionelle Deformation.«

»Soll heißen?«

»Sie war eine Wahrsagerin, die drücken sich doch immer orakelhaft und geheimnisvoll aus, die können irgendwann gar nicht mehr anders.«

Die Poldi nickte, als sei das zumindest nicht die dämlichste aller Antworten gewesen.

»Des hab i auch erst gedacht. Aber mei, so im Todeskampf, da wird der Mensch doch eher konkret, meinst nicht? Also i hab mir gedacht, des ›Etna Rosso‹ muss ziemlich konkret gemeint sein. Und zwar ... als Name des Mörders.«

»Ziemlich bescheuerter Name«, sagte ich, wenig überzeugt. »Wer heißt denn schon so?«

»Mei, ein bisserl mehr Fantasie dürfte man von einem Schriftsteller – gut, Möchtegernschriftsteller – fei schon erwarten! Schließlich sind, wie du weißt, die Sizilianer nur so gewatscht mit bescheuerten Familiennamen. Warum also sollte es nicht irgendeinen Pippo Etnarosso geben!«

»Und?«

Die Poldi verzog das Gesicht.

»Blöderweise nein. I hab keinen g'funden, nicht mal im Internet. Und den triumphierenden Blick, denn kannst dir fei schön sonst wohin stecken.«

Aber mit bajuwarischer Sturheit gut imprägniert gegen Nieselregen, Nachbarschaftslästereien und täglichen Unbill, ließ sich meine Tante Poldi auch von kleinen Rückschlägen nicht entmutigen und verfolgte bereits eine andere Hypothese, die sie mir an diesem Abend jedoch nicht verraten wollte.

»Aus rein dramaturgischen Gründen, verstehst? Weil merk dir des: Du musst mit deinem Publikum spielen. Des will ja gar nicht gleich jedes Geheimnis von dir wissen. Des will verzaubert und umworben werden. Des ist wie ein Ballett, verstehst? Sozusagen die Feinmechanik der Liebe und der Literatur.«

Die beiden *Carabinieri* nuschelten inzwischen in ihr Funkgerät im Wagen, um sich Anweisungen aus der Zentrale zu holen, und behielten meine Tante die ganze Zeit über scharf im Blick.

»Jungs, ich will nicht drängeln, aber da oben liegt eine Tote. Die Spurensicherung muss verständigt werden, die Rechtsmedizin und vor allem die Staatspolizei. *Commissario* Montana aus Acireale ist bereits unterwegs.«

»Wer?«

»Warum Staatspolizei?«

»Wir sind doch jetzt hier.«

Die beiden *Carabinieri* wechselten einen irritierten Blick, wie um sich selbst zu versichern, dass sie tatsächlich hier waren. Und dann wieder zurück zur Geschäftsordnung.

»Wo liegt die Tote?«

Seufzend erhob sich die Poldi von der Vespa. Madonna, sie fühlte sich alt! Und müde, sehr müde.

»Ich geh mal vor, ja?«

Weit kam sie nicht. Denn in diesem Augenblick hörte sie schon die Sirene. Ein dunkelblauer Alfa Romeo raste die Straße hinauf und hielt mit einer Vollbremsung gleich neben dem Tor, dicht gefolgt von einem Einsatzwagen der *Polizia di Stato* mit Blaulicht. Die *Carabinieri* zuckten zusammen wie Gazellen, die gerade ein Rudel Löwen im Savannengras bemerkt haben.

Aus dem blauen Alfa stieg ein schlecht gelaunter und besorgter *Commissario*, dessen nicht mehr ganz so jugendlichen Körper meine Tante Poldi über die letzten Wochen hinweg in geradezu Humboldtscher Entdeckungsfreude bis in jeden Winkel erforscht, vermessen und erobert hatte.

Und aus dem Einsatzwagen dahinter stiegen zwei alte Bekannte, nämlich der *Assistente* Pippo Zannotta und der *Agente Scelto* Franco Consoli, ein älterer Polizeihauptwachtmeister mit Bauch und Schnauzbart, und ein sehr junger Polizeioberwachtmeister mit einem Babyface. Die beiden Ersteren hatten die Poldi einige Woche zuvor am Strand von Praiola vernommen, als sie Valentino dort gefunden hatte, mit seinem weggeschossenen Gesicht. Egal. Wie Pippo und Franco ihre Kollegen von der Konkurrenz so erblickten, kühlte sich die Luft gleich um einige Grade ab, und auch die *Carabinieri* verspannten sich noch mehr. Alle vier Ordnungshüter also gleich auf Krawall gebürstet, wie unterschiedlich gepolte Elementarteilchen.

Pippo und Franco erkannten meine Tante gleich, denn schließlich war die Poldi inzwischen ja eine Art lokaler Promi. Sie nickten ihr zu wie einer Kollegin und bauten sich hinter Montana auf wie seine Bodyguards.

Montana sah müde aus, fand die Poldi. Müde, blass, zerknittert und geladen, kein gutes Zeichen. Wie ein Mann eben aussieht, der nach einem harten Arbeitstag angefüllt mit Inkompetenz und Idioten anschließend auch noch bei zu wenig Wein und zu viel Zigaretten die ganze Nacht Beziehungsgespräche hatte führen müssen.

»Wer sind Sie?«, schnappte Blauauge zwar mutig, aber das war es dann auch.

Montana hielt den beiden *Carabinieri* seinen Dienstausweis unter die Nase.

»Ich stelle die Fragen. Warum seid *ihr* hier?«

Der Dienstausweis zusammen mit diesem speziellen »Komm-mir-nur-ein-Mal-blöd-und-du-erlebst-dein-blaues-Wunder«-Ausdruck in Montanas Augen verfehlte seine Wirkung nicht.

»Wir waren zuerst da!«, ließ sich Grünauge trotzig vernehmen und deutete auf die Poldi. »Sie hat angerufen. Sie ... ist Deutsche.«

Also ob das alles erklären würde, den Klimawandel, die Eurokrise und den Schmerz der sizilianischen Seele.

Jetzt erst wandte Montana sich der Poldi zu, mit seinen schönen grünen Augen.

Aber die Farbe der Augen ist eben nicht die Farbe des Blicks, und Montanas Blick in diesem Moment war nicht grün, sondern sturmgrau. Meine Tante hob ergeben die Hände.

Montana schüttelte fassungslos den Kopf und wandte sich wieder an die *Carabinieri*.

»Dann könnt ihr ja jetzt wieder abzischen.«

»Wir waren aber zuerst da!«

»Wo liegt die Tote?«

»Irgendwo da oben im Weinberg. Sagt sie.«

»Und warum steht ihr Vollidioten dann noch hier rum?«

»Äh … Weil wir die Verdächtige vernehmen mussten?«

»Also verstehe ich das richtig? Irgendjemand erzählt euch, dass in der Nähe eine Leiche liegt, und den verhaftet ihr gleich wegen Mordes?«

»Wir halten uns nur an die Vorschriften.«

Die Poldi sah Montana an, dass ihm gleich die Galle überlaufen würde. Beziehungsweise das Magma, um in der sizilianisch-vulkanischen Bildwelt zu bleiben. Und dass ein Ausbruch pompejischen Ausmaßes mit pyroklastischem Strom und allem Pipapo kurz bevorstand. Pippo und Franco im Hintergrund erwarteten auch bereits feixend, dass der Chef die beiden *Carabinieri*-Kollegen in der Luft zerfetzen, verspeisen und nur ein Gewölle aus Uniformfetzen und Blödheit auswürgen würde.

So weit wollte es die Poldi dann doch nicht kommen lassen. Sie hatte ohnehin genug von der Show und löste sich von der Vespa. Am liebsten hätte sie Montana zur Begrüßung geküsst, doch das verkniff sie sich. Dünnes Eis, der Mann war schließlich im Dienst und durfte vor den *Carabinieri*-Dödeln nicht dumm dastehen. Also ging die Poldi einfach zum Tor.

»Hört auf zu streiten, Kinder, ich führ euch hin.«

Vielleicht hatte die Poldi erwartet, dass Madame Sahara sich inzwischen von, sagen wir, einer Art Schwächeanfall erholt, sich benommen erhoben und den Weinberg mit einem leichten Restkopfschmerz verlassen hatte. Dagegen kam die Poldi einfach nicht an. Denn, mal ehrlich, wir halten uns und unsere Liebsten doch für unsterblich, bis es so weit ist, und selbst dann hadern wir noch mit dem Schicksal und hoffen, dass tot nicht gleich tot ist. Dass es ein halbtot gäbe, ein so gut wie tot, ein mehr oder weniger tot. Verhandlungsspielraum.

Tatsache war aber, dass Giuliana immer noch genau so unter dem Nerello Mascalese lag, wie die Poldi sie gefunden hatte. Bloß, dass sie nicht mehr alleine war. Als die Poldi mit ihrem Gefolge aus uniformierter Schlichtheit und zerknitterter, kommissarischer Grantigkeit den Berg hinaufstapfte, stand Achille Avola bereits neben der Leiche, in Jeans und abgetragenem T-Shirt und so zerzaust, als sei ihm alle Erschütterung in die Haare gefahren. Als er meine Tante und die Polizisten bemerkte, trat er rasch einen Schritt zurück.

Montana zückte seinen Dienstausweis.

»Und wer sind Sie?«

»Das ist mein Weinberg«, erwiderte Avola, als ob die Tote da vor ihm gerade versucht hatte, ihn zu enteignen. »Ich bin gerade aufgestanden und habe ... Mein Gott, was ist denn bloß passiert?«

Montana gab Pippo ein Zeichen, dass er Avolas Personalien aufnehmen sollte, und befahl den *Carabinieri,* hinauf zum Haus zu gehen und die nähere Umgebung des Tatorts zu sichern, gegebenenfalls Personalien aufzunehmen und ansonsten auf die Spurensicherung zu warten. Montana konzentrierte sich auf die Leiche, streifte sich Latexhandschuhe über, ging in die Knie und sah sich die Tote von allen Seiten an. Er entdeckte die geöffnete Faust und den Schriftzug darin. Er betastete die Kopfwunde, warf einen Blick auf die zertrampelte Erde ringsum, erhob sich ächzend und telefonierte kurz mit der Zentrale. Dann wandte er sich wieder meiner Tante zu.

»Wann hast du sie gefunden?«

»Vor etwas über einer Stunde. Ich habe dich gleich angerufen.«

»Jemand hat ihre Faust post mortem geöffnet. Warst du das?«

Lügen einfach zwecklos.

»Äh, ja.«

Montana presste einen sizilianischen Fluch hervor, der die Heilige Muttergottes mit etwas Unappetitlichem in Verbindung brachte.

»Was hattest du hier überhaupt zu suchen?«

»Ich war gestern Abend ... nun ja, nicht mehr ganz fahrtüchtig, und Signor Avola war so freundlich, mir ein Schlafplätzchen oben in seinem Haus anzubieten. Und als ich dann vorhin ein wenig frische Luft schnappen wollte, also, da hab ich sie halt gefunden.«

Montana warf Avola einen Blick zu, der dem älteren Polizisten gerade seine Personalien diktierte.

»Soso. Und du hast Madame Sahara auch gleich erkannt.«

»Ihr Name ist Giuliana. Wir haben uns gestern bei Achille, ich meine Signor Avola, kennengelernt.«

Montana kam um die Leiche herum auf meine Tante zu. Ganz nah. So nah, dass er praktisch nur noch flüstern musste. Nah genug, dass die Poldi sein Eau de Toilette riechen konnte, das sie an so manchem Morgen noch an sich selbst hatte riechen können.

»Hör mal zu, Poldi. Ich habe keine Lust, dir alles aus der Nase zu ziehen. Du wirst mir jetzt auf der Stelle genau erzählen, was passiert ist. Warum du gestern hier warst, was dir aufgefallen ist und wie du die Tote gefunden hast. Ich will alles wissen, jedes noch so popelige Detail, ist das klar?«

Die Poldi hatte es befürchtet.

»Aber wenn ich mich an ein paar ... also ... Kleinigkeiten nicht mehr erinnere?«, erwiderte sie kleinlaut.

»Von welcher Dimension von Kleinigkeiten sprechen wir gerade?«

»*Beh* ... die ganze letzte Nacht?«

Aber nichts zu machen. Montana bestand auf einem vollständigen Bericht. Also berichtete die Poldi so detailgenau wie möglich alles, an das sie sich noch erinnern konnte. Montana unterbrach sie kein einziges Mal, rauchte nur. Aber die Poldi sah, wie die Falte zwischen seinen Brauen sich tiefer und tiefer einfurchte, als ob sie Kontinente spalten und das Bild der Erde neu formen wollte.

»Gib den Kollegen die Beschreibung des Rutengängers. Deine Aussage kannst du morgen auf der Präfektur zu Protokoll geben«, knurrte er, als die Poldi ihren Bericht beendet hatte. »Über die andere Sache sprechen wir noch.« Er trat seine Zigarette aus und wandte sich ohne weiteren Kommentar Avola zu, der die ganze Zeit nervös abseits gestanden hatte. »Zeigen Sie mir die Kellerei, wir reden oben.«

»Brauchst du mich noch?«, rief ihm die Poldi matt hinterher.

»Mach, was du willst«, erwiderte Montana nur.

5. Kapitel

Montanas Eifersucht setzte meiner Tante Poldi ziemlich zu. Mehr als die Hitze, der Durst, der Ascheregen und das Zahnpochen. Denn obwohl die Poldi unterm Strich einigermaßen krachledern durchs Leben pflügte und sich wenig darum scherte, wen sie dabei vor den Kopf stieß, war sie im Grunde ein sehr empfindsamer Mensch. Außerdem – mag man jetzt glauben oder nicht – war die Poldi eine grundtreue Seele. Blöderweise funkte ihr halt manchmal diese Schwäche für fesche Verkehrspolizisten, prägnante Adamsäpfel, wohldefinierte Unterarme und eben das ein oder andere Gläschen dazwischen.

Dafür und für ihren nächtlichen Ausrutscher mit Avola verfluchte sie sich auf der Rückfahrt nach Torre Archirafi. Die Wahrscheinlichkeit, dass sie in Avolas Bett gelandet war, ohne ihn nach Strich und Faden vernascht zu haben, konnte nullkommanulliger nicht sein. Und das schien auch Montana auf der Stelle gewittert zu haben. Um sich von den Gedanken an das bevorstehende Gespräch mit Montana abzulenken und aufs Wesentliche zu konzentrieren, legte die Poldi, als sie in der Via Baronessa angekommen war, zu allererst Zucchero auf, und zwar auf Repeat und volle Lautstärke. Genau das, was die Poldi im Moment zur moralischen

Stärkung brauchte. Dann nahm sie eine Dusche, um sich die Asche und den Hangover abzuspülen, duftete sich tüchtig ein, zog sich einen bequemen Kaftan über und schenkte sich ein Weißbier ein. Denn meiner Tante Poldi zufolge hilft nach einer durchgesumpften Nacht deinen Lebensgeistern nichts so sehr auf die Sprünge wie ein zünftiges Weißbier, schon was die Regulation des pH-Wertes im Körper betrifft.

In einer der letzten Ausgaben der *La Sicilia*, die die Poldi aus dem Altpapier fischte, fand sie ein Foto der ermordeten Staatsanwältin Elisa Puglisi. Sie löste das Etikett des Polifemo vorsichtig von der Weinflasche ab und druckte sich ein verpixeltes Foto von Madame Sahara aus dem Internet aus. Die beiden Fotos pinnte sie dann links und rechts des Weinetiketts an ihre Schlafzimmerwand, die sie bei Ermittlungen als Pinnwand nutzte. Ein Foto der vergifteten Läddi, das bereits dort hing, wanderte ein wenig südwärts. Und ein Ausdruck von Russos topografischer Karte kam auch noch dazu. Dann noch ein Karteikärtchen mit »Etnarosso« und einem dicken Fragezeichen – und *ecco là*! Insgesamt doch schon ein recht aufschlussreiches Bild, wie die Poldi fand. Ein Bild, das keinen anderen Schluss zuließ, als dass die Morde an Elisa Puglisi und Madame Sahara eine gemeinsame Verbindung hatten. Und zwar via Achille Avolas Weinberg. Und Russo steckte natürlich irgendwie hinter alledem.

Zufrieden mit sich und ihren Ermittlungsfortschritten, moralisch gestärkt durch Zucchero und durch das eine Weißbier herrlich erfrischt, stellte sie im Internet verschiedene Nachforschungen in Richtung »Etnarosso« an, aß ein Stück kalten Schweinsbraten, wässerte die Pflanzen im Hof mit dem Rest aus dem Kanister und tat dann das, was ihr in der letzten Zeit zu einer Art lieben Gewohnheit geworden war: Sie besuchte die Sonntagsmesse.

»Mei, i bin nie gläubig g'wesen«, erklärte sie mir später, bevor ich verwundert nachfragen konnte, da ich wusste, dass die Poldi eine gründliche Abneigung gegen die Kirche hegte. »Spirituell, aber nicht gläubig, verstehst? Und mit der Kirche hab i nie viel am Hut g'habt. Wenn i des schon sehe, krieg i's mit der Wut. Die Männerbünde, den Papst, des Ding mit der Erbschuld, den verklemmten Marienkult, des verlogene Erlösungsversprechen, den Missionsanspruch, die Frauenfeindlichkeit und überhaupt die spinnerten Liedtexte. Obwohl, i mein, die Melodien hab i immer g'mocht. Damals im Ashram hab i immer gerne gechantet, weißt. I hab jeden Hippie im Tempel dieser Kali-Sekte in Nevada flachg'legt, i hab in buddhistischen Klöstern meditiert, und i glaub an Wiedergeburt und Karma und all des und an des Gute im Menschen. I weiß nicht, ob's einen Gott gibt und ob der was gegen Sex und Ungläubige hat. Aber was soll i machen, i bin halt katholisch. Des is wie Malaria, wenn du dir des einmal eing'fangen hast, wirst es nimmer los. Und irgendwann gehst halt hin und machst deinen Frieden damit.«

Was aber nur die halbe Erklärung für ihre neuerdings regelmäßigen Kirchgänge war. Denn erstens hatte sie sich mit dem ketterauchenden und beim Rommé schummelnden *Padre* Paolo angefreundet, und zweitens mochte die Poldi bei aller Abneigung gegen die Institution an sich Kirchen. Und die kleine Kirche Maria del Rosario in Torre Archirafi hatte es ihr ganz besonders angetan.

Als die Poldi an diesem Sonntagmorgen in die kleine, aber gut gefüllte Kirche eintrat, ihren Knicks machte und sich bekreuzigte, lief der Gottesdienst bereits auf vollen Touren. Beziehungsweise *Padre* Paolo lief auf vollen Touren. Er hatte gerade mit der Predigt begonnen, dem Highlight jeder seiner Messen. Die Poldi entdeckte ihre Freundin, die Signora Cocuzza, und setzte sich zu ihr.

Die ewig traurige und schweigsame Signora runzelte missbilligend die Stirn.

»Sie sind spät dran, Donna Poldina.«

»Ich wurde aufgehalten.«

Bedeutungsvoller Blick. Signora Cocuzza riss die Augen auf und beugte sich vor.

»Jetzt sagen Sie nicht ...«

Die Poldi legte zwei Finger an die Lippen und küsste sie vorne und hinten. Die ewige sizilianische Geste für »mausetot«.

Die Signora Cocuzza bekreuzigte sich erschrocken und begeistert zugleich.

»Santa Maria! Wer?«

»Später. Ich werde vielleicht Ihre Hilfe brauchen.«

»Sie können auf mich zählen, Donna Poldina.«

»Ich bin der Weinstock, und mein Vater ist der Winzer!«, donnerte *Padre* Paolo in diesem Moment auf seine beeindruckte Fanbase herab und warf der Poldi und der traurigen Signora Jüngste-Gerichts-Blicke zu.

Die beiden Damen stellten ihr Getuschel ein, und die Poldi wunderte sich nicht einmal, dass *Padre* Paolo ausgerechnet heute – über was sprach? Über Wein! Für meine Tante Poldi gab es im Leben eben keine Zufälle, sondern nur den unendlich komplizierten Plan des Universums, den wir nie verstehen werden und der abwechselnd kübelweise Glück und Katastrophen über uns ausschüttet.

»So sprach Jesus zu seinen Jüngern«, fuhr der *Padre* zufrieden über die ungeteilte Aufmerksamkeit fort. »Jede Rebe an mir, die keine Frucht bringt, schneidet er ab. Was soll uns das sagen, liebe Schwestern und Brüder? Es soll uns sagen …« Rhetorische Kunstpause. »… dass es Christen gibt, und mögen sie noch so fromm und gläubig sein, die unfruchtbar bleiben und schließlich ganz vom Weinstock Christi abgetrennt werden. Abgeschnitten! Abgerissen! Fort damit für immer!« Wieder bedachte er die Poldi mit vielsagenden Blicken, bevor er dann etwas milder fortfuhr. »Auf der anderen Seite reinigt und hegt der Herr jede Rebe, die Frucht trägt. Der göttliche Winzer lässt Gnade gedeihen. Er lockert die Kruste aus idiotischem Egoismus und stumpfer Sinnenlust! Er beschneidet den Wildwuchs und das wollüstige Begehren! Er jätet das Unkraut der Trägheit. Denn nur so, liebe Brüder und Schwestern, verhilft er fruchtbaren Schösslingen zum Wachstum, zur Blüte, zur Erkenntnis und zu sachdienlichen Hinweisen und schließlich zur Reife der vollen, süßen Traube.«

»Schöne Predigt«, lobte die Poldi den *Padre,* als sie wie jeden Sonntag nach der Messe zu dritt vor der Bar zusammensaßen.

Die Poldi hatte ihre neuen Freunde soeben auf den Stand der Dinge gebracht, daher hatte sich für einen Moment fassungsloses Schweigen über den kleinen Tisch gelegt. Die traurige Signora nippte an ihrem *caffè, Padre* Paolo löffelte seine Maulbeergranita und rauchte nach jedem Haps. Man kann sagen, das Rauchen war bei *Padre* Paolo ein sicheres Zeichen, dass er noch atmete.

»Aber ich hab da eine Verständnisfrage«, fuhr die Poldi fort, da ihr das Schweigen dann doch langsam unangenehm wurde. »Wenn der Herr nun also schon selbst Winzer ist – wie kann er da eigentlich was gegen den Rausch haben?«

Padre Paolo antwortete nicht gleich, sondern rührte erst noch seine Granita matschig.

»Als Noah nach vierzig Tagen endlich wegkommt vom Muff und der Enge der Arche«, begann er schließlich, »und seine rheumatischen Knochen wieder festen Boden betreten, was, glauben Sie, pflanzt er da als Erstes an? Einen Weinstock. Ja genau, das Erste, was Noah einfällt, ist, Wein zu machen. Und, was soll man sagen, man kann ihn trinken, kein schlechter Tropfen. Und so kommt es eines Tages, wie es kommen musste: Noah trinkt einen über den Durst und liegt am nächsten Morgen hackedicht mit einem Filmriss und vor allem splitterfasernackt in seinem Zelt. Bedenken Sie, ein Mann in seinem Alter!«

»Verstehe«, sagte die Poldi säuerlich über die wenig subtile Anspielung. »Und der Herr natürlich stinksauer. Ausgerechnet sein bester Mann lässt sich so gehen.«

»Warten Sie, Donna Poldina, nicht so voreilig. Denn der Herr straft nicht Noahs Trunkenheit, sondern jemand anderen. Noahs Söhne sehen ihren Vater, so völlig von der Rolle, und sind natürlich schockiert.

»Natürlich.«

»*Beh.* Sem und Jafet bedecken den Alten, aber Ham hat nichts Besseres zu tun, als die Peinlichkeit gleich in alle Welt hinauszuposaunen.«

»Heutzutage hätte er ein Selfie mit dem Armen gemacht und überall gepostet«, ließ sich die Signora Cocuzza vernehmen. »Eine Schande.«

»Bravo, Signora. Deswegen trifft Ham und seine Nachkommen auch Gottes Fluch.«

»Und das soll mir jetzt *was* sagen?«, fragte die Poldi misstrauisch.

Padre Paolo seufzte.

»Sie müssen auf sich aufpassen, Donna Poldina. Es gibt schlechte Menschen, die Schwäche gnadenlos ausnutzen. Sie sind jetzt eine Person des öffentlichen Lebens, Sie haben Verantwortung.«

Die Signora Cocuzza nickte lebhaft.

»Geht es vielleicht auch ein bisschen konkreter, *Padre*?«, stöhnte die Poldi.

Der *Padre* hob die Hände.

»Madonna, was, wenn Avola Sie nur verführt und betrunken gemacht hat, um sich ein Alibi zu verschaffen?«

Darüber musste die Poldi nachdenken.

»Das passt hinten und vorne nicht zusammen«, erklärte sie kopfschüttelnd.

»Also, wie sollten wir dann weitermachen?«, fragte die Signora Cocuzza im zurückhaltenden Konjunktiv.

Die Poldi starrte sie an.

»*Wir*?«

»Ja, was denken Sie denn, Donna Poldina! Ein Mal pro Woche Rommé und sich von Ihnen den Mund wässrig machen lassen? Das könnte Ihnen so passen. Wir sind jetzt ein Team. Na los, sagen Sie was, *Padre*!«

Padre Paolo nickte, und es war das Nicken eines Mannes, der schon in alle Abgründe geblickt hatte. Das Nicken eines Mannes, der weiß, dass er nun auf eine schmutzige Mission geht, aber irgendjemand muss den verdammten Job schließlich machen. Er faltete die Hände auf dem Tisch.

»Sie sind der Boss, Donna Poldina. Unter einer Bedingung ...«

Bedeutungsvoller Blick. Ernstes Nicken der Signora Cocuzza. Die Poldi wusste schon, was das andeuten sollte. Keine Filmrisse nämlich. Kein Absturz, kein Signor Bacardi, kein Gläschen vor vier, kein Gläschen nach neun.

»Lecktsmialleamarsch«, seufzte die Poldi.

»*Et spiritus sancti*«, sagte der *Padre*.

»*Namaste*«, sagte die traurige Signora.

»Na, meinethalben, ihr Komiker«, sagte die Poldi und dachte kurz nach. »Wir müssen herausfinden, wo die Verbindung zum Mord an Elisa Puglisi liegt. *Padre*, fühlen Sie als Person von Respekt doch bitte mal meinem Nachbarn, dem Signor Branciforte, auf den Zahn, der ist schließlich Staatsanwalt in Catania. Er wird Elisa Puglisi gekannt haben, vielleicht fällt ihm auch irgendwas zu ›Etnarosso‹ ein. Kriegen Sie das unauffällig hin?«

Der *Padre* rieb sich die Hände.

»Ich bin nur eine kleine, schrumpelige Rebe am Weinstock des Herrn. Aber, Madonna, ich will verdammt sein, wenn ich diesen Branciforte nicht einwickeln kann. Der geht mir sowieso auf die Eier mit seinen wechselnden Geliebten, die er auf diesem Online-Bumsportal aufreißt und hier immer übers Wochenende anschleppt. Und seine Frau sitzt in Catania mit den Kindern.«

»*Padre*!«, tadelte ihn die Poldi zufrieden und drohte ihm mit dem Finger.

In einer Polizeiuniform statt Soutane hätte der Mann perfekt in ihr Beuteschema gepasst.

»Zu ›Etnarosso‹ fiele mir vielleicht etwas ein«, warf die Signora Cocuzza überraschend ein, die sich gerne im Konjunktiv äußerte, was aber für Italiener ohnehin nicht ungewöhnlich ist.

Wenn es um Gefühle, Vermutungen, unklare oder heikle Themen geht, schaltet die italienische Sprache lieber diskret einen Gang zurück. Was mit dem *Bella-Figura*-Prinzip zusammenhängt, dem Kleber des italienischen Soziallebens in Alltag, Business und Straßenverkehr: »Sieh zu, dass du nie dumm dastehst, und lass andere nie dumm dastehen.«

Die Poldi staunte nicht schlecht. Kaum hatte man ungefragt ein Team aufs Auge gedrückt bekommen, schon lief die Ermittlungsmaschine wie geölt.

»Ich bin ganz Ohr, meine Liebe!«

Die Liebe gibt es nicht, es gibt nur Beweise der Liebe. Ist von Picasso, und der musste es schließlich wissen.

Die Poldi aber auch, denn von der Liebe verstand sie was. Was die Sache aber niemals leichter machte. So oft sie im Leben sich und ihr Herz schon verschenkt hatte, so oft hatte sie nach den Beweisen der Liebe geschmachtet, nicht nach Klunkern und Gold, das hatte sie zwar auch immer gern angenommen, aber vor allem nach den kleinen Gesten, Worten und Überraschungen, die sogar Männern manchmal einfallen konnten, wenn sie wirklich aufrichtig liebten. Allen voran dieses eine kleine Wort, das mehr Beweis der Liebe war als jedes andere und sich nie, niemals abnutzte: Danke.

Nicht, dass die Poldi irgendeinen Dank für ihren Ausrutscher von Montana erwartet hätte, gewiss nicht, aber zumindest hoffte sie doch auf ein kleines Zeichen der Milde. Und so erwartete sie nervös ihren *Commissario* und kämpfte tapfer gegen den Drang an, sich ein Gläschen einzuschenken.

Gegen halb zwölf klingelte es dann an der Tür. Montana wirkte inzwischen noch zerknautschter und grauer als sein Anzug, falls das überhaupt möglich war, aber die Poldi machte sich nichts vor. Ein Zeichen von Schwäche war das nicht, denn der Mann da vor ihrer Haustür wirkte etwa so ausgelaugt und harmlos wie ein russischer Atomreaktor kurz vor der Kernschmelze. Und richtig, als die Poldi sich vorbeugte, um Montana noch in der Tür zu küssen, hob er brüsk die Hand.

»Kann ich reinkommen?«

Seufzend gab die Poldi den Weg frei, und Montana stampfte stracks durch in den kleinen Innenhof, um sich erst mal eine MS anzuzünden. Die Poldi drückte ihm ein kaltes Bier in die Hand, das der *Commissario* kommentarlos entgegennahm.

»Setz dich doch.«

»Nicht nötig, ich bleibe nicht lange.« Er sah sich im Hof um, in dem sich bereits eine dicke Schicht Vulkanasche abgesetzt hatte. »Hast du jemanden, der dir damit hilft? Die Asche muss weg. Beim ersten Regen verklumpt dieses Zeug dir sämtliche Abflüsse. Wie Beton.«

Das nahm die Poldi als gutes Zeichen und sagte erst mal nichts. Maximale Selbstbeherrschung. Ließ Montana kommen.

Und er kam. Holte Luft zur Kernschmelze.

»Wie konntest du das nur tun, Poldi? Du bist einfach schamlos.«

»*Was* tun?«

Montana begann, im Hof auf und ab zu laufen, wirbelte bei jedem Schritt Vulkanasche vom Boden auf, dass es bald aussah, als steige er gerade aus dem Hades auf.

»Ach, jetzt komm mir doch nicht so!«, brüllte er unvermittelt los. »Du weißt genau, wovon ich rede. Kaum hat man dein Bett verlassen, vögelst du mit dem nächstbesten Winzer rum! Madonna, ich fasse es nicht! Und? War er gut? Hab ich dir nicht mehr gereicht?«

Das war der Punkt, an dem meine Tante Poldi ganz ruhig wurde.

Wie immer, wenn ein Kerl anfing, Ansprüche an sie zu stellen, laut wurde, garstig oder sie mit Eifersucht triezte. Nicht, dass der Poldi männliche Eifersucht nicht etwa geschmeichelt hätte. Zumal sie es, Montana betreffend, ja durchaus auch mit der Eifersucht hatte, denn der schöne *Commissario* dachte immer noch nicht daran, seine Beziehung zu dieser Alessia *ad acta* zu legen. Aber nun hielt die Poldi eben viel auf ihre Unabhängigkeit und ließ sich aus Prinzip nicht gerne Vorschriften machen. Cool wie Mrs. Robinson im Spielfilm *Die Reifeprüfung* schlug sie die Beine übereinander und sah Montana gelassen an, mit diesem Anne-Bancroft-Blick, den sie gut draufhatte und der Männer sezieren konnte wie kleine, putzige Versuchstierchen.

»Erstens, mein lieber Vito, hatte ich einen Filmriss und weiß gar nicht, was ich getan oder nicht getan habe. Zweitens bin ich dir keine Rechenschaft darüber schuldig, mit wem ich vögele, genauso wenig wie du mir. Und drittens ... ach, *vaffanculo*, vergiss es. War's das?«

»Nein, das war's noch lange nicht! Aber bitte, vielleicht war's das dann ja mit uns. Ist es das, was du willst, Poldi? Schluss, aus, *basta*?«

»Nein, Vito. Ich will, dass du dich beruhigst, und es wäre nett, wenn du deine Zigarette im Aschenbecher ausdrücken würdest. Auch wenn der Hof so aussieht wie ein Aschenbecher – es ist keiner.«

Montana starrte erst die Poldi, dann die fast heruntergebrannte Zigarette in seiner Hand an und zerquetschte sie grunzend im Aschenbecher auf dem Tisch.

»Und jetzt setz dich gefälligst.«

Montana tat wie geheißen, immer noch geladen wie Lumpi, aber inzwischen auch schon wieder leidlich ansprechbar.

»Noch ein Bier, *tesoro*?«

»*Dai*!«

Die Poldi brachte ihm umgehend noch eines. Sie hätte gern eins mitgetrunken, aber sie hatte sich im Griff.

»Danke«, presste Montana hervor.

Und, *ecco là,* da war es, das kleine Zauberwort, das Silberstreif und Hoffnung kündete, bisschen hingerotzt zwar, aber geschenkt. Die Poldi atmete auf.

»Nur so aus Interesse«, begann sie vorsichtig. »Was hat Avola gesagt? Ich meine, hatten wir denn überhaupt … *Dings* oder nicht?«

»Er behauptet, ja.«

Die Poldi seufzte.

»Hätte mich auch gewundert. Aber weißt du was? Ich hatte schon den einen oder anderen Filmriss in meinem Leben. Bin ich nicht unbedingt stolz drauf, aber alle Jubeljahre passiert's halt. Ich hab's drauf angelegt, geb ich zu. Nicht, weil du mir nicht mehr gereicht hättest. Im Gegenteil, das weißt du genau. Aber ich war einfach … na ja, irgendwie nicht gut drauf, so wie du mich bei unseren letzten Treffen behandelt hast. Weil blöd bin ich nämlich auch nicht. Das soll keine Rechtfertigung sein, damit das klar ist, sondern ist nur als *Backstory* zu verstehen.«

Sie wartete ab, ob Montana dazu irgendwas sagen wollte, aber der starrte sie nur grollend an und trank sein Bier in kleinen Schlucken.

Also setzte die Poldi noch mal etwas giftig nach.

»Und sonst so? Wie geht's der lieben Alessia?«

Montana wischte die Frage mit einer unwirschen Geste von sich wie ein lästiges Insekt.

»Wir haben deinen Winzer verhaftet.«

»Das ist jetzt ein Scherz, oder? Nur weil wir *Dings* ...«

»Nein, natürlich nicht«, knurrte Montana gereizt. »Sondern weil er den Mord gestanden hat.«

Da war sogar meine Tante Poldi für einen Moment sprachlos.

»Ich bin ja mehr so der direkte Typ«, fuhr Montana fort, dem die Bestürzung meiner Tante zu gefallen schien. »Ich frage ja gleich immer: ›Haben Sie den Mord begangen?‹ Und Avola hat genickt und gleich ein umfängliches Geständnis abgelegt.«

»Das glaube ich nicht«, flüsterte die Poldi betroffen.

Montana zuckte mit den Schultern.

»*Beh*. Wir haben sein Geständnis.«

»Und sein Motiv?«

»Wir arbeiten dran. Im Augenblick will er nichts mehr sagen. Ich warte auf die Ergebnisse der DNA-Analyse. So, und jetzt will ich wissen, warum du zur Tatzeit bei Avola warst.«

Ohne weitere Umschweife erklärte die Poldi ihm die ganze Sache mit der Weinflasche und dem Etikett.

»Du bist unglaublich, Poldi!«, rief Montana fassungslos. »Das ist doch reiner Zufall!«

»Ah ja? Und dass am nächsten Tag Madame Sahara in genau diesem Weinberg ermordet wird, etwa auch? Ich sage dir was, Vito: Ich habe etwas entdeckt, das du übersehen hast, und damit einen Volltreffer gelandet. Russo steckt mit drin, auf den solltest du dich konzentrieren. Und auf ›Etnarosso‹. Hast du schon eine Idee, was das bedeutet? Und komm mir jetzt nicht mit einer Herkunftsbezeichnung für Wein.«

Montana schüttelte den Kopf.

»Habt ihr diesen Amerikaner überprüft?«

»Haben wir. Er ist sauber. Tourist.«

»Er war irgendwie ... unheimlich, ihr solltet ...«

»Ich will, dass du dich da raushältst, Poldi. Ich mein's ernst. Es hat mich genug Mühe gekostet, den Fall zu behalten und die *Carabinieri*-Deppen loszuwerden. Die hätten dich am liebsten als Verdächtige vernommen, und im Grunde müsste ich das auch tun, schließlich hast du mit dem mutmaßlichen Täter in der Mordnacht ...«

»... *Dings*«, half ihm die Poldi freundlich aus.

Montana biss sich auf die Lippen.

»Solange du dich an nichts erinnerst, gilt Avolas Geständnis.«

Die Poldi nickte betrübt.

»Aber er war's nicht. Er ist einfach nicht der Typ für einen Mord. Davon versteh ich was. Und ich seh dir doch an, dass du's auch nicht glaubst.«

Montana schnalzte ungehalten mit der Zunge.

»Geständnis ist Geständnis. Halt dich einfach raus, okay? Sonst kann ich vielleicht nichts mehr für dich tun.«

»Stecke ich denn in Schwierigkeiten?«, fragte die Poldi leise und beugte sich ein wenig vor.

»Nicht, was die Ermittlungen betrifft«, sagte Montana. »Bislang jedenfalls nicht. Komm morgen in die Präfektur und gib alles zu Protokoll.«

Er rieb die Handflächen aneinander, als ob er sich von irgendeiner Art Schmutz befreien müsse. Die ewige italienische Geste für »erledigt, abgehakt, abgeheftet, Deckel drauf, reden wir nicht weiter drüber«.

»Und fertig ist die Frittata. Was mich betrifft ...«, Montana holte Luft, »werde ich dir nicht vorschreiben, was du tun oder lassen sollst. Ich brauche auch keine Entschuldigung. Oder vielleicht doch, wenn ich's mir recht überlege. Doch, im Grunde brauche ich allerdings eine Entschuldigung. Denn das mit dem ... *Dings* hat mir nicht gefallen, hörst du? Ganz und gar nicht. Am liebsten würde ich dir eine Szene machen, die sich gewaschen hat. Am liebsten würde ich alles kurz und klein schlagen. Aber ich kann mich ja beherrschen. Ich bin schließlich nicht das Klischee des sizilianischen Mannes, dem bei jeder Kleinigkeit gleich der Kamm schwillt und der sich mit einer Lupara Genugtuung verschaffen muss. Ich bin nämlich ein Muster an Selbstbeherrschung. Ich hab den ganzen Tag mit Vollidioten und Lügnern zu tun, bin völlig überarbeitet und kriege keinen Schlaf. Aber raste ich etwa aus? Nein, ich beherrsche mich. Ich bin supercool. Scheiß auf mein sizilianisches Blut, ihr macht doch sowieso, was ihr wollt, ob ich Amok laufe oder zusammenklappe. *Madonna*, ich würde gerne mal Amok laufen, mir wäre gerade wirklich sehr danach. Aber ich beherrsche mich, verstehst du? Wie ein zivilisierter Mitteleuropäer. Aber auch nur, weil ich nämlich die Schnauze gestrichen voll habe von nächtelangen Beziehungsgesprächen. Weißt du was? Ihr könnt mich mal!«

»Äh, wen meinst du jetzt?«, hakte die Poldi freundlich nach. »Uns Frauen allgemein oder nur Alessia und mich?«

Eine weitere kleine, fiese Spitze, zugegeben, die der Poldi halt so rausrutschte.

Montana sah sie fassungslos an, als realisiere er jetzt erst, dass er längst einen aussichtslosen Kampf führte.

»*Vaffanculo,* Poldi*! Vaffanculo!*« Ächzend erhob er sich aus dem Plastikstuhl. »Bemüh dich nicht, ich weiß, wo's rausgeht.«

Ehe die Poldi sich noch zu einer Entschuldigung durchringen konnte, war er schon weg, und meiner Tante schwante, dass sie den Bogen vielleicht ein wenig überspannt hatte.

6. Kapitel

Die Worte von *Padre* Paolo über die Früchte des Herrn gingen der Poldi einfach nicht aus dem Kopf. Das Bild verhakte sich in ihren Überlegungen wie Herbstlaub hinter einem Scheibenwischer – und fing langsam an zu nerven.

Doch alles, was nerve, hat meine Tante Poldi mir mal erklärt, sei immer nur Post vom Leben und solle uns auf etwas aufmerksam machen. Und von Botschaften des Lebens verstand meine Tante was.

Fragte sich bloß, was das Leben ihr diesmal wieder durchmorsen wollte, auf seine seltsame Art, nie richtig mit der Sprache rauszurücken. Mal stellte die Poldi sich selbst als Weintraube an einem Rebstock vor, die süß und prall in Sonne und Wetter auf den Winzer wartete, der sie eines Tages pflücken und in etwas Köstliches verwandeln würde. Mal dachte sie an das mahnende Gleichnis von *Padre* Paolo mit Noahs Vollrausch. Mal dachte sie an Avola, der ein Winzer und vielleicht ein Mörder war. Und mal erschien ihr das ganze Leben, das so schnell und abrupt zu Ende sein konnte, wie ein Rebstock, dem ein einziger Hagelschlag den Garaus machen konnte. Und die Art, wie der Herr mit seinen edelsten Früchten umsprang, erzeugte in meiner Tante Poldi eine zünftige bajuwarische Wut, die Herzschmerz vergessen ließ, die die Zweifel wegheizte und den Kopf frei pustete. Kurz gesagt: Meine Tante war wieder *in the zone*. Eine knallharte Ermittlungsmaschine, ein Kriminaloid, eine hellwache Deduktionswumme, eine geborene Jägerin. Stelle ich mir so vor.

»*Namaste*, Leben!«, bedankte sie sich für diese reinigende Wut und faltete die Hände vor der Brust. »Lecktsmialleamarsch!«

Aber wo nun anfangen mit der Ermittlung? *Padre* Paolo war auf *Dottore* Banciforte angesetzt, und die Signora Cocuzza, dieses stille und offenbar so tiefe Wasser, hatte einen »Spezialauftrag« übernommen.

Ein Team zu haben, dachte die Poldi gerührt, *scheint doch keine* so *schlechte Sache zu sein*.

Freunde zu haben.

Nicht allein im Universum zu sein.

Dennoch musste sie entscheiden, welchen Schritt sie selbst in der Ermittlung als Nächstes tun sollte. Und da schwirrte der Poldi ein bisschen der Kopf. Da hätte sie gut noch ein Weißbier vertragen können. Aber nix da. Ihre Selbstbeherrschung inzwischen geradezu übermenschlich. Sie kam sich vor sich wie Odysseus, angebunden am Mast, der dem Gesang der Sirenen lauschte.

Und so hätte sie nun eigentlich turbomäßig loslegen können mit ihren Ermittlungen. Hätte, hätte. Blöderweise kamen just in diesem Moment meine Tanten Teresa, Caterina und Luisa und mein Onkel Martino zu Besuch, plus Totti und meine Cousins Ciro, Marco und Laura, denn es war schließlich Sonntagmittag, und das bedeutet bei uns immer: *Pranzo* mit der Familie.

Natürlich handelte es sich bei den sonntäglichen Mittagessen in Torre Archirafi um getarnte Inspektionsbesuche der Tanten, um diskret Poldis Alkoholbestand und Seelenzustand zu messen. Denn solange die Poldi ihr Projekt »Totsaufen mit Meerblick« offiziell nur aufgeschoben hatte, galt für die Tanten *Code Yellow*, also erhöhte Wachsamkeit.

Wie wunderbare Frühlingshexen wehten sie herein, ein Windstoß aus guter Laune, Geplapper und Herzlichkeit. Mit drei Kühltaschen voller Fisch, Meeresfrüchte, Brot, eingelegtem Grillgemüse, selbst gepflückter Austernpilze, Tomatensoße, Petersilie, Pfirsiche und einer frischen *Parmigiana* rückten sie an, nahmen die Küche in Beschlag, kippten den Whiskey in den Ausguss und feuerten im Innenhof den Grill an.

Meine Tanten Teresa, Caterina und Luisa sind im Sternzeichen Stier geboren, also gutmütige, lebensfrohe, sinnenfreudige Geschöpfe, die nichts so leicht aus der Bahn wirft, zudem alle drei eingefleischte Krimifans.

Daher reagierten sie einigermaßen abgebrüht auf Poldis Rapport der letzten vierundzwanzig Stunden. Vielleicht, weil von der Poldi eh nichts anderes als maximales Drama zu erwarten war. Oder auch, weil sie in den Achtzigerjahren in Catania erlebt hatten, wie während des letzten großen Mafiakriegs und der ersten entschlossenen Antimafia-Operationen praktisch täglich jemand erschossen wurde. Viel mehr als der Mord an Madame Sahara beunruhigte die Tanten Poldis Absturz und der Filmriss.

Luisa, die Jüngste, zeigte sogar unverhohlene Begeisterung für den Fall.

»Das heißt, du ermittelst bereits?«

»Gell, was denkst denn du! Dem Vito schmeckt des natürlich gar nicht, aber des bin i der Giuliana schließlich schuldig.«

»Hast du schon einen Verdacht?«

»Ja, freilich. Da kann nur Russo dahinterstecken. Aber die Frage ist halt des Motiv. Und i glaub nicht, dass er sich selber die Finger schmutzig g'macht hat, der feine Herr. Wahrscheinlich hat er den Achille mit irgendwas in der Hand.«

Onkel Martino hatte natürlich eine Hypothese zu »Etnarosso«, denn der Onkel hat zu allem eine Hypothese. Und sämtliche seiner Hypothesen ruhen auf drei Säulen: Zyklopen, Friedrich II. und die CIA.

Die Hypothese von Onkel Martino ging so: Bei »Etnarosso« handele es sich um den sizilianischen Ableger einer Nachfolgeorganisation der Propaganda Due, also um eine Geheimloge von hochrangigen Vertretern aus Politik, Wirtschaft, Militär, Geheimdiensten und Mafia, mit dem Ziel, den italienischen Staat und den Vatikan zu unterwandern und aufzulösen. Diese Verschwörung sei von einem gewissen Tindaro Martorana aus Agrigento aufgedeckt worden, der vom MoVimento 5 Stelle in die Loge eingeschleust worden war und der diese Heldentat mit dem Leben bezahlt hatte, weshalb er von den 5 Stelle inoffiziell wie ein Held verehrt werde. Da die Propaganda Due bekanntlich ein Instrument der CIA gewesen sei, sei »Etnarosso« es folglich auch und stehe damit ebenso folglich in der Nachfolge des Templerordens, der das außerirdische Geheimwissen der Zyklopen und Friedrichs II. gegen die gesamte Menschheit einsetzen wollte. Da Organisationen diesen Kalibers sich vorzüglich auf Tarnung und Täuschung verstünden, habe es der medialen Gabe einer Hellseherin bedurft, all dies zu erkennen. Vermutlich also sei Madame Sahara hinter eine der perfidesten Weltverschwörungen gekommen und habe dafür sterben müssen. Nicht jedoch, ohne der Nachwelt zuvor einen letzten Hinweis zu hinterlassen. Der Amerikaner mit der Wünschelrute sei, so der Onkel, höchstwahrscheinlich ein CIA-Killer. Fall gelöst.

Schweigen in der Runde.

Alle starrten Onkel Martino an, der zufrieden mit sich und seiner Hypothese an einer Gräte herumzuzelte. Wenn Schalk einen Namen hat, dann sicherlich Martino.

»Was redest du da für einen Blödsinn!«, entfuhr es Tante Caterina, die bei uns immer die Stimme der Vernunft ist. »Hier geht es um Mord, darüber macht man keine Witze.«

Tante Teresa tadelte ihren Mann mit einem Seitenblick, Marco, Ciro und Laura feixten, und Tante Luisa seufzte, weil sie Verschwörungstheorien liebte und ihr die Hypothese im Grunde gefallen hatte. Nur die Poldi schwieg immer noch.

»*Beh*!«, sagte Onkel Martino schulterzuckend. »Ich bleibe dabei.«

Tante Teresa wollte etwas sagen, doch die Poldi kam ihr zuvor.

»Mei, vielleicht ist ja sogar was dran. Also, i mein im Kern.«

»Wie bitte?«

»Weil, die Signora Cocuzza hat da vorhin so etwas g'sagt«, fuhr die Poldi fort. »Weil, sie war nämlich kürzlich auch bei Madame Sahara wegen ihrer ... mei, wegen einer privaten Angelegenheit halt. Und da hat sie was g'sehen. Einen Umschlag. Ganz normaler DIN-A4-Umschlag, ihr wisst schon, so ein brauner, mit was drin. Und obenauf stand halt in Handschrift groß ›Etnarosso‹ g'schrieben. Der lag auf dem Schreibtisch von Madame Sahara, sagt die Signora Cocuzza, und sie hat sich noch gewundert, was des bedeuten soll, ob des ein Name ist oder ob Madame Sahara vielleicht jetzt in Wein macht. Was einem halt so durch den Kopf geht, wenn man nervös ist, weil man zum ersten Mal zu einer Wahrsagerin geht. Na ja, und als Madame Sahara sieht, wie die Signora Cocuzza so auf den Umschlag starrt, packt sie ihn hastig in eine Schublade. Und deswegen ist des der Signora halt in Erinnerung geblieben.«

»Und was schließt du daraus?«, fragte Tante Caterina.

»Madame Sahara war an etwas dran, des schließe ich daraus. Und i schließ daraus, dass der Schlüssel zu ›Etnarosso‹ und zu ihrem Mörder immer noch in ihrem Haus in diesem Umschlag liegt.«

Den Tanten schwante etwas.

»Das wirst du nicht tun, Poldi!«, sagte Tante Teresa scharf. »Auf gar keinen Fall.«

»Was denn?«, flötete die Poldi, ganz die Unschuld von der Alm.

»Du wirst nicht in das Haus von Madame Sahara einbrechen, um diesen Umschlag zu suchen!«

»Gell, was denkt ihr immer von mir! Freilich werde ich des nicht tun. Weil, des wär fei schön blöd, wo der Umschlag doch so ein pfeilgrad schöner Köder für den Mörder ist.«

»Was soll jetzt das heißen?«, fragte Tante Caterina misstrauisch.

»I lass des Haus observieren. Des ist doch sonnenklar, dass früher oder später der Mörder auftauchen wird, um alle Hinweise auf seine Identität zu vernichten.«

»Du lässt das Haus observieren?«

»I hab jetzt neuerdings ein Team, hab i euch des nicht g'sagt? Quasi zwei Engel für Poldi. Jemand vielleicht Lust auf einen Martini?«

»Lenk nicht ab, Poldi!«, stöhnte Caterina. »Was für ein Team? Wer, um Himmels Willen, observiert da das Haus?«

»Mei, die Signora Cocuzza natürlich in ihrem alten Cinquecento. *Special Ops.*«

»Aber falls du recht hast und der Mörder nach dem Umschlag sucht – dann ist das doch total gefährlich! Was, wenn er die Signora bemerkt?!«

Die Poldi winkte lässig ab.

»Wenn jemand absolut unsichtbar werden kann, dann die traurige Signora. Es gibt niemand Besseren für den Job als sie. Außerdem hat sie es selbst vorgeschlagen. Und mei, sie soll ja nichts weiter tun, als von der anderen Straßenseite aus Fotos von allen verdächtigen Bewegungen zu machen.«

»Aber du kannst sie da doch nicht tage- und nächtelang allein observieren lassen! Wer weiß denn, ob überhaupt jemand kommt.«

»Gell, dann lös ich sie halt zwischendurch ab. Wir mussten doch handeln! Da kann jede Minute zählen, wenn Mr. X auftaucht.«

Und das war dann schon ein bisschen defensiv von der Poldi, die nun einsah, dass sie sich vom Jagdfieber der traurigen Signora hatte mitreißen lassen.

»Herrschaftszeiten, ja was hätt i denn machen sollen, sie war ganz scharf drauf.« Die Poldi griff zu ihrem Telefon. »Mei, pfeif ich sie halt zurück.«

Kurzer Seitenblick zu den Tanten, ob da vielleicht doch noch ein Einspruch käme – kam aber nicht. Die Tanten knallhart. Also wartete die Poldi seufzend, dass die Signora Cocuzza sich von ihrem Beobachtungsposten meldete.

Was sie aber nicht tat. Es tutete. Es tutete zweimal und

dreimal und viermal, und beim fünften Mal sprang die Mailbox an.

Die Poldi wiederholte den Anruf – mit demselben Ergebnis. Die traurige Signora nahm nicht ab. Und da wurde der Poldi dann langsam mulmig zumute.

»Liebe Signora Cocuzza, wo sind Sie denn? Hier ist Poldi. Bitte rufen Sie mich sofort zurück. Der Einsatz ist abgeblasen. Hören Sie? Ziehen Sie sich zurück. Herrgott, wo sind Sie denn nur?«

Unschlüssig starrte die Poldi ihr Handy noch einen Moment an, als ob sie den Rückruf der traurigen Signora damit erzwingen könne. Aber nix. Und mit jeder Sekunde dämmerte der Poldi, dass irgendwo oben in Santa Venerina gerade etwas gründlich schiefgelaufen war und die traurige Freundin womöglich in Lebensgefahr schwebte. Wenn es nicht bereits zu spät war.

»I fahr rauf nach Santa Venerina!«, presste die Poldi hervor. »Scheißklumpverreck, warum hab i des nur zug'lassen!«

Sie schlüpfte in ihre Sandalen und rauschte ins Haus zurück.

»Warte!«, rief Tante Teresa. »Wir kommen mit!«

»Auf keinen Fall werdet ihr …«

»Keine Diskussion, Poldi!«

Wie so zwei Special-Forces-Teams sprangen wenige Augenblicke später vier Tanten, ein Onkel und ein Hund aus der Tür der Via Baronessa 29, verteilten sich auf Poldis alten, aber übermotorisierten Alfa und Onkel Martinos zerbeulten, asthmatischen Fiat und bretterten in Richtung Ätna. Beim Fahren versuchte die Poldi weiterhin laufend, ihre Freundin zu erreichen, was die Panik nur verschlimmerte.

Hinter einer hohen Lavasteinmauer erhob sich eine würfelförmige alte Villa in verblasstem Pistaziengrün, mit Fensterbögen aus Lavabasalt und einer umlaufenden Terrasse. Bougainville rankte von allen Seiten hinauf wie eine violette Gischt aus Blüten. Strelitzien- und Bananenstauden ragten auf bis zum ersten Stock, Palmen und Zypressen schienen ringsum Wache zu halten. Auf der Terrasse standen Blumentöpfe mit Kakteen und Gummibäumen Spalier. Und überall ringsum schattiges Grün, als erhebe sich dieses Haus wie eine vergessene Insel aus einem schlafenden Ozean aus Blättern und Blüten.

Ein unscheinbares Messingschild am Eingang zum Garten verkündete: »Villa Sahara«. Daneben eine eiserne Zugglocke. Die Fenster im ersten Stock standen offen, seidene Vorhänge wehten träge und einladend in einen lauen Spätnachmittagshauch hinaus. Sonst war keinerlei Bewegung im Haus zu erkennen, und außer dem allgegenwärtigen Gesumm von Bienen, Mücken und Hummeln auch nichts zu hören.

Die Poldi entdeckte den unscheinbaren japanischen Kleinwagen der Signora Cocuzza gegenüber an einer Mauer, über die wilde Bougainville hinwegbrandete. Das kleine silbergraue Auto war fast unsichtbar unter dem Blütenmeer. Aber vor allem leer.

Zum x-ten Mal wählte die Poldi die Nummer der traurigen Signora, wieder ohne Antwort. Auch im Wagen kein Piepen. Der Wagen war abgeschlossen, kein Anzeichen von Gewalt.

»Wo kann sie nur sein?«, fragte Tante Luisa.

»Für einen kleinen Toilettengang ist sie schon zu lange fort«, überlegte die Poldi laut. »Also gibt es nur eine Möglichkeit ...«

Sie deutete auf das Haus von Madame Sahara.

»Warum sollte sie da reingegangen sein?«, wandte Tante Caterina ein.

»Weil es ein spontaner Entschluss war«, folgerte die Poldi. »Gefahr im Verzug. Irgendwas ist passiert. Ich sage euch, sie ist da drin. Ihr bleibt hier.«

Die Poldi ging schnurstracks auf das Haus zu.

»Ja, das könnte dir so passen!«, rief ihr Tante Teresa nach. »Wir kommen mit.«

»Nein, kommt ihr nicht.«

»Oh doch.«

»Das ist vielleicht gefährlich.«

»Genau deswegen. Und damit *basta*!«

Die Poldi sah langsam ein, dass ein Team nicht nur Vorteile brachte und dass sie das Thema »Mitbestimmung« bei der nächsten Teamsitzung dringend ansprechen musste. Aber im Augenblick war nichts zu machen.

Also traten sie gemeinsam durch das unverschlossene schmiedeeiserne Tor unter einem Rundbogen aus Lavastein, durch das man in Madame Saharas verwunschenen Garten gelangte.

Hinter dem Tor mäanderte ein schmaler Trampelpfad durch hohes Gras und üppige Blütenbüsche auf das Haus zu. Die Poldi erschrak kurz, als eine Schlange ihren Weg kreuzte, aber dann ging sie tapfer weiter, dicht gefolgt von Tanten, Onkel und Hund.

Die Haustür war mit einem Brecheisen geöffnet worden. Drinnen war es still und kühl, die Hitze des Tages hatte es nicht geschafft, durch die dicken Mauern einzusickern. Irgendwo brummte ein alter Kühlschrank. Niemand wagte es, etwas zu sagen oder laut zu atmen. Die Poldi und ihr Team schlichen im Haus umher, als wollten sie das Unheil nicht wecken, das hier seinen Verdauungsschlaf halten mochte. Sie waren sich gewahr, dass sie jederzeit auf die Signora Cocuzza in einer Blutlache oder Schlimmeres stoßen konnten.

Zunächst stießen sie jedoch nur auf Verwüstung und Durcheinander. Irgendjemand hatte das Haus durchsucht und dabei ganze Arbeit geleistet. Er hatte jeden Schrank, jede Schublade, jede Kiste, jede Dose, jede Schachtel geöffnet und den Inhalt über den Boden verstreut. Es sah aus, als habe im Innern des Hauses ein Sturm oder ein Dämon gewütet, unbemerkt von der Welt dort draußen. In der Küche watete die Poldi durch zerbrochenes Geschirr, ausgelaufene Milch, vermischt mit dem Inhalt des offenen Kühlschranks, Nudelpackungen und Kaffeepulver.

Einer Art Eingebung und ihrem kriminalistischen Instinkt folgend, machte die Poldi rasch Fotos mit ihrem Handy, während sie sich vorsichtig wie auf brüchigem Eis weiterbewegte.

Die antiken Polstermöbel und die marokkanischen Poufs im Salon waren aufgeschlitzt worden, ihre Füllung quoll in dicken Flocken heraus, bedeckte, vermischt mit den Scherben von Vasen und Lampen, den Steinboden und die alten Teppiche wie ein Schaum.

Das Wohnzimmer grenzte an ein Studio, in dem Madame Sahara ihre Klienten empfangen hatte. Offenbar die ehemalige Kapelle der Villa. Ein halbrunder Raum, zum Garten hin, mit gewölbter Decke und einer Bibliothek aus alten Büchern, die nun zum größten Teil zwischen Papieren und Dokumenten verstreut auf dem Boden lagen. In der Mitte des Raumes ein schwerer runder Eichenholztisch mit vier massigen Stühlen. In einer Ecke eine zierliche Rokoko-Récamiere. Vielleicht hatten ihr dort manchmal Klienten ihr Herz ausgeschüttet. Vielleicht hatte Madame Sahara sich dort auch manchmal nur von den anstrengenden Séancen erholt.

Genau in dieser Récamiere lag reglos die Signora Cocuzza. Und zwar so bleich und grau wie selbst in ihren melancholischsten Zeiten nicht. Ihre Augen stierten ins Leere, in einem Mundwinkel trocknete ein Speichelfaden. Blut war nicht zu sehen.

Die Poldi stürzte sofort hin, fühlte der Leblosen den Puls und brachte ihr Ohr dicht an den halb offenen Mund.

»Sie lebt!«

»*Dio mio*!«

Die Poldi tätschelte der Freundin die Wangen.

»Signora! … Signora, hören Sie mich?«

Da Tätscheln nichts brachte, griff die Poldi zu entschlosseneren Mitteln und verpasste der Signora links und rechts eine Watschn. Was dann auch wirkte. Die Signora riss die Augen auf, zuckte zusammen und atmete stöhnend ein.

»*Porca Madonna*!«, entfuhr es ihr erschrocken, als sie die Poldi so nah vor sich sah.

»Ganz ruhig, Signora! Ich bin's nur. Keine Angst, alles ist gut.«

Die traurige Signora brauchte ein paar Augenblicke, um zu sich zu kommen. Ihr Blick irrte ratlos durch den verwüsteten Salon, als erinnere sie sich nicht mehr, wie sie hierhergekommen war. Erst nach einem Glas Wasser fand sie zu Orientierung und Erinnerung zurück.

»Ich … habe ein Foto gemacht!«, flüsterte sie. »Mit dem Handy.«

Aber da war kein Handy mehr. Die Tanten suchten den ganzen Salon ab, Totti durchschnüffelte mit Feuereifer das Chaos, aber das Handy blieb verschwunden.

»Er hat es Ihnen natürlich abgenommen«, konstatierte die Poldi. »Nachdem er Sie ausgeknockt hatte.«

Was war passiert? Die traurige Signora konnte sich nur bruchstückhaft erinnern.

»Ich hatte also meinen Beobachtungsposten eingenommen«, begann sie, »aber es gab nicht viel zu sehen. Eigentlich gar nichts. Es war ziemlich langweilig, würde ich sagen, entschuldigen Sie, Donna Poldina, aber es war so. Doch dann! Dann hab ich eine Bewegung gesehen, oben an einem der Fenster. Ganz kurz nur, so eine Art Schatten, würde ich sagen. Na ja, ich war mir nicht sicher. Vielleicht war es auch ein Lichtreflex oder nur der Vorhang. Ich war mir wirklich nicht sicher. Doch ich konnte nun auf nichts anderes mehr achten als auf dieses Fenster, verstehen Sie?«

»Hatten wir nicht vereinbart, dass Sie umgehend in der Zentrale anrufen, wenn Ihnen irgendwas auffällt?«, seufzte die Poldi.

»Ich weiß«, gab die Signora Cocuzza zerknirscht zu.

Aber hatte sie nun mal nicht, und sie wollte auch nicht sagen, was, um alles in der Welt, sie in diesem Moment geritten hatte. Ich würde mal vermuten, der Jagdinstinkt. Jedenfalls war sie nach einer kurzen Phase der Unschlüssigkeit und des Zauderns ausgestiegen.

»Na ja, ich wollte eigentlich nur kurz über die Straße gehen«, gestand sie, »um einen besseren Blick auf das Fenster zu haben, verstehen Sie? Aber …«

Sie stockte.

»… aber dann sind Sie doch reingegangen«, beendete die

Poldi den Satz. »Wo das Tor doch schon mal offen war, und die Haustür dann auch noch.«

»Ich fühle mich wirklich schlecht, Donna Poldina.«

»Das ist auch das Mindeste, meine Liebste. Sie hätten dabei draufgehen können. Aber Schwamm drüber. Was ist dann passiert?«

Zusammengefasst Folgendes: Die traurige Signora Cocuzza schleicht sich ins Haus. Schritt für Schritt arbeitet sie sich lautlos durch die Zimmer und macht mit ihrem Handy Fotos von der allumfassenden Verwüstung. Dabei lauscht sie mit gespitzten Ohren auf jedes kleinste Geräusch, hört aber nichts und ist schließlich überzeugt, sich die Bewegung am Fenster doch nur eingebildet zu haben. Wie man sich eben manchmal irren kann im Leben. Jedenfalls entdeckt sie schließlich etwas im Studio. Etwas, das ihre Aufmerksamkeit so sehr fesselt, dass sie auch sofort ein Foto macht. Und dabei eben so abgelenkt ist, dass sie die Bewegung hinter sich kaum noch wahrnimmt. Nur den scharfen Schmerz im Nacken, den spürt sie noch, und dann das Gefühl, als stieße sie jemand von einer Klippe in einen großen schwarzen Abgrund.

Die Poldi stöhnte erneut.

»Er hat Ihnen eine Spritze verpasst. Ein Wunder, dass er Sie nicht gleich gekillt hat.«

Dazu sagte die Signora Cocuzza erst mal nichts. Aber sie war ja schließlich auch nicht für die Schlussfolgerungen zuständig. Sie war eigentlich nur heilfroh, noch am Leben zu sein. Sie brachte sogar ein schwaches Lächeln zustande.

»Was haben Sie denn nun so Aufregendes entdeckt?«, wollte die Poldi endlich wissen.

»Namen«, sagte die Signora, und ein triumphierender Glanz schlich sich in ihre Augen.

»Namen?«

»Na ja, ich glaube es zumindest. Eine Art Namensliste.«

»Was für Namen?«, drängelte die Poldi elektrisiert. »Denken Sie nach!«

Doch die Signora schüttelte nur den Kopf.

»Vergessen. Tut mir leid.«

»Ach, ist auch egal«, log die Poldi enttäuscht.

»Ist das schlimm?«, fragte die Signora.

»Nein, natürlich nicht, meine Liebe.«

»Nein«, sagte die Signora Cocuzza verschmitzt. »Denn zum Glück hab ich ja noch das hier.«

Damit zog sie triumphierend einen gefalteten kleinen Zettel aus einer Rocktasche und reichte ihn der Poldi.

»Der ganze Tisch lag voll mit diesen Zetteln. Lauter Namen. Da hab ich erst einen der Zettel eingesteckt und die anderen dann fotografiert. Und dann – na ja, zack.«

Die Poldi riss ihr den Zettel fast aus der Hand und wollte ihn auch sogleich entfalten, da ...

»Was, zum Teufel, geht hier vor?«

Eine vertraute Stimme. Eine Stimme aus Rauch und *sicilianità*, aus schlechter Laune und unterdrückter Leidenschaft.

Die Poldi umschloss den gefalteten Zettel rasch mit ihrer Faust, drehte sich um und sah Montana in der Tür stehen. Hinter ihm, wie ihm auf ewig an die Fersen getackert, die Beamten Zannotta und Consoli.

Und irgendwie verständlich, die Frage, wenn man so als *Commissario* der Mordkommission das Haus eines Mordopfers betritt, es total verwüstet vorfindet, und mittendrin die eigene Geliebte, der man doch noch kurz zuvor einigermaßen verständlich eingeimpft hatte, sich aus allem rauszuhalten. Aber nein, nun zertrampelt sie fröhlich Beweise und Spuren, unterstützt von ihren drei Schwägerinnen, ihrem Schwager, einem Hund und einer Nachbarin auf einer Récamiere, die zumindest alle halbwegs schuldbewusst wirken, sogar der Hund. Bis auf die eigene Geliebte eben. Denn die sagt nur:

»Ich weiß, was du jetzt denkst, Vito. Aber ich kann dir alles erklären.«

7. Kapitel

»Weia!«, sagte ich beeindruckt, als die Poldi mir später alles erzählte. »Und dann?«

»Mei, kannst dir schon denken. Vulkanausbruch laues Lüftchen dagegen. Der Vito hat eine Mordswut g'habt. Und i mein, der Mann ist Kriminalkommissar und Sizilianer, da wirkt halt jede Emotion im Quadrat, von der Liebe bis zur Rage. Des ist mit normal menschlichen Maßstäben gar nicht zu messen. Ein menschlicher Vulkan ist des, i weiß, wovon i rede.«

»Is klar, Poldi. Und wie hat er nun reagiert? Hat er getobt, alles kurz und klein geschlagen, dich unter Absingen von *Othello*-Arien an den Haaren quer durchs Haus geschleift?«

»Ah geh!«, seufzte die Poldi. »Aber schöne Vorstellung, des hätt mir vielleicht g'fallen. Nein, erst einmal hat er die Teresa, Caterina, Luisa und Martino rausg'schickt, und die waren heilfroh, kannst dir schon denken. Dann hat der Vito auch noch die beiden Deppen rausg'schickt und die Tür g'schlossen. Und dann ... mei, dann hat's halt kurz geknallt.«

»Geknallt?«

»I will da jetzt nicht ins Detail gehen. Nur so viel: Er ist ein bisserl laut g'worden, dass die Vorhänge nur so g'flattert haben, und i schon befürchtet hab, dass es die Signora Cocuzza gleich zum Fenster hinausweht. Aber die ist fei kerniger, als sie ausschaut, des hab i dann auch g'merkt. Na ja, und wie er sich wieder beruhigt hatte, hat er sich einen Stuhl herg'nommen und sich g'setzt, und als i mich auch hab hinsetzen wollen, hat er nur g'sagt: ›Du bleibst stehen.‹ Da ist die Signora Cocuzza gleich aufg'sprungen, und er hat g'stöhnt: ›Sie bleiben liegen, Signora!‹ Und i hab g'sagt: ›Und was macht des jetzt bitte für einen Unterschied?‹ Aber dazu hat er gar nix g'sagt, sondern wollte jetzt auf der Stelle haarklein wissen, was passiert ist. Und des hab i ihm dann erzählt.«

»Wahrheitsgemäß?«

»Freilich, was denkst denn du?«

»Und dann hast du ihm brav den Zettel mit diesen Namen ausgehändigt.«

Die Poldi räusperte sich und trank einen Schluck.

»Äh, Poldi?«

»Mei ... Des hab i in der Aufregung dann halt irgendwie verschwitzt, des ist doch ganz natürlich.«

»Ich fass es nicht. Boah, Poldi, du bist einfach ...«

»Ja, was? Gell, tu dir keinen Zwang an!«

Ich grinste sie an.

»... saucool.«

Fand meine Tante Poldi allerdings auch. Sie zupfte sich zufrieden ihre Perücke zurecht, schenkte mir nach und schob dann einen kleinen gefalteten Zettel über den Tisch.

»Ist er das?«

»Mach ihn auf.«

Ich entfaltete den Zettel und blickte auf eine kurze, handgeschriebene Namensliste. Eine sehr sonderbare Namensliste.

Easton Ros
Rena Sotos
Stan Roose
Astor Enos
Santos Roe
Rosa Stone

»Was sind das denn für Namen? Ich meine, wer heißt denn so?«

Die Poldi schüttelte den Kopf.

»Da merkt man gleich, dass du kein kriminalistisches Talent hast. Also, was fällt dir als Erstes auf?«

Ich starrte auf die Liste.

»Es sind englische Namen. Oder amerikanische.«

»Sehr gut. Und dann?«

»Wie gesagt, es sind sonderbare Namen.«

»Na gut, meinetwegen. Aber du bist auch Deutscher, also muss des nix heißen. Weiter, was fällt dir noch auf?«

»Zwei Frauen, vier Männer.«

»*Cento punti*. Und was noch? Des Allerauffälligste nämlich an der Liste. Des, was die Liste nachert zu einer echten Spur macht.«

Ich starrte hilflos auf die Liste und hatte keinen blassen Schimmer.

»Puh ... Gib mir einen Tipp.«

Aber den Gefallen tat meine Tante Poldi mir natürlich nicht. Sie nahm den Zettel wieder an sich.

»Mach dir nix draus, i bin auch nicht gleich draufgekommen, geb i zu. Aber wenn du es erst mal g'schnallt hast, dann ist es wie mit diesen optischen Täuschungen in den Zeitschriften, wo du am Ende die nackerte Frau im Bild siehst.«

»Optische Täuschungen. Nackerte Frau.«

Die Poldi seufzte.

»In der Liebe wie in der Kriminalistik gilt halt: Wenn du wirklich durchblicken willst, dann musst aufhören, immerzu auf dein Objekt der Begierde zu starren. Des macht nur blind. Vielmehr musst ein kleines bisserl dran vorbeischielen, weißt. Weil, die Wahrheit liegt im Augenwinkel, merk dir des.«

Meine Tante Poldi musste es ja wissen.

Als sie nach diesem langen und an unerfreulichen Ereignissen so ausgefüllten Tag in die Via Baronessa zurückkehrte, erschöpft und groggy und mit dem leisen Verdacht, dass sie den Bogen bei Montana endgültig überspannt hatte, wollte meine Tante Poldi nur noch eines: auf ihr Sofa sinken und sich die Kante geben.

Aber als sie mit der Grappaflasche und einem Glas aus der Küche in ihren *Salotto* trat, saß da der Tod auf dem Sofa und sah sie missbilligend an.

»Na? Ist es wieder mal so weit, Poldi?«

Er hatte sich seit ihrer letzten Begegnung überhaupt nicht verändert, sah immer noch kränklich und überarbeitet aus wie kurz vor dem Burn-out. Er trug eine zerschlissene hellgraue Jogginghose und einen fleckigen grauen Kapuzenpullover mit dem Aufdruck einer amerikanischen Universität. Die Kapuze, wie nicht anders zu erwarten, tief ins Gesicht gezogen. Irgendwie unseriös, fand die Poldi, und vermutete, dass es sich um eine Art Freizeitlook handelte.

Doch Freizeitlook hin oder her, der Poldi war nicht entgangen, dass der Tod sein Klemmbrett mit der Auftragsliste in der Hand hielt. Man schien also immer noch im Dienst zu sein. Und so etwas kann einen dann schon beunruhigen.

»Ich meine«, fuhr der Tod näselnd fort, »nicht, dass es mich was anginge, aber ein bisschen wundert es einen schon, dass du schon wieder trinken kannst, nach dem Absturz letzte Nacht.«

»Und was, bittschön, geht dich des nachert an? Du klingst schon wie mein Neffe aus Deutschland. Und des war jetzt nicht als Kompliment g'meint.«

Die Poldi stellte die Grappaflasche auf dem Couchtisch ab und setzte sich neben den Tod, wobei sie darauf achtete, sich nicht in die Kissen plumpsen zu lassen, da es den Tod sonst womöglich an die Decke katapultiert hätte.

»Danke für die Umsicht«, näselte der Tod.

»Haben wir uns erkältet?«

»Frag nicht. Bei dem Job holt man sich noch den Tod.«

Er kicherte heiser und verschluckte sich prompt und hustete.

Die Poldi rollte mit den Augen.

»Also, ist es jetzt so weit, ja? Wo soll i unterschreiben?«

Sie nahm dem Tod das Klemmbrett und den dünnen Stift aus der Hand, mit dem er die ganze Zeit nervös auf seine Liste tippte.

»Eh!«, rief der Tod entsetzt und versuchte, ihr die Liste wieder zu entreißen.

Gar nicht so leicht, wenn man gegen meine Tante Poldi antritt. Die hat es nämlich nicht so mit dem Loslassen.

»Das ist gegen die Vorschriften.«

»I scheiß auf die Vorschriften, Burschi. Wenn i schon tot bin, hab i auch nix mehr zu verlieren.«

»Hast du wohl.«

»Ach.« Überrascht ließ Poldi das Klemmbrett los. »Wie darf i jetzt des verstehen?«

»Du bist noch nicht dran!«, rief der Tod genervt und drückte sein Klemmbrett wie einen Schatz an seine Hühnerbrust. »Wie oft soll ich das noch sagen!«

»Ja, und ... i mein, was willst dann hier?«

»Glas Wasser vielleicht? Still, bitte.«

Die Poldi sah den Tod prüfend an, um herauszufinden, ob er sie jetzt etwa verarschte, aber der Tod wirkte ganz gesammelt und ernst. Also erhob sich die Poldi seufzend und ging in die Küche.

»Bitte lange laufen lassen, mindestens eine Minute!«, rief ihr der Tod hinterher.

»Gibt nur Wasser aus dem Kanister. Aber frisch von der Quelle. Acqua di Torre. Beste Mineralwasserqualität.«

»Nur keine Umstände.«

Die Poldi reichte ihrem blassen Gast sein Wasser und wartete ab. Der Tod trank in kleinen, präzisen Schlucken, und die Poldi begriff allmählich, dass das Universum sich den größten Pedanten als Schnitter und Kerzenauspuster ausgesucht hatte.

»Besser?«

Der Tod zuckte mit den Schultern.

»Schmeckt grässlich. Aber egal.«

Er stellte das Glas vorsichtig wieder ab und wurde wieder förmlich.

»Warum ich hier bin ...« Er räusperte sich. »Eigentlich überschreite ich damit schon weit meinen Befugnishorizont. Wäre nicht überrascht, wenn mich das den Job kostet. Aber sei's drum, reißt sich eh keiner drum, am Ende bleibt ja doch wieder alles an mir hängen.«

»Nicht den Faden verlieren!«, mahnte die Poldi, die jetzt langsam ein wenig nervös wurde.

»Nun ja«, sagte der Tod zögernd. »Da wir beide in der letzten Zeit eine Art ... ich darf doch sagen Vertrauensverhältnis aufgebaut haben, dachte ich, ich sollte dich über einige, nun ja, Veränderungen im Schicksalsgefüge ins Bild setzen.«

»Veränderungen.«

»Also, vorstandseitig ist man gerade dabei, das gesamte Schicksal einer Prozessanalyse zu unterziehen, um zu einer Effektivitätssteigerung des Risk-Managements bei gleichzeitigem Personalabbau zu gelangen. Dabei sind an einigen Stellen Überkapazitäten und Strukturprobleme zutage getreten, die nun im Zuge eines Change-Prozesses optimiert werden sollen.«

»Lecktsmialleamarsch. Was soll jetzt des heißen?«

Der Tod tippte auf sein Klemmbrett mit der Todesliste.

»Es hat ... äh ... vereinzelt individuelle Anpassungen der Lebenszeit gegeben, was unterm Strich mitarbeiterseitig zu einem Effektivitäts-Plus und bilanzmäßig zu einer signifikanten Steigerung des operativen Ergebnisses führen wird.«

Der Poldi wurde kalt ums Herz.

»Was du mir damit sagen willst, ist ...«

»... dass du weniger Zeit hast als ursprünglich festgesetzt. Yep, sorry.«

Die Poldi schnappte nach Luft.

»Und über wie viel weniger reden wir da?«

»Dazu darf ich leider keine Auskünfte erteilen, das weißt du doch, Poldi. Nur so viel: Die Uhr tickt.«

Der Tod wirkte nun regelrecht geknickt.

»Hey, die Entscheidung lag nicht bei mir, ich bin nur für den Transfer zuständig. Aber ich dachte, nun ja, es wäre fair, dir einen kleinen Wink zu geben. Kleiner Tipp von mir: *Carpe diem*, du verstehst.«

Die Poldi verstand.

»Soso, dem Herrgott gefällt es also, seine Früchte ein bisschen zu stutzen, oder was?«

»Na ja, herrgottmäßig würdest du dich schön wundern. Beziehungsweise wirst du dich ja eh früher oder später. Also, wie gesagt eher früher.«

Der Tod erhob sich vom Sofa.

»Wie auch immer, ich muss jetzt wieder. Danke für das Wasser.«

»Wart halt!«, hielt ihn die Poldi zurück.

»Nein, ich kann dir dein genaues Todesdatum wirklich nicht sagen, Poldi. Das hat beim letzten Mal schon echt Ärger gegeben.«

»Das mein i nicht. I mein ... also, vielleicht könntest du mir verraten, wer die Madame Sahara umgebracht hat. Dann müsst i nachert nichts unerledigt zurücklassen. *Carpe diem*, weißt.«

Der Tod wirkte hin- und hergerissen.

»Ich finde, diesen kleinen Gefallen bist mir schon schuldig«, setzte die Poldi nach.

»Also gut, weil du's bist«, seufzte der Tod. »Aber mehr als ein sachdienlicher Hinweis ist nicht. Hast du mal Stift und Papier?«

Eilig beschaffte die Poldi dem Tod einen Kugelschreiber und einen Abreißblock aus der Küche. Der Tod spreizte die Finger wie ein Pianist, tat so, als müsse er sich konzentrieren, und beugte sich dann tief vor und schrieb etwas auf.

Was, das konnte die Poldi nicht erkennen. Sie sah nur, dass er Tod sehr langsam schrieb. Quälend langsam. Er wurde und wurde nicht fertig.

Als die Poldi am nächsten Morgen aus wilden Träumen erwachte, war sie fast überrascht, sich *nicht* in eine Art Ungeziefer verwandelt zu finden. Stattdessen trug sie ihren seidenen roten Lieblingspyjama und lag in ihrem Bett. Ihre Perücke hing ordentlich auf dem Kopf einer alten Schaufensterpuppe, durch die Lamellen der Jalousien blinzelte ihr der sizilianische Morgen zu, trug den Duft von Jasmin und das Gezeter der Signora Anzalone von nebenan herein.

Einen Augenblick blieb die Poldi noch so liegen, ganz bei sich, ein bisschen verwundert, noch am Leben zu sein. Geringfügig Sorge machte ihr, dass sie sich schon wieder nicht an den Rest des letzten Abends erinnern konnte. Weder an das, was der Tod ihr aufgeschrieben hatte, noch, wie sie ins Bett gekommen war. Aber das nächste Gefühl war dann schon gleich die Erleichterung, dass alles nur ein böser Traum gewesen war.

Meine Tante fühlte sich also leicht. So leicht wie lange nicht mehr. Selbst das Pochen unter der alten Krone war weg. Allerbester Dinge erhob sie sich, zelebrierte ihre Morgentoilette, duftete sich tüchtig ein, zog ihren Lieblingskaftan an, kämmte und toupierte ein bisschen an ihrer Perücke herum und setzte sich das schwarze Trumm dann auf.

Und nun, so herrlich wiederauferstanden wie das Phönix-Tattoo auf ihrer linken Brust, frisch aufgetufft und bereit für die nächsten Ermittlungsschritte, warf sie einen ersten Blick auf ihre Pinnwand im Schlafzimmer, wo sie ja alle Hinweise, Indizien und Spuren mit Pins und Wollfäden sammelte. Zwei Dinge fielen ihr sogleich ins Auge. A) Der Zettel, den die traurige Signora bei Madame Sahara gesichert hatte, und B) ein Zettel von ihrem Abrissblock.

Mit einer weiteren Namensliste.

Aber einer völlig anderen.

Einen Moment lang und noch einen zweiten war die Poldi etwas von der Rolle, weil sie sich nicht erinnerte, wann sie diese Liste geschrieben und an die Wand gepinnt hatte.

Ich meine, wer glaubt schon gerne, dass der kleine Plausch mit dem Tod nicht bloß eine Vollrauschhalluzination gewesen war? Im Wohnzimmer stand beruhigenderweise zwar kein halb volles Wasserglas, aber der Abreißblock mit dem Kuli lag noch da.

Die Poldi nahm den Zettel von ihrer Pinnwand ab und sah ihn sich genau an.

Nun muss man wissen, dass die Poldi es mit Listen hatte. Listen hatten für meine Tante Poldi schon immer etwas Magisches. Listen waren für meine Tante die Hebel, mit denen man sich ins Getriebe seines Unterbewusstseins einhaken konnte. Listen waren die Leuchtfeuer im Nebel der Grübelei. Listen kühlten das Chaos herunter, schaufelten Ordnung und Harmonie von links nach rechts. Mit Listen konnte man auf seiner Erinnerung an den Strand der Erkenntnis surfen. Listen konnten die Gruben der Verzweiflung mit Trost auffüllen, meine Tante vom Saufen abhalten, und nebenbei machten Listen einfach Spaß.

Das konnten Listen ihrer Liebhaber sein, Listen der schönsten Polizisten auf der Welt, To-do-Listen, was sie vor ihrem Ableben noch erleben wollte, Listen von magischen Orten, Listen der unbemerkten Dinge, Listen der ungeliebten Tiere, Ranglisten ihrer Lieblingssongs, Lieblingsrestaurants, Lieblingsdämonen, Lieblingsheiligen, Lieblingsnamen und eben all der unzähligen Dinge, die meine Tante einfach mochte. Oder eben Listen von Verdächtigen in einem Mordfall. Und um genau so eine Liste handelte es sich hier:

RUSSO
MR. X (KILLER IM AUFTRAG VON RUSSO)
DER AMERIKANER MIT DER WÜNSCHELRUTE
DORIS UND DIE DELIZIOSI
DIESER KOMISCHE ENZO?
AVOLAS (ZWILLINGS?)BRUDER
JEMAND, DEN AVOLA DECKEN WILL
AVOLA SELBST
ICH

Als sie sich selbst so auf der Liste wiederfand, erschien der Poldi das durchaus plausibel. Letztendlich konnte sie sich an nichts erinnern. Madame Sahara hatte sie mit ihrer Prophezeiung ziemlich verstört, vielleicht sogar ein wenig verhext. Ganz ausschließen ließ sich der Verdacht gegen sich selbst also nicht.

Überhaupt eine gute Liste, fand die Poldi, auch wenn sie Doris und die *Deliziosi* gleich wieder durchstrich und Avola am liebsten ebenso gestrichen hätte. Aber da hing ja dieses Geständnis im Raum. Poldi hielt es zwar für gelogen, vermutete jedoch, dass Avola mit seinem Geständnis den wahren Mörder decken wollte, aus welchen Gründen auch immer. Jedenfalls eine Liste, die man Schritt für Schritt völlig professionell abarbeiten konnte.

Dennoch zwickte und zwackte da etwas in Poldis Unterbewusstsein wie ein Waschzettel in einem neuen Kaschmirpullover. Irgendetwas stimmte nicht mit der Liste. Sie wirkte irgendwie noch nicht vollständig. Die Poldi versuchte, sich an den Nachmittag im Weinberg zu erinnern, an all die Personen, die mit an der langen Tafel gesessen hatten. Die Erntehelfer waren theoretisch ebenfalls verdächtig, aber die Poldi nahm an, dass Montana bereits jeden vernommen und spurentechnisch überprüft hatte. Die Personen auf der Liste natürlich auch, das war der Poldi schon klar, aber darauf kam es bei der Liste eben auch nicht an. Es ging lediglich darum, einen Zugang zum Unterbewusstsein zu legen und der Intuition aufs Pferd zu helfen.

Und da fehlte eben noch jemand.

Sie schloss die Augen und atmete.

Und zwar jemand, der an jenem Nachmittag gar nicht mit am Tisch gesessen haben musste.

Die Poldi leerte ihren Geist wie ein Zen-Meister.

Und dann fiel es ihr auf.

Sie lief zurück ins Wohnzimmer, wo der Abreißblock immer noch auf dem Glastischchen lag. Der Kugelschreiber hatte sich auf das nächste Blatt durchgedrückt, man kennt das. Bloß, dass auf diesem nächsten Blatt, kaum zu erkennen, geisterhaft noch ein weiterer Name zu erkennen war, der gar nicht auf der Originalliste stand. Und das war der Poldi dann doch unheimlich. Aber unheimlich hin oder her, die Poldi war kein undankbarer Mensch.

Also faltete sie kurz die Hände vor der Brust und sagte: »*Namaste,* Tod. Und ansonsten kannst mich fei am Arsch lecken.«

Mit einem Bleistift schraffierte sie den zusätzlichen Namen heraus.

MAGO RAMPULLA

Ein neuer Player sozusagen. Allerdings kein ganz Unbekannter.

Denn *Mago* Rampulla, seines Zeichens ebenfalls Wahrsager und Hellseher, annoncierte seinen umfassenden Service vom Handlesen über Tarot, Kristallkugel, Zahlenmystik, Rückführung, Aura-Analyse, Lebensberatung und Lottozahlenvorhersage ebenfalls auf Plakaten überall in der Gegend, meist direkt neben den Plakaten von Madame Sahara. Er warb mit dem grenzwertig originellen Slogan: »Der Unvergleichliche« und setzte sogar noch einen drauf, indem er ein Bild von sich mit abdrucken ließ. Ungeschickterweise, muss man sagen, denn das Schwarz-Weiß-Foto zeigte einen korpulenten Mann mit Halbglatze und Schnäuzer in einem schlecht sitzenden Anzug und der trotzigen Verschlagenheit eines ausgemachten Scharlatans. Typ schmieriger Immobilienmakler oder schlimmer. Wahrscheinlich keine eins sechzig groß und damit dem Mafia-Index von Onkel Martino zufolge (»Je kleiner der Mann, desto wahrscheinlicher Mafioso!«) praktisch bereits als Kleinganove enttarnt.

Es gibt kaum einen Landstrich auf der Welt, wo sich jahrhundertealter Aberglaube so hartnäckig gehalten hat und immer noch so fröhlicher Urstände feiert wie in Sizilien. Allein die Dichte der Wahrsager und Hellseher spricht für sich.

Vielleicht liegt es an der Urangst der Sizilianer, denn die sind ja über Jahrtausende von wechselnden Eroberern heimgesucht worden. Und aller sizilianischer Aberglaube dreht sich immer wieder nur um eines: *malocchio*. Den bösen Blick. Den ältesten aller Aberglauben. *Malocchio* hat man entweder, oder man hat ihn nicht, ablehnen oder lernen geht nicht. Der *gettatore*, der ihn hat, kann seine Mitmenschen mit einem Blick verfluchen, krank machen, unfruchtbar, pleite, hässlich oder ihn sogar umbringen. Jede menschliche Arbeit, alles Tun und Werden wird durch *malocchio* bedroht.

Die Liste des sizilianischen Aberglaubens ist endlos. Man legt seinen Hut niemals auf einem Bett ab. Man verschüttet kein Salz auf dem Tisch und wenn, dann wirft man sich ein wenig davon über die linke Schulter. Man öffnet keine Schirme in Innenräumen, man kreuzt sein Besteck nicht auf dem Teller, man trägt kein Lila im Theater, man verschenkt keine Messer, und nie, niemals drückt man seine besten Wünsche für gutes Gelingen aus. Stattdessen sagt man: *»In bocca al lupo«,* ins Maul des Wolfes. Man sitzt nie mit dreizehn Personen an einem Tisch, denn das war die Personenzahl beim Letzten Abendmahl, aber ansonsten ist die Dreizehn eine Glückszahl. Ganz im Gegensatz zur Siebzehn, denn die symbolisiert als Ziffer schließlich einen Gehängten am Galgen.

Bloß, wer soll da noch durchblicken? Nur einer natürlich: ein *Mago*! Der Magier oder Hellseher deines Vertrauens. Ein sizilianischer *Mago* verbindet Naturmedizin mit Aberglaube und magischen antiken Praktiken, bietet Voodoopüppchen, Schutzamulette und Liebestränke an oder hört dir einfach nur zu. Er bringt dir den untreuen Mann zurück, hilft dir aus der Patsche und reitet deine Feinde in die selbige hinein. Aber vor allen Dingen beschützt er dich vor dem bösen Blick.

Der nächste *Mago* praktiziert meistens nicht weit von dir entfernt, am besten schlägst du in den Gelben Seiten nach. Im Zweifelsfall aber fährst du hinauf nach Santa Venerina, denn das unscheinbare Ätnadorf ist für drei Dinge berühmt: die *Pasticceria Russo,* wo man die besten Marzipanfrüchte in ganz Sizilien kriegt, die *Distilleria Russo,* die den besten *Li-*

moncello der Welt macht, und – seine Wahrsager. Santa Venerina ist ein Hotspot der Weißen Magie. Nirgendwo sonst auf der Welt praktizieren so viele Kartenleger, Schamanen, Hellseher, Handleser, Astrologen und Scharlatane auf einem Fleck.

Und einer von ihnen war *Mago* Rampulla.

Bei einer kurzen Internetrecherche fand die Poldi heraus, dass *Mago* Rampulla in einem sozialen Netzwerk übelst gegen Madame Sahara gepöbelt und ihr Scharlatanerie unterstellt hatte. Kurz gesagt: Der schmierige *Mago* war Madame Saharas größter Konkurrent gewesen, und damit hatte er ein Mordmotiv.

Da Montana, so Poldis Gedankengang, ohnehin sämtliche andere Kandidaten auf der Liste überprüfen würde, konnte sie warten, bis sie Montana erste Ergebnisse entlocken konnte, sie hatte da so ihre Mittel.

Was lag folglich näher, als sich auf den einzigen Verdächtigen zu konzentrieren, an den der schöne *Commissario* bestimmt noch nicht gedacht hatte. *Undercover* versteht sich.

Bereits nach dem zweiten Klingeln meldete sich »der Unvergleichliche« am Telefon.

»*Pronto?*«

Starker sizilianischer Dialekt. Eine Stimme, so ölig wie eine *Caponata* vom Vortag, triefend vor Misstrauen, Minderwertigkeitskomplexen und Geldgier. Fand die Poldi.

»Mein Name ist Isolde«, flötete sie so schüchtern, wie sie nur eben konnte, in den Hörer. »Ich bin Deutsche, Sie müssen verzeihen, Meister, wenn ich Ihre Sprache nicht so beherrsche. Aber ich habe Ihre herrlichen Plakate gesehen, und die haben tief in mir drin etwas ausgelöst. Ach, sagen Sie ... machen Sie auch ... ich meine ... Rückführungen?«

Und ob er machte. Er hatte sogar kurzfristig noch einen Termin frei. Nie ein gutes Zeichen.

Die Poldi erschien *tutto in nero,* ganz in Schwarz. Wallendes Chiffonkleid, unten herum gefranst, mit einem geschlossenen Dekolleté aus Spitze und dezenten Applikationen aus goldenen Kettchen an den Ärmeln, was, wie sie fand, sehr schön ihre eingesperrte und um Erlösung flehende Seele symbolisierte. Sie hatte sich statt der Killerheels für Flamencoschuhe mit breitem Absatz entschieden. Sie wollte seriös wirken. Und bescheiden und demütig. Daher hatte sie sich noch einen Schleier über die Perücke geworfen, der ihr Gesicht in eine träumerische Grenzregion zwischen erotischer Verheißung und scheuer Anmut entrückte. Fand sie.

Mago Rampulla empfing die Poldi in einem abgetragenen schwarzen Anzug und Pantoffeln. Er war unrasiert und wirklich sehr klein. Sein Gesicht glänzte unter einem Schweißfilm, die Augenringe ließen darauf schließen, dass er schlecht geschlafen hatte, aber eher vom Grübeln oder irgendeinem Unheil als vom Trinken, davon verstand die Poldi was.

Sein Händedruck war etwa so fest wie frischer Hefeteig.

»Ich bin ...«

»Ich weiß, Signora. Bitte.«

Seine Stimme nun überraschend weich und angenehm, viel weniger ölig als noch am Telefon. Die Poldi war fast ein wenig enttäuscht.

Mit einer gezierten Geste bat er sie ins Haus, wo es nach kaltem Zigarettenrauch, Putzmitteln und Verzweiflung roch. Die Poldi folgte Rampulla, vorbei an verschlossenen Türen, hinter denen irgendwo ein Fernseher lief, und einer

Küche, in der eine alte Frau Zwiebeln hackte, ohne meine Tante eines Blickes zu würdigen.

Das Studio »des Unvergleichlichen« lag am Ende des Flurs, bedrückend klein, so ganz anders als der Salon von Madame Sahara. Es gab nur einen kleinen alten runden Tisch mit Löwenfüßen und einem Spitzendeckchen und drei wackelige alte Stühle. An den Wänden hingen Kunstdrucke alchemistischer Formeln und Traktate, astrologische Tafeln, kitschige Darstellungen von Engeln sowie gerahmte Fotos des *Mago* aus besseren Zeiten und mit italienischen C-Promis.

Der *Mago* schloss die Tür so sanft und geräuschlos, wie er sich überhaupt auch bewegte. Als wolle er das Unheil nicht wecken, das irgendwo in der Nähe seinen Blutrausch ausschlafen mochte. So kam es der Poldi vor.

»Bitte, Signora!«

Er bat meine Tante, sich an das Tischchen zu setzen, nahm ihr gegenüber Platz und sah sie aus wässrigen Augen an. Eine Weile sagte er gar nichts. Dann:

»Was kann ich für Sie tun, Donna Poldina?«

Die Poldi zuckte zusammen.

»Woher ...?«

Der *Mago* seufzte bekümmert.

»Ich könnte jetzt natürlich sagen: ›Aber Signora, ich bin doch schließlich Hellseher.‹ Doch die Wahrheit ist, ich lese auch Zeitung. Ich weiß, wer Sie sind, Donna Poldina. Und ich fürchte, ich weiß auch, warum Sie in Wirklichkeit gekommen sind.«

Das nahm der Poldi den letzten Wind aus den Segeln. Sie hatte sich die superpsychologische Taktik überlegt, den *Mago* bei seiner Eitelkeit zu packen und ihn durch gespielte

Ehrfurcht, Schmeicheleien und eine hanebüchene Schauergeschichte aus ihrer Vergangenheit voll geschickt aus der Reserve zu locken. Und nun das. Irgendwie, fand die Poldi, lief diese Ermittlung so gar nicht nach Plan. Irgendwie lief im Moment überhaupt nichts nach Plan in ihrem Leben.

Aber dann dachte die Poldi schon wieder daran, dass in ihrem Leben schließlich noch nie etwas nach Plan verlaufen war. Das Leben pfiff auf alle Pläne, aber bei aller Unberechenbarkeit hatte es sich schlussendlich immer großmütig verhalten.

»*Namaste,* Leben«, sagte die Poldi leise. »Lecktsmialleamarsch.«

»Bitte?«

»Ich wollte fragen: Warum bin ich denn gekommen, Ihrer Meinung nach?«

Der *Mago* seufzte wieder. Er seufzte bei jedem Satz. Er entließ seine Seufzer in den Raum wie kleine Verpuffungen eines müden Vulkans kurz vor dem vollständigen Erlöschen.

»Ich habe Giuliana nicht umgebracht.«

»Und wer dann?«

»Sie meinen, wer, wenn nicht ein Hellseher, sollte das wissen?«

»Nun ja.«

Mago Rampulla faltete seine weichen, stark behaarten Hände auf dem Tisch.

»Ich weiß es nicht. Ich könnte es Ihnen sagen, wenn der Mörder hier im Raum säße, aber das ist auch schon alles.«

»Das könnten Sie? Woran würden Sie es denn erkennen?«

»An seiner Aura. Nichts beschädigt und verdunkelt die Aura eines Menschen so sehr wie ein Mord.«

»Und das soll ich Ihnen jetzt glauben?!«

»Wissen Sie, Donna Poldina, meine Gabe ist beschränkt, aber die von Giuliana war noch viel beschränkter. Im Grunde war sie ein Scharlatan, aber da sind die Grenzen in unserem Beruf ohnehin fließend. Ich habe mich nicht immer freundlich über sie geäußert, das macht mich verdächtig. Aber ich hatte nie etwas gegen sie persönlich, es ging nur ums Geschäft. Ja, ich gebe zu, ich war neidisch. Tatsache ist jedenfalls, dass Giuliana zwar viel Glamour und Einfühlungsvermögen hatte, aber keinerlei seherische Begabung. Die Leute mochten sie einfach. Mich dagegen mögen sie nicht. Und wissen Sie, warum? Weil ich ein *gettatore* bin. Ich habe den bösen Blick. Ist so. Ich ziehe das Unheil an und übertrage es unweigerlich auf andere, es ist wie ein Fluch. Mit dem bösen Blick kann man nicht in die Zukunft sehen. Aber man kann Auren sehen. Ich wünschte mir manchmal, ich könnte es nicht, denn es ist oft nicht angenehm, das können Sie mir glauben. Ich mache den ganzen Hokuspokus mit den Karten, dem Handlesen und den Zahlen überhaupt nur, um Zeit zu schinden und weil die Leute es erwarten. Aber im Grunde sehe ich immer sofort, was los ist, wenn die Person vor mir steht. Und dann nimmt das Unheil seinen Lauf.«

Das kam der Poldi sogar irgendwie bekannt vor.

»Und warum erzählen Sie mir das alles?«

Wieder das Seufzen.

»Weil jemand wie Sie ja doch nie Ruhe geben würde, Donna Poldina. Wenn Sie sehen könnten, was ich sehe ... Ihre Aura lodert rot und gelb über Ihrem Kopf. Sie sind jemand, der alles in Brand steckt, und als Erstes sich selbst. Sie sind hierhergekommen, um mich als Mörder zu überführen und damit irgendetwas gutzumachen, bei Ihrem Liebhaber, Ihrem Vater und bei Giuliana. Das ehrt Sie, und ich bin bereit, Sie in jeder Hinsicht zu unterstützen. Denn, wie gesagt, ich war es nicht. Aber ich habe leider kein Alibi für die Tatzeit. Dafür jedoch ein Motiv. Das heißt, wenn Sie Ihren *Commissario* auf mich loslassen, dann habe ich ein Problem. Polizeiliche Ermittlungen sind Gift fürs Geschäft, und Sie sehen ja selbst, meine Geschäfte laufen nicht so gut. Also schlage ich vor, Sie stellen einfach Ihre Fragen, und ich beantworte sie, so gut ich kann.«

Der *Mago* wirkte bedrückt, wie von einer großen Lebenslast, die Augen auf einmal gerötet. Er wischte sich die Stirn und die Augen mit einem Taschentuch und rang sichtlich um Fassung. Und die Poldi glaubte ihm. Denn vom Unterschied zwischen Scheinheiligkeit und echter Menschlichkeit verstand sie etwas. Daher schämte sie sich für ihre eigene Scheinheiligkeit und Voreiligkeit und verstand außerdem wieder einmal das uralte sizilianische Prinzip wahrer Schönheit. Vollendete Süße, Pracht und wahre Qualität verbergen sich immer in der unansehnlichsten Hülle. Außen pfui, innen hui, könnte man sagen, ein eher orientalisches Konzept. Denn alle Pracht ist privat und muss vor Neidern und Dieben beschützt werden.

»Bitte entschuldigen Sie meine billige Scharade, *Maestro*«, sagte die Poldi. »Sie haben völlig recht, aber ich kann einfach nicht anders.«

»Ich weiß, Donna Poldina.«

»Ich versichere Ihnen, dass dieses Gespräch unter uns bleiben wird, *Maestro*. *Commissario* Montana wird davon nichts erfahren. Ich glaube nur ... nun ja, dass ich es Giuliana schuldig bin, dass ich ihren Mörder finde. Sie nennen sie ebenfalls beim Vornamen – standen Sie sich denn nahe?«

Der *Mago* atmete durch und sah die Poldi an.

»Sie war meine Schwester, Donna Poldina.«

8. Kapitel

»Schon unsere Eltern und Großeltern waren Wahrsager«, begann der *Mago*. »Der Beruf wurde einfach in der Familie weitergegeben. Für uns war es immer ein Beruf wie jeder andere. Sie würden sich wundern, wie viel man dafür lernen muss. Die Begabung ist natürlich wichtig, aber man muss sie auch ausbilden. Giulianas Gabe war nicht so groß, aber dafür hatte sie andere Talente. Sie war geschäftstüchtig. Sie hatte Glamour. Die Menschen liebten sie, sie fühlten sich von ihr angezogen, erkannt und geliebt. Sie strahlte eine natürliche Wärme und Kraft aus, die ansteckend war. Daher machte es gar nichts, wenn sie mit ihren Vorhersagen danebenlag. Wissen Sie, die Vergangenheit und die Gegenwart erkennen, das können viele. Die Zukunft zu sehen, das ist die Herausforderung. Aber die Leute bezahlten, um für eine Weile in Giulianas Nähe zu sein und aufzutanken. Können Sie das verstehen?«

»Ich glaube, ich verstehe vollkommen, *Maestro*.«

Der *Mago* seufzte.

»Alle sind sie zu Giuliana gepilgert, Politiker, Unternehmer, Sportler, Mafiosi. Giuliana liebte den Einfluss, den sie hatte. Aber sie wollte mehr. Sie wollte ganz hoch hinaus.«

»Was heißt das?«

»Ins Fernsehen. Ihre eigene Show, davon hat sie geträumt. Sie wollte in ganz Italien bekannt werden.«

Die Poldi horchte auf.

»Gab es da konkrete Angebote?«

»Ich weiß es nicht, sie hat nicht mit mir darüber gesprochen. Aber sie wollte alles selbst produzieren. Wie ich sie kenne ... ich meine, kannte, hätte es bestimmt geklappt. Es war nur eine Frage der Finanzierung.«

»Was meinen Sie damit?«

»Nun ja, seit der Eurokrise sind die italienischen Banken äußerst zurückhaltend mit Krediten. Zumal für eine TV-Show, da hat sich selbst Giuliana die Zähne ausgebissen. Also musste sie alles selbst vorfinanzieren.«

»Hatte Giuliana denn Geld?«

Der *Mago* sah sie mit traurigen Augen an.

»Das kann ich Ihnen nicht beantworten. Ich weiß nur, dass sie vor irgendwas Angst hatte. Große Angst.«

Die Poldi runzelte die Stirn.

»Das lässt sich im Nachhinein leicht sagen, *Maestro*. Ich glaube, das ist jetzt der Teil des Gesprächs, in dem der Zeuge versucht, die geniale Meisterdetektivin auf eine bestimmte Fährte zu locken, finden Sie nicht auch?«

Mago Rampulla zuckte mit den Schultern.

»Ich erzähle Ihnen nur, was ich gesehen habe. Und ich habe die grauen Flecken in ihrer Aura gesehen. Giuliana hatte Angst, ich weiß es. Ich wollte sie danach fragen, aber dann hat mich ein kleinliches Gefühl von Schadenfreude abgehalten. Das quält mich jetzt. Vielleicht hätte ich ihr helfen können. Vielleicht wäre sie dann jetzt nicht tot.«

Der *Mago* zog ein benutztes Papiertaschentuch aus seinem Jackett und presste es sich auf die Augen.

Die Poldi überlegte, ob sie das für Krokodilstränen halten sollte, aber die Erschütterung des Hellsehers wirkte echt.

»Also, Sie glauben wirklich, dass Sie Giulianas Mörder an seiner Aura erkennen würden?«

»So habe ich das nicht gesagt. Ich kann einen Mörder an seiner Aura erkennen, aber ich könnte nicht sagen, ob er Giuliana getötet hat.«

Die Poldi strahlte den *Mago* an.

»Würden Sie mich bitte kurz entschuldigen? Es dauert wirklich nur einen Moment.«

Sie zog ihr Handy aus der Tasche, trat auf die kleine Veranda vor dem Sprechzimmer und führte ein schnelles Telefonat.

»Hätten Sie Lust, mit mir einen Kaffee trinken zu gehen?«, fragte sie den Hellseher, als sie nach dem Telefonat zurückkam.

Der *Mago* zögerte, vielleicht ein bisschen im Unklaren über die Absichten meiner Tante. Kein Wunder.

»Gerne auch ein *gelato*«, legte die Poldi nach. »Oder zwei. Ach, jetzt schauen Sie nicht so ängstlich, ich will Sie nicht vernaschen! Ich möchte Sie nur dabeihaben, um einen Mörder zu identifizieren.«

Und wer könnte dazu schon Nein sagen?

Eine halbe Stunde später saß sie mit *Mago* Rampulla in der *Bar Cipriani* in Acireale.

Tatsächlich saß die Poldi nicht mit dem *Mago* zusammen an einem Tisch, sondern gut sichtbar alleine draußen, während der *Mago* sich drinnen an der Bar rumdrücken musste, von wo er einen guten Blick auf die Aura meiner Tante Poldi und ihrer Verabredung hatte.

Die Verabredung erschien pünktlich, trug Jeans und ein lachsfarbenes Poloshirt, was nur gut gebräunten Sizilianern steht. Dazu helle Sneakers ohne Strümpfe und eine modische Sonnenbrille, ohne die kein Italiener, der noch bei Verstand ist, jemals ausgehen würde, und die er erst abnahm, als er meine Tante erkannte. Zum ersten Mal bemerkte die Poldi, dass Russo gut aussah. Kompaktes Bäuchlein, aber ansonsten offensichtlich alles straff und trainiert. Helle wachsame Augen, volle Lippen. Er kam alleine, ohne Hans und Franz, bewegte sich ohne Eile und ohne Misstrauen, grüßte gelegentlich nach rechts und links.

Ein Mann, der sich vor niemandem fürchtet, nicht einmal vor meiner Tante.

Ein König, der sich unters Volk mischt.

Ein Boss.

Er setzte sich ohne große Umstände zur Poldi an den Tisch und legte seine Sonnenbrille in der Mitte ab, mit der gleichen Haltung, stelle ich mir vor, mit der schon Hernán Cortés die spanische Flagge in mexikanischen Boden gerammt hatte.

»Was für eine Überraschung, Donna Poldina.«

»Schön, dass Sie so kurzfristig für mich Zeit haben, Signor Russo«, begrüßte ihn die Poldi mit einem Augenaufschlag. »Ich weiß, Sie sind ein vielbeschäftigter Mann.«

»Vor allem eben auch ein Mann«, erwiderte Russo, ohne den Blick eine Sekunde von meiner Tante zu lassen. »Ein neugieriger Mann. Ein Mann, der einer schönen Frau kaum etwas abschlagen kann.«

Die Poldi kratzte den letzten Zucker aus ihrer Espressotasse und schleckte den Löffel ab.

»Jetzt machen Sie mich ein bisschen verlegen.«

Was sogar irgendwie stimmte, denn die Poldi hatte nicht damit gerechnet, dass Russo umgehend in den Flirtmodus schalten würde, auch wenn sein Blick an jenem Nachmittag im Weinberg bereits so etwas angedeutet hatte.

Russo bestellte *caffè* und eine *granita di limone* und sah die Poldi unverwandt an.

Der Poldi wurde schon wieder heiß, und sie musste sich sehr zusammenreißen. Schließlich war sie nicht zum Flirten hier, im Gegenteil.

»Woher haben Sie meine Handynummer?«

»Valérie war so freundlich.«

Russo nickte. Er wirkte völlig entspannt.

»Und wie kann ich Ihnen nun helfen?«

»Vielleicht indem Sie mir sagen, wer Madame Sahara umgebracht hat?«

Russo zuckte nicht einmal.

»Kommen Sie, Donna Poldina, das können Sie besser. Fangen wir noch mal neu an. Wie kann ich Ihnen helfen?«

Touché.

Die Poldi sammelte sich.

»An dem Nachmittag im Weinberg«, begann sie schließlich wieder, »hat Madame Sahara mir aus der Hand gelesen. Aber weniger das, was sie mir über meine Zukunft sagte, hat mich bewegt, sondern ihre Ausstrahlung. Ich mochte sie sofort. Ich möchte verstehen, warum so ein wunderbarer Mensch sterben musste. Und ich möchte ihren Mörder finden.«

Der *caffè* und die *granita* kamen.

Russo zuckerte seinen Espresso und nahm sich Zeit.

»Schon besser«, sagte er. »Giuliana war eine tolle Frau. Ich weiß nicht, warum sie sterben musste, ich habe nicht die geringste Idee. Aber ich finde, das herauszufinden ist Sache der Polizei, und weder Ihre noch meine.«

»Ist das eine Drohung? Lassen Sie mich sonst von Ihren Rüden zerfleischen?«

»Sie sehen das falsch, Donna Poldina. Hans und Franz lieben Sie! Ihr Verhalten ist Ausdruck reiner Zuneigung. Ich meine es ernst, halten Sie sich da raus. Wer immer Giuliana umgebracht hat, wird auch Sie töten, falls Sie zufällig auf seine Spur stoßen.«

»Das klingt aber dann doch so, als würden Sie den Mörder kennen«, sagte die Poldi leise und beugte sich vor, um ein wenig Dekolleté zu zeigen. »Finden Sie nicht?«

Russo schürzte die Lippen und nahm einen Löffel *granita*. Sehr symbolisch, fand die Poldi. Als ob er sich abkühlen müsse. Gefiel ihr. Sie beschloss, aufs Ganze zu gehen, nahm ihren Kaffeelöffel und bediente sich an der *granita*. Russo hatte keine Einwände.

»Ich mache mir nur Sorgen um Sie, Poldi. Ich darf Sie doch Poldi nennen?«

»Wenn Sie denken, dass ich in Gefahr bin, dann glauben Sie also nicht, dass Achille Avola Giuliana umgebracht hat?«

Russo atmete durch.

»Ich bin mit Achille zur Schule gegangen. Wir haben mal ... Ach, ist auch egal. Nein, Achille war es auf gar keinen Fall.«

»Und warum legt er dann ein Geständnis ab?«

»Fragen Sie ihn, nicht mich.«

»Jetzt frag ich aber Sie.«

»Vielleicht fragen Sie mal seinen Bruder.«

»Was würde der mir denn antworten?«

Russo breitete die Hände aus, als sei das, was nun kommen würde, ohnehin allgemein bekannt.

»Vielleicht würde er Ihnen ja von der Niere erzählen, die er seinem Zwillingsbruder gespendet hat.«

Die Poldi verstand.

»Wollen Sie damit andeuten, sein Bruder hat Giuliana umgebracht, und Achille deckt ihn aus Dank für die Niere, die ihm das Leben gerettet hat?«

»Ich will gar nichts andeuten. Ich weiß nur, dass Achille niemals einen Mord begehen würde. Ich kenne ihn. Er hat kein Motiv.«

»Aber sein Bruder schon, oder was?«

»Wie gesagt, fragen Sie ihn selbst.«

Allmählich gingen der Poldi diese verschwurbelten Andeutungen auf den Keks, und sie fragte sich, welches Spiel Russo da mit ihr spielte. Und da fiel ihr ein, dass sie ja selbst auch ein Spiel mit Russo spielte, denn drinnen in der Bar saß noch immer der *Mago,* aß ein *gelato* nach dem anderen und prüfte Russos Aura.

»Wenn Sie mich kurz entschuldigen würden«, sagte die Poldi hastig und entschwebte in die Bar.

Wie erwartet, saß *Mago* Rampulla an einem kleinen Bistrotisch in der Nähe des Eingangs und löffelte gerade seine dritte *granita* aus. Sein Gesicht war von einem Schweißfilm überzogen. Er wirkte nicht besonders glücklich.

»Ich habe nicht viel Zeit«, erklärte die Poldi. »Wie sieht's aus?«

Der *Mago* schüttelte den Kopf.

»Seine Aura hat ein paar graue Flecken, das ja. Aber ansonsten lodert sie innen grün und außen stark im roten Bereich. Die Aura eines Mannes, der sich nicht scheut, sich die

Finger schmutzig zu machen, wenn es sein muss. Aber ein Mörder? Nein, das ist er nicht.«

Die Poldi konnte eine gewisse Enttäuschung nicht verhehlen.

»Sind Sie ganz sicher? Ich meine …«

»Donna Poldina, Sie haben mich um diesen Gefallen gebeten, ich habe Ihnen diesen Gefallen getan. Wenn es Ihnen nichts ausmacht, würde ich jetzt gerne nach Hause gehen und um meine Schwester trauern.«

Der *Mago* erhob sich und reichte der Poldi seine Kassenbons.

»Passen Sie gut auf sich auf, Donna Poldina.«

»Nichts für ungut«, seufzte die Poldi. »Und danke trotzdem.«

Der *Mago* zögerte hinauszugehen. Irgendetwas lag ihm noch auf der Seele.

»Wenn ich Sie um etwas bitten dürfte, Donna Poldina …«

»Aber natürlich.«

»Finden Sie Giulianas Mörder.«

Sie wartete, bis der *Mago* die Bar verlassen hatte, zahlte seine Rechnung, bestellte einen Prosecco und kippte ihn auf ex. Dann kehrte sie gesammelt und erfrischt zu Russo zurück, der gerade eine Nachricht in sein Smartphone tippte.

»Sie sehen unzufrieden aus«, fand Russo. »Alles in Ordnung?«

»Alles bestens«, flötete die Poldi, setzte sich wieder, achtete aber diesmal darauf, nicht mehr so viel Dekolleté zu zeigen.

»Okay, ich verstehe, dass Sie mir nicht mehr über die Avola-Brüder erzählen wollen. Aber eine Sache möchte ich doch noch von Ihnen wissen.«

Dramatische Pause. Russo wirkte aufmerksam, aber nicht beunruhigt.

»Warum interessieren Sie sich für den Weinberg?«

»Tue ich das?«

»Kommen Sie, Signor Russo, ich …«

»Italo. Nennen Sie mich Italo, Donna Poldina.«

»Ja, das könnte Ihnen so passen. Was denken Sie sich eigentlich? Dass ich heute Abend mit Ihnen essen gehe und wir zwei anschließend gepflegt in der Kiste landen?«

Meine Tante Poldi war kein Mensch, der gerne lange um den heißen Brei herumredete. Was Russo jedoch nicht im Geringsten zu irritieren schien.

»Lassen Sie dieses Grinsen! Vergessen Sie's. Also, warum interessieren Sie sich nun für das Gelände?«

Russo wurde wieder ernst. Die Abfuhr schien an ihm abzuperlen.

»Weil ich das Gelände kaufen will. An jenem Abend sollte eigentlich der Kaufvertrag unterzeichnet werden, aber dann hat Achille in letzter Minute einen Rückzieher gemacht.«

»Warum?«

»Hat er mir nicht gesagt.«

»Warum wollen Sie denn überhaupt einen Weinberg kaufen? Der hat doch nicht mehr als neun Hektar und liegt weit ab von Ihrem Palmen-Imperium.«

»Es geht mir nicht um den Wein. Achille könnte weiterhin seinen Wein dort machen, so war es vereinbart. Mir geht es um etwas viel Wertvolleres. Etwas, das unter diesem erloschenen Krater lagert.«

Er sah die Poldi an, als ob die Antwort auf der Hand läge. Aber die Poldi stand auf dem Schlauch.

»Äh, und das wäre?«

»Wasser, Donna Poldina. Unter diesem alten Nebenkrater liegt zufällig eines der größten Wasserreservoirs der ganzen Region.«

»Verstehe«, sagte meine Tante. »Und Sie brauchen natürlich Wasser für Ihre Palmenzucht. Sehr viel Wasser.«

»Ich habe genug Wasser. Wissen Sie, die Leute tun immer so, als ob Sizilien eine Wüstenregion wäre. Aber schauen Sie sich mal um. Sieht das hier etwa nach Wüste aus? Alles ist grün, alles blüht, sogar den Sommer hindurch. Es gibt genug Wasser auf Sizilien. Wir waren in der Antike mal die Kornkammer Europas. Sizilien ist voller Seen und Quellen. Das Problem sind die Verteilung und der Zugang. Die Araber hatten ein ausgeklügeltes Bewässerungssystem, aber das Know-how ist wie so vieles andere verloren gegangen.«

»Mir kommen die Tränen«, ätzte die Poldi. »Wozu sollten Sie sich einen Berg voller Wasser kaufen, wenn Sie es nicht brauchen?«

»Sehen Sie, Donna Poldina, jetzt kommen wir langsam zum Kern des Pudels, wie Ihr lieber Goethe gesagt hat. Ich warte doch schon die ganze Zeit darauf, dass Sie mich nach ›Etnarosso‹ fragen.«

Fassungslos starrte die Poldi den Großgärtner an.

»*Leckmiamarsch*! Woher …?«

Russo genoss ihre Überraschung.

»Spielt keine Rolle. Sehen Sie, für mich wäre der Kauf nur eine weitere Abschreibung gewesen. Ich hätte meinem alten Schulfreund Achille aus einem finanziellen Engpass helfen können, der durch die Investitionen mit der neuen Kellereianlage entstanden ist. Und ich wollte auch verhindern, dass jemand anderes den Weinberg kauft. Jemand, der nicht so verantwortungsvoll mit einer lebenswichtigen

Ressource umgehen würde wie ich, der hier geboren ist und sein Land liebt. Jemand, der dabei ist, über Sizilien zu kommen wie eine biblische Heuschreckenplage.«

»Die Mafia.«

Russo lachte auf.

»Donna Poldina! Die *Cosa Nostra* ist die Infektion Siziliens, die wir nie werden heilen können. An der wir aber auch nie zugrunde gehen werden. Das ist ein symbiotisches Verhältnis. Der Wirt und sein Parasit. Aber diese Leute, von denen ich spreche, sind Vampire. Sie werden dieses Land aussaugen und nur eine vertrocknete Hülle zurücklassen, wenn man sie lässt.«

»Geht es vielleicht auch ein bisschen weniger blumig, Signor Russo? Was hat das mit ›Etnarosso‹ zu tun?«

Russo warf einen Blick auf seine Uhr.

»Jetzt erzählen Sie mir verdammt noch mal nicht, dass Sie wegmüssen!«, polterte die Poldi. »Na los, sagen Sie schon!«

Russo winkte dem Kellner.

»›Etnarosso‹ ist der Projektname eines Wassererschließungsprogramms, das ein internationaler Nahrungsmittelkonzern namens Oceanica in Sizilien plant. Vor allem hier an der Ostseite, die sehr wasserreich ist. Oceanica handelt auf der ganzen Welt mit Mineralwasser.«

Er hatte angefangen zu gestikulieren. Machte das Krönchen mit den Fingerspitzen und schüttelte die Hand – die universelle Geste Italiens, um die Bedeutung von Sachverhalten zu unterstreichen. Er faltete die Hände vor der Brust und schüttelte sie. Er hob den Zeigefinger, ballte die Faust und öffnete sie explosionsartig vor Poldis Augen wie eine große empfindliche Knospe.

»Sie bohren Brunnen in Indien, Pakistan, den USA, überall. Sie stehlen den Menschen dort das Wasser, füllen es in PET-Flaschen ab und verkaufen es ihnen wieder. Dasselbe Wasser, das zuvor kostenlos aus der Leitung sprudelte. Sie entwässern ganze Regionen auf diese Weise. In der Dritten Welt ist Mineralwasser aus Flaschen mittlerweile ein Statussymbol. Und das Gleiche wollen sie nun hier bei uns durchziehen. Das sind Kriminelle, die vor nichts zurückschrecken.«

Die Poldi blieb völlig cool. Sie hätte gut noch einen kleinen *Prosecchino* vertragen können, verkniff sich aber, den Kellner zu rufen.

»Und warum erzählen Sie mir das alles?«

»Weil ich Ihr Vertrauen gewinnen möchte, Poldi. Ich bin nicht Ihr Feind. Ich bin noch nicht einmal Valéries Feind.«

»Ach, nicht?«

»Ich schätze Valérie sehr und werde alles tun, damit sie Femminamorta erhalten kann. Aber es nützt nichts, wenn sie pleite geht und das ganze Anwesen verliert.«

»An Sie dann ja wohl.«

Russo erhob sich.

»Ich muss jetzt wirklich los. Es war mir ein Vergnügen, Donna Poldina.«

Die Poldi blieb sitzen. Einem Impuls folgend, reichte sie Russo ihre Hand, und wie selbstverständlich nahm Russo die Hand und drückte einen flüchtigen Kuss auf den Handrücken.

»Ich melde mich bei Ihnen.«

Die Poldi fand Russos offensichtliche Anmache irritierend. Hatte ihr gerade noch gefehlt. Als ob sie amoremäßig nicht schon genug Ärger hatte. Außerdem wurde sie den

Verdacht nicht los, dass jeder, den sie befragte, ihr munter einen Bären nach dem anderen aufband. Aber wie sagt meine Tante Poldi immer: »Auf nix springt ein Ermittler so an wie auf einen Mix aus Halbwahrheiten und subtiler Erotik.« Daher kippte sie einen weiteren Prosecco und fuhr dann nach Femminamorta zu Valérie, um sich im Palmenschatten ein bisschen zu sammeln und die nächsten Ermittlungsschritte zu planen.

Das kleine verwunschene Landgut wirkte wie so oft vollkommen verwaist, als die Poldi von ihrer Vespa stieg. Der Einzige, der sie begrüßte, war Oskar, der Gefährte der vergifteten Lady, und seine Begrüßung fiel unendlich viel matter aus als sonst. Kein Ansturm, kein heiseres Bellen, kein Auf-dem-Boden-Wälzen. Die kleine Töle mit dem Unterbiss schien um Jahre gealtert, trottete vorsichtig aus dem Haus, als sei hier nichts mehr sicher, und schnüffelte nur wenig aufgeregt an Poldis Hand. Die Poldi nahm ihn auf den Arm und ging ums Haus herum in den Garten.

Als die Poldi in den Garten trat, sah sie zwei Dinge, die grotesk unterschiedlicher nicht hätten sein können.

Das eine: Doris und ihre schwäbischen *Deliziosi* in knappen Bikinis auf Plastikliegen und Handtüchern in Reih und Glied auf einem schattigen Rasenstück, wo sie regungslos und ordnungsgemäß mit Lichtschutzfaktor fünfzig eingecremt in der Mittagshitze vor sich hin dünsteten.

Das andere: ein sehr, sehr seltsames Geschöpf auf der gegenüberliegenden Seite des Gartens. Dem äußeren Anschein nach schien es sich um einen Menschen zu handeln. Einen nackten Menschen. Aber weder konnte die Poldi erkennen, ob es sich um eine Frau oder einen Mann handelte, noch hatte sie jemals einen solchen Menschen gesehen. So schön und zart und durchscheinend, so geschlechtslos, feingliedrig, hell und anmutig. Und so sehr das Gegenteil von ihr selbst, dass es der Poldi fast das Herz zerriss. Das Wesen war nicht viel größer als ein Kind, ein großes Kind vielleicht. Seine Haut war heller als alles, was die Poldi je an Pigmentierung gesehen hatte. Fast vollkommen weiß, als ob kein einziger Sonnenstrahl sie je gestreift habe.

Wie Mondlicht, ging es der Poldi durch den Kopf, die nicht aufhören konnte, abwechselnd das Wesen und die brutzelnden Studienreisenden anzustarren.

Das hellhäutige Wesen hockte nahezu regungslos unter einer der großen Palmen. Aber die Poldi sah nun, dass es sich bewegte. Allerdings ganz langsam. Schier unendlich langsam. Fließend und wie in extremer Zeitlupe kam es millimeterweise aus der Hocke heraus, entfaltete sich wie eine weiße Blüte. Ohne dabei im Geringsten zu zittern. Die Poldi, die es mit dem Knie hatte, fragte sich, woher das Wesen die Kraft dafür nahm. Nachdem es sich genug aufgefaltet hatte, um einen Blick auf die primären Geschlechtsmerkmale zu gewähren, erkannte die Poldi, dass es sich anatomisch um einen Mann handelte, auch wenn sein kleiner Freund wirklich sehr klein war, kaum zu erkennen. Die Poldi sah nun auch, dass der Mann Japaner war, und da erinnerte sie sich wieder an *Butoh*, jene besondere Form des japanischen Ausdruckstanzes ohne feste Form.

»*Mon dieu*, man kann einfach nicht wegschauen, nicht wahr?«

Valérie stand plötzlich neben ihr und wagte nur zu flüstern.

»Wer oder was ist das?«

»Mein neuer Gast. Eine Alge.«

»Wie bitte?«

»Das hat er selbst gesagt.«

»Du meinst das grüne schleimige Zeug aus dem Meer, ja?«

»Er heißt Haru Higashi. Er ist Performancekünstler. Obwohl, *mon dieu,* ich bin mir gar nicht sicher, ob er wirklich ein Mann ist. Was meinst du? Obwohl, mir ist es egal. Er ... *mon dieu* ... es ist so unglaublich schön! Wie Mondlicht.«

Das fand die Poldi ja auch.

Die »Alge« ließ sich von der Anwesenheit der beiden Frauen nicht im Geringsten stören und begann nun, sich um den Stamm der Palme zu schmiegen und daran zu Boden zu gleiten, als wolle sie mit der Palme und dem Boden verschmelzen.

Valérie fasste die Poldi sachte am Arm und führte sie zu einem Tisch vor dem Haus, wo im Schatten ein weiterer Japaner saß, der unbeeindruckt Valéries pappige Kekse verschlang und dabei einhändig irgendein Geschicklichkeitsspiel auf seinem Smartphone spielte. Er war pummelig, die Poldi schätzte ihn auf Ende zwanzig. Die Haare hingen ihm ins Gesicht, er trug eine große Brille und ein T-Shirt mit Tourdaten und Logo einer koreanischen Crossover-Indie-Band. Also so ziemlich das Klischee eines japanischen Nerds.

Als Valérie und die Poldi sich setzten, sah er von seinem Smartphone auf und strahlte die beiden Frauen an.

»Guten Morgen!«, sagte er in bestem Italienisch. »Die Kekse sind köstlich!«

Er stellte sich als Aki vor, Student der Vulkanologie an der Universität von Catania, nebenberuflich Tourguide für japanische Reisegruppen.

»Herr Higashi hat mich für zwei Wochen als Dolmetscher und Organisator engagiert, damit er ungestört seine Performance durchführen kann. Er ist ein sehr schüchterner Typ.«

»Was Sie nicht sagen.«

Aki mampfte weiter Kekse, strahlte die Poldi an, als habe sie ihm gerade ein Kompliment gemacht, und plauderte mit vollem Mund weiter.

»Herr Higashi wird seine Performance am Hauptkrater des Ätna beginnen, auf über dreitausend Metern, und sich dann Stück für Stück nach unten bewegen, bis zum Meer. Also so hat er es mir erklärt. Dann wird er langsam ins Meer gleiten und zu einer Alge werden.«

»Und dann?«

»Nichts dann, das war's. Fragen Sie mich nicht, ich hab keine Ahnung von so was. Aber ziemlich cool, nicht wahr?«

»Und Sie nehmen das Ganze auf Video auf, damit Herr Higashi es später auf Ausstellungen zeigen kann?«

Die Poldi musste warten, bis Aki seinen Keksbrei im Mund hinuntergewürgt hatte.

»Herr Higashi wünscht keinerlei Dokumentation. Er wünscht auch keine Zuschauer. Ich darf noch nicht mal Selfies mit ihm machen. Hab ich zwar trotzdem, aber posten darf ich sie leider nicht, sonst ...« Er machte eine Geste für »Hals durchschneiden« und grinste. »Na ja, er zieht einfach sein Ding durch, ohne groß die Welle zu machen. Er hat mir erklärt, dass er sich vier Jahre intensiv auf diese Performance vorbereitet hat. Hammercool.«

Das fand die Poldi zwar so gar nicht, im Gegenteil, sie hielt ihn für ziemlich durchgeknallt, aber auf der anderen Seite hatte meine Tante Poldi ein großes Herz für Spinner und Traumtänzer jeglicher Couleur, solange sie sich freundlich verhielten. Und von dem zarten bleichen Herrn Higashi schien etwa so viel Unfreundlichkeit auszugehen wie von einem Angorahasenbaby. Der Anblick dieses feenhaften Wesens, das niemanden umbringen wollte – keine Töle, keine Wahrsagerin und keine Staatsanwältin –, das nur nach Sizilien gekommen war, um still und unbeobachtet vom Ätna ins Meer zu tanzen und zur Alge zu werden, rührte meine Tante. Diese stumme Selbstgenügsamkeit und völlige Hingabe zur Schönheit gab ihr für einen Moment das Vertrauen in das Gute in der Welt zurück. In einer Welt, wo es noch Wesen wie Herrn Higashi gab, gab es auch noch Hoffnung und vielleicht sogar Gerechtigkeit.

»In Japan ist Herr Higashi ein Superstar«, plauderte Aki unbekümmert weiter. »Er tritt nur sehr selten auf und lebt sehr zurückgezogen, aber die Leute vergöttern ihn. Im Internet sind schon hunderttausend Euro für eine zeugungsfähige Samenprobe von Herrn Higashi geboten worden. Die ganze Planung dieser Sizilien-Performance musste unter strengster Geheimhaltung ablaufen. Das Management von Herrn Higashi hat mich nach Kyoto einfliegen und einen Haufen Verschwiegenheitserklärungen unterzeichnen lassen, und wenn hier nur ein einziger kreischender Fan aufkreuzt, bin ich für den Rest meines Lebens geliefert.«

»Und wo sind dann sein Management und die Security, wenn er so berühmt ist?«

»In Japan. Herr Higashi wünscht nur meine Anwesenheit, sonst niemanden. Schießen Sie mich tot, ich hab keine Ahnung, warum. Er ist … nun ja, sehr speziell, sehen Sie ja. Aber es geht ihm gut. Er fühlt sich sehr wohl hier. Es ist eine große Ehre, für ihn zu arbeiten.«

»*Mon dieu*, er ist absolut reizend«, seufzte Valérie. »Sie auch, Aki. Ich freue mich sehr, Sie beide hierzuhaben.«

Ein leichter Wind kaum auf, zum ersten Mal seit Wochen. Ein Lüftchen nur, der Hauch einer Brise, die Herrn Higashi vielleicht aus Japan gefolgt war wie eine hartnäckige Bewunderin. Stellte sich die Poldi so vor.

Die Brise trug Salzluft heran und das Versprechen, dass die Hitze bald weichen und der Mord an Madame Sahara aufgeklärt sein würde. Die Brise kühlte Poldis Stirn, fing sich kurz in der Perücke und zog dann weiter, um Herrn Higashi zu umschmeicheln. Aber so kurzzeitig um zwei Grad heruntergekühlt, bemerkte die Poldi nun etwas, das ihr an der ganzen Szenerie bisher noch nicht aufgefallen war: Oscar.

Der Hund saß unter einem der beiden Avocadobäume, wo er praktisch mit den sonnenbadenden Schwäbinnen, der Alge und der Poldi ein schiefwinkliges Viereck bildete. Und der kleine Oscar tat etwas sehr Ungewöhnliches. Etwas, das er vermutlich in seinem ganzen freundlichen Tölenleben noch nie zuvor getan hatte. Etwas, das auf beunruhigende Weise an der Ordnung der Dinge kratzte und das der Poldi auch nur auffiel, weil in diesem Moment alles still geworden war, hier in Valéries paradiesischem Garten, vollkommen still. Bis auf dieses Geräusch eben, nicht laut, aber uralt. Es schien aus der Tiefe des struppigen Tölenkörpers emporzusteigen.

Die Poldi deutete auf den Hund.

»Hör mal, was er da macht, Valérie.«

Jetzt bemerkte auch Valérie den Hund im Schatten.

»*Mon dieu*!«, entfuhr es ihr.

»Macht er das öfter?«

»Noch nie. Ich hätte nicht gedacht, dass er es überhaupt kann. Was er nur hat?«

»Soso, noch nie«, sagte die Poldi. »Interessant.«

9. Kapitel

Zwischenzeitlich war ich wieder nach Deutschland zurückgekehrt, um mich vier freudlose Wochen mit meinem Roman und meinem Job im Callcenter herumzuplagen und mich nach *granita, involtini di pesce spada, pasta al nero*, Zyklopenträumen und dem Geknatter des sizilianischen Dialekts zurückzusehnen. Die Abende auf dem Sofa neben meiner Tante Poldi nicht zu vergessen.

Abgesehen von einigen Spaßnachrichten in der Nachrichtengruppe mit meinen Cousins hörte ich vier Wochen lang nichts aus Sizilien. Die Poldi war natürlich zu beschäftigt, und für meine Tanten ist ein Anruf nach Deutschland immer noch ein *Ferngespräch*. Und *Ferngespräche* führt man nur, wenn jemand im Sterben liegt, Krieg ausbricht oder an Weihnachten. Wusste ich alles. Dennoch verstimmte mich dieses familiäre Schweigen etwas, gebe ich zu. Da ich mich jedoch nicht gerne aufdränge und finanziell leider zu klamm war, um mir einfach einen Flug zu buchen, wartete ich sehnsüchtig auf eine Einladung. Die kam dann Mitte November, verbunden mit einem Anruf von Tante Luisa.

»Kannst du kommen, *tesoro*? Es ist dringend.«

Ihre Stimme klang ein wenig angespannt.

»Kein Problem«, sagte ich so cool wie möglich. »Ist was passiert?«

»Siehst du dann«, sagte Tante Luisa ausweichend. »Sie ist ... na ja ... ein wenig labil und hat nach dir gefragt. Könntest du schon morgen?«

Konnte ich allerdings. Ich brauchte nicht einmal mehr einen Koffer packen, da ich alles Nötige in meinem muffigen, sizilianischen Dachkabuff in der Via Baronessa gelassen hatte, das mir inzwischen zu einem zweiten Zuhause geworden war. Ich kündigte meinen Job beim Callcenter und freute mir einen Ast.

Als die Poldi mir die Tür öffnete, erschrak ich jedoch. Sie hatte den linken Arm in Gips, und unter der Perücke erkannte ich einen Kopfverband. Außerdem trug sie eine Sonnenbrille, um das Veilchen an ihrem rechten Auge zu verdecken, und humpelte ein bisschen.

»Ach du Scheiße.«

»Passt schon«, winkte sie ab. »Sieht schlimmer aus, als es ist.«

»Sieht aus, als hättest du einen filmreifen Showdown hingelegt.«

»Hingelegt kommt der Wahrheit schon nahe. Aber alles fei schön nacheinander.«

Tatsächlich wollte mir die Poldi partout nicht verraten, was passiert war, und hatte auch die Tanten und meine Cousins zu allerstriktestem Stillschweigen verdonnert. Was immerhin das wochenlange Schweigen erklärte und mir sogar ein bisschen schmeichelte.

So übte ich mich also in Geduld, murkste tagsüber wie üblich an meinem Roman herum und ließ mir abends auf dem Sofa die letzten Ermittlungsfortschritte berichten.

»Ich nehme mal an, du willst mir nicht verraten, was Oscar da gemacht«, maulte ich, als die Poldi zu der Episode mit der Alge bei Valérie gekommen war.

»Mei, da wär i fei schön blöd, gell? Also angenommen, des wär jetzt ein Roman, mein i. Wenn du irgendwann im Leben mal einen Krimi schreibst, was eine ziemliche Herausforderung wird bei deiner Konzentrationsschwäche, dann erinnere dich daran.«

»Was denn jetzt für eine Konzentrationsschwäche?«

»Mei, glaubst etwa, i schnall des nicht, dass du dich nicht für fünf Cent auf eine Sache fokussieren kannst? Immerzu springst auf, rennst herum, schaust hierhin und dorthin. So wird des nie was mit deinem Roman.«

»Nee, nee, nee, Poldi! Das sind die Billigtricks der Spannungsdramaturgie. Hab ich im letzten Schreibworkshop alles gelernt: Der Leser muss immer auf demselben Wissensstand wie der Ermittler sein. Immer schön ehrlich alle Informationen ausbreiten, und zwar so, dass sich damit auch Schlüsse anstellen lassen.«

»So? Und glaubst nicht, dass der Leser auch mal überrascht werden will?«

»Das ist ja dann die Kunst«, widersprach ich. »Und ich weiß schon, was Oscar gemacht hat.«

Die Poldi ging nicht darauf ein.

»Mit Kunst, merk dir des, hat des fei gar nichts zu tun. Einen Krimi zu schreiben ist genauso wenig Kunst wie eine Mordermittlung. Da machst konzentriert deine Arbeit, so gut du kannst, und hoffst, dass du dich nicht verzettelst und verrennst. Für einen Profi wie mich ist des quasi wie Mathematik. Du kriegst nur des Ergebnis und sollst daraus eine Gleichung mit fünfundzwanzig Unbekannten herleiten. Und des braucht eine Konzentration. Die dir halt abgeht.«

»Lass mal stecken, Poldi!«, stöhnte ich. »Ich werde eh nie einen Krimi schreiben.«

Meine Tante Poldi sah mich an, und so ein gewisser Ausdruck trat in ihr Gesicht, irgendwo zwischen Schalk und Wehmut.

»Mei. Sag niemals nie.«

Bei meiner Tante Poldi hatte Oscars Verhalten jedenfalls, stelle ich mir vor, ein kleines, verstimmtes Glöckchen zum Klingen gebracht, das nun nervend irgendwo in ihrem Superhirn vor sich hin bimmelte.

Aber was auch immer den Hund bewegt haben mochte, so aus tiefstem Herzen zu knurren – es verflog sofort, als einer von Valéries Arbeitern aus der Palmenzucht nach ihm rief. Das reichte, um den Bann zu brechen. Aufgekratzt vor Neugier und Appetit sprang die Töle auf und trollte sich.

Auf den Sonnenliegen auf einmal Bewegung. Einer geheimen Choreografie folgend, erhoben sich die Schwäbinnen, zerrten ihre Liegen aus dem Halbschatten in den Schatten zurück und dünsteten sich ächzend weiter. Dabei entdeckte Doris meine Tante und winkte. Die Poldi spürte gleich wieder ihre muckende Krone. Ein leichtes Ziehen oben links, wie ein fernes Unwetter, das unaufhaltsam heraufzog. Sie winkte matt zurück und hoffte, dass dies nicht als Einladung zu einem Gespräch verstanden werde. Wurde es zum Glück nicht. Für Doris gab es Wichtigeres im Augenblick. Mit entschlossenen Bewegungen cremte sie nach, beobachtete missbilligend den Japaner und rollte sich dann auf den Bauch.

Die »Alge« hatte ihren Tanz an der Palme inzwischen beendet. Mit einer einzigen fließenden Bewegung richtete sie sich auf und sah hinüber zum Haus. Ein nicht unfreundliches, aber maskenhaftes Gesicht, an dem die Poldi keinerlei Gefühlsausdruck ablesen konnte. Als habe der berühmte *Butoh*-Tänzer gerade alle seine Gefühle an die Palme und den Boden verschenkt.

In den pummeligen Aki dagegen kam Bewegung. Er griff nach einem bereitliegenden Seidenkimono, eilte zu seinem Schützling und half ihm in die Kleidung.

Scheinbar gewichtslos, wie ohne auch nur einen Grashalm zu krümmen, trat die blasse »Alge« näher, verbeugte sich vor meiner Tante und sagte sehr leise etwas auf Japanisch.

Jetzt, so aus der Nähe, fiel der Poldi erst auf, wie klein und durchscheinend Herr Higashi wirklich war. Er wirkte wie ein großes Mädchen, das sich noch nicht entschieden hatte, ob es überhaupt jemals eine Frau werden wollte. Alles an ihm war zart und fein und erinnerte meine Tante an das Meisterwerk eines alten Porzellankünstlers. Er trug die schwarzen Haare zu einem strengen Dutt gepresst, und nichts außer dem wirklich winzigen Schniedel, den die Poldi kurz erspäht hatte, verriet sein Geschlecht, denn – Schniedel hin oder her – er schien einfach keines zu haben. Allein die Frage perlte an seinem Gesicht und seinem Körper ab, als sei sie völlig unbedeutend. Und allmählich ahnte die Poldi, warum Herr Higashi über seine tänzerischen Fähigkeiten hinaus in seinem Heimatland ein Star war. Er war einfach einzigartig.

»Herr Higashi ist sehr erfreut, die werte Frau Poldi kennenzulernen«, übersetzte Aki die Worte seines Schützlings. »Er wünscht Ihnen viel Erfolg bei Ihren Ermittlungen.«

»Woher ...?«, setzte die Poldi verblüfft an.

»*Moi*«, sagte Valérie. »Herr Higashi interessiert sich sehr für Kriminalfälle.«

»Soso. Tut er das.«

Beunruhigt und alarmiert durch Oscars ungewohntes Verhalten sah die Poldi sich den *Butoh*-Tänzer genauer an. Wie man eine sehr seltene Orchidee betrachtet und sich wundert, wozu die Natur sich solch komplizierte Schönheit leistet, und sich vielleicht auch fragt, welcher Abgrund sich womöglich dahinter verbergen mag. Sie bemerkte, dass die »Alge« sie umgekehrt mit ähnlicher Neugier anschaute.

Herr Higashi sagte wieder sehr leise etwas auf Japanisch, und Aki übersetzte.

»Herr Higashi würde sich freuen, wenn die ehrenwerte Frau Poldi ihm bei Gelegenheit mehr über ihre Ermittlungen erzählen könnte. Falls das nicht zu viele Umstände macht.«

»Sagen Sie Herrn Higashi, dass ich mich geschmeichelt fühle. Ich bin auch sehr beeindruckt von seiner Kunst und würde gerne mehr darüber erfahren.«

Die »Alge« wartete auf die Übersetzung, verbeugte sich, sagte etwas und beobachtete die Poldi aufmerksam, während Aki übersetzte.

»Herr Higashi freut sich auf den Austausch, auch wenn sein Anteil daran nur sehr bescheiden ausfallen wird.«

Nach weiteren Verbeugungen ließ sich der Tänzer dann von seinem Guide aufs Zimmer begleiten, und die Poldi hatte kurz den Eindruck, als ziehe ein bisschen Schönheit aus der Welt mit ihm mit.

»Was für ein Typ!«, sagte die Poldi. »Man denkt sofort, dass er ein sehr, sehr unglücklicher Mensch sein muss.«

»*Mon dieu*, wie wahr!«, seufzte Valérie und wandte sich dann ganz ihrer Freundin zu. »*Alors*?«

»*Alors* was?«

»*Mon dieu*, ein Bericht! Ich will alles wissen, jedes Detail! Eher lasse ich dich nicht gehen!«

Und so verbrachte die Poldi die nächsten beiden Stunden damit, ihre Freundin ausführlich auf den aktuellen Stand der Dinge zu bringen. Valérie hörte aufmerksam zu, stieß nur hin und wieder ein fassungsloses »*Mon dieu*« aus und trank einen Kaffee nach dem anderen dazu.

»Also, was denkst du?«, fragte die Poldi, als sie ihren Bericht schließlich mit dem Treffen mit Russo beendet hatte.

»Du hast ein Problem«, sagte Valérie. »Du hast natürlich einen Haufen Probleme. Dein eifersüchtiger *Commissario*, dieser Winzer, ein überraschender neuer Verehrer ... *mon dieu*, wie machst du das nur? Aber du hast vor allem *ein* Problem: Dir läuft die Zeit davon.«

Die Poldi zuckte zusammen, denn sie musste an ihren Traum mit dem Tod im Kapuzenpulli denken. Falls das wirklich nur ein Traum gewesen war.

»Wie meinst du das?«

»Na ja, Montana wird schneller sein. Er hat mehr Routine als du, er hat ein Labor und all das. Er darf Dinge tun, die du nicht tun darfst. Hausdurchsuchungen, Leute verhaften und verhören, schießen, was weiß ich. Wahrscheinlich hat seine – wie heißt das? – Spurensicherung? ... längst irgendwas gefunden, irgendeine DNA-Spur oder so, und wenn sie die ausgewertet haben, dann, *voilà*.«

»*Voilà*?«

»Die Zeit läuft gegen dich, Poldi. Wenn du mich fragst, hast du dich verrannt. Du arbeitest stur deine Liste ab und befragst Verdächtige. Aber die lügen dich nach Strich und Faden an. Deine Idee mit dem *Mago* und der Mörder-Aura war nur ein schwacher Versuch, eine Abkürzung zu nehmen. Aber wie viele Verdächtige willst du abklappern, bis du Madame Saharas Mörder gefunden hast? Und ein todsicheres Verfahren ist es nun auch wieder nicht. Selbst wenn du mit etwas Glück den Mörder vor Montana findest, wird ihm das nicht gefallen, und das wird euer Verhältnis noch komplizierter machen. Männer lieben es nicht, wenn Frauen cleverer und erfolgreicher sind. Kein Mann. Glaub mir, davon verstehe ich was.«

Die Poldi allerdings auch. Sie dachte über Valéries Worte nach. Wie über eine Wahrheit, die man im Grunde selbst längst erkannt, aber noch nicht akzeptiert hat. In diese Gedanken schaltete sich die alte Krone mit einem giftigen Kommentar aus pulsierendem Schmerz ein. Die Poldi musste zugeben, dass es alles andere als rundlief.

»Was schlägst du vor?«, fragte sie ihre Freundin matt. »Weil, ich weiß nicht mehr weiter. Ich stecke fest.«

»Besinne dich auf deine Stärken.«

»Ja, und die wären?«

»Denk um die Ecke. Du bist ein Mensch, der es sich selbst und der Welt nicht leicht macht. Vielleicht bist du sogar ein bisschen verrückt. Aber dadurch siehst du eben ganz andere Dinge als irgendein *Commissario*, der stur nach Routine und Erfahrung vorgeht. Beschreite den Pfad, den keiner sonst sieht. Folge deiner Intuition. Suche nicht, sondern finde.«

Das klang gut und schmeichelhaft. Aber es war eben auch leichter gesagt als getan. Die Poldi musste sich eingestehen, dass sie keinen blassen Schimmer hatte, wie das gehen sollte. Und wie immer, wenn sie keinen Schimmer hatte oder so ganz und gar nicht mehr durchblickte, wenn irgendein Hindernis den Strom ihrer Intuition verwirbelte und weggesprengt werden musste, wenn nichts mehr Sinn ergab und weit und breit kein Hinweisschild in Sicht war – dann zapfte die Poldi ihr Unterbewusstsein an.

Und machte eine Liste.

Schwungvoll klappte sie den Notizblock auf, den Onkel Martino ihr geschenkt hatte, ergriff den Stift und schloss die Augen.

Und ohne lange nachzudenken schrieb sie diesmal eine Reihe von Fragen untereinander, die ihr spontan oder schon eine ganze Weile durch den Kopf gingen.

WARUM HAT RUSSO MIR DAS ALLES ERZÄHLT?
WIE SIEHT EINE AURA AUS?
WAS DENKT EINE ALGE?
HAT MICH JEDER MANN IMMER ANGELOGEN?
SOLLTE ICH VITO UM VERZEIHUNG BITTEN?
KÖNNEN MÄNNER MULTIPLE ORGASMEN HABEN?
IST ALLES SINNLOS?
BRAUCHE ICH EIN KLEMMBRETT?
WARUM WAR DAS HAUS VON MADAME SAHARA SO VERWÜSTET?
WARUM FÜHLE ICH MICH BEI JEDER »DORIS« SO KLEIN?
WAR PAPA JEMALS STOLZ AUF MICH?
BIN ICH JE AUF MICH STOLZ GEWESEN?
SOLLTE ICH ÖFTER DIE KLAPPE HALTEN?
~~SOLLTE ICH WIEDER MEHR TRINKEN?~~
WAS HAT MIR DAVID BOWIE DAMALS IN DIE HAND GESCHRIEBEN?

WAS MACHT JOHN WOHL GERADE?
HAB ICH DEN HERD AUSGEMACHT?

»*Voilà*.«

»Liest du sie mir vor?«, bat Valérie, die gesehen hatte, dass die Liste auf Deutsch war, und hörte aufmerksam zu. »Nicht schlecht, Poldi. Falls du das mit den multiplen Orgasmen je herausfindest – ich bin interessiert. Aber wozu ein Klemmbrett?«

»Ich weiß es nicht. Ging mir nur so durch den Kopf, als ich an den Tod dachte.«

»Nein, es ist *nicht* alles sinnlos, Poldi. Im Gegenteil! Und ich bin übrigens auch sehr stolz auf dich, nur dass du das weißt. Ich bin ganz sicher, dein Papa war es auch, und wir sind bestimmt nicht die Einzigen. Du könntest natürlich manchmal die Klappe halten, aber ist auch nicht schlimm, wenn nicht. Das mit den ›Dorisen‹ musst du mir noch mal erklären. Und hat David Bowie dir wirklich etwas in die Hand geschrieben?«

»Eine Prophezeiung, hat er gesagt. Mit seinem Fingernagel, damals in Berlin. Da war er total zugedröhnt. Aber immer so höflich und herzensgut. Ein lieber Kerl. Wir haben uns noch lange Jahre geschrieben.«

»*Mon dieu*. Und wer ist John?«

»Niemand. Ich weiß nicht, warum ich das aufgeschrieben habe.«

Die Poldi starrte verdrossen auf ihr Unterbewusstsein in Schwarz auf Weiß, und Valérie fragte nicht mehr nach. Bis der Knopf bei meiner Tante Poldi mit einem mächtigen Seufzer aufsprang.

»Jalecktsmialleamarsch!«

»Was?«

Die Poldi tippte auf eine Frage in der Mitte der Liste.

»Warum war das Haus von Madame Sahara so verwüstet?«

»Na ja, weil der Mörder etwas gesucht hat, das ihn entweder sofort überführt hätte oder das er unbedingt in seinen Besitz bringen wollte.«

»Ganz genau. Er muss sehr sicher gewesen sein, dass es sich irgendwo im Haus befindet. Bloß – warum verwüstet er dann komplett das ganze Haus?«

»Ich verstehe nicht …«

Erregt zog die Poldi ihr Handy aus der Tasche und zeigte ihrer Freundin die Fotos, die sie bei der Suche nach der traurigen Signora auf die Schnelle gemacht hatte.

»Schau mal. Er hat alles auf den Kopf gestellt, das totale Chaos. Vielleicht waren es auch mehrere Typen. Jede Schublade haben sie aufgerissen, jede Cornflakespackung, die ganze Kleidung aus den Schränken geräumt, sogar die Sitzpolster aufgeschlitzt. Wie lange mag das gedauert haben? Stunden bestimmt, und immer das Risiko dabei, dass jemand den Einbruch bemerkt und die Polizei ruft. Dennoch haben sie kein einziges Zimmer im Haus ausgelassen.«

»Warum irritiert dich das so?«

Die Poldi sah ihre Freundin an, flammendes Jagdfieber auf den Wangen.

»Weil das nur eines bedeuten kann, meine Liebe: Der Mörder hat nicht gefunden, was er suchte, sonst hätte er die Verwüstungsorgie schließlich irgendwann abbrechen und verschwinden können. Aber die Signora Cocuzza hat ihn überrascht, also musste er verschwinden. Und das bedeutet was?«

»*Mon dieu!*«

»Genau. Was auch immer er gesucht hat, er hat es nicht gefunden. Und die Spurensicherung auch nicht. Es ist also wahrscheinlich immer noch da irgendwo im Haus. Und weißt du was, Valérie?«

»Nein, sag es nicht, Poldi!«

»Oh doch! Ich glaube, es wartet da auf mich.«

Die Teambesprechung fand auf ausdrücklichen Wunsch des *Padre*s in der Sakristei von Santa Maria del Rosario statt.

»Weil dies der einzige abhörsichere Ort auf der ganzen Welt ist!«, dröhnte er grimmig, während er, Fluppe im Mundwinkel, eine versiffte Aluminium-*Caffetiera* auf eine Campingkochplatte knallte und Espresso kochte. »Die heilige Muttergottes und die dicken Mauern schützen uns vor jedem Lauschangriff. Selbst die NSA und die CIA beißen sich hier die Zähne aus.«

Die Signora Cocuzza hatte selbst gemachte Mandelkekse aus der Bar mitgebracht, und bei *caffè* und *biscotti* beharrte der *Padre* darauf, als Erstes Bericht über seine Ermittlungserfolge bei Signor Branciforte, dem Nachbarn und Staatsanwalt, zu erstatten.

Die Poldi hörte auch dem *Padre* gerne zu, aber im Grunde ließen sich seine Auslassungen auf eine einzige knackige Information eindampfen. Nicht sehr subtil hatte er den benachbarten Staatsanwalt nämlich einfach gefragt, ob ihm »Etnarosso« etwas sage, beziehungsweise, ob seine ermordete Kollegin dieses Codewort mal erwähnt hatte. Und das hatte sie tatsächlich ein Mal in der Kantine (*pasta alla norma*). An dieser Stelle machte *Padre* Paolo erwartungsgemäß eine dramatische Pause und trank ein Glas Wasser, als erschüttere ihn diese Information immer noch bis in die Grundfesten seines Glaubens.

Der Poldi reichte es langsam. Sie fand, es wurde Zeit, klarzustellen, wer hier die Meisterdetektivin war.

»›Etnarosso‹ ist der Codename eines Wassererschließungsprojekts, das ein Schweizer Konzern namens Oceanica in Sizilien betreibt«, kam sie dem *Padre* zuvor und sah mit Genugtuung zu, wie ihm die Gesichtszüge entglitten, als habe die Muttergottes persönlich in seiner Gegenwart gepupst.

Die traurige Signora riss die Augen auf, ganz Bewunderung für meine Tante.

»Woher, zum Teufel ...?«, keuchte der *Padre* und drückte seine Zigarette aus.

Die Poldi wischte die Frage mit einer lässigen Geste vom Tisch.

»Ich war auch nicht ganz untätig. Aber sprechen Sie bitte weiter, *Padre.*«

Flammen der Enttäuschung loderten über das Gesicht des *Padres*, bis er sich wieder so weit gefangen hatte, dass er sich eine neue Zigarette anzünden konnte.

»Das stimmt, Donna Poldina«, ächzte er. »Aber nach Aussage von Branciforte, diesem Ehebrecher, ging es noch um viel mehr. Elisa Puglisi war dabei, Ermittlungen gegen diesen Konzern anzustellen, weil es offenbar den begründeten Verdacht gab, dass Oceanica mit der Wassermafia kooperiert.«

»Kontext, bitte, *Padre*«, sagte die Poldi sachlich und nahm noch einen Mandelkeks.

Der *Padre*, zurück in selbstzufriedenerem Fahrwasser, knallte schwungvoll einen Stapel Fotokopien von Artikeln aus der *La Sicilia* auf den Tisch. Die Poldi, ganz Profi, warf zuerst einen Blick auf die Daten der jeweiligen Ausgaben.

»Die sind ja alle vom Frühjahr!«

»Ganz genau«, erklärte der *Padre*. »Ich habe sie mir im Archiv der Zeitung kopieren lassen. Wissen Sie, ein Anruf von mir, und sie springen da nur so. Aber lesen Sie selbst, Donna Poldina!«

Die Poldi überflog die Artikel und staunte nicht schlecht, denn sie befassten sich alle mit einem ungeheuerlichen Fund: einem kompletten Gewässer von der Größe des Schliersees bei Caltagirone. Ein ganzer See, der auf keiner aktuellen Karte mehr verzeichnet, keiner Behörde gemeldet war. Ein ganzer See, an dessen Existenz sich scheinbar niemand mehr erinnerte. Vor dreißig Jahren angeblich ausgetrocknet und dann von der Bildfläche verschwunden. Tatsächlich aber ziemlich existent, gut gefüllt und weiträumig eingezäunt.

»Das verstehe ich nicht«, sagte die Poldi verblüfft. »Wie, um alles in der Welt, kann denn ein ganzer See einfach so verschwinden?«

»Ja, das fragt man sich, nicht wahr? Alle Welt und selbst wir Sizilianer denken ja immer, dass wir in einer wasserarmen Region leben. Aber das ist kompletter Blödsinn. Sizilien ist reich an Seen und Quellen. Die Verteilung ist eben das Problem. Viele Seen und Trinkwasserreservoirs sind in Privatbesitz, und die Mafia hat schon vor vielen Jahrzehnten erkannt, was für ein Geschäft sich mit dem Wasser machen lässt. Also hat sie mit ihren korrupten Helfershelfern in den Kommunen und Regionalverwaltungen einfach ein paar öffentliche Gewässer erst ›austrocknen‹ und dann verschwinden lassen. Sozusagen eine Art Zwangsprivatisierung eines lebenswichtigen öffentlichen Guts, um das vormals kostenlose Wasser dann für viel Geld an die Gemeinden zurückzuverkaufen.«

»Das heißt, es gibt mehrere solcher Fälle?«

»Darauf können Sie wetten, Donna Poldina. Diese eine Schweinerei ist nur herausgekommen, weil ein paar Journalisten unbequeme Fragen gestellt und dann einfach mal ein paar Luftaufnahmen gemacht haben.«

»Ich verstehe es immer noch nicht ... So ein ganzer See kann doch nicht mir nichts, dir nichts aus dem Gedächtnis der Menschen in der Region verschwinden?«

»Das ist Sizilien, Donna Poldina. Wir haben den Fatalismus erfunden. Natürlich erinnern sich die Leute noch an das Gewässer. Sie erinnern sich auch noch sehr gut an die Zeiten, als sie noch nichts für das Wasser bezahlen mussten, das sie trinken, mit dem sie kochen und duschen und ihre Felder bewässern. Aber dann kommt das große Schulterzucken, dann kommt die Angst, und dann hat man schließlich auch in der Kommunalverwaltung oder auf irgendeinem Amt einen Cousin, Schwager oder Bekannten sitzen, der da vielleicht gar nicht hingehört, weil er eigentlich ein Vollidiot ohne Schulabschluss ist, aber der einem hin und wieder einen Gefallen tut. Jeder weiß, wie das System läuft. Das ist dieses uralte Aerosol aus Angst und Nepotismus, das wir Sizilianer atmen und das uns gleichzeitig vergiftet und am Leben erhält.«

»*Omertà*«, sagte die Poldi.

»Dazu sage ich jetzt nichts, Donna Poldina. Ich habe schon viel zu viel gesagt.«

»Und Sie meinen, *Padre*, dieser See hängt mit ›Etnarosso‹ zusammen?«, fragte die Signora Cocuzza.

»Das liegt doch auf der Hand, Signora. Elisa Puglisi hat bei der Staatsanwaltschaft in Catania gegen die Wassermafia ermittelt und genau diesen Fall betreut. Und fast zum selben Zeitpunkt tritt dieser Konzern auf den Plan. Halten Sie das etwa für Zufall, Donna Poldina?«

Die Poldi war sich nicht sicher.

»Wir werden sehen. Vielleicht ist alles auch viel einfacher, als wir denken. Vielen Dank, *Padre*.«

Voll die Chefin.

Der *Padre* reagierte ein wenig verdattert und auch leicht gereizt, schließlich war dies hier immer noch seine Sakristei. Aber als die Poldi von ihrem Treffen mit Russo, ihrer Bekanntschaft mit einer Alge und ihrer anschließenden Eingebung berichtete, war er dann doch ganz Ohr.

»Madonna!«, hauchte die Signora Cocuzza. »Was Sie immer alles erleben, Donna Poldina! Wie machen Sie das nur?«

Die Poldi sagte nichts, wartete einfach ab.

Schweigen vermischte sich in der kleinen Sakristei mit dem Geruch von Zigarettenasche, Kaffee und Weihrauch. *Padre* Paolo rauchte, die traurige Signora knabberte an einem Mandelkeks.

»Und was, wenn der Mörder inzwischen selbst zurückgekehrt ist und doch noch gefunden hat, wonach er gesucht hat?«, fragte sie zwischen zwei Bissen.

»Dann halt Pech.«

»Soso«, sagte der *Padre*. Und noch mal, für den Fall, dass es womöglich untergegangen war: »Soso.«

»Ich werde natürlich alleine zu Madame Saharas Haus fahren«, stellte die Poldi klar. »Ich kann Sie beide da nicht mit reinziehen.«

»Das wäre aber sehr unfair«, fand die traurige Signora.

»Mehr als das«, fügte der *Padre* an. »Es wäre ziemlich dumm und von vorneherein zum Scheitern verurteilt. So etwas erfordert Teamarbeit, Planung, Know-how. Da muss ein Rädchen ins andere greifen. Oder wie sehen Sie das, Signora?«

»Ich bin ganz bei Ihnen, *Padre*«, antwortete die traurige Signora, und ihr sonst so fahles Kummergesicht rötete sich ein wenig. »Oder wollen Sie etwa wieder mal das ganze Abenteuer für sich alleine, Donna Poldina?«

Die Poldi seufzte und wunderte sich, dass ihr keiner von beiden vorschlug, Montana einzuschalten. Und das konnte nur eines bedeuten: Das Jagdfieber hatte sie beide gepackt.

Sie warteten gegenüber dem Haus von Madame Sahara in Poldis Alfa, bis es vollständig dunkel geworden war. Die Poldi bestimmte, dass die Signora Cocuzza wieder Schmiere stehen sollte, was zu einem kleinen Disput im Auto führte, den die Poldi mit einem resoluten: »*Basta*! Einmal Lebensgefahr reicht!«, beendete, was wiederum zu einer kurzzeitigen Abkühlung der Innentemperatur im Wagen führte.

Im Schutze der Dunkelheit pirschten sich die Poldi und der *Padre* ans Haus heran, bis zur Eingangstür. Der *Padre* trug berufsbedingt ohnehin Tarnkleidung, die Poldi hatte sich in eine enge schwarze Stretchhose und einen schwarzen Rollkragenpullover gezwängt. Was zwar ziemlich cool und nach Film noir und Sixties aussah, bei den immer noch herrschenden Temperaturen aber einen Schweißausbruch nach dem anderen hervorrief. Die Poldi stand kurz vor einem Hitzschlag. Aber sie hatte sich im Griff, lauschte angestrengt nach Geräuschen im Haus und gab der Signora Cocuzza im Alfa per Handy flüsternd den Standort durch.

»Gleich an der Tür. Alles ruhig.«

»*Roger.*« Die Signora sprach es italienisch mit genussvoll rollendem »R« aus. »Hier auch.«

»Könnten Sie bitte nicht ›*Roger*‹ sagen? Wir sind hier nicht bei *Mission Impossible*.«

»Aber ich wollte schon immer mal einen Grund haben, ›*Roger*‹ zu sagen, Donna Poldina. Wenn ich schon nicht mit rein darf, dann darf ich wenigstens sagen, was ich will.«

»Okay, machen Sie, was Sie wollen.«

»*Roger. Standby.*«

»Nein, nicht ›*Standby*‹, meine Liebe! ›*Roger*‹ ja, aber nicht ›*Standby*‹, können wir uns darauf einigen?«

»*Roger. Copy that.*«

Der Poldi schwante, dass die Signora Cocuzza sich gerade erst warmlief.

Das polizeiliche Siegel an der Eingangstür war unbeschädigt. Ein stabiles Klebeband, das quer über Schloss und Türrahmen pappte. Einerseits ein gutes Zeichen, andererseits eben ein Problem, denn die Poldi wollte schließlich keine Spuren hinterlassen. Sie hatte daher ursprünglich vorgehabt, über die Fenster im ersten Stock ins Haus einzudringen, aber der *Padre* hatte eine bessere Lösung. Mit großer Geste zog er ein kleines, akkubetriebenes Heißluftgebläse aus seiner Umhängetasche, stellte das Gerät auf niedrigste Stufe und richtete den warmen Luftstrahl auf das Siegelklebeband.

»Geht's vielleicht auch ein bisschen leiser?«, zischte die Poldi nervös.

»Dauert nicht lang.«

Und tatsächlich. Nach einer kurzen, eingehenden Warmluftbehandlung ließ sich das Klebeband ohne Beschädigung ablösen.

»Phase zwei«, erklärte der *Padre* und förderte nun ein Etui mit einem Satz Dietriche aus der Tasche, die er wenige Stunden zuvor einer Schublade in seiner Sakristei entnommen hatte.

Dieser Satz Dietriche sei, so seine nonchalante Erklärung, von Dieben bei einem Einbruch im vorigen Jahr zurückgelassen worden. Die Poldi hatte nicht weiter nachgehakt, denn sie respektierte, dass jeder so seine kleinen Geheimnisse hatte. Und die hatte der *Padre* ganz offensichtlich, denn wusste er nicht nur, wie man ein Polizeisiegel beschädigungsfrei ablöst, sondern auch noch, wie man innerhalb von Sekunden ein Türschloss mit einem Dietrich knackt.

»*Ecco*!«, rief er zufrieden aus und schlüpfte wie eine Katze ins Haus.

Die Poldi folgte ihm, schloss die Tür und schaltete dann ihre Taschenlampe an.

»Wo fangen wir an?«, flüsterte der *Padre*.

»Sie oben, ich unten.«

»*Roger*.«

»Ich warne Sie, *Padre*. Mir rutscht leicht mal die Hand mit der Taschenlampe aus.«

Den Lichtstrahl immer schön zu Boden gerichtet und ohne den geringsten Schimmer, wonach sie eigentlich Ausschau halten sollte, tastete sich meine Tante Poldi durch das Chaos im Haus vor. Im Lichtkegel wirkte die Verwüstung noch vollständiger und bedrückender als bei Tageslicht. Die Poldi fragte sich, ob sie hier wirklich fündig werden würde. Daher versuchte sie, auf unberührte, irgendwie vergessene Stellen zu achten.

Unauffällige Stellen.

Stellen, auf die man nicht gleich kommt.

Stellen, an denen sie selbst etwas Kostbares verstecken würde.

Und so fand sie es dann auch. Es war gar nicht so schwer, die Poldi sah es gleich, als sie das Studio von Madame Sahara mit der Rokoko-Récamiere betrat. Mondlicht beleuchtete das Versteck, daher sprang es ihr geradezu ins Auge.

Entschlossen und zuversichtlich trat sie auf den unberührten alten Séance-Tisch von Madame Sahara zu, zog die Spitzendecke darauf weg und war auch gar nicht mehr überrascht, dass es sich um einen Ausziehtisch handelte, der sich an beiden Seiten verlängern ließ. Er knarzte nur ein wenig, wie erleichtert, als die Poldi die Seitenteile auseinanderzog und in dem Hohlraum in der Mitte etwas liegen sah.

»Die Operation ist beendet«, flüsterte sie ergriffen in ihr Handy. »Ich hab es gefunden!«

»Was ist es?«, krächzte die Signora Cocuzza aufgeregt zurück.

»Es sieht aus wie ein Mordmotiv. Wir kommen raus.«

»*Roger. Copy that. Mission completed. Standby. Roger. Over and out.*«

10. Kapitel

Niemanden wird es verwundern, dass ich in jenen Tagen bei meiner Tante Poldi große Fortschritte mit meiner Familiensaga machte.

Vergessen alles Hadern, alles Zaudern, verpufft alle Selbstzweifel und Minderwertigkeitsgefühle, hinter mir gelassen aller Liebeskummer (den ich der Poldi und den Tanten wohlweislich verschwiegen hatte). Ich fühlte mich gut. Mit Sizilien verbunden. Ich konnte schreiben. Ich war die Zukunft des europäischen Romans.

Nachts träumte ich von Nymphen und Sirenen und riesenhaften Zyklopen, die gemessenen Schrittes vom Ätna ins Meer herabstiegen, um dort zu Seetang zu werden. Sie schritten über mich hinweg, ich konnte ihr Keuchen und ihren murmelnden Singsang hören, der zwischendurch meinen Namen zu enthalten schien. Ganz klar, sie riefen mich, und ich erhob mich und folgte ihnen. Ich folgte der Stimme meines Blutes. Ich war ein Zyklop. Ich war im dritten Kapitel.

Überaus zufrieden, erfüllt von *sicilianità* und einem Anflug erwachender Coolness kaufte ich mir im *megamercato IperSimply* ein sonnengelbes Hemd, und, da die Poldi noch unterwegs war, setzte mich zum Sonnenuntergang mit einem Martini auf die Dachterrasse, prostete dem Ätna in der Ferne zu wie einem alten Freund, wartete auf den Abend und die Fortsetzung von Poldis Bericht – und rauchte die erste Zigarette meines Lebens.

»Wie bitte?«, fragte die Poldi entgeistert, als ich es ihr später am Abend erzählte. »Gell, wie kommt man bloß auf so eine bescheuerte Idee?«

»Da lag eine Packung von dir rum«, druckste ich herum.

»Und da hast du gedacht, des wär eine Aufforderung, sich gründlich des Leben zu versauen, oder was? Mit Anfang vierzig noch mit dem Rauchen anzufangen! Hättest nicht wenigstens bis zur Midlife-Crisis warten können?«

»Vierunddreißig, Poldi. Und ich fang ja gar nicht mit dem Rauchen an«, verteidigte ich mich. »Wir haben nur eine zusammen geraucht. Also, okay, zwei.«

»Wir?«

»Na ja, der Ätna und ich halt.«

Meine Tante starrte mich fassungslos an. Ich ahnte, dass ich mich mit jedem weiteren Wort nur noch mehr blamieren würde. Aber wie sagt meine Tante Poldi immer: »Wo die Angst ist, geht's lang.« Und schließlich war ich erwachsen und niemandem etwas schuldig.

»Weißt du, ich sitze da gerne, auf deiner Terrasse. Ich trinke da gerne meinen ersten Cappuccino, ich esse da mittags gerne einen *arancino* aus der Bar, und abends trinke ich da gerne ein Bier. Das sind so Momente, da bin ich ganz für mich und ganz bei mir, weißt du? Ich mag deine Terrasse. Und die ganze Zeit ist in der Ferne dieser Berg. Wenn die Sonne hinter dem Hauptkrater untergeht, sieht er aus wie ein dunkler Engel, der seine Schwingen ausbreitet. Und er raucht. Er raucht den ganzen Tag und die ganze Nacht.

Er raucht einfach ständig. Seit fünfhunderttausend Jahren raucht er da vor sich hin.«

»Und da hast du dir gedacht, du rauchst mal eine mit.«

»Ich weiß, es klingt total bescheuert.«

»Es *ist* total bescheuert.«

Was sollte ich dazu sagen? Wo sie recht hatte, hatte sie recht.

Meine Tante Poldi sah mich prüfend an und schenkte uns Whiskey nach.

»Schönes Hemd. Neu?«

»Mmh.«

»Steht dir. Du bist ja ein mediterraner Typ, du kannst halt kräftige Farben tragen.«

»Danke.«

»Kleiner Tipp: einen Knopf mehr aufmachen, dann würdest fast lässig rüberkommen.«

Seufzend öffnete ich noch einen weiteren Hemdknopf.

»So besser?«

Die Poldi nickte und trank und sah mich dabei weiter unverwandt an.

»Und was kommt als Nächstes? Lässt dir ein Tattoo stechen oder ein Piercing? Jetzt, wo du an der Blume der Coolness g'schnuppert hast.«

»Hör mal, Poldi, ich ...«

»Und wie hat sich's ang'fühlt?«

»Puh. Wie hat es sich angefühlt ...«

»Los, ganz spontan!«

»Verbunden«, sagte ich. »Irgendwie mit dem Vulkan und allem hier verbunden. Sizilien war auf einmal viel weniger nervig, im Gegenteil. Es hat sich angefühlt wie ...«

Ich zögerte.

Die Poldi stieß mich mit dem Ellbogen an.

»Mei, jetzt sag's halt!«

»… zu Hause.«

Die Poldi nickte, als habe ich zum ersten Mal in meinem Leben eine Frage richtig beantwortet, und trank noch einen Schluck.

»Weißt, es ist und bleibt total bescheuert. Aber auf der anderen Seite gilt halt: Menschen, die niemals etwas total Bescheuertes tun, sind hochverdächtig. Insofern – willkommen im Club.«

Darauf stießen wir an.

»Du hast jetzt einen neuen Freund«, erklärte mir die Poldi. »Den Ätna. Mit dem, des prophezeie ich jetzt mal, wirst in Zukunft noch so manche zusammen rauchen. Aber mei, des zeigt halt, dass selbst so ein fader Loamsiada wie du ein paar Zyklopengene hat. So, und jetzt rück halt endlich dein neues Kapitel raus!«

»Nee, lass mal, Poldi. Erst will ich wissen, was in dem Ausziehtisch war.«

Der *Padre* hatte es tatsächlich geschafft, das unbeschädigte Polizeisiegel wieder über das Schloss der Haustür zu pappen.

Natürlich wollten er und die Signora Cocuzza umgehend wissen, was die Poldi gefunden hatte. Aber meine Tante hielt sich bedeckt und hatte es eilig.

»Los, rein in den Wagen, *Padre*! Wir müssen hier weg.«

Sie setzte sich ans Steuer ihres Alfa und bretterte durch verlassene Dörfer und dunkle, gewundene Straßen hinunter zurück nach Torre Archirafi, ignorierte sämtliche roten Ampeln und kontrollierte immer wieder im Rückspiegel, ob ihnen jemand folgte. Was in Verbindung mit ihrem Fahrstil eine gewisse Anspannung und Stoßgebete im Wagen auslöste. Dennoch erreichten sie Torre ohne weitere Zwischenfälle. Die Poldi ließ den Wagen vor der Kirche stehen und drängte ihr Team dann in die kirchliche Abhörsicherheit.

In der Sakristei war es ganz still. Durch die dicken Mauern der Kirche drang kein Laut herein, aber außer dem Meeresrauschen und gelegentlichem Hundegebell und Mopedgeknatter tat sich da draußen ohnehin nichts. Torre Archirafi schlief, aß, stritt sich, zeugte Nachwuchs oder sah sich das Champions-League-Spiel an. Jedoch alles schön in den eigenen vier Wänden oder im Auto an der Mole.

Still war es in der Sakristei aber auch, weil die Poldi, *Padre* Paolo und die Signora Cocuzza schweigend auf den alten Esstisch starrten, als wollten sie das, was dort lag, nicht wecken. Weil es dann vielleicht um sich beißen würde.

Aber Bücher beißen nicht, und dieses Büchlein dort auf dem Esstisch sah nicht so aus, als ob es damit anfangen wolle. Es sah überhaupt ganz und gar unscheinbar aus. Ein kompakter schwarzer Taschenkalender des laufenden Jahres mit Lesebändchen und Ledereinband. Für jeden Tag eine Seite, und auf fast jeder Seite ordentlich geführte Termineinträge in Madame Saharas gut lesbarer Handschrift, so viel hatte die Poldi im Haus bereits gesehen.

»Nun denn«, brach die Poldi das Schweigen, streifte sich Latexhandschuhe über und setzte sich an den Tisch. »Dann wollen wir mal sehen.«

Zuallererst fächerte die Poldi den Taschenkalender über Kopf durch – falls sich zwischen den Seiten irgendetwas verbergen mochte. Das war, außer einigen Tabakkrümeln, nicht der Fall. Den *Padre* und die traurige Signora zu ihrer Linken und Rechten, schlug die Poldi den Kalender schließlich auf und ging Seite für Seite durch.

»Wonach suchen wir?«, wollte der *Padre* wissen.

»Wir suchen nicht, wir finden«, erklärte die Poldi. »Nur keine vorschnellen Hypothesen. Erst machen wir uns ein allgemeines Bild.«

Und das sah so aus: Jeder Termineintrag bestand aus einem Nachnamen und einem abgekürzten Vornamen, dem in Rechnung zu stellenden und meist nachträglich durchgestrichenen Honorar (hundertzwanzig Euro pro angefangene Stunde) und gelegentlichen Randbemerkungen, wie »sehr nervös«, »voller Sorge«, »Schulden«, »depressiv«, »Narziss«, »Kokainproblem?«, »keine Rechnung stellen!«. Diesen Bemerkungen hatte Madame Sahara noch kleine kryptische Zeichen angefügt, deren Bedeutung sich der Poldi nicht erschlossen. Und dann gab es verstreut noch diese anderen Summen. Beträge im vierstelligen Bereich, die sich Madame Sahara zu manchen Namen notiert hatte. Sie waren nie mit einem Euro-Symbol gekennzeichnet, aber die Poldi hatte keinen Zweifel, dass es sich um Geldbeträge handelte.

»Sagen euch die Namen was?«, fragte die Poldi nach den ersten Seiten.

»Allerdings«, knurrte *Padre* Paolo. »Da ist alles dabei, was Rang und Namen in der Lokalpolitik hat.«

»Ich habe vorhin zwei Schauspieler entdeckt«, fügte die Signora Cocuzza hinzu. »Und einen Fußballer.«

»Verstehe«, seufzte die Poldi ein bisschen genervt, dass die beiden sich nicht eher mit diesen Informationen gemeldet hatten, blätterte zurück zum Januar und ließ sich dann jeden prominenteren Namen erklären.

Das ergab nun ein Muster. Denn bei den prominenteren Namen häuften sich die vierstelligen Beträge und die kryptischen Zeichen. Die Poldi addierte im Kopf überschlagsweise mit und kam auf eine Summe von annähernd hundertzwanzigtausend Euro bis Juni. Und da fiel meiner Tante Poldi nur eine einzige schlüssige Erklärung ein.

»Sie hat diese Leute erpresst. Oder wie seht ihr das?«

»Ganz eindeutig«, sagte der *Padre*.

»Das läge nahe«, sagte die Signora Cocuzza gewohnt konjunktivistisch zurückhaltend. »Aber es könnten auch Spenden oder Darlehen gewesen sein. Wie heißt das noch? ... Crowdfunding.«

Der *Padre* stöhnte.

»Ich bitte Sie, Signora!«

Die Poldi hob die Hand, um den *Padre* zu stoppen, und sah ihre Freundin bewundernd an.

»Nicht schlecht, meine Liebe. Das klingt viel plausibler. Um die Produktion ihrer eigenen TV-Show zu finanzieren.«

Zum ersten Mal seit langer Zeit huschte so etwas wie der Anflug eines Hauchs eines Lächelns über das Gesicht der traurigen Signora.

»Danke, Donna Poldina.«

»Denn«, setzte die Poldi den Gedanken fort, »so viele unterschiedliche Leute zu erpressen, da muss man sich doch fragen, womit. Wo sollte Giuliana all diese Informationen hergehabt haben?«

»Na ja, sie war schließlich Hellseherin«, brummte der *Padre* beleidigt.

Steilvorlage natürlich für die traurige Signora.

»Ich bitte Sie, *Padre* Paolo!«

»Oder sie hat eben Schwarzgeld gewaschen.«

»Ach, *Padre*, wie soll das denn gehen? Eine Hellseherin ist doch keine Pizzeria!«

»Und auch keine Bar.«

»Was wollen Sie denn jetzt damit andeuten, *Padre*?«

»Nur keinen Streit, Kinder!«, mahnte die Poldi. »Ihrem Bruder zufolge war es mit Giulianas seherischen Fähigkeiten ohnehin nicht so gut bestellt.« Und da nichts schwieriger ist, als die eigenen Hypothesen loszulassen, fügte sie hinzu: »Wir sollten Erpressung noch nicht ganz ausschließen. Das wäre einfach ein zu schönes Mordmotiv, um es so sang- und klanglos dranzugeben. Und die Geldwäschehypothese behalten Sie bitte auch im Kopf, *Padre*.«

Damit waren dann alle zufrieden.

Die Poldi blätterte sich weiter durch die Monate vor, und ihr Team soufflierte ihr zu vielen Namen praktisch das gesamte »Who is Who« der Region Catania-Messina. Politiker, Schauspieler, Fußballer, Unternehmer – sie alle hatten bei Madame Sahara Rat gesucht und gelegentlich noch ein schönes Sümmchen gespendet oder sich zähneknirschend aus den Rippen geschnitten. Natürlich gab es nicht nur Prominente. Über die Hälfte der Namen sogar sagten der Signora und dem *Padre* gar nichts.

Einfache Leute aus der Gegend mit Zukunftsängsten oder gebrochenen Herzen, stellte sich die Poldi vor. Kinderlose Frauen, arbeitslose Männer, Handwerker, Tankwarte, Näherinnen, Zitronenpflücker, Bankangestellte, Rentner und Putzhilfen, die ihr sauer verdientes Geld gewinnbringend anlegen oder ihrem Lottoglück auf die Sprünge helfen wollten. *Vielleicht die Sorte Klienten*, dachte die Poldi beim Blättern, *bei denen Giuliana immer mal »nicht berechnen« daneben geschrieben hatte.*

Bei den Märzterminen schließlich stieß die Poldi auf den ersten auch ihr vertrauten Namen: *E. Puglisi.*

»Ha!«, triumphierte die Poldi. »Ich hab's ja gesagt! Die beiden Morde haben eine Verbindung! Du kannst einpacken, Vito! Du kannst so was von einpacken!«

Wie sich herausstellte, hatte die ermordete Staatsanwältin ihre Hellseherin mindestens ein Mal im Monat konsultiert. Zwei Mal stand eine kleinere vierstellige Summe neben dem Termineintrag.

Gut gelaunt und mit Schwung blätterte die Poldi weiter. Bis ihre Laune schlagartig verpuffte, als sie einen weiteren Namen erkannte.

»Das glaub ich jetzt nicht! Das glaube ich einfach nicht!«

Fassungslos starrte die Poldi auf den Namen, der sich unter ihrem Blick vielleicht lieber aus dem Terminkalender weggeschlichen hätte: *V. Montana.* Schweigen in der Sakristei.

Die Signora und der *Padre* rutschten unbehaglich auf ihren Stühlen herum. Wie die Poldi erkannte, setzten die Konsultationen ein, kurz nachdem sie und Montana sich kennengelernt hatten.

»Ein häufiger Name«, flüsterte die traurige Signora schließlich.

Der *Padre* nickte lebhaft.

»Allerweltsname. Füllt ganze Seiten im Telefonbuch. Meine Großmutter war eine Montana.«

»Er ist es, ich weiß es einfach«, stöhnte die Poldi. »Wie konntest du mir das nur antun, Vito?«

»Sie meinen, er hat mit ihr ...«

»Nein, natürlich nicht! Viel schlimmer: Seit er mich kennt, rennt er zu Madame Sahara – warum hat er mir nie davon erzählt? Außerdem ist er damit in diesem Fall auch noch befangen!«

»Vielleicht war Madame Sahara eine verdeckte Ermittlerin?«, vermutete der *Padre*.

»Oder er brauchte einfach Rat in einer … na ja, Herzensangelegenheit.«

Zum zweiten Mal an diesem Abend starrte die Poldi ihre Freundin an.

Die zuckte mit den Schultern.

»Vielleicht sprechen Sie ihn besser nicht darauf an, Donna Poldina. Auch wenn das gegen Ihre Natur geht. Aber glauben Sie mir, Sie tun sich einen Gefallen. Und wissen Sie, was Sie jetzt schön tun werden?«

»Was?«, presste die Poldi mühsam hervor.

»Sie atmen mal tief durch, und dann machen wir weiter, ja? Wir sind doch Profis.«

»*Et Spiritus Sancti. Amen.*«

»*Namaste*, ihr Komiker«, seufzte die Poldi, atmete durch und wunderte sich danach schon nicht mehr über die nächsten bekannten Namen.

Über einen *A. Avola* und einen *C. Avola* zum Beispiel. Oder einen gewissen *S. Torso* an einem Mittwoch im September. Sogleich wurde ihr kalt, als sie sich an den Rutengänger mit der Basecap erinnerte. Allein der Name löste eine Art Beklemmung bei meiner Tante aus. Wie sich herausstellte, war Sean Torso nur ein einziges Mal bei Madame Sahara gewesen. Und er war auch ihr einziger Klient, zu dem sie sich keinerlei Randnotiz gemacht hatte. Kein Honorar, keine Bemerkung, kein Symbol, nichts.

»Vielleicht hatte er einen Termin und ist einfach nicht erschienen«, schlug der *Padre* vor.

»Möglich«, sagte die Poldi. »Oder es ging in diesem Gespräch um etwas ganz anderes.«

Mir gegenüber gab die Poldi später zu, ein bisschen auf ungewöhnliche Einträge in den Wochen vor Giulianas Tod spekuliert zu haben. Auffällige Namen, horrende Summen, verschmierte Schrift, Tränenflecken, geschwärzte Namen, irgendetwas in der Art. Schließlich hatte *Mago* Rampulla behauptet, seine Schwester habe in letzter Zeit große Angst gehabt. Aber nichts dergleichen. Bis zum letzten Eintrag einen Tag vor ihrem Tod wirkte Madame Saharas Handschrift so ordentlich und selbstbewusst und kontrolliert wie immer. Bis dahin hatte sie nach der Überschlagsrechnung der Poldi fast zweihundertfünfzigtausend Euro kassiert. Nicht schlecht für eine Wahrsagerin, fand meine Tante.

Aber dann gab es eben doch noch einen rätselhaften Eintrag nach dem letzten Besuch von Elisa Puglisi, einen Tag vor ihrem Tod. Offenbar ein Zitat, denn Madame Sahara hatte die Notiz in Anführungszeichen gesetzt:

»Der Igel hat das Geld!«

Weder die traurige Signora noch der *Padre* konnten sich einen Reim darauf machen, wer der »Igel« war. Aber für die Poldi stand nun fest, dass sie hier das Mordmotiv und den Mörder vor Augen hatte, und da wurde ihr nun doch etwas flau.

Die Bedeutung der kleinen kryptischen Symbole am Rand erschloss sich ihr zwar immer noch nicht, aber die Poldi vermutete ohnehin, dass es sich eher um inhaltliche Merkhilfen für Madame Saharas seherischen Service handelte.

Die Poldi schloss das Büchlein, ließ aber beide Hände darauf liegen. Sie merkte, dass sie schwitzte. Ihre Hände waren klitschnass, unter der Perücke troff ihr der Schweiß nur so hinab.

»Geht es Ihnen gut, Donna Poldina?«

»Mir geht's bestens«, erklärte sie. Und dann: »Dieser Terminkalender ist eindeutig ein Mordmotiv. Und er enthält den Namen eines zweifachen Mörders. Der ›Igel‹ war's. Davon müssen wir ausgehen.«

Steile These, aber das Team nickte ernsthaft.

Die traurige Signora reichte der Poldi ein Taschentuch.

»Wie wollen Sie jetzt vorgehen, Donna Poldina?«

Die Poldi wischte sich über die Stirn.

»Ich sage es ungern, aber wir werden den Kalender der Polizei übergeben müssen.«

»Waaaas?«, riefen der *Padre* und die traurige Signora empört.

Die Poldi hob beschwichtigend die Hand.

»Aber erstens wird Montana dafür einen Preis zahlen müssen, und zweitens werden wir den Kalender natürlich vorher auswerten. *Padre*, haben Sie einen Scanner?«

»Äh, so einen Multifunktionsdrucker. Tut es der auch?«

»Ausgezeichnet.« Die Poldi drückte ihm den Kalender in die Hand. »Wir brauchen Kopien von jeder Seite. Danke.« Die Poldi wandte sich an die Signora. »Danach würde ich Sie bitten, eine Liste mit allen Namen, Einträgen, Daten, Symbolen et cetera zu erstellen.«

»Excel-Tabelle.«

»Muss nicht.«

»Doch. Alles andere ist Quatsch. So können wir nach Namen, Daten und Summen filtern und sortieren.«

»Und so was können Sie?«

»Ich sitze an der Kasse, Donna Poldina, schon vergessen? Ich führe zwar nur eine kleine Bar in einem langweiligen Kaff am Meer, und ich mag nicht viele Talente haben, aber ich lebe nicht hinterm Mond.«

»Nein, meine Liebe«, sagte die Poldi gerührt. »Sie ganz bestimmt nicht.«

Und dann umarmte sie ihre klapprige, tapfere, traurige Freundin, drückte sie fest und noch ein wenig fester an ihren großen Busen und schmatzte ihr einen dicken Kuss auf die Wange.

»Wenn uns der *Padre* sieht, Donna Poldina!«

»Soll er doch. Vielleicht würde er ja gerne mitmachen.«

Die Signora Cocuzza kicherte leise.

»Wie lange brauchen Sie für die Tabelle?«

»Ich kann ohnehin nicht schlafen. Morgen früh haben Sie sie. Gehen Sie schlafen, Donna Poldina, Sie sehen nicht gut aus.«

»Später. Erst muss ich noch etwas erledigen.«

»Madonna, was haben Sie denn jetzt noch vor?«

»Ich gehe zur Polizei, was sonst.«

»Es ist mitten in der Nacht!«

»Und das, meine Liebe, ist immer die beste Zeit, um einen Polizisten zu besuchen.«

Kaum hatte *Padre* Paolo die letzte Seite des Kalenders kopiert, nahm die Poldi ihm das Büchlein aus der Hand und verabschiedete sich. Ein seltsames Unbehagen, eine Art Mulmigkeit trieb sie zur Eile. Wie man eben manchmal spürt, wenn Sturm aufzieht. Vielleicht lag es aber auch nur an der alten Krone. Inzwischen hatte sich das Pochen in einen ziehenden Schmerz verwandelt, und der Poldi schwante, dass sie um den Zahnarztbesuch nicht mehr herumkommen würde.

Morgen, dachte sie. *Morgen geh i hin. Wo die Angst ist, geht's lang.*

Auf der Promenade vor der Kirche war niemand zu sehen. Das Meer klatschte träge Wellen an die vorgelagerten Lavafelsen, der Alfa parkte unter einer Straßenlaterne, eine Katze huschte über die Uferbefestigung. Bevor sie aus der Kirche ins Licht der Straßenlaternen trat, hielt sich die Poldi noch einen Moment im Schatten des Seiteneingangs und spähte nach links und rechts. Vorhin in Santa Venerina war sie überzeugt gewesen, beobachtet und verfolgt zu werden.

Was irgendwie nicht verwundert, wenn man in ein Haus einbricht.

Was dann ja aber wohl nicht der Fall gewesen war.

Was einfach an ihren überreizten und alkoholmäßig unterversorgten Nerven gelegen haben mochte.

Die Poldi konnte nichts Auffälliges entdecken, keine Bewegung, keine glimmende Zigarette, keinen verdächtigen Schatten. Selbst die drei anderen Autos im Halteverbot erkannte sie wieder. Torre Archirafi schlief, und eigentlich hätte sich die Poldi ebenfalls am liebsten ein bisschen hingelegt. Mit einem kleinen Schlummertrunk zum Runterkommen. Aber Madame Saharas Kalender in ihrer Hand gemahnte zur Eile und zur Abstinenz.

Morgen, dachte die Poldi. *Morgen geh i zum Zahnarzt, und des ist dann allemal Anlass genug für einen Drink.*

Doch kaum hatte die Poldi »Drink« gedacht, quengelte ihr ganzer Körper auch schon wie von der Leine gelassen: *»Drinkdrinkdrinkdrink! Jetztjetztjetztjetzt!«*

Die Poldi wusste selbst, dass sie ein bisschen auf Entzug war, und nahm sich daher vor, nachher bei Montana einen Grappa zu trinken, schon um nicht ins Delir abzurutschen wie zuletzt in Tansania.

»*Drinkdrinkdrinkdrink! Jetztjetztjetztjetzt!*«

»Keine Panik, Isolde. Steig ins Auto, ruf Montana an, fahr hin, da kriegst du einen Grappa.«

»*Neinjetztgleichsofort! Drinkdrinkdrinkdrink! Jetztjetztjetzt-jetzt!*«

Und der Nerv unter der alten Krone fiepte sein Lied dazu.

Die Poldi war, muss man sagen, in diesem Zustand wirklich alles andere als fahrtüchtig, aber die Entzugsparanoia hatte nun einen *Point of no Return* erreicht.

Die Poldi riss sich zusammen, trippelte zu ihrem Wagen, warf das Notizbuch auf den Beifahrersitz, startete den Alfa und steuerte ihn irgendwie durch die engen Einbahnstraßen aus dem Ort hinaus. Dann rief sie Montana an, denn schließlich wollte sie nicht mitten in der Nacht vor seiner Tür auftauchen, falls Alessia bei ihm war.

Der *Commissario* nahm nach dem dritten Klingeln ab.

»Poldi!«

Er klang gereizt wie immer, aber nicht so, als ob sie ihn geweckt habe. Die Poldi bildete sich sogar ein, ein bisschen Freude aus seiner Stimme herauszuhören. Das Weißt-du-wie-spät-es-ist ersparte er sich.

»Ich bin auf dem Weg zu dir, Vito. Bist du allein?«

Sofort verdampfte alle Gereiztheit und Müdigkeit aus Montanas Stimme, und übrig blieb nur noch das scharfe, ewig wachsame Timbre des Kriminalkommissars im Einsatz.

»Was ist los?«

»Ich habe was für dich.«

»Kann das nicht bis morgen warten?«

»Das Mordmotiv und den Mörder.«

Sie hörte, wie er tief durchatmete.

»Poldi, wie oft ...«

»Bist du allein, Vito?«

»Zum Teufel, ja.«

»In zwanzig Minuten bin ich bei dir. Und ich brauche einen Grappa.«

Sie legte auf und achtete darauf, nicht zu schnell zu fahren. Sie bog auf die dunkle Provinzialstraße ein, konzentrierte sich auf die enge, kurvige Strecke nach Acireale hinauf und fuhr gerade am Haupteingang von *Piante Russo* vorbei, als sie bemerkte, dass sie nicht mehr allein im Wagen war.

»'n Abend, Poldi.«

Der Tod saß auf dem Beifahrersitz.

Diesmal wieder im Anzug in gedeckten Farben, der ihm nur so um die Glieder schlotterte. Sprich: in Dienstkleidung.

Klemmbrett in der linken Hand, mit der Rechten warf er den Taschenkalender nachlässig auf die Rückbank, als würde er nicht mehr gebraucht, und klammerte sich an den Haltegriff über der Tür.

»Ich hasse Autofahren. Wirklich.«

Die Poldi verriss fast das Steuer vor Schreck.

»Bluadhöinsackelzement!«, fuhr sie den Tod an. »Du schwindsichtiga Hoggableiba, was fällt dir ein, mich so zu erschrecken! Da hätt mich ja der Schlag treffen können!«

Der Tod warf einen kurzen Blick auf sein Klemmbrett.

»Schlag kommt hin. Ich hatte ja bereits so etwas angedeutet.«

»Oh«, sagte die Poldi da überrascht. »Du meinst ...«

Der Tod nickte.

»Isso. Diesmal ganz offiziell, gestempelt und beglaubigt. Willst es sehen?«

»Nein, will ich nicht!« Die Poldi ging vom Gas, und mit dem letzten klaren Gedanken, zu dem sie noch fähig war, sagte sie: »Du bist bloß eine Halluzination. Und jetzt schleich dich, du g'spritzta Boandlkramer!«

Der Tod seufzte.

»Das ist es, was ich an dem Job so hasse. Nicht dieses seltsame Klammern der Leute an ein Leben, das ja doch nur aus Missvergnügen und Scheitern bestand, sondern diese unnötige Unfreundlichkeit im Augenblick der Wahrheit. Und ich dachte echt, Poldi, du und ich, wir hätten inzwischen so eine Art Vertrauensbasis aufgebaut. Nee, lass stecken, Poldi, ich kenn's eh nicht anders. Auf mir kann ja jeder nach Belieben rumhacken. Immer feste druff, ist ja nur der Tod, was soll's.«

Die Poldi konzentrierte sich jetzt ganz auf die Straße und versuchte nach Kräften, den jammernden Tod zu ignorieren.

»Bin immer noch da!«, näselte der Tod neben ihr. Und nach einem kurzen Moment erneut: »Immer noch!«

»Schlag hast du gesagt? Was für ein Schlag? Herzschlag? Hirnschlag?«

»Merkst du gleich.« Der Tod warf einen Blick auf seine billige Armbanduhr. »In vier, drei, zwei, eins ...«

KAWUMM!

Etwas Schweres rammte den Alfa von hinten. Die Poldi schrie auf, wurde herumgeschleudert und kam ins Schlingern. Sie sah, dass der Tod sich weiterhin wie unbeteiligt am Haltegriff festklammerte. Irgendwie bekam meine Tante ihren Wagen wieder unter Kontrolle und sah nun den anderen Wagen im Rückspiegel. Ein großer Geländewagen, der ohne Licht dicht hinter ihr wieder heranraste und sie in voller Fahrt ein zweites Mal rammte, heftiger als zuvor.

KAAAAWUMM!

Der ›Igel‹!, dachte die Poldi nur.

Der Alfa wurde jetzt quer über die Provinzialstraße geschleudert und krachte mit einem hässlichen metallischen Geräusch gegen die Lavasteinmauer am Straßenrand. Der Geländewagen gab Vollgas und schob die Poldi samt Auto und Tod nun einfach vor sich her. Direkt auf eine scharfe Rechtskurve zu. Verzweifelt versuchte die Poldi, den Alfa noch einmal unter Kontrolle zu bekommen, um nicht ungebremst in die Feldmauer vor ihr zu rasen. Da bremsen nichts brachte, gab sie sogar noch geistesgegenwärtig Gas, um dem Geländewagen zu entkommen.

»I will noch nicht!«, schrie sie dem Tod zu. »Hörst? I bin noch nicht so weit! I muss noch …«

KAAAAWUMM!

Der nächste Schlag von hinten. Die Poldi wurde nach vorn geschleudert, das Lenkrad entglitt ihr, der Alfa raste ungebremst auf die Mauer am Ende der Kurve zu. Und das war's dann auch.

Poldis vorletzter Gedanke galt Montanas Brusthaar und ihr allerletzter Gedanke dann, bevor alles um sie herum schwarz wurde, den Unterarmen ihres geliebten Peppe.

11. Kapitel

»Und du glaubst, das nehme ich dir ab?«, fragte ich so unbeeindruckt wie möglich, als die Poldi dann endlich mit der Ursache ihrer Blessuren herausrückte.

»Du hast gezuckt, i hab's g'sehen.«

»Hab ich nicht. Ich meine, im Ernst jetzt, wenn du diesen Unfall wirklich gehabt hättest, wärst du nicht bloß mit einem blauen Auge und einer Armprellung davongekommen.«

»Soso. Kennen wir uns da aus, Herr Doktor, ja?«

»Du hast diesen Unfall erfunden, Poldi, gib's zu. Außerdem hätte ich ja sonst wohl davon erfahren.«

»Ehrlich g'sagt hat im ersten Schreck keiner an dich gedacht.«

»Aha.«

»Jetzt sei nicht wieder gleich beleidigt. Freu dich lieber, dass i noch leb. Als i dann wieder bei Bewusstsein war, hab i eine Nachrichtensperre über die Familie verhängt. Weil, wenn einer dir die ganz G'schicht erzählt, dann bin des fei immer noch i. Des muss alles seine Ordnung haben, hörst? Da muss alles stimmen für die Nachwelt.«

»Was denn für eine Nachwelt?«, fragte ich misstrauisch.

Die Poldi sah mich ein bisschen überrascht und mitleidig an.

»Hast des immer noch nicht g'schnallt?«

»Eh, was denn?«

Die Poldi stieß einen resignierten Seufzer aus.

»I drück's mal so aus: meine Fälle, deine Schreibe. Unser Ticket zum Welterfolg.«

Ich starrte meine Tante an.

»Das ist jetzt nicht dein Ernst, oder?«

»Seh i etwa so aus, als ob mir noch viel Zeit für blöde Witzchen bleibt? Also, was sagst jetzt nachert? Du, i seh des schon pfeilgrad vor mir, des Cover: *Die Leopardin*. Super Titel, gell? Quasi *Il Gattopardo 2.0*. Des wird durch die Decke knallen, des sag i dir. Oben ganz fett unsere beiden Namen. Na ja, meiner halt groß und fett, deiner ein bisserl diskreter darunter. Soll ja alles seine Ordnung haben.«

»Sag mal, Poldi, haben sie nach dem Unfall eigentlich auch mal deinen Kopf untersucht?«

»Ja, sehr witzig, der Herr Autor.«

Sie meinte es tatsächlich ernst. In ihrem Blick lag keinerlei Selbstzweifel. Ich begann, mir ernsthaft Sorgen um ihren Geisteszustand zu machen, und nahm mir vor, gleich am nächsten Tag mit Tante Teresa zu sprechen.

Einstweilen konnte ich nur versuchen, irgendwie freundlich, cool und nachdrücklich die Spur zu wechseln.

»Du spinnst, Poldi. Das kannst du knicken. Vergiss es. Schlag dir das bloß aus dem Kopf.«

»Aber du weißt schon, dass du damit die Chance deines Lebens in den Wind schlägst.«

»Vergiss es einfach, Poldi. Ich werde niemals einen Krimi schreiben. Und schon gar nicht über dich.«

»Dein letztes Wort?«

»Willst du mein letztes Wort hören, Poldi?«

»Ich bitte darum.«

»Lecktsmialleamarsch.«

Die Poldi starrte mich einen Moment an, dann brach sie in schallendes Lachen aus. Ein dunkles Lachen aus den Tiefen ihres Körpers, das wie eine Art Lava der Lebensfreude aus ihr herausbrach und sie in ihren Grundfesten erschütterte, bis das ganze Sofa bebte. Ein Lachen, das einfach jeden im Sturm überrollte und selbst den letzten Misanthropen geknackt hätte. Und so verbrachten wir den Rest des Abends: lachend, nach Luft japsend, trinkend – und ich heilfroh, dass ich noch elegant die Kurve gekriegt hatte.

Dass die Kuh vom Eis war. Das Thema ein für allemal erledigt.

Also *Kawumm!*, vorletzter Gedanke, letzter Gedanke, Licht aus. Nur noch Schwärze und Stille. Kennt man ja. Das Ende. Das Nichts. Und damit verbunden die bange Frage: War's das jetzt, oder ist vielleicht doch was dran an der Sache mit dem Fegefeuer oder der Wiedergeburt? Jedenfalls stellte sich die Poldi diese Frage durchaus, denn trotz Schwärze und Stille fühlte sie sich immer noch *vorhanden*, irgendwo in diesem endlosen dunklen, schweigenden Nichts schwebte körperlos ein ziemlich grantiger Poldi-Rest. Sie war nackt und fühlte sich so leicht und fluffig wie eine Schneeflocke. Sie hielt etwas in ihrer linken Hand. Als sie die Hand öffnete, sah sie, dass es die kleine Tonscherbe mit dem Wort ΟΥΤΙΣ war, die sie im Weinberg gefunden hatte.

Outis. Niemand. Denn das war sie nun. Niemand. Vergangen und vergessen.

Meine Tante Poldi hatte bestimmt vieles im Leben sein wollen, aber bestimmt niemals Niemand.

Die Poldi fühlte ihren Körper nicht mehr.

Der, so ihre Vermutung, lag vermutlich in Fetzen im zerquetschten Alfa. Und bei diesem Gedanken fühlte meine Tante Poldi dann eine Mordswut in sich aufsteigen.

»Lecktsmialleamarsch, was soll des jetzt hier sein? Wie soll des jetzt bittschön weitergehen? Hallo? Soll i da jetzt etwa bis in alle Ewigkeit hier herumschweben, oder was? So eine verdammte Drecksschlamperei! Wo bleibt jetzt des Licht, des göttliche? Oder wenigstens ein anständiges Höllenfeuer. Heda! Schickt's mir mal g'schwind den Tod her, von meiner Seite gibt's nämlich noch erheblichen Nachbesprechungsbedarf. Haaaallo!«

Und so weiter. Die Poldi gab keine Ruhe und grantelte sich mehr und mehr in eine richtige Wut hinein. Denn, alte bajuwarische Regel: Wo eine Wut ist, ist auch ein Weg.

Wie man sich denken kann, bleibt im Nichts vor allem das Zeitgefühl auf der Strecke. Die Poldi hatte keine Vorstellung, ob sie erst ein paar Minuten hier so herumpolterte oder schon eine halbe Ewigkeit, als endlich Bewegung in die Sache kam. Aus weiter Ferne hörte sie eine Tür knallen, dann ferne Schritte, die sich schlurfend und in nicht allzu großer Eile näherten. Die Poldi hörte ein genervtes Seufzen und spürte eine Bewegung dicht neben sich. Und dann ging auch endlich das Licht an. Nicht so ein göttliches Leuchten in pastelligen Regenbogenfarben wie auf den Büchern in einer Esoterikbuchhandlung, sondern eine ziemlich profane Tischlampe.

Die Poldi saß auf ihrem Sofa, mitten im endlosen Nichts. Rechts von ihr der Beistelltisch mit der Lampe, links neben ihr, also da, wo ich normalerweise sitze, der Tod. Er trug wieder seine schlunzige Freizeitkleidung und hielt wie immer sein Klemmbrett in der Hand. Er wirkte außerordentlich missgelaunt und kritzelte gerade eine handschriftliche Notiz neben einen der dicht gedruckten Einträge. Dann wandte er sich der Poldi zu. Im schwachen Licht der Tischlampe sah die Poldi, dass er für seine Verhältnisse ziemlich aufgewühlt wirkte.

»Wie geht's dir, Poldi?«

Die Frage überraschte die Poldi. Schon weil sie so ungewohnt persönlich war. Meiner Tante Poldi lag schon eine gewaschene Retoure auf der Zunge, aber dann zügelte sie sich.

»Mei, wie's halt so geht. Wenn man tot ist und sich vorkommt wie ein falsch zugestelltes Paket, des niemand abholt und des offenbar auch niemand haben will.«

Der Tod schien die Anspielung zu verstehen und seufzte.

»Schau mal, Poldi, ich mache hier nur meinen Job. Ich bin nur die operative Basis, ohne die der ganze Laden zusammenbrechen würde. Ein Indianer, kein Häuptling. Denn Häuptlinge haben wir hier weiß Gott mehr als genug. Hier will jeder immer Chef sein, mindestens Teamleitung, aber die Arbeit will keiner machen. Ich hab mir diesen Job nicht ausgesucht, so läuft das hier leider nicht. Du würdest dich wundern, was hier alles nicht läuft. Eine ganze Menge nämlich. Die interne Kommunikation ist unter aller Sau. Trennung von Sach- und Gefühlsebene? Fehlanzeige! Auf Vorstandsebene ändern sie alle naselang die Strategie, wie es ihnen in den Kram passt, und wir am unteren Ende der Hierarchie erfahren es immer als Letzte, sollen aber dann alles erfolgreich umsetzen. Und das alles in der gleichen Personalstärke wie ganz zu Anfang in der Start-up-Phase. Mitbestimmung? Flache Hierarchien? Change-Management? Freizeitausgleich? Vergiss es. Jemand wie ich, der tagtäglich da draußen ganz nah an der Basis steht, hätte eine Menge Ideen zur Optimierung. Wenn man uns von der operativen Basis nur mal mitnehmen und klare Ansagen machen würde, könnte alles prima laufen. Ich habe den Laden doch schließlich mitaufgebaut. Aber nein, das läuft hier alles knallhart *Top-Down*. Der Vorstand interessiert sich nur noch für das Ergebnis. Wachstum, Wachstum, Wachstum, ich kann's nicht mehr hören. Bei meinem letzten Jahresgespräch habe ich das klipp und klar formuliert. ›Die Zielvereinbarungen‹, hab ich gesagt, ›sind total unrealistisch.‹ ›Ich weigere mich‹, hab ich gesagt, ›mich weiter so demotivieren zu lassen.‹ Bäm! Da war erst mal Ruhe im Karton. Aber hört man auf jemanden wie mich? Nein. Niemand hört auf mich. Es gibt noch nicht mal einen Betriebsrat, kannst du dir so was vorstellen? Aber beklage ich mich? Nein. Ich beklage mich nicht. Ich mache nur meinen Job, auch wenn ich nicht weiß, wie lange ich das noch durchhalte. Ich habe schlappe tausend Jahre Überstunden angehäuft. Ich sage dir, da würde sich der Vorstand ganz schön umschauen, wenn ich die Brocken eines Tages einfach hinschmeiße. Natürlich gab es immer wieder stressige Phasen. Die Dinosaurier, Atlantis, die Pestepidemien im Mittelalter, die Spanische Grippe, die Weltkriege. Aber das waren *Phasen*. Inzwischen komme ich kaum noch hinterher mit den Aufträgen. Ich pfeife aus dem letzten Loch. Und dann passiert halt schon mal so was.«

Die Poldi ahnte, dass es nun um sie ging.

»So was.«

Der Tod verzog zerknirscht das Gesicht.

»Ein Zahlendreher in der Dispo. Der leider niemandem aufgefallen ist, weil der Vorstand die Endkontrolle längst wegrationalisiert hat. Früher hab ich das noch mit übernommen, aber dazu komme ich schon längst nicht mehr.«

»Und des heißt jetzt im Klartext bittschön was?«

Der Tod holte tief Luft.

»Du warst doch noch nicht dran, Poldi. Weil du so rumgenölt hast, ist der Fehler vorhin in der zentralen Eingangserfassungsstelle aufgepoppt, und das gab einen Riesenärger, ich kann dir sagen. Würde mich nicht wundern, wenn da jemand seinen Posten räumen müsste. Natürlich haben sie wie immer versucht, alles unter den Teppich zu kehren und mir das anzuhängen. ›Aber nicht mit mir‹, hab ich gesagt. ›Ihr habt es verbockt, ihr biegt es auch wieder gerade.‹ Aber am Ende bleibt es ja doch immer an mir hängen.«

Die Poldi merkte, dass ihre Wut zurückkehrte, beherrschte sich aber.

»Okay, Burschi. Des heißt also, i bin gar nicht tot.«

»Yep. Sorry für die Umstände. Eine Entschuldigung kannst du dir in diesem Laden abschminken, war schon bei dem Schlamassel mit Hiobs Familie so. Aber ich hab Druck gemacht, dass man deinem Lebenszeitkonto als kleine Geste des Entgegenkommens wenigstens noch ein bisschen was gutschreibt.«

Die Poldi horchte auf.

»Und um wie viel Zeit reden wir da?«

Der Tod verzog gequält das Gesicht.

»Das darf ich dir aus …«

»Jaja, schon klar«, unterbrach ihn die Poldi gereizt und sah den Tod prüfend an.

Er wirkte müde und ausgebrannt. Als ob auch er einen Drink vertragen könnte. In der letzten Zeit war er ihr regelrecht vertraut geworden und tat ihr nun fast ein bisschen leid.

»Ihr seid mir vielleicht ein rechter Sauladen. Wenn du jetzt glaubst, dass i mich da erleichtert bedanke, *Namaste* und Schwamm drüber, dann hast dich aber fei g'schnitten, hörst? Du kannst deinem Vorstand da oben was von mir ausrichten, mit einem schönen Gruß von der Oberreiter Isolde: ›Lecktsmikreuzweiseamarschallemiteinander!‹«

»Bist du fertig?«, fragte der Tod. »Kann ich dich jetzt zurückschicken?«

Die Poldi straffte sich, bereit für ein gewaschenes: »Na, und ob ich fertig bin!«, als ihr gerade noch etwas einfiel.

Etwas, das jedem Kunden mit einer Reklamation einfallen sollte.

»Moment, nicht so eilig, Bürscherl. Wie steht's mit einer Entschädigung?«

Das schien den Tod auf dem falschen Fuß zu erwischen.

»Äh, wie bitte?«

»Ent-schä-di-gung! Für den Schreck, die Aufregung, die Folgeschäden, weißt schon. Ohne eine Entschädigung rühr i mich nicht vom Fleck, des kannst dann mit deiner Dispo verhackstücken. I mein, lies nach bei Hiob. Der hat zwar am Ende auch keine Entschuldigung gekriegt, aber immerhin eine Entschädigung. Also komm mir nicht damit, dass des unüblich sei.«

Der Tod stöhnte.

»Und was für eine Art Ent-schä-di-gung stellst du dir da in etwa vor, Poldi?«

Die Poldi kam nah an den Tod heran.

»Nicht so patzig, Bürschel, gell. Eine richtige saftige Spur, des verlange i. Einen handfesten Hinweis im Fall. Wer ist der ›Igel‹?«

Der Tod rollte nur mit den Augen.

Schwupps stand die Poldi in ihrem Schlafzimmer. Also einer Art Kopie ihres Schlafzimmers, das samt Einrichtung im allumfassenden Dunkel schwebte. Die Poldi stand vor ihrer Pinnwand und blickte auf all ihre Ermittlungsergebnisse. Neben ihr stand der Tod.

»Und was soll jetzt des? Soll i doch wieder selbst draufkommen?«

»Es ist alles da, Poldi. Sieh einfach genau hin.«

Die Poldi konzentrierte sich auf ihre Pinnwand. Bis ihr Blick auf den rätselhaften Zettel fiel, den die Signora Cocuzza im Haus von Madame Sahara hatte mitgehen lassen.

Easton Ros
Rena Sotos
Stan Roose
Astor Enos
Santos Roe
Rosa Stone

Tja, und in diesem Moment wurde ihr alles klar.

So kehrte die Poldi zwei Tage nach ihrem Unfall mit einer Stinkwut, aber dennoch rechtschaffen erleichtert ins Leben zurück. Dieses Leben, an dem sie trotz Schwermut, Alter, Herzschmerz und Zipperlein dann doch so sehr hing. Das Dunkel um sie herum lichtete sich, und meine Tante schwebte über einer nebelverhangenen Landschaft, die sich als Krankenhauszimmer entpuppte, als der Nebel sich schließlich auflöste. Ein Krankenzimmer, das allerdings aussah wie ein Tropenhaus, denn die gesamte Fensterbank und jede mögliche Ablagefläche war vollgestellt mit Vasen und üppigen Blumenarrangements, ein Strauß prächtiger als der andere.

Die Poldi erkannte Tante Caterina und Tante Luisa auf zwei Plastikstühlen neben dem Krankenbett. Sie unterhielten sich. Zu ihren Füßen lag Totti. Auf der anderen Seite des Bettes saßen Onkel Martino und Vito Montana, offenbar ebenfalls in ein angeregtes Gespräch vertieft. Besonders der Anblick von Montana, der zwischendurch besorgt zu dem EKG-Gerät hinübersah, rührte und erfreute meine Tante.

Denn in dem Bett lag natürlich niemand anderes als sie selbst. Die Augen geschlossen und an einen Tropf und ein EKG-Gerät angeschlossen. Die Poldi sah, dass sie einen Kopfverband trug, rechts ein dickgeschwollenes Veilchen und links den Arm in Gips. Die Perücke hatte ihr irgendeine mitfühlende Seele zum Glück wieder auf den Kopfverband aufgesetzt und sogar ein wenig toupiert. Dennoch sah sie nicht gut aus, fand die schwebende Poldi selbstkritisch. Gar nicht gut. Aber eben zumindest nicht tot. Es wurde Zeit, dies auch unter Beweis zu stellen.

»Also dann, packen wir's!«, sagte die Poldi entschlossen und kehrte in ihren nicht mehr so ganz taufrischen, aber so vertrauten und tapferen Körper zurück, der so viel Lust und Leid erlebt hatte und noch immer erleben wollte.

Da die Poldi natürlich wusste, wie man eine Bühne betritt, hielt sie die Augen noch einen Moment geschlossen und hörte zu, über was um sie herum so gesprochen wurde.

Caterina und Luisa unterhielten sich leise über ihre Söhne und deren aktuelle Freundinnen. Tenor: zu mager, zu launisch, zu anspruchsvoll, zu norwegisch.

Martino war bei seinem Lieblingsthema und erklärte Montana, wie die CIA nach dem Krieg mit Hilfe des in den USA bereits zu lebenslanger Haft verurteilten Lucky Luciano Sizilien ohne einen einzigen Schuss befreit und dafür die Mafia für alle Zeit wieder installiert hatte. Wobei er einen halsbrecherischen Spurwechsel zu einer anderen Lieblingstheorie hinlegte: dass nämlich Lord Nelson nach der Schlacht bei Trafalgar jenes kleine *castello* bei Bronte übereignet worden war, wo er dann mit den Templern die neue Weltordnung plante (die später zur Gründung der CIA führte) und wo auch Nelsons Nichten Charlotte, Branwell, Emily und Anne oft und gerne ihre Sommerfrische verbrachten und später als Schriftstellerinnen den Ortsnamen als Pseudonym annahmen: Brontë. Dem allerdings widersprach Montana lebhaft, der sich überraschenderweise als Brontë-Experte erwies und erklärte, dass die Schwestern niemals in Sizilien gewesen waren.

»Aber sie hätten es sein *können*!«, erwiderte Martino kaltblütig und ohne Scham, bei einer kleinen Geschichtsverdrehung ertappt worden zu sein.

Die Poldi hätte die Dialoge links und rechts von ihr mühelos mitsprechen können, so vertraut waren sie ihr. Und irgendwie gefiel ihr das nicht, da sie doch gerade noch mal so eben aus dem Reich der Toten zurückgekehrt war. Ein wenig mehr Besorgnis und Bibbern hätte sie sich schon gewünscht. Höchste Zeit für eine kleine Abreibung.

Die Poldi schlug die Augen auf wie Bela Lugosi als Graf Dracula.

»Himmisakra, hab i vielleicht einen Mordshunger! Und ein großes Helles könnt i nachert auch vertragen.«

Denn von großen Auftritten und Wiederauferstehungen verstand meine Tante Poldi tatsächlich was.

Wie die Poldi nach der ersten Aufregung, Tränchen, Umarmungen und Freudengebell erfuhr, hatte einer von Russos

Lkw-Fahrern sie bereits eine halbe Stunde nach ihrem Unfall in ihrem Alfa gefunden. Der Alfa hatte sich überschlagen und war praktisch Schrott. Nur die Überrollbügel der uralten übermotorisierten Rennschüssel hatten ihr das Leben gerettet. Zwei volle Tage war sie bewusstlos gewesen. Zwei volle Tage hatten die Schwägerinnen, Martino, Totti, die Signora Cocuzza, der *Padre* und eben auch Montana an ihrem Bett gewacht und um ihr Leben gebangt, hatten ihr die Perücke gerichtet, sie gewaschen, gebetet und mit ihr geredet. Als die Poldi das hörte, musste sie dann doch auch selbst ein Tränchen verdrücken.

»Danke«, sagte sie leise. »Ich liebe euch.«

»Ich habe mir den Wagen angesehen«, sagte Montana düster. »Es ist ein verdammtes Wunder, dass du überlebt hast.«

Die Poldi versuchte, sich ein wenig aufzurichten, aber ein heftiger Schwindelanfall ließ sie dieses Projekt gleich wieder aufgeben.

»Der ›Igel‹ war's!«, flüsterte sie.

»Nein, da war kein Igel auf der Straße, Poldi!«

»Das meine ich nicht! Elisa Puglisi kannte ihren Mörder und hat ihn ›Igel‹ genannt. Er hat das ganze Geld. Der ›Igel‹ war's! Steht alles im Kalender.«

»Ich glaube, du bist noch ziemlich durcheinander, Poldi. Ich lasse dich jetzt besser schlafen.«

»Halt die Klappe und hör mir zu, Vito! Wo ist der Wagen jetzt?«

»Auf einem Stellplatz der Präfektur für beschlagnahmte Fahrzeuge.«

»Ist dieser Platz bewacht?«

»Natürlich. Eingezäunt und bewacht. Warum?«

»Das ist gut. Du musst dringend das Buch aus dem Wagen holen, Vito. Tu es am besten jetzt gleich.«

»Welches Buch?«

»Madame Saharas Terminkalender. Deswegen wollte ich zu dir. Da steht alles drin. Er muss da noch irgendwo im Auto rumfliegen.«

Vito Montana atmete tief durch.

»Wie, zum Teufel ...?«

»Das erkläre ich dir alles später, Vito. Aber jetzt musst du bitte sofort nachsehen, hörst du? Bitte! Dann wirst du verstehen.«

Vito Montana sah ein, dass die Poldi es wirklich ernst meinte. Er erhob sich und wandte sich an die Tanten.

»In einer Stunde bin ich wieder zurück. Achten Sie darauf, dass sie im Bett bleibt. Wenn nötig, schlagen Sie sie wieder bewusstlos.«

»Worauf Sie sich verlassen können, *Commissario*«, verkündete Caterina mit Inbrunst.

Kaum war der schöne *Commissario* aus dem Zimmer, beugte sich Tante Luisa zur Poldi vor.

»Er war ganz krank vor Sorge. Du hättest ihn mal sehen sollen. Er hat sogar deine Hand gehalten.«

»Er hat *was*?«

Tante Luisa nickte nur zur Bestätigung.

Und diese Vorstellung ging der Poldi dann ziemlich zu Herzen. Als Kind der Hippie-Generation war Sex für sie eine natürliche und unverzichtbare Lebensäußerung. Ob ein One-Night-Stand, der Quickie am Strand, die flüchtige Affäre oder der regelmäßige Herrenbesuch – die Poldi fand nichts dabei und hatte nie etwas anbrennen lassen. Sex war Genuss und gehörte zum Leben dazu wie guter Wein und der erste Sonnenbrand des Sommers. Sex konnte man genussvoll nehmen und geben und die Männer anschließend leichthin wieder ziehen lassen. Küsschen, danke und Tschüss.

Händchenhalten dagegen – ganz andere Nummer. Händchenhalten war so ziemlich das Intimste, was meine Tante Poldi zulassen konnte. Händchenhalten ging nur mit Liebe. Mit meinem Onkel Peppe hatte die Poldi oft Händchen gehalten und sich aufrichtig gehalten gefühlt. Und gar nicht mal so lange her zuletzt mit John. Mit Montana dagegen war das bislang eine Grenze gewesen, die sie nicht überschreiten wollte, um ihr Herz zu schützen. Und nun hatte Montana an ihrem Bett gewacht und einfach ihre Hand gehalten, als ob nichts dabei wäre. Im Augenblick hatte sie jedoch keine Zeit, sich zu entscheiden, ob sie darüber vor Wonne seufzen oder entrüstet schnaufen sollte.

Denn zunächst musste sie zwei gewaltige *arancini di riso* mit Ragoutfüllung verdrücken, die Tante Luisa mitgebracht hatte. Sie hätte so wahnsinnig gern ein Bier dazu gehabt, aber das wollten ihr Luisa und Caterina partout nicht bringen.

Kurz darauf schlurfte auch endlich der Stationsarzt aus seiner Mittagspause herein, der die Poldi kurz untersuchte und ihr dann mitteilte, was sie längst wusste: dass sie noch mal mit einem blauen Auge davongekommen war. Der Arm war nur leicht angeknackst und würde wie die Platzwunde am Kopf und das Veilchen in den nächsten Wochen verheilen. Auch der Schwindel werde sich bald legen. Allerdings, so erklärte der junge Arzt, der nach Zigaretten roch und den die Poldi wegen seines kleinen affektierten Kinnbärtchen auch ansonsten ziemlich unseriös fand, wolle man die Signora noch einige Tage zur Beobachtung dabehalten. Wegen ein paar Tests auf eventuelle neurologische Schäden. Was, wie die Poldi trotz Schwindel und allem sofort verstand, einem kalten Entzug gleichkam.

»Kommt gar nicht infrage«, rief sie daher aus. »Wenn ich gehen kann, dann gehe ich auch! Und *basta*! Ich habe einen Mordfall aufzuklären.«

Aber in diesem Moment verhärteten die Gesichter von Tante Caterina und Tante Luisa zu reinem Beton.

»Nein, Poldi«, erklärte Caterina resolut. »Du wirst dich hier untersuchen lassen. Denn wenn nicht, setzen wir dich in den nächsten Flieger zurück nach München. Es reicht uns. Du bist krank, und jetzt wirst du gesund.«

»Ich werde auf keinen Fall einen Tag länger als nötig in diesem Höllenloch bleiben.«

Denn zu den wenigen Dingen, die meine Tante Poldi wirklich abgrundtief hasste, gehörten Krankenhäuser. Insbesondere italienische Krankenhäuser, seitdem die Poldi als junge Frau in einem römischen Hospital fast an einer nicht erkannten Blutvergiftung verreckt wäre. Italienische Krankenhäuser waren für die Poldi die letzte Station vor dem Fegefeuer. Dem Schwindel zum Trotz richtete sie sich daher im Bett auf und versuchte, den Infusionsschlauch an ihrem Arm abzuklemmen, was der junge Arzt gerade noch so eben unterbinden konnte.

»Bitte, Signora! Beruhigen Sie sich.«

Aber das war gar nicht mehr nötig, denn der Schwindel streckte meine Tante Poldi ohnehin bereits wieder nieder.

Wimmernd und hundeelend lag die Poldi in ihrem Bett wie der verwandelte Gregor Samsa und wünschte sich, dass der Dispo des Universums dieser Fehler mit ihrem Todesdatum nie aufgefallen wäre.

»Macht mit mir, was ihr wollt, aber bringt mich bitte nach Hause«, hauchte sie. »Ich mache auch alles, was ihr verlangt.«

Caterina und Luisa warfen sich einen kurzen Blick zu.

Die Antwort war klipp und klar: »*No.*«

Als Montana zurückkehrte, ging es der Poldi schon wieder ein wenig besser, bis auf den quälenden Durst. Am liebsten hätte sie Montana umgehend angefleht, ihr ein Bier oder einen Grappa zu besorgen, aber sie brachte gerade noch genug Selbstrespekt auf.

»Hast du es gefunden?«

»Nein. Da war kein Buch.«

Die Poldi stöhnte.

»Hast du auch alles abgesucht?«

»Mehrfach. Glaub mir, da war kein Buch, Poldi. Erklärst du mir jetzt endlich, wovon du da eigentlich redest?«

Die Poldi schloss die Augen, um nachzudenken.

»Deswegen hat der ›Igel‹ mich gerammt. Er wollte das Buch.«

»Welcher Igel denn immer?«

»Der Mörder von Madame Sahara und Elisa Puglisi, das ist doch klar. Er hat mitbekommen, dass ich ... äh ... ich meine, dass der Zufall mir Giulianas Terminkalender in die Hände gespielt hatte. Wegen dieses Kalenders mussten zwei Menschen sterben – und um ein Haar auch ich.«

»Was redest du da eigentlich, Poldi?«

»Er hat mich doch gerammt! Mehrfach. Deswegen bin ich von der Fahrbahn abgekommen. Er wollte mich umbringen, um an das Buch zu gelangen.«

Montana schüttelte den Kopf.

»Hör mal, Poldi, dich hat niemand gerammt. Du bist

einfach frontal gegen die Mauer gekracht und hast dich dann überschlagen. Wir haben deinen Wagen untersucht.«

Die Poldi fühlte sich zu schwach, um zu widersprechen. Ihre Erinnerung hatte ihr in der letzten Zeit schon öfter einen Streich gespielt, und schließlich konnte sie Montana auch schlecht glaubhaft erklären, dass der Tod kurz vor dem Unfall neben ihr gesessen hatte. Nüchtern betrachtet musste die Poldi zugeben, dass sie den Unfall wahrscheinlich im Delir selbst verursacht hatte.

Wenn, tja, wenn da nicht der fehlende Terminkalender gewesen wäre.

Die Poldi schlug die Augen wieder auf und fühlte sich auf einmal wieder ganz klar und bei sich. Der Tod mochte ja noch eine Halluzination gewesen sein, aber der große Wagen war ganz und gar real gewesen. Die Poldi sah Montana an.

»Macht auch nichts, Vito. Ich habe Kopien des Kalenders, die musst du dir ansehen. Du musst herausfinden, wer der ›Igel‹ ist.«

»Na, dann her damit.«

Die Poldi schüttelte matt den Kopf.

»Nein, mein lieber wunderschöner Vito. So billig kommst du mir nicht davon.«

Eine geschlagene Woche musste meine Tante Poldi im Krankenhaus bleiben. Da half kein Fluchen und Zetern, da kannten die Tanten nix. Sie schlossen einen Pakt mit den Ärzten und Pflegern, die Signora Oberreiter notfalls ans Bett zu fesseln, und das bei absolutem Alkoholverbot. Denn so schnell würde die Gelegenheit für einen amtlichen Entzug nicht wiederkommen.

Die Poldi beschuldigte ihre Schwägerinnen zwar der

Freiheitsberaubung, Entmündigung, Versklavung und Folter, aber am Ende gab sie auf. Zumal sie, wie jeder anständige Knacki, sofort ein Schlupfloch im System entdeckte, über das sich ein gelegentliches Schlückchen organisieren ließ.

Das Schlupfloch hörte auf den schönen Namen Ciccio Pappalardo, ein ungepflegtes älteres Faktotum von der Größe eines kurzgewachsenen Hobbits, das den ganzen lieben langen Tag in seinem schmuddeligen blauen Overall die Böden wischte. Und zwar mit einer provozierenden antikapitalistischen Trägheit, die der Poldi durchaus gefiel.

Die Poldi hatte Ciccio Pappalardo bei ihrem ersten Gang zur Dusche kennengelernt und natürlich sofort geschnallt, was Sache war.

Seitdem passte Ciccio zwei Mal täglich jene seltenen Momente ab, in denen die Poldi ausnahmsweise keinen Besuch hatte, schmuggelte eine kleine Flasche Bier ins Zimmer, erfüllte den Raum mit seinem Pesthauch aus Schweiß, Gier und schlecht verdautem Knoblauch, nahm sein Bakschisch mit einer Mischung aus öliger Verschlagenheit und hündischer Unterwürfigkeit entgegen und stand an der Tür Schmiere, bis die Poldi ausgetrunken hatte.

Er redete die Poldi mit *Voscenza* an, die sizilianische Abkürzung für *Vostra Eccellenza*, Eure Exzellenz, die veraltete Anrede des einfachen Volkes für hochgestellte Persönlichkeiten und Mafiosi. Außerdem stellte er ihr in starkem Dialekt jedes Mal eine schier grenzenlose Erweiterung seiner Dienstleistungen in Aussicht.

»Wenn Ihr sonst noch etwas braucht, *Voscenza*, dann verfügt über mich. Immer zu Diensten, *Voscenza*. Egal, was es ist, Ciccio Pappalardo kann es besorgen. Ciccio Pappalardo hat beste Kontakte.«

»Danke, Ciccio«, sagte die Poldi dann jedes Mal huldvoll, die schließlich wusste, wie man in Sizilien ein »Nein« formuliert, ohne sein Gegenüber zu brüskieren und ihn als *figuraccia* dastehen zu lassen. »Seien Sie versichert, ich werde mich zu gegebener Zeit an Sie erinnern.«

Daraufhin küsste Ciccio meiner Tante Poldi die Hand, entsorgte die leere Flasche und verschwand.

Eine geschlagene Woche, in der die Poldi nur wenig zum Nachdenken kam. Der Strom der Blumensträuße und Besucher riss nicht ab. Italo Russo ließ zwei Zierpalmen und einen Strelizienbusch mit den »innigsten« Genesungswünschen schicken. Valérie, Signora Cocuzza, *Padre* Paolo und die Tanten gaben sich praktisch die Klinke in die Hand, stets bepackt mit frischer Lasagne oder einer *parmigiana*, mit eingelegtem Gemüse, Meeresfrüchtesalaten, *arancini*, süßen *cannoli alla ricotta, pasta di mandorla, babà al rum*, Marzipanfrüchten, Pistazieneis und ganzen Torten aus der Bar von Torre Archirafi. Halb Torre defilierte an meiner Tante vorbei, um ihr gute Besserung zu wünschen, ihr den neuesten Klatsch zu berichten und *un selfie con Poldi* zu machen. Selbst Doris und die schwäbischen *Deliziosi* hatten eine Genesungskarte geschickt, und dann erschien sogar noch *Mago* Rampulla. Er wirkte über die Maßen erleichtert, die Poldi lebendig und aufgeräumt anzutreffen, und versicherte ihr, dass ihre Aura bald wieder in allen Regenbogenfarben leuchten werde, was die Poldi für eine Art ungelenke Wahrsagerpoesie hielt. Zu ihrer misstrauischen Frage, ob Rampulla den Unfall etwa vorhergesehen hatte, wollte der *Mago* sich nicht äußern. Er beteuerte nur mehrmals, wie froh er sei, dass sie noch lebe.

Ihr Krankenzimmer sah bald aus wie die Fantasie eines

barocken Genremalers vom Schlaraffenland: ein Dschungel aus Blumengestecken, Palmen, Orchideenduft und Köstlichkeiten, in dessen Zentrum zwischen weißen Laken eine Hohepriesterin der Lebenslust Hof hielt. Stelle ich mir so vor. Die Poldi kam sich alkoholmäßig zwar vor wie eine vernachlässigte Büropflanze, aber die Aufmerksamkeit, die ihr von allen Seiten entgegengebracht wurde, überwältigte und rührte sie so sehr, dass sie die alkoholische Unterversorgung fast kompensierte.

An ihre Nahtoderfahrung erinnerte sie sich nur noch sehr verschwommen. Sie erinnerte sich an den Tod und sein Geschwafel von einem Fehler der Dispo. Sie erinnerte sich, dass sie die kleine Tonscherbe in der Hand gehalten hatte, und sie erinnerte sich auch daran, dass sie am Ende in ihrem Schlafzimmer vor ihrer Pinnwand gestanden hatte. Bloß warum, daran erinnerte sich die Poldi nicht mehr. Sie spürte nur, dass sie dort etwas sehr Wichtiges erfahren, aber beim Transfer ins Leben zurück offenbar wieder vergessen hatte.

Etwas Wichtiges.

Wegen des »Igels«.

Auf diesem Zettel.

Doch jedes Mal, wenn sie darüber nachdachte, wurde ihr wieder schwindelig, also ließ sie es irgendwann.

Vito Montana erschien jeden Nachmittag Punkt fünf mit Blumen und Marzipan. Sobald er das Zimmer betrat, empfahlen sich sämtliche anwesenden Besucher immer respektvoll und unter bedeutungsvollem Zwinkern. Montana rückte sich dann einen Stuhl nah ans Bett heran, und wenn er ein bisschen weniger schlecht gelaunt als sonst war, nahm er auch wieder Poldis Hand.

Zu Poldis Erleichterung und Bestürzung gleichermaßen war er in beiden Mordfällen noch keinen Schritt weiter.

»Ich könnte kotzen«, erklärte er ihr am vierten Tag nach ihrer Wiederauferstehung. »Wir haben heute auch deinen Winzer wieder freigelassen.«

Die Poldi horchte auf, sagte aber nichts.

»Ich habe ihm ein bisschen auf den Zahn gefühlt, und dann purzelten schon die Widersprüche. Er ist natürlich eingeknickt und hat sein Geständnis widerrufen.«

»Weil er geglaubt hat, sein Bruder sei es gewesen und dass er es ihm schuldig wäre wegen der Nierenspende.«

Montana gleich wieder misstrauisch.

»Woher ...?«

Die Poldi winkte ab.

»Aber der Bruder war es auch nicht?«

Montana seufzte.

»Hat ein Alibi für die Tatzeit. Und kein erkennbares Motiv.«

Die Poldi dachte kurz darüber nach.

»Irgendwas Neues im Fall Puglisi? Hast du rausgefunden, wer der ›Igel‹ ist?«

Montana schüttelte den Kopf.

»Weil du immer noch nicht an den Zusammenhang zwischen den beiden Mordfällen glaubst, Vito. Wahrscheinlich hat der Typ, der versucht hat, mich umzubringen, auch Madame Sahara und Elisa Puglisi auf dem Gewissen.«

»Niemand hat versucht, dich umzubringen, Poldi!«, stöhnte Montana. »Dafür gibt es keinerlei Hinweise. Du hast halluziniert und deswegen die Kurve nicht mehr bekommen.«

»Die Tatsache, dass man paranoid ist, heißt nicht, dass

man nicht verfolgt wird«, belehrte ihn die Poldi seelenruhig. »Ja, ich hab halluziniert, aber jemand hat auch versucht, mich umzubringen.«

Mit diesen Worten zog sie den großen braunen Umschlag aus der Schublade ihres Nachttisches neben dem Bett, den *Padre* Paolo ihr kurz zuvor im Habitus eines Topspions überbracht hatte, legte ihn in den Schoß und behielt die Hände schützend daraufgelegt.

»Und zwar, weil hier alles drin steht, davon bin ich überzeugt. Warum sollte der Terminkalender sonst verschwunden sein?«

Montana sagte nichts, streckte aber die Hand aus.

Die Poldi rührte sich nicht.

»Da steht übrigens auch dein Name drin, Vito.«

Die Poldi sah, dass Montana rot anlief. Ob vor Scham oder Wut, war jedoch bei seinem Pokerface nicht zu erkennen. Dennoch wusste die Poldi nun, dass sie ihn am Wickel hatte.

»Und was willst du mir jetzt damit sagen, Poldi?«

»Ich will gar nichts sagen. Ich wüsste nur gerne, warum. Und im Grunde ist es ja so: Wenn du diesen Terminkalender offiziell als Beweisstück entgegennimmst, bist du praktisch raus aus dem Spiel. Weil da nämlich drinsteht, dass du befangen bist, in dem Fall. Aber auf der anderen Seite sind das auch nur Kopien, also im Grunde als Beweisstück gar nicht brauchbar. Ich hätte sie manipulieren können. Das Original hat jetzt ja leider der Mörder. Auf der anderen Seite könnte ich dir diese juristisch nicht haltbaren Kopien natürlich einfach inoffiziell überlassen. Ganz privat. Unter Freunden, meine ich.«

Montana atmete tief durch, um nicht loszubrüllen.

»Warum solltest du das wohl tun, Poldi?«

»Ach, weil man sich unter Freunden einfach gegenseitig Gefallen erweist. Oder auch, weil man unter Freunden nicht immer alles hinterfragen muss.«

Sie schenkte Montana ihren unschuldigsten Augenaufschlag.

Montana ein Muster an Selbstbeherrschung.

»Zum Beispiel?«

»Zum Beispiel, warum du Madame Sahara aufgesucht hast, mein lieber Vito. Oder zum Beispiel, wie ... nun ja, wie ich an diesen Terminkalender gekommen bin.«

»Dir ist schon klar, dass du gerade versuchst, mich zu erpressen, Poldi?«

Die Poldi riss die Augen auf wie ein Stummfilmstar beim Eintreten des herzlosen Bösewichts.

»Vito! Was denkst du nur von mir!« Und dann setzte sie gleich nach: »*Fühlst* du dich denn von mir erpresst?«

»Dünnes Eis, Poldi«, knurrte Montana gereizt. »Ganz, ganz dünnes Eis, wirklich.«

»Dann wollen wir lieber schnell ans sichere Ufer zurückgehen.«

Die Poldi legte den Umschlag zurück in die Schublade.

»Madonna, jetzt gib ihn schon her!«, fauchte Montana.

»Unter Freunden?«

»Ja, unter Freunden, zum Teufel. Unter erpresserischen, neugierigen, nervensägenden, unvorsichtigen, kriminell veranlagten Freunden.«

Montana wollte den Umschlag endlich an sich nehmen, doch die Poldi hielt ihn noch immer fest.

»Es sind im Grunde *zwei* Gefallen.«

»Poldi, Schluss mit den Spielchen jetzt.«

»Ich möchte nur wissen, was du über Elisa Puglisi herausgefunden hast. Bring mich einfach nur auf den Stand der Dinge. Was ist schon dabei? Sieh mich an. Sehe ich etwa so aus, als ob ich noch eine Gefahr für deine Ermittlung wäre? Eine alte Schachtel auf Entzug, die irgendjemand umbringen wollte? Ich bin raus aus dem Spiel, Vito. Du wirst diesen Fall schon alleine lösen. Ich bin einfach nur neugierig. Nun los, tu mir diesen Gefallen.«

Montana glaubte ihr natürlich kein Wort. Er atmete erneut durch und nahm der Poldi den Umschlag endlich ab.

»Also gut, meinetwegen.«

Umgehend überflog er die Kopien Seite für Seite, knurrte hin und wieder, ließ sich aber ansonsten nicht anmerken, ob die Einträge in irgendeiner Weise ins Bild passten. Als er fertig war, steckte Montana die Kopien wieder zurück in den Umschlag.

»Nicht uninteressant.«

»Na komm schon!«, drängelte die Poldi. »Für was hältst du die hohen Summen? Erpressung, Geldwäsche oder Crowdfunding?«

Montana sah die Poldi an. Traurig, irgendwie, und bedrückt auf einmal. Eben wie jemand, dem etwas schwer auf der Seele lastet, das er aber noch unbedingt loswerden muss. Als die Poldi diesen Blick erkannte, wurde ihr ganz kalt ums Herz.

»Vito?«

»Ich muss dir noch etwas sagen, Poldi«, begann Montana mit einem hörbaren Kloß im Hals und nahm Poldis Hand wieder.

»Bitte nicht«, flüsterte die Poldi.

Montana verzog das Gesicht und streichelte Poldis Hand eine Weile, bevor er antwortete.

»Alessia und ich ... werden heiraten. Und ... wir werden nach Mailand ziehen. Ich hab mich bei einem privaten Sicherheitsdienst beworben, und sie haben mich genommen.«

12. Kapitel

»Das glaub ich nicht!«, rief ich aus, als die Poldi einige Wochen später auf dem Sofa diese Bombe platzen ließ. »Sag mir, dass das jetzt nicht wahr ist!«

»Leider doch«, erwiderte die Poldi ruhig und nahm einen tüchtigen Schluck. »An dem Abend, als i zu ihm fahren wollte«, erzählte sie dann einfach weiter, »da hat er sie gefragt. I hab's ihm ja ang'sehen, dass sie in der letzten Zeit nächtelang g'ratscht hatten. Mei, die Alessia hat natürlich geahnt, dass der Vito da was mit mir laufen hatte. Mei, und dann hat sie halt eine Entscheidung von ihm verlangt. Wer wollte ihr des verdenken.«

»Aber Alter, dann ist doch klar, wie man sich entscheidet!«, rief ich aus. »Nämlich für den Hauptgewinn und nicht für den Trostpreis!«

Die Poldi strich mir mit einer Hand über die Wange.

»Des ist lieb von dir, Bub. Aber der Trostpreis, des bin halt i.«

»Schwachsinn! Du bist das Große Los, Poldi. Du bist klug, du bist lustig, du siehst immer noch hammer aus, und du bist die absolute Obergranate im Bett.«

»Geh! Des stimmt natürlich, aber des kannst du gar nicht beurteilen.«

»Doch, allerdings. Du erzählst mir hier ständig frei von der Leber weg von euren Rammelnächten, dass mir nur so die Ohren verbrutzeln. Wer so über *Dings* sprechen kann, der weiß, wovon er spricht.«

»Geh, Schmarrn. Aber eh auch Wurst. Es ist, wie es ist.«

»Und was soll dieser Scheiß mit dem privaten Sicherheitsdienst in Mailand? Das muss er sich doch schon seit Wochen überlegt haben.«

Die Poldi seufzte.

»Und des ist halt der Punkt, der mich schlussendlich am meisten getroffen hat. Dass er nicht mit mir darüber g'sprochen hat, sondern mit Madame Sahara. In Deutschland suchst dir einen Coach, in Sizilien gehst halt zur Wahrsagerin.«

»Das hört sich so was von nach allerletztem Bullshit an«, erklärte ich immer noch fassungslos.

Und dann kam mir ein Gedanke. Ein selbstmörderischer, aber unendlich ritterlicher Gedanke. Ich sprang vom Sofa auf.

»Ich wasch ihm so richtig den Kopf. Das soll er erst mal mir erklären, mit Alessia und Mailand und allem. Ich verpass ihm eine, selbst wenn er mich danach in Stücke hackt und in Einzelteilen aus dem Fenster wirft. Ist mir vollkommen egal. Ich bin Sizilianer genug, er hat auch meine Ehre mit Füßen getreten. So jedenfalls springt niemand mit meiner Tante Poldi um!«

Die Poldi verschluckte sich und stellte rasch mein Weinglas außer Reichweite.

»Geh, lass den Scheiß und setz dich bloß wieder, bevor du dir den Kopf irgendwo anhaust in deinem Zustand.«

»Wasn für'n Zustand? Und warum stellst du mein Weinglas weg?«

Die Poldi zog mich zurück aufs Sofa.

»Jetzt setz dich halt. Wegen meiner Ehre hat noch niemand zu Schaden kommen müssen. Aber danke für die Geste, Bub, auch wenn des eine ziemlich bescheuerte Suffidee ist. Und außerdem bin i noch lang nicht fertig mit Erzählen. Weil, am Ende ist eh wieder alles noch ein bisserl komplizierter g'worden.«

»Okay«, sagte ich bloß, weil durch die schnelle Auf- und Abwärtsbewegung gerade ein bisschen Ebbe in meinem Sprachzentrum herrschte.

Daher langte ich nach meinem Weinglas, um meine Synapsen wieder zu fluten. Aber die Poldi rückte das Glas noch weiter weg.

»Schluss mit Polifemo für heute. Die Teresa hat mir schon zug'setzt wegen deiner Raucherei neuerdings. Von wegen mein schlechter Einfluss und so. Wenn du jetzt auch noch mit Saufen anfängst, bringen mich deine Tanten um, alle drei. Nicht, dass des ein Verlust für die Menschheit wäre. Aber mei, dann würdest halt nie aus erster Hand erfahren, wie i den Fall am Ende aufgeklärt habe.«

Montanas Geständnis brach der Poldi das Herz. Muss man mal so ungeschminkt festhalten: Es brach ihr einfach das Herz. Ihr großes Herz, das schon so viele Male gebrochen worden und doch wieder verheilt und vernarbt war. Und nun Montana. Seine Worte klangen auf einmal, als ob sie aus großer Ferne heranwehten, wie gar nicht für sie bestimmt. Aber dann drangen sie doch unter die Haut und immer tiefer, fanden ihr Ziel und brachen meiner Tante Poldi das Herz. Sie wunderte sich selbst, wie ruhig sie noch blieb, so in ihrem Krankenbett inmitten ihres kleinen Dschungels, während einem zerknirschten und traurigen Montana all die furchtbaren Satzhülsen entglitten, die den Schmerz fast unerträglich machten. *Es war doch immer klar. Du weißt es doch selbst. Es hätte niemals funktioniert. Es war immer wunderbar mit dir. Du bist mir sehr wichtig. Ich hatte das schon länger überlegt. Ich brauche einen Ortswechsel. Ich liebe sie. Lass uns Freunde bleiben. Sag doch was.*

»Kannst du jetzt bitte gehen, Vito?«, flüsterte die Poldi nur.

Und erst, als er das Zimmer endlich verlassen hatte, gestattete sie sich endlich zu weinen.

Seltsamerweise verspürte sie diesmal anschließend nicht das Bedürfnis, sich nach Strich und Faden die Kante zu geben. Als Ciccio Pappalardo ihr später das abendliche Moretti brachte, trank sie das Bier schweigend aus, wie eine Art Medizin, die man halt kippt, weil es sein muss. Weil es einfach nichts mehr gab, das diesen Schmerz noch lindern konnte. Nichts, außer der Zeit.

Oder halt einem entscheidenden Schritt in einer Mordermittlung, natürlich.

Und der kam wieder mal mit freundlicher Unterstützung von Kommissar Zufall. Aber ich greife schon wieder vor.

Meine Tanten Teresa, Caterina und Luisa wurden nicht müde, Vito Montana als den herzlosesten, treulosesten und verabscheuungswürdigsten Menschen zu dissen, der je gelebt hat. Selbst Totti gewöhnte sich ganz gegen seine herzensgute Mischlingsnatur an, beim Klang des Namens Montana in angewidertes Niesen auszubrechen, als habe er eine Art *Commissario*-Allergie entwickelt. Lag aber vielleicht auch daran, dass Onkel Martino diese Empathiebekundungen heimlich mit Mortadellastückchen belohnte.

Nicht ganz unbegründeterweise befürchteten die Tanten natürlich, dass die Poldi ihr gebrochenes Herz durch den einen oder anderen Vollrausch betäuben wolle. Daher tüftelten sie einen Masterplan aus, um die Poldi nach ihrer Entlassung aus dem Krankhaus ständig auf Trab und unter Aufsicht zu halten, und spannten dafür auch Valérie, *Padre* Paolo und die traurige Signora Cocuzza ein.

Die Poldi nahm alles gleichgültig hin, die Ausflüge in die Nebrodi-Berge zum Pilzesuchen, die stundenlangen Rommépartien, die Besuche bei Valéries schwermütigen bourbonischen Verwandten, die lieblos gestalteten Ausstellungen im szenigen Kulturzentrum *Lo Zò* in Catania, all die Bootstouren, Autofahrten, Spaziergänge und Fischeinkäufe. Es war ihr einfach egal.

Ja, sie hätte sich in jenen Tagen tatsächlich gerne zwischendurch heftig die Kante gegeben, aber sie hatte sich im Griff. Natürlich trank sie, das hätten die Götter nicht verhindern können, aber sie schoss sich nicht ab. Irgendein dünnes Stimmchen der Vernunft im allerletzten Hinterstüberl raunte ihr wohl zu, dass sie ihren Verstand bald noch brauchen würde.

In ihrem Briefkasten fand sie eines Morgens einen Brief von Montana, den sie ungeöffnet in den Müll warf. Sie blockierte seine Nummer in ihrer Kontaktliste, und weil das dann immer noch nicht genug war, löschte sie seine Nummer ganz. Gleichzeitig erhielt sie Nachrichten und Anrufe von Russo, der sich nach ihr erkundigte und sie zum Essen einlud. Die Poldi löschte all seine Nachrichten. Mit Männern war sie durch. Manchmal dachte sie ein bisschen verstimmt an Achille Avola, der weder Blumen noch Grußkarte geschickt hatte und auch nie anrief. Die Poldi überlegte kurz, ob sie sich bei ihm melden sollte, aber das ließen ihr Stolz und die Schwermut nicht zu.

Auch mit dem Fall hatte sie abgeschlossen. Sie wollte nicht mehr. Sie war durch mit dem Thema Ermittlungen. Meine Tante Poldi hatte einfach gar keine Kraft mehr. Sie erwog sogar, ihr Herzensprojekt »Totsaufen mit Meerblick in Sizilien« ganz ad acta zu legen beziehungsweise nach München zurückzukehren, um es dort ganz ohne Meerblick still und leise abzuschließen.

Kurz gesagt: Es ging ihr wirklich dreckig.

Aber wie es halt immer so ist: Wenn man denkt, der Tiefpunkt ist erreicht, legt das Schicksal gern mal noch eine Schippe Unglück drauf.

Um die Poldi von ihren dunklen Gedanken abzulenken, hatte Onkel Martino ein kleines Kulturprogramm ausgearbeitet und für den Dienstagnachmittag sinnigerweise drei Karten für eine Aufführung von *Prometheus* nach Aischylos im Amphitheater von Siracusa besorgt. Also die Geschichte eines sehr neugierigen Menschen, der von den Göttern zur Strafe an einen Felsen geschmiedet wird, wo ein Adler dann regelmäßig an seiner Leber rumpickt. Aber selbst für Entrüstung oder Ironie fehlten der Poldi in jenen Tagen einfach die Kraft.

Als die Griechen im fünften Jahrhundert vor Christus die Sikeler aus Sizilien vertrieben, was errichteten sie da zuerst? Tempel? Nix da, Theater! Und das griechische Theater von Siracusa war mit fünfzehntausend Sitzplätzen das größte Amphitheater der Antike und ist in den Sommermonaten heute immer noch in Betrieb. Onkel Martino beharrt darauf, dass dort einst die Stücke von Euripides und Aischylos uraufgeführt wurden. Aischylos, der immerhin in Sizilien gelebt hat, wusste damals schon sein Publikum mit coolen Bühneneffekten zu verzaubern, was sizilianische Regisseure bis heute inspiriert.

Wie in der Antike finden die Aufführungen nachmittags bei Tageslicht statt. Und das bedeutet: Es ist immer noch heiß. Daher hatte Onkel Martino ein paar Euro für Schattenplätze draufgelegt.

Aber wie immer, wenn man mit dem Onkel unterwegs ist, kommt man zu spät oder gerade so eben kurz vor Toresschluss. In dem Moment, wenn man allerspätestens losfahren sollte, verschwindet er stets noch mal. Um schnell Zigaretten oder eine Zeitung zu holen, Fisch oder Brot zu kaufen, um mit dem Hund rauszugehen oder seine Lesebrille zu suchen. Man hat die Wahl: durchdrehen oder den Rückflug sofort umbuchen, denn der Onkel wird in der nächsten Stunde gewiss nicht zurückkehren. Der Onkel weiß einfach, dass man den Göttern des Glücks regelmäßig durch Verplemperung von Lebenszeit opfern muss, und das Glück seines Lebens gibt ihm recht.

Nicht so meine Tante Teresa. Die rastet genauso aus wie jeder andere vernünftige Mensch, der auf heißen Kohlen, gepackten Koffern oder drei Schattenplätzen im griechischen Theater sitzt, und überschüttet ihren Mann mit lautstarken Verwünschungen, wenn er dann endlich zurückkehrt.

An Onkel Martino perlt das alles ab. Er hat immer irgendeine windige Erklärung und beteuert eiskalt, dass man immer noch gut in der Zeit liege. Und erstaunlicherweise stimmt das oft.

Siracusa liegt eine knappe Autostunde von Catania entfernt, aber am Nachmittag natürlich immer Stau. Da bringt es auch nicht viel, wenn man auf der Standspur alle rechts überholen will, denn da ist man nicht der Einzige.

Die Vorstellung hatte natürlich längst begonnen, als Onkel Martino, Tante Teresa und die Poldi endlich eintrafen, verschwitzt und gereizt von Autofahrt und Zeitdruck. Im Bühnenoval stand grüppchenweise ein antiker Chor in Tuniken, und ein nicht mehr ganz so jugendlicher Prometheus deklamierte getragen auf Italienisch zu den Göttern hinauf. Die Poldi verstand kein Wort. Was sie ebenfalls nicht verstand, war der gelbe Baukran rechts der Bühne. Und natürlich – wie konnte es anders sein? – waren die teuren Schattenplätze inzwischen besetzt. Der Ordner deutete auf die Stelle, wo drei ältere Damen in Schwarz und mit verschlossenen Gesichtern stoisch auf Chor und Prometheus starrten. Die Poldi sah zu, wie Onkel Martino sich durch die Zuschauerreihen hinunterlavierte und freundlich auf die drei Damen einsprach. Die jedoch keinerlei Absicht erkennen ließen, sich von diesen schönen Plätzen vertreiben zu lassen, selbst als der Onkel ihnen die Tickets zeigte. Sie ignorierten den Onkel einfach verbissen, als sei er Luft.

Tante Teresa und die Poldi warteten oben in der prallen Sonne.

Tante Teresa fächelte sich mit einem Fächer Luft zu, und selbst der Poldi, die es gerne warm hat, wurde nun heiß. Der Schweiß troff ihr nur so unter der Perücke herunter, und so langsam bekam sie es auch wieder mit der Wut, ein Zeichen, dass die Lebensgeister ganz allmählich zu ihr zurückkehrten. Als sie sah, dass der Onkel zu sehr Gentleman war, um die drei Hexen einfach zu verscheuchen, stapfte sie ebenfalls hinunter.

»Meine Damen, das sind unsere Plätze. Also wären Sie vielleicht so freundlich?«

Null Reaktion. Die drei alten Vogelscheuchen wirkten nur noch verbissener, sahen die Poldi weder an, noch schienen sie sie überhaupt zu hören.

Und dann kam wie immer in Sizilien alles zusammen. Süß, sauer, salzig, bitter kam Sizilien zu meiner Tante Poldi zurück.

Die ersten Zuschauer beschwerten sich bereits, dass die Poldi doch endlich still sein und aus dem Blickfeld verschwinden möge.

»Bitte, Signori, es gibt noch genug Plätze!«, versuchte ein Ordner zu schlichten und deutete auf letzte freie Plätze in der prallen Sonne.

»Ja, des könnt dir fei so passen, du krummhaxerter Gschwollschädel!«, fuhr ihn die Poldi auf Bairisch an. »I verlang einen Schattenplatz, sonst kracht's aber g'waltig, hast mich? Und zwar zackizacki!«

Und wieder einmal zeigte die garstige deutsche Sprache ihre durchschlagende Wirkung auf schlichte sizilianische Gemüter.

Der Ordner zuckte förmlich zusammen und deutete dann panisch auf freie Plätze im Halbschatten.

»Da wäre auch noch frei. Bitte, Signori, setzen Sie sich! Die Vorstellung läuft.«

Dann krachte es. Unten im Bühnenoval ging ein Knallkörper hinter künstlichen Felsen hoch und entfachte ein kleines Feuerwerk, begeistert quittiert von Ahs und Ohs des Publikums. Während die Poldi missmutig durch die Reihen auf die freien Plätze zusteuerte, sah sie, wie hinter dem Bühnenoval ein Bühnenarbeiter in gelber Sicherheitsweste und mit Fluppe im Mundwinkel ein Kabel von einer Seite zur anderen zog, während Prometheus sich vorne einen Wolf spielte und den Göttern das Feuer raubte. Jetzt erschloss sich auch die Bedeutung des Baukrans, denn damit wurde Prometheus nun (von den Göttern) in die Höhe gezogen und deklamierte dort weiter. Dann allerdings kam die Winde offenbar ins Stocken, nichts ging mehr, Prometheus baumelte hilflos zwischen Himmel und Erde. Der Schauspieler bekam Panik und gestikulierte wild nach unten. Erneut krachte es – das zweite Feuerwerk. Prometheus schrie auf. Die Nachmittagsluft roch auf einmal nach Feuer, und die Poldi sah kleine Aschefetzen über sich wirbeln.

Und diese typisch sizilianische Mischung von Pathos, Missgeschick, Dilettantismus, Effekthascherei, Chaos und Feuer reichte dann, dass die Poldi zum ersten Mal seit vielen Tagen wieder herzlich auflachen konnte. Das Lachen brach aus ihr heraus wie ein Pfropf und schüttelte sie kräftig durch. Lachend und kopfschüttelnd sah sie dann, wie Prometheus wieder zu Boden gelassen wurde. Und als die Poldi, Tante Teresa und Onkel Martino endlich ihre neuen Plätze eingenommen hatten und der Abend nun doch noch ganz vergnüglich zu werden versprach, entdeckte die Poldi vier Reihen weiter vorne jemand, den sie kannte.

Achille Avola.

Und er war nicht allein.

Denn er knutschte mit Alessia.

Die Poldi hatte Alessia nur einmal mit Montana am *Lido Galatea* und einmal auf dem Flur der Präfektur in Acireale gesehen, aber sie erkannte sie sofort, genau so, wie sie ihren Winzer erkannte. Es hätte natürlich auch sein Zwillingsbruder Carmelo sein können, aber irgendwie hatte die

Poldi keinen Zweifel, dass das da unten Achille war. Und er knutschte in aller Öffentlichkeit mit der Frau, die Montana heiraten wollte.

»Was sagst jetzt dazu?«, fragte mich die Poldi, als sie zu dieser Stelle kam.

»Verdammte Sauerei, würde ich mal sagen. Was hast du getan?«

»Du meinst, ob i des Ende der Vorstellung abgewartet und die beiden in flagranti g'stellt hab? Große Szene? Nein, des ist nicht mein Stil. I hab zur Teresa g'sagt, mir wär schlecht, und dann sind wir halt heim g'fahren alle miteinander.«

Ich dachte nach.

»Wie hat sich das angefühlt, die beiden da knutschen zu sehen?«

»Traurig halt.«

»Kein bisschen Triumph? Ich meine ...«

»Gell, da merkt man wieder, dass du keine Ahnung von den Komplikationen der Liebe hast. Wo soll sich da ein Triumph einstellen, wenn du mitansehen musst, wie dem Menschen, den du liebst, gerade Hörner aufg'setzt werden? Und auf diese Weise wollt' i den Vito doch nicht zurückhaben – als quasi gebrochenen Mann. Nie und nimmer hätt i ihm des g'steckt mit dem Achille und der Alessia.«

»Rein zufällig drei Reihen vor dir.«

»Vier. Aber pfeilgrad so war es, da brauchst gar nicht so mit den Augen zu rollen, nachert.«

»Und du hast es tatsächlich für dich behalten?«

»Du stellst immer noch die falschen Fragen.«

»Aha.«

»Weil, fragst dich denn nicht, warum ausgerechnet der Achille mit der Alessia?«

»Bisschen schon eigentlich.«

»Dann musst dich halt auch fragen, wo ist die Verbindung. Weil in der Liebe und der Kriminalistik geht's immer nur um eines: Verbindung. Merk dir des.«

»Und die wäre?«

»Geduld. Erst einmal kam der Mittwoch.«

Mittwochs fuhr die Poldi ja immer nach Taormina in die *Babilonia*, der Sprachschule von Michele, einem Freund meines Cousins Ciro. Im Grunde weiß ich nicht, warum eigentlich. Meine Tante Poldi sprach ein ausgezeichnetes Italienisch. So gut, dass Sizilianer ihren bairischen Akzent für Mailändisch hielten, was für Sizilianer fast schon in Schweden liegt. Aber meine Tante Poldi war eben ein Mensch voller Widersprüche. So lässig und nachlässig sie es mit vielen Bereichen des Lebens hielt, so chaotisch sie sein und so gut sie fünfe gerade sein lassen konnte – was Sprachen betrifft, strebte die Poldi nach Perfektion.

Aber vielleicht lag es auch nur an Micheles ausgesucht attraktiven Lehrern.

Gianfranco zum Beispiel, der war italienischer Meister in Vierhundert-Meter-Freistil gewesen und hatte neben dem perfekten Body noch ein Renaissance-Gesicht, und keine Frau, die noch halbwegs bei Verstand war, erklärte mir meine Tante Poldi mal, hätte je einen Einzelkurs bei Gianfranco abgesagt.

Davon mal ganz abgesehen ist die *Babilonia* eine der besten Sprachschulen Italiens, in allerbester Lage gleich hinter der Porta Messina neben dem griechischen Theater gelegen. Die Lehrer sind kompetent, die Unterrichtsräume sind freundlich und klimatisiert, und für die Pausen gibt es einen wunderschönen lauschig-schattigen Innenhof, in dem man vorzüglich Vokabeln lernen und flirten kann. Was will der Mensch mehr.

Und in eben jenem Innenhof entdeckte die Poldi an besagtem Mittwochmittag nach ihrem Einzelkurs mit Gianfranco eine alte Freundin aus Münchner Zeiten.

»Nein, sag's nicht!«, unterbrach ich sie, als sie später auf dem Sofa bereits Luft für die große Überraschung holte.

Ich ahnte schon, mit welcher Art von ›alter Freundin‹ die Poldi mir gleich wieder kommen würde. Aber das wollte ich ihr diesmal nicht durchgehen lassen.

»Jetzt tu halt nicht immer so, als ob ich ein offenes Buch wäre. Wenn du eine Frau nicht ausreden lässt, kannst dir des abschminken mit dem Schnackseln später, merk dir des. Da kannst noch so g'schickt mit der Zunge sein, die erste Phase des Vorspiels ruht auf drei Säulen: zuhören, zuhören, zuhören. Ein bisserl glaubwürdiges Nicken und interessiertes Nachfragen schaden auch nicht. Hast mich?«

»Lass einfach stecken, Poldi, ich glaub's dir eh nicht.«

»Mei, was denn bloß?«

»Überspring es einfach, okay? Setz einfach da wieder ein, wo die Ermittlung weitergeht. Wir sind im dritten Akt, so langsam könnte die Sache mal auf einen fulminanten Showdown zusteuern.«

»Oh, haben wir heute einen Dramaturg gefrühstückt? Jetzt gib halt nicht so an, Herr Ichwärsogerneschriftsteller, und hör deiner Tante zu, Neffe. Als solcher bist du mir nämlich einen Respekt schuldig, hörst?«

»*Forza* Poldi!«, stöhnte ich. »Lass mich mal raten, da saß Madonna im Innenhof und hat *passato remoto* gepaukt. Na, stimmt's?«

»Die Ironie kannst dir fei sonst wohin stecken, Bürscherl. Natürlich saß da nicht Madonna. Weil, die Madonna, die kann ja eh ein Italienisch noch von Haus aus. Mei, da saß halt die Cher.«

Bedeutungsvolle Pause, um den Namen bei mir sinken zu lassen.

»Weißt schon, *I got you, babe.*«

»Ich weiß, wer Cher ist. Aber ich glaub's dir nicht. Nicht im Innenhof der *Babilonia.*«

»Des ist eine ganz liebe Freundin«, fuhr die Poldi unbeeindruckt fort. »So ein herzensguter Mensch. Weil damals nach dem Konzert in München, da hat sie doch im *P1* diesen Zusammenbruch g'habt. Und da haben der Peppe und ich sie halt bei uns aufg'nommen in der Westermühlstraße. Eine Woche lang hat's bei uns g'wohnt, die Cher, hat kaum des Haus verlassen, nur g'weint. Den ganzen Tag haben wir geratscht, einfach so. Und Weißwürscht hat's geliebt. Und g'soffen haben wir und gelacht. Eine schöne Zeit. Natürlich haben die Paparazzi des spitzgekriegt und nur so vor der Haustür rumg'lungert. Aber dann hab i mir den Schorschi gepackt, des war die Oberklatschbase von der *Abendzeitung*, damals. ›Schorschi‹, hab i g'sagt, ›ihr lasst mir jetzt die Cher in Ruhe, sonst kracht's im Stüberl.‹ Und mei, der Schorschi, der hat halt noch g'wusst, wo die Grenze ist. Außerdem war er eh scharf auf mich, da wollte er keinen Fehler machen. Kluger Mann, gut im Bett, aber leider auch schon tot, die Drogen.«

Und dabei bekam sie wieder diesen abwesenden Blick.

Wie immer, wenn sie sentimentalen Erinnerungen an schönere Zeiten nachhing.

»Wo war i jetzt stehen geblieben?«

»*Babilonia*, Innenhof, Cher.«

»Pfeilgrad! Weil, die Cher hat doch da auf ihren neuen Lover g'wartet, den Gianfranco, meinen Lehrer. Und wie sie mich sieht, springt sie gleich auf, schreit: ›Darling!‹, und umarmt mich. Und dadurch war i kurz darauf praktisch wieder drin im Fall, ob i nun wollte oder nicht.«

»Hör mal, Darling, das ist jetzt echt ein bisschen zu viel Kommissar Zufall. *Ding-dong*, hallo, Kolportagealarm! Wer soll dir das denn noch glauben?«

»*Mir* muss des ja auch keiner glauben. Aber dir halt. Also später dann. Des hängt dann alles nur von deinem Talent ab, ob du des glaubhaft rüberbringen kannst.«

»Noch mal: Vergiss es, Poldi. Ich werde mich nicht zum Chronisten deiner Münchhausengeschichten machen lassen. Ich schreibe richtige Literatur und keinen Kolportageschund, *capisci*?«

Also gut, gebe ich das halt so wieder, wie meine Tante Poldi es mir erzählt hat, ohne Haftung für irgendwelche Kolportageallergien. Andererseits war meine Tante Poldi auch wieder kein Mensch, dem Lügen leicht von den Lippen gingen. Sie trug ihr Herz immer auf der Zunge und fand Lügen meist viel zu anstrengend, weil sie sich nie merken konnte, wem sie was erzählt hatte. Ich habe nie nachgeprüft, ob sie all diese Promifreunde wirklich hatte, und es ist mir inzwischen auch herzlich egal. Es gibt eben besondere Menschen, die können Raum, Zeit und die Wahrheit nach Belieben dehnen. Menschen mit dem Talent, Räume für dich zu öffnen. Menschen, die dich ganz leichtmachen und schweben lassen können in ihrer Gegenwart, und du kannst nur noch dankbar sein. Menschen, die Engel sind. *Namaste*, Poldi! *Forza* Poldi!

Nun ist Taormina aber auch ein magischer Ort, an dem man die ungewöhnlichsten Begegnungen haben kann. Malerisch an den Monte Tauro hingetupft, überblickt die kleine Stadt die Bucht von Naxos bis hin zum Golf von Catania und war damit seit der Antike ein strategisch wertvoller Ort für sämtliche Eroberer.

Taormina ist berühmt für sein *Teatro Greco*, das eigentlich ein römischer Bau ist, errichtet auf den Grundmauern eines griechischen Amphitheaters. Durch die Öffnung in der Bühnenmitte hat man einen fantastischen Blick auf den Ätna, der den Darstellern mit effektvollen Eruptionen gelegentlich auch schon mal die Show stiehlt.

Außerdem hat Taormina ein internationales Filmfest und zieht seit den Fünfzigerjahren internationale Weltstars an. Durchaus möglich also, dass Cher da wirklich in schwarzer Tunika, Hut und großer Sonnenbrille im Innenhof der *Babilonia* auf ihren jungen Liebhaber wartete.

Sie saß da einfach in einem Korbsessel im Schatten eines Mandelbaums, ganz ohne Bodyguard, und las in einem Drehbuch, das Gianfranco ihr gegeben hatte, der noch mehr vom Leben wollte als immer nur Italienischlehrer und Objekt der Begierde zu sein.

Cher hatte bereits routiniert für Selfies posiert und blieb ansonsten unbelästigt und ganz privat. Als sie dann aber meine Tante Poldi entdeckte, war es mit der Ruhe vorbei. Der Weltstar sprang auf, stürmte auf meine Tante Poldi zu, herzte und umarmte sie, als habe meine Tante ihr soeben das Leben gerettet. Aber wahrscheinlich hatten Poldi und Peppe das ja dreißig Jahre zuvor sogar.

Dann natürlich ein Sturm von Umarmungen, Küssen und gegenseitigen Komplimenten über das blühende, jugendliche Aussehen. Bestürzung über das Verscheiden des reizenden Peppe vor fast zehn Jahren, sentimentale Erinnerungen an die magische Woche in München, Freude über Poldis neues Leben als Detektivin in Sizilien und zügiges Update über die derzeitige Liebhaberlage.

»Was sagst du zu Gianfranco?«

»Heiß«, sagte die Poldi, ganz im Expertenton. »Bisschen schlichtes Gemüt, aber ohne Frage heiß.«

»Ich weiß, zu jung. Und ein lausiges Script. Auf der anderen Seite hat er ... na ja, du weißt schon, andere Talente. Stehst du immer noch auf Verkehrspolizisten?«

»Ich nehme inzwischen auch Kriminalkommissare.«

»Oh, mein Gott, das klingt großartig! Wie sind sizilianische Kriminalkommissare?«

»Nur ein Wort: Vulkan.«

»Oh mein Gott, stell mir einen Kommissar vor, Poldi! Ich brauche einen sizilianischen Kommissar.« Begeistert hakte Cher meine Tante Poldi unter und zog sie aus dem Innenhof. »Ich *muss* dir jemanden vorstellen. Einen richtigen *Cop*, einen von der ganz hartgekochten Sorte, er wird dir gefallen. Ich habe ihn gestern an der Hotelbar kennengelernt. Der wäre genau das, was du im Augenblick brauchst.«

Ohne Widerspruch zu dulden und natürlich auch ohne weiter auf den talentierten Gianfranco zu warten, führte Cher meine Tante hinaus auf die Via Teatro Greco und zog sie in Richtung des antiken Theaters. Sie schien sich auch nicht daran zu stören, dass die Passanten, Touristen und Flaneure auf dem Corso sie entgeistert anstarrten und reflexhaft die Handys zückten. Sie zog die Poldi einfach weiter bis zum Eingang des *Grand Hotel Timeo,* wo die Reichen und Schönen abstiegen, wo die Kellner schnöselig und die Preise gesalzen waren und wo die Poldi sonst auch gerne mal den einen oder anderen Limoncello kippte.

Und gerade noch rechtzeitig, am schönen schmiedeeisernen Tor zum Hotelgarten, entdeckte die Poldi draußen auf der Hotelterrasse ein bekanntes Gesicht. Der Mann saß alleine im Schatten eines Sonnenschirms, aber die Poldi erkannte ihn auf Anhieb. Er sah genauso aus, wie die Poldi ihn zuletzt gesehen hatte: Jeans, Poloshirt, Basecap, Bürstenhaarschnitt.

Sean Torso.

Sie legte eine Vollbremsung hin, drückte sich mit ihrer Freundin in die Ecke zwischen Tor und Hotelmauer und hoffte, dass Torso sie nicht gesehen hatte. Gleichzeitig mit dem Schreck spürte die Poldi aber in diesem Moment noch etwas anderes. Etwas, das aus weiter Ferne zu ihr zurückkehrte, um sie wieder mit Lebenslust zu erfüllen: der Jagdinstinkt.

Und noch etwas anderes kam zurück: die Erinnerung an das, was sie während ihrer Nahtoderfahrung an ihrer Pinnwand entdeckt und verstanden hatte.

Dass die seltsamen Namen auf dem Zettel nämlich alles Anagramme waren.

Anagramme von »Etnarosso«.

Genau wie auch »Sean Torso«.

Sean Torso, der »Igel«!

»Was war da? Was hast du gesehen?«, rief Cher erschrocken, die, meiner Tante Poldi zufolge, seit dem Münchner

Zusammenbruch damals an paranormale Erscheinungen glaubte.

»Der Mann mit der Basecap … Ist das der *Cop*, den du mir vorstellen wolltest?«

»Ja, sein Name ist …«

»Sean Torso, ich weiß.«

»Oh.«

»Und du bist sicher, dass er ein *Cop* ist?«

»Darling, ich erkenne einen *Cop*, wenn einer vor mir steht, glaub mir. Und dieser Typ ist hundertzwanzig Prozent *Cop*. Er spielt zwar den esoterischen Wassersucher, aber er trägt einen Abschlussring der FBI-Akademie in Quantico.«

»Oh.«

Denn das war der Poldi beim letzten Mal dann wohl doch nicht aufgefallen.

»Nicht schlecht.«

Cher lächelte meine Tante an.

»Und wie geht es jetzt weiter, Darling? Wollen wir hier so zusammen stehen bleiben und tuscheln, bis auch der letzte Tourist sich um uns versammelt hat, um Fotos zu machen?«

Womit sie nicht ganz unrecht hatte. Eine kleine Menschentraube hatte sich bereits gebildet, und von der anderen Seite des Corso sah die Poldi nun auch ein weiteres Problem auf sich zukommen: Italo Russo und *Mago* Rampulla. Die beiden steuerten genau auf das Hotel zu, vertieft in eine lebhafte Unterhaltung wie zwei, die ein wichtiges Business miteinander verbindet. Die Poldi hatte nicht einmal Zeit für Entrüstung über Rampullas Dreistigkeit. In wenigen Sekunden würden die beiden meine Tante entdecken. Die Poldi musste handeln.

»Geh rein, sprich mit Torso«, presste sie hervor, »Küsschen, Small Talk, dann gehst du auf dein Zimmer. Ich ruf dich später an.«

»Alles klar, *Chief*! Endlich ist mal was los. Und was machst du so lange?«

»Ich werde ihn observieren, Darling.«

Ganz klar: Meine Tante Poldi hatte wieder Blut geleckt und war wieder voll im Spiel.

Zwei Dinge versuchte die Poldi nun im Blick zu behalten: ihre Freundin Cher sowie Russo und Rampulla, die sich unaufhaltsam näherten und sie in den nächsten Sekunden mit Sicherheit und unbarmherzig auffliegen lassen würden. Sie brauchte dringend eine Tarnkappe. Sie griff in ihre Handtasche und zauberte die älteste aller Detektiv-Tarnkappen heraus: eine frische, noch ungelesene *La Sicilia*. Mit einem Handgriff aufgefaltet, *zack!* – vors Gesicht gehalten, und schon – *ecco là!* – war die Poldi praktisch unsichtbar.

»Im Leben nicht«, war mein einziger Kommentar, als sie es mir erzählte.

»In der Erotik wie in der Kriminalistik gilt halt: Im Zweifelsfall greife immer zu den bewährten Tricks, da kannst nix falsch machen und bleibst länger im Spiel.«

Denn wie man so lange wie möglich im Spiel bleibt, davon verstand meine Tante Poldi was.

Tatsächlich schien die Tarnung zu funktionieren.

Wie mit dem Dopplereffekt eines Martinshorns hörte die Poldi hinter ihrer Zeitung, wie sich die Stimmen von Russo und Rampulla, die lebhaft auf Sizilianisch miteinander sprachen, im niederen Frequenzbereich erst näherten und sich dann im höheren Frequenzbereich wieder von ihr entfernten. Kein Zeichen des Erkennens.

Zur Sicherheit hielt die Poldi sich die *La Sicilia* jedoch noch einige Augenblicke länger vors Gesicht. Auch weil sie gerade zufällig einen interessanten Artikel vor der Nase hatte, in dem es um die Hintergründe des kürzlich entdeckten Wasserreservoirs bei Caltagirone ging. Wie es aussah, hatte man inzwischen eine Reihe von Verdächtigen festgenommen, war aber immer noch auf der Suche nach den Hintermännern. Überrascht entdeckte die Poldi ein Foto jenes nervösen und betrunkenen jungen Mannes aus dem Weinberg. Unter dem Foto stand: »Dott. Enzo Rapisarda, Pressesprecher M5S Provinz Catania«.

Soso, dachte die Poldi, *sogar ein* Dottore *ist der nervöse Enzo.* Aber das bedeutet in Italien genauso wenig wie in Österreich. Jeder, der ein Hochschulstudium absolviert hat oder auch nur so rüberkommt, wird selbstverständlich mit »*Dottore*« angeredet. Zumindest mit »*Ragioniere*«, was eigentlich Buchhalter bedeutet, aber als höfliche Anrede immer durchgeht.

Dottore hin oder her – Enzo wirkte auf dem Foto genauso irre und fanatisch, wie die Poldi ihn in Erinnerung hatte, und gab in seiner Funktion als Sprecher des MoVimento 5 Stelle ein Statement zu dem Fall ab: *Dieser Fall ist eine Schande für ganz Sizilien. Die Mafia und unsere dekadente Politikelite haben den Sizilianern das Wasser gestohlen. Es ist doch offensichtlich, dass wir die Hintermänner in Politik, Justiz und Verwaltung suchen müssen. Aber ich bezweifle stark, dass wir jemals eine Verhaftung erleben werden. Dieses Land ist im Arsch und muss radikal erneuert werden. Aber solange korrupte Funktionäre fröhlich mitmachen, wenn die Mafia, die Multis, die EU und allen voran Deutschland unser geliebtes Sizilien verschlingen wie einen Panettone an Weihnachten, dürfen wir uns auch nicht wundern.*

Typisch italienischer Rundumschlag eben, die alte Leier, kannte die Poldi alles. Dennoch rührte Enzos Statement etwas in ihr an, wirbelte etwas auf, das sich im Staub ihrer Schwermut abgesetzt hatte. Ein kleines Fitzelchen, etwas, das man viel zu schnell übersieht. Umgehend meldete sich auch die alte Krone wieder, als ob dieses beunruhigende Fitzelchen gerade den Nerv darunter gestreift hätte.

Die Poldi hatte sich vertrödelt. Der erneute Zahnschmerz holte sie zurück in die Wirklichkeit. Erschrocken spähte die Poldi über die Zeitung hinweg hinüber zur Hotelterrasse, wo Sean Torso saß.

Beziehungsweise gesessen hatte.

»Lecktsmiamarsch!«, entfuhr es der Poldi, als sie sah, dass der Amerikaner verschwunden war.

Auch ihre Freundin Cher war nicht mehr zu sehen, und auch Russo und Rampulla nicht. Ihren unprofessionellen Aussetzer verfluchend, löste sich die Poldi aus ihrer Deckung und trat in den Hotelgarten, um einen besseren Blick auf die Terrasse zu haben. Aber weder drinnen noch draußen irgendein Sean Torso, Russo oder Rampulla. Für einen Moment stand die Poldi nur so da, einfach baff darüber, dass sie es, seien wir mal ehrlich, versaut hatte.

»Kreuzsacklzement, du bleds Rindviech, du saubleds!«, schalt sie sich selbst und trat aus dem Hotel heraus zurück auf die Straße.

Und hätte sich womöglich noch in eine richtige Wut hineingesteigert, wenn sie da nicht jemand am Arm angefasst hätte.

»Ei, des isch jetzt eine arge Überraschung!«

Doris. Und die schwäbischen Kurzhaar-*Deliziosi*, die offenbar gerade vom nebenan liegenden *Teatro Greco* zurückkamen. Die Poldi praktisch umzingelt.

»Ei, was machet Sie dann hier? Und warum fluchet Sie so? Brauchet Sie Hilfe?«

Kein Entkommen. Über die Poldi ergoss sich eine geballte Ladung funktionsbekleideter Anteilnahme und Dorisigkeit.

Wie es ihr denn ginge, dass man sie so lange nicht gesehen habe, dass man inzwischen die Studienreise fast beendet habe und so viele Tempel (sehr unordentlich) gesehen habe, was die Poldi eigentlich hier mache, ob sie nicht Lust habe, einen schönen Salat mit ihnen zu essen, der sei auch nicht so arg teuer wie da im Hotel. Wie meist, wenn die Poldi im Leben einer Doris oder Dorisartigen begegnet war, verschlug es ihr auch diesmal wieder die Sprache. Dorisse machten die Poldi einfach nur fertig. Zumal die Poldi ihre Tarnung nun abschreiben konnte.

»Keine Zeit«, presste sie gequält heraus. »Muss. Noch. Was. Erledigen.«

Sie wollte einfach entwischen, aber so leicht entwischt man einer Doris nicht.

»Des hat Zeit!«, erklärte Doris resolut. »Mir esset erscht einen schönen mediterrane Salat zusamme, und dann erzählet wir Ihnen ausführlich von der Reise. Des wird Sie interessiere.«

Doris hakte die Poldi unter und zog sie mit sich, zurück in Richtung Corso Umberto. Flankiert von den anderen pensionierten Realschullehrerinnen kam die Poldi sich vor wie verhaftet.

Peppe, rette mich!, schickte sie ein Stoßgebet zum Himmel.

Und wurde prompt erhört.

»*Excuse me, Ladies!*«

Eine markige Stimme von hinten. Eine Stimme, die Fluten teilen und Steaks schneiden konnte. Eine sonore, unaufgeregte Stimme, die jeden Widerspruch einfrieren ließ und die der Poldi sofort wieder kalte Schauer über den Rücken jagte. Eine Männerhand fasste sie am Arm und drehte sie herum. Sean Torso strahlte sie an, aber sein Lächeln enthielt keine Spur von Herzlichkeit.

»Da sind Sie ja! Ich dachte schon, wir hätten uns verloren.«

Torso sprach Englisch, aber Doris ließ die Poldi sofort los, als hätte sie sich verbrannt. Was die Poldi nun bereits bedauerte. Sie versuchte sogar noch, nach Doris' Hand zu greifen, aber Doris war bereits unerreichbar abgerückt. Sean Torso oder wie auch immer er wirklich heißen mochte, hielt die Poldi weiter fest und fletschte sein Lächeln jetzt auf Doris und die *Deliziosi* herab.

»Ladies«, erklärte er auf Englisch, »es tut mir wirklich leid, aber ich muss Ihnen diese bezaubernde Lady entführen.«

»Nein!«, krächzte die Poldi auf Deutsch. »Muss er nicht.«

»Des isch gar kein Problem!«, beteuerte Doris hastig, die sich inzwischen wieder gefangen hatte. »Mir sehet uns dann bestimmt noch bei Valérie. Mir reiset erscht übermorge ab.«

Der Poldi wurden die Knie weich.

»Bitte nicht weggehen!«, piepste sie, aber Sean Torsos schiere Gegenwart oder die Triskele auf seinem Unterarm schien die *Deliziosi* zu verschrecken.

Ein leicht verkrampftes »Adé!«, und die Poldi musste zusehen, wie Doris und ihre Reisegruppe sich eilig trollten. Sie stöhnte leise auf.

Sean Torso hielt meine Tante immer noch fest.

»Kommen Sie mit«, sagte er scharf auf Englisch. »Halten Sie die Klappe, und versuchen Sie nicht abzuhauen. Ich finde Sie sowieso.«

»Was wollen Sie?«

»Wir müssen reden.«

»Nein, Sie sind der ›Igel‹! Sie wollen mich bloß wieder umbringen. Wie neulich mit dem Auto und wie Elisa Puglisi und Madame Sahara. Hiiiiilf…«

Poldis Schrei erstarb durch Torsos schmerzhaften Klammergriff.

»Lassen Sie den Scheiß! Wenn ich Sie umbringen wollte, hätte ich inzwischen zwanzig bessere Gelegenheiten gehabt.«

Ohne weitere Erklärungen knipste er sein Lächeln wieder an und zog meine Tante Poldi quer über die Piazza in einc Seitenstraße des Corso Umberto.

Und dann reagierte meine Tante Poldi endlich.

Beziehungsweise ihr Körper übernahm die Kontrolle, ihr nicht mehr ganz so taufrischer Körper, der trotz Alter, Suff, Knie und Zahnweh immer noch so tapfer durchhielt. Dieser Körper legte einfach den Hauptschalter um, flutete sich mit Adrenalin und schaltete auf Autopilot und auf ein uraltes genetisches Programm um, das im Zweifelsfall immer recht hat: Flucht!

Mit ungeahnter Geschmeidigkeit und Kraft, einer Leopardin im Sprung nicht unähnlich, entwand sich die Poldi dem Klammergriff, semmelte dem perplexen Torso die prall gefüllte Handtasche gegen den Schädel und rannte um ihr Leben.

»*Aiiiiuuuutooo*!!!«, brüllte sie über den Corso. »Mööööörder!!! Hiiiilfeee!!!«

13. Kapitel

»Weia«, sagte ich in die dramatische Kunstpause hinein, die die Poldi an dieser Stelle ihres Berichts wieder einlegte.

»Mehr hast dazu nicht zu sagen?«

»Gänsehaut pur.«

»Gell, wie soll i jetzt des verstehen?«

»Ach, weißt du, Poldi, es ist einfach ein bisschen durchsichtig. Du kommst mir immer mit diesen Cliffhangern, aber dabei sitzen wir gemütlich auf dem Sofa zusammen. Also weiß ich einfach, dass am Ende alles gut ausgegangen ist. Ich meine, das ist echt ein bisschen ...«

»Sag's ruhig.«

Ich wand mich.

»Nimm's mir nicht übel. Aber hey – *Leopardin*? Im Ernst jetzt?«

»Magst es nimmer hören? Soll i aufhören mit Erzählen? Mei, hör i halt auf. Trinken wir halt schweigend weiter. I kann gut auch mal schweigen. Damals im Ashram haben wir tagelang nur g'schwiegen, selbst beim Sex.«

»Hör mal, Poldi, so war das nicht ...«

»Hältst vielleicht einfach die Spannung nicht mehr aus? Machen deine Nerven nimmer mit? Magst eine Pause machen und mit deinem Freund, dem Ätna, oben eine rauchen? Müd schaust auch aus. Vielleicht magst dich lieber hinlegen. Zwingt dich eh niemand, dir Abend für Abend die Abenteuer deiner spinnerten Tante anzuhören. Die so ein verklemmter Gletzen wie du freilich niemals erleben würde. Und warum nicht? Weil du dich nix traust. Weil du Angst vorm Scheitern hast.«

»Ach ja?«

»Des hab i dem Quentin damals auch g'sagt, als wir da zusammen in der WG am Sunset Boulevard g'haust haben. Da war er noch ein ganz junger Spund, der Quentin, ganz am Anfang. Und so schüchtern. Den lieben langen Tag hat er immer nur diese Hefterl g'lesen, wie heißen die, *pulp novels,* weißt schon. ›*Quentin*‹, hab i g'sagt, ›*you know – only mistakes make good stories.*‹ Weil, ohne Fehler hast halt auch nix zu erzählen. Fehler beweisen nur, dass du's wenigstens versuchst, merk dir des. Und der Erfolg ist am Ende nur des Ergebnis einer Kette von Momenten des Scheiterns, ›*from dusk till dawn*‹, hab i g'sagt. Des hat der Quentin dann auch verstanden.«

»Ist ja schon gut!«, stöhnte ich. »Also, wie ging es dann weiter?«

Die Poldi trank in aller Seelenruhe ihren Wein aus.

»Bitte, Poldi!«, bettelte ich reumütig.

Die Poldi schnaufte ungnädig aus.

»Ja, mei. Bin i halt um mein Leben g'rannt. Aber dann ... Na ja, i sag nur: Hase und Igel.«

Die Poldi flog praktisch über den Corso Umberto in Richtung Porta Catania. Sie war eine Gazelle im Fluchtmodus, ein abgefeuertes Projektil, nicht mehr aufzuhalten. Stelle ich mir vor. Sie spürte weder ihr Alter noch ihr Gewicht, noch das muckende Knie. Bis unter die Perücke aufgepumpt mit Adrenalin und Todesangst stürmte sie im Zickzack durch die Massen von Touristen auf der Suche nach dem nächstbesten schnauzbärtigen Polizisten, dem sie sich an die uniformierte Brust werfen konnte.

»Mööööördeeeer!!! Hiiiilllfffeeee!!!«

In der Aufregung halt leider auf Deutsch.

Die gemischtsprachigen Flaneure und selbst die deutschen Familien wichen ihr aus, rissen ihre Kinder und Handtaschen an sich und starrten der Poldi nur irritiert nach. Wahrscheinlich hielten sie meine Tante entweder für übergeschnappt oder für eine verrückte Straßenkünstlerin, die gleich mit dem Hut rumgehen würde. Und von beidem hält man sich besser fern. Niemand hielt meine Tante Poldi auf, niemand bot ihr Schutz oder Hilfe an. Immerhin schien sie Sean Torso abgehängt zu haben.

Die Poldi schaffte den ganzen Corso, bis ihr trotz Adrenalin und Angst langsam die Puste ausging.

Und sie Vito Montana auf sich zukommen sah.

Die Poldi hielt seinen Anblick im ersten Moment für eine Halluzination, aber er war ganz und gar real. Er breitete die Arme aus und fing sie auf. Und ja, er war es wirklich, ihr *Commissario*, mit seinen starken Armen und seinem vertrauten Geruch. Schutz und Hafen und Sizilien, alles in einem. Vito Montana, der Mann, den sie liebte.

»Vito! Der Mörder … er ist hier. Er will mich …«

»Alles gut, Poldi! Beruhig dich.«

Ja, alles war gut. Sie war in Sicherheit.

Bis sie die Stimme hinter sich hörte.

»*Damn it, was she fast!*«

Die Poldi wandte den Kopf und sah Sean Torso vor sich.

»Sie sind spät dran, Montana«, keuchte er auf Italienisch. »Um ein Haar hätte ich sie verloren.«

»Und? Wie g'fällt dir des jetzt?«, unterbrach die Poldi triumphierend ihren Bericht erneut.

Das trug mich bei voller Fahrt aus der Kurve.

»Boah, weiter, Poldi! Keine Spielchen jetzt!«

»Hase und Igel, gell. Weil, genau so bin i mir vorgekommen, wie der Hase zwischen den Igeln. Weißt schon, die ...«

»Poldi!«

»Du machst dir keine Vorstellung, was da in dem Moment in mir vorgegangen ist. Todesangst, totale Erschöpfung, Knieschmerzen, verratene Liebe, Misstrauen, Durst – der ganze Mix, alles dabei. Quasi Pizza *Capricciosa* der Gefühle, verstehst? Des war eine emotionale Grenzerfahrung. Und von Emotionen und Grenzerfahrungen versteh i was.«

»Poldi!«

»In diesem Moment hab i nur eines verstanden: dass jetzt des Stündlein der Wahrheit g'schlagen hat.«

»Letztes Stündlein, meinst du.«

»Nein, des mein i nicht, *Dottore*. Weil, so viel hab i dann doch noch g'schnallt, dass diese beiden Igel mich nicht hier auf offenem Corso abmurksen wollten.«

Die Poldi wäre trotzdem am liebsten wieder geflohen. Aber in Montanas Armen war inzwischen ihre allerletzte Kraftreserve verpufft. Für mehr Flucht, mehr Leopardin, Gazelle und Projektil reichte es einfach nicht mehr. Zumal Montana sie weiterhin eisern festhielt. Die beiden Igel hatten den Hasen ausgetrickst.

»Glaub ihm kein Wort, Vito!«, brachte die Poldi gerade noch heraus. »Er hat Elisa Puglisi und Madame Sahara ermordet.«

»Ganz ruhig, Poldi«, sagte Montana. Und zu Sean Torso gewandt: »Was ist mit Russo?«

»Weg natürlich, was denken Sie denn? Ihre Freundin hat wirklich wieder mal alles durcheinandergebracht.«

Montana presste einen kurzen Fluch heraus. Und tat dann etwas sehr Sizilianisches. Etwas, das meine Tante allerdings in diesem Moment mehr verstörte als alles andere.

Er sah auf seine Uhr und sagte: »Also, ich weiß nicht, wie es euch geht, aber ich hab einen Mordshunger.«

»Vito, glaub mir, er ist der Mörder!«

Montana sah die Poldi an.

»Sieh mich an, Poldi. Vertraust du mir?«

»Nein.«

Montana stöhnte.

»Wie sieht's aus mit Hunger? Kleines Bier vielleicht?«

Die Poldi wollte erneut Nein sagen, aber ihr Körper, der es wieder mal besser wusste, nickte zögernd.

»Schon besser.«

Montana hakte sich die kraft- und willenlose Poldi unter und führte sie in eine kleine Trattoria in einer Seitengasse des Corso, wo er sie zu einem Tisch in der hintersten Ecke dirigierte.

Die Wirtin begrüßte Montana mit zwei Wangenküssen und einem Blick, der bei der Poldi einen Anflug von Eifersucht auslöste. Dann stellte die schöne Wirtin drei eiskalte Biere auf den Tisch, was bei der Poldi nun wiederum einen Anflug von Lebensmut auslöste.

Und nachdem sie ihr Bier und das von Montana auf ex gekippt hatte und die Lebensgeister sich zögernd durch die Hintertür wieder zurück ins Haus geschlichen hatten, musterte sie die beiden Männer, die schweigend und verschlossen vor ihr saßen. Vor allem Sean Torso machte aus seiner Abneigung gegen meine Tante kein Hehl. Er wirkte etwa so gutmütig wie King Kong, nachdem man ihm die weiße Frau weggenommen hatte.

»Ich …«, begann Montana, doch die Poldi würgte ihn gleich wieder ab.

»Vielleicht fangen wir nicht mit dir an.« Die Poldi sah Torso an. »Wer sind Sie?«

»Das ist …«, wollte Montana den Amerikaner vorstellen, wurde aber diesmal von Torso unterbrochen.

»Sean Torso. Lassen wir's einfach dabei.«

»Das ist nur ein Anagramm von ›Etnarosso‹«, sagte die Poldi. »Also der letzte Hinweis, den Madame Sahara auf ihren Mörder geben konnte. Sie hat Sie enttarnt, Mister. Und ich auch. *Sie* haben Madame Sahara umgebracht. Und wahrscheinlich auch Elisa Puglisi. Hörst du, Vito? Was auch immer er dir erzählt hat – dieser Mann ist ein Mörder. Hast du Handschellen dabei?«

»*Bullshit*«, knurrte Torso. »Ja, der Name ist wirklich ein Anagramm. Lag irgendwie nahe bei dieser Operation. Ich mag Anagramme. Aber um das wirklich klarzustellen: Ich habe Madame Sahara nicht umgebracht.«

»Bill … äh, Sean und ich kennen uns schon seit meiner Zeit in Rom bei der Anti-Mafia-Sondereinheit«, schaltete sich Montana jetzt wieder dazu. »Sean ist bei einer Sonderabteilung des FBI für organisierte Kriminalität in Italien.«

»Das muss reichen«, sagte Torso.

»Ach ja?«

Die Poldi nahm ihm sein Bier weg, das er nicht angerührt hatte, und leerte auch dieses Glas in einem Zug. Und mit dem dritten Bier wich nun auch der letzte Rest von Angst und machte endlich die Bahn wieder frei für etwas, das viel besser zu meiner Tante Poldi passte.

»Ich sage dir was, *big boy*«, fauchte die Poldi den Amerikaner an, »das wird ganz bestimmt nicht reichen! Ich will jetzt ein paar Erklärungen. Von euch beiden!«

»Erst mal essen wir was!«, rief Montana betont schwungvoll und winkte der Wirtin. »Wir sind hier immer noch in Sizilien!«

Die Poldi hatte ihren *Commissario* noch nie so nervös erlebt. Ohne einen Blick auf die Karte zu werfen, bestellte Montana Vorspeisen, Salat, Fisch, zwei weitere Biere und eine Cola, während die Poldi und Torso weiter Blickduell spielten.

»Sie machen wirklich nur Ärger«, begann Torso missgelaunt. »Immer funken Sie uns dazwischen. Ohne Sie wäre die Operation ›Etnarosso‹ längst abgeschlossen. Aber nun steht alles auf der Kippe. Ich könnte wirklich kotzen.«

»Was Sean damit sagen will …«, setzte Montana an, doch weiter kam er auch diesmal nicht.

»Ich hätte Sie schon ganz zu Anfang aus dem Verkehr ziehen sollen«, sprach Torso weiter und ließ seine Kiefermuskeln im Takt dazu zucken. »Aber wissen Sie, was mich wirklich am meisten ankotzt?«

Da war die Poldi wirklich neugierig.

»Dass wir Sie nun leider brauchen.«

»Und das besprechen wir nach der Vorspeise!«, ging Montana dazwischen.

»Erst will ich noch eins wissen, Vito. Willst du Alessia wirklich heiraten und nach Mailand gehen?«

»Nun«, räusperte sich Montana verlegen. »Also ... äh, nein. Wir haben darüber gesprochen, das ja. Aber ich ... also, nein. Ich weiß nicht, ob das so eine gute Idee ist. Weil ... ach, ist ja auch egal. Und das mit Mailand habe ich ...«

»Ja, Vito?«

»Erfunden.«

»Warum?«, fragte die Poldi in ihrem eisigsten Tonfall.

»Madonna, um dich aus dem Spiel zu nehmen!«, entfuhr es Montana. »Ich hab alles versucht, aber du lässt ja nie locker. Also musste ich härtere Geschütze auffahren, um dir die Lust an dem Fall zu nehmen. Du warst schließlich in Lebensgefahr!«

»Dann glaubst du mir inzwischen, dass jemand versucht hat, mich umzubringen?«

»Das war mir die ganze Zeit über klar, Poldi. Glaub mir, es war alles nur zu deiner eigenen ...«

Weiter kam er nicht. Denn da hatte die Poldi ihm schon tüchtig eine gesemmelt.

»Gut«, sagte meine Tante nur. »Wäre das ja geklärt.«

Und dann kamen die Antipasti.

Montanas linke Wange glühte, aber er trug die Ohrfeige mit Fassung, tupfte sich nach dem letzten Bissen die Lippen mit der Serviette und atmete durch.

»Seans Abteilung verfolgt Aktivitäten der *Cosa Nostra*, die sich von Sizilien bis in die USA erstrecken. Er war die letzten drei Monate undercover an Hintermännern der *Cosa Nostra* dran, die hier in Sizilien in großem Stil mit Wasser handeln. In sehr großem Stil.«

»Ich hörte davon. Der See bei Caltagirone.«

»Und das ist wirklich nur die Spitze des Eisbergs«, erklärte Torso. »Ein kriminelles Business, das bislang kaum jemand auf dem Schirm hatte. Wir wissen, dass es Verbindungen der *Cosa Nostra* zu Oceanica gibt, aber bislang fehlte noch der letzte *missing link*. Bis ich auf Elisa Puglisi stieß.«

»Und die musste leider sterben, bevor sie Ihnen den Namen des *missing link* verraten konnte«, sagte die Poldi.

»Falsch. Sie *war* der *missing link*. Elisa Puglisi hat für die Wassermafia gearbeitet. Sie hat alles gedeckt und koordiniert. Wir können das beweisen.«

»Oh. Und warum wurde sie dann ermordet?«

»Das wissen wir nicht.«

»Und Madame Sahara?«

»Wir vermuten, dass sie eine Informationsquelle von Elisa Puglisi war und Geld für die Mafia gewaschen hat.«

»Eine Arbeitshypothese«, schränkte Montana ein. »Wir haben die Gelder noch nicht gefunden, und alle ›Spender‹, die in ihrem Terminkalender stehen, leugnen hartnäckig, ihr mehr als das übliche Honorar übergeben zu haben.«

»Klingt ja nicht so überzeugend.«

»Wir wären sehr viel weiter, wenn Sie uns nicht immer in die Quere gekommen wären!«, knurrte Torso.

»Wissen Sie, wie Sie sich jetzt anhören, Mister Torso oder wie immer Sie auch heißen mögen? Wie ein Schuljunge mit großer Klappe, der aber losheult, sobald ihn ein Mädchen knufft.« Und auf Bairisch setzte sie noch hinzu: »Du oida G'schwollschädel!«

Torso wurde weiß.

Die Poldi strahlte erst ihn und dann Montana an.

»Warum hat Madame Sahara ›Etnarosso‹ in ihre Hand geschrieben?«

»Hat sie nicht«, erklärte Montana. »Laut Spurensicherung wurde das Wort *post mortem* in ihre Hand gekritzelt. Wir waren nämlich auch nicht ganz untätig, Poldi.«

Die Poldi ignorierte das. Es ergab einfach alles keinen Sinn.

»Das heißt, der Mörder hat eine falsche Spur gelegt. Aber warum? Ich meine, wenn ich euch richtig verstehe, hängt alles mit ›Etnarosso‹ zusammen. Warum sollte der Mörder da eine falsche Fährte legen, die gar keine falsche Fährte ist? Hallo?«

Montana seufzte.

»Wie gesagt ...«

»Der *missing link* fehlt, weiß schon.«

»Also mal kurz angenommen, was ihr mir da erzählt, ergibt irgendeinen Sinn – wie hängen da die Avola-Brüder mit drin?«

»Gar nicht«, sagte Montana. »Es geht nur um das Wasserreservoir unter dem Weinberg.«

»Und warum hat Achille dann behauptet, Madame Sahara getötet zu haben?«

»Er hat wirklich gedacht, sein Bruder Carmelo wär's gewesen, und glaubte, er sei ihm das schuldig wegen der Nierenspende.«

»Und welches Motiv hätte Carmelo gehabt?«

»Der böse Blick«, erklärte Montana ungerührt. »Carmelo Avola hat eine kleine Manufaktur für Stilmöbel in Trecastagni. Du weißt schon, so wuchtige Polstermöbel mit Löwenfüßen und schweren Brokatstoffen für den *salotto*. Lief jahrelang super, das Geschäft, aber seit der Eurokrise geht ja alles den Bach runter. Die Möbel sind teuer, reine Handarbeit und allein für den sizilianischen Geschmack produziert. Im Ausland will so was keiner. Wie viele andere ist auch Carmelo zu Madame Sahara gepilgert, um sich Rat und vielleicht einen kleinen Businesszauber zu holen, aber es lief immer schlechter. Da hat Carmelo allen Ernstes rumerzählt, Madame Sahara habe ihm den bösen Blick angehext, um ihn zu vernichten. Er hat sich da offenbar richtig reingesteigert.«

»Ist jetzt nicht dein Ernst.«

»Doch. Jedenfalls hat Achille es offenbar ernst genommen, denn am Tag vor ihrem Tod hatte Madame Sahara noch eine heftige Auseinandersetzung mit Carmelo. Anscheinend hat er ihr da wirklich was angedroht.«

Sean Torso sah auf die Uhr und bedeutete Montana mit einer ungeduldigen Geste, endlich zum Punkt zu kommen.

Ein bisschen erleichtert erkannte die Poldi da, dass die beiden Männer, langjährige Zusammenarbeit hin oder her, keine wirkliche Herzensfreundschaft verband.

Montana wirkte zunehmend genervt von seinem amerikanischen Kollegen, schien ihn als Last zu empfinden, und die Poldi begann auch zu verstehen, warum. *Er fühlt sich klein,* dachte sie verblüfft. *Mein schöner, starker Vito fühlt sich klein, und er hasst es. Sean Torso ist Vitos Doris.*

»Jedenfalls, es war keiner von beiden«, fuhr Montana gereizt fort. »Achille ist zur Tatzeit noch in einer Bar in Trecastagni gesehen worden, das deckt sich auch mit den Ortungsdaten seines Mobilfunkbetreibers. Ja, schau nicht so, er hat dich in der Nacht eben noch mal für einen Schlummertrunk verlassen, Poldi. Und Carmelo lag in seinem Haus in Trecastagni im Bett mit seiner Frau.«

»Vielleicht lügt sie ja. Machen Frauen schon mal, die ihre Männer lieben.«

»Hör mal, Poldi, wenn die beiden Morde eine Verbindung haben, dann fehlt den Brüdern ein Motiv für den Mord an Elisa Puglisi. Dieser Fall hat eine ganz andere Dimension.«

»Und wir hätten beide Morde in einem Aufwasch mitaufklären können, wenn Sie uns nicht dauernd dazwischengefunkt hätten«, begann Torso von Neuem, während er seinen Teller mit einem Stück Brot blank polierte. »Carmelo Avola war meine Tür zum Hinterzimmer von ›Etnarosso‹. Drei Monate verdammte Undercover-Arbeit als Wasserexperte. Ich war wirklich so nah dran!« Er machte eine kleine Zange mit Daumen und Zeigefinger. »An meiner Zielperson. Und dann kamen Sie, und die Zielperson wurde nervös und hat sich zurückgezogen.«

Er begann der Poldi auf die Nerven zu gehen. Aber sie hatte inzwischen das fünfte Bier intus, gut gegessen und sich von daher wieder voll im Griff.

»Womit wir wieder bei Punkt eins wären«, sagte sie total ruhig und professionell. »Nämlich, warum ihr mich dann trotzdem braucht.«

Blickwechsel zwischen Torso und Montana.

»Und dann haben Sie vorhin mal eben meine Tarnung mit Ihrem Theater auffliegen lassen«, fuhr Torso fort. »Damit bin ich endgültig raus aus dem Spiel! *Game over.* Aber, und ich sag's wirklich nicht gerne, *Sie* sind noch drin.«

Der Poldi schwante langsam, wer Torsos Zielperson war. Aber sie wollte es von Montana hören.

»Wozu braucht ihr mich, Vito?«

Montana zögerte. Die Poldi sah ihm an, dass ihm das alles ziemlich gegen den Strich ging.

»Um an Russo ranzukommen«, seufzte er. »Russo ist der Kopf hinter ›Etnarosso‹.«

»Nein!«, rief die Signora Cocuzza aus.

»Nein!«, echote *Padre* Paolo.

Die Poldi nickte nur.

Mittwoch war Ruhetag in der kleinen Bar von Torre Archirafi, also hatten die drei den Gastraum für sich.

Es ging auf Nachmittag zu, die liebste Tageszeit meiner Tante Poldi. Draußen zeigten sich die ersten Familien zur *passeggiata*. Es war immer noch warm, und immer noch stöhnte fern der Ätna im Minutentakt. Aber zum ersten Mal seit Wochen wehte nun ein leichter Wind vom Festland herüber, kräuselte Wellen und Frisuren, besänftigte Gemüter und schaufelte ein bisschen Leichtigkeit in die Herzen. Die Poldi sah durch das Fenster, wie Arbeiter bereits die Holzplattformen, Kabinen und Bretterbuden am *lungomare* abbauten. Damit war der Sommer immer offiziell vorbei.

Die Poldi, der *Padre* und die traurige Signora saßen in klimatisierter Dämmrigkeit an einem Tisch neben der Kasse.

»Ich habe es ja immer gewusst, aber nun ist es amtlich mit FBI-Stempel: Russo ist ein *Capomafioso* und hat mir das Wasser abgedreht. Sean Torso hat undercover als Wasserexperte versucht, an ihn ranzukommen. Dazu wollte er sich zunächst über die Avola-Brüder ein Entree bei Russo verschaffen, um dann zu einer Art Vertrauten von Russo zu werden und weitere Beweise zu sammeln.«

»Klingt ja sehr kompliziert«, sagte der *Padre* skeptisch.

»Und von vorneherein natürlich zum Scheitern verurteilt. Russo ist ein Fuchs, der riecht einen *Cop* doch drei Meilen gegen den Wind. Genau wie ich übrigens. Zumal wenn er so dämlich und eitel ist, seinen Abschlussring nicht abzunehmen. Was für eine *figuraccia*! Aber für Polizisten und Lügen habe ich eh einen sechsten Sinn. Russo und der *Mago* konnten mich zwar mit ihren Lügengeschichten einwickeln, doch dieser Sean Torso hatte nie auch nur den Hauch einer Chance.«

»Und nun wollen die Sie als Geheimwaffe einsetzen!«, rief die Signora Cocuzza schaudernd und bewundernd zugleich.

»Als Trojanisches Pferd wohl eher. Torso erwartet, dass ich mit Russo flirte und sein Vertrauen gewinne. Und dass ich auf diese Weise auf lange Sicht Beweise liefern kann.«

»Sie sollen mit Russo etwa …?«

»Nein, davon war nie die Rede. Aber ich kann so weit gehen, wie ich es für richtig halte.«

»*Das* hat Montana von Ihnen verlangt?«

»Es schmeckt ihm natürlich ganz und gar nicht. Aber er scheint nichts machen zu können. Es ist Torsos Plan.«

»Dann ist ihr Montana ein verdammter Feigling!«, polterte der *Padre*. »Für so einen Schmutz werden Sie doch nicht zur Verfügung stehen, Donna Poldina!«

Die Poldi zuckte ein bisschen kokett mit den Schultern.

»Ach. Es ist nicht ohne Reiz, gebe ich zu.«

»Das ist nicht Ihr Ernst, Donna Poldina!«, flüsterte die Signora Cocuzza.

Die Poldi sah die beiden prüfend an und zögerte ihre Antwort ein wenig hinaus.

»Nein, natürlich nicht, was denkt ihr denn! Nicht, dass mich so eine Undercover-Mission nicht reizen würde. Da habe ich natürlich ein gewisses Talent. Aber sehe ich so aus, als ob ich mich von jedem x-beliebigen Wichtigtuer instrumentalisieren lasse, selbst wenn er vom FBI ist? Torso hat seinen Job verbockt, und jetzt soll ich ihm den Arsch retten. Ich könnte noch nicht einmal sicher sein, dass er mich nicht umgehend fallen lässt, wenn sich eine bessere Gelegenheit bietet. Außerdem glaube ich nicht, dass wir auf diese Weise den Mord an Madame Sahara aufklären werden. Nein, Kinder, ich habe andere Pläne. Wenn ich schon mitspiele, dann bitte schön nach *meinen* Regeln!«

Die sie ihrem Team dann umgehend erklärte.

Dazu ließ sie sich von der traurigen Signora endlich die Auswertung des Terminkalenders reichen. Wie sich herausstellte, hatte die Signora nicht nur eine gut sortierbare Excel-Tabelle angelegt, sondern auch noch ein richtiges Dossier über die meisten Klienten von Madame Sahara angelegt, mit Kontaktdaten, Verbindungen und Querverweisen. Und da ergaben sich ein paar Muster, die Montana bestimmt noch nicht aufgefallen waren, das wurde der Poldi sofort klar.

»Sie sind ein Genie, meine Liebe!«, rief sie aus, als sie da zum Beispiel las, was viele Verdächtige verband: Die Avola-Brüder, der nervöse *Dottore* Enzo, Elisa Puglisi und auch Madame Sahara selbst – sie alle waren Mitglieder des MoVimento 5 Stelle. Aber auch andere Klienten, die nicht zum Kreis der Verdächtigen zählten, waren in dieser Protestpartei.

»Dann sind diese Summen«, vermutete die Poldi, »alles verdeckte Parteispenden. Kein Wunder, dass das Geld nie wieder irgendwo aufgetaucht ist.«

Die Signora nickte.

»Das dachte ich auch.«

Sie hatte mit wenigen Mausklicks herausgefunden, dass Elisa Puglisi und Carmelo Avola für den Parteivorsitz in der Provinz Catania kandidiert hatten. Elisa Puglisi hatte die Wahl am Ende gewonnen.

»Damit haben sie den Bock zum Gärtner gemacht«, erklärte die Poldi. »Eine korrupte Staatsanwältin, die für die

Wassermafia arbeitet, als Vorsitzende einer Partei, die sich für den Schutz des Wassers einsetzt.«

»Vielleicht musste sie deshalb sterben …«, brummte *Padre* Paolo wie so ein sizilianischer Sherlock Holmes.

»Oder auch wegen was ganz anderem«, murmelte die Poldi und konzentrierte sich wieder auf das Dossier der Signora.

Klares Signal: Genie bei der Arbeit. Atemlose Stille, wie man sich vorstellen kann. Gespannte Erwartung. Knisternde Nervosität. Sogar die Klimaanlage der Bar schien etwas leiser zu rauschen, um meine Tante nicht zu stören, die nur hin und wieder Dinge wie »Mei, da schau her!« oder »Wer hätte des gedacht!« auf Deutsch murmelte.

»Was bedeuten ›Cyclop‹ und ›Maxlove‹?«, fragte sie die Signora, als sie auf diese zwei Worte stieß, die ohne weiteren Zusammenhang unter der Tabelle standen.

»Weiß der Geier«, schaltete sich jetzt der *Padre* ein. »Stand als handschriftliche Notiz in der Umschlagklappe des Büchleins. Ich hab's erst beim Kopieren entdeckt.«

»Klingt wie Namen von Rennpferden«, vermutete die traurige Signora.

Das fand die Poldi zwar etwas weit hergeholt, dennoch irritierten sie die beiden rätselhaften Worte, die sie an jenem Abend übersehen hatte. Vielleicht hatten die beiden Worte auch gar keine Bedeutung. Die Poldi gab beide Begriffe als Suchbegriffe im Internet ein und erhielt überraschenderweise sofort ein eindeutiges Ergebnis.

»Oh!«, rief die traurige Signora.

»Leck mich am Arsch!«, rief der *Padre*.

»Keine Pferdenamen«, sagte die Poldi grinsend. »Aber immerhin irgendwas mit Hengsten.«

Denn bei »Cyclop« und »Maxlove« handelte es sich um Pheromonsprays für Männer, die man online in verschiedenen Dosierungen bestellen konnte. Sprays, deren tatsächliche Wirkung auf Frauen zwar nicht nachgewiesen war, die aber mit dem Versprechen beworben wurden, jeden Mann unwiderstehlich zu machen.

»Wer benutzt so was?«, flüsterte die Signora Cocuzza, nicht ganz uninteressiert.

»Ehebrecher wie der *Dottore* Branciforte, natürlich!«, knurrte *Padre* Paolo. »Um junge Dinger rumzukriegen.«

»Nein«, sagte die Poldi nachdenklich. »Der hat Geld, der braucht keine Pheromone. Solche Sprays verwendet nur eine Sorte Mann.«

Sie zog die kleine Tonscherbe mit der griechischen Inschrift hervor, die sie im Weinberg gefunden hatte und legte sie auf den Tisch. *Outis* stand da. Niemand.

»So was benutzt nur ein Niemand, der ein Zyklop sein möchte«, sagte die Poldi. »Ein Narzisst mit dem Ego einer Erbse und dem Schniedel eines Igels.«

Die Poldi klappte ihren Laptop zu, zückte ihr Handy und wählte eine Nummer.

»Poldi!«, meldete sich Russo erfreut gleich nach dem zweiten Klingeln. »Endlich rufen Sie an!«

»In einer Stunde bei Ihnen im Büro«, sagte die Poldi nur. »Und die Hose können Sie anlassen.«

Und legte wieder auf.

»Es geht doch nichts über klare Ansagen«, erklärte sie ihrem Team zufrieden. »Beim Sex wie bei schmutzigen Deals.«

Eine knappe Stunde später stand meine Tante Poldi in der Empfangshalle von *Piante Russo*, Russos Palmen- und Gewächsimperium, und meldete sich an.

Dieses Mal wurde sie nicht mehr von der Security hinauskomplimentiert oder von Hans und Franz vom Hof gehetzt. Im Gegenteil. Russo persönlich holte sie ab. Küsste sie zur Begrüßung wie eine alte Freundin auf beide Wangen und führte sie umgehend in sein Büro, das die Poldi überraschend klein und spartanisch fand.

Ein alter Schreibtisch mit einem PC und Stapeln voller Papiere und Aktenmappen. Einige alte Aktenschränke und Bilder an den Wänden, Fotos seiner Kinder, ein Madonnenbild und eine große Sizilienkarte mit verschiedenfarbigen Pins. Gegenüber dem Schreibtisch ein abgewetztes Ledersofa mit einem Couchtisch, auf dem bereits zwei Espressotassen, eine Kaffeekanne, Zucker und Gebäck bereitstanden. Der einzige Schmuck im Raum war eine Bodenvase mit weißen Kamelien. Und so roch es auch – nach Kaffee, Aktenmuff und weißen Blüten. Und trotz der überraschend uneitlen und puritanischen Atmosphäre noch nach etwas anderem: nach Macht. Ganz klar: Dieser Mann hatte kein Egoproblem. Der brauchte keine Pheromone.

»Keine Anrufe und keine Störungen«, erklärte Russo seiner Vorzimmerdame, schloss die Tür und sah zu, wie die Poldi sich in eine Sofaecke setzte, die Beine übereinanderschlug und sich ohne Umstände Kaffee einschenkte.

Russo wirkte kurz unschlüssig. Er versuchte, die Situation einzuschätzen, und setzte sich dann hinter seinen Schreibtisch anstatt zur Poldi aufs Sofa.

»Also, was kann ich für Sie tun, Donna Poldina?«

Die Poldi ließ sich nicht hetzen. Rührte weiter in aller

Seelenruhe ihren Zucker um und trank ihren Espresso in drei kleinen anmutigen Schlucken, bevor sie antwortete.

»Ich will Ihnen einen Deal anbieten, Signor Russo. Einen schmutzigen Deal aus meiner Sicht. Aber ich habe meine Gründe.«

Sie machte eine kleine Pause und wartete, bis Russo ihr schweigend bedeutete fortzufahren. Er wirkte ganz ruhig, fast schläfrig. Aber die Poldi sah, dass seine Augen konzentriert und wachsam auf ihr ruhten.

»Ich weiß Bescheid«, fuhr sie fort. »Über Sie und ›Etnarosso‹. Ich könnte es bis zu einem gewissen Grad sogar beweisen, aber das muss ich gar nicht, wie Sie gleich sehen werden. Wissen Sie, ich habe es einfach satt, mir von Ihnen und Ihrem Informanten Rampulla weiter Lügengeschichten servieren zu lassen. Also lassen Sie uns endlich Klartext reden.«

»Gerne. Reden wir Klartext, Donna Poldina.«

Die Poldi setzte ihre Espressotasse ab und richtete sich ein wenig auf.

»Haben Sie Elisa Puglisi und Madame Sahara ermorden lassen?«

»Nein.«

Die Poldi nickte.

»Glaube ich nämlich auch nicht. Wenn jemand wie Sie seine Killer losschickt, dann kann man sicher sein, dass die Leichen nie wieder auftauchen. Und dann muss sich so ein Mord auch irgendwie auszahlen. Aber der Tod von Elisa Puglisi und Madame Sahara hat Ihnen nur Scherereien eingebracht, nicht wahr?«

»Bitte reden Sie weiter, Donna Poldina.«

»Ich kann dafür sorgen, dass diese Scherereien aufhören. Für eine ganze Weile wenigstens.«

Und nun die erste Reaktion bei Russo. Er zog die Augenbrauen hoch.

»Aber ich habe Bedingungen.«

»Mal angenommen, was Sie sagen, ergibt irgendeinen Sinn, Donna Poldina. Und angenommen, ich wäre der, für den Sie mich halten. Hätten Sie denn überhaupt etwas anzubieten?«

»Das werden Sie gleich sehen. Zunächst meine Bedingungen. Erstens: Ich will wissen, wer Madame Sahara getötet hat. Zweitens: Ich will, dass Sie mir das Wasser wieder aufdrehen. Drittens: Finger weg von Femminamorta.«

»Und viertens?«

»Das war's.«

Russo lehnte sich zurück.

»Glauben Sie mir, ich weiß nicht, wer Giuliana ermordet hat, das ist die Wahrheit.«

»Lassen wir mal die arme Wahrheit in Ruhe, die stöhnt schon wieder. Ich will einen brauchbaren Hinweis.«

Russo dachte nach. Und griff dann nach dem Telefon und drückte eine Schnellwahltaste.

»Giovanna und Arianna in mein Büro.«

Umgehend erschienen zwei Frauen von der Security im Büro, und Russo erhob sich.

»Ich muss Sie bitten, sich einer kurzen Leibesvisitation zu unterziehen, Donna Poldina. Sie verstehen sicher, warum.«

Damit verließ er den Raum.

Seufzend legte meine Tante Poldi ihre Kleidung und den Schmuck ab. Ein wenig verlegen in ihrer fülligen Nacktheit sah sie zu, wie die beiden Frauen von der Security ihre Handtasche und ihre Kleidung auf Abhörgeräte filzten. Aber der tätowierte Phönix auf ihrer linken Brust spreizte seine Flügel mit jedem Atemzug und krähte ihr Kraft und Mut zu. Und dann war es auch schon überstanden.

Die Poldi zog sich in aller Seelenruhe wieder an und wartete auf Russo.

Russo brachte zwei Gläser Weißwein mit, als er zurückkam, setzte sich zur Poldi aufs Sofa, trank jedoch nicht.

»Also gut. Fragen Sie.«

»Wer ist der ›Igel‹?«

Russo starrte sie an.

»Was sagen Sie da?«

»Es gibt eine Notiz von Madame Sahara nach einem Gespräch mit Elisa Puglisi – ›Der Igel hat das Geld‹. Ich bin überzeugt, dass der ›Igel‹ beide Frauen umgebracht hat.«

»Das kann nicht sein.«

»Dann wissen Sie, wer der ›Igel‹ ist?«

Russo stöhnte.

»Nicht *der* ›Igel‹, sondern *die* ›Igel‹.«

»Oh.«

Die Poldi wollte nachhaken, doch Russo unterbrach sie.

»Bevor ich mehr dazu sage, will ich wissen, was Sie anzubieten haben.«

Die Poldi zog ihr Handy aus der Handtasche und zeigte Russo ein Foto, das sie heimlich am Mittag gemacht hatte, als sie von der Restauranttoilette gekommen war.

»Diesen Mann schon mal gesehen?«

»Der eine ist Ihr Freund, der *Commissario*. Der andere, das ist doch dieser Amerikaner, der nach Wasser sucht. Dieser esoterische Kalifornier, der bei Achille zu Gast war.«

»Sein Name ist Sean Torso. Das ist nicht sein richtiger Name, sondern nur ein Anagramm von ›Etnarosso‹.«

Russos Kiefer mahlte.

»FBI?«

»Klebt Ihnen schon seit drei Monaten an den Hacken.«

»Was hat er bislang?«

Die Poldi zuckte kokett mit den Schultern.

»Zu wenig?«

»Was ist mit Montana?«

»Ist froh, wenn er den Typ los ist. Und ansonsten nicht zuständig, solange niemand ermordet wird.«

Russo sah meine Tante an, schüttelte ein bisschen fassungslos den Kopf und hob sein Glas.

»*Benvenuto in Sicilia,* Donna Poldina! Ich glaube, das ist der Beginn einer wunderbaren Freundschaft.«

14. Kapitel

»Okay, also raus mit der Sprache – wo hattest du das Mikro versteckt?«, fragte ich, als die Poldi ihren Bericht für meine üblichen Bewunderungsbekundungen unterbrach. »Im Ohr? Im Mund? Zwischen … ach, egal, komm, wo war es?«

»Ja, nirgendwo halt! I war völlig unverkabelt. Glaubst etwa, i geh so ein Risiko ein, wenn so viel auf dem Spiel steht?«

»Oh. Du hast es tatsächlich ernst gemeint?«

»Freilich, was denkst denn du? Weil, mir war doch sofort klar, dass des auf lange Sicht der einzige Weg ist, diesem *Capomafioso* des Handwerk zu legen. Der Zweck heiligt die Mittel, weißt schon. Bei einer Mordermittlung, merk dir des, darfst nicht zimperlich sein. Da musst dir halt manchmal die Finger schmutzig machen. Und nebenbei …« Die Poldi gluckste ein bisschen. »… bin i diesen Trottel und Unsympathen Torso losg'worden. Zwei Tage hat des gedauert, dann hat jeder g'wusst, wer er ist, und des FBI hat ihn zurückgepfiffen. Mei, im Grunde hab i ihm einen G'fallen getan, meinst nicht? Und dem Vito eh.«

»Hast du Montana von deinem Deal mit Russo erzählt?«

»Bist narrisch? Des bleibt mein süßes G'heimnis. Und i zähl fei auf deine Verschwiegenheit, hörst? Aber irgendwann, weißt, wenn i genug Beweise zusammen hab, dann lass i die Bombe platzen.«

»Dünnes Eis, Poldi.«

»Ah geh! Glaubst etwa, i scheiß mir ins Hemd?«

»Ich meine, was, wenn Russo ... mehr will? Also ... äh, *Dings.*«

»Mei, bei solchen Operationen gilt immer: Halte den Ball im Spiel, aber knall ihn nicht ins Tor. Natürlich wär des leichtes Spiel für mich, Russo sexuell abhängig zu machen. Aber schließlich bin i doch Profi. I steh schließlich auf der Seite der Gerechtigkeit. I weiß fei immer noch, wo die Grenze ist.«

Aber genau da hatte ich meine Zweifel. Gleichzeitig verstand ich, dass ich der Letzte war, der meiner Tante Poldi irgendwas ausreden konnte. Denn trotz ihrer sechzig Jahre und ihrer ganzen Lebenserfahrung war die Poldi, das wurde mir allmählich klar, ein Kind geblieben. Eines jener Kinder, die hin und wieder, wenn es ihnen zu gut geht und der Hafer sticht, an einen Abgrund treten und runtergucken müssen. Einfach nur so, um sich kurz zu schütteln und dann entspannt nach Hause zurückzuhüpfen. Und als mir das aufging, dämmerte mir, dass ich vielleicht doch nicht ganz hilflos war. Dass mich das Leben vielleicht aus einem bestimmten Grund zur Poldi aufs Sofa gesetzt hatte.

Um auf meine Tante Poldi aufzupassen, nämlich.

Weil ich womöglich nicht nur der Letzte, sondern überhaupt der Einzige war, der die Poldi vor dem endgültigen Absturz abfangen konnte. Und das sind diese Aufgaben im Leben, die du weder abwinken noch weiterdelegieren kannst. Die nimmst du einfach an, sagst »*Namaste*« und hoffst, dass du sie nicht vergeigst.

»Geh, was hast denn, Bub? Warum zitterst denn auf einmal so?«

»Ich zittere gar nicht, schon gut.« Ich atmete durch. »Hat Russo deine Bedingungen denn erfüllt?«

»Schon wieder so voreilig. Sag mal, hast du dieses Problem eventuell auch beim Sex? Weil, dann kein Wunder, dass du keine Freundin hast. Aber daran kann man arbeiten, des weißt schon, gell? Ein bisserl Yoga kann da Wunder wirken.«

Durchatmen.

»Und wer waren jetzt die ›Igel‹? Und wie hängt das mit den Pheromonsprays zusammen?«

Die Poldi lachte.

»Den Teufel werd' i tun, dir des jetzt schon zu verraten!«

»Komm schon, Poldi. Du weißt genau, dass ein Krimi immer zum Mitraten ist. Also gib mir irgendwas, mit dem ich was anfangen kann. Und dann überrasch mich. Beziehungsweise, wenn ich den Mörder errate, dann lass mir halt die Freude und gib mir einen schönen Showdown.«

Die Poldi sah mich aufmerksam an.

»Sieh an. Sind wir auf einmal doch Krimi-Experte, ja?«

Aber ich nun knallhart.

»Du musst liefern, Poldi. Also, wer war der ›Igel‹?«

»I sag nur Hase und Igel. Des ist mir einfach nicht aus dem Kopf gegangen, als mich Montana und Torso so g'schnappt hatten. Da ist unterbewusst schon ein Türlein aufgegangen bei mir. Weißt schon, des Bild von den beiden Igeln, die praktisch jedes Wettrennen g'winnen, weil's immer schon am Ziel sind, wenn der Hase erst losrennt. Absprache ist der ganze Trick. Und nachweisen lässt sich der Betrug auch fast nicht, solange sie keinen Fehler machen. Aber Fehler, merk dir des, macht jeder.«

Als die Poldi am nächsten Morgen testweise den Wasserhahn in der Küche aufdrehte, sprötzelte eine rostige Brühe heraus, und kurz darauf floss wieder klares Wasser aus allen Leitungen. Die ganze Via Baronessa atmete auf.

Zufrieden mit sich und versöhnt mit der Welt, nahm die Poldi die erste richtige Dusche seit Wochen und kochte sich einen Kaffee. Dann mühte sie sich trotz Knieschmerzen zum ersten Mal seit langer Zeit wieder die steile Treppe zur Dachterrasse hinauf und setzte sich in den Korbstuhl, den ich mir für meine Rauchpausen neuerdings dort hingestellt hatte. Es war noch früh, die aufgehende Sonne ließ den *Mongibello* in der Ferne golden erglühen. Die Poldi dachte an ihren Peppe und bat ihn leise, weiter auf sie aufzupassen.

»*Namaste*, Smokey!«, prostete sie dem Ätna mit ihrer Kaffeetasse zu. »Lecktsmialleamarsch!«

Dann schloss sie die Augen und dachte nach. Sie wusste, wer die »Igel« waren, und sie wusste, um welches Geld es gegangen war. Viel Geld. Sehr viel Geld. Meine Tante Poldi wusste inzwischen so einiges. Nur beweisen konnte sie es noch nicht. Sie dachte kurz daran, Montana anzurufen und ihm zu erzählen, was Russo über die »Igel« gesagt hatte. Aber dann fiel ihr ein, dass sie seine Nummer gelöscht hatte, und außerdem wollte sie erst verstehen, wie der Mord an Madame Sahara abgelaufen war.

Doch wie sie es auch drehte und wendete, immer wirkte zunächst alles ganz schlüssig, aber dann fiel ihr irgendwann ein, was Montana über seine Ermittlungsergebnisse berichtet hatte, und das ganze schöne Kartenhaus brach zusammen. Es passte einfach nicht. Und wie so ein höhnischer Kommentar zur Weltlage begann auch der Nerv unter der alten Krone wieder zu pochen. Die Poldi fluchte leise. Zahnweh war jetzt das Letzte, was sie brauchen konnte, um einen Mordfall aufzuklären.

Ächzend erhob sich meine Tante wieder aus meinem Korbsessel und schlurfte zurück in die Küche. Für einen Moment dachte sie daran, sich mit einem halben Weizen konzentrationsmäßig ein bisschen auf die Sprünge zu helfen, aber stattdessen nahm sie lieber eine Ibuprofen und wartete auf die Wirkung. Die ließ sich jedoch Zeit.

Der Zahn pochte und pochte munter weiter wie so ein pulsierendes Funkfeuer zu Navigationszwecken. *Poch, poch, poch.* Und wieder: *Poch, poch, poch.* Um nicht ganz untätig zu sein, klappte die Poldi ihren Laptop auf und sah sich das Dossier der traurigen Signora noch einmal an, filterte die Namensliste nach verschiedenen Kriterien vor und zurück. Klickte einfach nur ein bisschen herum, nur um irgendwas zu tun. *Poch, poch, poch.*

Und dann sah sie es.

Den Zusammenhang.

Den Igeltrick.

Poch, poch, poch. Zwei Namen mit derselben Adresse. Es war ihr bisher nicht aufgefallen. Aber wie das eben so ist – das Leben hat ulkige Mittel, uns auf den richtigen Weg zu schubsen. Manchmal sind es eben Zahnschmerzen.

»*Namaste,* Zahn!«, sagte die Poldi leise und verwundert, als sie auf einmal verstand, wie alles zusammenpassen konnte.

Und dass sie nun zum Zahnarzt musste.

Nach einem kurzen Anruf bei Russo fuhr sie tapfer los.

Natürlich hatte die Poldi Bammel, wer hätte das nicht? Ich meine, Zahnarzt plus Mordermittlung – wer außer meiner Tante Poldi hätte schon den Schneid, in solch eine Löwenhöhle zu steigen?

Nie im Leben hätte meine Tante Poldi dem betrunkenen, nervösen jungen Mann mit den kruden Parolen zugetraut, Zahnarzt zu sein. Aber tatsächlich hatte *Dottore* Enzo Rapisarda eine überraschend schicke Praxis in Trecastagni. Er nahm auch nur Privatpatienten an, daher musste die Poldi gar nicht lange warten. Und im Gegensatz zu dem Bild, das sie von dem jungen Mann an jenem Nachmittag im Weinberg hatte, machte Rapisarda einen ganz ruhigen und besonnenen und vor allem nüchternen Eindruck in seinem weißen Kittel, als die Poldi endlich dran war. Keine Spur mehr vom Fanatismus jenes Nachmittages.

»Ah, Sie sind Deutsche?«, rief er erfreut auf Deutsch, als die Poldi sich vorstellte. »Ich liebe Deutschland! Ich habe in Bochum studiert.«

»Aber der Teufel trägt Merkel, oder wie war das?«

Der *Dottore* runzelte die Stirn.

»Äh, wie bitte?«

»Erkennen Sie mich denn nicht wieder, *Dottore*?«

Rapisarda sah meine Tante einen Moment an, dann wurde er rot.

»Oh, ja, natürlich, Signora. Das war ...«, stammelte er verlegen, »nun ja, ich war da wohl etwas ...«

»Von der Rolle, nicht so tragisch. Ich ja auch. Mei, Schwamm drüber.«

Die Poldi nahm im Behandlungsstuhl Platz und strahlte Rapisarda an.

»Wir sind doch Profis.«

Rapisarda lächelte verlegen zurück und erwies sich als überraschend feinfühliger Arzt. Er konnte Spritzen setzen, ohne dass die Poldi auch nur einen Piekser spürte. Und dabei streichelte er meiner Tante mit einem Finger über die Wange wie einem Kind. Hatte die Poldi noch nie erlebt, so was.

»Wir müssen die Krone erneuern«, erklärte er ihr sanft. »Einstweilen kann ich nur die Entzündung darunter behandeln. Das wird Sie zumindest von den Schmerzen befreien. In einer Woche können wir dann mit der Behandlung beginnen, wenn Sie mir vertrauen.«

Die Poldi nuschelte nur Zustimmung mit offenem Mund und ließ alles mit sich geschehen. Es gab ohnehin keinen Weg mehr zurück.

Nach einer halben Stunde war alles vorbei. Die Poldi hatte einen tauben Mund, aber Rapisarda versicherte ihr, dass sie auch nach dem Abklingen der Betäubung keine Schmerzen mehr haben werde. Er reichte meiner Tante die Hand, um sich in sein zweites Behandlungszimmer zu verabschieden, aber die Poldi ließ ihn nicht los.

»Danke, *Dottore*. Aber wir sind leider noch nicht fertig.«

Rapisarda gleich wieder nervös.

»Äh, was denn noch? Die anderen Kronen sehen alle noch gut aus.«

»Ich möchte mit Ihnen über Ihre Nachbarn, die ›Igel‹, sprechen. Und über Madame Sahara und das Geld, das sie für Ihre Partei gesammelt hat. Aber vor allem darüber, wie die ›Igel‹ Elisa Puglisi und Madame Sahara umgebracht haben.«

Rapisarda wurde rot und holte Luft, um etwas zu sagen. Vielleicht sogar, um irgendetwas zu brüllen. Aber die Poldi, die ja immer noch seine Hand festhielt, zog ihn ein wenig näher an sich heran und legte ihm sanft einen Finger auf die Lippen.

»Hören Sie mir erst zu, *Dottore,* bevor Sie sich echauffieren. Ich kann mir vorstellen, dass Sie Ihren Nachbarn viel zu verdanken haben. Den zinslosen Kredit für Ihre schicke Praxis hier zum Beispiel. Nein, nicht widersprechen, *Dottore,* das weiß ich von Signor Russo, und der hat es von Ihrem Nachbarn selbst. Natürlich haben Sie bei einer solchen Großzügigkeit gar nicht groß nachgefragt, warum ein Möbelhersteller kurz vor der Pleite und ein Winzer, der gerade seine gesamte Kellereianlage erneuert hat, noch so viel Geld flüssig haben. Natürlich wussten Sie, dass Madame Sahara Spenden für Ihre Partei einsammelt. Und irgendwie haben Sie natürlich mitgekriegt, dass das Geld nie bei der Partei angekommen ist, nicht wahr? Da hätten Sie eigentlich nur eins und eins zusammenzählen müssen, *Dottore.* Haben Sie aber nicht. Sie sind ein guter Arzt, und Sie kämpfen für eine gerechte Sache. Aber nun haben Sie sich leider die Finger schmutzig gemacht. Und Dankbarkeit hin oder her – was sagt Ihr Gewissen dazu?«

Damit endlich ließ sie den jungen Arzt los. Rapisarda zitterte. Er ließ sich auf seinen Behandlungsschemel fallen und sank immer mehr in sich zusammen.

»Was werden Sie jetzt tun?«, flüsterte er.

»Ich werde Ihnen zwei Fragen stellen, *Dottore,* ganz einfach. Und wenn Sie mir die zufriedenstellend beantworten, dann gibt es eine gewisse Wahrscheinlichkeit, dass Sie irgendwie noch mit einem blauen Auge davonkommen. Ich will doch einen so guten Zahnarzt nicht verlieren. Und mit ein bisschen Glück findet sich auch noch ein Rest der Parteispenden ein. Also, was sagen Sie?«

Rapisarda nickte.

»Kopf hoch, *Dottore.* Sehen Sie mich an.«

Der junge *Dottore* hob den Kopf und sah meine Tante an. »Fragen Sie, Signora.«

»Nun, Frage eins ist: Wie war der übliche Weg, den die Parteispenden nehmen sollten? Frage zwei: Haben Sie am Tag nach der Weinlese – also am Tag, nachdem Madame Sahara ermordet wurde, an dem Tag, an dem Sie spät mit einem Mordskater aufgewacht sind –, haben Sie da vielleicht etwas bei sich gefunden, das gar nicht Ihnen gehört?«

Rapisarda starrte meine Tante an, als könnte sie hellsehen.

»Woher wissen Sie das?«

»Was war es?«, fragte die Poldi, obwohl sie es bereits wusste.

Weil nun alles zusammenpasste.

Die »Igel« hatten das letzte Rennen verloren.

»Das Handy von Carmelo Avola«, sagte der junge *Dottore*. »Ich hab's ihm dann natürlich gleich raufgebracht. Ich muss es im Suff wohl versehentlich eingesteckt haben.«

»Glauben Sie mir, *Dottore*«, sagte die Poldi leise. »Das haben Sie nicht.«

»Stopp, stopp, stopp!«

Ich griff mir eine weiße Papierserviette vom Tisch und schwenkte sie durch die Luft, zum Zeichen meiner Kapitulation.

»Halt mich für total beschränkt, Poldi, aber ich schnall's nicht. Handy? ›Igel‹? Parteispenden?«

»Mei, es ist halt auch ein bisserl kompliziert, und i bin ja auch nicht gleich draufgekommen. Also, es ist so: Wer zwei solche Morde begeht, der muss schon an einer grandiosen Selbstüberschätzung leiden, meinst nicht?«

»Einverstanden.«

»Mei, und da passen die Pheromone gut ins Bild, die Achille eingesetzt hat, um Frauen rumzukriegen. Der war halt so ein Niemand, der gern ein Zyklop gewesen wäre. War er aber nicht. Er war nur ein Winzer, der seiner Partei einen Batzen Geld gestohlen hatte, um seine neue Kellerei zu finanzieren. Weil die italienischen Banken so knauserig g'worden sind mit ihren Krediten seit der Eurokrise. Alles zusammen mit seinem Bruder Carmelo, weil, der hat ja auch kurz vor der Pleite gestanden. Die Brüder haben Geld gebraucht, viel Geld. Also haben sie sich direkt an der Quelle bedient.«

»Also waren die Avola-Brüder die ›Igel‹.«

»Ganz genau. Weil, so hat sie als Kinder schon jeder genannt, weil sie sich als Zwillinge immer einen Spaß draus g'macht haben, die anderen Kinder zu narren. Des war halt ein Spiel, das sie gut konnten, Hase und Igel. Und dann bleibt so ein Spitzname eben ein Leben lang an dir pappen.«

»Warum Elisa Puglisi?«

»Mei, die sollte eigentlich des Spendengeld waschen, das Madame Sahara eingesammelt hat. Und dann hatte sie eben ein Verhältnis mit Achille, der sie mit den Pheromonen rumgekriegt hatte. Weil, der hat irgendwie g'schnallt, dass sie auch ein doppeltes Spiel spielt mit der Wassermafia, und hat sie erpresst. Heißt: Er hat die Parteispenden für sein Schweigen kassiert.«

»Und irgendwann wurde es Elisa Puglisi zu viel, und sie wollte nicht mehr.«

»Weil, sie war ja immer noch Staatsanwältin. Sie hat sich sicher g'fühlt und dem Achille gedroht, ihn auffliegen zu lassen. Mei, und da hat er dann die Notbremse gezogen und zug'schlagen mit dem Polifemo. Selbstüberschätzung, i sag's ja.«

So langsam begann ich zu verstehen.

»Aber vorher hat sie es noch Madame Sahara verraten. Und da die nun wusste, wer ihre Freundin ermordet hatte, musste auch sie sterben.«

»Jetzt hast du's. *Cento punti!*«

»Aber wie konnte Achille damit durchkommen?«

»Ja, da haben die Brüder halt wieder Hase und Igel g'spielt, anders wäre des nicht gegangen. Bisserl riskant, natürlich, aber die Brüder haben ja praktisch mit dem Rücken zur Wand g'standen. Und welcher Faktor kam noch dazu?«

»Die Selbstüberschätzung?«

»Pfeilgrad. Plus Egoproblem. Also: Von Montana hab i g'wusst, dass Achille zur Tatzeit in einer Bar in Trecastagni gesehen wurde. Was auch mit den Ortungsdaten seines Handys übereinstimmt. Bloß, dass des halt nicht der Achille war, sondern Carmelo. Der hat Achilles Handy dabei g'habt und seinem Bruder ein Alibi verschafft, der ja gerade die Madame Sahara erschlagen musste.«

»Ah!«, rief ich. »Und Carmelo wiederum hatte sein Handy dem betrunkenen Enzo zugesteckt, der ja im selben Haus wohnt. Also zeigte auch sein Handy für die Tatzeit eine unverdächtige Position an.«

»Und Carmelos Frau hat außerdem behauptet, ihr Mann sei die ganze Nacht zu Hause gewesen.«

»Ziemlich riskant.«

»I sag's ja. Pure Selbstüberschätzung. Da spielst dein Leben lang Hase und Igel und denkst automatisch, du g'winnst eh jedes Rennen. Aus der Nummer kommst dann nimmer raus.«

»Bloß, warum hat Avola sich dann selbst beschuldigt?«

»Weil des ein cleverer Zug war. Weil, seine DNA, Fingerabdrücke und so weiter waren doch eh überall an der Leiche. Und er hat g'wusst, dass er und sein Bruder ein Alibi haben. Er hat nach dem Mord ja sogar noch eine falsche Fährte gelegt und ›Etnarosso‹ in die Hand von Giuliana g'schrieben. Bisserl arg riskant, aber am Ende recht erfolgreich. Die rührende G'schichte der Brüder und der Nierenspende, weißt. Des hat den Vito dann tatsächlich überzeugt. Und zu Vitos Ehrenrettung muss man auch sagen, dass er zu diesem Zeitpunkt diesen Sean Torso im Nacken sitzen hatte, und den hat der ganze Mordfall eh nicht g'schert. Da hat's halt einen Profi wie mich gebraucht, um die Zusammenhänge in ihrer ganzen Komplexität zu verstehen. Und klar, die Avolas wussten natürlich, dass Madame Sahara einen Hinweis in ihrem Terminkalender hinterlassen hatte. Bloß haben sie den dann nicht g'funden. Und als sie dann einen zweiten Versuch haben starten wollen, da war i halt schon vor ihnen drin im Haus von der Madame Sahara. Da haben sie sich noch nix getraut, weil der *Padre* dabei war. Mei, haben sie halt g'wartet, bis i allein mit dem Büchlein zu Montana fahren wollte, und dann haben sie mich eben g'rammt.«

»Hammer.«

»Hast es jetzt? Bist bereit für den Showdown?«

»*Forza* Poldi!«

Meine Tante Poldi wollte keine Zeit mehr verlieren. Sie machte sich allerdings auch keine Illusionen darüber, wie haltbar ihre Beweise wirklich waren. Nämlich gar nicht. Was sie brauchte, war ein echtes Geständnis. Und dafür gab es nach ihrer Erfahrung mit Narzissten wie Achille Avola nur einen Weg: brutale Provokation.

Dünnes Eis wieder mal, gefährliche Sache. Konnte schnell ins Auge gehen. Beziehungsweise ins Grab führen. Der Poldi war natürlich klar, dass sie auf Verstärkung nicht ganz verzichten konnte. Dass sie am Ende Montana brauchte.

Da sie seine Nummer ja nicht mehr hatte und sie auch nicht auswendig wusste, rief sie in der Präfektur an. Dort teilte ihr eine schnippische Telefonistin mit, dass *Commissario* Montana gerade irgendwo unterwegs war, und wollte ihr auch partout seine Handynummer nicht geben. Die Poldi erklärte ihr zwar, dass es um Leben und Tod gehe, aber das schien die schnippische Telefonistin jeden Tag zu hören. Sie ließ sich gerade noch zu dem Zugeständnis herab, Montana eine Nachricht zu hinterlassen, mehr war nicht drin.

Fluchend legte die Poldi auf und wartete eine Stunde. Und noch eine Stunde. Sie wartete bis zum Abend, aber Montana rief nicht zurück. Und mit dem Einbruch der Dunkelheit siegte das Jagdfieber über die Vernunft. Wie das eben nun mal so ist, wenn dich das Jagdfieber gepackt hat: Aufschieben ist dann irgendwie nicht mehr. Wer kennt das nicht?

Dafür rief die Poldi nun jemand anderen an.

Alessia.

Ja, genau, sie hatte Alessias Nummer. Und zwar, seitdem sie einige Wochen zuvor einem niederen Impuls nicht hatte widerstehen können und heimlich Montanas Nachrichtenliste durchgesehen hatte, während er schlief. Macht man nicht, so was. Niemals. Dreimal pfui. Zumal der Poldi das, was sie da gelesen hatte, auch nicht wirklich gefallen, sondern im Gegenteil den Schlaf geraubt hatte. Aber immerhin hatte sie nun Alessias Handynummer.

Leider meldete sich nur die Mailbox.

»*Per favore lasciate un messaggio dopo il beep. Vi richiamerò non appena possibile.*«

Sie drückte den Anruf weg, musste sich einen Augenblick sammeln und versuchte es dann erneut.

»Alessia, hier ist Poldi. Ich … ach, nun ja, Sie wissen ja, wer ich bin. Ich erreiche Vito leider nicht, und es ist wichtig. Also, es geht um den Fall, meine ich. Ich werde jetzt zu Achille Avola in den Weinberg fahren und ihn zu einem Geständnis zwingen. Achille Avola hat Elisa Puglisi und Madame Sahara umgebracht. Wenn Sie das Vito bitte ausrichten. Und … danke.«

Als Achille Avola an diesem Abend sein kleines Häuschen am Hang seines Weinbergs betrat, nachdem er die Stahltanks kontrolliert, den jungen Wein wie jeden Tag verkostet und den pubertierenden Polifemo mit Spuren von Kupfer sanft zur Räson gebracht hatte, wurde er bereits erwartet.

Meine Tante Poldi trug Kampfmontur – also enge schwarze Stretchhose, die schon etwas spannte, schwarze Sneaker und ein enges schwarzes T-Shirt – und hatte es sich in einem alten Lehnstuhl bequem gemacht. Unter dem T-Shirt klebte mit Leukoplast ein kleines Diktiergerät auf ihrem Bauch, und im Schoß hielt sie ganz locker den alten Vorderlader ihres Vaters aus der Fortschauer Armatur, Kaliber 19mm, mit Nussbaumschaft und ausgeschlagenem Lauf. Funktionsuntüchtig zwar, aber ziemlich beeindruckend, wenn man das nicht wusste.

»Guten Abend, Achille.«

»Poldi!«

Der Winzer starrte meine Tante und den alten Schießprügel an.

Sonderlich überrascht wirkte er nicht, fand meine Tante, und das hätte sie in diesem Moment eigentlich stutzig machen müssen. Aber wie das immer so ist: Wenn das Stück erst einmal begonnen hat, denkt man nur noch daran, seinen Text nicht zu vergessen, da ging es meiner Tante Poldi nicht anders als einer Burgschauspielerin.

»Wie bist du hier reingekommen?«

»Ach, *Padre* Paolo hat mir da einen Trick gezeigt. Und dein Schloss ist alt.«

Avola schloss die Tür hinter sich und trat einen Schritt näher.

»Hör mal, Poldi, es war nur eine Nacht. Ich weiß nicht, was du erwartet hast, aber für mich war es das dann auch. Also leg das Gewehr bitte weg.«

Die Poldi lachte auf.

»Ach, Achille! Keine Angst, ich bin nicht hier, um dich zur Ehe zu zwingen. Setz dich doch, dann können wir reden.«

»Reden über was?«

Die Poldi richtete die Büchse auf Avola.

»Setz dich!«

Jetzt gehorchte der Winzer und ließ sich auf dem nächstbesten Stuhl nieder, in gebührender Entfernung zu meiner Tante.

Im schwachen Licht der Deckenlampe fasste die Poldi den Winzer ins Auge und fand es seltsam, dass dieser Mann eine solche Wirkung auf sie gehabt hatte. Im Grunde hatte er keinerlei Ähnlichkeit mit ihrem Peppe, trotz der Schlaksigkeit, trotz Adamsapfel und Unterarmen. *Mei, vielleicht,* dachte die Poldi, *ist an diesen Pheromonen ja doch was dran. Und irgendwie fand sie das im Grunde gar keine so schlechte Sache.*

Die Poldi hielt ein kleines Plastiksprayfläschchen mit Aufdruck in die Höhe.

»Schau mal, was ich bei dir im Bad gefunden habe. ›Cyclop‹. Und ein Fläschen ›Maxlove‹ steht da auch. Nimmst du ›Cyclop‹ lieber für die harten Nüsse oder für alte Schachteln wie mich, du Niete?«

»Ich kann dir alles erklären, wenn du die Waffe weglegst, Poldi.«

»Oh ja, erklären wirst du mir einiges. Wie es sich so anfühlt, ein Niemand zu sein, zum Beispiel. Ein Versager im Bett. Eine Null, die keinen mehr hochkriegt. Weil, so viel ist mir dann schon noch klar, trotz Filmriss und so, dass du's in der Nacht nicht gebracht hast.«

Womit Poldis Vernehmungsstrategie wohl einigermaßen umrissen sein dürfte: Provokation und Sarkasmus in Richtung bestes Stück. Immer ein Volltreffer.

Avola reagierte auch gleich wie geplant. Er wollte aufspringen, doch die Poldi hob gleich wieder die Waffe.

»Setzen! ... Aber du hast mich ja auch nur als bewusstloses Alibi gebraucht. Allerdings musst du mir unbedingt noch erklären, wie du Elisa Puglisi rumgekriegt hast. Ich meine, wie hält so eine Klassefrau wie Elisa es mit so einer Niete wie dir aus? Da müssen die Pheromone nur so in Strömen geflossen sein. Mischst du dir das Zeug eigentlich manchmal in deinen Wein? Und wie war das mit Madame Sahara? Hast du an dem Nachmittag schon gewusst, dass du sie töten würdest? Hattet ihr das schon lange geplant, du und dein Bruder?«

Achille Avola hatte sich im Griff. Er lehnte sich sogar zurück.

»Ich weiß nicht, wovon du da redest, Poldi.«

»Ich kann es beweisen, Achille.«

»Ach ja? Und warum sitzt du dann hier alleine? Warum ist die Polizei nicht hier?«

»Ist auf dem Weg. Gleich da. Ich wollte mir das Vergnügen einfach nicht nehmen lassen, es von dir persönlich zu hören. Also: Wie habt ihr es geplant, ihr Loser?«

Tja, und an diesem Punkt ging die Sache dann leider gründlich in die Grütze. Schmierte die Vernehmung ab. Nahm das Stück einen gänzlich ungeplanten Verlauf. Die Poldi hätte es eigentlich besser wissen können. Stichwort: Hase und Igel. Leider bemerkte sie ihren Denkfehler erst, als es schon zu spät war.

Achille sprang unvermittelt auf und stürzte auf die Poldi zu. Nicht gerade das, was ein Niemand tut, aber jemand mit einer ausgewachsenen Persönlichkeitsstörung eben schon. Die Poldi riss den nutzlosen Vorderlader in Anschlag, kam jedoch noch nicht einmal mehr dazu, »Peng!« zu brüllen. Denn in derselben Sekunde spürte sie eine Bewegung von hinten, und ehe sie überhaupt noch irgendetwas rufen konnte, hatte ihr Carmelo Avola bereits von hinten die Spritze in den Hals gerammt, wie er es schon bei der Signora Cocuzza im Haus von Madame Sahara getan hatte. Daran hatte die Poldi eben auch nicht mehr gedacht.

Bevor sie in die Bewusstlosigkeit abglitt, ärgerte sie sich nur noch darüber, dass die Igel den Hasen wieder mal ausgetrickst hatten.

Das Erste, was sie spürte, als sie allmählich wieder zu sich kam, war der Schmerz in den Handgelenken und an den Knöcheln.

Kein Wunder, denn ihre Hände und Füße waren mit Kabelbindern stramm gefesselt. Zudem hatten ihr die Avola-Brüder den Mund mit Gewebeband zugeklebt und waren gerade dabei, sie an Händen und Füßen über den Weinberg zu schleifen.

Nicht wirklich der Ablauf, den die Poldi geplant hatte.

»Sie wacht auf. Die Dosis war zu niedrig.«

»Scheißegal, soll sie. Ist sowieso gleich vorbei.«

Das klang nicht gut, fand die Poldi. Alles andere als vielversprechend. Sie versuchte verzweifelt, sich zu winden und zu strecken, aber die Brüder hatten sie fest im Griff.

»Madonna, ist die schwer.«

»Ist ja gleich geschafft.«

Sie ächzten und keuchten bei jedem Schritt, immerhin auch nicht mehr die Jüngsten.

Die Poldi konnte aus ihrer Position nicht viel mehr erkennen als schattenhafte Rebbüsche und über sich den klaren sizilianischen Sternhimmel mit einem abnehmenden Mond im Zenit. Eine schöne und stille Nacht, denn der nicht allzu ferne Ätna hatte inzwischen seine Eruptionen eingestellt. Als ob er Poldis weiteres Schicksal nun atemlos mitverfolge.

Nach einer Weile erkannte die Poldi, wohin die Brüder sie schleiften. Zu einer Art kleiner Kaverne im Hang, vermutlich eine Blase im Lavastrom vor etlichen Zehntausend Jahren. Die beiden Avolas legten sie davor ab und schnitten die Kabelbinder auf. Wieselflink versuchte die Poldi natürlich sofort, sich aufzurichten und zu fliehen, klar.

Doch Carmelo hielt ihr ein Messer an den Hals.

»Ganz ruhig. Kein Mucks.«

Achille riss ihr das Klebeband vom Mund.

Die Poldi sah jetzt, dass er ihren Vorderlader in der einen Hand hielt.

»Schrei, so viel du willst. Hier hört dich keiner.«

Was die Poldi sich nicht zwei Mal sagen ließ.

»HIIIIILLLFFFEEEE!!! HIIIIILLLFFFEEEE!!!«

Unbeeindruckt leuchtete Achille mit einer Taschenlampe in die Kaverne.

»Das ist ein natürlicher Kühlschrank«, erklärte er. »Ziemlich tief. Da unten haben unsere Großeltern und Urgroßeltern Ätnaschnee gelagert. Bis in den August hinein hatten sie damals noch Eis. Heutzutage braucht so was keiner mehr.«

Jetzt spürte die Poldi, wie kalt es hier oben auf fast tausend Metern bereits war. Sie zitterte. Aber eben nicht nicht nur vor Kälte.

»Ist bloß eine Gefahr für die Erntehelfer«, ergänzte Carmelo. »Wer da reinfällt, bricht sich alle Knochen. Höchste Zeit, dass wir die Kaverne endlich verfüllen, bevor noch jemand zu Schaden kommt.«

Die Poldi verstand.

»Bitte nicht!«, sagte sie so tapfer sie noch konnte.

Aber auf der anderen Seite wusste sie natürlich, dass sie den beiden mit Flehen und Argumenten nicht mehr zu kommen brauchte. Hier half nur noch entschlossenes Handeln.

»Hinknien!«, befahl Achille jetzt und drückte sie zu Boden. »Vor die Kaverne. So.«

Ich bin kein Niemand, dachte die Poldi und kniete sich am Rand der Kaverne hin. Sie ahnte, was der Plan war, und dass dies nun ihre letzte Chance für ein Comeback sein würde.

Achille wischte den Vorderlader mit einem Tuch ab und zog sich Handschuhe über.

»Mund auf!«

Die Poldi gehorchte und ließ sich den Lauf der alten Büchse von Achille in den Mund drücken, während der Winzer am anderen Ende den Finger am Abzug hielt. Die Poldi sah, dass Carmelo mit dem Messer einen Schritt zurücktrat. Dann drückte Achille ab.

Klick.

Das war der Moment.

Meine Tante Poldi nutzte Achilles Überraschung, umfasste den Lauf mit beiden Händen und drückte den Winzer mit vollem Körpereinsatz von sich weg. Das war allerdings auch schon ihr ganzer Plan gewesen. Wie sie aus dieser eher unvorteilhaften Position mit zwei Kerlen fertig werden sollte, wusste sie nicht. Sie improvisierte einfach. Denn von Kerlen und Improvisation verstand meine Tante Poldi was.

Ich stelle mir vor, wie sie Achille die Büchse komplett entriss und versuchte, sich ninjamäßig zur Seite wegzurollen. Weit kam sie nicht, denn erstens war sie kein Ninja, und zweitens stürzte Carmelo sich jetzt auf sie, und der hatte noch das Messer. Die Poldi holte mit dem Schießprügel aus und drosch damit auf Carmelos Beine ein. Carmelo schrie auf und stolperte. Meine Tante holte erneut aus, aber in diesem Augenblick trat Achille ihr die Büchse aus der Hand. Die Poldi versuchte noch, sich aufzurappeln, um von dem Kavernenrand wegzukommen, aber da lagen die beiden Brüder schon auf ihr.

Ich stelle mir vor, wie meine Tante Poldi da im Weinberg

um ihr Leben kämpfte mit ihren sechzig Jahren und ihrem schlimmen Knie. Kein besonders würdevoller Anblick, sie so am Boden im Clinch mit den beiden Avola-Brüdern, aber in diesen Momenten zählt eben nur das blanke Überleben. Und klar, meine Tante Poldi kämpfte wie eine Leopardin. Klar auch, dass sich die Kräfte in einer solchen Situation verzehnfachen und die Poldi die beiden Kerle locker alleine fertiggemacht hätte.

Aber vielleicht eben auch nicht.

Das sind jedoch alles müßige Überlegungen, denn Tatsache ist, dass beide Brüder auf einmal kurz hintereinander aufschrien, heftig zuckten und dann leblos zur Seite fielen.

Die Poldi war im ersten Moment zu perplex, um zu verstehen, was passiert war. Sie sah nur Alessia vor sich stehen, in der einen Hand eine Taschenlampe, in der anderen einen amtlichen Elektroschocker.

»Sind Sie okay?«

»Äh, ja. Ich glaube schon.«

»Helfen Sie mir. Schnell, die kommen gleich wieder zu sich.«

Alessia zog ein Bündel Kabelbinder aus der Tasche und reichte der Poldi ein paar.

»Wenn Sie nicht um Hilfe geschrien hätten, hätte ich Sie nicht gefunden«, erklärte sie, während sie Carmelo mit wenigen Handgriffen an Händen und Füßen fesselte.

Die Poldi machte es ihr bei Achille nach, der bereits stöhnend wieder zu sich kam.

Die beiden Avola-Brüder lagen nun gefesselt am Boden.

»Wo ist Vito?«

»Den müssen *Sie* nachher anrufen. Ich bin allein gekommen, und ich werde gleich auch wieder verschwinden.«

»Warum?«, fragte die Poldi überrascht.

Alessia richtete sich auf, zog die Poldi ein wenig zur Seite und deutete auf Achille.

»Weil ich nicht möchte, dass Vito von *ihm* erfährt. Ich weiß nicht, was mich da geritten hat. Er war so beharrlich. Und ich war sauer auf Vito und so eifersüchtig auf Sie, und Achille hatte so etwas Unwiderstehliches. Zum Glück war ich nicht mit ihm im Bett.«

Die Poldi sah Alessia an. Ihr Gesicht leuchtete im Mondlicht.

»Er benutzt Pheromone«, sagte die Poldi. »Es ging ihm nur um den Kick, dem *Commissario*, den er ausgetrickst hatte, auch noch Hörner aufzusetzen.«

»Ja, ich hab mir so was gedacht. Das Schlimmste ist, dass er ein Mörder ist. Ich fühle mich so ... schmutzig.«

Sie zitterte plötzlich und begann zu weinen. Die Poldi trat zu ihr und nahm sie in den Arm, ganz fest.

»Schschsch. Es ist alles gut. Sie haben mir das Leben gerettet, Alessia. Ohne Sie wäre ich jetzt tot.«

Aber Alessia konnte einfach nicht aufhören zu weinen. Und da weinte meine Tante Poldi, die ja ebenfalls nah am Wasser gebaut ist, halt mit. Grund genug hatte sie schließlich. So hielten Alessia und meine Tante Poldi sich eine Weile fest umschlungen und weinten zusammen, während sich die beiden »Igel« keuchend am Boden wanden und offenbar die Welt nicht mehr verstanden. Bis es eben gut war und sich die beiden Frauen so vorsichtig voneinander lösten, als versuchten sie, sich nicht gegenseitig dabei zu verletzen.

»Er liebt sie viel mehr als mich«, sagte Alessia leise und lächelte meine Tante tapfer an.

»Ach, ich weiß nicht.«

»Oh, doch. Außerdem wäre es nie richtig gut gegangen mit uns. Ich werde zurück nach Mailand gehen, und Vito hasst Mailand. Er ist eben Sizilianer durch und durch. Viel Spaß.«

Sie lachte und reichte der Poldi den Taser.

»Da, nehmen Sie. Sie haben das alles allein hingekriegt, okay? Bitte kein Wort zu Vito über mich.«

»Versprochen«, sagte meine Tante Poldi gerührt.

Dann falte sie die Hände vor der Brust und verneigte sich vor Alessia.

»Und ... *Namaste.*«

15. Kapitel

Und wieder war eine Woche bei meiner Tante Poldi um, und ich war stolz auf mich. Muss auch mal gesagt werden.

Ich hatte einen Flow, ich war ein Magier der Adjektive, der Meister der Schachtelsätze, der König der Metaphern, der Dirigent der Gefühle, der Herrscher über ein Heer von verblüffenden, aber voll plausiblen Wendungen. Innerhalb einer Woche war das gesamte vierte Kapitel fertig geworden. Ich war ein Muster an Disziplin und Inspiration, die perfekte Symbiose aus Deutschland und Italien.

»Des ist jetzt nicht dein Ernst«, ächzte meine Tante Poldi, als ich ihr das vierte Kapitel am letzten Abend vor meiner Abreise vorlas.

Wir saßen zusammen auf der Dachterrasse, in Wolldecken gehüllt, denn endlich hatte ein bisschen Herbst nach Sizilien gefunden. Die Nächte waren jetzt wieder kühl, und vom Meer her zog klamm der November herauf.

»Merkst des gar nicht, was für einen Käu du da zusammenfaselst. Herrschaftszeiten, du musst dich fei langsam entscheiden, was du erzählen willst. Familiensaga, Fantasy, Beißerroman, Krimi oder was jetzt? Alles zusammen geht nicht.«

»Und wie steht's mit der Freiheit der Kunst?«

»Erst einmal muss es auch Kunst sein.«

Denn von Kunst und Freiheit und sachlicher Kritik verstand meine Tante Poldi was.

Sie griff kopfschüttelnd nach ihrem Weinglas und nahm einen kräftigen Schluck.

»Kann sein, Bub, dass wir uns jetzt eine Weile nicht sehen.«

»Oh.«

»Ja, nix oh. Jetzt schau halt nicht so kariert. Des hat nix mit dir zu tun. Mei, i brauch halt des Dachzimmer für ein paar Wochen, verstehst. Für einen ... mei, für einen Gast halt.«

Die Aufnahmen auf dem alten Diktiergerät, das die Poldi sich mit Leukoplast auf den Bauch geklebt hatte, ließen keinen Zweifel an der Schuld der Avola-Brüder. An Achille Avolas Pick-up fanden sich auch jede Menge Kratz- und Lackspuren von Poldis Alfa Romeo. Die Brüder gestanden den Mord an Elisa Puglisi und Madame Sahara noch in derselben Nacht. Natürlich behaupteten sie, von *zwei* Frauen überwältigt worden zu sein, aber das ließ sich erstens nicht beweisen, und zweitens hielt Montana es für eine Behauptung aus gekränkter Eitelkeit. Er fragte nicht einmal nach, woher meine Poldi in den Besitz eines Tasers mit einer Inventurnummer der Präfektur von Acireale gekommen war. Er stellte überhaupt wenig Fragen. Er hörte der Poldi nur aufmerksam zu, als sie ihm berichtete, wie sie schlussendlich auf die beiden Avola-Brüder gekommen war, und die Poldi fand, dass er dabei noch viel zerfurchter als sonst aussah. Aber sie fand auch, dass sie nun besser eine Weile die Füße stillhalten sollte.

Obwohl, eben noch nicht ganz. Denn eine Sache musste sie ja noch erledigen.

Am nächsten Morgen führte meine Tante Poldi ein kurzes Telefonat mit dem Tierarzt, der die kleine Lady obduziert hatte. Dann fuhr sie mit ihrer Vespa nach Femminamorta. Im Hof parkte abfahrbereit der kleine Transporter mit der Aufschrift des Reiseunternehmens.

Ihr erster Weg führte die Poldi jedoch nicht wie sonst üblich in den Garten, sondern sie suchte Mario auf, einen von Valéries Arbeitern, der auf der Palmenplantage einen *orto* angelegt hatte, einen kleinen Nutzgarten, ordentlich mit Maschendraht eingezäunt, um die Hasen vom liebevoll angebauten Gemüse fernzuhalten. *Auch alles Früchte des Herrn,* dachte die Poldi irgendwie gerührt, als sie den kleinen, gepflegten Gemüsegarten sah. *Der Mensch lebt halt nicht nur vom Wein allein.*

Eine halbe Stunde später erschien die Poldi dann aber doch in Valéries verwunschenem Garten, wo Doris und ihre schwäbischen *Deliziosi* mit Valérie beim letzten Frühstück vor dem Abflug saßen. Alle reisefertig in ihrer üblichen Funktionskleidung, voller Heimweh nach Bad Cannstatt, Filderstadt und Reutlingen.

Und Doris sparte nicht mit Kritik an Sizilien.

»Und dann dieses Noto, gell, diese angebliche Barockstadt. Die isch ja ganz nett und aufgeräumt. Aber des isch doch gar nix im Vergleich zum Kloschter Ottobeuren. Bei uns daheim an der oberschwäbischen Barockstraße, da könnet Sie einen richtigen Barock sehen, wo den Namen auch verdienet.« Doris hielt kurz inne, als sie die Poldi erblickte. »Oh, schaut mal, wer da kommt!«

Ohne Doris und ihre Reisegruppe zu begrüßen, setzte

sich die Poldi an den Tisch und bat Valérie, sie einen Moment mit den *Deliziosi* alleinzulassen.

»Warum schicket Sie jetscht die Valérie weg?«, wunderte sich Doris.

»Mei, weil die Valérie so ein wunderbarer Mensch ist«, erklärte die Poldi. »Weil sie all ihre Gäste immer nur reizend findet. Und i möcht halt nicht, dass sich des ändert, nur weil einmal eine elende Hundemörderin dabei war.«

Doris wollte etwas sagen, doch die Poldi hob nur die Hand und stellte etwas auf den Tisch. Eine kleine Pappschachtel mit dem Foto einer Schnecke im Salat darauf und der Aufschrift *Lumachicida*, halb voll mit blauen Pellets.

»Des ist Schneckenkorn«, fuhr die Poldi leise fort. »Des nimmt man her, um Schnecken im Garten zu killen. Des enthält Metaldehyd, ein ziemliches Teufelszeug. Säuglinge oder Hunde kann des umbringen. Jedenfalls ist die Lady daran verreckt.«

»Wie furchtbar!«, rief Doris. »Wo habet Sie des her?«

»Von Mario.«

»Ja, glaubet Sie etwa, dass der die arme Lady ...«

»Nein. Mario und Turi haben Lady geliebt. Mario hat das Zeug gekauft, falls er mal eine Schneckenplage in seinem Gemüsegarten hat. Hatte er aber noch nie, daher hat er die Packung noch nie gebraucht. Und selbst wenn, hat er seinen Garten so gut eingezäunt, dass die Hunde mit diesem Dreck nicht in Berührung kommen können. Als ich ihn vorhin aber danach gefragt habe, war die Packung geöffnet und auch halb leer. Seltsam, nicht wahr? Mario konnte sich das einfach nicht erklären.«

Die Poldi sah jetzt Doris direkt an.

»Sie vielleicht?«

»Was wollet Sie jetscht damit andeute?«

»Wenn der kleine Oscar Sie nicht kürzlich angeknurrt hätte, wär i nie drauf gekommen. I hab ja immer den Russo in Verdacht g'habt. Sieht man mal wieder, wo des hinführt mit den vorschnellen Hypothesen. Aber mei, der Mario hat sich vorhin wieder daran erinnert, dass Sie ihn besucht und g'fragt haben, was er eigentlich gegen Ungeziefer macht. Da hat er Ihnen die Packung gezeigt.«

»Ja und?«, fragte Doris kalt.

»Mei, und die Tür zu seinem Häuschen steht halt immer offen, und er ist ja den ganzen Tag auf dem Feld. Jedenfalls hat er bis heute nicht g'merkt, dass sich da jemand an seinem Schneckenkorn bedient hatte.«

Doris erhob sich brüsk.

»Wir müsset jetscht leider los. Unser Flieger geht gleich.«

»Setzen!«, sagte die Poldi scharf. »Ein Anruf von mir, und einem gewissen *Commissario*, der mir noch einen Gefallen schuldig ist, wäre es ein Vergnügen, eine Hundemörderin für ein paar Tage hier festzuhalten. Alles im Rahmen der italienischen Gesetze freilich. Trotzdem kein Spaß, des kann i Ihnen fei versprechen.«

Doris setzte sich wieder. Aber ihre Reisegenossinnen und der Studienrat rückten nun von ihr ab, als habe sie die Pest.

»Des könnet Sie gar nicht beweise.«

»Muss i auch nicht. I kann ja auch die arme Lady nicht wieder lebendig machen. Die wahrscheinlich nur sterben musste, weil Sie des Kläffen in der Nacht so g'nervt hat.«

»Was wollet Sie dann?«

»Mei, eigentlich wollt i Ihnen sagen, dass i Sie aus tiefstem Herzen verachte. Für Ihre Herzlosigkeit und Ihre verkorkste funktionsbekleidete Selbstgerechtigkeit. Aber des stimmt gar nicht, weil im Grunde tun Sie mir nur leid. Und Ihre ehemaligen Schüler noch viel mehr natürlich. Aber mei, es ist halt wie bei Hiob, gell? Der hat seine tote Frau zwar nicht zurückbekommen, aber immerhin eine anständige Entschädigung. Und deswegen, Doris, werden wir beide jetzt nachert zur nächsten Bank fahren, wo Sie dann eine wirklich sehr großzügige Überweisung auf des Konto des Tierheims von Acireale vornehmen. Und wenn i find, dass die Überweisung wirklich, aber auch wirklich großzügig genug ist, nachert kriegen Sie auch vielleicht noch pünktlich Ihren Flieger.«

Die folgenden Tage über hörte meine Tante Poldi nichts von Vito Montana. Seit sie auf der Präfektur ihre Aussage zu Protokoll gegeben hatte, hatte sie ihn nicht mehr gesehen. In den ersten Tagen fragte sie sich noch, ob das ein gutes oder ein schlechtes Zeichen war, aber dann wartete sie einfach ab und beschloss, alles zu akzeptieren, was das Leben ihr bringen oder nehmen mochte.

Am nächsten Sonntag hielt sie mit Valérie ein kleines Picknick auf einem Felsbrocken in einem alten Lavafeld oben am Ätna ab. Eine Mondlandschaft, ringsum nur schroffer Lavatuff, so weit das Auge blickte.

Nicht weit entfernt parkte ein Auto. Darin saß Aki und spielte ein Geschicklichkeitsspiel auf seinem Smartphone. Und mitten im Lavafeld glitt die »Alge« nackt und in schneckenhafter Langsamkeit über die Felsen. Herr Higashi hatte es Valérie und der Poldi ausnahmsweise gestattet, ihm bei seiner Performance zuzusehen. Im Gegenzug dafür hatte die Poldi ihm allerdings ihre Ermittlung in allen Details schildern müssen.

Der blasse Herr Higashi schien fast auf den Felsen zu

zerfließen. Manchmal sah es so aus, als ob die Lava ihn ganz absorbieren würde wie den ersten Regen nach einem langen Sommer, dann wieder löste sich der Japaner von der Lava ab wie eine Schwefelwolke und schien im Wind zu wehen. Die Poldi fand, dass sie noch nie etwas Friedvolleres und Würdevolleres gesehen hatte. Und das versöhnte sie ein wenig mit diesem Leben, das schenkte und wegnahm, wie es ihm gerade in den Kram passte. Oder mit der Dispo des Universums. Oder mit *Padre* Paolos Herrn, der die Früchte an seinen Rebstöcken nach Gutdünken hegte oder beschnitt, ohne dass meine Tante darin irgendeinen Plan erkennen konnte.

Die Poldi seufzte.

Wenn sie sich ein wenig zur Seite wandte, konnte sie den Tod sehen. Er lag ausgestreckt auf einem Felsen, hatte seinen Kapuzenpulli ausgezogen und hielt seine bleiche Hühnerbrust in die Herbstsonne. Das Klemmbrett lag unbeachtet neben ihm.

»*Namaste*, Leben!«, murmelte sie leise auf Deutsch. Und dann wie immer: »Lecktsmialleamarsch!«

»*Pardon?*«, fragte Valérie, der die deutsche Sprache irgendwie unheimlich war.

»Nichts.« Die Poldi deutete auf den Japaner. »Ob ihm gar nicht kalt ist?«

»*Mon dieu!* Nicht, dass er sich noch erkältet!«

»Was hat Aki gesagt, wie lange er brauchen wird, bis er das Meer erreicht?«

»Zwei Monate.«

»*Dann* wird es kalt sein.«

Eine Weile sahen sie der »Alge« wieder schweigend zu, bissen nur hin und wieder von ihren *panini* ab und genossen das milde Novemberlicht.

»Wie geht es deinem Neffen?«, fragte Valérie plötzlich.

»Gut. Er schreibt fleißig an seinem Roman.«

»*Mon dieu.* Ein Roman über dich, Poldi?«

»Madonna, nein! Der ist ein richtiger Schriftsteller! Der schreibt eine imposante Familiensaga über drei Generationen. Das wird prall, juicy, voller Stellen und Wendungen, schrägen Typen, stoppelbärtigen Schurken und ätherischen Schönheiten. Viel Haut, knisternde Erotik, glühende Tage und samtige Nächte. Historische Parallelstränge, dass es nur so kracht. Der ganz große Wurf wird das. Sein Ticket zum Welterfolg. Blöd halt nur, dass er kaum vorankommt, der Arme mit seinem verklemmten Jeans-und-Polo-Look in *Navy Blue.* Totale Blockade, der reine Krampf. Und vom Scheitern versteh ich was.«

Valérie lächelte meine Tante an.

»Aber auch vom neu anfangen.«

»Notgedrungen«, seufzte die Poldi. »Nur vom Loslassen hab ich nie viel verstanden.«

Wie aufs Stichwort näherte sich nun ein Auto über die gewundene Passstraße. Die Poldi erkannte Montanas Alfa sofort. Montana hielt neben dem Wagen von Aki und kam zu Fuß näher. Die Poldi rollte mit den Augen, als sie sah, was er trug: Jeans, navyblaues Polohemd, braunen Lederblouson und Sneaker.

Valérie erhob sich.

»*Mon dieu,* mir ist kalt. Ich bin drüben im Wagen.«

Montana grüßte Valérie im Vorbeigehen und setzte sich dann zu meiner Tante auf den Felsbrocken. Die Poldi legte einen Finger an die Lippen und deutete auf den ätherischen Herrn Higashi, der sich gerade langsam aufrichtete wie eine Orchidee und dann wie erkaltende Lava erstarrte. Eine Weile sahen sie dem Perfomancekünstler nur zu, meine Tante und der *Commissario*.

»Unglaublich!«, flüsterte Montana ergriffen. Und dann: »Poldi, was ich dir noch …«

»Schschsch!«, machte die Poldi und legte ihm einen Finger an die Lippen. »Alles gut, Vito.«

Montana räusperte sich, rückte ein wenig näher an meine Tante heran, und dann – dann nahm er wieder ihre Hand.

Und die Poldi hielt sie fest, diese geliebte schöne Hand, entschlossen, sie niemals wieder loszulassen.

In dieser Nacht, kann man sich schon denken, gingen meine Tante und der *Commissario* wieder auf eine magische Reise voller erotischer Wunder und Abenteuer, spürte die Poldi endlich wieder Montanas Feuer, das aufsteigende Magma seines Vulkans. Wenn sie sich küssten, schmeckte meine Tante Poldi wieder eine geballte Ladung Sizilien – süß, salzig, bitter, scharf, alles dabei.

Kein Wunder also, dass meine Tante Poldi noch viel zu erschöpft war, als es am nächsten Morgen so gegen neun Uhr an der Haustür klingelte. Und noch mal klingelte.

Denn immer, wenn du wieder mal denkst: »Das war's«, zeigt dir das Leben, wer hier immer noch den Schlusspunkt setzt.

Da die Poldi sich die Decke über den Kopf zog, stand Montana nach dem dritten Klingeln genervt auf, schlang sich ein Handtuch um die Hüfte und öffnete die Tür.

Vor ihm stand ein großer Afrikaner, Montana schätzte ihn auf Anfang vierzig. Ein wachsames, breites Gesicht ohne falsche Freundlichkeit, aber auch ohne jegliche Verschlagenheit, das registrierte Montana in der ersten Sekunde. Der Mann war muskulös, einen Kopf größer als Montana und trug helle Chinos, weißes T-Shirt und eine grüne Steppweste, wie man sie sonst eher an Mailänder Anwälten oder Sylt-Touristen sieht.

Einen Moment lang musterten sich die beiden Männer vor Überraschung.

»Ja?«, fragte Montana.

»Ich suche Mrs. Oberreiter«, erklärte der Mann auf Englisch. »Wohnt sie hier nicht?«

»Und wer, bitte, sind Sie?«

Montana hatte in den *Commissario*-Modus geschaltet und bekam gleich wieder seine Zornesfalte auf der Stirn.

Den Afrikaner schien das nicht im Mindesten zu beeindrucken.

»Ich muss Mrs. Oberreiter sprechen. Es ist dringend.«

Montana holte Luft, um zu einer Antwort anzusetzen, aber in diesem Augenblick hörte er hinter sich einen bestürzten Laut.

Die Poldi stand im Flur, nur mit ihrem bunten Pareo und der Perücke bekleidet, und hielt sich erschrocken die Hand vor den Mund.

»Poldi!«, rief der Mann draußen vor der Tür, als er sie erkannte. »Hey, Poldi, ich bin's!«

»Erklärst du mir mal, was hier eigentlich abläuft?«, rief Montana gereizt.

Die Poldi zögerte einen Moment, dann stöhnte sie laut und trat an die Tür.

»Vito, darf ich dir John vorstellen?«, sagte sie so gefasst sie nur konnte. »Meinen Mann.«